KB044258

줄어드는 남자

리처드 매드슨 장편 소설

줄어드는 남자

조영학 옮김

황금가지

THE SHRINKING MAN

by Richard Matheson
Copyright © 1956, renewed 1984 by Richard Matheson

차례

줄어드는 남자

줄어드는 남자

처음엔 단순한 파도인 줄 알았다. 그런데 그 파도를 뚫고 하늘과 바다가 보였다. 그건 보트를 향해 달려드는 물안개의 얇은 막이었다.

그는 선실 지붕에서 일광욕을 하고 있었다. 때문에 팔꿈치에 몸을 기대며 그 안개 막을 본 것은 순전히 우연이라 하겠다.

"형! 마티 형, 이리 나와 봐!"

그가 외쳤다. 아무런 대답이 없었다. 그는 황급히 지붕에서 갑판으로 미끄러져 내려갔다.

안개 막이 위험해 보이지는 않았지만 왠지 피해야겠다는 생각이 들었다. 그는 뜨거운 널빤지를 밟으며 폴짝폴짝 선실 쪽으로 달려 돌아갔다. 이른바 안개와의 달리기 경주였다.

그리고 그가 졌다. 한순간 햇볕 속에 서 있던 그는 다음 순간 반짝거리는 안개에 젖고 말았다. 따뜻했다.

그리고 안개 막이 지나갔다. 그는 그 자리에 서서 안개가 수면을 훑고 지나가는 것을 지켜보았다. 몸을 뒤덮은 안개의 물방울이 햇살에 진주처럼 반짝였다. 갑자기 살갗이 당겨지는 기분에 그는 자기 몸을 내려다보았다. 온몸이 이상하게 따끔거렸다.

타월을 집어 몸을 닦아 내긴 했지만 그건 고통이라기보다는 면도 후의 스킨로션처럼 기분 좋은 자극에 가까웠다.

몸을 닦고 나자 자극은 거의 사라졌다. 그는 아래층으로 내려가 형을 깨워 보트를 훑고 지나간 안개 막에 대해 말해 주었다.

그리고 그것이 시작이다.

||||||||||||||

그림자 자욱한 사막. 흑거미가 꽃자루 같은 다리를 휘적거리며 달려들었다. 거대한 달걀처럼 생긴 몸통이 뒤뚱거리며 바람 없는 모래 둔덕을 이리저리 가로질렀다. 놈이 지나올 때마다 모래 위로 여남은 개의 실개울이 만들어졌다.

남자는 꼼짝할 수가 없었다. 그는 악의에 찬 흑거미의 눈을 보았다. 놈이 통나무만 한 나무 쪼가리를 기어오르자, 몸통이 남자의 어깨 높이까지 솟구쳤다.

철망에 갇혀 있던 불꽃이 갑자기 등 뒤에서 터지며 대기를 뒤흔드는 바람에 남자는 중심을 잃고 비틀거렸다. 그는 헉 하는 비명을 내뱉고는 몸을 돌려 달아나기 시작했다. 샌들 밑에서 젖은 모래가 우두둑 우두둑 뼈 부러지는 소리를 토했다.

그는 빛과 어둠을 번갈아 뚫으며 달렸다. 얼굴이 공포로 번들거렸다. 그가 달리는 통로를 따라 햇살이 창처럼 박히는가 하면 곧이어 차가운 그림자가 그 열기를 감싸 주었다. 뒤에서는 괴물 거미가 모래를 끌며 쫓아오는 소리가 들렸다.

남자가 미끄러지며 날카로운 비명을 질렀다. 그는 무릎을 꿇고 두 손으로는 땅을 짚었다. 불꽃의 진동에 차가운 모래가 흔들리고 있었다. 그는 있는 힘을 다해 일어나 손바닥의 모래를 털어 내고 다시 달리기 시작했다.

어깨너머로 돌아보니 거미는 아주 가까이까지 따라붙었다. 막대기 다리 위에 얹혀 꿈틀거리는 달걀. 하지만 그건 노른자위 대신 치명적인 독으로 가득 채워진 괴물 달걀이었다. 그는 숨을 몰아쉬며 계속 달렸다. 혈관이 두려움으로 펄떡거렸다.

갑자기 앞에 벼랑이 나타났다. 수직으로 깎아지른 잿빛 암벽. 그 아래는 광활한 계곡이었으나 그는 내려다볼 생각도 않은 채 가장자리를 따라 달렸다. 괴물 거미는 뒤뚱거리며 계속 그를 쫓았다. 놈이 바위를 스치며 달리는 소리에 살갗이 찢어질 것만 같았다. 간격이 점점 더 좁혀졌다.

남자는 머리 위로 탱크처럼 버티고 선 깡통 사이로 들어갔다. 그 너머는 마치 깡통 무덤처럼 보였다. 그는 여기저기 어질러져 있는 깡통 사이를 비집고 달렸다. 시큼한 오물을 뒤집어쓴, 초록과 빨강, 노랑색 깡통들. 거미는 아예 깡통을 타 넘으려 했다. 뚱뚱한 체구로 깡통들 사이를 헤치기가 쉽지 않았던 것이다. 놈은 깡통 옆면을 미끄러지듯 타고 올라와 다시 반대쪽으로 내려서기도 했고,

간격이 좁으면 깡충 뛰어넘기도 했다.

남자가 다시 빈 공간으로 빠져나올 때 바로 위에서 쇠 긁는 소리가 들렸다. 깜짝 놀라 돌아보니 거미가 막 덮칠 태세를 취하고 있었다. 놈은 깡통 뚜껑의 가장자리 아래로 두 발을 늘어뜨리고 다른 발로는 뚜껑을 휘감았다.

남자는 숨을 몰아쉬고는 다시 깡통 사이의 빈 공간으로 몸을 던졌다. 그리고 구불거리는 통로를 따라 넘어지다시피 내달렸다. 뒤에서는 거미가 뚜껑 위로 올라가 반쯤 몸을 돌리더니 다시 그의 뒤를 쫓기 시작했다.

덕분에 시간을 몇 초 벌게 된 남자는 그림자로 뒤덮인 모래밭으로 뛰어들었다. 거대한 돌기둥을 지나 탱크 모양의 구조물들이 있는 곳으로 갈 생각이었다. 거미가 모래 위로 뛰어내리더니 그를 쫓기 시작했다.

다시 벼랑의 가장자리를 향해 달리는데 머리 위로 거대한 오렌지색 물체가 보였다. 주저할 시간은 없었다. 그는 있는 힘을 다해 낭떠러지를 뛰어넘었다. 그리고 아슬아슬하게 구조물의 거친 가장자리를 움켜쥘 수 있었다. 손가락이 바들바들 떨렸다.

그가 여기저기 깨져 나간 표면 위로 올라설 때쯤 거미도 반대쪽 벼랑 끝에 다다랐다. 그는 황급히 일어나 좁은 턱을 따라 달리기 시작했다. 뒤를 돌아볼 겨를도 없었다. 거미가 벼랑을 뛰어넘는다면 그것으로 끝이었다.

거미는 뛰지 않았다. 남자는 뒤를 돌아보고는 자리에 멈춰 서서 멍하니 거미를 바라보았다. 이제 거미 제국을 탈출한 것인가? 마침내 안전해진 걸까?

그때 거미 입에서 실처럼 엮인 은사가 쏟아져 나왔다. 남자의 창백한 양 볼 근육이 씰룩거렸다.

그는 돌아서서 다시 달리기 시작했다. 거미줄은 대류를 타고 이쪽 오렌지색 벼랑까지 날아와 거미에게 튼튼한 다리를 제공해 줄 것이다.

더 빨리 달아나려 했지만 쉽지 않았다. 두 다리가 후들거렸고 목도 바짝바짝 타들어갔다. 옆구리가 단도라도 꽂힌 듯 쿡쿡 쑤셨다. 그는 달려가다가 오렌지색 비탈길을 미끄러진 다음 젖 먹던 힘까지 다 짜내 건너편으로 뛰어넘어갔다.

또 하나의 벼랑. 그는 얼른 무릎을 꿇었다. 온몸이 부르르 떨렸다. 그는 끄트머리를 단단히 쥔 다음 있는 힘을 다해 몸을 끌어올렸다. 다음은 무척 높은 데에서 뛰어내릴 차례였다. 그는 몸이 어느 정도 진정될 때까지 기다렸다가 그대로 뛰어내렸다. 뛰어내릴 때 돌아보니 괴물 거미가 오렌지색 비탈을 할퀴듯 미끄러져 내려오는 것이 보였다.

그는 딱딱한 널빤지에 두 발로 착지하고 그대로 앞으로 굴렀다. 오른쪽 발목이 쐐기가 박힌 듯 아팠으나 어쨌든 몸을 일으켜야 했다. 멈출 수는 없었다. 머리 위에서 거미가 바닥을 긁는 소리가 들렸다. 그는 가장자리로 달려가 잠시 주저하다가 다시 허공으로 몸을 던졌다. 목표는 팔만큼이나 두꺼운 둥근 금속 테두리였다. 그는 그곳을 향해 손을 내밀었다.

하지만 끝내 그는 팔다리를 버둥거리며 계곡 아래로 떨어지고 말았다. 발아래로 꽃이 만개한 부드러운 풀밭이 보였지만 바닥이 점점 가까워지면서 맨바닥에 떨어지고 있다는 생각이 들었다.

다행히 풀밭에서 벗어나지는 않았으나 거의 끄트머리 지점이었다. 그는 먼저 두 다리로 착지한 다음 공중제비 돌듯 앞으로 굴렀다.

그는 배와 가슴을 깔고 누워 가쁜 숨을 쉬었다. 더러운 천 냄새가 코를 자극했다. 뺨을 스치는 직물의 감촉도 너무나 거칠었다.

문득 정신을 차리고 그는 얼른 몸을 뒤집었다. 온몸의 근육이 파르르 경련을 일으켰다. 거미줄이 허공을 향해 쏟아져 나오는 것이 보였다. 거미가 줄을 타고 내려오는 것은 그야말로 눈 깜짝할 새일 것이다.

그는 신음을 내뱉으며 몸을 일으켜 세웠다. 다리가 후들거려 꼼짝할 수가 없었다. 발목은 여전히 아팠고 숨 쉬는 것도 고통스러웠다. 다행히 뼈가 부러진 것 같지는 않았다. 그는 다시 움직이기 시작했다.

그는 절뚝거리며 재빨리 꽃으로 장식된 직물 위를 가로질렀다. 잔뜩 몸을 낮춘 자세였다. 거미도 시계추처럼 흔들리며 아래로 내려오고 있었다.

이제 계곡 바닥이다. 그는 계곡의 넓은 평지를 절룩거리며 달렸다. 샌들이 딱딱한 바닥에 닿을 때마다 펄럭거렸다. 오른쪽으로는 거대한 갈색 탑이 보였고 그 안에서 여전히 불꽃이 타오르고 있었다. 불꽃의 포효에 계곡 전체가 요동쳤다.

그는 뒤를 돌아보았다. 거미가 꽃으로 덮인 들판 위에 내려서자마자 꽃밭의 가장자리를 향해 곧바로 달리기 시작했다. 남자도 타워의 반만큼은 높아 보이는 거대한 통나무 더미를 향해 내달렸다. 그다음은 거대하게 똬리를 튼 뱀 모양의 붉은 선이 나왔다. 움직이지는 않았지만 그 끝으로 쩍 벌린 아가리가 보였다.

거미가 결국 계곡 바닥으로 내려서더니 곧바로 그를 쫓아왔다. 남자는 거대한 통나무 더미에 다다르자마자 앞으로 엎드리더니 통나무 사이의 공간을 비집고 들어가기 시작했다. 너무나 좁아 몸을 움직이기조차 어려웠다. 안은 어둡고, 축축하고 추웠으며 썩은 나무 냄새가 났다. 그는 전신을 비틀며 가능한 한 깊숙이 몸을 밀어 넣은 다음 마침내 멈춰 서서 뒤를 돌아보았다.

흑거미가 번들거리는 몸체를 흔들며 그를 잡아채려 했다.

순간적으로 잡히나 보다고 생각했지만 놈은 틈새에 걸려 다시 몸을 빼내야 했다. 들어올 수가 없었던 것이다.

그는 두 눈을 감고 바닥에 누웠다. 바닥의 냉기가 옷을 뚫고 들어왔다. 그는 가쁜 숨을 몰아쉬며 이런 식으로 얼마나 더 거미를 피해 달아나야 하나 하는 생각을 했다.

그때 철탑의 불꽃이 꺼졌다. 지금은 거미가 어쩔 줄 몰라 하며 바닥을 긁는 소리만 들렸다. 놈은 통나무를 긁으며 이리저리 돌아다녔는데 그에게 접근할 방법을 모색하는 중인 듯했다.

마침내 소리가 멈췄다. 남자는 통나무의 거친 표면 사이로 조심스럽게 뒷걸음질했다. 밖으로 빠져나온 남자는 황급히 자리에서 일어나 사방을 둘러보았다. 거미의 위치를 확인하기 위해서였다.

놈이 가파른 벼랑을 다시 기어오르고 있는 모습이 보였다. 놈의 검은 다리가 거대한 몸통을 수직의 암벽 위로 끌어올리고 있었다. 남자의 콧구멍으로 안도의 숨이 파르르 떨려 나왔다. 이제 얼마 동안은 안전할 것이다. 그는 눈을 내리깔고 자신의 잠자리를 향해 걸음을 옮겼다.

그는 천천히 철탑을 지나쳤다. 그건 기름보일러이다. 그리고 마루에 아무렇게나 말아 놓은, 노즐 없는 붉은색 정원 호스도 지나고, 꽃무늬 디자인의 넓은 쿠션도 지나고, 두 개의 목제 접의자를 쌓아 놓은 오렌지색 구조물도 지났다. 그리고 선반에 걸어 놓은 크로케용 나무 망치들이 있고, 크로케 세트에서 빠져나온 위켓(크로케의 골문 — 옮긴이) 하나가 접의자의 홈에 걸린 채 삐져나와 있었다. 남자가 잡으려다가 놓친 것이다. 그리고 탱크 모양의 깡통은 페인트였으며 거미는 검은색 암놈이었다.

남자가 살고 있는 곳은 지하실이다.

이제 그는 마천루 같은 옷걸이를 지나 숙소로 향하고 있었다. 숙소는 히터 밑에 있었다. 그는 목표에 다다르기도 전에 황급히 몸을 돌렸다. 콘크리트 동굴 속에서 갑자기 보일러 펌프가 쿨럭거리며 움직이기 시작했던 것이다. 보일러 스팀 소리가 마치 죽어가는 용의 숨소리처럼 들렸다.

그는 에메랄드 색으로 칠해진 대형 히터 밑의 시멘트 블록 위로 기어 올라갔다. 그곳이 바로 따뜻하고 안전한 그의 주거 공간이다.

그는 한참 동안을 꼼짝도 않고 누워 있었다. 침대는 찢어진 손수건으로 감싼 사각형 스펀지였다. 가슴이 가볍게 오르내렸다. 그는 양손을 맥없이 아무렇게나 늘어뜨린 채, 눈 하나 깜짝 않고 히터의 녹슨 바닥을 올려다보았다.

마지막 주.

그건 두 개의 단어이자 하나의 개념이다. 불가해한 충격과 함께 시작되어, 이제는 움직임 하나하나를 끔찍한 공포로 바꾸어 버린 개념. 마지막 주. 아니, 그것보다 더 짧았다. 이미 월요일이 반이나 지났지 않는가? 그는 나무 판자에 숯으로 그려 넣은 자국을 보았다. 그가 달력 대신 이용하는 표시였다. 월요일. 3월 10일.

6일 뒤면 죽는다.

기름보일러에서 다시 불꽃이 터졌다. 침대가 흔들리기 시작했다. 위층 온도가 떨어져 온도 감지기가 스위치를 건드린 것이다. 이제 곧 바닥 연관을 통해 열기가 순환하게 되리라.

그는 위층 사람들에 대해 생각해 보았다. 어른 여자와 어린 소녀. 그의 아내와 딸이다. 아니, 지금도 그렇다고 할 수 있을까? 이런 크기로는 사람조차 될 수 없는 건가? 이런 벌레만 한 체구를 가지고 아직도 세계의 구성원이라고 주장하는 것이 가능할까? 딸 베스조차 그를 발로 짓밟아 버린대도 눈치 못 챌 판에 말이다.

이제, 엿새만 있으면 그는 사라질 것이다.

지난 1년 반 동안 수도 없이 그 생각을 했고 또 실감하기 위해 애썼으나 결과는 번번이 실패였다. 마음이 그걸 거부하고 합리화하려 들었기 때문이다. 이제 함몰의 순간이 오고 그러면 모든 것이 끝나리라. 뭐든 일어나겠지. 세상에, 이렇게까지 줄어들다니. 엿새 뒤면 사라질 정도로 줄어들다니…….

가혹한 운명이 시작될 즈음엔 이 말도 안 되는 침대에 누운 채로 몇 시간이고 기다릴 생각이다. 죽든지 살든지는 중요하지 않다. 절망은 끝내 극복할 수가 없었다. 어떻게 그럴 수 있겠는가. 아무리 적응해 나가려 해도 실제로는 아무것도 적응할 것이 없는데 말이다. 꺼져 가는 과정도, 생명을 갉아먹는 과정도 없지 않았던가. 그저 끝없이 끝없이 작아져만 갔을 뿐.

그는 끓어오르는 분노로 몸을 뒤척였다. 왜 거미에게서 달아난 것일까? 그냥 잡힐 수도 있었는데. 그럼 모든 것이 끝날 텐데. 끔찍한 죽음이긴 하겠지만 그래도 순식간에 끝나고, 그와 더불어 절망도 끝이 났을 텐데. 하지만 그는 달아났다. 고민하고, 갈등하고, 그러면서 지금껏 존재한 것이다.

왜?

172센티미터

아내에게 말했을 때 첫 반응은 웃는 것이었다.

긴 웃음도 아니었다. 그녀는 거의 동시에 웃음을 멈추고는 말 없이 그를 쳐다보았다. 그가 웃지 않은 데다가 표정도 팽팽하게 굳어 있었기 때문이다.

"줄어든다고?"

그 말은 거의 떨린다 싶은 목소리로 나왔다.

"그래."

그 말밖에는 할 수가 없었다.

"하지만, 그건……."

그녀는 불가능하다고 말하고 싶었을 것이다. 그러나 불가능하지 않았다. 왜냐하면 그 단어가 입 밖으로 나오자마자 지금까지 막연하게 느꼈던 모든 불안감이 사실로 굳어져 버렸기 때문이다. 그건 한 달 전 스콧이 브랜슨 박사를 처음 찾아갔을 때부터 시작되었다. 그는 그때 다리가 휘고 척추 뼈가 굽을 가능성에 대해 진단을 받았다. 박사는 체중 감소가 여행과 새로운 환경 때문이라고 진단하고는, 스콧의 키가 줄어들 가능성에 대해서는 아예 무시해 버렸다.

그렇지만 끔찍한 의혹과 함께 두려움도 점점 커져만 갔고 그 와중에 스콧의 몸은 점점 줄어들었다. 두 번째, 세 번째 검진, 엑스레이, 혈액 검사, 전신 골격 진단, 뼈 질량 감소 징후 조사, 뇌하수체 종양 스캔, 더 많은 엑스레이 촬영과 암 검사. 그리고 지금 이 순간.

"하지만 그건 있을 수 없는 일이야."

그녀는 끝내 그렇게 말했다. 그건 그녀의 마음과 입술이 만들어 낼 수 있는 유일한 반응이었다.

그는 혼란스러운 표정을 지어 보이며 천천히 고개를 저었다.

"의사가 말한 거야. 지난 나흘 동안 내 키가 1.5센티 정도 줄었다더군. 하지만 줄어드는 건 키뿐이 아니야. 온몸이 줄어드는 것 같아. 일괄적으로 말이야."

"말도 안 돼. 그게 다야? 박사가 말한 게?"

그녀는 거칠게 반발했다. 물론 그런 말도 안 되는 주장에 다른 반응이 있을 수 없었다.

"하지만 사실이야. 나한테 엑스레이 사진을 보여 줬어. 나흘 전과 오늘 찍은 거야. 정말이더군, 난 줄어들고 있어."

그는 누군가에게 배를 걷어차인 사람처럼 당혹스럽고 고통스러운 표정을 지었다.

"그럴 리가 없어, 다음엔 진짜 전문가한테 가 봐야겠어."

그녀의 대답은 결심이라기보다는 두려움에 가까웠다.

"의사도 그러더군. 뉴욕에 있는 컬럼비아 메디컬 센터라고 했어.

하지만……."

"그럼, 가면 돼."

그가 말을 마치기도 전에 그녀가 먼저 말했다.

"이봐, 돈은 어쩌고? 우린 이미……."

"아니면 어쩌게? 당신, 한 번이라도……."

그녀는 몸을 부르르 떨면서 말을 끊어 버렸다. 팔짱을 낀 채였기 때문에 그녀는 두 손으로 부드러운 위팔을 비틀고 말았다. 그녀가 자신의 두려움을 드러낸 것은 사건이 시작된 이후로 처음이었다.

"루이스, 괜찮아, 응? 다 잘될 거야."

그는 그녀를 두 팔로 감싸 안았다.

"아냐, 당신은 그 센터라는 데 가. 가야 해."

"그래, 그래, 알았어. 갈게."

그가 중얼거렸다.

"거기 가면 무슨 수가 있을 거래?"

그녀가 물었다. 목소리에서 절박한 바람이 잔뜩 배어났다.

"의사 말로는……."

그는 기억을 더듬으며 입술을 핥았다.

"그래, 의사 말로는 내분비선, 갑상선, 뇌하수, 그리고…… 성호르몬을 검사할 거라고 했어. 기초대사와 몇 가지 검사도 더 하고."

그녀가 입술을 깨물었다가 투덜거렸다.

"그 의사, 아무리 알고 있다 해도 그렇지. 꼭 그렇게 있는 대로 다 까발려야 해? 줄어든다고? 자기가 의사면 생각이 있어야 할 것 아냐."

"내가 부탁한 거야. 처음 테스트를 시작할 때부터 그랬어. 뭐든지 솔직하게 말해 달라고. 의사도 어쩔 수…….."

"알았어. 하지만 꼭…… 그런 식으로 대놓고 말할 필요는 없잖아."

"사실이니까. 증거도 있고 엑스레이도……."

그가 화난 목소리로 말했다.

"오진일 수도 있어, 스콧. 제가 무슨 천재 명의라도 된대?"

그는 한참 동안 아무 말도 않다가 이렇게 말했다.

"나를 봐."

그전에 그의 키는 184센티미터였다. 이제는 아내의 눈을 수평으로 바라볼 수 있었다. 그리고 아내의 키는 172센티미터이다.

그는 접시 위에 힘없이 포크를 내려놓았다.

"어떻게 하려고? 비용 말이야. 브랜슨 말로는 적어도 한 달은 입원해야 한대. 한 달 동안 일을 못한다는 뜻이야. 일도 안 하면서 이런 식으로 형한테 계속 봉급을 달랄 수는……."

"자기 건강이 먼저야. 그건 아주버님도 알고 자기도 알잖아."

그녀가 신경질적인 목소리로 말했다.

그는 고개를 떨어뜨리며 입술을 깨물었다. 이미 청구서 하나하나가 쇠사슬처럼 그를 옭매고 있었다. 이제부터는 두꺼운 동아줄이 그의 수족을 묶어 버리고 말 것이다.

"그럼 이제 어떻게……."

그는 말을 하다가 멈추었다. 베스가 점심식사를 하다 말고 그를 쳐다보았다.

"어서 먹어."

루이스의 말에 베스가 눈을 돌리고는 고깃국 속의 감자에 포크를 찔러 넣었다.

"돈은 어떻게 하려고? 이건 의료보험도 안 돼. 지금까지의 조사만으로도 마티한테 500달러나 빚졌어. 게다가 전역 군인 대출 신청도 통과 안 될지도 모르고."

그가 무거운 한숨을 내쉬었다. 그녀가 말했다.

"할 수 있어."

"말이야 쉽지."

그가 대꾸했다.

"좋아, 그럼 어떻게 할까? 나 몰라라 해? 의사 말대로? 그냥 주저앉아서 굿이나 보라고……."

그녀의 말은 곧바로 흐느끼는 울음소리에 묻히고 말았다. 남편의 손도 이제는 위안이 되지 못했다. 그의 손도 그녀만큼이나 차갑고 떨렸다.

"좋아. 그렇게 할게, 루이스."

그가 중얼거렸다.

얼마 뒤, 아내가 베스를 잠자리에 누이는 동안, 그는 어두운 거실에 서서 자동차들이 거리를 지나는 모습을 내려다보았다. 뒷방에서 조용히 속닥거리는 소리를 제외하면 방 안은 너무나도 조용했다. 자동차들이 갖가지 잡음을 뱉으며 건물을 지나 어두운 도로 너머로 사라져 갔다.

그는 생명보험에 가입하는 문제를 생각해 보았다. 그건 동부로 이주하기로 한 계획의 일부였다. 먼저 마티 형의 회사에 들어가 그와 사업 파트너가 된 다음 전역 군인 대출 신청을 하고, 생명보험과 의료보험을 확보한 다음 은행 계좌, 멋진 자동차, 옷, 그리고 결국 집을 마련할 참이었다. 가족을 위해 안전한 방벽을 구축하고 싶었던 것이다.

그런데 이런 일이 생겼고 계획은 엉망진창이 되고 말았다.

정확히 언제부터인지는 모르겠으나, 문득 소름 끼치는 의문 하나가 그의 목을 조르기 시작했다. 그는 활짝 펼친 두 손을 멍한 눈으로 바라보았다. 누군가 스피드백을 치기라도 하듯 심장이 툭탁거리며 뛰었다.

도대체 언제까지 줄어드는 거지?

▏▎▍▌▏▎▍▌▏

물을 구하는 것은 문제가 아니었다. 전동 펌프 옆의 탱크 바닥에 아주 미세한 구멍이 나 있었다. 그는 그 아래 골무를 받쳐 놓았다. 마분지 상자에 담겨 있던 반짇고리에서 꺼내 온 것이었다. 골무는 항상 수정같이 맑은 물로 넘쳐났다.

진짜 문제는 먹을 거리였다. 지난 5주 동안 곰팡이 슨 빵 조각으로 연명했지만 이젠 그마저도 다 떨어졌다. 이제 막 저녁 식사로 마지막 찌꺼기를 먹은 뒤, 물로 씻어 내린 참이었다. 이 지하실에 갇히고 나서 후 그가 먹은 것이라고는 오직 빵과 물뿐이었다.

그는 천천히 어두운 바닥을 가로질러 갔다. 잠긴 지하실 문으로 올라가는 계단 옆으로 거미줄투성이의 하얀 탑이 보였다. 하루의 마지막 햇살이 오물로 뒤덮인 창들을 통해 걸러지고 있었다.

거미 왕국인 모래 둔덕의 햇살, 연료 탱크 너머의 햇살 그리고 통나무 더미 위쪽에 걸려 있는 햇살. 창백한 빛줄기가 콘크리트 바닥에 잿빛 창살을 만들어 놓았다. 그는 빛과 어둠의 감옥을 뚫고 걸었다. 조금만 지나면 지하실은 차가운 어둠의 무저갱으로 바뀔 것이다.

천장에 매달아 놓은 전구에 불을 들어오게 할 방법이 없을까 하고 고민한 것도 여러 시간이었다. 그렇게만 하면 어둠의 공포에서 벗어날 듯도 싶었으나 도저히 그곳까지 올라갈 방법이 없었다. 지금의 자기 몸을 기준으로 비율을 따져 보았을 때 그건 30미터도 더 되는 높이였다. 처음부터 말이 되지 않았다.

스콧은 하얀 냉장고 뒤로 돌아들어 갔다. 그들이 처음 이사 올 때 옮겨 둔 냉장고였다. 그게 겨우 한 달 전이었던가? 100년도 더 된 것 같은데 말이다.

구형 냉장고라 코일이 꼭대기의 실린더 박스 안에 들어 있었다. 그리고 실린더 옆에는 크래커 상자가 열린 채 놓여 있었다. 그가 아는 한 지하실에 남은 음식이라고는 그것뿐이었다.

크래커 상자는 그가 갇히기 전부터 냉장고 위에 있었다. 오래전 어느 날 오후, 그가 직접 놓아둔 것이었다. 아니, 사실 그렇게 오래전은 아니다. 하지만 왠지 하루가 더 길어진 것만 같았다. 마치 시간이라는 것이 정상인들을 위해 만들어진 것처럼 말이다. 몸이 줄어든 사람에게는 그 비율에 따라 시간도 늘어나는 것이 아닐까?

물론 그건 착각일 것이다. 하지만 크기가 줄어들면서 그는 온갖 환각에 시달려야 했다. 그가 줄어든 것이 아니라 세계가 팽창

한 것 같은 착각. 게다가 사물들은 정상인들이 생각하는 것과는 전혀 다른 모습으로 변해 가고 있었다.

그에게 기름보일러는 더 이상 발열 기구가 아니라, 뱃속에 으르렁거리는 마법의 불꽃을 담고 있는 거대한 탑이었다. 그리고 고무호스는 똬리를 튼 채 잠든 거대한 아나콘다였고, 버너 옆의 70센티미터짜리 벽은 말 그대로 암벽이었으며, 모래 둔덕은 거미들이 떼를 지어 기어 다니는 끔찍한 사막이었다. 엄지만 한 거미가 아니라 그의 키만 한 끔찍한 괴물 거미들이 말이다.

현실감이란 상대적이다. 날이 지날수록 뼈저리게 느끼는 진리이다. 6일 후면 그 현실감마저 지워지게 되리라. 죽는 것이 아니라 말 그대로 지워져 버리는 것이다.

영(0) 센티미터에 도대체 무슨 현실감이 있단 말인가?

하지만 아직은 아니다. 그는 냉장고의 깎아지른 벽을 바라보며 어떻게 저 위에 올라가 크래커를 꺼낼까 고민했다.

갑작스러운 소음에 그는 깜짝 놀라 뒤를 돌아보았다. 심장이 쿵쾅거렸다.

또다시 기름보일러가 돌아가기 시작한 것이다. 보일러의 진동에서 있기조차 힘들 지경이었다. 이것이 그의 현실이고 전쟁터다. 가벼운 소리조차 죽음에 가까운 위협이 되는.

어두워지고 있었다. 어두워지면 지하실은 끔찍한 지옥이 된다. 그는 서둘러 넓은 공간을 달려갔다. 온몸이 떨렸다. 그는 텐트 같은 옷을 입고 있었는데 헝겊 쪼가리에 머리를 끼울 구멍을 낸 것이었다. 그가 처음 이 지하실에 빠졌을 때 입었던 옷은 지금은 보일러 옆에 아무렇게나 놓여 있었다. 그는 입을 수 있을 때까지 그

옷을 입고 다녔다. 소매를 접고, 바짓단을 접고, 허리띠를 조이고…… 그러다가 옷은 결국 움직이는 데 방해가 되고 말았다. 지금 입은 옷을 만든 건 그때였는데 덕분에 난방기 아래를 벗어나면 늘 추웠다.

그는 거의 뛰다시피 걸었다. 갑자기 초조해져 최대한 빨리 복도를 벗어나고 싶었다. 그러다 벼랑 끝을 힐끗 보고는 몸을 움찔했다. 거미가 넘어오는 걸 본 것도 같았다. 하지만 그건 그림자일 뿐이었다. 그는 속도를 조금 늦추었다. 적응? 도대체 누가 이런 상황에 적응할 수 있겠는가?

그는 여전히 몸을 떨었다. 텁텁하고 역한 마분지 냄새에 질식할 것만 같았다. 그건 밤이면 나타나는 또 하나의 환각이었다.

그는 잠을 청해 보았다. 크래커 걱정은 내일 밝을 때 할 것이다. 아니, 어쩌면 아예 걱정 따위조차 못 할 수도 있겠다. 어쩌면 그냥 이렇게 누워 배고픔과 갈증에 모든 것을 맡길지도 모른다. 끔찍한 불행에도 불구하고 스스로 어쩌지 못했던 이 질긴 목숨.

160센티미터

루이스는 파란색 포드를 몰고 넓고 구불거리는 비탈길을 달리고 있었다. 퀸스 블러바드에서 크로스 아일랜드 파크웨이로 이어지는 길이다. 소리라고는 모터가 돌아가는 부드러운 진동음뿐이었다. 그나마 의미 없는 대화도, 미드타운 터널을 빠져나오고 500미터도 채 안 될 때쯤 끊기고 말았다. 스콧은 조용히 흐르던 라디오 음악마저 꺼 버리고는 시무룩하게 앉아 창밖만 내다보았다. 의미 없는 풍경들이 그의 눈에 박혔다가 그대로 흘러가 버렸다.

그가 이렇게 된 건 루이스가 그를 데리러 센터에 오기 훨씬 전부터였다.

의사들에게 떠나겠다고 말한 이후로 이런 식으로 벽을 쌓기 시작했다. 센터에 들어온 순간부터 쌓기 시작한 분노의 벽돌담이었다. 물론 재정적 부담에 대한 두려움이 제일 첫째 돌이고 그 핵심에는 악화 일로에 놓인 불안정한 생활이라는 벽돌이 있었다. 그리고 그 벽돌들은 제거되기는커녕 센터에서의 무의미한 날이 이어지면서 더욱더 늘어 가기만 했다.

루이스는 남편의 결정도 결정이거니와, 막상 자기보다 작아진 그를 보자 아연하지 않을 수 없었다. 그녀의 반응은 스콧에게도 치명적이어서 아내가 방에 들어온 이후로는 거의 입을 열지 않았다. 기껏 말을 한다 해도 조용하고, 어처구니없을 정도로 짧은 대꾸뿐이었다.

"응?"

그가 조금 놀란 표정을 지으며 되물었다.

"식사했냐고?"

"어, 응. 8시쯤."

"배고파? 어디 세울까?"

"아냐."

그녀를 보니 얼굴에 난감하다는 표정이 역력했다.

"그냥 말해, 제발. 가슴에 담아 두지 말고."

그가 말했다.

"할 말이 뭐 있어야지."

"바로 그거야."

그는 짧지만 격정적으로 고개를 끄덕였다.

"그래, 옳은 말이야. 다 내 잘못이라고 말하면 되는 거야. 도대체 뭐가 잘못되어 가는지도 모르는 멍청이니까 말이야. 난⋯⋯."

그는 말을 멈추었다. 그러다 걷잡을 수 없게 될까 봐 불안했다. 근거 없는 짜증과 막연한 두려움이 분노를 터뜨릴 기회마저 막아 버린 것이었다. 지속적인 공포를 갖고 사는 남자는 분노마저 변덕스럽고 산발적일 수밖에 없게 된다.

"내 기분이 어떤지 알잖아."

그녀가 말했다.

"그래 알아. 하지만 당신까지 빚에 쪼들리게 하고 싶진 않아."

"말했잖아. 나도 일할 수 있다고."

"그 얘긴 그만 해. 일한다고 해결되는 것도 아니잖아. 그 돈 갖고 턱도 없어. 게다가 다 부질없는 짓이라고. 병원에서 알아낸 건 개뿔도 없으니까."

그는 지쳤다는 듯 한숨을 내쉬었다.

"스콧, 의사도 몇 달 걸릴 수 있다고 했잖아! 그런데 테스트도 아직 끝나지 않았어. 어떻게 그렇게⋯⋯."

"그럼 어떻게 나올 거라고 생각했어? 놈들이 날 가지고 놀도록 내버려 두라고? 그게 어떤 건지는 알아? 내 꼴이 어떤지는 아냐고? 놈들은 날 완전히 신기한 장난감 취급해! 신기하게 줄어드는 장난감 말이야. 세상에, 줄어드는 사람이라니! 아예 눈을 똥그랗게 뜨고 보더라고. 놈들의 관심은 그저 내 '기적의 이화작용'뿐이야."

"그게 무슨 상관이야? 그래도 우리나라 최고의 전문가들이잖아."

"게다가 최고로 비싼 인간들이지. 그렇게 신기하다면 왜 무료 진료를 할 생각들은 않는 거지? 그래, 난 그렇게도 말해 봤어. 세상에, 아예 뭐 이런 미친놈이 다 있어 하는 표정이더군."

그녀는 아무 말도 하지 않았다. 숨을 쉬기도 어려운지 가슴이 위아래로 크게 오르내렸다. 그가 계속해서 말했다. 이런 식의 침묵은 이제 사양하고 싶었다.

"검사받는 데도 지쳤어. 기초대사 테스트, 단백질 결합 테스트도 싫고, 방사능 이오딘과 바륨 분말액을 마시는 것도 질렸어. 엑스레이와 혈액 배양도 싫고 목에 가이거 계수기를 찔러 대는 것도, 하루에 수백만 번씩 체온을 재는 것도 지겹단 말이야. 당신은 해보지 않아서 몰라. 그건 정말로 고문이라고. 게다가 의미도 없잖아? 지금까지 뭘 알아낸 거지? 아무것도 없어. 아무것도! 앞으로도 못 알아낼 거고. 그런 무의미한 일에 수천 달러를 쏟아 부을 수는 없어!"

그는 의자에 기대고는 두 눈을 질끈 감았다. 처음부터 말이 안되는 얘기라서인지 아무리 쏟아 부어도 밑 빠진 독 같았다. 아무리 해도 사그라지지 않을 분노. 그건 내면에서 불타오르는 화염이었다.

"아직 끝나지 않았어, 스콧."

"돈만 아까워."

"나한테 아까운 건 당신뿐이야!"

"그 '아까운 당신'께서 지금 우리 보험금을 열나게 갉아먹고 있어."

그가 항변했다.

"그건 옳지 않아."

"옳지 않다고? 제일 처음에 캘리포니아에서 여기로 이사 온 이유가 뭐지? 나? 내가 형하고 동업하겠다고 해서? 이런, 난 거기서도 잘나갔어. 그건……."

그는 잠시 말을 멈추고 떨리는 한숨을 내뱉었다.

"그만 하자. 사과할게. 하지만 돌아가진 않을 거야."

"지금 화도 나고 억울해서 그래. 그래서 돌아가지 않겠다는 거야."

"아니, 아무 의미 없기 때문에 돌아가지 않는 거야."

그들은 잠시 동안 아무 말 없이 차를 몰았다. 그러다가 루이스가 말했다.

"스콧, 당신 건강이 그런데 나만 잘 먹고 잘 살 수 있을 것 같아?"

그는 대답하지 않았다.

"그렇게 생각해?"

"그 얘긴 그만 해."

다음 날 아침. 토요일. 그는 생명보험회사에서 온 가입 신청서 한 다발을 산산이 찢어 휴지통에 버리고는 참담하고도 기나긴 산책을 떠났다. 그리고 그동안 7일 만에 천국과 세계를 창조한 하느님에 대해 생각했다.

그는 하루에 0.36센티미터, 즉 7분의 1인치씩 줄어들고 있었다.

지하실은 고요했다. 기름보일러도 막 작동을 멈추었다. 앞으로 한 시간 동안은 땅땅거리던 물 펌프도 조용하리라. 그는 마분지 상자 위에 누워 침묵의 소리에 귀를 기울였다. 지쳤지만 잠은 오지 않았다. 짐승의 삶을 살고 있으면서도 짐승의 편안하고 깊은 잠을 누릴 수 없다니, 기가 막혔다.

거미가 나타난 것은 11시쯤이었다.

11시라는 사실도 몰랐지만 위층에서 여전히 쿵쿵거리는 발소리가 들려왔다. 루이스는 대개 한밤중이 되어서야 잠자리에 든다.

거미가 상자 위를 가로지르는 섬뜩한 소리가 들렸다. 놈은 한쪽으로 내려갔다가 다시 다른 쪽으로 올라왔다. 입구를 찾기 위한 놈의 노력은 놀라울 정도로 끈기 있었다.

블랙위도(사마귀 부인 — 옮긴이). 사람들은 흑거미를 그렇게 부른다. 섹스를 한 후 암놈이 수놈을 죽이고 잡아먹기 때문에 붙여진 이름이다.

놈은 흑진주처럼 반짝였고, 달걀 모양의 배에는 자로 잰 듯한 주홍색 사각형, 소위 모래시계가 붙어 있다. 놈은 고도로 발달된 신경조직과 기억을 소유하고 있으며 방울뱀보다 열두 배나 지독한 독성을 지녔다.

블랙위도가 상자 위로 기어오르고 있었다. 거의 그만큼 큰 놈이다. 며칠 후면 똑같은 크기가 될 것이고, 다시 며칠 후면 그보다 더 커질 것이다. 생각이 거기에 미치자 욕지기가 났다. 그럼 어떻게 달아난단 말인가?

"여기서 나가야 해!"

그는 절박한 심정으로 외쳤다.

그는 두 눈을 감았다. 무력감에 맥이 하나도 없었다. 이미 이 지하실을 빠져나가려 시도한 지도 5주나 지났다. 처음 이곳에 떨어졌을 때보다 6분의 1 크기밖에 안 되는 주제에 무슨 개소리란 말인가?

다시 긁는 소리가 들렸다. 이번엔 상자 아래쪽이었다.

상자의 한쪽 위에 약간의 틈이 있었다. 거미 다리 하나 정도는 충분히 들어올 만한 틈이었다.

놈이 가시투성이 발로 긁어 대자, 면도날을 사포에 가는 듯한 소리가 나서 온몸에 소름이 돋았다. 놈이 침대에서 10센티미터 이내로 다가온 적은 없지만 그는 매번 악몽에 시달려야 했다. 그는 두 눈을 질끈 감았다.

"꺼져! 꺼져 버려! 없어지란 말이야!"

그가 소리쳤다. 날카로운 고함 소리가 종이 상자를 울리는 바람에 귀가 떨어져 나갈 것만 같았다. 거미는 안으로 들어오기 위해 상자를 긁고 뛰고 미친 듯이 기어올랐고 그는 격렬하게 몸을 떨기만 했다.

그는 몸을 뒤집어 스펀지를 감싼 손수건에 얼굴을 묻었다. 저놈을 죽일 수만 있다면, 적어도 며칠 남지 않은 최후나마 훨씬 평화로울 수 있으련만!

한 시간쯤 후 긁는 소리가 멈추고 놈은 멀리 가 버렸다. 온몸이 식은땀으로 뒤덮여 있었다. 한기도 심했고 손가락도 온통 꼬여 있었다. 그는 잔뜩 입을 벌린 채 발작적으로 심호흡을 했다. 공포와의 사투를 벌인 끝이라 힘이 하나도 없었다.

'놈을 죽인다고?'

그 생각을 하자 전율이 온몸을 훑었다.

얼마 뒤 그는 비몽사몽의 잠에 빠져들었다. 이따금 잠꼬대도 흘러나왔다. 그의 밤이 끔찍한 악몽의 고문으로 가득 차기 시작한 것이다.

그는 번쩍 눈을 떴다.

상자 안은 어두웠지만 그는 본능적으로 밤이 끝났음을 알 수 있었다. 그는 신음을 내뱉으며 스펀지 침대에서 일어섰다. 천장이 어깨에 닿았다. 그는 한쪽 모퉁이로 걸어가 상자 뚜껑을 힘껏 밀어 올렸다.

바깥세상에서는 비가 내리고 있었다. 창문을 흘러내리는 불규칙한 빗줄기를 뚫고 들어온 흐릿한 빛에 그림자들이 흔들렸고, 빛 쪼가리가 창백한 젤라틴 덩어리처럼 방울방울 맺혀 있었다.

그가 한 첫 일은 시멘트 블록을 기어 내려가 자를 세워 둔 곳에 가는 것이었다. 그건 매일 아침 의례와도 같은 일이다. 노란색 대형 예초기에 자가 기대서 있었다.

그는 눈금에 몸을 바짝 붙인 다음 오른손을 머리 위로 올렸다. 그리고 손을 그대로 둔 채로 한 걸음 물러나 확인해 보았다.

사실 7분의 1로 구분된 자가 있을 리 없기 때문에 직접 표시를 해 나가야 했다. 손끝에 살짝 가려진 눈금은 그의 키가 겨우 1.8센티미터라고 말해 주었다.

그는 힘없이 손을 떨어뜨리고 말았다. 이런, 그럼 어떨 줄 알았는데? 그는 스스로의 질문에 아무런 대답도 할 수 없었다. 왜 이런 식의 임상학적 마조히즘으로 매일 자학을 해 대는지 이해할 수가 없었다. 지금 당장 끝나지는 않을 것이다. 완전 소멸은 최후의 순간에나 이루어진다. 그런데 도대체 이러는 이유가 뭐란 말인가? 자신이 어디까지 줄어드는지를 끝까지 추적하겠다던 과거의 결심 때문일까? 만일 그렇다면 그거야말로 바보 같은 짓이다. 결국 처음부터 불가능한 추적이 아니던가?

그는 천천히 차가운 시멘트 바닥을 걸었다. 창문을 때리는 빗방울 소리를 제외한다면 지하실은 너무나도 고요했다. 어딘가에서 공허한 드럼 소리 같은 게 들려왔다. 지하실 문을 두드리는 빗물 소리일 것이다. 그는 걸으면서 자연스럽게 벼랑 끝을 훑었다. 거미 때문이지만 지금은 보이지 않았다.

그는 옷걸이의 받침대 옆을 지나 30센티미터 높이의 계단으로 향했다. 그 옆이 바로 탱크와 펌프가 있는 거대하고 어두운 동굴이다. 30센티미터라. 그는 계단 위의 벽돌에 매어 놓은 줄사다리를 내리면서 생각해 보았다. 30센티미터. 하지만 지금의 그에게 있어서 그건 무려 45미터에 달하는 높이였다.

그는 조심스럽게 사다리를 내려갔다. 거친 콘크리트 벽에 무릎이 부딪치고 긁혀 나갔다. 아무래도 사다리를 벽에서 떼어 놓을 방법부터 찾아야겠다. 아니, 이제 그것마저도 늦었겠다. 그러기에는 너무 작았다. 솔직히, 이런 식으로 부딪치면서도, 줄사다리 발판에 발을 디디기가 어려웠다. 그 아랫단도, 또 그 아랫단도.

그는 얼굴을 찡그리며 차가운 물을 얼굴에 뿌렸다. 골무 꼭대기에 손이 닿는 것도 이제는 쉽지 않다. 이틀 후면 그마저 불가능해질 것이고 실 사다리를 타고 내려올 수도 없으리라. 그럼 어떻게 되는 거지?

그는 머릿속에서 끔찍한 미래를 밀어내고 손바닥에 차가운 물을 담아 마셨다. 이가 시렸다. 그는 옷으로 얼굴과 손을 닦은 다음 다시 사다리로 돌아갔다.

그는 사다리를 반쯤 올라가다 멈춰 선 채로 잠시 휴식을 취했다. 손은 가로줄에 걸쳐 놓았는데 이제 실이 충분히 로프의 구실을 해내고 있었다.

'이러다 사다리 위에 거미가 나타나면 어쩌지? 놈이 나를 잡아먹겠다고 사다리를 타고 내려오면?'

그는 부르르 몸을 떨었다. 그만, 제발 쓸데없는 생각은 하지 말자. 거미로부터 스스로를 지켜내는 것이야 중요하지만 그렇다고 남은 여생을 끔찍한 상상으로 가득 채울 수는 없다.

그는 크게 심호흡을 했다. 그래도 두려움은 가시지 않았다. 목이 따끔거렸다.

"오, 신이여."

그랬다. 그에게 필요한 것은 신이었다.

그는 좌절감에 휩싸인 채 나머지 사다리를 기어 올라가 냉장고까지 500미터에 이르는 여행을 이어 나갔다. 그가 가는 길에는 똬리를 튼 거대한 고무호스, 나무만큼이나 두꺼운 갈퀴 손잡이, 집채만 한 예초기 바퀴, 그리고 이제는 10층짜리 건물처럼 커 보이는 버드나무 식탁 등이 놓여 있었다. 벌써부터 배가 고프기 시작했다.

그는 걸음을 멈추고 고개를 젖혀 냉장고 꼭대기를 보았다. 실린

더 꼭대기에 구름이라도 걸려 있었다면 저 아련한 높이가 더 실감 났을 거라는 생각이 들었다.

그는 고개를 떨어뜨렸다. 한숨이라도 내쉬려 했건만 그보다 구르릉거리는 소리가 먼저였다. 기름보일러가 다시 천지를 흔들기 시작했다. 저놈의 폭음에는 도무지 적응이 되지 않았다. 터지는 시간도 불규칙했고 사전에 예고도 없었다. 게다가 매일 그가 줄어드는 만큼 상대적으로 소리가 더 커지고 있는 것이다.

그는 한참 동안을 어쩔 줄 몰라 하다가 하얀 냉장고 다리를 보았다. 그리고 고개를 저으며 황급히 몽환에서 빠져나왔다. 거기에 서 있어 봐야 아무런 소용이 없었다. 중요한 것은 저 크래커를 얻지 못하면 굶어 죽는다는 사실뿐이었다.

그는 궁리를 하면서 식탁 주변을 어슬렁거렸다.

마천루 같은 냉장고 정상을 점령하는 방법이야 한둘이 아니었다. 하지만 그중 어느 하나 만만하지 않은 게 문제였다. 연료 탱크에 세워져 있는 사다리를 타고 올라가(사실 그것만으로도 에베레스트를 정복하는 수준에 가까웠다.) 그 옆에 쌓아 둔 거대한 마분지 상자로 옮겨 타고, 루이스의 옷 가방을 가로지른 다음, 다시 매달린 로프를 타고 냉장고 꼭대기까지 올라갈 수도 있다. 아니면 붉은색 십자가 모양 식탁을 기어오를 수도 있었다. 그다음에 마분지 상자를 쌓아 둔 곳으로 뛰어넘고 옷 가방을 가로질러 로프를 타는 것이다. 아니, 냉장고 바로 옆에 있는 버드나무 식탁을 이용할 수도 있겠다. 그 위로 올라가서는 길고도 험난한 로프 타기를 시도하면 된다.

그는 냉장고에서 시선을 돌려 지하실 건너의 깎아지른 벽을 보

36

고, 크로케 세트, 접의자들, 화려한 줄무늬의 비치파라솔, 올리브 색 캔버스 스툴 따위를 무기력한 시선으로 바라보았다.

다른 방법은 없을까? 크래커 말고는 먹을 게 정말로 없는 건가?

그는 벼랑의 가장자리를 천천히 훑어보았다. 그곳에도 마른 빵 조각 하나가 놓여 있기는 했다. 하지만 그것도 그림의 떡이기는 마찬가지였다. 그 절벽을 다시 타고 오르기에는 거미에 대한 공포가 너무나 컸다.

문득 그런 생각이 들었다. 거미도 먹을 수 있는 건가? 생각만 해도 욕지기가 났다. 그는 그 생각을 몰아내고 다시 당면한 문제에 집중하기로 했다.

아무런 도움 없이 등반을 할 수는 없다. 그게 첫 번째 난관이었다.

그는 지하실을 가로질러 걷기 시작했다. 바닥의 냉기가 샌들을 뚫고 그대로 전해졌다. 그는 연료 탱크의 그림자에 숨어 있는 마분지의 찢어진 균열 사이로 기어올랐다. 거미가 안에 들어가 있으면 어쩌지? 그는 한 발은 안쪽에 다른 발은 바깥쪽에 둔 채로 움찔 하고 멈춰 섰다. 가슴이 콩닥거리기 시작했다. 그는 용기를 내기 위해 숨을 들이마셨다. 이런, 이게 무슨 청승이람. 놈은 거미일 뿐 전술의 대가가 아니지 않은가.

그는 곰팡내 내는 마분지 상자 안으로 기어오르며 거미가 정말로 지능이 없이 단순히 본능으로 움직인다는 생각이 사실이기만을 바랐다.

그는 손을 뻗어 실을 더듬어 찾았지만, 문득 차가운 금속이 만져져 얼른 손을 빼고 말았다. 그냥 핀이었다. 그냥 핀? 그는 입술을 삐쭉 내밀었다. 그건 거의 기사의 창 수준이었다.

그는 실을 찾은 다음 낑낑대며 20센티미터 가량 풀어 냈다. 실을 끌어내고 당기고 드럼통 크기의 실패에서 이빨로 끊어 내는 데만도 꼬박 1분이 걸렸다.

그는 마분지에서 실을 끌어내 버드나무 식탁 쪽으로 가져갔다. 그리고 통나무가 쌓여 있는 곳으로 가서 팔뚝만 한 크기의 나뭇조각을 끊어 내 가져온 실로 묶었다.

이제 준비가 끝났다.

첫 번째 던지기는 쉬웠다. 그의 몸 두께만 한 두 개의 줄무늬가 넝쿨처럼 식탁 다리를 휘감고 있었다. 두 개의 줄무늬는 식탁의 첫 번째 선반에서 10센티미터 아래의 다리에서 벌어져 나와 선반을 향해 기어 올라가다가 다시 선반 10센티미터 위에서 반대 방향으로 틀어져 다리를 향해 좁아졌다.

그는 줄무늬가 돌출해 나오기 시작한 지점을 향해 나뭇조각을 집어던졌다. 세 번째 시도에서 조각은 빈틈 사이를 뚫고 들어갔다. 조심스럽게 당겨 보니 조각은 무늬와 다리 사이에 단단히 걸려 있었다. 그는 줄을 타고 올라갔다. 두 다리로 줄을 꼬았는데도 팽팽한 줄 끝에서 몸이 빙글빙글 돌았다.

첫 번째 착지점에 도달한 그는 실을 끌어올리고 나뭇조각을 풀었다. 이제 두 번째 단계에 도전할 참이다.

다시 네 번의 시도 끝에 조각은 격자무늬 선반의 줄무늬 사이에 끼었다. 그는 줄을 타고 올랐다.

그는 선반에 대 자로 누운 채 숨을 몰아쉬었다. 완전히 탈진 상태였다. 그리고 몇 분 뒤 자리에서 일어나 아래를 내려다보았다.

적어도 15미터는 되어 보였다. 하지만 그는 지쳤고 등반은 이제 겨우 시작이었다.

지하실 맞은편에서 펌프가 땅땅거리며 증기를 내뿜기 시작했다. 그는 그 소리를 들으며 30미터 위쪽의 넓은 식탁 상판을 올려다보았다.

"할 수 있어. 할 수 있어. 힘내야지. 암 힘내야 하고말고."

그가 쉰 목소리로 끊임없이 주절거렸다.

그는 두 발로 일어나서 숨을 크게 들이마셨다. 그러고는 다리의 다음 접합부와 꽈배기 줄무늬를 향해 조각을 던졌다.

조각이 머리 위로 떨어지는 바람에 그는 껑충 뛰어서 피해야 했다. 그 바람에 오른쪽이 격자무늬 사이에 빠져 그는 황급히 가로대를 움켜잡았다. 하마터면 바닥에 떨어져 박살이 날 뻔했다.

그는 한참 동안 그렇게 매달려 있었다. 다리 하나가 허공에서 대롱거렸다. 그는 신음을 뱉어내며 온몸을 끌어올렸다. 오른쪽 아킬레스건이 아픈 것으로 보아 아무래도 접질린 모양이었다. 그는 이를 악물고 긴 숨을 내쉬었다. 목구멍은 따끔거렸고, 다리는 접질렸고, 배는 고프고, 지치고…… 이제 또 뭐지?

열두 번이나 있는 힘껏 던져서 위쪽 틈새에 조각을 끼워 넣었다. 줄을 잡아당겨 단단히 걸린 것을 확인한 그는 다시 10미터도 넘는 허공을 향해 몸을 끌어올렸다. 한 번씩 몸을 끌어당길 때마다 근육이 비명을 질러 댔지만 기어이 상판의 이음새에 도달하는 데 성공했다. 그는 식탁 다리와 무늬목 사이에 몸을 걸고는 반쯤은 눕고 반쯤은 매달린 채 숨을 헐떡였다. 근육이 펄떡펄떡 뛰는 모습이 눈에도 선하게 보였다. 이제 틀렸어. 더 이상 못 가. 지하실이 눈앞에서 빙글빙글 돌았다.

160센티미터

160센티미터가 되던 주에 어머니를 찾아갔다. 그 전에 만났을 때는 183센티미터였을 때였다.

브루클린 스트리트의 어머니가 살고 있는 2세대용 건물로 향하며 그는 겨울바람보다도 더 혹독한 한기를 느꼈다. 아이 둘이 거리에서 공놀이를 하고 있었다. 그때 아이가 놓친 공이 굴러와 그는 허리를 굽혀 공을 집어 들었다.

아이가 소리쳤다.

"꼬마야, 이리로 던져!"

묘한 충격이 그의 온몸을 훑고 지나갔다. 그는 있는 힘껏 공을 던졌다.

"어쭈, 제법인데!"

아이가 다시 소리쳤다. 그는 시무룩한 얼굴로 다시 걸음을 재촉했다.

그리고 어머니와의 끔찍한 시간. 도저히 그때를 잊을 수가 없었다.

그녀는 일부러 다른 얘기만 했다. 마티와 테레사와 그들의 아들 빌리, 루이스와 베스, 그리고 마티가 주는 돈으로 여유롭게 살고 있다는 등등의 이야기들.

그녀는 빈틈없는 솜씨로 식탁을 차렸고 접시와 컵을 배열했다.

쿠키와 케이크가 단정하게 정리된 접시들. 하지만 어머니와 함께 앉는 것이 마음이 편할 리가 없었다. 커피도 뜨겁기만 했고 쿠키는 모래 씹는 맛이었다.

그리고 너무 늦었다 싶었을 때 어머니가 그 문제를 거론했다. 치료는 잘 받고 있느냐는 뜻의 질문이었다.

그는 어머니가 원하는 대답을 잘 알고 있었다. 그는 센터와 검사들에 대해 설명해 주었다. 어머니의 장밋빛 주름살에 다행이라는 표정이 스쳐 지나갔다.

"그래, 그래, 잘됐구나. 의사들이 알아서 해 줄 게다. 요즘 의사들이 못 고치는 병은 없단다. 뭐든지 말이야."

그게 다였다.

집으로 돌아오면서도 마음이 무거웠다. 그의 불행에 대해 어머니가 보여 준 반응 때문이었다. 그만한 근심조차 이제 다시는 볼수 없으리라는 것을 그는 잘 알고 있었다.

집에 돌아오자 루이스가 그를 몰아붙이기 시작했다. 센터로 돌아가 검사를 마저 받으라는 주문이었다. 베스를 탁아소에 맡기고 일을 하면 된다는 것이다. 처음에는 그녀의 목소리도 단호했고 완강하기까지 했으나 위장은 곧 벗겨지고 결국 두려움과 불행만 남게 되었다.

그는 아내에게 다가가 등을 쓸어안았다. 그녀를 위로하고 싶었으나 그녀의 얼굴을 올려다보니, 그러기에는 자신이 너무나도 작아져 버렸다는 자괴감만이 머릿속을 헤집어 놓았다.

"알았어, 알았어. 돌아갈게. 돌아갈 테니까 울지만 말아 줘."

그리고 그다음 날 센터에서 편지가 왔다.

"귀하의 질환이 갖는 특이한 성격으로 인해, 그에 대한 연구가 의학 발달에 지대한 기여를 할 것으로 사료되므로 무료로 검사를 계속하고 싶다"는 것이었다.

그는 센터로 돌아갔다. 그리고 원인이 밝혀졌다.

‖‖‖‖‖‖‖‖

스콧은 눈을 깜빡여 초점을 잡은 후 한숨을 쉬며 오른손으로 식탁 다리를 잡고 일어섰다.

그곳에서부터는 두 개의 쌍둥이 줄무늬가 반대쪽을 향해 퍼져 나가 받침대와 수평을 이루며 식탁 상판의 아래쪽까지 이어졌다.

그리고 굴곡을 따라 세 개의 수직 막대가 띄엄띄엄 거대한 난간을 이루고 있었다. 이제 실은 필요 없을 것 같다.

그는 70도 경사를 따라 오르기 시작했다. 첫 번째 버팀목에서 발을 헛디뎠지만 간신히 나무를 잡고 중심을 잡았다. 샌들이 미끄러지며 삐익 하고 소름 끼치는 소리를 냈다. 그는 몸을 날려 다음 난간을 붙들고는 다시 위로 올라섰다. 시시각각 목숨을 거는 모험인 탓에 다른 생각은 할 겨를도 없었다. 그는 그런 식의 몰입 상태로 계속 나아갔다. 가끔 위장을 쥐어짜는 허기가 그의 곤경을 말해 주었다.

마침내 그는 경사 끝에 도착했다. 뜨거운 숨이 목을 태워 버릴 것만 같았다. 그는 가로목과 마지막 수직 난간 사이에 몸을 끼우고 앉아 식탁의 넓은 아래쪽을 올려다보았다.

순간 그의 얼굴이 굳어졌다.

"안 돼!"

그는 부서질 것 같은 목소리로 중얼거리며 황급히 주위를 둘러보았다. 두 눈이 욱신거렸다. 맙소사, 식탁 아래쪽 끄트머리까지의 거리는 1미터나 되었고 손으로 잡을 만한 곳도 보이지 않았다!

"안 돼!"

여기까지 와서 기껏 빈손이란 말인가? 도저히 믿을 수도 없고 믿고 싶지도 않았다. 그는 두 눈을 꼭 감았다. 그냥 뛰어내리자. 그냥 떨어져서 죽어 버리는 거야. 더 이상 버틸 수가 없어.

그는 다시 눈을 뜨고 양볼 아래쪽의 뼈 윤곽이 도드라지도록 이를 앙다물었다. 물론 떨어져 죽을 수는 없다. 떨어져 죽을 바에야 차라리 식탁 가장자리를 향해 뛰어 보기라도 할 것이다. 어떤 경우라도 스스로 목숨을 끊는 일 따위는 하지 않으리라.

그는 식탁 상판 아래의 가로막을 기어가며 이곳저곳을 살폈다. 분명히 길이 있을 것이다. 있어야 한다.

가로막의 모퉁이를 돌아가다가 마침내 방법을 찾아냈다.

식탁 탑의 가장자리를 따라 그의 팔 두 배 정도 되는 나무판이 보였다. 그의 덩치보다 조금 작은 못으로 박은 막대였다.

그 못 하나가 빠져나와 있었다. 식탁 가장자리 아래로 가로막이 0.5센티미터 정도 움푹 들어간 지점이었다. 0.5센티미터. 지금의 그에겐 거의 1미터에 이르는 길이다. 그래도 그 사이로 뛰어 가로막에 매달린 다음 식탁 위쪽으로 올라갈 수도 있을 것 같았다.

그는 도약 자세로 앉아 움푹 들어간 지점과 그가 점프할 지점을 노려보며 심호흡을 했다. 그에겐 최소한 120센티미터쯤 되는 거리였다. 120센티미터의 허공을 날아올라야 한다는 뜻이다.

그는 마른 입술을 핥았다. 밖에서는 비가 더욱 심하게 쏟아지고 있었다. 창문을 두드리는 소리도 더욱 거세졌다. 빗물에 일렁이는 흐릿한 빛줄기가 그의 얼굴에 얼룩무늬를 그렸다. 그는 통나무 더미 위쪽의 창문을 건너다보았다. 유리창을 흘러내리는 일그러진 무늬 너머로 거대한 두 눈이 그를 노려보고 있는 것 같았다. 텅 빈 두 눈.

그는 창에서 눈을 돌렸다. 머뭇거려 봐야 아무 소용없다. 우선 먹어야 했다. 다시 내려간다는 건 말도 안 된다. 갈 데까지 가 보는 수밖에.

그는 도약의 자세를 취했다.

'지금이야.'

그는 그런 생각을 하면서도 왠지 마음이 차분했다. 어쩌면 이 길고도 불가해한 여행의 종지부일 수도 있지 않겠는가. 그는 다시 입술을 굳게 다물었다.

"될 대로 되라지."

그는 그렇게 중얼대고는 곧바로 하늘로 날아올랐다.

두 팔이 나무 막대에 너무 세게 부딪치는 바람에 제대로 붙들고 있는지 감각조차 없었다.

'실패야!'

그는 마음속으로 비명을 지르고는 죽을힘을 다해 막대를 끌어안았다. 두 다리가 아스라한 허공 속에서 앞뒤로 흔들렸다.

그는 그대로 매달린 채로 숨을 고르며 두 팔의 감각이 돌아오기를 기다렸다. 그리고 신중하게, 아주 천천히, 몸을 돌려 가로막의 배열을 마주 본 다음 몸을 끌어올려 가로막 위에 올라가 앉았다. 중심을 잡기 위해 두 손은 식탁 밑에 댔다. 탈진으로 손발의 맥이 하나도 없었다.

식탁 위쪽으로 올라가는 마지막 단계가 제일 난코스다.

두 손이 식탁 끄트머리 위로 올라갈 수 있도록 둥근 가로막 위에서 뛰어올라야 하는 것이다. 매달릴 만한 곳도 없었다. 두 팔과 두 손으로 식탁 표면에 얼마나 달라붙을 수 있느냐가 관건이었다. 요컨대 마찰의 힘을 믿어야 하는 것이다.

그렇게 해서라도 식탁 위로 기어 올라가야 한다.

문득 그 기이한 과정이 뇌리를 스치고 지나갔다. 그러니까 정상적인 사람이라면 한 손으로 들고 나를 수도 있는 식탁에 기어오르다 떨어져 죽을 수도 있다는 말이다.

그는 고개를 저었다. 쓸데없는 생각은 집어치우자.

그는 팔다리 근육의 떨림이 가라앉을 때까지 열심히 심호흡을 했다. 그리고 부드러운 나무 위에 웅크리고 앉아 상판 아래의 가장자리에 손을 대고 중심을 잡았다.

샌들 바닥이 너무 부드러운 데다가 나무를 틀어쥐는 일도 쉽지 않겠다는 생각이 들었다. 아무리 발이 차가워도 샌들은 벗어던져야 할 것 같다. 그가 샌들을 털어 내자 얼마 뒤 바닥에서 철썩 하고 부딪치는 소리가 들려왔다.

그는 잠시 망설이다가 마음을 다져 잡고 폐부 깊숙이 숨을 들이마셨다. 그리고 잠시 멈추었다.

'지금이야.'

그는 허공으로 몸을 날려 식탁 상판의 가장자리에 두 팔을 얹었다. 넓은 상판 위에 쌓인 물건들이 먼저 시야에 들어왔다. 그리고 미끄러지기 시작했다. 그는 찰싹 달라붙어 손톱을 나뭇결 사이로 밀어 넣었지만 미끄러짐을 멈출 수는 없었다. 허공에서 대롱거리는 몸뚱이가 그를 끌어내리고 있었다.

"안 돼."

그는 나오지도 않는 목소리로 흐느꼈다. 두 팔을 바닥에 완전히 밀착시킨 채 사력을 다해 손톱으로 나무 표면을 긁으며 안쪽으로 파고들었다.

그리고 금속 고리를 보았다. 고리는 그의 손끝에서 0.5센티미터 위에 매달려 있었다. 그걸 못 잡으면 끝이었다. 한 손을 빼자 나무 쪼가리들이 손톱을 파고들었다. 그는 얼른 고리를 향해 한 손을 던졌다.

'위험해!'

그는 들어 올렸던 손으로 다시 바닥을 때리고는 미친 듯이 나무를 파고들었다. 다시 미끄러지고 있었다. 젖 먹던 힘까지 끌어내 다시 손을 뻗었다. 고리가 손에 잡혔다! 그는 두 손으로 차가운 금속을 붙들고 늘어졌다가 온몸을 뒤틀며 식탁 가장자리로 기어올랐다. 그리고 두 손을 놓고는(고리는 페인트통의 손잡이였다.) 그대로 무너져 내렸다.

그는 한참 동안 꼼짝도 않고 누워 있었다. 공포와 탈진으로 온몸이 떨렸다. 그는 차디찬 공기를 허겁지겁 들이마셨다.

'해냈어.'

그 생각밖에 들지 않았다.

'해냈어. 해냈다고!'

비록 지치기는 했지만 그것만으로도 기운이 마구 솟구쳤다.

얼마 뒤 그는 간신히 몸을 일으켜 주위를 돌아보았다.

넓은 식탁 상판은 거대한 페인트통과 병과 단지 등으로 어지러웠다. 스콧은 그 주변을 어슬렁거렸다. 이 빠진 톱날 위에 올라가 미끄러지듯 질주를 해 보기도 했다. 오렌지색 페인트. 그는 짙은 줄무늬 통을 지나갔다. 그의 키는 페인트통의 라벨 밑에 겨우 닿을 정도였다. 옛날엔 이 지하실에 들어와 몇 시간씩 접의자에 색칠을 한 적도 있었는데.

그는 고개를 젖혀 거대한 단지 위를 보았다. 오렌지색 페인트가 묻은 솔의 손잡이가 삐져나온 것이 보였다. 얼마 전만 해도 손가락으로 잡던 솔이었지만 지금은 그보다 열 배는 더 커 보였다. 끝이 뾰족한 노란색 나무 손잡이.

갑자기 덜컹 하는 소리가 들렸고 거대한 보일러 소리가 실내를 덮쳤다. 그는 깜짝 놀랐지만 조금씩 진정할 수 있었다. 아니, 저놈의 급작스러운 폭발음에는 죽을 때까지 익숙해지지 못할 것이다. 어차피 4일밖에 남지도 않은 삶이지만 말이다.

발밑이 차가웠다. 시간이 없었다. 그는 거대한 깡통 사이를 비집고 나가 그의 몸만큼이나 두꺼운 로프에 다다랐다. 냉장고 꼭대기에서 원형으로 꼬여 내려온 로프였다.

행운의 징조. 그는 갈색 테레빈유 병 바로 옆에서 구겨진 분홍색 걸레를 보았다. 그는 충동적으로 걸레 안으로 파고 들어가 몸과 발을 둘렀다. 페인트와 테레빈유 냄새가 나긴 했지만 상관없었다. 다시 체온이 돌기 시작하며 조금씩 그를 달래 주었다.

그는 그대로 누워 냉장고의 아득한 꼭대기를 올려다보았다. 아직 75미터에 버금가는 높이를 기어올라야 한다. 게다가 로프를 제외하면 발 디딜 곳 하나 없는 절벽이었다. 요컨대 저 위에까지 오직 힘에만 의지하고 올라야 한다는 뜻이다.

그는 잠시 그대로 누운 채 두 눈을 감고, 천천히 숨을 고르며 긴장을 풀려 애를 썼다. 배고픔의 통증이 심하지만 않았다면 어쩌면 잠에 빠져들었을 수도 있었을 것이다. 하지만 배고픔은 파도처럼 위벽을 때리며 끊임없이 꾸르륵거리는 소음을 만들어 냈다. 얼마나 배가 고파야 감각조차 느껴지지 않을지가 문득 궁금해졌다.

그는 일어나야 할 때가 되었다고 생각했다. 어느 틈에 음식에 대한 상념에 빠져 있었던 것이다. 고깃국물이 뚝뚝 떨어지는, 표고버섯에 양파를 곁들인 로스트비프 스테이크…… 그는 따뜻해진 발가락을 꼼지락거려 보고는 이불을 걷어치우고 자리에서 일어섰다.

천의 정체를 알아본 것은 그때였다.

그건 루이스의 속옷 조각이었다. 낡아서 걸레통에 던져 넣은 모양이었다. 그는 헝겊을 집어 다시 한 번 그 부드러운 감촉을 느껴 보았다. 가슴에 묘하고 아련한 통증이 느껴졌지만 그건 배고픔과는 다른 느낌이었다.

"루이스."

그가 속삭였다. 한때는 그녀의 따스하고 부드러운 속살에 닿았던 옷이 아닌가!

그는 불현듯 헝겊을 던져 버리고 발길질까지 해 댔다. 어느새 얼굴도 딱딱하게 굳어 있었다.

그는 몸을 부르르 떨며 재빨리 식탁 가장자리로 달려갔다. 로프를 단단히 움켜쥐었다. 두 손으로 감싸기에는 너무나 두꺼워 두 팔로 끌어안아야 할 판이었다. 다행이라면 어느 정도까지는 그냥 기어오를 수 있도록 비스듬히 매달려 있다는 것이다.

그는 로프가 단단한지 시험하기 위해 있는 힘껏 당겨 보았다. 조금 딸려 오는 듯하다가 로프는 이내 팽팽해졌다. 다시 당겨 보았다. 더 이상 당겨지지 않았다. 요컨대 냉장고의 크래커 상자를 끌어당겨 떨어뜨릴 가능성은 없다는 뜻이었다. 상자가 그 위의 말린 밧줄 위에 놓여 있으니 어쩌면 잡아당길 수도 있을지 모른다는 생각을 막연히 하고 있던 터였다.

"좋아."

그는 숨을 깊이 들이마신 다음 줄을 기어오르기 시작했다. 남양의 원주민들이 코코넛 나무를 타는 듯한 모습이었다. 무릎을 높이고, 몸을 잔뜩 숙이고, 발로 줄을 단단히 감싸고 손가락으로 매달리는 식이다. 그 자세로 아래를 내려다보지 않고 꾸준히 위쪽으로 올라갔다.

갑자기 줄이 발작적으로 미끄러지는 바람에 그는 줄을 있는 힘껏 끌어안았다. 그에게는 족히 몇 미터는 되는 길이였다. 그러다가 줄이 멈추었다. 그는 꼼짝도 않은 채로 온몸을 부들부들 떨었다. 줄이 작은 타원을 그리며 앞뒤로 흔들렸다.

얼마 뒤 줄이 멈추었고 그는 다시 오르기 시작했다.

'좀 더 조심해야겠어.'

5분 뒤 그는 줄의 첫 매듭에 이르렀다. 잠시 몸과 마음을 쉬기로 하고는 매듭에 앉아 줄을 꼭 잡은 채로 냉장고에 등을 기댔다.

마치 스윙 침대라도 탄 기분이었다. 냉장고 표면은 차가웠지만 옷이 두꺼웠기 때문에 냉기가 쉽사리 파고들지는 못했다.

그는 지하실 왕국의 넓은 전경을 내려다보았다. 벼랑, 쌓아 놓은 접의자 둘, 크로케 세트. 그의 눈에 몇 킬로미터는 되어 보이는 거리였다. 그는 눈을 돌렸다. 물 펌프가 들어 있는 거대한 동굴이 있고 괴물 히터도 보였고, 그 아래 상자로 만든 그의 집 모서리도 보였다.

좀 더 눈을 돌리자 잡지 표지가 보였다.

잡지는 십자 모양 다리가 달린 금속 탁자 옆의 쿠션 위에 놓여 있었다. 조금 전에 기를 쓰고 올라온 식탁 바로 옆에 있는 탁자인데, 아까는 페인트 통에 막혀 있어서 보지 못했다. 표지에는 여자 사진이 박혀 있었다. 키도 크고 예쁜 여자였다. 암벽에 기댄 자세였는데, 그녀의 젊은 얼굴엔 활짝 웃음꽃이 피었다. 몸에 꼭 끼는 긴소매 스웨터에 엉덩이 바로 아래까지만 내려오는 핫팬츠.

그녀가 그를 향해 미소 짓고 있었다.

이상한 사실이지만 그는 오랫동안 섹스를 생각하지 않았다. 그의 몸은 이미 생존의 도구로 전락한 지 오래였다. 지하실에 들어온 뒤로는 단 한 가지 일에만 매달렸다. 먹고 입고 체온을 유지하는 일, 즉 생존이었다.

그는 두 눈으로 그녀의 거대한 몸매를 천천히 훑어 내렸다. 미묘한 욕망의 변화는 느껴지지 않았다. 루이스의 속옷 자락을 찾아냈고 여인의 거대한 사진도 보았는데 말이다.

그는 여자에게서 눈을 떼지 않았다. 태양이 그녀의 흑갈색 머리를 비추고 있었다. 머리카락의 감촉을 느낄 수도 있고 체취를 맡을 수도 있을 듯했다. 그리고 그는 마음속으로 그녀의 부드러운 각선미를 만져 보았다. 딱딱한 젖꼭지도 느끼고, 입술의 달콤한 감촉도 느꼈으며, 와인처럼 목을 간질이는 따뜻한 숨결도 느꼈다.

그가 무력하게 몸을 흔들자 줄이 조금 흔들렸다.

"오, 하느님, 오, 맙소사, 맙소사. 오."

결국 굶주림은 단지 허기만은 아니었던 것이다.

125센티미터

그는 따뜻한 물로 샤워와 면도를 하고 욕실을 나섰다. 루이스는 거실 소파에 앉아 뜨개질을 하고 있었다. 텔레비전을 꺼 놓고 있었기 때문에 들리는 소리라고는 거리를 오가는 자동차 소음뿐이었다.

그는 잠시 문간에 서서 그녀를 보았다.

그녀는 나이트가운 위에 노란 겉옷을 걸치고 있었다. 둘 다 실크로 되어 있어 둥근 젖가슴과 유두, 엉덩이와 부드럽고 긴 다리가 그대로 드러나 보였다. 전율이 그의 아랫도리를 감싸며 지나갔다. 병원 검사와 일과 지속적인 두려움에 의한 스트레스로 그동안 관계를 가져 본 적이 없었다.

루이스가 그를 보고는 미소를 지으며 말했다.

"깨끗하고 멋져 보이네."

그녀의 말도 얼굴 표정도 자연스러웠다. 그도 짐짓 미소를 지으며 그녀 옆에 다가가 앉았다. 하지만 그는 곧 후회하고 말았다. 문득 그녀의 크기를 의식해서였다.

그녀가 코를 킁킁거렸다.

"음, 게다가 냄새도 기가 막혀."

스킨로션 때문이었다. 그는 그녀의 깨끗한 얼굴과 리본으로 말총처럼 묶은 짙은 황토색 머리카락을 보며 조용히 대꾸했다.

"당신도 좋아 보여. 아름답고."

"아름답다고? 내가? 말도 안 돼."

그녀가 아닌 체를 했다. 그는 불현듯 상체를 굽혀 그녀의 목에 키스했다. 그녀가 왼손을 들어 그의 뺨을 가볍게 두드려 주었다.

"멋지고 부드러워."

그녀가 중얼거렸다. 그는 숨을 들이마셨다. 아내는 그냥 그러고 싶어서였을까? 아니면 정말로 아이에게 하듯 그렇게 말한 걸까? 그는 그녀의 허벅지를 어루만지던 왼손을 천천히 거두어들였다. 그는 자신의 세 번째 손가락을 바라보았다. 아직 하얀 줄무늬 자국이 선명하게 남아 있었다. 더 이상 낄 수 없을 만큼 크고 헐거워진 반지를 빼낸 것이 벌써 2주 전이었다.

"뭘 만드는 거야?"

그가 목을 가다듬고 아무렇게나 묻자 그녀가 대답했다.

"베스 스웨터."

"오."

그는 조용히 앉아 그녀가 익숙한 솜씨로 수바늘 놀리는 것을 지켜보았다. 그리고 다시 충동적으로 뺨을 그녀의 어깨에 기댔다.

'멍청한 짓이야.'

거의 동시에 그런 생각이 들었다. 그건 그를 더 왜소하게 만들어 기어이 엄마의 어깨에 기댄 꼬마 애로 만들어 버렸다. 하지만 그는 그대로 있어야 했다. 만일 황급히 일어나 앉는다면 더욱더 바보가 될 것 같아서였다. 그녀의 가슴이 오르내렸다. 그는 뱃속에서 강렬한 욕망이 꿈틀거리는 것을 느꼈다.

"잠 좀 자 두지 그래?"

루이스가 조용한 목소리로 물었다.

"괜찮아."

다시 헛된 상상일까? 그의 목소리가 너무나 연약하게 들렸다. 남성다운 기운이 완전히 탈색되어 버린 목소리. 그는 깊이 파인 겉옷 사이로 드러난 그녀의 목을 보았다. 가슴과 가슴 사이의 완만한 굴곡. 그녀를 만지고 싶다는 욕망에 손가락이 꿈틀거렸다. 그녀가 물었다.

"피곤하지 않아?"

"아니."

그는 목소리가 너무 퉁명스럽다는 생각에 얼른 다시 고쳐 말했다.

"약간 피곤하긴 해."

"아이스크림 남은 거 먹어 치우지 그래?"

얼마 뒤 그녀가 이렇게 말했다. 그는 한숨을 내쉬며 두 눈을 감았다. 아무리 쓸데없는 상상임을 안다 해도 아이가 된 기분을 떨칠 수는 없었다. 우유부단하고 멋쩍고…… 성숙한 여인에 대해 욕정을 느낀 철없고 멍청한 사내놈이라도 된 기분이었다.

"하나 갖다 줘?"

그녀가 물었다.

"안 먹어!"

그는 그녀의 어깨에서 고개를 들어 그대로 베개 위에 누워 버리고는 그 자세로 방 안을 둘러보았다. 매력이라곤 하나도 없는 집구석. 그들의 가구가 아직 로스앤젤레스에서 오지 않아 지금은 형이 버리고 간 낡은 물건들을 대신 쓰고 있었다. 무거운 방. 그림 하나 걸려 있지 않은 암록의 숲 같은 벽지, 더러운 벽지로 바른 하나뿐인 창문, 흠투성이의 마루와 그 위를 덮고 있는 해진 깔개.

"여보, 왜 그래?"

"아무 일도 아냐."

"내가 뭐 잘못한 거야?"

"아니."

"그럼 왜 그래?"

"아무것도 아니라고 했잖아!"

"알았어."

그녀는 여전히 조용한 목소리로 말했다.

정말로 의식하지 못하고 있는 걸까? 이런 끔찍한 불안을 끌어안고 사는 것은 그녀에게도 분명 고문이리라. 시시각각 센터로부터의 전화를 기다리고, 오지 않는 전보, 편지, 메시지를 기다리는 인생이라니. 게다가…….

그는 다시 그녀의 성숙한 몸을 보았다. 숨을 쉬기조차 어려웠다. 그건 단지 육체적인 욕구가 아니라 그 이상이었다. 그녀가 부재하게 될 황량한 미래이자, 그가 처한 이 말도 안 되는 곤경과 운명에 대한 공포였다.

더 큰 문제는 갑작스러운 사고나 질병 따위로 헤어지는 것도 아니라는 사실이다. 순식간에 세상을 떠나고, 그녀의 사랑과 헤어지고, 그리하여 그녀에게 완벽한 기억을 제공할 자비도 건더기도 여기엔 존재하지 않는다. 아니, 이건 빌어먹을 만성질환도 아니다. 어떤 면에서 그는 변하지도 않았다고 할 수 있다. 때문에 비록 아무리 동정과 공포의 시선으로 바라본다 한들, 그는 그녀가 알고 있는 남편 그대로라는 것이다.

이건 질병보다 훨씬 더 나쁘다.

이렇게 몇 개월이 흐르고 나면? 의사들이 멈춰 주지 못하는 한, 아직 1년 가까이 남은 시간을 살아가며 이렇게 조금씩, 조금씩 줄어들어야 하는 것이다. 함께 식사를 하고, 함께 침대에서 잠들고, 대화를 하는 동안, 끊임없이 작아져야 하는 것이다. 베스를 돌보고, 음악을 감상하고 매일 서로를 바라보면서 한없이 줄어들고, 그러는 동안 매일 새로운 사건과 끔찍한 환경에 적응해 가야 하며, 그와 함께 그들의 복잡 미묘한 관계도 날마다 이렇게 바뀌어 가야 하는 것이다.

그들은 웃기도 할 것이다. 매일같이 매 순간 이렇게 인상만 써 가며 살 수는 없지 않은가. 아마도 가끔 농담에 웃다가도(마지막으로 웃어 본 적이 언제였더라?) 어느 순간 검은 바닷물처럼 밀어닥치는 두려움에 그 웃음이 그대로 익사해 버리고 즐거움은 물에 쓸려가 버리고 말리라. 그리고 그가 줄어들고 있다는 끔찍한 사실이 수의처럼 그들을 뒤덮어 버리리라.

"루이스."

그녀가 고개를 돌려 그를 보았다. 그는 고개를 숙여 입을 맞추려 했으나 닿을 수가 없었다. 그래서 소파 위에 무릎을 올리고 신경질적으로 몸을 곧추세운 다음, 그녀의 부드러운 머리카락 안에 오른손을 집어넣었다. 그는 입술을 그녀의 입술에 찍어 누르고 그녀의 머리를 밀다시피 베개 위에 눕혀 버렸다.

놀란 그녀의 입술이 딱딱해졌다. 툭 하고 바느질 도구가 떨어지는 소리가 들렸다. 그는 떨리는 손으로 그녀의 두 가슴을 거칠게 주무르면서 떼어낸 입술을 그대로 목에 갖다 댔다. 그의 탐욕스러운 이가 아내의 따뜻한 살갗을 파고들었다.

"여보!"

그녀가 비명을 질렀다. 그 말투에 그는 순식간에 맥이 풀리고 말았다. 황량한 냉기가 그를 뒤덮었다. 그는 수치심에 몸을 부르르 떨며 몸을 빼냈다. 탐욕스럽게 움직이던 두 손도 거두어들였다. 그녀가 물었다.

"여보, 왜 그래?"

"몰라서 묻는 거야?"

그는 자기 목소리가 너무나 떨리고 있다는 데 또다시 놀라고 말았다. 그가 두 손으로 두 볼을 감쌌다. 문득 알겠다는 빛이 그녀의 눈을 스쳐 지나갔다.

"오, 여보."

그녀가 상체를 숙이며 다가왔다. 그녀의 따뜻한 입술이 그의 입술에 닿았다. 그는 뻣뻣이 굳은 채로 앉아 있었다. 그건 남편의 욕망을 채워 주는 열정적인 애무도 말투도 키스도 아니었다. 그저 자신을 탐하는 불쌍한 미물을 향한 여인의 동정심일 뿐이었다.

그가 돌아섰다.

"여보, 제발. 내가 어떻게 알았겠어? 벌써 두 달 동안 사랑을 해 본 적이 없었는데. 키스도 포옹도, 그리고……."

"그럴 만한 여유도 없었어."

그가 말했다.

"하지만 사실인걸? 그동안 나도 너무나 당황했지. 황당하기도 했고."

"그렇겠지."

그가 거의 들리지 않는 목소리로 말했다. 그나마 목이 메어 까마귀 소리처럼 들렸다.

"오, 여보. 내가 당신을 배신한 것처럼 말하진 말아 줘."

그녀가 그의 손에 입을 맞추었다. 그의 콧구멍에서 콧물이 천천히 흘러내렸다.

"아무튼…… 특이한 건 사실이니까. 내 생각엔 말이야. 이건 마치……."

그는 짐짓 남의 일처럼 말하려 애쓰는 중이었다.

"오, 제발. 그래 봐야 상황만 나빠질 뿐이야, 여보."

"나를 봐. 여기서 뭐가 더 나빠질 수 있지?"

"세상에. 모든 게 다 괜찮아질 거라고 말할 수만 있어도."

그녀가 그의 작은 뺨을 매만졌다. 그는 그녀의 눈을 볼 수가 없어 다른 곳으로 고개를 돌렸다.

"당신 잘못이 아니야."

"왜, 전화가 없는 거지? 도대체 뭐가 어려운 거야?"

그렇게 말하는 순간 그는 욕망을 이룰 수 없다는 사실을 깨달았다. 생각 자체가 멍청한 짓이었다.

그는 턱을 숙이고 잠시 가만히 앉아 있었다. 멍한 시선만으로도 자신이 느끼는 좌절감이 만져질 것만 같았다. 오른손을 들어 그녀의 등 뒤로 돌려 보았으나 그녀의 허리를 끌어안을 수조차 없었다. 뱃속이 뒤집힐 것만 같았다. 소파에서 일어나 달아나고 싶었다. 아내의 옆에 있는 것만으로도 부끄럽고 바보 같다는 생각이 들었다. 거인국의 여인을 범하려 한 음탕한 난쟁이라도 된 기분이었다. 그는 그렇게 가만히 앉아 실크 밖으로 그녀의 체온을 느꼈다. 어깨를 감싼 그녀의 팔 때문에 온몸에 통증이 일었다.

"우린…… 이겨 낼 수 있어. 앞으로……"

그녀는 짐짓 가벼운 어투로 말했다.

그는 난감해하며 고개를 앞뒤로 저었다. 탈출구라도 있다면 어디로든 달아나고 싶었다.

"이런, 제발 그만 해. 그냥 잊어버리라고. 그러지 않아도 바보가 된 기분인데……"

그는 오른손을 빼내 왼손의 손가락 관절들을 꺾기 시작했다. 손가락 마디마디가 아파 왔다. 그가 애원하듯 말했다.

"그냥, 그만두라고. 제발."

"여보, 그냥 빈말로 하는 게 아니야. 당신 생각에도……"

"아니, 난 생각 안 해. 그러니 당신도 하지 마."

그가 단호하게 잘라 말했다.

"여보, 당신 마음이 아픈 건 알아. 하지만……"

"제발, 그만 하란 말이야!"

그는 두 눈을 감았다. 이를 앙다물고 내뱉은 탓에 말투가 너무나도 낮고 차갑게 들렸다.

그녀는 가만히 있었다. 갑자기 가슴이 답답해져 그는 숨을 몰아쉬기 시작했다. 방이 꽉 막힌 납골당처럼 느껴졌다.

"알았어."

그녀가 마침내 속삭였다. 그는 아랫입술을 깨물었다가 입을 열었다.

"장인, 장모님께 편지 썼어?"

"그게 무슨 말이야?"

그녀는 두 눈에 의구심을 담아 그를 노려보았다.

"그게 현명할 거야. 알잖아, 고향으로 돌아가는 게 좋다는 거."

그는 아무렇지도 않다는 듯 내뱉고 어깻짓까지 해 보였다.

"난 몰라, 그게 무슨 뜻이지?"

"에…… 이제 현실을 솔직하게 받아들일 때가 됐다고 생각지 않아?"

"여보, 도대체 무슨 말을 하려는 거야?"

그는 얼른 턱을 숙였다. 침 삼키는 모습을 보여 주고 싶지 않았다.

"당신하고 베스를 어떻게 처리해야 할지 몰라서 그래. 이제……."

"나하고 베스를 처리한다고? 도대체……."

"제발, 얘기 좀 끝까지 들어 봐."

"무슨 얘기를 더 해? 우리가 무슨, 처리되어야 할 폐기물이라는 거잖아!"

"제발, 현실적으로 생각하잔 말이야!"

"그건 현실적이 아니라 잔인한 거야! 단지 내가 당신을……."

"오, 이런, 그만 해! 그래, 현실적으로 생각해 보자. 그럼 무슨 소용인데?"

"좋아. 그럼 따져 봐. 그러니까 내가 베스를 데리고 떠나야 한다는 거야? 그게 소위 현실적인 거냐고?"

그녀의 얼굴이 분노로 딱딱하게 굳었다. 그는 무릎에 놓은 두 손을 비비 꼬았다.

"만일 그들이 못 고치면? 영원히 못 고친다면 어쩌게?"

"그럼 떠나야 하는 거야?"

"그게 좋다고 생각해."

"좋긴 뭐가 좋아!"

그녀는 두 손으로 얼굴을 감싼 채 울기 시작했다. 눈물이 손가락 틈새로 흘러나왔다. 그는 멍하니 그녀의 떨리는 양어깨만 바라보았다. 그저 무력하기만 했다.

"미안해, 여보."

그는 이렇게 말했으나 거의 목소리가 나오지 않았다. 그녀도 대답할 수가 없었다. 너무나 슬퍼서 목과 가슴이 다 타들어 가는 것만 같았다.

"여보, 난…… 제발 울지 마. 난 울어 줄 가치도 없는 놈이야."

그는 힘없는 손을 들어 그녀의 다리 위에 놓았다. 그녀는 해결 불가능한 질문을 받기라도 한 듯 거세게 고개를 저었다. 그러고는 코를 풀고 눈물을 닦아 냈다.

"여기."

그는 이렇게 중얼거리며 웃옷 주머니에서 손수건을 꺼내 건넸다. 그녀는 아무 말 없이 손수건을 받아 젖은 양 볼을 닦아 냈다.

"미안해."

그녀가 말했다.

"당신이 미안해할 일이 아냐. 문제는 나야. 갑자기 멍청이가 된 기분에 화가 치밀어서 그래."

이제 그는 다른 방향으로 선회하고 있었다. 그리고 그건 자기 학대이자 자기 매장의 방향이었다. 빙퉁그러진 마음이 어디로든 못 튀겠는가?

"아냐, 나도 마찬가진걸 뭐. 좀 더 이해하려고 노력했어야……"

그녀는 그의 손을 어루만지며 중얼거렸지만 말끝을 맺지는 않았다.

잠시 그녀는 그의 손가락의 결혼반지 자국을 물끄러미 내려다보았다. 그러더니 한숨을 내쉬고 자리에서 일어나며 말했다.

"잘 준비 할게."

그는 그녀가 방을 가로질러 복도 쪽으로 사라지는 것을 지켜보았다. 그녀의 발자국 소리, 그리고 욕실 문이 딸깍 하고 잠기는 소리가 들렸다. 그는 느린 동작으로 일어나 침실로 들어갔다.

그는 어둠 속에서 누워 천장만 바라보았다.

시인이나 철학가라면, 사람이란 육신 이상의 가치가 있는 존재라고 얼마든지 떠벌릴 수 있으리라. 사람의 영적인 가치가 어떻고 영혼의 숭고한 가치가 어떻고 하면서 말이다. 다 좆같은 얘기다. 두 팔로 안지도 못할 커다란 여자를 품으려 해 본 적도 없는 인간들이다. 물론 그도 그들과 똑같은 사람이고 남자라고 말할 수는 있을 것이다. 하지만 그의 성기를 보고도 그렇게 말할 수 있을까?

그녀가 침대로 들어왔다. 어둠 속에서 그녀가 웃옷을 벗어 침대 밑에 내려놓는 소리도 들려왔다. 그녀가 앉은 쪽의 매트리스가 가라앉았다. 그리고 두 발을 끌어올리는 소리와 천천히 베개를 베는 소리도 들렸다. 그는 잔뜩 긴장한 채 기다렸다.

얼마 뒤 실크가 스치는 바스락 소리가 들리더니 그녀의 손이 그의 가슴에 닿았다.

"이게 뭐야?"

그녀가 부드럽게 물었다. 그는 대답하지 않았다.

그녀는 팔꿈치를 베고 고개를 세웠다. 그녀가 반지를 만지작거리자 목걸이 줄이 목뒤로 당겨졌다.

"이건 결혼반지잖아? 도대체 언제부터 매달고 있었던 거야?"

"손에서 빠진 뒤부터."

잠시 침묵이 따랐다. 그리고 사랑에 벅찬 목소리가 터져 나왔다.

"오, 여보!"

그리고 그녀가 두 팔로 그를 끌어안았다. 실크에 가려진 그녀의 따뜻한 몸이 밀착해 들어왔다. 그녀의 입술이 탐색하듯이 그의 입술을 찾았고 손톱은 고양이처럼 등을 파고들어 등줄기를 따라 기분 좋은 자극이 전해졌다.

그리고 갑자기 욕정이 돌아왔다. 그동안 억압되었던 욕망이 조용하면서도 거대한 불꽃으로 터져 나왔다. 그의 두 손이 그녀의 뜨거운 살갗을 끌어안고 탐하고 애무해 나갔다. 그녀의 입술을 받아들인 입술도 흥분으로 부르르 떨었다. 암흑이 부활하고 칠흑 같은 열기와 향기가 두 사람의 엉킨 육체를 휘감아 돌았다. 말도 필요 없고, 대화는 숨 막히는 두 육신의 마찰로 대치되었으며, 그들의 핏속에서, 솟구치는 급류와 달콤한 폭력 속에서, 두 사람은 모든 것을 이해했다. 그들의 육체가 더 많은 것을 이야기했으므로

군이 말할 필요도 없었다.

그리고 그 열기는 순식간에 끝이 나 버렸고 그 순간 다시 어둠이 무겁게 가라앉았다. 그는 그녀의 팔에 안겨 느긋한 잠에 빠져들었다. 적어도 그날 밤만은 그에게도 평화가 있고 망각이 있었다.

‖‖‖‖‖‖‖‖

그는 열린 크래커 상자 안을 들여다보고는 경악하고 말았다.

‘세상에 어떻게 이럴 수가!’

크래커는 완전히 엉망진창이 되어 있었다.

도저히 믿을 수가 없었다. 거미줄에 엉키고, 곰팡이로 덮인 채 잔뜩 습기에 젖은 크래커들. 그는 뒤늦게 깨닫고 말았다. 바로 위쪽에 부엌 싱크대가 있고, 그 위에 고장 난 수도관이 있으며, 물을 틀 때마다 물이 한 방울씩 지하실로 떨어졌다는 사실을.

기가 막혀 말도 안 나왔다. 지금의 이 처참한 충격을 어찌 말로 다할 수 있겠는가.

그는 입을 딱 벌린 채 크래커에서 눈을 뗄 줄을 몰랐다. 그의 얼굴 표정이 너무나도 공허해 보였다.

‘이제 죽자.’

그는 무의식적으로 중얼거렸다. 어느 모로 보나 그건 현명한 선택이었다. 하지만 배를 곯는 허기에 마음은 흔들렸고, 그의 목에서도 또 다른 종류의 통증과 갈증이 역류하고 있었다.

그는 격정적으로 고개를 저었다. 안 돼. 그건 절대 안 돼. 여기까지 와서 이런 식으로 끝낼 수는 없어.

"안 돼."

그가 중얼거렸다. 상자를 타고 앉은 그의 입술을 묘한 비웃음이 비집고 나왔다. 그는 상자 가장자리를 붙잡은 채로 크래커의 끄트머리를 걷어차 보았다. 살짝 건드리기만 했는데도 과자 부스러기가 폭삭 무너져 내렸다. 분노와 절망에 눈이 먼 그는 상자를 잡은 손을 놓고 수직에 가까운 밀랍 종이를 미끄러져 내려갔다. 바닥에 닿으며 목이 뒤로 젖혀졌다. 그는 비틀거리며 일어섰다. 기어이 과자 부스러기가 흩어져 있는 상자 안으로 들어온 것이다. 부스러기 하나를 집어 드니 과자는 물먹은 곰팡이처럼 그대로 주저앉아 버렸다. 그는 두 손으로 과자를 잘라 깨끗한 부분이 없나 확인해 보았다. 곰팡이 냄새가 진동했다. 욕지기가 나면서 욱 하고 헛구역질까지 나왔다.

그는 자른 과자를 버린 다음 성해 보이는 쪽으로 향했다. 악취 때문에 코로 숨을 쉴 수가 없었다. 습기에 눅눅해진 곰팡이가 맨발에 닿을 때마다 온몸에 소름이 끼쳤다.

크래커에 다다른 그는 바스러지는 조각을 조금 떼어 내 반으로 자른 다음 한쪽에 핀 파란 곰팡이를 긁어내고 조금 먹어 보았다.

그러나 곧 먹은 것을 뱉어내고 허리까지 굽히며 웩웩거리고 말았다. 그는 이를 악물었다. 그리고 숨을 몰아쉬면서 욕지기가 가라앉을 때까지 몸을 부르르 떨었다.

그가 갑자기 크래커를 향해 주먹질을 했는데, 그나마 눈물이 앞을 가린 탓에 헛손질을 하고 말았다. 이를 부드득 갈며 다시 주먹질을 하자 하얀 과자 조각이 허공으로 날아갔다.

"이런 빌어먹을!"

그는 고함을 질렀다. 그리고 크래커를 발로 차서 산산조각을 내고 부스러기들을 사방으로 날려 보냈다.

그는 밀랍 상자 벽에 어깨와 얼굴을 힘없이 기댔다. 가슴이 격렬하게 오르내렸다.

'진정하자, 진정해.'

그는 속으로 이렇게 중얼거렸다. 다 필요 없어. 다 개소리라고! 난 죽고 말 거야.

그리고 문득 어떤 생각이 떠올랐다.

밀랍 상자의 반대편. 만일 그곳에 떨어진 크래커라면 상하지 않았을지도 모른다.

그는 가벼운 흥분으로 황급히 상자를 찢으려 했다. 하지만 매끄러운 상자에 두 손이 미끄러지는 바람에 그는 한쪽 무릎을 꿇고 말았다.

그리고 일어서려 했을 때 물이 쏟아졌다.

물방울이 머리를 때리자 그는 비명을 질렀다. 두 번째 물방울은 얼굴에 떨어졌는데 그 한기와 충격은 거의 치명적이었다. 세 번째 물방울이 오른쪽 어깨를 때리고 물보라가 되어 부서져 나갔다.

그는 숨을 몰아쉬며 상자 반대쪽으로 몸을 날렸다. 그러다가 과자 부스러기를 밟는 바람에 젖은 곰팡이 밭 위에 엎어지고 말았다. 옷에 곰팡이 꽃이 피고 두 손도 곰팡이 범벅이 되었다. 저편에서는 물방울이 급류처럼 쏟아지며 상자를 채워 나갔다. 물방울이 부서지며 물안개까지 만들어 냈다. 그는 달리기 시작했다.

상자 끝에 다다른 다음 돌아보니 커다란 물방울들이 종이 벽 위에서 부서지고 있었다. 그는 손바닥으로 이마를 만져 보았다. 헝겊으로 감싼 도살용 망치에 얻어맞은 기분이었다.

"오, 세상에."

그는 거친 목소리로 신음을 뱉어 내고는 곰팡이 위에 주저앉았다. 그리고 두 눈을 감고 두 손으로는 머리를 움켜쥐었다. 목구멍이 따끔거렸다.

요기를 하고 나자 따끔한 목이 조금은 부드러워졌다. 그는 벽지에 매달린 물방울을 몇 개 핥아 먹은 다음 지금은 다시 크래커 부스러기를 모으는 중이었다.

그는 먼저 상자를 발로 차서 균열을 벌리고는 안쪽으로 파고들었다. 그리고 배를 채운 뒤 마른 부스러기들을 끌어내 상자 바닥에 쌓아 두었다.

그 일을 마친 다음엔 상자의 손잡이를 발로 걷어차 꼭대기로 올라갈 발판을 만들었고 한 번에 크래커 한두 개씩 위로 날랐다. 종이 사다리를 밟고 상자 뚜껑 위로 올랐다가 내려올 땐 손잡이를 뜯어낸 공간을 이용했다. 그 일을 하는 데 모두 한 시간이 걸렸다.

그러고는 종이 상자 모퉁이 사이로 비집고 들어가 혹시나 남은 부스러기가 있는지 살펴보았다. 새끼손가락만 한 조각 한두 개를 빼면 상자는 깨끗했다. 그는 그것들마저 주워 씹으면서 상자 순례를 마쳤고 틈을 통해 밖으로 빠져나왔다.

마지막으로 틈을 통해 상자 안쪽을 살폈지만 건질 만한 것은 하나도 보이지 않았다. 그는 두 손을 엉덩이에 댄 채 크래커 파편의 한가운데 서서 고개를 저었다. 이 고생을 하고 얻은 건 기껏해야 이틀치의 식량 정도였다. 목요일부터는 또다시 굶어야 할 판이다.

그는 그 생각을 떨쳐냈다. 그것 말고도 걱정거리는 많았다. 목요일 걱정은 목요일에 해도 된다. 그는 상자 밖으로 기어 나왔다.

밖은 훨씬 더 추웠다. 그는 어깨를 움츠린 채 바들바들 떨어야 했다. 있는 힘껏 짜내기는 했지만 갑작스럽게 떨어진 물방울에 흠뻑 젖은 옷을 완전히 복구할 수는 없었다.

그는 줄의 두꺼운 매듭에 앉아서 크래커 부스러기 무더기에 한 손을 얹어 보았다. 너무 무거워 들고 내려갈 수가 없었다. 적어도 수십 번은 오르내려야 할 터인데 그건 말도 안 된다. 그는 팔목 두께의 조각 하나를 집어 우적우적 씹으며 식량을 아래로 나를 방법을 고민했다.

마침내 방법이 하나뿐임을 깨달은 그는 한숨을 쉬며 상자로 되돌아갔다. 밀랍 상자를 이용할 수만 있다면…… 이런, 빌어먹을, 이틀이면 다 없어질 것을 갖고 이게 웬 고생이람.

그는 상자 옆에 단단히 두 발을 박아 넣고, 팔과 등 근육의 힘을 있는 대로 짜내 작은 깔개 크기의 종잇조각을 뜯어내 다시 냉장고 가장자리로 끌고 가 넓게 펼쳤다. 그리고 부스러기들을 상자 가운데에 피라미드 모양으로 쌓고 귀퉁이를 튼튼하게 여몄다. 높이가 거의 무릎까지 왔다.

그는 배를 깔고 누워 냉장고 아래를 내려다보았다. 그는 지금 거미 왕국의 경계선을 이루는 벼랑보다도 더 높고 아득한 곳에 올라와 있었다. 그의 화물이 떨어지기에도 너무 높은 곳이었다. 하지만 어차피 부스러기들 아니던가. 더 부서진다 한들 달라질 것도 없을 터였다. 떨어지는 동안 포장이 풀리지는 않을 것 같았다. 중요한 것은 그뿐이었다.

그는 잠깐 지하실 전경을 내려다보았다. 배를 채우고 나니 확실히 모든 것이 달라 보였다. 적어도 그 순간만큼은 지하실이 황량한 지옥으로 보이지는 않았다. 그건 비에 얼룩진 빛으로 흔들리는 기이하고 차가운 대륙이었고, 수직선과 수평선 그리고 쌓아둔 물건들과 먼지로 대변되는 회색과 흑색 왕국이었다. 으르렁거리는 소리와 바스락거리는 소리, 간헐적으로 거대한 천둥처럼 대기를 뒤흔드는 굉음의 대지이며 동시에 그의 나라였다.

아래쪽에서 거인 여자가 그를 올려다보았다. 여전히 암벽에 기댄 채 도발적인 자세로 굳어 버린 여자.

그는 한숨을 쉬며 뒤로 물러섰다가 다시 몸을 일으켜 세웠다. 시간도 없고 또 너무 추웠다. 그는 짐 뒤로 가서 그 거대한 보따리를 가장자리로 밀고 온 다음 발을 이용해 냉장고 밖으로 밀어냈다.

그는 다시 배를 깔고 보따리가 무서운 속도로 떨어지는 것을 지켜보았다. 보따리는 바닥에서 한 번 튀고는 멈춰 섰고 그때쯤 뭔가 부서지는 소리가 귀에까지 전해졌다. 그는 미소 지었다. 다행히 보따리가 풀려 나가지는 않았다.

그는 일어나 냉장고 꼭대기를 여기저기 돌아다녔다. 쓸 만한 물건이 있는지 살피기 위해서였다. 신문이 눈에 띄었다.

신문은 접힌 채 원통형 코일에 기대어져 있었다. 먼지를 잔뜩 뒤집어쓰고 있었는데 그나마 한쪽은 싱크대에서 샌 물방울로 닳거나 잉크가 번진 상태였다. 그는 "스트"라는 커다란 글자를 보고 그 신문이 《뉴욕 글로브 포스트》라는 것을 알았다. 그의 이야기를 다뤘던 신문인데, 그런대로 참아 줄 만한 기사들이었던 것으로 기억하고 있다.

그는 신문을 보며 기자인 멜 해머가 집으로 찾아왔던 날을 떠올렸다.

마티가 스콧의 신비한 병을 키와나라는 동료에게 얘기했고, 그때부터 소문이 잔물결처럼 도시 전체로 퍼져 나간 탓이었다.

비록 돈이 절박했지만 스콧은 그의 제안을 거절했다. 메디컬 센터가 검사를 무료로 해 주기는 했으나, 처음에 했던 검사만으로도 빚이 산더미같이 쌓여 있었다. 마티에게 빚진 돈이 500달러, 그리고 그 길고도 혹독한 겨울 내내 쌓인 청구서들도 있었다. 가족들을 위한 겨울옷, 연료비, 게다가 로스앤젤레스를 떠나 처음 맞는 동부의 겨울인 탓에 미처 적응을 못한 식구들이 자주 앓기도 했다.

하지만 스콧은 그때 이른바 격앙기에 속해 있었다. 작금의 곤경에서 비롯된 분노와 좌절이 끊임없이 쌓여 가던 그런 시절이었다. 기자의 제안을 묵살해 버린 것도 따지고 보면 거의 홧김에서였다.

"죄송하지만 됐습니다. 사람들의 병적인 호기심 앞에 벌거벗고 싶은 생각은 없군요."

스콧은 이 같은 거절에 뜨뜻미지근한 반응을 보인 루이스까지 몰아붙였다.

"그래, 나한테 원하는 게 뭐야? 당신 잘사는 대가로 내가 저 개자식들 앞에 먹이로 던져져야 속 시원하겠어?"

대상도 내용도 빗나간 분노. 그는 말을 하면서도 그 사실을 알고 있었지만 분노를 삭일 수가 없었다. 아니, 오히려 과거엔 상상도 못했던 수준까지 화가 치밀어 올랐다. 무기력한 분노. 오직 공포만을 연료로 불타오르는 분노.

스콧은 줄이 매달린 곳으로 돌아갔다. 그리고 그때의 쓰디쓴 기억을 되새기며 줄을 타고 미끄러져 내려갔다. 냉장고의 하얀 암벽이 흐릿해져 갔다.

지금의 분노는, 기껏 과거에 끌어안고 살아야 했던 분노의 흔적에 지나지 않았다. 그를 놀렸다는 명목 하에 누구에게나 무자비하게 휘둘렀던 분노 말이다.

언젠가 형수인 테리가 등 뒤에서 뭐라고 말한 적이 있었다. 그는 그녀의 말을 들었다고 생각했다. 이미 베스만큼 작아졌을 때의 일이다. 그는 테리를 돌려세운 다음 다그치기 시작했다.

"뭘 들었다고 그래요?"

"지금 내 얘기 했잖습니까!"

"삼촌 얘기 안 했어요."

"거짓말하지 마요. 내가 귀머거린 줄 아십니까? 그럼 내가 거짓말쟁이란 말인가요?"

"그래요. 거짓말쟁이! 도대체 내가 왜 이런 모욕을 당하는지 모르겠네."

"등 뒤에서 남의 욕을 하는 건 괜찮다는 겁니까?"

"이봐요, 삼촌이 앵앵대는 소리도 이제 들을 만큼 들었어요. 순전히 마티의 동생이라서 참아 준 거라고요."

"그러시겠지. 고귀하신 사장님 사모님이시니까. 어쩐지 하늘 무서운 줄 모른다 했더니. 나한테 그런 식으로 말하지 말아요."

고함과 욕설과 무의미한 트집. 드디어 화난 마티가 그를 사무실로 불러들였다. 스콧은 책상 앞에 서서도 형을 노려보았는데 말 그대로 싸움을 좋아하는 난쟁이 같았다.

"이봐, 나도 이런 말 하기는 싫다. 하지만 회복할 때까지는 집에 있는 게 좋을 것 같다. 네가 어떤 고생을 하는지는 알아. 너한테 책임을 지우자는 것도 아니고. 하지만 그래서야 어차피 정상적으로 근무를……."

"그래서 날 해고하는 거야?"

"오, 이런. 해고가 아냐. 봉급도 계속 받게 될 게다. 사정이 사정이라 다 줄 수는 없지만 그래도 너와 루이스가 살아갈 정도는 될 거야. 또 금방 끝날 게고. 그리고…… 그래, 전역 군인 대출도 곧 나올 테니까, 그러면……."

버드나무 식탁 위에 내려선 스콧은 망설임 없이 식탁을 가로질렀다. 그는 입술을 꼭 다물고 있었는데 이젠 금발의 턱수염도 자랄 대로 자란 터였다.

도대체 그 신문은 왜 봤는지 모르겠다. 그래봐야 쓸데없이 지난날이나 뒤적일 거면서. 기억이란 정말로 부질없다. 도무지 가질 수 없는 것만 다루려 하니 말이다. 기억이 원하는 건 실체 없는 행동과 감정들뿐이다. 도무지 만족할 줄도 모르고 오직 물어뜯기만 하는 괴물.

그는 식탁 끝에서 멈춰 섰다. 이제 저기 매달린 줄까지 어떻게 내려가느냐가 문제였다. 그는 머뭇거리며 다리의 무게중심을 바꾸기도 하고 발가락을 꼼지락거려도 보았다. 발이 다시 곱기 시작한 데다 오른발의 통증까지 돌아오고 있었다. 과자 조각들을 모으며 움직일 때는 거의 잊고 있었는데 지금은 목도 다시 따끔거리기 시작했다.

그는 페인트 통 사이를 지나 처음에 손잡이를 잡고 올라왔던 페인트 통으로 갔다. 그는 통에 등을 대고 밀어 보았다. 통은 꿈쩍도 하지 않았다. 그는 몸을 돌린 다음 두 발을 단단히 받치고 온 힘을 다해 다시 밀어 보았다. 여전히 꿈쩍하지 않았다. 스콧은 숨을 몰아쉬며 뒤쪽으로 돌아갔다. 그러고는 죽을힘을 다해 손잡이를 조금씩 당겨 식탁 가장자리에 놓이게 했다.

그는 잠시 쉬었다가 손잡이에 매달려 발로 식탁의 줄무늬를 더듬어 찾았다. 조심스럽게 식탁 가장자리에 한 손을 대고 중심을 잡은 다음 재빨리 페인트 통 손잡이를 놓고 몸을 낮췄다. 발을 삐끗하기는 했지만 두 팔로 나무를 끌어안고 기어오를 수는 있었다.

얼마 뒤 그는 날개 모양의 무늬목으로 건너왔다. 무늬를 타고 내려오는 것은 간단했다. 너무 간단해 잡생각까지 들 정도였다. 그는 경사를 따라 미끄러지듯 내려오면서, 마티와 얘기한 후 집으로 돌아왔던 때를 떠올렸다.

오후였다. 집은 너무나도 조용했다. 루이스와 베스는 쇼핑하러 나가서 집에 없었다. 그는 침실로 가서 침대 끝에 앉아 버둥거리는 두 다리를 한참 동안이나 내려다보았다.

얼마나 지났을까? 그는 문 뒤에 걸어 놓은 낡은 정장을 올려다보았다. 문득 정장을 알아본 그가 자리에서 내려와 그쪽으로 향했다. 정장을 꺼내려면 의자에 올라서야 했다. 그는 두 팔로 무거운 의자를 끌다시피 가져온 다음, 뜬금없이 재킷을 꺼내 입기 시작했다.

그리고 전신거울 앞에 서서 바라보았다.

처음엔 그게 전부였다. 바라보는 것. 검은색 소매 깊숙이 들어가 버린 두 손, 장딴지까지 내려오는 기장, 텐트처럼 몸을 완전히 덮어 버린 옷 크기……. 처음엔 그런 것들을 보면서도 별다른 느낌이 없었다. 불균형이 너무나 심해 선뜻 실감이 나지 않았던 것이다. 그는 멍한 표정으로 그저 거울 속의 모습만 바라보았다.

그리고 결국 그 의미를 깨닫고 말았다. 마치 여태껏 모르기라도 했던 사람처럼 말이다.

그건 그가 입던 옷이었다.

처음엔 실소가 흘러나왔다. 그리고 웃음이 사라지고 침묵. 그러고는 아무 말 없이 자신의 모습을 바라보았다.

그곳에는 어른 옷을 입고 장난치는 아이 하나가 있었다. 그는 그 아이를 바라보며 키득키득 웃었다. 억지웃음에 가슴이 크게 흔들렸는데 그의 귀에는 마치 흐느끼는 소리처럼 들렸다.

그는 웃음을 멈출 수가 없었다. 웃음은 목구멍을 역류해 올라와 떨리는 입술 사이로 흘러내렸다. 웃음과 함께 온몸이 떨렸다. 딱딱하고 섬뜩한 웃음소리에 방 안의 공기도 놀라서 요동을 치기 시작했다.

다시 거울을 보았다. 눈물이 양 볼을 타고 흘러내리고 있었다. 그가 춤추는 동작을 취하자 코트가 펄럭이고 소매 끝도 제멋대로 흐느적거렸다. 그는 드디어 모든 것을 이해했다는 듯, 두 손으로 두 발을 찰싹 때리고 허리를 굽혔다. 어찌나 웃어 댔던지 허리가 다 아팠다. 꽉 멘 목을 뚫고 터져 나오는 웃음 때문에 똑바로 서 있기도 힘들었다.

그래, 이렇게 웃기게 생긴 거구나.

그는 다시 소매를 휘젓다가 갑자기 옆으로 무너져 내렸고 자지러지게 웃으면서 바닥을 굴렀다. 쿵쿵거리는 소리가 더욱 신경을 긁었다. 그는 바닥에 누운 채로 몸을 뒤틀고, 손발을 때리고, 고개를 양쪽으로 흔들고, 입으로는 계속 간헐적인 실소를 터뜨렸다. 한참을 그러다가 끝내 지쳐 버린 그는 꼼짝도 않고 천장을 보며 숨만 몰아쉬었다. 얼굴은 눈물범벅이었고 오른쪽 발도 여전히 뒤틀린 채였다.

그래, 난 웃기는 놈인 거야.

그리고 그는 욕실의 면도날을 가져와 손목을 긋는 것에 대해 생각해 보았다. 적어도 그 순간만큼은 아주 냉정하고 진지했다. 도대체 왜 거기 누워 그 지랄을 하고 있는지 이해할 수가 없었다. 욕실에서 면도날을 가져오기만 하면 모든 것이 해결될 텐데.

그는 밧줄 두께의 실을 타고 식탁 선반으로 내려왔다. 실을 흔들자 걸려 있던 쐐기가 아래로 떨어져 내렸다. 그는 나뭇조각을 다시 묶은 다음 바닥을 내려다보았다.

이상한 일이었다. 왜 그때 자살을 하지 않은 것일까? 분명히 그건 자살을 하고 남을 만큼 무기력한 상황이었다. 하지만 실행을 결심할 때마다 늘 뭔가가 그를 막아 세웠다.

그렇다고 자살 시도에 실패한 사실을 후회하는 것도 아니었다. 가끔은 어느 쪽이든 상관없겠다는 생각도 들었다. 물론 논리적이거나 철학적인 대답은 못 되겠지만, 어차피 이런 식으로 줄어들기만 하는 철학이 어디 있단 말인가?

그는 차가운 바닥에 상륙하자마자 얼른 샌들을 찾아 신었다. 기껏 철사를 엮어 만든 샌들이지만 그래도 훨씬 살 만했다. 이제 짐을 그의 숙소 쪽으로 끌고 갈 차례였다. 그래야 젖은 옷을 벗어버리고 따뜻한 침대에 누워 휴식을 취하거나 식사를 할 수 있을 것이다. 그는 보따리가 있는 곳으로 달려갔다. 한시라도 빨리 해치우고 싶었다.

보따리는 무거워 옮기기가 쉽지 않았다. 그는 10미터쯤 옮긴 뒤에 잠시 휴식을 취했고 호흡이 가라앉자 다시 일어나 조금 더 밀었다. 두 개의 거대한 식탁을 지나고 돌돌 말린 호스를 지나고 예초기를 지나고 사다리를 지나, 그리고 히터 쪽으로 이어진 얼룩무늬의 평야를 지나는 머나먼 여정이었다.

마지막 20미터는 등으로 밀고 갔는데 음식 보따리를 미는 내내 너무나 힘들어 간간이 허리를 굽히고 신음을 내뱉어야 했다. 조금만 더 가면 이제 따뜻한 침대에 누워 안전하게 쉬고 먹을 수 있으리라. 그는 이를 악물고 단숨에 시멘트 블록 밑까지 보따리를 끌고 갔다. 인생은 그래도 투쟁의 가치가 있는 것이다. 이 단순한 신체적 쾌락만을 위한 투쟁을 마무리하며 그는 행복하다는 생각을 했다. 식량, 물, 온기.

문득 그는 비명을 질렀다.

벼랑 끝에 괴물 거미가 매달린 채 그를 기다리고 있었던 것이다.

순간 둘의 눈이 마주쳤다. 그는 시멘트 블록 밑에 못 박힌 듯 서서 심장이 멎을 듯한 공포를 마주한 것이다.

놈의 기다란 발들이 움직이기 시작했다. 그는 신음을 토하고는 블록에 뚫려 있는 두 개의 축축한 터널 중 하나를 골라 달리기 시작했다. 등 뒤로 거미가 바닥에 뛰어내리는 둔탁한 소리가 들렸다.

이건 불공평해!

그는 어느새 절망으로 되돌아온 것이다.

그 생각 말고는 아무것도 떠오르지 않았다. 절대적인 혼란이 모든 것을 빨아들였다. 다리의 고통도 사라졌고 탈진도 느껴지지 않았다. 남은 건 오직 공포뿐이었다.

그는 시멘트 블록의 반대쪽으로 뛰쳐나왔다. 뒤를 돌아보니 터널 안에서 비틀거리는 거미 그림자가 보였다. 그는 크게 심호흡을 하고 연료 탱크를 향해 달리기 시작했다. 장작 더미로 가는 건 불가능했다. 도착하기도 전에 거미한테 먹힐 것이 뻔했다.

그는 탱크 아래의 찢어진 마분지 상자 쪽으로 달려갔다. 도착한다고 해서 뾰족한 수가 있는 것은 아니지만 본능적으로 그곳에 뭔가 있을 것이라고 판단했던 것이다. 상자 안에는 옷도 있었다. 어쩌면 그 안에 숨어 흑거미를 속일 수도 있을 것이다.

그는 돌아보지도 않았다. 그럴 필요도 없었다. 거대한 흑거미는 기다란 다리를 비척거리며 시멘트를 넘고 있을 것이다. 그래도 거미보다 빨리 상자에 다다를 수 있다고 믿는 이유는 놈의 다리가 하나 없기 때문이었다.

그는 흐물거리는 빛의 무늬들을 뚫고 달렸다. 두 다리가 열심히 움직이며 그에 따라 샌들도 퍼덕거렸다. 저 멀리 연료 탱크가 거대한 몸통을 드러내고 있었다.

그는 탱크 그림자 속으로 달려 들어갔다. 거미는 불과 5미터 뒤에서 바닥을 훑으며 쫓아오고 있었다. 스콧은 신음 소리를 내뱉으며 시멘트를 뛰어넘었다. 그리고 매달아 놓은 줄을 붙들고 위쪽으로 올라간 다음 두 발을 흔들어 상자 옆에 난 틈으로 뛰어 들어갔다.

그가 착지한 곳은 아무렇게나 겹쳐져 있는 옷소매 부분이었다. 몸을 일으키려 할 때 거미 발이 상자 옆면을 기어오르는 소리가 들렸다. 그는 두 발로 일어서려 했으나 옷이 푹 꺼지는 바람에 그만 넘어지고 말았다. 배를 깔고 엎어지면서 보니 거미의 검은 동체가 브이 자 모양의 틈으로 기어 들어오고 있었다.

스콧은 울다시피 하며 몸을 일으키다가 또다시 옷의 계곡을 헛디뎌 넘어지고 말았다. 언덕은 두 번이나 움직였다. 한 번은 그의 몸무게 때문이었고 또 한 번은 거미가 꿈틀거리며 다가왔기 때문이었다. 놈은 그림자를 뚫고 곧바로 그를 향해 달려왔다.

두 발로 일어설 시간도 없었다. 그는 등 뒤로 기다시피 달아나서는 얼른 몸을 뒤집어 두 손으로 허겁지겁 옷 사이의 틈을 뒤졌다. 아무것도 없었다. 거미가 덮치기 직전이었다.

그는 찢어질 듯한 비명을 지르며 다시 뒤로 몸을 날렸다. 그가 바느질 상자 안으로 떨어지는 순간 거미 다리 하나가 그의 발목을 세게 때리고 지나갔다. 그는 또다시 비명을 지르며 두 손으로 마구 땅을 긁어 댔다. 거대한 거미가 깡충 뛰더니 그의 다리 위로 올라탔다. 그가 비명을 질렀다.

그때 그의 손에 차가운 금속이 잡혔다. 핀! 그는 숨을 헐떡이며 다시 뒤로 물러났다. 두 손에는 이미 핀이 들려 있었다. 거미가 뛰어올랐을 때 그는 놈의 배에 핀을 찔러 넣었다. 괴물의 무게로 인해 손에 쥔 핀이 파르르 떨렸다.

거미는 얼른 몸을 빼내 몇 미터 뒤로 물러났다. 그리고 잠시 머뭇거리다가 다시 그를 향해 달려들었다. 스콧은 왼쪽 무릎을 세우고 오른쪽 발로 단단히 지탱한 다음 핀 끝을 엉덩이에 단단히 밀착시켰다. 어찌나 힘을 주었던지 두 손에 경련이 일었다.

거미는 핀 끝에 맞고 다시 뒤로 물러났다. 다리 하나가 왼쪽 관자놀이를 찢고 지나갔다.

"죽어, 죽어! 죽으란 말이야!"

그는 자신도 모르게 이렇게 고함을 질렀다.

놈은 죽지 않았다. 몇 미터 뒤쪽의 옷 위에서 어슬렁거렸는데 아마도 먹이를 잡을 수 없다는 사실이 이해가 가지 않는 모양이었다.

그러다가 갑자기 놈이 다시 달려들었다. 하지만 이번에는 핀 끝에 닿기도 전에 멈춰 서고는 다시 뒷걸음질했다. 스콧은 공격 자세를 유지한 채 놈에게서 눈을 떼지 않았다. 핀의 무게 때문에 두 손이 파르르 떨렸지만 그 끝이 거미에게서 벗어나지는 않았다. 그의 몸을 타고 오르던 놈의 끔찍한 무게와, 살갗을 가르던 날카로운 다리가 아직도 생생하게 느껴졌다. 그는 눈을 가늘게 뜨고 원래의 그림자와 놈의 검은 윤곽을 구분해 내려 애썼다.

그 자세로 얼마나 있었을까? 언제 움직였는지 눈치도 못 챘건만 어느새 마술처럼 놈이 보이지 않았다.

그는 당혹스러운 신음을 뱉으며 자리에서 일어나 주변을 둘러보았다. 다리가 뻣뻣했다. 지하실 맞은편의 기름보일러가 폭음을 터뜨리는 바람에 거미가 달려드는 줄 알고 황급히 뒤를 돌아보았다.

그는 한참 동안 자리에서 맴돌았다. 핀의 무게로 인해 두 팔은 점점 아래로 떨어지고 있었다. 조금씩 거미가 가 버렸다는 확신이 들기 시작했다.

안도와 탈진. 두 가지 이질적인 기운이 한꺼번에 밀려들었다. 납으로 만들어진 핀이 나무 상자 바닥에 떨그렁 소리를 내며 떨어졌다. 그는 그대로 주저앉아 버렸다.

한동안 그런 식의 탈진 상태로 누워 있었다. 놈이 어쩌면 밖에서 기다리고 있을지도 모르겠다. 어쩌면 그가 나가자마자 달려들 수도 있겠다. 또는 다시 히터로 돌아가 그곳에서 기다릴지도 모를 일이었다.

그는 천천히 몸을 돌려 엎드린 자세로 팔을 베고 누웠다. 결국 그가 이룬 것은 없었다. 여전히 거미의 자비에 목숨을 구걸하는 신세인 것이다. 그렇다고 핀을 들고 다닐 수도 없는 데다가 어차피 하루 이틀이면 그마저 무거워 들 수조차 없을 것이다.

게다가 (도저히 믿기지는 않았지만) 거미가 겁이 나서 다시는 공격하지 않는다 해도, 하루 이틀이면 또다시 식량이 고갈되고 말 것이다. 물을 얻는 것도 점점 어려워질 것이고 옷도 끊임없이 줄여 놓아야 하며, 그에 따라서 지하실을 빠져나갈 가능성도 점점 줄어들 것이다. 그리고 토요일 밤과 일요일 아침 사이에 어떤 일이 벌어질지에 대한 두려움도 남아 있었다. 그건 가장 커다란 고문이자 늘 그를 괴롭히는 본질적인 문제였다.

그는 일어나 두 손으로 상자의 뚜껑을 더듬어 찾았다. 그는 뚜껑을 들어 올려 걸쇠로 잠근 다음 상자 안의 어둠 속으로 빨려 들어갔다. 숨이 막히면 어쩌지? 젠장, 아무려면 어떠랴.

그는 이 일이 시작된 후로 끊임없이 달아나기만 했다. 어른과 아이에게서 달아났고 고양이와 새와 거미로부터 달아났다. 그리고 더 나쁜 것은 정신적으로도 달아나고만 있었던 것이다. 인생으로부터 달아났고, 문제와 공포로부터 달아났다. 후퇴하고, 뒷걸음치고 아무것에도 맞서려 하지 않은 채, 굴복하고, 항복하고, 기권해 버린 것이다.

아직 살아 있기는 하지만 그걸 삶이라고 볼 수 있을까? 그저 본능적인 생존이라고 불러야 할까? 그렇다. 먹을 것과 물을 위해 투쟁이야 하고 있지만 그건 계속해서 살기로 한 이상 불가피한 선택에 지나지 않았다. 알고 싶은 것은 바로 이것이다. 그가 의미 있는 인간이자 하나의 개인이 될 수 있느냐는 것. 그가 의미가 있을까? 그에게도 생존의 이유가 남아 있는 것인가?

알 수 없었다. 정말로 알 수 없었다. 어쩌면 그는 현실을 부정하고 있는 것인지도 모르겠다. 어쩌면 그는 기껏 그림자 조각에 지나지 않을지도 모른다. 습관적으로 충동적으로 살아가고, 움직이기는 하되 움직이지 않으며 싸우되 진정으로 싸우지 않는 그런 존재 말이다.

모르겠다. 그는 온몸을 돌돌 만 채로 부들부들 떨다가 잠에 빠져들었다. 진주보다 작은 존재. 그런 몸으로 도대체 뭘 알 수 있단 말인가?

그는 자리에서 일어나 귀를 기울였다. 지하실은 조용했다. 거미는 사라진 것이 분명했다. 놈이 그를 죽일 생각이었다면 어떻게든 다시 달려들었을 것이다. 하지만 잠이 든 지 벌써 몇 시간이나 지나 있었다.

그는 인상을 찡그리며 숨을 들이켰다. 다시 목이 따끔거렸다. 갈증도 나고 배도 고팠다. 히터 쪽으로 돌아갈 수 있을까? 그는 피식 웃고 말았다. 바보 같은 질문이다. 선택의 여지가 없었던 것이다.

손으로 더듬어 보니 차가운 핀이 만져졌다. 그는 핀을 집어 들었다. 묵직했다. 세상에, 내가 이걸 그렇게 기가 막히게 휘둘렀단 말인가? 아마도 공포 때문이리라. 그는 두 손으로 핀을 오른쪽 허리 쪽으로 옮긴 다음 질질 끌어당겼다. 그러고는 반짇고리 밖으로 기어 나가 천으로 이루어진 험난한 계곡을 지나서 마분지 상자 옆의 브이 자 틈으로 향했다. 핀의 무게 때문에 근육이 다 당겼다. 그래도 거미가 나타난다면 전처럼 두 손으로 휘두를 수는 있을 것이다. 몇 주 만에 처음으로 신변 안전에 대한 자신감이 생겼다.

그는 입구에 다다른 다음 먼저 조심스럽게 밖을 엿보았다. 먼저 위를 보고 옆을 보고 마지막으로 아래를 보았다. 거미는 보이지 않았다. 그의 숨소리가 조금씩 가라앉았다. 그는 핀을 입구 쪽으로 내밀어 잠시 붙들고 있다가 아래로 떨어뜨렸다. 핀은 바닥에 떨어져 딸그락거리는 소리를 내면서 1미터 정도를 굴렀다. 그는 황급히 상자 밖으로 빠져나가 아래로 뛰어내렸다. 그가 땅에 닿은 순간 물 펌프가 깡깡거리며 수증기를 내뿜기 시작했다. 그는 화들짝 놀라 얼른 핀을 집어 들고 방어 태세를 취했다.

공격은 없었다. 그는 창을 낮추어 오른쪽으로 들고 다시 히터가 있는 곳으로 걷기 시작했다.

그는 연료 탱크의 그림자 밖으로 빠져나와 늦은 오후의 흐린

빛 속으로 들어갔다. 비는 멈춰 있었다. 반투명의 유리창 밖은 완전한 침묵에 잠겨 있었다. 그는 예초기 바퀴를 지나며 거미가 숨어 있는지 살펴보았다.

이제 그는 열린 공간 속에 서 있었다. 그는 난방기가 있는 곳으로 움직이며 냉장고를 보았다. 문득 신문 생각이 다시 났다. 그리고 사진기자들의 무례한 요구에 대한 분노. 그들은 강제로 옛날에 신던 구두를 신게 했다. 발보다 무려 13센티미터나 큰 신발을 말이다. 베르크라는 작자가 말했다.

"스콧, 그 신발을 신었을 때를 그리워하는 것 같은 표정을 지어봐요."

그들은 그를 베스 옆에도 세워 보고 루이스 옆에도 세웠다. 예전에 입던 의복들이나 심지어 줄자 옆에도 세웠다. 신문에는 프레임 끝에서 삐져나온 멜 해머의 커다란 손이 눈금을 가리키는 사진도 있었고, 《글로브 포스트》가 임명한 의사들의 증언도 있었다. 그리고 그렇게 수백만의 독자들을 위한 이야기가 조작되는 동안, 그는 매일같이 정신적 학대에 시달렸다. 밤이면 뜬눈으로 지새우다시피 하며 다음 날 당장 계약을 파기하겠다는 생각을 하고 또 했다. 돈도 소용없고, 루이스의 바람도 필요 없었다.

하지만 그는 그 모든 것을 참아내야 했다.

그리고 다른 사람들이 치고 들어왔다. 라디오, 텔레비전, 극장이나 나이트클럽의 제안이 들어왔고, 온갖 종류의 싸구려 잡지, 글로브 포스트 시리즈의 보급판을 위한 인터뷰 요청도 있었다. 사람들이 집 밖에 모이기 시작하더니 그를 구경하고 심지어 사인을 요구하기도 했다. 광신도들은 편지를 쓰거나 아니면 그에게 회개

하고 자신들의 구원 모임에 가입할 것을 종용했다. 기이한 정신병자들이 (남녀를 불문하고) 음탕하고 불경한 편지를 보내기도 했다.

콘크리트 블록에 도착했지만 그의 표정은 블록보다도 더 딱딱해 보였다. 그는 잠시 멈춰 서서 지난날을 회상하다가 잠시 후 깜짝 놀라며 정신을 차렸다. 거미가 기다리고 있을지도 모르는 판에 이게 무슨 바보 같은 짓이란 말인가?

그는 조심스럽게 블록을 기어올랐다. 핀은 필요할 경우 언제든 사용할 수 있도록 단단히 틀어잡았다. 블록 너머를 엿보니 숙소는 텅 빈 채였다.

그는 한숨을 내쉬며 핀을 블록 위로 던져 올렸다. 핀은 침대까지 굴러가다가 멈췄다.

그는 크래커를 가지러 다시 내려왔고 세 번을 오르내린 끝에야 크래커를 모두 침대 옆에 쌓는 데 성공했다. 그는 자리에 앉아 팔뚝 크기만 한 부스러기를 우걱우걱 씹으며 물이 있으면 좋겠다는 생각을 했다. 하지만 아래로 내려가 펌프까지 갈 용기는 없었다. 곧 어두워질 것이고 어둠 속에서는 아무리 핀이 있다 해도 안심할 바가 못 되었다.

그는 다 먹은 다음 뚜껑을 끌어당겨 침실을 덮었다. 스펀지에 드러눕자 저절로 한숨이 새어나왔다. 여전히 지친 상태였다. 상자에서 잠이 들기는 했지만 기운을 차리는 데는 역부족이었던 모양이다.

그는 더듬더듬 숯을 찾아 아무렇게나 그었다. 그러다가 선이 겹칠 수도 있겠지만 별로 개의치 않았다. 날이 갈수록 시간에 대한 관심도 무디어져 갔다. 이제 수요일이 오고, 목요일이 오고 금요일,

토요일이 올 것이다.

그다음엔 아무것도 없다.

그는 어둠 속에서 부르르 몸을 떨었다. 죽음과 마찬가지로 그의 운명을 가늠하기가 불가능했다. 아니, 이건 죽음보다 더 심했다. 죽음은 최소한 개념이라도 있다. 게다가 비록 미지의 세계이기는 해도 그건 삶의 일부라고 할 수 있다. 하지만 줄어들고 줄어들어 결국 무가 된다는 것은?

그는 몸을 뒤척이다가 한 팔로 고개를 받쳐 세웠다. 누군가에게 이런 기분을 얘기할 수만 있어도. 루이스 옆에서 그녀를 보고 만질 수만 있다 해도. 그렇다. 그녀가 아무리 눈치 채지 못한다 해도 그러면 마음이 편안할 것 같았다. 하지만 그는 혼자였다.

그는 다시 신문기사에 대해 생각했다. 구경거리가 된다는 건 정말로 엿 같은 일이었다. 그 때문에 그는 분노했고 비명을 질러 댔으며 조금씩 미쳐 갔다.

그러던 끝에 그는 도시의 신문사로 달려가 계약을 파기하겠다고 말했고, 급기야 증오로 인한 광기까지 터뜨리고 말았다.

100센티미터

볼드윈을 지나 3킬로미터. 샷 건이 발사되는 소리를 지르며 타이어가 터져 나갔다.

포드가 균형을 잃고 포도에 널따란 바퀴 자국을 그리자 스콧은 숨을 삼키며 운전대에 매달렸다. 중앙 벽을 들이받지 않게 하기 위해 있는 힘을 다 쏟아야 했다. 운전대가 부르르 떨렸다. 간신히 자동차를 고속도로 밖으로 빼낼 수 있었다.

브레이크를 밟고 점화 스위치를 비틀면서 50미터 가까이 밀려 나온 것이다. 그는 아무 말도 않고 앞만 노려보았다. 얼굴은 표백제를 뒤집어쓴 듯했다. 하얗게 질린 두 손이 무릎 위에서 파르르 떨렸다.

급기야 분노가 터져 나왔다.

"이런, 빌어먹을!"

문득 차가운 전율이 등줄기를 훑고 지나갔다.

"그냥 가자."

그가 중얼거렸다. 낮게 깔린 목소리 아래로 분노가 잔뜩 웅크리고 있었다.

"그냥 가자고. 있는 대로 달려 보는 거야. 왜 망설여? 기껏 타이어 하나 터졌다고 주저앉는 거냐고?"

이 부딪는 소리가 달그락거렸다.

"씨발, 발전기를 부수고, 플러그도 박살 내고, 라디에이터를 뜯어버리고, 이 빌어먹을 차를 완전히 날려 버리란 말이야!"

단어 하나하나가 꽉 다문 치아의 게이트를 밀어내더니 급기야 걷잡을 수 없는 광기로 터져 나와 유리창을 때렸다.

그는 두 눈을 감고는 좌석에 털썩 기댔다.

얼마 뒤 차 문을 열었다. 차가운 바람이 밀려 들어왔다. 그는 코트 깃을 세우고 자동차 시트 아래로 미끄러져 내렸다.

그는 자갈 위로 뛰어내리다 앞으로 쏠리는 바람에 양손을 땅에 대고 넘어지고 말았다. 욕을 내뱉으며 몸을 일으키고는 자갈 하나를 도로 안으로 걷어찼다. 지나가는 자동차 창문이나 깨뜨리고 재수 없는 년 눈이라도 하나 박살내 버렸으면, 젠장! 그는 속으로 온갖 저주와 욕설을 주워섬겼다.

그는 몸을 부르르 떨며 자기 차를 돌아보았다. 타이어가 완전히 퍼져 있었다. 죽이는군. 아주 끝내 줘. 도대체 나보고 타이어를 갈라는 거야? 그는 이를 부드득 갈았다. 그럴 힘이 있을 리가 없었다. 게다가 형수가 아이들을 돌봐 줄 수 없기 때문에 루이스도 집을 지켜야 했다. 내 그럴 줄 알았어.

경련이 온몸을 훑고 지나갔다. 추웠다. 5월 밤인데도 너무나 추웠다. 이것도 그럴 줄 알았다. 이젠 날씨조차 안 도와주는군. 그래, 정신병원에만 가면 되겠어, 젠장. 그는 두 눈을 감았다.

아무튼 이렇게 서 있을 수만은 없었다. 어떻게든 전화를 찾아 도움을 청해야 했다.

그는 그 자리에서 멍하니 도로만 바라보았다. 서비스 센터에 전화를 걸었다 치자. 그럼 누군가 와서 나한테 말을 걸고 결국 내가 누군지 알아보겠지? 그리고 불쌍하거나 놀란 표정을 지을 게고. 빌어먹을 베르크가 늘 짓던 그 재수 없는 표정.

'세상에, 자넨 정말 끔찍하군그래.'

그러고 나서는 말도 걸고, 질문도 하고, 정상인이 병신에게 보여 주는 온갖 자애로운 친절을 베풀려 들 거야.

숨을 깊이 들이마시는데 목까지 메어 왔다. 안 돼, 차라리 화를 내는 게 낫다. 우는 건 완전한 굴욕이다. 적어도 분노는 싸울 의지라도 있고 뭔가에 저항한다는 뜻이지만, 울음은 패배이자 포기이며 죽음일 뿐이다.

그는 한숨을 내쉬었다. 방법이 없었다. 어쨌든 집에는 가야 하는 것이다. 다른 때라면 형을 불렀겠지만 이젠 형과의 관계도 옛날 같지 않았다.

그는 코트 주머니에 두 손을 찔러 넣고 갓길에 깔린 자갈을 밟으며 천천히 걷기 시작했다.

상관없어. 계약이 어떻게 되든 상관없다고. 이젠 수백만 명의 구경꾼 앞에서 모르모트 흉내 내는 것도 지쳤다고.

그는 걸음을 서둘렀다. 지금은 아동복 차림이었다.

얼마 뒤 헤드라이트가 그를 훑었다. 그는 길옆으로 물러나 계속 걸었다. 남의 차를 얻어 타는 것도 못할 짓이었다.

검은 차가 그를 지나쳐 가더니 조금씩 속도를 늦추었다. 고개를 들어 보니 차가 멈추고 있었다. 그는 입을 우물거렸다.

'그냥 걸어가겠소.'

입술 모양으로 의사를 전달하려 한 것이다.

문이 열리고 중절모를 쓴 남자가 나타났다.

"너 혼자니, 꼬마야?"

남자가 허스키한 목소리로 물었다. 그는 입 귀퉁이로 씹듯이 말을 내뱉었는데, 입 끝에 반쯤 피운 시가가 꽂혀 있기 때문이었다.

스콧은 자동차 쪽으로 터벅터벅 걸었다. 뭐, 상관없다. 남자는 그가 어린 소년이라고 생각한 것이다. 그렇게 생각하는 것도 당연하다. 어른이 따라오지 않았다는 이유로 극장에서 쫓겨난 적도 있었다. 바텐더에게 마실 것을 주문할 때도 꼭 신분증부터 내밀어야 하지 않았던가?

"얘야, 너 혼자니?"

남자가 다시 물었다. 스콧이 대답했다.

"걸어서 집에 가는 중입니다."

"그렇게 멀리?"

지적이지만 술에 취한 목소리였다. 그는 남자가 아래위로 훑어 보고 있음을 알 수 있었다. 그래, 취하면 취할수록 좋겠지.

"다음 타운까지만 가면 됩니다. 죄송하지만 태워 주시겠습니까?"

그는 일부러 어린아이처럼 목소리를 가늘게 만들었다.

"물론이다. 당연히 그래야지. 플리모스까지 멋지게 달려 보자꾸나, 꼬마 친구."

그리고 그가 놀란 거북처럼 차 안으로 목을 집어넣었다.

"감사합니다."

이건 일종의 자학이다. 스콧은 끝까지 이놈의 어린애 놀이를 해낼 생각이었다. 그는 덩치 큰 남자가 낑낑대며 운전대에 자리를 잡을 때까지 기다렸다가 차에 올라탔다.

"넌 여기 앉아라, 아야! 조심해야지!"

스콧은 남자의 두툼한 손을 깔고 앉고는 깜짝 놀랐다. 남자가 팔을 빼내 스콧의 눈앞에 들어 보였다.

"꼬마, 넌 지금 선원 한 명에게 부상을 입힌 거다. 사정없이 때려 부순 거라고, 응?"

남자의 키득거리는 웃음소리가 호수처럼 맑았다.

"닻을 올려라, 인생은 여행이니, 소년이여, 드디어 항해로다."

남자가 외쳤다. 그가 기어를 직진으로 올리자 차가 덜컹 하더니 앞으로 움직였다.

"페르메즈 라 포르테, 소년이여, 페르메즈 라 갓뎀 포르테."

"닫았어요."

스콧이 대답했다.

남자가 환한 표정을 지으며 그를 보았다.

"불어를 알아들은 거냐? 이런, 똑똑한 애로구나. 정말 대단해. 영광입니다, 각하."

스콧은 가볍게 미소를 지었다. 그도 저렇게 취했으면 얼마나 좋을까 하는 생각이 들었다. 하기야 어두운 술집 구석에서 오후 내내 술을 마셔 봤지만 별 소용은 없었다.

"자네는 이 늪지에서 사는가?"

뚱뚱한 남자가 자기 가슴을 때리면서 물었다.

"이웃 마을에 삽니다."

"이웃 마을이라. 다음에 나오는 도시를 일컫는 것이렷다. 인근 마을, 인접 부락. 우락부락. 우라질 놈의 우리 왕국. 흡연이냐 금연이냐 그것이 문제로다. 빌어먹을, 때마침 성냥도 떨어졌군."

남자가 트림을 했다. 마치 무료한 표범 같았다.

"시가 잭을 쓰시죠."

스콧이 말했다. 남자는 성냥을 찾느라 아예 운전대를 신경 쓰지도 않았다. 남자가 놀란 표정을 지으며 스콧을 보았다.

"똑똑한 친구로군. 아주 분석적이야. 난 말이야, 분석적인 친구를 좋아하지."

그의 비눗방울 같은 웃음이 퀴퀴한 차 안에 잔물결을 만들며 퍼졌다.

"이런, 세상에."

남자가 갑자기 고개를 숙이는 바람에 스콧은 질색을 했다. 시가 잭을 밀어 넣느라 아예 도로에서 눈을 떼어 버린 것이다. 남자가 다시 윗몸을 일으켰다. 그의 어깨가 스콧을 스쳤다.

"그래, 다음 마을에 산다고? 그것 참…… 기가 막힌 소식이군."

남자가 이렇게 말하곤 표범 같은 트림을 뱉어 냈다.

"빈센트와의 저녁 식사라."

그 소리는 기쁘다는 뜻으로 들리기도 했고 동시에 이제부터 목을 조르겠다는 소리로 들리기도 했다.

"내 친구 빈센트."

남자가 다시 슬픈 목소리로 되뇌었다. 시가 잭이 팡 하고 튀어나와 남자가 집어 들었다. 스콧은 남자가 검게 그을린 시가에 불을 붙이는 모습을 곁눈질로 보았다.

중절모 밑으로 보이는 남자의 머리는 사자 갈기 같았다. 시가 불이 그의 얼굴을 밝혀 주었는데, 검게 빛나는 두 눈 위의 짙은 눈썹이 진짜 텐트 같아 보였다. 입은 크고 두터웠고, 숨쉬기가 거북한지 콧구멍이 연방 씩씩거렸다. 전체적으로 밀가루 반죽으로 대충 만든 악동의 얼굴이었다.

담배 연기가 그의 얼굴을 가렸다.

"아주 똑똑한 소년이야. 신의 축복이지."

남자가 말했다. 그의 손이 계기반을 건드리는 바람에 시가 잭이 바닥에 떨어졌다.

"이런, 젠장."

남자가 허리를 굽히자 차가 급회전을 했다.

"내가 주울게요. 조심해요!"

스콧이 황급히 말했다.

남자는 차를 다시 차선으로 돌려놓고 스펀지 같은 손으로 스콧의 머리를 두드려 주었다.

"정말 기가 막힌 친구란 말이야. 아까도 말했지만⋯⋯."

그는 담즙을 삼키곤 창문을 내렸다. 바람을 쐬고 싶은 모양이었다. 그러곤 자기가 무슨 말을 했는지 까먹었다.

"이 근방에 산다고 했냐?"

남자가 묻고는 큰 소리로 트림을 내뱉었다.

"다음 마을입니다."

"빈센트가 친구라고 했지? 진짜, 진짜 친구지. 동료에 동지에 동반자라고."

남자가 유감이라는 듯이 말했다.

스콧은 그들이 막 지나쳐 온 주유소를 힐끗 돌아보았다. 문을 닫은 듯 보였다. 그냥 이 차를 타고 프리포트까지 가서 도와줄 사람을 찾아야 할 모양이었다.

"그 친구는 고행의 결혼 예복을 입겠다고 고집을 부렸어. 무슨 말인지 알겠냐, 꼬마? 이해가 가?"

스콧이 숨을 들이마셨다.

"예, 이해합니다."

남자가 시가 연기를 내뿜었고 스콧이 기침을 터뜨렸다.

"그거 아냐? 어른이 된다는 건 말이야. 그건 퇴행의 길을 가겠다는 거야. 노예, 하인, 로봇. 한 마디로 영혼을 빼앗기고 잃어버리는 게지. 내가 무슨 말 하는지 알겠지, 엉?"

남자가 어지러운 눈으로 스콧을 보았다. 스콧은 창밖으로 시선을 돌렸다. 피곤해. 침대에 누워 내가 누군지 내게 어떤 일이 일어나고 있는 건지 다 잊고 싶어. 그냥, 이대로 잠들었으면……

"이 근처에 산다고 했지?"

"다음 마을이에요."

"그래, 그랬어."

잠시 침묵. 그리고 남자가 말을 이었다.

"여자들이란, 남자의 인생에 멋대로 들어와 엉망으로 만들어버려. 매독 같은 년들!"

그리고 남자는 스콧을 보았다. 차가 나무를 향해 곧장 달리고 있었다.

"결국 빈센트는 남자의 본분을 잊고 타락의 소용돌이에……."

"나무하고 충돌해요!"

남자가 고개를 들었다.

"요는, 돌아오는 거야. 모자를 쓰고 다시 말을 타는 거지. 남자가 가야 할 길은……."

뚱보는 다시 스콧을 훔쳐보았다. 고개를 기울이는 폼이 마치 상품을 검사하는 구매자 같았다.

"그러니까 넌……."

그는 상품의 가치를 살피듯 입술을 내밀다가 거칠게 목청을 가다듬었다.

"넌 열두 살이지? 꽃다운 열두 살?"

스콧은 담배 연기에 가볍게 기침을 했다.

"그래요, 꽃다운 열두 살. 위험해요!"

남자는 핸들을 조정하고는 키득키득 웃었다. 웃음은 딸꾹질 때문에 끝이 났다.

"무한한 가능성의 나이지. 구속되지 않은 꿈의 나이야. 오, 이런. 열둘, 열둘, 오, 다시 열두 살이 되었으면, 정말로 열두 살이 될 수만 있다면."

그는 솥단지 같은 손으로 스콧의 다리를 움켜잡았다. 스콧이 다리를 빼내려 하자 그는 다시 한 번 다리를 비틀고는 운전대를 잡았다. 그리고 입을 삐죽거렸다.

"그래, 그래, 그래. 아직 첫 여자를 못 만났겠지. 그래, 최초의 열병이자 제2의 탄생에 비견되는 경험이긴 하지."

"전 여기서 내려도……."

스콧이 앞쪽의 주유소를 보고 입을 열었다.

"더러워."

뚱보가 그의 말을 가로챘다.

"기본적인 상식마저 어지럽히는 존재들이란다. 꼬마야, 너도 결혼하고 싶니?"

그는 여전히 스콧을 훔쳐보며 눈을 씰룩거렸다. 만일 웃을 기분이었다면 스콧은 그 말에 한바탕 배꼽을 쥐고 웃었을 것이다.

"아뇨. 아무튼 전 여기에서……."

"잘 생각했다. 현명한 선택이야. 지혜롭고 지혜롭도다. 여자들? 하, 웃겨. 그런 것들은 독약을 먹여서 철저하게 멸종시켜야 해. 아니, 솔직하게 말하면, 아주 끔찍하게 죽여야 한단다. 말뚝을 박고, 사지를 찢어서라도 말이야, 안 그래?"

남자는 그를 훔쳐보고, 키득거리고, 트림을 하고, 딸꾹질을 했다.

"저기요, 저 내려 줘요."

"프리포트까지 데려다 주마, 꼬마야. 프리포트까지. 쾌락의 땅이자 망각의 땅이며, 압제 탈출의 마지막 보루여!"

그리고 남자가 스콧을 똑바로 바라보았다.

"너, 여자 좋아하니?"

그 질문에 스콧은 움찔했다. 사실 지금까지 남자의 헛소리엔 신경 쓰지 않았다. 그런데 남자를 보니 갑자기 그가 더욱 커 보인 것이다. 게다가 그 질문 때문에 더욱 위험해 보이기도 했다.

"사실은 프리포트에 안 살아요. 난……."

"이런, 수줍어하는군. 오, 수줍음은 청춘이여. 사랑스러운 날개여."

남자의 키득거림은 이제 큭큭거리는 괴성으로 바뀌어 나왔다. 그리고 그의 손이 다시 스콧의 다리를 노렸다. 스콧은 잔뜩 긴장해 남자를 올려다보았다. 위스키와 시가 냄새가 코를 찔렀다. 시가의 끄트머리가 불타올랐다 꺼졌다를 반복하고 있었다.

"여기서 내릴래요."

그가 말했다.

"그대, 청춘이여, 내 말을 들으라. 밤은 젊음의 축복일지니. 이제 겨우 9시를 지났을 뿐이로다. 이제 내 방에 아이스크림의 진수성찬을 차리고 그대를 초대하노라. 비록 샴페인은 없으나, 그대는……."

"제발 내려 주세요."

다리에 놓인 손에서 뜨거운 열기가 느껴졌다. 다리를 빼내려 했지만 남자가 놓아 주지 않았다. 맥박이 빨라지기 시작했다.

"오, 진정하려무나. 아이스크림, 케이크, 약간의 쾌락 나부랭이. 너와 나 같은 모험가들에게 그만한 향연이 또 어디에 있겠느냐?"

남자의 손이 뼈를 부숴 놓을 것 같았다.

"아야! 이 손 좀 치우지 못해!"

스콧이 몸을 빼내며 외쳤다. 남자는 스콧의 목소리에서 성인의 분노를 느끼고는 놀란 표정을 지었다. 그의 목소리에서 단호함과 권위까지 묻어났다.

"차 좀 세워 주시겠습니까? 이런, 조심해!"

남자가 차를 다시 차선에 돌려놓았다.

"너무 흥분하지 마라, 얘야."

이제 남자의 목소리도 동요하기 시작했다.

"내려 주시죠."

스콧의 손이 바들바들 떨렸다.

"얘야, 나의 이 끔찍한 외로움을 조금이라도 이해한다면……."

"차 세우란 말이야, 빌어먹을!"

남자가 움찔했다.

"너, 어른한테 그게 무슨 말버릇이냐?"

그는 이렇게 말하더니 갑자기 손을 빼내 스콧의 옆머리를 때렸다. 스콧의 머리가 문에 부딪쳤다.

스콧은 벌떡 일어났다. 하지만 고통과 함께 깨달은 것은 그에겐 꼬마 아이의 힘밖에 없다는 사실이었다.

"오, 이런, 용서하렴. 너를 다치게 하다니."

남자가 딸꾹질을 하며 말했다.

"전 바로 여기 살아요. 그러니까 제발 내려 줘요."

스콧이 다시 한 번 애원했다.

"맘이 상했구나, 얘야. 내가 몹쓸 말을 해서 네 맘이 상했어. 이런, 이런, 부디 내 맘을 이해해 주렴. 내 쾌활함의 이면을 말이다. 난 너무나도 슬프단다. 너무나 고독해. 제발, 이해할 수 있겠니? 부디, 네 꽃다운 지혜로 내 마음을……."

"이봐요, 제발 내려 줘요."

스콧이 말했다. 여전히 아이의 목소리였고, 반쯤은 화가 나고 반쯤은 겁에 질린 목소리였다. 끔찍한 것은 그 목소리가 아이 역할을 연기했기 때문인지 아니면 그 자체가 본질인지 확신이 서지 않는다는 것이었다.

남자가 갑자기 갓길에 차를 갖다 댔다.

"그래, 가라, 가! 결국 네놈도 다른 인간들하고 다를 게 없었어. 그래, 다 똑같아."

남자가 슬픈 목소리를 짜냈다. 스콧은 떨리는 손으로 문을 열었다.

"잘 가라, 어린 왕자여. 부디 달콤한 꿈의 천사가 너의 휴식을 지켜 줄 것을 빌어 주마."

남자는 스콧의 손을 만지작거리며 말했다. 그리고 갑자기 딸꾹질이 나와 남자는 말을 끊어야 했다.

"그리고 난 공허하도다. 공허하고 또 공허하도다. 얘야, 내게 키스해 주겠니? 이별의 정표로서……."

하지만 스콧은 이미 차 밖으로 나와 달리기 시작했다. 방금 지나온 주유소가 있는 방향이었다. 남자는 고개를 돌려 아이가 달아나는 것을 지켜보았다.

∥∥∥∥∥∥

잠결에 쿵쿵거리는 소리를 들었다. 망치로 나무를 내리치는 소리 같기도 하고, 거대한 손톱으로 흑판을 두드리는 소리 같기도 했다. 그 소리에 머리까지 둥둥 울렸다. 그는 두 팔을 휘저으며 몸을 뒤척였다. 쿵, 쿵, 쿵. 그의 입에서 신음 소리가 새어나왔다. 그는 손을 조금 쳐들다가 그대로 떨어뜨렸다. 쿵, 쿵. 그는 귀찮다고 끙끙거렸지만 아직 완전히 의식을 회복하지는 못했다.

그때 물방울이 그의 얼굴을 덮쳤다. 그는 캑캑거리며 자리에서 일어났다. 그리고 철퍼덕 하는 소리가 들렸고, 물방울이 그의 어깨 위로 떨어졌다.

"세상에!"

그는 눈을 동그랗게 뜨고 어둠 속을 살폈다. 어떻게든 정신을 차리고 상황 파악을 해야 했다. 쿵! 쿵! 그건 거인이 문을 두드리는 소리였고 거대한 의사봉으로 연단을 두드리는 소리였다.

잠은 완전히 달아났다. 심장 박동으로 가슴이 터질 것만 같았다.

"맙소사."

그는 중얼거리며 스펀지 밑으로 뛰어내렸다.

뇌를 부술 듯한 굉음. 그는 잔뜩 인상을 쓰며 침대 밑으로 내려섰다. 발이 따뜻한 물속에 잠겼다. 쿵 쿵 쿵! 말 그대로 미친 듯이 두들겨 대는 드럼 안에 갇힌 것만 같았다. 그는 상자 뚜껑을 더듬다가 미끄러지는 바람에 시멘트에 오른쪽 무릎을 부딪쳤다. 그리고 비명을 지르며 일어서려다 다시 미끄러지고 말았다.

"빌어먹을!"

그가 비명을 질렀다. 소음이 얼마나 큰지 그의 목소리는 들리지도 않았다. 그는 발을 끌어안고 있다가, 가까스로 일어나 상자 뚜껑을 아래로 밀어 버렸다.

그리고 다시 넘어졌다. 이번엔 팔꿈치였다. 칼날로 팔을 저미는 것만 같았다. 그는 황급히 일어서려 했으나 이번에는 물방울에 등을 얻어맞고 물고기처럼 퍼덕거려야 했다. 난방기에서 물이 새는 것이 보였다.

"오, 이런."

무릎과 팔꿈치가 쿡쿡 쑤셨다. 그는 자리에서 일어나 거대한 물방울이 상자 뚜껑과 시멘트 위에서 부서지는 것을 지켜보았다. 따뜻한 물이 그의 발목을 감싸며 흘렀고 블록 끝으로는 아예 작은 폭포까지 만들어졌다.

그는 어쩔 줄 모른 채 한참 동안 서서 떨어지는 물을 지켜보았다. 젖은 옷이 몸을 감쌌다.

그가 갑자기 비명을 질렀다.

"크래커!"

그는 미끄러지다시피 상자 뚜껑으로 달려가서는 뚜껑을 들어 침대 위로 옮겼다. 발이 자꾸만 미끄러지려 했다. 그는 뚜껑을 던진 다음 스펀지 반대편으로 몸을 날렸다. 그의 몸무게에 스펀지가 먹은 물을 내뱉었다.

"이런, 안 돼."

보따리는 옮길 수도 없는 지경이었다. 물에 완전히 잠긴 것이다. 그는 거의 기절할 것 같은 표정으로 황급히 보따리를 풀어헤쳤다. 물에 젖은 종이가 휴지처럼 뜯겨 나갔다.

물에 젖은 크래커 부스러기들은 이미 커다란 반죽 덩어리로 바뀌어 있었다. 한 주먹 집어 보니 감촉이 마치 오래된 죽 같았다.

그는 저주를 내뱉으며 묽은 덩어리를 멀리 던져 버렸다. 반죽은 블록 끝으로 날아가며 수백 개의 파편으로 퍼져 나갔다.

그는 스펀지 위에 무릎을 꿇었다. 머리 위로 쏟아지다시피 하는 물줄기도 개의치 않았다. 피가 날 정도로 입술을 깨문 채 그저 망연자실 물 반죽 크래커만 노려볼 뿐이었다.

"그래서 어쩔 건데? 이런다고 무슨 소용이냐고?"

그가 중얼거리며 두 주먹을 불끈 쥐었다. 앞에 떨어지는 물방울을 향해 주먹을 날리기도 했다. 결국 균형을 잃고 스펀지 위에 거꾸로 엎어지고 말았지만 말이다. 물이 홍수처럼 쏟아져 내리고 있었다.

그는 두 발로 바닥을 두드렸다. 너무나 화가 나서 아픈 줄도 몰랐다.

"그래도 난 지지 않아. 죽어도 포기하지 않을 거란 말이다!"

그는 누구에게랄 것도 없이 무조건 고함을 질러 댔다. 이를 부드득 갈기도 했다. 이건 도전이자 반항이었다.

그는 축축한 크래커를 한 줌 움켜쥐고 히터의 첫 번째 금속 선반 위로 가져갔다. 선반은 건조하고 안전했다.

젖은 크래커를 어떻게 하려고?

말릴 거야.

그 전에 썩을 텐데? 아가리 닥쳐!

"아가리 닥쳐!"

그는 마지막 대답을 소리 내어 내뱉었다. 오, 세상에. 그는 히터를 향해 크래커 뭉치를 내던졌다. 크래커가 퍽 소리를 내며 튀어 나갔다.

그가 갑자기 웃기 시작했다. 갑자기 모든 것이 즐겁다는 생각이 들었다. 세상에, 텐트 같은 옷을 입고, 미지근한 물에 발목까지 잠긴 채, 히터를 향해 축축한 크래커 반죽을 내던지고 있는 1.5센티미터짜리 인간이라니! 그는 고개를 젖히고 미친 듯이 웃어 댔다. 아예 물속에 주저앉아 두 손바닥으로 물장구를 치기도 했다. 따뜻한 물이 온몸에 튀었다. 그는 옷을 벗고 물속에서 굴렀다. 목욕하자. 지금 아침 목욕을 할 때잖아.

얼마 뒤 그는 일어나서 스펀지를 감싼 손수건 쪼가리로 몸을 닦고, 옷의 물기도 짜내 걸어 두었다. 목이 따가워. 그래서? 아직 감기 차례가 아니니까 기다리라고 해.

왜 이렇게 즐겁고 기분이 좋은지 모르겠다. 분명히 미친 것이다. 도저히 이해할 수 없는 상황이 닥칠 경우 사람은 그 자체를 있는 그대로 받아들이지 못하고 그렇게 되면 웃는 수밖에 도리가 없는 것이다. 만일 거미가 블록 너머로 어슬렁거리며 다가온다 해도 얼마든지 웃을 수 있을 것 같았다.

그는 이와 손과 손톱을 써서 손수건을 찢어 아무렇게나 망토를 만든 다음 전처럼 허리를 졸라맸다. 대충 옷을 만들어 입은 것이다. 이제 반짇고리로 가야 했다.

그는 핀을 집어 바닥 아래로 떨어뜨리고 시멘트 벽을 내려가서 다시 집어 들었다. 이제 새 숙소를 찾아보는 거야. 재미있겠군. 어쩌면 마른 빵 조각을 꺼내기 위해 저 아스라한 벼랑을 기어올라야 할지도 모르겠다. 물론 그것도 신나는 모험일 것이다. 그는 마분지 상자를 향해 천천히 달리며 고개를 끄덕였다. 창을 뚫고 온 햇살이 머리 위로 쏟아졌다.

계약을 깨뜨렸을 때도 이랬다. 사방에 청구서와 무자비한 가난, 그리고 적응해야 할 새로운 환경뿐이었다. 그는 다시 일을 시작하기로 했다. 마티에게 부탁했더니 그도 어쩔 수 없이 동의했다. 하지만 생각대로 되지는 않았다. 결국 상황은 나날이 악화되어 결국엔 의자 위로 겨우 기어오르다가 테리에게 들키고, 그녀가 그를 들어 의자에 앉혀 주는 지경이 되고 말았다.

그는 그녀에게 고함을 지르고 마티의 사무실로 달려갔다. 하지만 그가 말을 꺼내기도 전에 마티가 책상 너머로 편지 하나를 내밀었다. 향군회관에서 온 편지인데 전역 군인 대출 신청이 거절되었다는 것이었다.

그리고 그날 오후, 집으로 돌아오는 길에 예전의 그 타이어가 다시 펑크 났다. 집에서 반 블록 떨어진 곳이었다. 스콧은 차 안에 앉은 채로 실성한 사람처럼 웃었다. 어찌나 웃어 댔던지 특수 제작된 의자에서 떨어져 원래의 의자에 가서 부딪쳤고, 그것도 모자라서 바닥으로 굴러 떨어지기까지 했다.

늘 그런 식이었다. 무의식적 자기 방어. 뇌가 폭주하는 것을 막기 위한 스스로의 자구책이자, 지나친 긴장으로부터 벗어나기 위한 안간힘인 것이다.

그는 마분지 상자 안으로 기어 들어갔다. 거미가 안에서 기다리고 있을지도 모른다는 생각은 하지도 않았다. 그는 성큼성큼 반짇고리로 가서 작은 골무를 찾아냈다. 주름 계곡을 지나 상자의 균열까지 골무를 끌어내는 데 고생은 이루 말할 수조차 없었다.

그는 골무를 대형 드럼통 굴리듯이 밀고 나갔다. 핀이 그의 손수건 옷을 뚫고 들어가 걸을 때마다 시멘트 바닥을 긁었다.

히터에 도착한 후 골무를 시멘트 블록 위로 끌어올릴 생각을 했지만 결국 그에겐 무리였다. 대신 그는 골무를 블록 밑에 바짝 붙여 물이 들어가도록 했다.

물이 조금 더러워지기는 하겠지만 상관없었다. 그는 손으로 물을 떠서 얼굴을 씻었다. 그건 수개월 동안 누려 보지 못했던 호강이었다. 그는 굵게 자란 수염도 깎고 싶었다. 그러면 정말로 기분이 좋아질 것 같았다. 핀? 아니, 그것으로는 어림도 없다.

그는 물을 조금 마시고는 인상을 찌푸렸다. 별로 좋은 맛은 아니었다. 그래, 식으면 그런대로 먹을 만하겠지. 이제 펌프까지의 험난한 길을 왕복할 필요는 없게 되었다.

그는 있는 힘을 다해 폭포에서 골무를 조금 떼어내 골무 바닥이 흔들리지 않게 고정시켰다. 그리고 핀을 골무 옆에 세우고 골무 위까지 올라가 약한 물보라 사이의 거울 같은 표면에 얼굴을 비춰 보았다.

그는 신음을 내뱉었다. 기가 막혔다. 물론 작았다. 과거에 비하면 손톱 크기밖에 되지 않았지만 그렇다고 모습이 변한 것은 아니었다. 몸의 선도 그대로였고 눈도, 암갈색 머리카락도, 넓은 콧잔등, 턱 선과 귀와 입술도 예전과 똑같았다. 그는 인상을 찌푸렸다. 칫솔질을 안 한 지 오래되어 썩어 가고는 있지만 치열도 그대로였다. 그는 손가락을 물에 적셔 이를 문질렀다. 아직은 하얀 치아가 드러났다. 놀랍군. 사람들이 모두 나 같으면 치약 회사가 망하는 것은 시간문제일 것이다.

그는 한참 동안 자신의 얼굴을 바라보았다. 나날이 두려움과 위험 속에서 사는 남자치고는 표정이 평화로워 보였다. 신체적인 위험에도 불구하고, 어쩌면 정글의 삶은 편안한 것인지도 모르겠다. 사소한 슬픔 따위도 없고 이질적인 사회적 가치도 필요 없었다. 그건 심장을 갉아먹는 음모나 억압이 없는, 아주 단순한 인생이었다. 정글에서의 책임이라야 기본적인 생존이 전부였다. 정치적 묵계도 필요 없고, 싸워야 할 돈의 투기장도 없으며, 더 높은 지위를 따내기 위한 숨 막히는 경쟁도 없었다. 사느냐 죽느냐, 오직 그것만이 문제인 것이다.

그는 손으로 물을 휘저었다. 안녕, 얼굴이여, 이 지하 세계에서는 너도 필요 없단다. 한때 잘생겼다는 말을 들었던 것조차 아무 의미도 없었다. 이제는 기쁘게 해 주거나, 좋아해야 할 사람도 없고, 전략적으로 잘 보여야 할 사람도 없었다. 그는 혼자였다.

그는 핀을 미끄러져 내려가 얼굴의 물기를 훔치면서 생각했다.

'하지만 여전히 루이스를 사랑해.'

그것은 궁극적인 기준이었다. 당사자에게서 아무것도 기대할 수 없음에도 불구하고 사랑하는 것. 진정한 사랑이란 바로 그런 것이리라.

키를 재고 난방기 쪽으로 돌아갈 때였다. 갑자기 깍깍거리는 큰소리가 들렸다. 그리고 천둥 같은 꽹음이 들렸고 바닥에 거대한 그림자가 깔렸다. 거대한 괴물이 지하실 계단을 쿵쿵거리며 내려오고 있었다.

몸이 굳어 움직일 수가 없었다.

그는 그 자리에 얼어붙은 채 그를 향해 다가오는 거대한 물체를 보았다. 다리가 그의 머리 위로 올라가 다시 땅에 떨어질 때마다 바닥이 지진이 난 듯 흔들렸다. 그건 심장을 얼리는 동시에 펄쩍 뛰게 만드는 이중의 충격이었다. 갑자기 그런 거한을 보는 것도 그렇지만 한때는 그도 그렇게 컸다는 사실을 받아들이기가 어려웠다. 그는 고개를 젖히고 입을 쩍 벌린 채, 거인이 다가오는 것을 바라보고만 있었다.

본능이 돌아오고 나서야 상념과 경직에서 빠져나올 수 있었다. 그는 거대한 그림자의 가장자리를 향해 달려갔다. 바닥이 더 크게 흔들렸다. 거대한 신발이 기이한 괴성을 지르며 다가오는 소리가 들렸다. 아무래도 거인이 그를 벌레처럼 밟아 죽일 모양이었다. 그는 비명을 지르며 1미터 정도를 달린 다음 두 손을 내민 채 곧바로 슬라이딩을 했다.

그는 바닥에 넘어져 어깨부터 데굴데굴 굴렀다. 거대한 구두는 마치 고래가 점프하듯 바로 몇 센티미터 옆을 밟았다.

거인이 멈춰 섰다. 그리고 암흑의 터널 같은 주머니에서 7층 건물만큼 긴 스크루 드라이버를 꺼내 난방기 앞에 웅크리고 앉았다. 물 위에 비친 거대한 그림자가 거대한 놀처럼 일렁였다.

스콧은 사력을 다해 거인의 오른발을 돌아 달렸다. 사방으로 물이 튀었다. 거인의 구두 밑창이 거의 그의 키만 했다. 그는 시멘트 블록 옆에 서서 거인을 올려다보았다.

거인의 얼굴은 너무나도 높았다. 코는 스키장의 비탈진 슬로프 같았고, 콧구멍과 귀는 거대한 동굴 같았으며, 머리카락이 어찌나 무성한지 그 안에서 길을 잃을 수도 있을 것 같았다. 입도 동굴 같기는 마찬가지였다. 지금은 입을 닫고 있었지만 거인의 치아 사이로 그의 팔뚝 정도는 쉽게 들락거릴 수 있으리라. 그리고 그의 키만 한 동공에, 그가 기어 들어갈 정도로 넓은 홍채, 검게 굽은 사브르 같은 속눈썹…….

그는 할 말을 잃고 거인을 올려다보았다. 루이스도 그럴 것이 아닌가! 괴물처럼 크고, 삼나무만큼 두꺼운 손가락, 코끼리만 한 발, 부드럽기는 하지만 피라미드만큼 거대한 가슴을 지닌 존재…….

그 괴물을 보고 있자니 문득 눈물이 흐르기 시작했다. 그건 엄청난 충격이었다. 보지 못하는 동안에도, 자신의 체격과 상관없이, 루이스를 여전히 만지고 안을 수 있는 대상으로 생각하고 있었던 것이다. 물론 그렇지 않다는 사실을 알고 있음에도 말이다. 이제 분명히 알 수 있었다. 그리고 그 깨달음은 그 아래 깔린 모든 기억을 짓밟고도 남을 정도로 잔인하고 혹독했다.

그는 그 자리에 서서 조용히 울기만 했다. 거인이 공룡처럼 으르렁거리며 그의 스펀지를 집어던지는 것도 개의치 않았다. 그날 아침의 변덕스러웠던 기분이 다시 돌아오고 있었다. 공황 상태에서 처참함으로, 유쾌함으로, 평화에서 공포로, 그리고 다시 처참한 기분으로 돌아오고 마는 감정의 순례. 거인은 마천루만 한 난방기의 보호 판을 떼어서 옆으로 밀어 놓고 난방기 볼트에 드라이버를 찔러 넣었다.

그때 차가운 바람이 짙은 안개처럼 밀려 들어왔다. 그는 목에서 뚝 하는 소리가 들릴 정도로 황급히 고개를 돌렸다. 문!

"오, 이런."

그가 중얼거렸다. 이런 바보 같은 놈. 이제 탈출구가 열려 있는데 이렇게 멍하니 서서 쓸데없는 연민에나 빠져 있다니!

그는 지하실 한가운데를 가로질러 달리기 시작했다. 그리고 문득 거인이 그를 보고 벌레로 오해할지도 모른다는 생각이 들었다. 크기와 몸짓이 딱 벌레로밖에 보이지 않으니 그러지 말라는 법도 없다.

저 거대한 눈. 그는 블록 옆을 따라 돌아가 벽 쪽으로 붙은 다음 연료 탱크의 거대한 그림자를 뚫고 달렸다. 달리면서도 거인에게서 눈을 떼지는 않았다. 50걸음 정도로 사다리를 지나고, 금속 탁자, 버드나무 식탁을 지났다. 그때 바로 옆에서 기름보일러가 펑하고 되살아났다. 뒤쪽에서는 거인이 난방기를 두드려 보고 쑤셔보며 열심히 고민 중이었다. 스콧은 계단 밑에 도착했다.

첫 번째 단만 해도 15미터는 되어 보였다. 그는 계단의 차가운 그림자 아래 서서 문을 올려다보았다. 햇살이 마치 금빛 휘장처럼 쏟아져 들어왔다. 아직 이른 아침이었고 집 뒤쪽이 동향이기 때문이었다.

그는 계단을 따라 달리기 시작했다. 오를 만한 곳을 찾으려는 것이지만 오른쪽 끄트머리, 시멘트 블록이 교차하는 좁은 수직 통로가 전부였다. 그곳의 시멘트가 깨져 그의 몸 두께만 한 균열이 생겼는데, 올라간다면 그 통로를 등반가처럼 기어올라야 할 것이다. 등과 샌들을 이용해 단단히 받친 다음 조금씩 몸을 끌어올리는 것이다. 그건 너무나 어려운 방법인 데다 뒷마당까지는 무려 계단이 일곱 개였다. 그러니까, 15미터나 다름없이 보이는 높이를 일곱 번이나 올라야 하는 것이다. 그러다가 탈진하는 날에는…….

실. 그렇다, 실이면 될 것이다. 그는 버드나무 식탁으로 달려가 실 묶은 막대기를 흔들어 떨어뜨렸다. 거인을 돌아보니 여전히 히터 앞에 웅크리고 있었다. 그는 실을 끌고 계단으로 달려갔다. 기회는 단 한 번뿐이다.

그는 막대기를 던져 올렸다. 하지만 막대기는 계단 위에까지 올라가지도 못했고 올라간다 해도 걸릴 틈새 같은 것도 없는 듯 보였다. 그는 갈라진 협곡 쪽으로 실을 가져가 막대기를 걸 만한 곳을 찾아보았다. 꼭대기까지 훑었지만 그런 곳은 보이지 않았다.

그는 막대기를 땅에 버리고 계단 밑을 따라 달리다가 덫에 걸린 쥐처럼 갑자기 방향을 바꿔 왔던 길로 돌아갔다. 방법이 있을 것이다. 벌써 몇 달 동안이나 이때를 기다리지 않았던가. 지하실에서 겨울의 반을 지내면서 누군가 저 거대한 문을 열어 주어 자유를 향해 기어오를 수 있기만을 꿈꾸었는데 말이다.

그런데 이제 너무 작아져 버린 것이다.

"안 돼, 안 돼."

도저히 받아들일 수가 없었다. 방법이야 언제나 있게 마련이 아닌가? 아무리 어렵다 해도 방법은 있을 것이었다. 있어야만 했다. 그는 신경질적으로 거인을 돌아보았다. 시간이 얼마나 있을까? 몇 시간? 몇 분? 시간이 없었다.

스콧은 다시 돌아서 반대쪽으로 달리기 시작했다. 바람에 온몸이 떨렸다. 더 두꺼운 옷이 필요하겠지만 가지러 갈 시간은 없었다. 게다가 아직 젖어 있을 것이다. 골무! 저 거인의 무시무시한 발에 무너졌을까? 어쩌면 박살이 났을 수도 있겠다.

'상관없어! 여기서 나가면 그만이라고!'

그는 미끄러지다시피 빗자루 앞에 멈춰 섰다. 냉장고에 기대어 놓은 빗자루였다.

묶인 강모 끝으로 거미집이 보였다. 흑거미의 집이 아니라는 건 알고 있지만 언뜻 핀이 난방기 부근에 있다는 사실이 떠올랐다. 돌아가서 가져와야 하는 걸까?

그는 그 생각도 떨쳐냈다.

'상관없어! 여기서 나갈 거란 말이야!'

지금은 오직 그 목적에만 집중해야 한다. 여기서 나가는 것. 그 것뿐이다. 여기서 나가야 한다!

그는 있는 힘을 다해 몽둥이만 한 밀짚 하나를 잡아당겼다. 걸려서 나오지 않았다. 다시 시도해 봐도 마찬가지였다. 그는 다른 짚을 잡아채 보았다. 역시 단단히 걸려 있었다. 그는 저주를 퍼부으며, 그 옆의 짚을 당기고, 그다음, 그다음 지푸라기를 연달아 당겨 보았지만 결과는 같았다.

그는 닥치는 대로 잡아당겼다. 두 발을 단단히 받친 다음 이를 악물고 당겼다. 그리고 마침내 하나가 뽑혔을 때에는 뒤쪽 시멘트 바닥으로 나뒹굴고 말았다. 너무나 쉽게 뽑혀 나온 것이다. 끔찍하게 아파 비명을 질렀지만 그보다 먼저 몸부터 피해야 했다. 잘못하면 넘어지는 지푸라기에 머리가 깨질 수도 있기 때문이다.

그는 간신히 몸을 일으켰다. 등이 끊어질 듯 아팠다. 그는 곁눈으로 밀짚을 찾아 집어 들고는 질질 끌고 가 계단 벽면에 거의 직각으로 세웠다. 그리고 짚을 다시 바닥에 내려놓고 두 손을 양쪽 엉덩이에 대고는 숨을 몰아쉬었다. 머리 위의 태양이 가볍게 불타는 망토 같았다. 너무나 두껍고 밝아서 그걸 타고 곧바로 마당까지 날아갈 수도 있을 것만 같은 햇살의 망토.

그는 두 눈을 감고 3월의 차가운 공기를 폐부 깊숙이 들이마셨다. 그리고 밀짚의 반대쪽을 들어 올려 그 끝을 시멘트 벽에 세운 다음 벽 쪽으로 밀어붙였다. 밀짚이 계단에 가파르게 기댈 수 있도록 하려는 것이다. 거인이 이 소음을 들을 수 있을까? 물론 그럴 리는 없다. 저 커다란 귀로 이런 미세한 음을 잡아내는 것은 불가능하다.

지푸라기가 거의 70도의 각도로 서자 그는 두 팔을 힘없이 늘어뜨렸다. 팔에 기운이 하나도 없었다. 그는 고개를 젖히고는 한껏 심호흡을 하고 잠시 쉬기 위해 시멘트에 기댔다. 너무나도 차가웠다. 탈진 때문에 눈앞이 빙빙 돌았다. 기름보일러는 멈춰 있었다. 공허한 침묵 속에서 오직 난방기를 다루는 거인의 연장 소리만이 귀를 어지럽혔다.

시력이 어느 정도 돌아오고 팔의 통증도 조금 가라앉았다. 그는 짚을 올려다보았다. 입에서 절로 신음이 나왔다. 기대했던 것만큼 길지도 않았고 중간에 푹 꺼지기까지 했던 것이다. 밀짚의 꼭대기까지 올라간다 해도 계단까지 3, 4미터가 모자랐다. 지지할 만한 곳도 없는 깎아지른 절벽이.

그는 떨리는 손으로 머리를 마구 헝클었다.

"그래도 난 안 져."

그는 미지의 운명을 향해 소리쳤다. 그의 얼굴은 온통 각오와 긴장으로 단단히 굳어 있었다. 기어이 오르고 말 것이다. 남은 기회라곤 오직 그뿐이었다.

그는 주변을 둘러보았다. 장작더미가 쌓인 벽 쪽에 돌과 낙엽과 나무 쪼가리들을 모아 놓은 둔덕이 있었다. 오래전 갑자기 변덕이 들어 저곳에 모두 쓸어 담았는데, 이제는 그 기억조차 실제라기보다는 꿈처럼 낯설기만 했다.

그는 쓰레기 쪽으로 달려갔다. 그건 암석과 거대한 나무로 이루어진 언덕이었다. 집채만 한 나무들도 있었다. 그중 일부를 계단 밑까지 가져가는 것이 가능할까? 밀짚 아래를 받쳐 남은 거리의 반이라도 메울 수 있으면 된다. 그렇게만 된다면, 식탁에 오를 때처럼, 깡충 뛰기를 시도해 볼 수 있을 것이다. 하지만 그러다가 떨어져 죽을 뻔하지 않았던가? 만일 페인트 통 손잡이가 없었던들…….

그는 그 생각도 옆으로 제쳐 놓았다. 따질 계제가 못 되었다. 이 지하실에 떨어진 후 지금까지 생각하고 행동한 것은 오직 저 계단을 오르기 위해서였다. 처음만 해도 수십, 수백 번을 오르내렸던 계단이다. 그때는 문이 잠겨 돌아서야 했지만 그때만 해도 너무나 쉬웠다. 그 생각을 하니 가슴이 아팠다. 드디어 문이 열렸는데 이젠 계단이 벼랑이 되어 앞길을 막아선 것이다. 미칠 노릇이었다.

첫 번째 돌은 너무 무거워 꿈쩍도 하지 않았다. 그는 울퉁불퉁한 언덕을 기어오르며 좀 더 작은 돌을 찾았다. 하지만 그렇게 헤매다가도 바위 사이로 어두운 동굴들만 나타나면 왠지 가슴이 철렁 내려앉았다. 어느 동굴이든 당장이라도 거미가 기어 나올 것 같았다. 그는 가볍게 뛰는 심장 박동을 애써 누르며 울퉁불퉁한 비탈 위로 올라갔고 기어이 운반이 가능한 평평한 돌 하나를 찾아냈다.

그는 조금씩 돌을 밀어 계단까지 운반했다. 답답할 정도로 느린 속도였다. 돌을 벽에 세워 놓고 한 걸음 물러나 보니 그의 무릎보다 조금 더 높았다. 돌이 하나 더 있어야 했다.

그는 바위 언덕으로 돌아가 나무껍질 한 조각과 더 작은 돌 하나를 찾아냈다. 원래의 돌에 이 두 개를 얹으면 대충 필요한 높이가 될 것도 같았다. 게다가 나무껍질에는 밀짚을 끼워 넣을 만한 구멍도 하나 나 있었다.

그는 만족스러운 미소를 짓고는 다시 죽을힘을 다해 두 번째 돌을 계단까지 밀고 나갔다. 그 돌을 먼저 자리를 잡은 돌 위에 올릴 때에는 근육이 끊어질 듯 아프더니, 급기야 등 쪽에서 뭔가가 끊어지는 소리까지 들렸다. 허리를 펴 보니 등 근육에 끔찍한 통증이 밀려들었다. 망가지고 있는 거야. 축하한다, 스콧. 괜히 웃음이 나왔다.

돌은 아귀가 맞지 않아 흔들렸다. 그는 돌 사이에 찢어진 마분지 조각을 끼워 넣고 그 위에 올라가 깡충깡충 뛰어 보았다. 이 정도면 충분했다.

거인을 돌아보았으나 아직은 일이 끝나지 않은 모양이었다. 하지만 얼마나 갈까? 그는 플랫폼에서 뛰어내렸다. 등의 통증 때문에 숨이 거북했다. 따끔거리는 목, 쑤시는 등, 비틀린 두 팔. 그다음은 뭐지? 그는 비틀거리며 다시 언덕으로 돌아갔다. 차가운 겨울바람에 재채기가 났다. 이런, 그다음이 폐렴인가? 정말 축하할만한 일이다.

나무껍질은 옮기기가 쉬웠다. 그는 얇은 끄트머리를 어깨에 메고 상체를 앞으로 숙인 채 질질 끌고 갔다. 점점 더 추워졌다. 문득 밖으로 나갔을 때 어떻게 할 것인지 생각해 본 적이 없다는 사실이 떠올랐다. 너무 춥다면 얼어 죽지 않을까? 하지만 그 생각도 옆으로 제쳐 놓기로 했다.

그는 플랫폼 위로 껍질을 밀어 올렸다.

안 돼. 막상 올려놓고 보니까 밀짚 끝이 너무 두꺼워 껍질 구멍과 맞지 않았다. 저절로 한숨부터 나왔다. 문제, 문제, 도무지 문제가 끝이 없었다. 다시 거인을 보았다. 도대체 시간은 얼마나 남아 있는 걸까? 겨우 계단 두 개를 올랐을 때 거인이 일을 끝내고 돌아가면 어쩌지? 저 끔찍한 신발에 뭉개지지 않는다 해도 저 높고 어두운 계단 위에 버려진 꼴이 될 텐데 말이다. 그럼 날이 어두워서 내려오지도 못하게 될 것이다.

하지만 그 걱정도 필요 없었다. 이미 마지막, 종말, 끝장이다. 지금 나가든가, 아니면…… 아니, 아니면 따위는 없다. 그건 계산에 넣고 싶지 않다.

그는 작은 돌조각 하나를 주워 플랫폼 위로 올라간 다음 구멍을 긁기 시작했다. 밀짚 끝이 들어갈 만큼 구멍을 넓혀 볼 생각이었다. 그는 돌조각을 버리고 옷깃으로 땀범벅이 된 더러운 얼굴을 닦아 냈다.

그는 그 자리에 몇 분 정도 서서 숨을 고르고 근육을 풀었다. 휴식을 취할 시간도 없었다. 하지만 그 생각은 곧 반대에 부딪치고 말았다. 아니, 아무리 불안해도 좀 쉬어야겠어. 아니면 저 위에 도착하지도 못할 거야. 저 거인이 일을 하고 있는 동안은 그에게도 기회가 있는 셈이다. 그렇다고 모든 일을 한탕주의식으로 처리

할 수는 없다. 그것만은 분명했다.

그리고 그 생각이 떠오른 것도 바로 그 순간이었다. 도대체 이래야 할 이유가 뭐지?

한동안 그는 꼼짝도 하지 못했다. 도대체 왜 이 짓을 하는 거지? 며칠이면 모든 것이 끝날 터이고 그도 지상에서 사라지고 말 것이다. 그런데 이게 무슨 헛지랄이란 말인가? 이미 끝난 인생에 이런 식으로 매달릴 이유가 도대체 어디 있단 것인지.

그는 고개를 저었다. 그런 식의 생각은 위험하다. 그런 생각이 들기 시작하면 정말로 끝장이다. 물론 하나하나 따져 보면 모든 것이 비논리적이지만 그렇다고 멈출 수는 없었다. 일요일이면 모든 것이 끝난다는 전제 자체를 믿지 못해서일까? 어떻게 그걸 의심하겠는가? 일이 시작된 후 한 번이라도, 그래, 단 한 번이라도 어긋난 적이 있었던가? 그렇지 않았다. 하루에 0.36센티미터씩. 그건 시계만큼이나 정확했다. 제로를 향한 부단한 진행 상황에 대해 방정식 공식이라도 만들 수 있을 것이다.

그는 몸서리를 쳤다. 이상하게도 그 생각만 해도 기운이 빠졌다. 이미 기운이 빠지고 지쳤으며 자신감도 줄어들었다. 만일 그 일에 집착했다면 벌써 옛날에 죽고도 남았을 것이다.

그는 두 눈을 깜빡이며, 애써 무기력증을 밀어젖히고는 밀짚을 향해 움직였다. 절대로 그런 일은 없을 것이다. 차라리 최선을 다하다 죽을 수는 있어도 공짜로 죽어 주는 일은 결코 없으리라.

나무껍질 위로 밀짚을 올리는 일은 상상 외로 고된 작업이었다. 바닥을 지렛대로 사용하여 짚의 한끝을 밀어 올려 계단에 비스듬히 기대 놓은 것도 끔찍했지만 밀짚을 플랫폼에 고이기까지의 과정은 아예 피를 말릴 정도였다.

처음에는 밀짚을 들어 올리다 놓치는 바람에 샌들의 한쪽을 찧고 말았다. 신발을 빼내긴 했지만 그는 한참 동안이나 플랫폼에 기대 가슴을 쓸어내려야 했다. 만일 샌들이 아니라 발 위에 떨어졌다면……

그는 두 눈을 감았다. 생각하지 말자. 제발 일어나지 않은 일은 생각도 하지 말자.

두 번째 시도에서 밀짚을 첫 번째 돌 위에 올려놓긴 했지만, 잠깐 쉬는 동안 밀짚이 떨어져 하마터면 그 밑에 깔릴 뻔했다. 그는 있는 대로 저주를 퍼부으며 밀짚을 다시 벽에 기대놓았고, 마지막 힘까지 짜내 첫 번째 돌 위에 올려놓는 데 성공했다. 이번에는 손을 놓기 전에 안전하게 돌에 걸쳤는지부터 살폈다.

하지만 다음 단계가 더 어려웠다. 먼저 허리 높이까지 밀짚을 들어 올린 후 다시 어깨 높이의 꼭대기 돌 위로 올려놓아야 하기 때문이었다. 물론 지렛대를 쓸 수도 없었다. 두 다리도 쓸모가 없었다. 모든 힘은 등과 어깨와 팔에 의존할 수밖에 없었다.

그는 숨을 크게 들이쉬어 가슴이 팽팽해질 때를 기다렸다가, 숨을 멈추고 밀짚을 들어 두 번째 돌 위에 얹어 놓았다. 그게 얼마나 말이 안 되는 노동이었는지를 깨달은 것은 오히려 손을 놓은 다음이었다. 등과 사타구니를 끔찍한 격통이 훑고 지나갔다. 그 고통은 아주 천천히 가라앉았는데, 근육들이 빨래처럼 비틀렸다가 다시 풀리는 그런 느낌이었다. 그는 손으로 허리춤을 눌렀다.

얼마 뒤, 그는 플랫폼 위로 올라갔다. 그리고 한 번 더 힘을 써서 밀짚을 구멍에 집어넣고 이리저리 흔들어 가장 안전한 자리를 잡도록 했다. 그는 등반 에너지를 축적하기 위해 그대로 자리에 주저앉았다. 거인은 여전히 작업 중이었다. 시간은 있을 것이다. 물론 시간은 있다.

그는 다시 일어나 밀짚을 흔들어 보았다. 좋아, 이제 나가는 거야. 그는 재빨리 숨을 들이쉬었다. 오른쪽 어깨에 감아 놓은 실도 확인했다. 드디어 준비가 끝났다.

그는 조금씩 밀짚을 기어오르기 시작했다. 역시 쉬운 일은 아니었다. 그의 몸무게에 밀짚이 아래로 꺼지기도 했고, 옆으로 조금씩 미끄러지기도 했다. 그러면 그는 자리에 멈춘 다음, 온몸을 흔들어 제자리에 돌려놓았다.

그는 잠시 멈추었다가 다시 오르기 시작했다. 두 다리로는 밀짚을 단단히 감싸고 입술은 피가 날 정도로 물었으며 두 눈은 잿빛 시멘트 벽만 노려보았다. 일단 계단 위에 올라가면 실을 묶어 밀짚을 끌어올릴 것이다. 저 위에 받칠 만한 돌이 있을 것 같지는 않았지만 어떻게든 해낼 것이다. 이제 9미터, 9.5미터, 10미터, 그리고…….

그때 갑자기 거대한 물체가 미끄러져 들어와 햇빛을 가렸다.

하마터면 짚에서 떨어질 뻔했다. 손을 놓치는 바람에 그는 밀짚 아래쪽으로 돌아갔고 황급히 두 팔로 끌어안았다. 그 자세로 위를 올려다보니 그건 녹색 등 같은 고양이 눈이었다.

숨이 멎을 듯한 공포. 거인이 계단을 내려올 때보다 훨씬 두렵고 무기력한 상황이었다. 그는 밀짚에 찰싹 달라붙은 채 고양이를 노려보았다.

고양이가 창처럼 생긴 수염을 움찔거렸다. 놈은 문득 호기심이 일었는지 가장자리로 다가왔다. 배는 땅에 대고 앞다리는 쫙 펴고 등을 가볍게 구부린 자세였다. 스콧은 놈의 따뜻한 콧김을 받고는 구역질을 할 뻔했다.

그는 무의식적으로 10센티미터 가량을 내려왔다. 그때 고양이 목에서 가르릉거리는 소리가 들렸고, 그는 그 자리에 죽은 듯이 멈춰 섰다. 고양이의 콧수염이 다시 한 번 씰룩거렸다. 놈의 입 냄새는 지독했다. 놈의 거대한 대검 같은 송곳니라면 순식간에 그의 몸을 뚫고도 남을 것이다.

전율이 그의 척추를 훑어 내렸다. 그는 조금 더 밀짚 아래로 내려갔다. 놈이 몸을 활처럼 구부렸다. 안 돼! 그가 속으로 비명을 지르며 흔들리는 밀짚을 있는 힘껏 끌어안았다. 누군가 주먹으로 심장을 연방 두들기는 것 같았다.

그가 내려가려 한다면 고양이가 공격할 것이다. 만일 뛰어내린다면 다리가 부러지고 결국 잡혀 먹히고 말리라. 그렇다고 그곳에 가만있을 수도 없다. 그는 마른침을 삼켰다. 목구멍이 따끔거렸다. 괴물 고양이는 그 자리에서 먹이의 상태를 이리저리 가늠하고 있었다.

그리고 앞발이 그를 건드리려는 순간부터 모든 일이 한꺼번에 풀려 나갔다.

"나가!"

그가 고양이의 얼굴에 대고 외쳤다. 놈이 깜짝 놀라 뒷걸음질 쳤다. 그리고 그는 몸을 흔들어 밀짚이 시멘트 벽을 타고 미끄러지도록 했다. 짚은 조금씩 더 빠른 속도로 미끄러져 내렸다. 그는 고양이를 볼 생각도 않은 채 미끄러지는 밀짚에 미친 듯이 매달렸다가 훌쩍 뛰어내렸다.

그는 땅에 내리자마자 앞으로 공중제비를 돌았다. 뒤쪽에서 고양이가 가르릉거리며 다가왔다.

'나가!'

그는 마음속으로 비명을 지르고는, 후다닥 몸을 일으켜 넘어지다시피 달려 나갔다.

그가 미끄러져서 무릎을 꿇는 순간, 고양이가 뛰어오르며 거대한 앞발로 그의 양옆 바닥을 후려쳤다. 놈의 발톱이 콘크리트를 때리는 순간 스파크가 일었다. 놈이 하품을 하듯 입을 벌렸다. 언월도와 뜨거운 바람의 동굴.

스콧은 계단에 기대고는 감아 놓은 실을 어깨에서 털어냈다. 그러고는 실을 잡아 고양이의 입 깊숙이 던져 넣었다. 놈이 껑충 뒷걸음을 치더니 침을 뱉으며 캑캑거렸다. 그는 재빨리 돌무덤으로 달려가 동굴 속으로 뛰어들었다.

얼마 뒤 고양이의 앞발이 그가 들어온 구멍을 휘젓기 시작했다. 돌과 나뭇조각들이 놈의 손에 걸려 덜거덕거리며 날아갔다. 스콧은 동굴 안쪽으로 기어 들어갔다. 고양이는 여전히 돌을 휘젓고 있었다.

"퍼스."

스콧이 얼른 귀를 막으며 고개를 흔들었다. 소리가 천둥처럼 동굴 속을 울렸다.

"너, 뭐 찾는 거니? 쥐라도 있는 거야?"

목소리가 물었다. 키득거리는 소리가 아련한 천둥소리 같았다.

거인이 쿵쿵거리며 다가오자 땅이 흔들렸다. 스콧은 비명을 지르며 비탈길을 내려가 이 터널 저 터널로 숨어들었다. 하지만 결국 막다른 길에 다다라 멈춰 서고 말았다. 그는 그 자리에 웅크리고 앉아 달달 떨었다.

"쥐새끼는 잡았어?"

목소리가 물었다. 그 소리에 머리가 울렸다. 귀를 막고 있었지만 머릿속에서는 고양이의 끔찍한 울음소리가 그치지 않았다. 거인이 말했다.

"그래, 어디 같이 찾아볼까?"

"안 돼!"

스콧은 자신이 그 말을 한 것도 의식하지 못했다. 그는 벽에 바짝 붙은 채 거인의 손에 돌멩이들이 파헤쳐지는 소리를 들어야 했다. 나이프로 뇌를 헤집는 듯한 소리가 두피를 두드려 댔다. 그는 죽을힘을 다해 두 귀를 막았다.

갑자기 빛이 그를 덮쳤다. 그는 비명을 지르며 새로 생긴 터널 속으로 들어갔고, 그 순간 허공을 날아 2미터 이상을 떨어져 내렸다. 그는 바닥을 구르다가 오른쪽 옆구리에 찰과상까지 입었다. 어둠 속에서 바위가 떨어지며 오른손바닥의 살점을 떼어냈다. 그가 비명을 질렀다.

"쥐 소리가 나네. 퍼스, 어떻게든 찾아내야겠지?"

다시 빛살. 그는 흐느끼면서 어둠 속으로 달려 들어갔다. 돌 하나가 그를 때려눕혔다. 그는 앞으로 구르다 일어나 무너지는 동굴 속으로 들어갔다. 다시 바위 하나가 그를 때렸고 그는 암벽에 그대로 머리를 찧었다.

눈앞이 캄캄해졌다. 뺨으로 따뜻한 피가 흐르는 것이 느껴졌다.

그는 두 팔을 축 늘어뜨린 채 절뚝거리며 움직였다. 바위들이 주변에 무덤처럼 쌓여 있었다.

그는 비틀거리며 동굴 밖으로 나와 동굴 입구에 서서 지하실을 둘러보았다. 눈이 침침하고 멍했다.

거인은 보이지 않았다. 고양이도 없었고 난방기 케이스는 원래대로 고정되어 있었다. 모든 것이 예전 그대로였다. 거대한 창고. 무거운 침묵. 끔찍한 단절감과 고독. 그는 천천히 계단을 하나하나 올려다보았다. 문은 잠겨 있었다.

참을 수 없이 공허했다. 또다시 헛지랄을 하고 만 것이다. 칠흑같은 터널을 손으로 뚫고 기어 올라온 것도 헛되기는 마찬가지였다.

그는 바위 언덕 위에 주저앉아 두 눈을 감았다. 현기증이 일었다. 통증도 장난이 아니었다. 이 모든 것이 한꺼번에 그를 삼켜 버릴 것만 같았다. 두 팔과 다리와 허리. 그리고 척추. 아니, 목과 가슴과 뱃속도 마찬가지였다. 머리는 쿡쿡 쑤셨고, 배가 고픈 건지 욕지기가 나는 건지 구분도 되지 않았다. 두 손이 하릴없이 떨렸다.

그는 터덕터덕 난방기 쪽으로 돌아갔다. 골무는 한쪽으로 넘어져 있었다. 그는 그 안에 남은 물 몇 방울을 굶주린 짐승처럼 마셔 댔다. 삼키기가 어려웠다.

물을 다 마신 다음에는 맥없이 시멘트 블록 위로 올라갔다. 잠자리는 깨끗이 치워져 있었다. 스펀지, 손수건, 크래커 보따리, 상자 덮개, 모두가 사라졌다. 그는 비틀거리며 블록 가장자리로 걸어갔다. 지하실 저편에 덮개가 보였지만 그걸 들어 올릴 힘은 없었다.

그는 한동안 어두운 온기 속에서 흔들리는 몸으로 어두워지는 지하실을 바라보았다. 이제 또 하루가 저물고 있었다. 수요일. 이제 얼마 남지 않았다.

갑자기 배가 요동치기 시작했다. 그는 천천히 고개를 돌려 히터 선반을 보았다. 물에 젖은 크래커 덩어리 약간을 올려놓은 곳인데 아직 그곳에 있었다. 그는 신음을 흘리며 그곳으로 걸어가 선반 위로 올라갔다. 선반 끄트머리에 앉아 두 발을 흔들며 크래커 조각을 먹었다. 여전히 축축했지만 먹을 만은 했다. 그는 아무 느낌 없이 기계적으로 움직였고 두 눈은 허공에 못 박혀 있었다. 너무 피곤해 음식을 씹어 넘기기도 어려웠다. 거미가 올 것에 대비해 아래로 내려가 덮개를 가져와야 했지만 그럴 힘은 없었다. 그는 그냥 이 선반 위에서 잘 생각이었다. 매일 밤 거미가 나타나긴 했지만. 젠장, 그게 무슨 대수란 말인가. 문득 옛날에 독일에서 보병으로 있을 때가 생각났다. 그때도 그는 이루 말할 수 없이 피곤해 참호도 파지 않은 채 잠을 잤다. 그런 걸 가리켜 죽으려고 환장했다고 한다.

그는 선반 위를 터벅터벅 걷다가 움푹 팬 부분을 찾아냈다. 그는 벽 위로 기어 올라가 나사못을 베고 어둠 속에 누웠다.

천천히 숨을 쉬었지만 이젠 숨을 쉬는 것조차 어려웠다. 그래, 이제 또 뭐 하지?

문득 그놈의 돌과 지푸라기와 싸우는 대신 그냥 거인의 바짓단에 숨어 들어가 지하실을 빠져나갈 수도 있었을 텐데 하는 생각이 들었다. 그가 느낀 분노는 눈으로부터 왔다. 감은 두 눈 주변으로 파르르 경련이 일었다. 입술을 어찌나 세게 깨물었던지 피가 나올 것만 같았다. 멍청이! 이젠 생각조차 게으름을 피우는 것이다.

그는 안면 근육을 풀고 대신 이맛살을 찌푸렸다. 또 다른 의문. 왜 거인과 얘기할 생각을 하지 않은 걸까? 하지만 그 때문에 화가 나거나 하지는 않았다. 오히려 그런 시도 자체가 부자연스럽다는 생각까지 들었다. 너무 작아서? 어차피 다른 세계에 속해 있기 때문에? 의사소통조차 불가능하다고 생각했기 때문에? 아니면 늘 그랬듯이, 어떤 일이든 스스로의 힘으로 해야 한다고 믿기 때문에?

개소리. 그는 입술을 깨물었다. 기껏해야 그는 무기력하고 실수투성이에 비효율적인 존재일 뿐이다. 스스로의 힘이라니.

그는 어둠 속에서 자신의 몸을 만져 보았다. 오른쪽 이마에 길게 난 찰과상, 오른손바닥의 찢어진 상처, 멍든 팔꿈치, 오른쪽 옆구리의 멍든 자국. 이마의 찢어진 상처도 만져 보고 따끔한 목을 건드려도 보았다. 조금 몸을 뒤틀어 등 쪽의 통증도 느껴 보았다. 그리고 그 각각의 고통을 다시 포괄적이고 전반적인 고통으로 합치려 애썼다.

그는 두 눈을 뜨고 어둠 속을 바라보았다. 눈꺼풀이 저절로 닫히려 했다. 그는 바위 무덤 속에서 겨우 의식을 되찾은 때를 떠올렸다. 호흡할 공기가 없을 것이라고 생각했을 때의 미칠 듯한 공포를 떠올렸고, 빠져나갈 결심을 굳힐 때까지의 과정들도 하나씩 더듬어 보았다.

결국 그는 암흑의 무덤 속에 생매장되어 있다고 생각했을 때가 최악의 바닥이었다고 결론을 내렸다.

아니, 말도 안 된다. 최악의 바닥이라니. 그걸 어떻게 확신하겠는가 말이다. 만일 살아서 다음 모퉁이를 돌아간다면 또 무슨 일이 닥칠지도 모르면서.

하지만 다른 것은 생각조차 들지 않았다. 그건 최악의 상황이었다. 지금까지의 지하 생활 중 가장 밑바닥이었다.

그리고 그는 언젠가 최악으로 굴러 떨어졌던 일을 생각해 냈다. 그가 지나온 과거의 세계에서였다.

90센티미터

마티의 집에서 돌아왔을 때였다. 루이스가 베스를 침대에 눕히는 동안 그는 거실 창가에 서 있었다. 이젠 아이를 안을 힘도 없기 때문에 도울 수도 없었다.

루이스가 침실에서 나왔을 때도 그는 그냥 그 자리에 서 있었다.

"모자하고 외투부터 벗지 그래?"

그녀가 물었으나 그의 대답도 기다리지 않고 부엌으로 갔다. 그는 아동용 재킷 차림이었고, 밴드에 붉은 깃털이 꽂힌 모자를 쓰고 있었다. 그는 어두운 거리를 내다보며, 냉장고 문이 열리고 트레이에서 조각 얼음을 덜어 내는 소리를 들었다. 그리고 병뚜껑이 폭 소리를 내며 뽑히더니 탄산소다 김빠지는 소리도 들려왔다.

"콜라 줄까?"

그녀가 물었다. 그는 고개를 저었다.

"안 마셔?"

"아니."

그가 말했다. 팔목에서 툭툭 뛰는 맥박이 느껴졌다. 그녀가 마실 것을 들고 왔다.

"아직도 옷 안 벗었네?"

"몰라."

그녀는 자리에 앉아 신발을 걷어찼다.

"또 하루가 지났어."

그래도 그는 대답하지 않았다. 아내는 말을 조심스럽게 골라서 했다. 아내가 자기를 툭하면 화를 내는 어린애로 여기고 있다는 사실이 못내 언짢았다. 아내에게 마구 쏘아 대고 싶었지만 아직 그럴 만한 건수는 없었다.

"그냥 그렇게 서 있을 거야?"

"내버려 둬."

그녀는 잠시 멍한 얼굴로 그를 바라보았다. 유리창을 통해 그녀의 표정을 볼 수 있었다. 그녀가 어깻짓을 했다.

"그래요, 그럼."

"그럴 거야. 그러니 신경 끄라고."

"뭐라고?"

그녀의 얼굴에 슬프고도 지친 표정이 떠올랐다.

"아무것도 아냐."

또다시 어린애가 된 기분. 그녀가 콜라를 삼키는 소리도 신경에 거슬렸다. 그는 인상을 썼다.

'소리 좀 내지 말고 마셔. 이 돼지 같은 년아!'

그는 마음속으로 외쳤다.

"오, 여보. 생각해 봐야 도움도 안 되잖아."

그는 눈을 감고는 몸을 부르르 떨었다. 결국 그렇게 된 거로군.

공포는 간데없고 권태만 남았다는 건가? 물론 예상은 했지만 그래도 직접 당하고 보니 기분이 정말로 엿 같았다.

그는 그녀의 남편이다. 지금은 다섯 살 딸아이보다도 작고, 볼썽사나운 어린아이 옷차림으로 서 있지만, 그래도 그는 그녀의 남편이다. 그런데 이제 아내의 목소리에는 짜증밖에 남아 있지 않은 것이다. 이거야말로 공포를 초월한 공포가 아닐 수 없었다.

거리를 내다보는 그의 두 눈은 공허하기만 했다. 밤바람에 나뭇가지 흔들리는 소리가 계단을 내려가는 여인의 옷자락 쓸리는 소리처럼 들렸다.

다시 음료를 들이켜는 소리에 그의 몸이 움찔거렸다.

"스콧, 이리 좀 앉아 봐. 창밖을 내다본다고 아주버님 일이 해결되는 것도 아니잖아, 응."

그녀가 애원했다. 저 가증스러운 위선. 그는 돌아서지 않고 대답했다.

"내가 걱정하는 건 그게 아냐."

"아니라고? 우리 둘 다……."

"아니야."

그는 냉담하게 그녀의 말을 끊었다. 어린아이의 목소리에 배어 나오는 냉혹함은 기이한 느낌마저 들었다. 초등학교 학예회에서 연기하는 아이처럼 분노는 낯설고 섣부르게만 느껴졌다.

"그럼, 뭔데?"

"아직까지 모른단 말이야?"

"오, 여보, 제발……."

드디어 건수를 잡았다.

"고맙군. 아직까지 여보라고 불러 주니. 솔직히 쪽팔리지?"

그가 말했다. 조그만 얼굴이 긴장감으로 팽팽해졌다.

"제발, 그만 해, 스콧. 당신이 트집 안 잡아도 가뜩이나 골치 아픈데."

"트집? 그래, 아예 막가자는 거군. 좋아, 인정하지. 달라진 건 하나도 없고 나도 옛날 그대로라는 거야? 지금 이 모든 게 생트집이라고 말하는 거냐고."

"그러다 애 깨겠어요."

한꺼번에 너무나 많은 분노가 목에 걸려 터뜨릴 수조차 없는 심정이라니! 저주의 말들이 서로를 눌러 대는 바람에 기껏 씩씩거리기만 할 뿐이었다. 그는 다시 돌아서서 창밖을 내다보았다. 그리고 갑자기 현관을 향해 달려갔다. 그녀가 놀라서 말했다.

"어디 가요?"

"산책! 신경 쓸 것 없잖아!"

"거리로 나가겠다는 거야?"

그는 비명이라도 지르고 싶었다.

"그래! 물론이지!"

그의 목소리는 억눌린 분노로 흔들리기까지 했다.

"그게 가능하다고 생각해?"

"물론이지. 못할 게 뭔데?"

"여보, 당신 걱정해서 그러는 거잖아! 그걸 몰라서 그래?"

"그러시겠지. 어련하시겠나."

그는 현관문을 밀었지만 열리지 않았다. 어딘가에 걸린 것이다. 그의 얼굴이 벌겋게 타오르며 있는 대로 욕을 퍼부었다.

"스콧, 도대체 내가 어쨌다고 그러는 거야? 이렇게 된 게 내 잘못이야? 내가 아주버님의 계약을 망친 게 아니잖아?"

"개 같은 놈의 문이!"

그의 목소리가 흔들렸다. 그때 갑자기 문이 열리며 벽에 쾅 하고 부딪쳤다. 그녀는 소파에 앉은 채로 물었다.

"누가 보면 어쩌려고?"

"잘 자."

그는 이렇게 말하고는 문을 있는 힘껏 닫아 버렸다. 하지만 문틀이 휘어 있는 바람에 쾅 대신 우직 하는 소리만 났다. 이런 빌어먹을. 그는 돌아보지도 않고 호수를 향해 빠른 걸음으로 걷기 시작했다. 그가 20미터쯤 걸었을 때 현관문이 열리는 소리가 들렸다.

"스콧?"

처음엔 대답할 생각도 없었지만 그는 마음을 바꿔 어깨너머로 소리쳤다.

"왜?"

그가 대답했다. 어린애처럼 새된 목소리에 울고 싶었다. 그녀는 잠시 머뭇거리다가 물었다.

"같이 가 줄까?"

"싫어."

그건 분노도 절망도 아닌 투정의 목소리에 지나지 않았다. 그는 문 쪽을 돌아본 채로 그렇게 망연히 서 있었다. 어쩌면 그녀가 따라와 주길 바랐는지도 모르겠다. 하지만 그는 이러지도 저러지도 못한 채 그저 그림자처럼 서 있을 뿐이었다. 그녀가 마침내 말했다.

"그럼 조심해서 다녀와."

그는 치밀어 오르는 울음을 겨우 억누르고는 몸을 돌려 어두운 거리를 향해 걸음을 옮겼다. 문 닫는 소리는 끝까지 들리지 않았다.

끝장이야. 완전 끝장이라고. 사람이 어떻게 이것보다 더 비참해질 수 있지? 분노도, 학대도, 편견도, 오해도 참아낼 수 있지만, 이런 식의 비참함이라니. 저 동정의 눈초리. 인간은 동정받는 순간 끝장이다. 동정은 인간이 무기력한 종자에게 던져 주는 동냥일 뿐이다.

그는 세상을 향해 걸어가며 어떻게든 마음을 비우려 했다. 차라리 생각을 하지 않기 위해 도로 위에 그려진 빛과 그림자의 향연에 억지로 마음을 쏟아 보기도 했다.

하지만 마음이 도와주지 않았다. 그는 자꾸 옛날로 돌아가려 했고, 생각하지 말라고 한 일들만 골라 붙들고 늘어졌으며, 감추고 싶은 일들만 공연히 들추어 놓았다. 빌어먹을, 늘 이런 식이라니까.

호수의 여름밤은 서늘했다. 그는 재킷 칼라를 끌어당기고는 어두운 호수를 바라보며 계속 걸어 나갔다. 주중이었기 때문에 호숫가의 카페와 술집은 닫혀 있었다. 호수 가까이 다가가자 자갈밭을 때리는 파도 소리가 들렸다.

보도가 끝나고 거친 들판이 나왔으나 그는 계속해서 걸었다. 발밑에서 나뭇가지와 낙엽들이 살아 있는 짐승들처럼 비명을 질러 댔다. 호수에서 불어온 찬바람이 옷을 뚫고 들어왔지만 개의치 않았다. 보도에서 100미터쯤, 그는 어둡고 낡은 건물 옆 공터에 다다랐다. 독일식 카페 겸 주점이었다. 건물 옆으로 여남은 개의 식탁과 의자가 놓여 있는데 야외에서 식사하기 좋아하는 사람들을 위한 것이다. 스콧은 호수가 잘 보이는 자리를 골라 앉았다. 접이식의 거친 의자였다.

그는 시무룩한 표정으로 호수를 바라보며 그 밑으로 가라앉는 상상을 했다. 멋지지 않을까? 하지만 그건 실제로 그에게 일어난 일이기도 했다. 이렇게 가라앉다 바닥을 치면 그날이 종말인 걸까?

어떤 의미에서 그는 질식하고 있는 중이었다.

호숫가로 이사한 것은 6주 전이었다. 스콧이 답답해했기 때문이었다. 그가 밖으로 나가면 사람들이 쳐다보았다. 글로브 포스트가 열흘간 시리즈로 그의 기사를 내보냈기 때문에 이미 국가적인 명사가 되어 있던 터였다. 방송 출연 요청이 쇄도했고 기자들도 끈질기게 문을 두드려 댔다. 하지만 끝없이 줄어드는 남자를 바라보며, 세상에, 난 정상이라서 정말 다행이라고 생각하는 사람은, 대개 호기심 많은 일반 구경꾼들이 더했다.

그래서 호숫가로 이사 온 것이었다. 그들은 사람들의 눈에 띄지 않게 가급적 외출까지 자제했다. 하지만 그렇다고 사는 게 좋아지거나 한 것은 아니었다. 어차피 거듭될수록 악화될 뿐인 삶이다. 눈으로 보일만큼은 아니지만 그는 지옥의 시계처럼, 일주일에 2.5센티미터씩 쉬지 않고 줄어들고 있었다. 그리고 삶은 그와 더불어 무자비할 정도로 단순하고 단조롭게 흘러갔다.

더 끔찍한 것은 내면에 얌전한 강아지처럼 웅크리고 있던 분노가 점차 야성을 회복해 가고 있다는 사실이었다. 주제는 상관없었다. 중요한 것은 건수였다. 이를테면 고양이 같은.

"저놈의 고양이를 치우지 않으면 내 손으로 죽이고 말겠어!"

인형의 분노. 그의 목소리는 남성답지도 권위가 배어 있지도 않았다. 이제는 그저 나약하고 가냘프기만 한 목소리에 불과했다.

"도대체 뭐가 무섭다고 그래?"

그는 소매를 걷어붙이고 고양이의 발톱이 그려 놓은 상처를 가리켰다.

"뭐야, 그럼 이것도 생트집이라는 거야?"

"고양이도 겁먹어서 그런 거잖아."

"누군 겁먹지 않은 줄 알아! 도대체 왜 끼고도는데? 그놈이 내 목을 물어뜯는 걸 보고 싶어서 그래?"

그는 새로 만든 침대도 걸고 넘어졌다.

"도대체 뭐 하는 짓이야? 누구 쪽팔려 죽는 꼴 보고 싶어?"

"스콧, 당신이 하자고 한 거잖아."

"그건 당신이 나하고 자기 창피해하니까 그런 거지."

"그게 무슨 소리야?"

"안 그래?"

"말도 안 돼. 나도 하는 데까지 하고 있……."

"난 어린애가 아냐! 엄연한 어른이란 말이야!"

그리고 철없는 베스 문제에 이르기까지.

"여보, 애가 뭘 안다고 그래요?"

"빌어먹을, 난 애 아빠란 말이야."

그의 울화는 늘 이런 식으로 끝이 났다. 그러면 그는 서늘한 지하실로 내려와 냉장고에 기대 한참을 씩씩거렸다. 이를 악다물고 두 주먹을 불끈 쥔 채다.

그렇게 세월이 흘렀다. 서로에게 고문이었던 나날들. 그동안 그의 옷은 커지고 가구는 점점 감당하기 힘들어져만 갔다. 물론 베스와 루이스뿐만 아니라 재정적인 어려움 역시 더욱더 커져만 갔다.

"스콧, 이런 말 하고 싶진 않지만, 1주일에 50달러로는 더 이상 살아갈 수가 없어. 먹고 입어야 하고, 또 집세도……."

그녀가 목소리 끝을 흐리며 고개를 저었다. 참으로 힘에 부치는 것이다.

"그러니까 다시 날 신문에 팔겠다는 거야?"

"그런 말 안 했어. 난 다만."

"무슨 뜻인지 꼭 말로 해야 알아?"

"마음 상했다면 사과할게. 하지만 50달러로 버티는 게 너무 힘들어서 그래. 게다가 겨울이 오면 어쩌지? 겨울옷하고 난방비는?"

그도 고갯짓을 했지만 그건 그런 문제까지 고민해야 하는 처지에 대한 비관에 불과했다.

"아주버님한테 부탁하면……."

"형한테 더 이상 요구할 수는 없어."

그가 딱 잘라 말했다.

"그럼……."

그녀는 더 이상 말하지 않았다. 말할 필요도 없었다.

그리고 그녀가 깜빡 잊거나, 그가 잠들었다고 생각하고는 불을 끄지 않은 채 옷을 벗을 때가 있다. 그러면 그는 그녀의 나신을 보고 나이트가운의 부드러운 옷감이 흘러내리는 소리를 들어야 했다. 전에는 의식도 못했지만 이제 그건 세상에서 제일 괴로운 모습과 소리가 되어 버렸다. 죽어가는 남자가 먹을 수 없는 물을 바라보듯, 무기력하게 그녀를 바라보고만 있어야 하는 것이다.

그리고 7월의 마지막 주. 마티의 수표가 오지 않았다.

처음에는 잊은 모양이라고 생각했다. 하지만 이틀이 지나도 수표는 오지 않았다. 그녀가 말했다.

"더 이상 기다릴 수만은 없어, 스콧."

"예금은 없어?"

"겨우 70달러도 안 되는걸."

"이런, 젠장…… 하루만 더 기다려 보자고."

그는 그날 내내 거실에서 지냈다. 펼쳐 놓은 책은 한 페이지도 넘기지 못했다.

그는 글로브 포스트에 다시 시리즈 거리를 제공해야 한다고 수도 없이 중얼거렸다. 아니면 수많은 출연 제의 중 하나라도 받아들이거나, 그 끔찍한 잡지에 이야기를 제공하거나, 싸구려 작가에게 그의 얘기를 쓸 수 있도록 허가해 주어야 했다. 그러면 돈 걱정은 하지 않아도 되고, 루이스가 그렇게 두려워하는 생활고도 끝낼 수 있다.

하지만 그런 식의 다짐만으로는 소용이 없었다. 사람들의 무자비한 호기심 앞에 자신을 내동댕이치는 데 대한 반감이 너무나 강했던 것이다.

그는 마음을 가라앉혔다. 수표는 내일 올 거야. 내일은 꼭 올 거야. 그는 계속해서 중얼거렸다.

하지만 수표는 오지 않았다. 그리고 그날 밤 그들은 마티의 집으로 차를 몰았고, 페어차일드 회사와의 거래가 끊어져 경비를 거의 제로 수준으로 줄일 수밖에 없다는 대답을 들었다. 물론 수표도 없을 것이다. 100달러를 받기는 했지만 그것으로 끝이었다.

바람이 차가웠다. 호수 저편에서 개 짖는 소리가 들려왔다. 아래를 내려다보니 신발이 시계추처럼 흔들리고 있었다. 이제 들어올 수입은 없다. 통장에 있는 70달러. 주머니 속의 100달러. 그걸다 써 버리고 나면?

다시 한 번 신문 생각을 해 보았다. 사진기자 베르크가 사진을찍고, 루이스한테 치근거리고, 해머라는 기자는 무수히 질문을 퍼붓겠지. 헤드라인이 배너처럼 그의 머릿속에서 뽑혀 나올 거고.

'두 살보다 작은 성인 남자! 영아용 의자에서 식사를 하고, 아기 옷을 입고, 구두 상자에서 잠을 자다. 하지만 성욕은 변하지않았으니.'

그는 두 눈을 감았다. 차라리 말단 왜소증이라면 성욕이라도없으련만! 상황은 시간이 갈수록 나빠졌다. 아니 정상일 때보다두 배는 더 심각했다. 배출구가 없기 때문이었다. 이제 더 이상 루이스 곁으로 갈 수도 없었다. 욕구는 그의 내부에서 불타오르며매일매일 쌓여만 갔고, 그가 겪는 다른 고통에 더욱 참혹한 악몽을 덧씌우고 있었다.

그렇다고 루이스와 상의할 수도 없었다. 그녀가 노골적인 유혹을 보내던 그날 밤에도 모욕감부터 느끼지 않았던가. 그건 이미끝난 얘기였다.

기분이 울적할 땐 웃어요!

웃다가 미칠 때까지 웃어요!

그는 고개를 돌렸다. 어둠 속에서 세 사람의 그림자가 다가오고 있는 것이 보였다. 가까운 거리였다. 그들의 윤곽은 노랫소리만큼이나 젊어 보였다.

내 인생은 어둠 속의 허깨비,
태어날 때부터 갈 길을 잃었다네.

소년들이군. 노래하면서 자라고 인생을 당연한 것으로 여기는 존재들. 그는 쓰디쓴 질투심으로 그들을 바라보았다.

"야, 거기 있는 꼬마!"

그들 중 하나가 말을 걸었다. 처음에 스콧은 자신에게 하는 말인 줄을 몰랐다. 겨우 상황을 파악한 그가 이를 악물었다.

"꼬마가 저기서 뭐 하는 거야?"

"어쩌면······."

스콧은 그다음 말을 듣지 못했다. 하지만 발작적인 웃음이 터지는 것으로 보아 놈들이 무슨 말을 했는지 대충 짐작이 갔다. 그는 주먹을 불끈 쥐고 벤치에서 미끄러져 내린 다음 보도가 있는 방향으로 돌아가기 시작했다.

"야, 애가 가는데?"

"조금 골려 주자."

스콧은 괴로웠지만 자존심 때문에 달아나지도 못했다. 그는 꾸준한 속도로 보도를 향해 걸어갔다. 이제 세 아이의 발소리가 빨라지기 시작했다. 아이 하나가 그를 불렀다.

"야, 꼬마, 어디 가냐?"

"그래, 꼬마야, 어디로 토끼는 거야?"

"똥구멍에 불이라도 났냐, 꼬마?"

가볍게 키득거리는 소리. 스콧은 미칠 것만 같았다. 그는 좀 더 속도를 높였다. 아이들도 더 빨리 다가왔다.

"아무래도 꼬마가 우릴 싫어하는 모양인데?"

"어, 그럼, 섭섭하지."

그건 경주와도 같았다. 뱃속이 딱딱해지는 것을 느꼈지만 아직 달아날 생각은 없었다. 겨우 어린아이 셋에게서 달아날 수는 없었다. 아무리 작아졌다 해도 기껏 어린아이 따위를 피해 달아날 생각은 없다. 그는 비탈길을 오르며 곁눈질을 했다. 그들은 거의 다 따라왔다. 담뱃불이 반딧불처럼 그를 향해 달려들고 있었다.

그는 보도에 닿기 전에 그들에게 잡혔다. 아이 하나가 그의 팔을 잡고 돌려세웠다. 그가 말했다.

"이거 놔."

"이런, 꼬마야, 뭐가 그렇게 급한데?"

친근함을 가장하고 있지만 목소리는 거만하기 짝이 없었다.

"집에 갈 거야."

소년은 열다섯이나 열여섯쯤 되어 보였고 야구 모자를 쓰고 있었다. 그는 스콧의 팔을 단단히 틀어쥐었다. 그의 얼굴을 정확히 보지는 못했지만 얼마든지 상상이 갔다. 마르고, 비열하고, 턱선과 이마에 여드름이 가득한 놈. 가느다란 입 가장자리에서 담뱃재가 떨어져 내렸다.

"집으로 간다는데?"

"덩말, 그르케 말하드나?"

두 번째 놈이 되물었다.

"그래, 대단하지 않아?"

대답은 세 번째 녀석의 입에서 나왔다. 스콧은 빠져나가려 했으나 야구모자는 그를 세 사람 사이로 잡아당겼다.

"꼬마야, 그러면 섭섭하지. 우린 그런 애들은 딱 질색이거든, 안 그래, 친구들?"

"그덤, 그르코말고. 그더면 나쁜 아인데, 나쁜 아이는 딱 딜땍이란 마디야."

"이거 놔."

당혹스럽게도 스콧의 목소리가 떨려 나왔다. 아이가 그의 팔을 놓았지만 여전히 아이들에게 갇힌 채였다.

"우리 친구들을 소개해 줄게."

소년이 말했다. 얼굴은 없고 보이는 거라곤 창백한 뺨과 담뱃불이 타오를 때마다 반짝이는 한쪽 눈뿐이었다. 검은 그림자가 그에게 상체를 갖다 댔다.

"여긴 토니다. 인사해."

"집에 가야 해."

스콧이 앞으로 나가며 말했다. 소년이 그를 잡아당겼다.

"얘가 말귀를 못 알아먹네, 엉? 이놈, 진짜 먹통이야."

아이는 억지로 친절하고 합리적으로 보이려는 듯 목소리를 깔았다.

"꼬마야, 정말로 모르겠니? 이거, 진짜, 웃기는 놈인데? 똘곽도 아니고."

다른 아이가 말했다.

"재미는 있지만 아무튼 난……."

"이런, 꼬마가 우리보고 재미있단다. 너네도 들었냐, 응? 아무래도 재미있는 게 뭔지 시범부터 보여 줘야 할 것 같은데?"

야구 모자가 말했다. 끔찍한 전율이 스콧의 사타구니와 아랫배를 훑고 지나갔다. 그는 두려운 마음으로 소년들을 둘러보았다.

"엄마가 집에서 기다릴 거야."

세상에, 이런 말을 다 해야 하다니.

"아우우우우. 맙소사, 엄마가 기다린단다. 진짜 슬프네. 야, 너희들은 안 슬프냐?"

"난 울고 디퍼. 흑흑흑. 나 울고 이딴나."

혀짤배기 놈이 사악한 웃음을 흘렸다. 세 번째 아이가 재미있다는 듯 친구의 팔을 가볍게 때렸다.

"이 근처 사니, 꼬마야?"

야구 모자가 물었다. 그가 담배 연기를 얼굴에 뱉는 바람에 스콧은 기침을 하고 말았다.

"이런, 꼬마가 기침을 하네. 불쌍해서 어쩌지? 꼬마가 기침해. 너무 슬프다, 그렇지?"

놈이 애써 불쌍해하는 목소리로 놀렸다. 스콧은 다시 그들을 뚫고 나가려 했지만 결국 끌려 들어와야 했다. 이번에는 좀 더 거칠었다.

"다시는 그러지 말아라, 엉? 꼬마 칠 생각 없으니까, 알아들었냐?"

"그대, 나도 꼬마 애 티고 딥디 않아."

"야, 그 새끼한테 돈 있는지도 봐라."

스콧은 어른의 분노와 아이의 두려움 사이에서 기묘한 감정을 느꼈다. 그건 성인이었을 때보다 더 나빴다. 더 작고 약했던 것이다. 성인의 분노를 감당할 만한 힘조차 없다는 뜻이다.

"그래, 야, 꼬마, 너 돈 좀 가진 거 있나?"

"아니, 돈 없어."

그가 화난 목소리로 말했다. 야구 모자가 그의 팔을 때렸다. 그가 깜짝 놀랐다.

"그런 식으로 말하지 마라, 꼬마. 버르장머리 없는 애새끼는 딱 밥맛이니까."

다시 공포가 분노를 눌렀다. 게다가 여기서 빠져나가려면 다른 방법을 써야 했다.

"돈은 없어. 엄마가 돈을 안 주거든."

그가 말했다. 놈들을 올려다보는 바람에 목덜미까지 뻐근해졌다. 야구 모자 쓴 놈이 친구들을 돌아보았다.

"꼬마 말이 엄마가 돈을 안 준대."

"따구러 탕너 같은 넌!"

"씨발, 그럼, 싸게 한번 해 줘야겠네."

세 번째 놈이 아랫도리를 흔들어 대며 지껄였다. 아이들이 큰 소리로 웃었다.

"꼬마, 들었냐? 토니가 네 어미한테 싸게 한번 쏴 주겠단다."

야구 모자였다.

"싸게? 씨발, 공짜로도 해 준다. 야, 꼬마, 네 엄마 젖통 빵빵하냐?"

토니라는 세 번째 놈이었다. 아무래도 유머 감각이 성욕처럼 분출하는 모양이었다.

스콧이 둘 사이를 빠져나가려 할 때 아이들의 거친 웃음소리가 터졌다. 야구 모자가 그의 팔을 잡아 돌려세웠다. 놈이 으르렁거리며 스콧의 뺨을 때렸다.

"다신 그러지 말라고 했다."

"이런, 씨……."

스콧이 피와 함께 욕을 내뱉었다. 마지막 음은 놈의 배에 작은 주먹을 꽂느라고 입 밖으로 미처 나오지 않았다.

"이런 미친놈!"

놈이 짜증을 내며 스콧의 얼굴에 주먹질을 했다. 머리를 꿰뚫는 고통에 스콧이 비명을 질렀다. 그리고 다른 아이들이 그를 붙잡았다. 코에서 검붉은 피가 흘러내렸다.

"그 새끼 꼭 잡고 있어! 감히 나를 때려? 이 땅콩만 한 새끼가?"

놈은 이렇게 말했지만 아직 어떤 대가를 내릴지 결정하지는 못한 듯 보였다. 이윽고 놈이 드디어 맘을 정했다는 듯 바지 주머니에서 종이 성냥을 꺼냈다.

"그래, 꼬마, 내가 특별히 낙인이나 한두 개 찍어 주마. 어때, 기분 좋지?"

"이거 놔!"

스콧은 아이들에게서 빠져나오기 위해 안간힘을 썼다. 피가 자꾸 입 안으로 흘러들려고 해서 연방 코를 훌쩍거려야 했는데, 그 또한 고역이었다.

성냥이 어둠 속에서 불을 피웠다. 아이들의 얼굴은 상상했던 그대로였다. 야구 모자가 가까이 다가오다가 갑자기 놀란 듯이 말했다.

"이봐. 이런! 이건 꼬마가 아니야. 너희 이 사람 누군지 아나?"

놈은 스콧의 일그러진 얼굴을 들여다보며 비열한 웃음을 지어 보였다.

"갑자기 무슨 개소리냐?"

다른 아이가 물었다.

"바로 그 친구야! 줄어드는 남자!"

"뭐?"

그들이 동시에 되물었다.

"직접 보란 말이야, 병신들아!"

"빌어먹을, 날 풀어 주지 않으면 네놈들을 모두 유치장에 처넣고 말겠다!"

스콧이 아이들에게 으르렁거렸다. 화가 나서 죽고만 싶었다.

"아가리 닥쳐! 야, 내 말이 맞지? 이건……."

놈은 이렇게 말하면서 다시 성냥에 불을 붙였다. 너무 가까이 대는 바람에 스콧의 얼굴이 후끈거렸다.

"그래, 그 남자야. 티브이에서 본 적이 있어."

다른 아이들이 놀란 표정으로 스콧의 얼굴을 보며 중얼거렸다.

"그런데 우리한테 꼬마인 것처럼 연극한 거야. 이런 개자식 같으니."

야구 모자가 투덜거렸다. 스콧은 말이 안 나왔다. 절망이 분노를 억누른 것이다. 놈들이 그를 알고 있는 이상 잡아다 어디든 넘겨 버릴 수도 있었다. 그는 가쁜 숨만 허겁지겁 삼켜 댔다. 두 번째 성냥이 바닥에 던져졌다.

"억!"

야구 모자가 손등으로 때리는 바람에 스콧의 고개가 돌아갔다.

"그건 거짓말한 대가다, 야마꼬 선생. 그래, 그걸로 부르기로 하지, 야마꼬. 그게 네 이름이야. 어때, 맘에 드냐, 야마꼬?"

아이가 말했다. 놈의 웃음은 가늘고도 잔인했다. 스콧이 헐떡였다.

"도대체 원하는 게 뭐냐?"

"뭘 원하느냐고? 야, 야마꼬 아저씨가 우리한테 뭘 원하느냐고 물으신다."

모자의 말에 아이들이 웃었다. 세 번째 놈이 말했다.

"야, 우리, 저 아저씨 그것도 줄어들었는지 한번 보자."

스콧은 성난 난쟁이처럼 발버둥쳤다. 야구 모자가 손으로 그의 얼굴을 움켜잡았다. 밤이 빙빙 돌고 있었다.

"야마꼬가 이해 못하는데? 이거 완전 꼴통인가 봐."

그가 이를 부드득 갈면서 재빨리 말했다. 순간 형언할 수 없는 두려움이 칼날처럼 스콧을 찔러 왔다. 이 아이들에게 이유란 존재하지 않았다. 오직 세상을 향한 증오와, 폭력을 통한 분노의 표현이 전부인 애들이었다.

"돈을 원한다면 가져가라."

그가 말했다. 조금이라도 시간을 벌겠다는 절박한 시도였다.

"물론이다. 그거야 가져가고말고. 야, 꼭 잡아, 지갑을 꺼낼 테니까."

야구 모자가 친구 옆으로 돌아가는 것을 보며 스콧은 잔뜩 긴장했다.

"아야!"

아이 하나가 비명을 질렀다. 스콧의 구두 끝이 정강이를 걷어찬 것이다. 스콧을 잡고 있던 손에 힘이 빠졌다.

"아야!"

다른 아이도 비명과 함께 손을 놓았다. 스콧은 어둠 속으로 달아나기 시작했다. 심장이 어찌나 뛰는지 가슴을 뚫고 나올 것만 같았다.

"저 새끼 잡아!"

야구 모자가 외쳤다. 스콧은 짧은 발로 울퉁불퉁한 경사로를 따라 달렸다. 뒤에서 아이들이 쫓는 소리가 들려왔다.

인도에 도착하기도 전에 숨이 가빠 왔다. 보도 끝에 발이 걸렸지만 다행히 넘어지지는 않았다. 그는 두 팔을 앞으로 내던지듯 비틀거리며 계속 달려 나갔다. 옆구리가 쿡쿡 쑤셨다. 뒤에서 시멘트를 밟는 발소리들이 들리기 시작했다.

"여보."

그는 훌쩍거리며 달리고 또 달렸다. 50미터 앞에 집이 보였다. 그리고 그 순간 집에 갈 수 없다는 사실을 깨달았다. 그러면 놈들이 그가 사는 곳을 알게 될 것이다. 줄어드는 인간이 사는 곳을 말이다. 그는 이를 부드득 갈며 가까운 골목으로 달려 들어갔다. 그는 어느 집의 유리문을 열고 그대로 달려 들어가 문을 닫을 생각을 했다. 그러면 놈들이 그가 집 안에 들어갔다고 생각하고 포기할 것이다. 하지만 그 집도 너무 가까웠다. 그는 할 수 없이 계속 달리기로 했다. 아이들도 보도로 뛰어들었다. 놈들의 발에 자 갈이 차이는 소리가 들렸다.

스콧은 어두운 집 뒤쪽으로 돌아가 정원을 가로질러 달렸다. 울타리가 있었다. 두려움이 온몸을 감쌌지만 그렇다고 멈출 수도 없었다. 그는 전속력으로 뛰어 담벼락 꼭대기에 간신히 매달렸다. 그는 버둥거리며 오르다가 미끄러졌고, 그리고 다시 오르려 했다.

"잡았다!"

누군가의 손이 오른쪽 발을 거칠게 잡아챘다. 관자놀이가 지끈 거렸다. 고개를 돌려 보니 야구 모자가 그를 끌어내리려 하고 있 었다. 그는 반쯤 미친 사람처럼 비명을 지르며 다른 발로 아이의 얼굴을 갈겨 버렸다. 놈은 손을 놓고는 비명을 지르며 비틀비틀 뒷걸음쳤다. 스콧은 울타리 너머로 몸을 넘겼다. 발끝이 나무에 닿았다. 그는 반대편으로 뛰어내렸다.

끔찍한 고통이 발목을 찔렀지만 그렇다고 멈출 수는 없었다. 그는 신음과 함께 겨우 몸을 일으켜 절룩거리며 달리기 시작했다. 뒤쪽에서 두 놈이 야구 모자와 합세하는 소리가 들렸다.

그는 아픈 발을 끌고 울퉁불퉁한 땅을 지나 다음 거리에 도착 했다. 제일 첫 건물의 지하실 문이 열려 있는 게 보였다. 무조건 계단 안으로 들어간 다음 얼른 문을 닫아 버렸다. 문이 머리를 치 는 바람에 차가운 콘크리트 벽에 부딪쳤지만, 다행히 문을 놓지 않은 덕에 간신히 계단 두 개를 미끄러져 내렸을 뿐이었다. 그는 간신히 더러운 지하실 바닥에 내려섰다.

그는 첫 번째 계단에 웅크리고 앉았다. 가쁘게 숨을 몰아쉴 때 마다 가냘픈 가슴이 간헐적인 경련을 일으켰다. 목이 탈 듯이 뜨거웠다. 옆구리도 날카로운 칼이 쑤시고 들어오는 것 같았고, 머리도 절구를 찧듯 쿵쿵거렸다. 입 안쪽 살이 벗어져 뜨끔거리는 데다가 입술에서는 여전히 피가 흘러내렸다. 다리 근육이 경련을 일으켰고 땀과 오한이 전신을 덮기 시작했다.

그는 울기 시작했다. 남자의 울음소리도 아니고, 어른의 비탄도 아니었다. 그건 한 어린아이의 울음소리에 불과했다. 춥고 축축한 어둠 속에 앉아 울고 있는, 상심하고 겁에 질린 아이. 낯설고 삭막한 세상에서 버림받고 길까지 잃은 아이. 하지만 아이가 우는 이유는 놀랍게도 세상에 희망이 없다고 생각하기 때문이었다.

그는 안전해진 것을 확인한 다음에야 절룩거리며 집으로 돌아갔다. 뼈까지 얼어붙은 채였다.

루이스는 질겁하며 그를 침대에 뉘어 주었다. 그에게 무슨 일이 있었는지 물었지만 그는 대답하지 않았다. 그저 무표정한 얼굴로 고개를 젓기만 했다. 베개 위에서 그의 작은 머리가 바스락거리는 소리를 내며 하릴없이 흔들렸다.

||||||||||||

잠에서 깨어나니 안 아픈 곳이 없었다.

목이 어찌나 건조하고 따끔거리는지 마치 말라서 딱지가 앉은 상처 같다는 생각마저 들었다. 숨을 들이쉬자 고통 때문에 얼굴 표정까지 뒤틀렸다. 그는 신음을 내뱉으며 옆으로 돌아누웠다. 머리도 뒤죽박죽 혼미한 데다 깜빡 잊고 찢어진 관자놀이를 비비는 바람에 그 통증으로도 정신을 차릴 수가 없었다.

그는 일어서려다가 헉 소리를 내며 주저앉고 말았다. 뜨겁게 달 군 못이 등 근육을 끊어 놓는 것만 같았다. 그는 누운 채로 먼지 가 잔뜩 쌓인 난방기 안쪽을 바라보았다. 목요일이군. 이제 사흘 남았다.

오른쪽 다리가 쿡쿡 쑤셨다. 무릎이 퉁퉁 부어 있었다. 그는 시 험 삼아 무릎을 구부려 보다가 바늘로 찌르는 격통에 그만 눈살 을 찌푸리고 말았다. 그는 가만히 누워 통증이 가라앉기를 기다 렸다. 얼굴에 손을 대니 딱지 진 상처와 눈물 자국들이 만져졌다.

마침내 그는 괴성을 토해 내며 간신히 몸을 일으켜 세웠다. 다 리가 후들거리는 통에 벽에 손을 대고 중심을 잡아야 했다. 불과 며칠 사이에 어떻게 이렇게까지 망가질 수 있는 건지. 거의 석 달 동안 지하실에 갇혀 있었지만 그래도 이렇게까지 된 적은 없었다. 크기 때문인 건가? 작아질수록 사는 게 더 위험해질 거라는 뜻 인가?

그는 벽을 타고 천천히 올라간 다음 금속 선반을 따라 걸었다. 난방기 다리 쪽이었다. 그는 남아 있는 크래커 조각을 발로 걷어 차고 천천히 다리를 타고 내려왔다. 무척이나 느리고 조심스러운 동작이었지만 마침내 시멘트 블록 위에 내려설 수 있었다. 목요일. 목요일이라. 입 안이 마치 마른 걸레라도 물고 있는 듯 껄끄러웠다. 물이 필요했다.

그는 블록을 내려가 골무 안을 들여다보았다. 비어 있었다. 지 하실 바닥의 물도 모두 말랐거나 아니면 작은 수챗구멍으로 빠져 나간 뒤였다. 그는 멍하니 서서 골무 안을 보았다. 결국 실을 타고 까마득한 절벽을 내려가 물탱크에 있는 골무를 찾아가야 한다는 뜻이었다. 그는 마른 한숨을 내쉬고는 터벅터벅 나무 자가 있는 곳으로 갔다.

1.1센티미터.

그는 아무렇지도 않게 자를 밀쳐냈다. 일부러 그렇게 만들어놓기라도 한 듯 한 치의 오차도 없었다. 자가 옆으로 넘어지며 딸그락거렸다. 이제 키를 재는 것도 질렸다.

그는 물탱크가 깡깡거리는 동굴 속으로 걸어가며 키득거리기 시작했다. 그리고 문득 핀을 떠올렸으나 아무리 살펴도 보이지 않았다. 스펀지로 건너가 아래를 들춰 보았고, 상자 뚜껑 아래도 보았다. 핀은 어디에도 없었다. 거인이 발로 차 버렸거나 아니면 거대한 신발 밑창에 박히기라도 한 모양이다.

그는 연료 탱크 밑에 있는 마분지 상자 쪽을 보았다. 수킬로미터는 떨어진 듯 보였다. 그는 시선을 돌렸다. 거기까지 가서 핀을 찾을 마음은 없었다. 상관없어. 필요 없다고. 그는 혼자서 중얼거리고는 다시 물탱크를 향해 출발했다.

이미 다른 차원에 접어들었다. 이건 웃거나 화를 낼 수 있는 것보다도 낮은 차원이었다. 절대적 부정의 수준으로 한 단계 더 내려왔다고 해야 하나? 그는 기어이 그 차원에 접어들었고 따라서 이제 중요할 것도 달라질 것도 없었다. 단순한 신체적 기능을 제외한다면 아무것도 남아 있지 않은 차원.

그는 거대한 옷걸이 아래를 지나며 벼랑을 훑어보았다. 거미가 저곳에 있을까? 물론 있을 것이다. 거미집에서 남은 일곱 개의 다리를 웅크린 채 말이다. 어쩌면 잠을 잘 수도 있고, 아니면 잡아 놓은 먹이를 씹고 있을 것이다.

스콧 자신도 그 먹이가 될 뻔했다.

그는 몸을 부르르 떤 뒤 다시 지하실 바닥을 보았다. 거미 먹이가 될 생각은 없다. 아무리 정신이 바닥난다 하더라도 안 될 말이다. 그건 도저히 적응할 수 없는 차원이었으며 때문에 그것에 대한 두려움과 무의식적인 반발도 너무나 뿌리 깊었다. 아예 생각하지 않는 쪽이 속 편했다. 적어도 오늘만이라도, 거미의 키가 그와 비슷하고, 몸체가 그의 세 배나 되며, 길고 검은 다리도 그의 다리만큼이나 두껍다는 생각은 하지 않기로 했다.

그는 벼랑 끝에 서서 광활한 계곡을 내려다보았다. 그럴 만한 가치가 있을까? 물론 물은 염두에 두어야만 할 대상이다. 그는 슬픔에 찬 노인처럼 고개를 저으며 무릎을 꿇었다. 그리고 계단 아래쪽을 향해 몸을 낮추고 실을 타고 내려가기 시작했다. 이틀 전에는 15미터. 지금은 대충 23미터 정도로 늘어나 있었다. 그럼 내일은?

거미가 저 아래서 기다리면 어쩌지? 그 생각만으로도 겁이 났지만 계속해서 내려갔다. 다시 올라갈 힘도 없었던 탓이다. 도대체 왜 실 여기저기에 매듭을 지어 놓을 생각을 하지 않은 걸까? 그렇게라도 했다면 올라가는 것이 훨씬 더 쉬웠으련만.

마침내 샌들이 바닥에 닿았다. 그는 실을 놓았다. 너무나 작아져서인지 손도 그렇게 많이 긁히거나 하지는 않았다.

골무도 이제는 거대한 드럼통처럼 보였다. 그의 키보다도 2미터는 더 커 보였으니 말이다. 물이 넘치기라도 한다면 손바닥으로 받아 마실 수 있으련만. 그렇게만 되면 꼭대기까지 올라갈 필요도 없을 텐데.

하지만 어떻게 오르지? 골무 벽은 드문드문 움푹 들어가기는 했지만, 밋밋한 데다 역삼각형이기까지 했다. 어쩌면 넘어뜨릴 수 있다는 생각에 밀어 보기도 했지만 너무 무거웠다. 물이 가득 차 있는 것이다. 그는 가만히 서서 바라보았다.

그래, 실. 그는 절룩이며 벽으로 가서 실 끝을 당겨 보았다. 모자라도 한참 모자랐다. 그가 손을 놓자 실은 다시 벽 쪽으로 미끄러졌다.

골무를 다시 밀어 보다가 포기했다. 너무 무거웠다. 그는 실이 있는 곳으로 돌아갔다. 소용없어. 그냥 잊어버리라고. 그의 표정은 죽음을 목전에 둔 순교자와 다를 바 없었다. 어쨌든 죽게 될 텐데, 아무렴 어때? 나는 죽는다. 슬퍼할 사람도 없다.

그는 멈춰 서서 입술을 깨물었다. 싫어. 그건 낡고 유치한 방법이야. 세상에, 내 죽음으로 세상을 벌하노라? 말도 안 돼. 골무에 담긴 것이 유일한 식수다. 얻어 내든지 아니면 죽어야 한다. 그 문제에 관한 한 더 현명한 선택도 어리석은 선택도 있을 수 없었다.

그는 부드득 이를 갈며 주변을 돌아다녔다. 자갈을 찾기 위해서였다. 왜 포기하지 않는 거지? 수백 번도 더 물었던 질문이다. 왜 이 고생을 지속하는 거지? 본능? 의지? 그건 여러 면에서 화나고 당혹스러운 질문이었다.

쓸 만한 돌은 보이지 않았다. 그는 그림자 속으로 들어가며 중얼거렸다. 다른 거미가 있으면 어쩌지? 이 안에…….

차라리 기억력이 제거되었더라면 훨씬 더 쉬웠을 것이다. 이 끔찍한 영락의 과정을 하나하나 기억하느니, 차라리 한 마리 벌레로 삶을 마쳤으면 더 행복했을 것이다. 줄어드는 과정을 의식하는 건 말 그대로 저주였다.

갈증, 허기, 생각, 어느 하나 걸리지 않는 것이 없었다. 그는 그림자 속에 서서 생각을 정리해 보았다.

그것은 사실이다. 어느 순간 깨달았다가도 억지로 무시해 버리긴 했지만 그건 분명한 사실이었다. 그는 물리적으로 축소되고 있다. 하지만 중요한 것은 정신이 남아 있는 한 그는 여전히 특별한 존재였다. 거미들이 그보다 더 크고, 파리나 모기가 날개만으로 그를 덮을 수 있다고 해도, 그에겐 정신이 살아 있다. 그것이 저주라고 한다면 저주이겠으나, 동시에 정신은 구원일 수도 있으리라.

그가 다시 움직이기 시작하는 순간 펌프가 울기 시작했다.

그는 비명을 지르며 두 귀를 막고는 얼른 동굴 벽으로 달려갔다. 소음이 쇠메처럼 몸뚱이를 때렸고, 파동이 수천 개의 바늘이 되어 온몸을 찔러 댔다. 어쩌면 귀청이 나갔을지도 모르겠다. 귀를 틀어막고 있는데도, 천지를 찢는 굉음이 머리를 꿰뚫고 말뚝을 박아 대는 것 같았다. 아무 생각도 나지 않았다. 그저 하찮은 미물처럼 벽에 잔뜩 움츠린 채 소음 속에서 질식하고 있을 뿐이었다. 얼굴이 일그러지고 눈은 고통으로 뻣뻣해졌다.

겨우 펌프질이 멈추었지만 그는 버려진 걸레짝처럼 아무렇게나 널브러져 있었다. 눈이 왕방울만 하게 찢어지고 입은 귀신을 본 듯 쩍 벌어진 채였다. 뇌는 터져 나갈 것만 같았으며 손발의 경련도 멈출 줄을 몰랐다.

그래, 그래. 생각이라는 게 가능한 이상 특별한 존재라고 했던가? 그는 머릿속으로 비아냥거렸다.

"멍청이, 바보, 얼간이!"

그가 맥없이 중얼거렸다.

한참 후 일어나 다시 자갈을 찾았다. 마침내 자갈 하나를 찾아내서는 다시 골무로 돌아갔다. 자갈 위에 올라서니 90센티미터 정도가 남았다. 그는 살짝 몸을 구부리고는 있는 힘을 다해 점프를 했다.

그의 손이 골무의 가장자리에 걸렸다. 박차를 가해 몸을 끌어올린 끝에 그는 결국 골무의 부드러운 가장자리에 올라설 수 있었다. 물이다, 물. 벌써 물맛을 보기라도 한 것 같았다. 너무나 흥분한 탓에 바람에 골무가 기울어지고 있다는 것도 의식하지 못했다.

골무가 넘어지자 깜짝 놀란 그가 발작적으로 골무에 매달렸다.

"자, 간다!"

그는 큰 소리로 외치고는 잡았던 손을 놓고 자갈 위에 내려섰다. 하지만 자갈 끄트머리를 밟는 바람에 다시 균형을 잃고 뒤로 넘어지고 말았다. 골무는 계속해서 무너지고 있었다. 그는 비명을 지르며 한 팔로 얼굴을 가렸다. 골무가 그의 위로 떨어질 거라고 판단한 것이다.

골무 대신 그를 덮친 것은 차가운 물 폭탄이었다. 그는 눈을 뜨지 못한 채 캑캑거렸다. 숨을 몰아쉬며 간신히 무릎으로 일어서려는데 다시 물이 쏟아지는 바람에 그는 뒤로 날아가고 말았다. 그는 기침을 하고 물을 퉤퉤 뱉어 내며 일어나 두 눈을 닦아 냈다.

골무는 앞뒤로 흔들리면서 계속해서 물을 쏟아 냈다. 스콧은 몸을 부르르 떨면서 입으로 흘러 들어오는 차가운 물방울을 핥았다.

이윽고 골무의 흔들림이 조금씩 가라앉았다. 그는 가까이 다가가 두 손으로 흐르는 물을 받았다. 어찌나 차가운지 손이 얼 것만 같았다.

그는 물을 마신 다음 뒤로 물러서며 재채기를 했다.

'오, 신이여, 드디어 폐렴이옵니까?'

이가 덜덜 부딪치기 시작했다. 온몸에 달라붙은 면 옷감이 체온을 끌어내리고 있었던 것이다.

그는 충동적으로 머리 위로 옷을 벗겨 냈다. 차가운 공기가 그의 몸을 휘감았다. 여기서 빠져나가야 한다. 그는 물이 뚝뚝 듣는 옷을 던지고 실이 있는 곳으로 달려가 최대한 빨리 벽을 기어오르기 시작했다.

120센티미터쯤 올라갔을 때부터 기운이 빠지기 시작하더니, 올라갈수록 더욱더 버티기가 힘들었다. 근육이 뒤틀렸는지 힘을 줄 때마다 날카로운 통증이 일었다. 줄에 매달려 쉴 때에도 곤봉으로 두드리는 듯 둔탁한 통증이 반복적으로 일어났다.

한 번에 몇 초 이상 쉴 수도 없었다. 쉴 때마다 한기가 밀어닥쳤던 것이다. 창백한 피부가 온통 소름으로 뒤덮였다. 그는 앙다문 이 사이로 가쁜 숨을 몰아쉬며 조금씩 기어 올라갔다. 매 순간마다 팔다리에 힘이 빠졌다. 그럴 때마다 결국 떨어지고 말 거라는 생각이 들었고, 결국은 근육이 풀어지고 말 거라는 두려움에 떨었다. 그는 두 손으로 줄에 매달리고 두 다리로 감싼 다음 시멘트 벽에 몸을 기댄 채 헐떡거렸다.

갑자기 그가 미친 듯이 기어오르기 시작했다. 위를 올려다볼 생각도 하지 않았다. 만일 한 번이라도 고개를 든다면 영원히 꼭대기에 다다르지 못할 것만 같아서였다.

그리고 바닥에 널브러졌다. 열기와 한기가 동시에 그를 감쌌다. 떨리는 손으로 이마를 짚어 보니 뜨겁고 건조했다. 병에 걸린 거야.

그는 시멘트 블록 위에 놓인 옛날 옷을 찾아냈다. 먼지로 뒤덮였지만 젖어 있지는 않았다. 그는 옷을 털어 몸에 걸쳤다. 그래도 좀 나았다. 그는 탈진과 흥분과 오한으로 몸을 떨면서 바닥에 떨어진 축축한 크래커 부스러기들을 모아 스펀지 위에 던져 놓았다.

상자를 스펀지 위로 끌어올리는 데 남은 힘을 모두 써 버렸다. 그는 어둠 속에 대 자로 누웠다. 이제는 가늘고 거친 숨소리마저 자꾸만 목구멍에 걸렸다. 지하실엔 소리 하나 없었다.

몇 분 뒤 식사를 시도했지만 삼키는 게 너무나 고통스러웠다. 벌써부터 갈증이 일었다. 그는 배를 깔고 누워 후끈거리는 얼굴을 스펀지에 파묻은 채 두 주먹을 폈다 쥐었다 하는 무의미한 동작을 반복했다. 얼마 뒤 얼굴에 습기가 이는 것이 느껴졌다. 문득 어제 아침 스펀지 역시 물에 흠씬 젖었다는 기억이 떠올랐다. 물에 염분이 많아 겨우 확보해 놓은 식량마저도 못쓰게 만들어 놓았지만.

그는 다시 천장을 보고 누웠다. 이제 어쩌지? 그저 절망이라는 생각뿐이었다. 남은 음식은 상자 위에 있는 부스러기 약간뿐이었다. 마실 물은 있지만 지금 상태로 그곳까지 내려갔다 올라오는 것은 도저히 불가능했다. 이 지하실에서 벗어날 방법도 없었다. 가진 것이 있다면 그건 열병뿐이었다.

그는 뜨거운 이마를 격렬하게 문질렀다. 공기도 무거웠고 열은 손이라도 달린 듯 온몸을 마구 눌러 댔다. 질식할 것만 같았다. 그는 갑자기 일어나 충혈된 눈으로 주변을 살폈다. 머리가 마구 돌아갔다. 그의 오른손이 자신도 모르게 크래커를 부수어 사방으로 던지고 있었다.

"난 아파. 병에 걸린 거야. 병에!"

그는 신음을 내뱉었다. 가느다란 목소리가 풍선처럼 그를 감쌌다. 그는 흐느끼면서 왼손의 손가락 관절들을 물어뜯었다. 살갗이 벗겨졌다.

그는 신음을 내뱉으며 뒤로 쓰러진 후 맥없이 허공을 바라보았다. 눈이 따끔거렸다.

비몽사몽간에 그는 거미가 상자로 다가오는 소리를 들었다. 하나, 둘, 셋. 그는 머릿속으로 노래를 불렀다. 넷, 다섯, 여섯, 일곱 다리 거미. 내 사랑 일곱 다리 거미가 왔네.

그는 환각 속에서 70센티미터였을 때의 어느 날을 떠올렸다. 그러니까 키가 한 살짜리 유아 정도였고, 진짜 수염이 달렸고, 개수통에서 목욕을 하며, 개조한 아이 옷을 입고 보행기에 앉아 식사를 하던 그 시절 말이다.

그는 부엌에 서서 루이스에게 고함을 질러 대고 있었다. 그가 촌극에라도 출연해 돈이라도 조금 벌어 볼까 하고 운을 떼었는데, 그녀가 그런 일을 시킬 수는 없다고 말리는 대신 그저 어깻짓만 해 보였다는 게 이유였다.

그는 고함을 지르고 닥치는 대로 욕을 해 댔다. 시뻘게진 난쟁이 얼굴로 꼬까신을 구르며 다 큰 어른 여자에게 함부로 퍼부어 대는 꼴이라니. 결국 참다못한 루이스가 싱크대에서 돌아서며 소리쳤다.

"제발, 그만 좀 찍찍거려!"

그는 너무나도 기가 막혀 말이 나오지 않았다. 그는 말없이 돌아서서 문을 향해 달려갔다. 그때 고양이를 밟는 바람에 고양이가 발톱으로 그의 팔을 할퀸 것이다.

루이스가 달려와 어떻게든 사태를 수습하려 했다. 그녀는 그의 팔에 난 발톱 자국을 소독하며 사과했다. 하지만 그건 한 여자가 한 남자에게 하는 사과가 아니었다. 한 여자가 한 난쟁이를 동정하는 것에 불과했다.

그리고 붕대를 다 감은 다음 그는 지하실로 내려왔다. 그때쯤 지하실은 늘 찾는 피난처가 되다시피 했다. 계단 옆에 서서 지하실을 노려보며 분노와 상처를 치유하는 것이다.

그는 쪼그리고 앉아 바닥의 돌을 하나 주워 들었다. 그리고 뒤꿈치로 서서 앞뒤로 몸을 흔들며 지난 몇 주 동안 일어난 일들을 하나씩 되새겨 보았다. 바닥난 돈 생각을 했고, 직장을 구하지 못한 루이스와, 갈수록 버릇이 나빠지는 베스를 생각했다. 한 번도 연락이 없는 메디컬 센터와 끝없이 줄어드는 몸에 대해서도 생각했다. 그리고 그런 생각을 하는 내내 분노는 더욱 커져만 갔다. 굳게 다문 입술이 하얗게 질리기 시작했고 돌을 들고 있는 손도 강철 바이스처럼 딱딱해졌다.

그때 벽을 기어오르는 거미를 보았다. 그는 온 힘을 다해 거미에게 돌을 던졌다. 자갈은 놀랍게도 거미의 검은 다리 하나를 벽에 찧어 놓았다. 거미는 다리를 포기한 채 달아나 버렸다. 스콧은 그 앞에 서서 떨어져 나온 다리가 머리카락처럼 펄떡거리는 것을 지켜보았다. 문득 언젠가 내 다리도 저렇게 작아지겠지 하는 생각이 들었다.

도무지 믿기지가 않았다.

하지만 이제 그의 다리는 그렇게 작아졌다. 그리고 이 빌어먹을 운명은 여전히 결말을 향해 곤두박질하는 중이었다.

지금 죽어 버리면 어떤 일이 일어날지 궁금했다. 그의 몸이 계속 줄어들까? 아니면 멈출까? 물론 죽는다면 더 이상 축소가 진행되지는 못할 것이다.

기름보일러가 다시 그 광폭한 포효를 쏟아내며 지하실 전체를 끔찍한 공명으로 흔들어 놓았다. 그는 신음을 흘리며 두 손으로 귀를 막았다. 온몸이 대책 없이 떨렸다. 마치 관 속에 누워 있는데 지진이 공동묘지 전체를 흔드는 것 같았다.

"나 좀 내버려 둬. 제발 좀."

그는 맥없이 중얼거리다가, 떨리는 한숨을 내뱉곤 두 눈을 감았다.

그리고 깜짝 놀라 잠에서 깨었다. 기름보일러는 아직 으르렁거리고 있었다. 눈을 감았을 때 울리던 그대로인가? 그 뒤로 몇 초밖에 지나지 않은 건가? 아니면 몇 시간인가?

그는 천천히 일어나 앉았다. 머리는 가벼웠지만 온몸이 사시나무처럼 떨렸다. 떨리는 손을 들어 이마를 만져 보니 여전히 뜨거웠다. 그는 손으로 얼굴을 문지르며 깊은 신음을 내뱉었다. 오, 신이여, 전 병에 걸렸나이다.

그는 가까스로 스펀지 끝으로 가서 아래로 미끄러져 내렸다. 하지만 손힘이 하나도 없는 탓에 그만 스펀지를 놓치고 말았고,

그 바람에 놀란 외침과 함께 시멘트 바닥에 주저앉고 말았다.

그는 한참 동안 차가운 시멘트 바닥에 앉아 눈을 끔벅거렸다. 온몸이 부들부들 떨리고 굶주린 배에서는 기차 소리가 들렸다. 그는 일어서기 위해 먼저 스펀지에 몸을 기대고 콧구멍으로 짧고 뜨거운 신음을 내뿜었다. 숨을 크게 들이마셨다. 물이 필요했다. 눈물이 두 뺨을 타고 흘렀다. 물이 있어야 했다. 그는 맥없는 주먹으로 스펀지를 때렸다.

얼마 뒤 그는 울음을 그치고 천천히 돌아서서 어둠 속을 뚫고 걷기 시작했다. 이윽고 상자 덮개와 부딪쳐 넘어지기도 했으나, 그저 아무렇게나 중얼거리며 옆으로 기어가 덮개를 들어 올리려 했다. 처음에는 두 손으로 했지만 나중엔 등으로 있는 힘껏 밀어 올려야 했다. 그리고 그 아래로 기어 들어갔다.

마치 냉장고 안으로 들어가는 기분이었다. 소름이 그의 척추를 훑어 내렸다. 그는 자리에 일어나 상자 덮개에 등을 기댔다.

벌써 오후였다. 꽤 오랫동안 잠이 든 것이다. 창문을 넘어온 햇살이 장작더미를 비추고 있었다. 남향으로 난 창문인 것으로 보아 2시나 3시쯤 된 모양이었다. 다시 하루가 지나가고 있었다.

그는 돌아서서 맥없이 상자 벽을 때렸다. 관절이 찌르르 아파 왔다. 그는 또다시 주먹질을 했다. 빌어먹을! 그러고는 벽에 머리를 기댄 채 마구 주먹질을 날렸다. 그 충격들이 양팔을 지나 어깨와 척추까지 흔들었다.

"헛수고야, 헛수고. 쓸데없는 헛수고!"

그는 숨이 막힐 때까지 비슷한 낱말들을 노래처럼 내뱉었다. 목소리가 거칠다 못해 아예 들리지도 않았다. 그는 두 팔을 썩은 장작처럼 늘어뜨리고 상자 벽에 기대앉은 채 두 눈을 감았다. 입에서 저절로 거친 숨이 새어나왔다.

마침내 정신이 돌아왔을 때 머릿속에는 오직 물 생각뿐이었다. 그는 천천히 걷기 시작했다. 탱크까지는 못 가. 하지만 물이 있어야 해. 다른 곳에는 물이 없었다. 크래커 상자에 물이 떨어지고는 있지만 그렇게 높이 올라가는 건 불가능했다. 그래도 물은 필요했다. 그는 눈을 깔고 무조건 걷기 시작했다. 아무것도 보이지 않았다. 물이 필요하다.

하마터면 구멍에 빠질 뻔했다. 깜짝 놀라 양손을 버둥거린 끝에 간신히 가장자리에 멈출 수 있었다. 그는 조심스럽게 뒷걸음질했다.

그는 무릎을 꿇고 어두운 지하를 들여다보았다. 누군가 시멘트 바닥을 드릴로 파 놓은 것이다. 벽 아래를 내려다보는 것과 다르지 않았지만, 그 벽은 거의 4.5미터에 이르는 데다 그 끝엔 칠흑 같은 공간뿐이었다.

그는 구멍을 향해 귀를 기울여 보았다. 처음에는 자신의 거친 숨소리밖에 들리지 않았다. 숨을 죽이자 비로소 다른 소리가 들리기 시작했다. 부드럽게 떨어지는 물방울 소리.

갈증이 턱에까지 차오른 채, 닿을 수 없는 곳의 물소리를 듣는 것은 악몽이었다. 입 안에서는 혀가 입술 사이로 비집고 나오려 아우성을 쳤다. 그는 끊임없이 침을 삼켰지만 이젠 고통마저 느낄 수가 없었다.

한순간 그는 구멍 속으로 뛰어들 뻔했다. 상관없어. 죽어도 상관없어! 그건 필사적인 절규였다.

그를 막은 것이 무엇인지는 몰라도 분명 의식은 아니었다. 의식의 차원에서는 이미 그 우물 속으로 뛰어들 결심을 했기 때문이다.

하지만 그는 구멍에서 물러나 다시 무릎을 꿇었고 잠깐 머뭇거리다가 상체를 기울여 재차 물소리를 들었다. 아니, 물소리를 마셨다고 하는 편이 더 정확하겠다. 그는 신음을 내뱉고는 무릎을 밀치고 일어나, 비틀거리며 구멍에서 떨어져 걷기 시작했다. 그러다가 다시 돌아와 구멍의 가장자리를 한 바퀴 돌았다. 심지어 그 위로 한 발을 올려놓고 그 보이지 않는 깊이를 음미해 보기도 했다.

"오, 신이여. 왜 당신은……."

그는 다시 구멍에서 멀어졌다. 다리가 차마 떨어지려 하지 않았다. 그는 두 주먹을 불끈 쥐었다. 도대체 뭐가 문제야? 왜 이 구멍으로 내려가지 않는 거지? 그는 비명이라도 지르고 싶었다. 왜 아니냔 말이야? 이상한 나라의 앨리스처럼 새로운 세상으로 들어가는 거잖아! 그런데 그게 뭐가 무섭다고?

처음엔 붉은색 벽이라고 생각했다. 그는 그 앞에 서서 살펴보기도 하고 찔러도 보았다. 그건 돌도 나무도 아니었다. 호스였다.

그는 뱀처럼 말린 호스를 돌아 한쪽 끝까지 걸어갔다. 그리고 그 앞에 서서 길고 어두운 터널을 들여다보았다. 그는 금속 고리로 올라간 다음 구멍 안에 서서 가만히 생각해 보았다. 그래, 호스를 들어 올리면 가끔 그 안에서 물방울이 떨어지곤 했다.

그는 벅차오르는 가슴으로 부드러운 터널 속을 달려가기 시작했다. 호스가 갑자기 꺾이는 곳에서는 딱딱한 벽에 부딪치기도 했지만 그는 멈추지 않고 구불거리는 미로 속을 최대 속도로 달렸다. 그리고 백 걸음 정도 달려와 오른쪽으로 돌아섰을 때 그의 발은 어느새 발목 깊이의 차가운 액체에 잠겨 있었다. 그는 감탄의 울음을 터뜨리며 웅크리고 앉아 떨리는 손으로 물을 떴다. 물에서는 부패한 맛이 났고 목도 따끔거렸으나 아무리 최고급 와인이라도 이렇게 열심히 마시지는 못했을 것이다.

하느님, 감사합니다! 오, 감사합니다! 그는 계속해서 그 생각만 했다. 이제 필요한 물을 얻었다. 더 이상 아쉬운 건 없어! 그는 벅찬 마음으로 쉴 새 없이 중얼거렸다. 그동안 물탱크의 물을 얻기 위해 실을 타고 오르내린 것이 몇 번이던가? 멍청이 같은 놈! 하지만 이젠 아무 상관없다. 이제 괜찮아졌으니 말이다.

하지만 그는 터널을 따라 돌아오면서 그래 봐야 일순간의 승리에 불과하다는 생각을 했다. 상황이 달라진 것도, 더 나아진 것도 없었다. 그래, 미미한 존재의 삶이 조금 더 연장된 것밖에 뭐가 더 있는가? 결국 종말은 올 것이고 그는 살아서 종말을 볼 생각이다. 그럼 그것이 승리일까?

아니, 종말을 보는 것이 가능하기는 할까?

다시 지하실로 나왔을 때에야 그는 병으로 얼마나 약해져 있는지를 깨달았다. 게다가 굶주림 때문에 상황은 더 나빴다. 아픈 거라면 휴식과 잠으로 어느 정도 회복할 수 있다. 하지만 굶주림이라면, 대답은 하나뿐이다.

그는 깎아지른 벼랑을 바라보았다. 호스의 그림자를 밟고 선 채로 거미 왕국을 올려다보았다. 지하실에 남아 있는 식량은 단 하나뿐이다. 그것만은 분명했다. 말라비틀어진 빵 한 조각. 이틀쯤 버틸 분량이다. 그리고 그건 바로 저 위에 있다.

하지만 그 사실이 가져다준 것은 좌절뿐이었다. 우선 그곳에 올라갈 힘이 없다. 만일 기적적인 의지로 저 벼랑 위에 올라간다 해도, 그곳에는 거미가 있다. 거미와 맞설 힘과 용기가 있을 리가 없었다. 그건 단순한 흑거미가 아니라, 그보다 세 배나 더 큰 살아 있는 공포였다.

그는 고개를 숙였다. 그리고 결심을 했다. 결국 할 수밖에 없는 결심이었다. 그는 호스에서 물러나 스펀지를 향해 출발했다. 다른 방법이 없었다. 처음부터 선택권이 주어진 것도 아니지 않은가? 처음부터 무자비하게 빼앗긴 운명이 아니던가? 겨우 1.1센티미터의 인간이, 도대체 무엇을 원할 수 있단 말인가?

그는 자신도 모르게 다시 절벽을 바라보았다. 거대한 거미가 벽을 따라 내려오고 있었다. 그는 기겁을 하고 달아나기 시작했다. 거미가 벼랑 밑에 닿기도 전에 그는 상자 덮개 밑으로 기어들어가 스펀지 위에 올라갔다. 검은 구형의 거미가 상자 위로 기어올랐을 때 그는 그 소리에 귀를 기울이고 있었다. 이를 어찌나 단단히 물었던지 턱이 시큰거렸다.

식량을 구할 가능성은 전무했다. 저 살 떨리는 검은 괴물이 지키고 있는 한은 불가능했다. 그는 두 눈을 감았다. 저절로 흐느끼는 소리가 새어 나왔다. 위에서는 거미가 닥치는 대로 긁고 할퀴고 있었다.

꿈인지 환각인지, 그는 컬럼비아 메디컬 센터에 돌아와 검사를 받고 있었다.

공허하게 울리는 목소리. 실버 박사가 대답했다.

"의심했던 말단 왜소증은 아닙니다. 물론 신체 수축은 진행되고 있어요. 하지만 아닙니다. 뇌하수체도 이상 없더군요. 탈모, 말단 청색증, 피부 탈색도 성 기능 장애도 없어요."

체내의 크레아틴과 크레아티닌 양을 측정하기 위한 소변 검사도 했다.

"중요한 검사입니다. 고환, 신장 부신의 기능과 체내의 질소 균형에 대해 많은 정보를 얻을 수 있거든요."

검사 결과.

"캐리 씨, 질소 밸런스 이상입니다. 현재 신체가 보유한 양보다 더 많은 질소를 내보내고 있더군요. 질소는 신체를 구성하는 블록과 같은 것이죠. 축소 현상이 발생하는 건 그 때문입니다. 크레아티닌의 불균형 또한 부차적인 퇴축을 초래하고 있습니다. 게다가 인과 칼슘도 방출되고 있더군요. 뼈에 함유되어 있는 것과 정확히 정비례하는 양입니다."

부신피질 자극 호르몬이 투여되었다. 세포의 이화작용을 억제하기 위한 것이다.

효과가 없었다.

뇌하수체 분비를 위한 투약도 검토되었다.

"질소 방출을 막으면 새로운 단백질이 형성될 수도 있습니다만……."

그들이 자신 없는 목소리로 말했다. 부작용이 있다는 소리군. 성장 호르몬을 강제 투입했을 때 신체의 반응은 예측이 불가능하다. 아무리 최선의 투약이라 해도 신체는 과민 반응을 보이고 끔찍한 결과를 내놓을 수 있기 때문이다. 그가 말했다.

"상관없습니다. 하세요. 더 나빠질 것도 없지 않나요?"

투약.

부정적 결과.

거부반응.

마침내 페이퍼크로마토그래피. 여과지를 통한 체내 물질의 분리인데, 각 물질의 이동속도에 따라 각 요소들이 흡착지의 서로 다른 부분에 응착되는 원리를 이용한 것이다.

그리고 새로운 성분이 검출되었다. 새로운 독성 물질.

"잘 생각해 봐요. 세균스프레이에 노출된 적이 있습니까?"

"아뇨, 세균전에 참가한 적 없습니다."

"예를 들어 대량의 살충제 살포 같은 것도 좋습니다."

처음엔 아무것도 기억나지 않았다. 단지 파르르 떨리는 무정형의 공포뿐. 그리고 문득 로스앤젤레스에서의 일이 떠올랐다. 7월의 어느 토요일 오후. 그는 집에서 나와 가게로 향하고 있었다. 길 양쪽으로 가로수와 집들. 시청 트럭이 나타나 가로수에 약을 뿌리고 있었다. 약이 피부에 닿고 눈이 따끔거렸다. 그는 눈을 감고 운전사에게 욕을 해 댔다.

"이게 다 그 일 때문이라는 겁니까?"

"아니, 그렇진 않습니다. 최초의 빌미는 될 수 있겠죠. 그 스프레이에 뭔가가 더 있어야 합니다. 뭔가 특별하고 전례 없는 변이 말입니다. 그 변이가 약독성의 살충제를 치명적인 독약으로 바꾸어 놓은 것입니다."

그리고 그들은 그 뭔가를 찾으려 했고, 그의 과거 전력에 대해 무수한 질문을 퍼부었다.

마침내 기억이 났다. 보트에서의 오후. 안개가 그를 덮고 지나갔고 몸이 산에 덴 듯 따끔거렸다.

방사선에 노출된 스프레이.

"그래요, 바로 그겁니다."

마침내 원인이 밝혀졌다. 방사능으로 인해 가공의 변이를 일으킨 살충제가 원인이었다. 100만분의 1의 확률. 딱 그만큼의 살충제가 딱 그만큼의 방사능에 노출된 뒤, 정확한 순서와 적절한 시간을 거쳐 그의 체내에 흡수된 것이다. 그리고 방사능은 빠른 속도로 분해되어 더 이상 검출되지 않았다.

오직 독성만이 남은 것이다.

뇌하수체는 건드리지도 않고, 성장 능력만 조금씩 퇴행시키는 독성. 신체로 하여금 날마다 질소를 과도한 노폐물로 바꿔 버리게 하는 독성, 크레아티닌과 인과 칼슘에 영향을 미쳐 쓰레기로 인식되도록 만드는 독성. 뼈의 석회질을 빼내 흐물거리게 만든 다음, 조금씩 줄어들게 하는 독성. 항호르몬을 생성해 모든 호르몬의 투여를 무용지물로 만들어 버리는 독성.

그를 줄어드는 인간으로 만들어 버린 독성.

마침내 원인이 밝혀졌다고? 개소리. 독성에 저항하는 방법은 하나뿐이다. 항체.

그래서 그들은 그를 집으로 돌려보냈다. 그가 기다리는 동안 그를 구해 줄 항체를 찾아내겠다는 것이다.

그는 주먹을 불끈 쥐었다. 그 무수한 기다림의 나날들. 자나 깨나 기다리고 또 기다렸다. 노크 소리마다 깜짝깜짝 놀라고, 전화가 울릴 때마다 피가 말랐다. 그건 말 그대로 정신의 자유낙하였다. 한순간의 쉼도 없이 늘 의식을 팽팽하게 당겨 놓아야 하는 고문. 기다림.

우체국도 뻔질나게 드나들었다. 아예 사서함 하나를 빌려 하루에 두세 번씩 우편물이 배달되도록 해 놓기도 했다. 집에서 우체국까지의 산책도 잔인하기만 했다. 그는 달리고 싶어도 달릴 수가 없었다. 그저 달리고 싶은 욕망으로 온몸이 꼬일 뿐이었다. 우체국에 들어서면 먼저 손이 마비되고 심장부터 뛰었다. 대리석 복도를 지나 사서함 안을 들여다보는 일도 마찬가지였다. 안에 편지가 들어 있기라도 하면, 손이 어찌나 떨리던지 열쇠를 끼워 넣을 수조차 없었다. 허겁지겁 편지를 빼내고 발신 주소부터 챙기지만 늘 센터의 편지는 없었다. 그 순간 생명이 꺼질 것만 같은 참담함이란. 그건 발이 양초처럼 바닥으로 녹아내리는 기분이었다.

그리고 호숫가로 이사한 후 고통은 극에 달했다. 루이스가 우체국에 다녀올 때까지 기다려야 했기 때문이다. 그는 창가에 서서 기다렸고, 그녀가 거리 저쪽에 나타날 때면 두 손부터 떨렸다. 물론 그녀의 느린 걸음걸이만으로도 편지가 없다는 사실을 알 수 있었지만, 그녀의 입으로 직접 말할 때까지는 편지가 오지 않았다는 사실을 인정하기가 쉽지 않았다.

그는 배를 깔고 누운 채로 스펀지를 있는 힘껏 씹었다. 인정하고 싶지는 않지만 그의 파멸의 원인은 생각 때문이었다. 자기도 모른 채, 정말 아무것도 모른 채, 그는 뇌세포를 발기발기 찢어 손톱 때처럼 혹 하고 불어 버린 것이다. 도대체 왜.

그는 호흡을 멈추고 벌떡 일어났다. 갑자기 머리가 지끈지끈 쑤시기 시작했다.

음악 소리.

"음악?"

그는 죽어가는 목소리로 중얼거렸다. 지하실에 음악 소리라니?

그건 지하실이 아니라 위층에서 들리는 소리였다. 루이스가 라디오를 틀어 놓은 것이다. 브람스의 제1교향곡. 그는 팔을 베고 누워 심포니 도입부의 강건한 비트에 귀를 기울였다. 잘 들리지는 않았다. 그러니까 콘서트홀 밖으로 나와 닫힌 문을 통해 오케스트라 연주를 듣는 기분이었다.

그는 호흡을 제외하고는 꼼짝도 하지 않았다. 표정은 차분했고 눈도 깜빡이지 않았다. 세계는 똑같은 세계이고 그도 여전히 그 일부였던 것이다. 음악 소리가 그렇게 말하고 있었다. 위층에 사는 무심한 거인 루이스가 음악을 듣고 있고, 아래층의 미물 스콧도 같은 음악을 들었다. 게다가 둘 모두에게 그건 음악이고 모두에게 아름다웠다.

집을 떠나기 얼마 전이었다. 그때는 이미 루이스가 들을 수 없을 만큼의 작은 소리가 아니면 음악을 듣는 것 자체가 불가능했다. 아니면 귀청이 날아갈 판이니 말이다. 접시가 달그락거리는 소리도 칼로 머리를 찢어 놓는 듯했고, 베스가 갑자기 울거나 웃으면 바로 귀 앞에서 총소리를 듣는 것과 마찬가지였다. 그럴 때마다 그는 황급히 두 귀를 막아야 했다.

브람스. 기껏 지하실의 오점으로 남아 브람스를 듣다니. 인생이 환상적일 리야 없지만 그래도 그 순간만큼은 그렇다고 할 수 있을 것 같았다.

음악이 멈추었다. 그는 음악이 멈춘 이유라도 알아야겠다는 듯 얼른 고개를 들었다. 하지만 어둠뿐이었다.

그는 그대로 누워 이층의 작은 목소리들을 들었다. 한때는 그의 아내였던 여인이다. 가슴이 너무나 답답했다. 한순간 그 세계의 일원으로 돌아간 기분 때문이다.

그는 조용히 루이스의 이름을 불러 보았다.

50센티미터

여름이 끝나고 호숫가 채소 가게에서 아르바이트를 하던 소녀도 학교로 돌아갔다. 그 기회는 루이스에게 떨어졌다. 한 달 전부터 신청을 해 두었던 자리였다.

그녀는 막연하게나마, 일을 시작하면 스콧이 베스를 돌봐 줄 수 있다고 생각한 모양이었다. 지극히 유감인 사실은 그의 키가 이젠 베스의 가슴에도 닿지 못한다는 것이다. 그런 그가 아이를 돌본다는 건 처음부터 말도 안 되었다. 그녀는 할 수 없이 고등학교를 중퇴한 이웃집 소녀와 계약을 했다. 루이스가 일하는 동안 베스를 돌봐 주는 일이었다.

"그 애한테 줄 돈이 아깝긴 하지만 어쩔 수가 없네요."

루이스는 이렇게 말했다. 그는 아무 말도 못했다. 유감스럽지만, 그동안 지하실에서 지내야 한다고 말할 때에도 그는 조용히 있었다. 그를 갓난아기로 봐 줄 리도 없었고, 또 여자 애한테 그가 누군지 알리고 싶지도 않았다. 그는 작은 어깨를 으쓱거리고는 아무 말 없이 방을 나섰다.

첫 출근 날 아침, 루이스는 스콧을 위해 샌드위치와 보온병 두 개(커피와 물)를 준비했다. 그는 부엌 식탁 의자에 두꺼운 베개 두 개를 얹고 앉아 있었고, 이따금 연필 두께만 한 손가락으로 김이 모락모락 나는 커피 잔을 만지작거렸다. 하지만 그녀의 말을 알아들었는지 아닌지에 대해서는 전혀 기색을 하지 않았다.

"그렇게 힘들지는 않을 거야. 책을 가져가 읽기도 하고 잠도 좀 자요. 되는대로 빨리 돌아올 테니까."

그는 기름 덩어리처럼 부유하는 크림 알갱이들을 바라보며, 괜스레 접시 위의 커피 잔만 빙글빙글 돌렸다. 루이스가 사기그릇의 끽끽거리는 마찰 소리를 싫어한다는 건 물론 잘 알고 있었다.

"그리고 내 말을 잊지 마라, 베스. 절대로 아빠 얘기는 하면 안 돼. 절대로. 알았지?"

"응."

베스가 고개를 끄덕였다.

"내가 뭐라고 했지?"

루이스가 다시 물었다.

"아빠 얘기 하면 안 된다고."

"아빠가 야마꼬니까."

스콧이 중얼거렸다.

"응?"

루이스가 그를 보며 물었다. 그는 커피만 보았고 그녀는 다시 묻지 않았다. 호숫가로 이사 온 후로 그는 툭하면 혼잣말을 하곤 했다.

아침 식사 후, 루이스는 그를 데리고 지하실로 내려갔다. 그녀의 손에는 그가 앉을 만한 접의자가 들려 있었다. 그녀는 기름 탱크와 냉장고 사이에 쌓아 둔 상자 속에서 옷가방을 꺼내 바닥에 내려놓고, 그 안에 소파 쿠션 두 개를 넣어 주면서 말했다.

"여기서 잠자면 불편하지는 않을 거야."

"개새끼처럼?"

그가 중얼거렸다.

"뭐라고?"

그는 사악한 장난감 전사의 눈으로 아내를 노려보았다.

"여자 애는 안 내려올 거야. 하지만 시끄러울 수 있으니까 문은 잠가 두고 갈게."

"안 돼."

"애가 내려오면 어쩌게?"

"문 잠그는 건 싫어."

"하지만, 여보, 그러다가……."

"문 잠그는 거 싫다고 했잖아!"

"알았어, 알았어. 문 안 잠글게. 그냥 아이가 지하실을 싫어하기만을 빌지, 뭐."

그는 대답하지 않았다. 그녀는 더 필요한 게 없는지 묻고 윗몸을 숙여 이마에 의무적인 입맞춤을 한 다음 계단을 올라가 문을 닫았다. 스콧은 지하실 한가운데 꼼짝 않고 서 있었다. 그녀가 창문 옆을 지나갔다. 드레스 치맛자락이 다리를 휘감아 돌았다.

그녀가 보이지 않게 된 후에도 그는 움직이지 않고 창문만 노려보았다. 팔은 늘어뜨린 채 작은 주먹을 쥐었다 폈다 했고, 눈은 꿈쩍도 않았다. 마치 삶과 죽음의 무게를 재 보는 사람 같았다.

마침내 얼굴 표정이 풀리며 그는 깊은 숨을 내쉬었다. 그리고 주위를 둘러보고는 체념했다는 듯, 허벅지에서 찰싹 소리가 날 정도로 두 팔을 들었다 놓았다.

"죽이는군."

그는 의자 위로 기어 올라가 책을 펼쳐 들었다. 가죽 서표를 끼워 둔 페이지였다.

"이곳에 내가 잠들지어다!"

그는 그 문구를 두 번 읽고는 무릎에 책을 떨어뜨리고 다시 루이스 생각을 했다. 이젠 어떤 식으로도 그녀를 사랑할 수가 없었다. 겨우 그녀의 무릎보다 조금 더 큰 키에 불과하니 남자라고 할 수도 없으리라. 그는 이를 악다물고는 책을 의자 팔걸이에서 밀어냈다. 책이 시멘트 바닥에 떨어지며 비명을 질렀다.

위층에서 현관문으로 걸어가는 루이스의 발소리가 들렸다. 그리고 발소리가 그쳤다. 다시 들렸을 때는 다른 사람의 발소리도 섞여 있었고, 곧이어 여자 애의 목소리도 들렸다. 마르고, 수다스럽고, 버르장머리 없는, 전형적인 10대의 목소리였다.

10분 후 루이스는 떠났다. 그녀의 기침 소리가 들렸다. 포드 자동차의 시동 소리와 모터 돌아가는 소리도 들렸고 몇 분 뒤 멀어지는 엔진 소리도 들렸다. 이제 캐서린이라는 여자 애와 베스의 목소리만 남았다. 그는 캐서린의 들쭉날쭉한 목소리를 들으며, 도대체 뭘 저렇게 떠들어 대는지, 어떻게 생겼는지 따위가 궁금해졌다.

그는 장난처럼 그녀의 모습을 그려 보았다. 키는 170센티미터. 허리는 날씬하고 다리는 길며, 젊고 탱탱한 가슴이 블라우스 밖으로 기어 나오려 한다. 아직 어린 티가 나는 얼굴에, 붉은빛이 감도는 머리, 하얀 치아. 그는 그녀가 새처럼 가볍게 걷는 모습을 상상해 보았다. 잘 씻은 청포도처럼 밝고 푸른 눈.

그는 책을 집어 들고 읽으려 했지만 쉽지가 않았다. 문장들이 마구 엉키더니 흙탕물이 되어 흘러 다녔고 단어들이 벼룩처럼 뛰어다니기도 했다. 그는 한숨을 내쉬며 몸을 뒤척였다. 여자 애가 그의 상상을 놓아 주지 않았던 것이다. 소녀의 단단한 오렌지 같은 가슴이 눈앞에서 춤을 추고 있었다.

그는 세차게 고개를 저어 그녀의 모습을 떨쳐 냈다. 그러지 말자. 제발 그러지 말자.

그는 두 팔로 두 다리를 끌어안고 무릎 사이에 턱을 얹었다. 그 모습이 마치 산타클로스의 선물을 고민하는 아이처럼 보였다.

소녀는 블라우스를 반쯤 벗어 조숙한 몸매를 그대로 드러내고 있었다. 스콧의 얼굴이 다시 딱딱해졌다. 그건 보상받지 못한 갈망을 무관심으로라도 위장해 보려는 남자의 전형적인 표정이었다. 하지만 그 심층에서는 언제라도 터질 듯 용암이 부글부글 끓고 있었다. 욕망의 방울들이 끊임없이 부풀었다 터져 나갔다.

집 뒤의 유리문이 닫히더니 베스와 소녀의 목소리가 뒷마당에서 들려왔다. 그는 갑자기 흥분해서 의자를 내려와 기름 탱크 옆의 상자 쌓아 둔 곳으로 달려갔다. 그는 잠깐 그 앞에서 멈춰 섰다. 가슴이 콩닥거렸다. 하지만 그는 충동을 억제하는 데 실패했고 결국 상자들 위로 올라가 거미줄투성이 창밖을 엿보기 시작했다.

눈가의 잔주름이 파르르 떨렸다. 키는 170이 아니라 160센티미터쯤 되었고 날씬한 허리와 다리는 두툼한 지방과 근육으로 변해 있었다. 젊고 탱탱한 가슴은 펑퍼짐한 긴팔 셔츠에 묻혀 보이지도 않았다. 귀여운 표정 대신 뚱뚱한 곰보가 그 자리를 메웠으며 붉은빛이 감도는 금발은 윤기 없는 밤색으로 염색되어 있었다. 하얀 치아에 새처럼 가벼운 몸짓 대신 살찐 돼지의 육중한 몸놀림이 보였다. 그나마 다행인지 불행인지 눈은 보이지 않았다.

그는 캐서린이 뒷마당을 돌아다니는 모습을 지켜보았다. 탈색된 작업복으로 드러나는 펑퍼짐한 엉덩이, 운동화 속에 묻힌 족발. 그리고 그녀의 목소리가 들렸다.

"어머, 지하실도 있네."

그는 베스의 표정이 바뀌는 것을 보았다. 그도 긴장이 되었다. 베스가 황급히 대답했다.

"응, 근데 아무도 없어. 아무도 안 살거든."

캐서린이 웃었다.

"이런, 당연히 그렇겠지."

그녀가 이렇게 말하며 창문 쪽을 보았다. 그는 얼른 몸을 감추었지만, 사실 어느 창이든 지하실 안을 들여다보는 것은 불가능했다. 창문 바로 위에 밝은 등이 달려 있기 때문이다.

그는 그들이 집 저편으로 사라질 때까지 지켜보았다. 그들이 장작더미 위의 창문을 지나 순식간에 사라져 버리자 그는 신음을 흘리며 상자들을 내려왔다. 의자로 돌아온 그는 보온병을 팔걸이에 올려놓고 책을 다시 무릎 위에 올려놓았다. 그리고 빨간색 플라스틱 컵에 커피를 따르고 읽던 페이지를 펼친 다음 천천히 커피를 마셨다.

여자 애는 몇 살이나 되었을까? 문득 그게 궁금해졌다.

그는 깜짝 놀라 눈을 들었다. 의자 쿠션에 누워 있을 때였다. 누군가 지하실 문을 들어 올리고 있었다.

그는 우선 옷 가방 밖으로 두 다리를 내놓았다. 그림자가 손을 놓자 문이 쾅 소리를 내며 다시 닫혔다. 그는 계단을 바라보면서 몸을 일으켜 세웠다. 문이 다시 올라가기 시작했고 햇살이 바닥으로 쏟아져 내렸다.

그는 잽싸게 커피 보온병과 책을 잡아챈 후 다이빙하다시피 기름 탱크 밑으로 들어갔다. 문이 다시 쾅 닫혔다. 그는 커다란 옷 상자 뒤에 몸을 숨기고 책과 보온병을 가슴에 꼭 끌어안았다. 기분이 엿 같았다. 도대체 왜 문을 거는 데 대해 그렇게 발악적으로 반대한 것일까? 물론 그건 지하실에 감금당한다는 뜻이었고 그 점이 맘에 들지 않았을 것이다. 하지만 차라리 감옥이라면 다른 침입자들은 없었을 것 아닌가.

조심스럽게 계단 내려오는 소리가 들렸다. 운동화가 딸깍거리는 소리. 그는 숨을 죽였다. 소녀가 안으로 들어왔고 그는 그림자 깊숙이 숨었다.

"흠."

그녀는 지하실 주변을 돌아다니다가 의자를 걷어찼다. 의자가 왜 거기 있는지 의심스럽다는 뜻일까? 지하실 한가운데 의자가 있다는 사실이? 그는 마른침을 삼켰다. 베개가 들어 있는 가방도 이상할까? 아니, 어쩌면 고양이 침실이라고 생각할지도 모른다.

"뭐가 이렇게 지저분해?"

소녀가 투덜거리며 두 발로 시멘트 바닥을 문질렀다. 그녀가 난방기 옆에 서 있을 때 그는 그녀의 두꺼운 종아리를 보았다. 그녀가 손톱으로 에나멜 칠한 금속을 두드렸다.

"으흠, 히터로군."

그녀가 중얼거리더니 하품을 했다. 그녀의 목 근육이 팽팽히 당겨지면서 입속에서 꺽 소리가 들렸다. 하품이 끝나자 이번에는 장난스러운 노랫소리가 들렸다.

"두밥, 두비두밥, 두비두비 두밥."

그녀는 좀 더 돌아다녔다. 오, 하느님, 샌드위치와 물 보온병! 그는 짜증이 났다. 빌어먹을 년!

"흠, 이건 크로케."

그녀가 말했다. 그리고 얼마 뒤, 그녀가 감탄사를 내뱉었다.

"오, 이런."

그녀는 다시 계단을 올라갔다. 그리고 문이 떨어지는 소리가 크게 지하실을 울렸다. 베스가 자고 있다면 그 소리 때문에라도 깼을 것이다.

스콧이 기름 탱크 아래서 빠져나올 때쯤 뒷문이 쾅 하고 닫히는 소리와 이층에서 나는 캐서린의 발소리가 들렸다. 그는 일어나 보온병을 다시 팔걸이에 놓았다. 아무래도 루이스에게 자물쇠를 채우라고 해야겠다.

"빌어먹을 년 같으니."

그는 우리에 갇힌 짐승처럼 돌아다녔다. 개 같은 년! 저런 년은 당장 내쫓아야 해. 첫날이 이러면, 저년은 집 전체를 들쑤시고 돌아다녀야 직성이 풀릴 거라고. 서랍과 캐비닛과 벽장을 모조리 뒤지고 다닐지도 모르지.

그 애가 남자 옷을 보게 되면 어떤 생각을 할까? 루이스는 어떤 거짓말을 할까? 아니, 벌써 했는지도 모르지. 그는 아내가 캐서린에게 가짜 성을 말하는 소리를 들었다. 편지가 배달되지 않으니 거짓말을 들킬 염려는 없을 것이다.

위험이 있다면 캐서린이 글로브 포스트의 기사를 읽고 사진들을 봤을지 모른다는 것이다. 그렇다면 그가 지하실에 숨어 있다고 생각할 것이고 더 샅샅이 뒤질 생각을 하고 있을 것이다. 아니, 이미 수색을 시작한 걸까?

몇 분 뒤 샌드위치를 먹으려 했지만 이미 소녀가 가져간 뒤였다.

"이런, 빌어먹을!"

그는 주먹으로 팔걸이를 힘껏 때렸다. 차라리 여자 애가 목소리를 듣고 다시 내려왔으면 하는 심정이었다. 그러면 지나친 호기심을 후회하도록 만들어 줄 텐데 말이다. 그는 의자에 털썩 주저앉아 책을 밀어 버렸다. 책이 다시 바닥을 때렸다. 다 집어치워! 그는 그 자리에 앉아 커피를 다 마셨고, 식은땀을 흘렸으며, 지하실 문만 죽어라 노려보았다. 위층에서는 여자 애가 이곳저곳을 들쑤시고 다녔다.

뚱땡이. 그녀를 이렇게 부르기로 했다.

"좋아, 맘대로 해. 날 가두든지 말든지."

"오, 스콧, 또 왜 그래. 그건 당신 결정이었잖아. 또 저 애가 들어오면 어쩌게?"

그는 대답하지 않았다.

"문이 열려 있으면 또 내려올지 몰라. 어젠 샌드위치에 대해 별다른 생각을 하지는 않았겠지만 행여 또다시 여기서……."

"잘 가."

그가 돌아서며 말했다. 그녀는 잠시 그를 내려다보았다.

"그럼 잘 지내요."

그녀는 얼른 이렇게 말하고 그의 이마에 입술을 댄 다음 후다닥 자리를 떴다.

그녀가 계단을 오르는 동안 그는 그 자리에서 접은 신문으로 오른쪽 장딴지를 하릴없이 때리고 있었다. 매일 이런 식이겠지? 샌드위치와 커피. 이마에 짧은 입맞춤. 그리고 저런 식으로 달아나 문을 닫고 걸어 잠그는 거야.

문 잠그는 소리에 갑자기 숨을 조이는 공포가 엄습해 와 거의 비명을 지를 뻔했다. 그리고 루이스의 다리가 보였다. 그는 두 눈을 질끈 감고 입을 단단히 틀어막았다. 목구멍까지 치받치는 비명이 새어 나올까 봐 불안했다. 오, 세상에, 이제 죄수 신세가 된 거야. 사람들이 지하실에 괴물을 감추고 그 비밀이 알려질까 봐 전전긍긍했다는 옛이야기는 수도 없이 들었다.

결국 팽팽한 긴장은 고갈되고 다시 자포자기의 체념 상태가 되었다. 그는 의자 위에 올라가 담뱃불을 붙이고 커피를 마셨다. 그리고 루이스가 가져온 글로브 포스트 어제 일자 석간을 펼쳤다.

3면에 짧은 기사 하나. 제목. 줄어드는 사나이는 과연 어디에? 부제. 3개월 전 사라진 뒤 행방 묘연.

"뉴욕. 3개월 전, 온몸이 줄어드는 희귀병의 사나이 스콧 캐리가 사라졌다. 그 후 그의 소식은 완전히 두절되었다."

도대체 문제가 뭔데? 사진 더 찍고 싶어서 그러나?

"캐리의 진료를 담당하고 있는 컬럼비아 메디컬 센터에서는 그의 현황에 대해 언급할 수 없다고 말했다."

그리고 항체도 만들 수 없겠지. 전국 최고의 의료 기관이라고? 놈들이 헛다리 짚는 동안 난 여기 앉아 시들어 가고 있다고.

그는 보온병을 쓸어 버리려 하다가 그래 봐야 자기만 손해라는 생각에 그만두기로 했다. 그는 자신도 모르게 한 손으로 다른 손을 비틀기 시작했다. 손톱이 하얗게 질리고 두 팔목이 모두 아파 왔다. 그러다가 두 손으로 의자의 팔걸이를 때리고는 손가락 사이로 보이는 오렌지색 나무를 광기 어린 눈으로 노려보았다. 접의자를 이런 색으로 칠하다니, 멍청한 놈! 그런 병신 같은 인간이 집 주인이라니!

그는 의자에서 빠져나와 이리저리 서성거리기 시작했다. 앉아서 노려보는 일 말고 다른 일이 필요했다. 책을 읽을 마음은 없었다. 그는 초조한 눈으로 지하실을 둘러보았다. 뭔가 해야 했다. 그게 뭐든.

그는 갑자기 벽에 기대 놓은 빗자루를 집어 들고 바닥을 쓸기 시작했다. 바닥 청소가 필요해. 사방에 먼지에 돌멩이에 나뭇조각들뿐이잖아. 그는 빠르고 신경질적인 동작으로 지저분한 쓰레기들을 쓸어 계단 옆에 쌓아 두었다. 그리고 빗자루를 냉장고에 던져 놓았다.

또 뭐 하지?

그는 자리에 앉아 커피를 한 잔 더 마시면서 신경질적으로 의자 다리를 걷어차기 시작했다.

커피를 마시는 동안 뒷문이 열렸다 닫히고 베스와 캐서린의 목소리가 들려왔다. 그의 눈이 저절로 창문 쪽으로 향했다. 얼마 뒤

두 사람의 발이 창밖을 지나갔다.

참을 수가 없었다. 결국 그는 자리에서 일어나 상자 무더기를 기어올랐다.

그들은 수영복 차림으로 지하실 문 옆에 서 있었다. 베스의 수영복은 술이 많이 달린 붉은색이었고 캐서린의 것은 반짝이는 푸른색 투피스였다. 그는 팽팽한 컵 속에 담긴 여자애의 커다란 가슴을 훔쳐보았다.

"오, 네 엄마가 잠갔나 보다. 여긴 왜 잠근 거니, 베스?"

"나도 몰라."

"크로케 놀이를 하려고 했는데."

베스가 할 수 없지 않냐는 듯 어깻짓을 해 보였다.

"그러게 말이야."

"집 안에 열쇠가 있니?"

다시 어깻짓.

"몰라."

"오, 그럼 공놀이나 하지, 뭐."

스콧은 상자 위에 웅크리고 앉아, 캐서린이 빨간 공을 잡아 베스에게 던지는 것을 지켜보았다. 그리고 5분 정도 지났을까? 그는 자신이 쓸데없이 긴장하고 있다는 사실을 깨달았다. 캐서린이 공을 떨어뜨리고 허리를 굽혀 줍기를 기다리는 것이다. 그는 그 사실을 깨닫고 멋쩍은 마음에 상자 아래로 내려왔다.

그는 의자에 앉아 숨을 거칠게 몰아쉬었다. 그 아이의 생각은 어떻게든 멀리하려 했다. 세상에, 도대체 이게 무슨 꼴이람? 여자애는 겨우 열넷이나 열다섯이었다. 게다가 키도 작고 뚱뚱했다. 그런데 침을 질질 흘리며 훔쳐보는 꼬락서니라니.

이런, 그게 내 잘못이야? 그는 갑자기 열이 받쳤다. 화가 나서 미칠 것만 같았다. 그럼 날더러 어떻게 하라고? 거세라도 할까?

물을 따르는 손이 어찌나 떨리는지 플라스틱 컵 밖으로 물이 마구 튀었다. 그의 손목도 젖었다. 차가운 얼음 조각 같은 물이 그의 뜨거운 목을 간질이며 넘어가는 느낌이 맘에 들었다.

도대체 몇 살이나 됐을까? 궁금했다.

샌드위치를 먹는 데만도 턱 근육이 파르르 떨렸다. 그는 더러운 창문을 통해 캐서린을 훔쳐보고 있었다. 그녀는 배를 깔고 엎드린 채로 잡지를 읽는 중이었다.

그녀는 담요 위에 길게 엎드려 한 손으로는 턱을 괴고 다른 손으로는 한가로이 잡지를 뒤적였다. 그와 나란한 자세였다.

목이 말랐지만 그는 의식조차 못했다. 목이 따끔거렸으나 침을 삼키면서도 몰랐다. 그는 거친 벽에 손을 대고 기대서서 그녀에게서 시선을 떼지 못했다.

'아냐, 열여덟은 넘었을 거야.'

그는 속으로 중얼거렸다. 그녀의 몸은 너무나 잘 발달되어 있었다. 풍성한 가슴, 펑퍼짐한 엉덩이. 열다섯일 수도 있겠지만, 그렇다면 겁나게 조숙한 열다섯인 것이다.

그는 더운 콧김을 뱉어 내며 몸을 부르르 떨었다. 이런, 젠장, 그게 무슨 상관이라고! 그에겐 아무 의미도 없는 애였다. 그는 깊은 한숨을 쉬며 아래로 내려가려 했다. 그런데 그 순간 캐서린이 오른발을 굽히더니 한가롭게 허공에서 흔들기 시작했다.

그리고 그의 눈도 따라서 흔들렸다. 자기도 모르게 캐서린의 몸을 훑기 시작한 것이다. 먼저 다리를 미끄러져 내려와 엉덩이의 굴곡을 넘고, 비탈진 등을 기어올라가 하얀 어깨에서 잠시 머물고는, 다시 바닥에 짓눌린 가슴으로 내려가 배에서 다리로, 그리고 다리 위로 올라갔다가 내려와서…….

그는 두 눈을 감았다가 맘을 굳게 먹고 아래로 미끄러져 내렸다. 그는 의자에 파묻혀 손가락으로 이마에 줄을 긋다가 힘없이 떨어뜨리고 말았다. 그리고 뒤통수로 나무 의자 등받이를 세게 들이받았다.

그는 자리에서 일어나 다시 상자 쪽으로 가 기어오르면서 중얼거렸다.

"그래, 딱 한 번만. 딱 한 번만 보고 그만두는 거야."

처음에는 그녀가 집 안으로 들어갔다고 생각했다. 그의 목에서 실망의 한숨이 새어나왔다. 그리고 그녀가 지하실 문 옆에 서 있는 것을 보았다. 입술을 삐죽 내민 채 자물쇠를 바라보고 있는 것이다. 그는 숨을 들이켰다. 드디어 눈치 챈 건가? 문득 문으로 달려가 외치고 싶다는 생각이 들었다.

"내려와라, 이리로 내려오란 말이야, 예쁜아!"

그의 입술이 파르르 떨렸다. 치밀어 오르는 욕망을 억누르기가 쉽지 않았다.

그녀가 창문을 지나쳤다. 그는 마치 그녀를 볼 수 있는 마지막 기회라고 생각하는 사람처럼 굶주린 시선으로 그녀를 훑었다. 그리고 그녀가 사라지자 그는 벽에 등을 기대고 상자 위에 주저앉아서 자신의 발목을 내려다보았다. 이제 경찰봉 정도의 두께였다.

얼마 뒤 뒷문이 닫히는 소리가 들렸고 곧이어 건물을 돌아 나오는 발소리도 들렸다.

기운이 하나도 없었다. 만일 조금이라도 더 버티다간 온몸이 아이스크림에 얹은 초콜릿 시럽처럼 상자 아래로 녹아내릴 것만 같았다.

뒷문이 열리고 다시 쾅 하고 닫힐 때까지 얼마나 오랫동안 앉아 있었던 것일까? 그는 화들짝 놀라 자리에서 일어났다.

캐서린이 창문을 지나갔다. 열쇠 꾸러미가 손가락에 매달려 짤랑거렸다. 그는 숨을 죽였다. 옷장 서랍을 뒤져 여분 열쇠를 찾아낸 것이다!

그는 서둘러 상자 위에서 내려왔다. 착지하는 순간 오른발을 살짝 접질렀지만 먼저 샌드위치 가방을 들고 보온병들을 그 안에 쓸어 담았다. 그리고 반쯤 먹은 크래커 상자를 냉장고 위에 던져 놓았다.

그는 얼른 주변을 살폈다. 신문! 그는 달려가 신문을 잡아챘다. 문에서는 소녀가 열쇠를 이것저것 끼워 보는 소리가 들렸다. 그는 접은 신문을 식탁 선반에 밀어 넣고 책과 가방을 끌어안은 채 기름 탱크와 펌프가 있는 어두운 공간을 향해 달려갔다. 바닥이 움푹 들어간 곳이었다. 캐서린이 내려온다면 그곳에 숨어야겠다고 벌써부터 정해 놓고 있던 터였다.

그는 계단을 뛰어내려 축축한 시멘트 바닥에 내려섰다. 딸깍하고 금속 걸쇠가 풀리는 소리가 들렸다. 그는 파이프의 회로망을 지나 키 큰 물탱크 뒤로 미끄러져 들어간 다음 가방과 책을 내려놓고 숨을 몰아쉬었다. 문이 올라가고 캐서린이 지하실로 내려왔다.

"지하실을 잠가? 내가 뭐라도 훔쳐 갈까 봐 그러나?"

투덜거리는 소리가 들렸다. 그는 이를 깨물고 무언의 저주를 보냈다. 망할 년 같으니.

"흠."

캐서린이 긴 한숨을 뱉었다. 시멘트 바닥을 밟는 운동화 소리가 들렸다. 그녀는 이번에도 의자를 걷어찼고 기름보일러도 걷어찼다. 그때마다 지하실이 울리는 소리에 머리가 터질 것만 같았다. 그 족발 좀 가만두지 못해?

"크로케가 어디 있더라?"

그녀가 말했다. 곧이어 크로케 세트를 걸어 둔 곳에서 나무메가 미끄러지는 소리와 바닥에 떨어지는 소리가 연달아 들렸다.

"이런!"

스콧은 조심스럽게 오른쪽으로 갔다. 뒤쪽의 거친 벽에 셔츠가 스치는 소리 때문에 그 자리에 꼼짝없이 얼어붙었지만, 다행히 여자 애는 듣지 못한 모양이었다.

"음, 골대, 클럽, 공, 모루, 야호!"

그는 그녀를 훔쳐보았다. 그녀는 크로케 걸개 위에서 허리를 굽힌 채였다. 일광욕을 하느라 끈을 늦춰 놓은 탓에 브래지어가 거의 벗겨질 것만 같았다. 비록 흐릿한 조명이지만 살짝 그을린 피부와 우유처럼 하얀 가슴의 경계선이 뚜렷하게 보였다.

'안 돼, 숨어. 그러다가 들키겠어.'

그는 자신에게 통사정을 했다.

캐서린이 공을 줍기 위해 좀 더 허리를 굽히자 결국 브래지어는 벗겨지고 말았다.

180

"이런."

캐서린이 투덜거리며 물건들을 정리했다. 스콧은 머리를 벽에 기댔다. 벽은 습하고 차가웠지만 그의 두 뺨은 열기로 빨갛게 상기되어 있었다.

캐서린이 떠나고 문을 잠근 다음에야 스콧은 밖으로 나왔다. 그는 가방과 책을 의자에 놓고 멍하니 서 있었다. 온몸의 관절과 근육이 퉁퉁 부어 일제히 열기를 내뿜는 듯했다.

"안 돼. 못하겠어. 더 이상 못하겠어."

그가 천천히 고개를 저으며 중얼거렸다. 정확히 어떤 뜻으로 한 말인지는 자신도 몰랐지만 뭔가 중요한 의미가 있다는 정도는 알고 있었다.

"그 애 몇 살이야?"

그날 저녁 그가 물었다. 그 질문이 아무 생각 없이 나왔다는 듯이 그는 책에서 시선을 들지도 않았다.

"열여섯일 거예요."

루이스의 대답이었다.

"오."

그가 무심하게 반응했다. 아예 언제 물어봤냐는 투였다.

열여섯이라. 그야말로 꽃다운 이팔청춘이로군. 세상에 이런 진부한 표현이라니.

그는 상자 위에 웅크리고 앉아 고개를 저었다. 코르덴 롬퍼스 (아이들의 내리닫이 놀이옷 ——옮긴이) 차림의 섬세한 난쟁이. 그는 멍한 눈으로 빗방울이 튀는 모습을 보고 있었다. 진흙 알갱이들이 창문에 뛰어 올랐다. 그의 얼굴엔 표정이 하나도 없었다. 애초에 줄어들지 말았어야 했어. 애초에. 머릿속에선 계속 이 생각만이 떠올랐다.

그는 딸꾹질을 하고 피로한 한숨을 내쉬고는 아래로 내려와 터덜터덜 의자 쪽으로 걸어갔다. 그리고 의자 위로 폴짝 뛰어올랐다.

'이런!'

그는 가까스로 위스키 병을 잡았다. 하마터면 떨어져 깨질 뻔했던 것이다. 오, 사랑스러운 폭음의 향연이여! 그가 키득거렸다.

머리가 빙빙 돌고 지하실도 젤리처럼 녹아내렸다. 그는 병을 기울여 술을 목구멍에 털어 넣었다. 뜨거운 액체가 목구멍을 간질이고 배를 뜨겁게 달구었다.

눈물이 흘렀다. 난 지금 캐서린을 마시는 거야! 그 애를 증류했지. 허리와 가슴과 배와 꽃다운 16년의 세월을 화끈한 독주로 만들어 마시고 있단 말이야. 그는 마음속으로 격렬하게 외쳤다. 위스키가 목구멍을 넘어가면서 성대가 발작적으로 꿈틀거렸다. 마시자! 마셔! 그리하여 그대의 배가 뒤틀릴 것이나 그대의 목은 꿀처럼 달콤할지어다!

나는 취했고 또 계속 취해 있을 테야. 왜 전에는 이런 생각을 안 했을까? 지금 들고 있는 이 병도 3개월 동안이나 선반에 놓여 있었고, 그 전에 살던 집에서도 두 달 동안이나 묵혀 둔 것이다. 5개월 동안 바보같이 생고생만 한 것이다. 그는 갈색 유리병을 두 들기며 열정적인 키스를 퍼부었다. 그대에게 키스하노라, 술의 요정 캐서린이여. 내, 그대의 따뜻하고 달콤한 입술에 입 맞추리로다.

이유는 단순했다. 그 애가 루이스보다 작기 때문에 이런 감정이 든 것이다.

그는 한숨을 쉬며 빈 병을 무릎 위로 떨어뜨렸다. 캐서린이 갔도다. 캐서린에게 건배! 달콤한 소녀여, 이제 그대는 내 혈관에서 춤을 추노라. 오. 나의 현기증이여.

그리고 그가 갑자기 뛰어내리더니 벽을 향해 있는 힘껏 술병을 던졌다. 병은 날카로운 소리와 함께 깨졌다. 위스키 향이 밴 수백 개의 유리 조각이 시멘트 바닥 위로 떨어졌다. 잘 가라, 캐서린이여.

그는 창문을 보았다. 비는 또 왜 내리는 거지? 젠장, 비는 질색이야. 날씨가 좋아야 예쁜이가 수영복 차림으로 일광욕을 할 거고, 음탕한 눈으로 훔쳐볼 수 있을 텐데 말이다. 이놈의 빌어먹을 관음증.

아니, 비가 내려야 해. 그건 별 속에 있으니까 말이야.

그는 의자 끝에 앉아 다리를 흔들었다. 위층에선 발소리 하나 없었다. 뭘 하고 있을까? 우리 예쁜이는 지금 뭘 하고 있는 걸까? 예쁜이? 하, 못난이겠지. 우리 못난이 뭐 하니? 씨발, 예쁜이든 못난이든 무슨 상관이람. 그래, 우리 아가 지금 뭐 하고 있니?

그는 허공에서 흔들리는 두 발을 내려다보았다. 발을 더 세차게 흔들어 보았다. 맛이 어때? 허공아, 맛이 어떠냐고?

그는 신음을 뱉고는 자리에서 일어나 주변을 어슬렁거렸다. 그는 비를 보고 흙탕물 젖은 유리창을 보았다. 몇 시나 되었을까? 정오는 지났을까? 이런 식으로는 더 이상 버틸 수가 없어.

계단을 올라가 문을 밀어 보았다. 물론 잠겨 있었다. 이번엔 루이스가 열쇠까지 가져갔다.

"쫓아내. 손버릇이 나쁜 애야!"

그날 아침 그가 그렇게 말했던 것이다.

"안 돼, 스콧. 그럴 수 없어. 내가 열쇠를 가져갈게. 그러면 되잖아."

그는 등으로 문을 받치고 밀어 보았다. 등만 아팠다. 그는 화가 나 숨만 몰아쉬다가 머리로 들이받아 버렸으나 결국 계단 위로 넘어졌다. 현기증 때문에 아무 생각도 할 수가 없었다.

그는 그대로 머리를 감싸 쥔 채 앉아 아무 말이나 중얼거렸다. 여자 애를 해고하라고 한 이유는 뻔했다. 보고 있기가 괴로웠다. 하지만 루이스에게 그 말을 할 수는 없지 않은가? 게다가 아내가 할 수 있는 일이라고는 다시 한 번 모욕적인 제안을 하는 것뿐이리라. 그럴 수는 없었다.

그는 자리에서 일어나며 어두운 미소를 흘렸다.

'난 아내를 속였다.'

몰래 위스키를 가져왔는데 그녀는 눈치도 못 챘다.

그는 캐서린이 크로케 걸개 위로 상체를 숙이는 모습을 떠올려 보았다. 브래지어 끈이 흘러내렸다.

그는 갑자기 지하실 문에 머리를 받은 다음 아픔도 잊은 채 계단을 뛰어내려왔다. 그래, 다시 속이는 거야!

상자 무더기를 기어오르며 그는 마치 승리의 전사라도 된 기분이었다. 술기운에 일그러진 미소가 입가에 그려졌다. 그는 걸쇠를 꺾어 올리고 창문을 바깥쪽으로 밀었다. 걸려 있었다. 그는 얼굴이 시뻘게지도록 힘을 내어 밀었다. 열려! 이, 빌어먹을 창문 놈아!

"이런, 개 같은!"

그때 창문이 활짝 열렸고 그는 창틀에 턱을 찧었다. 빌어먹을!

그가 이를 갈면서 중얼거렸다. 자, 잘 보라고. 그는 비 내리는 밖으로 기어나갔다. 몸을 가득 채운 사악한 열기 탓인지 빗물의 느낌이 싫지 않았다.

그는 일어나 몸을 떨면서 거실 창문을 돌아보았다. 비가 눈을 가로질러 얼굴을 때리고 두 뺨으로 흘러내렸다. 이제 어쩐다? 차가운 공기와 빗물이 충동의 표피를 식히고 있었다.

그는 벽에 찰싹 달라붙은 채 조심스럽게 집을 돌아갔다. 그리고 현관에 다다르자 재빨리 계단으로 올라갔다. 도대체 무슨 짓이야? 그가 물었지만 대답이 있을 리가 없었다. 어차피 이성에 의해 계획된 일탈도 아니었다.

그는 까치발로 서서 거실을 엿보았다. 아무도 없었다. 귀를 기울였지만 들리는 소리도 없었다. 베스의 방으로 가는 문도 잠겼는데, 아마도 잠을 자고 있을 것이다. 그는 욕실 문으로 향했다. 그 문도 잠겨 있었다.

그는 발꿈치를 내리고 한숨을 내쉬었다. 이제 어쩌지? 그는 입술에 흘러내린 빗물을 핥으며 스스로에게 되물었다.

그때 욕실 문이 열리는 소리가 들렸다. 스콧은 깜짝 놀라 창에서 물러났다. 발소리는 부엌을 지나 사라졌다. 그는 그녀가 거실로 갔다고 생각하고 다시 창가로 다가가 발끝을 들었다.

그는 깜짝 놀랐다. 그녀는 반대쪽 창가에 서서 마당을 내다보고 있었다. 목욕 수건으로 앞을 가린 채였다.

그는 얼굴을 때리는 빗물도 느끼지 못했다. 빗물은 리본이 풀려 나가듯 얼굴을 흘러내렸다. 그는 천천히 눈으로 그녀를 핥았다. 부드러운 등줄기, 살짝 들어간 허리, 허리에서 흘러내려 두 개의 튼튼한 보름달처럼 솟아오른 하얀 엉덩이.

눈을 뗄 수가 없었다. 두 손이 파르르 떨렸다. 그녀가 몸을 움직이자 등에 붙은 작은 물방울들이 젤리처럼 반짝거렸다. 그의 숨소리가 빗물만큼이나 습했다.

캐서린이 수건을 떨어뜨렸다. 그녀는 두 손을 뒤로 돌리고 숨을 크게 들이마셨다. 언뜻 흔들리는 왼쪽 가슴이 보였다. 탱탱한 젖가슴, 건포도처럼 까만 젖꼭지. 그녀가 두 팔을 저었다. 스트레칭을 하는 것이다.

그녀가 돌아섰을 때 그는 근육이 경련할 정도의 흥분 상태였다. 그는 뒤로 물러섰다. 머리가 창턱보다 높지 않았기에 들킬 염려는 없었다. 그녀가 허리를 굽혀 수건을 집어 들었다. 가슴이 아래로 흘러내렸다. 커다란 흰색 젖가슴. 그녀가 다시 일어나 방을 빠져나갔다.

일순 긴장이 풀렸다. 다리에 힘이 하나도 없는 탓에 난간을 붙들어야 했다. 그는 난간에 매달린 채로 하릴없이 몸을 떨었다. 얼굴이 고목만큼이나 굳어 있었다.

얼마 뒤 그는 계단을 내려와 집 뒤쪽의 지하실 창문으로 걸어갔다. 그리고 안으로 미끄러져 들어가 창문을 잠갔다. 상자를 내려오는데 여전히 부들부들 떨렸다.

그는 접의자에 앉았다. 낡은 스웨터로 몸을 싸맸지만 이가 부딪치고 온몸이 떨렸다.

그는 젖은 옷을 벗어 난방기에 걸었다. 한참 후에도 그는 망연히 창문만 바라보고 서 있었다. 그리고 더 이상 침묵도 부담도 생각도 참을 수 없게 되자 그다음부터는 상자를 걷어차기 시작했다.

발이 아프고 상자가 찢어져 바닥에 떨어질 때까지 차고 또 찼다.

"그런데 어쩌다가 감기가 걸린 거야?"

루이스가 물었다. 그녀의 목소리에는 노여움까지 배어났다.

그의 목소리는 코맹맹이 소리였다.

"하루 종일 그 축축한 지하실에서 갇혀 지내. 뭘 더 바라는데?"

"그건 미안해, 하지만…… 내일은 일 나가지 말고 당신 침대에서 지켜 줄까?"

"신경 꺼."

그녀는 선반 보드에 둔 위스키 병이 없어진 사실에 대해서는 말도 꺼내지 않았다.

루이스가 창문까지 걸어 잠갔다면 아무 문제도 없었겠지만 사실 그는 원할 때면 언제든 빠져나와 캐서린을 훔쳐볼 수 있었다. 그리고 그 때문에 모든 것이 뒤죽박죽이 되어 버렸다.

지하실에서는 시간이 더디게 흘러갔다. 때문에 한두 시간 정도 책에 몰입하는 것도 시간을 보내는 좋은 방법이었을 것이다. 하지만 캐서린의 영상이 머리를 떠나지 않는 바람에 독서는 결국 공염불이 될 수밖에 없었다.

만일 캐서린이 자주 밖으로 나오기만 했더라도 문제는 없었을 것이다. 최소한 창문을 통해 훔쳐볼 수는 있으니까 말이다. 하지만 가을이 깊어지고 날이 추워지면서 캐서린과 베스는 대부분 집에 틀어박혀 있었다.

그는 지하실에 작은 시계를 가져다 두고 있었다. 루이스에게 몇 시인지 알고 싶어서라고 말했지만 사실은 베스가 잠드는 시간을 확인하기 위해서였다. 적절한 시간에 몰래 빠져나가 창문 틈으로 캐서린을 훔쳐보기 위해서였다.

그녀가 소파에 누워 잡지를 읽고 있으면 별로 기대할 것이 없다. 하지만 다림질할 때 같은 경우는 사정이 다르다. 무슨 이유에서인 지는 몰라도, 그녀는 다림질할 때마다 옷을 어느 정도 풀어헤치 고 일했던 것이다. 샤워를 할 때도 있다. 목욕을 마치면 늘 벌거벗 은 채로 뒤쪽 창을 내다보았다. 침대에 누워 루이스의 휴대용 태 양등으로 인공 선탠을 즐긴 적도 있었다. 구름이 짙게 낀 오후라 차양을 내려놓지도 않은 덕에 그는 무려 30분이나 꼼짝도 않고 밖에 서 있었다.

세월은 화살처럼 지나갔다. 독서는 완전히 잊혔고 매일이 병적 인 일탈의 연속이었다. 그는 거의 매일 오후 2시면 한 시간 이상 식은땀을 흘리며 갈등하다가 결국 마당으로 빠져나갔다. 그러고 는 캐서린을 찾아내기 위해 거의 모든 창문을 뒤지는 것이다.

만일 그녀가 반라나 전라로 있으면 그날은 성공한 날로 꼽았다. 하지만 대개의 경우 그녀는 옷을 입은 채로 재미없는 일에 빠져 있었다. 그러면 그는 지하실로 돌아와 오후 내내 성질을 부리다가 저녁때가 되면 루이스까지 괴롭혔다.

하지만 더 큰 문제는 밤에 잠을 자지 못한다는 데에 있었다. 그 는 어서 아침이 오기만을 기다렸다. 그리고 그렇게 조바심을 내는 자신을 고문하며 또 그 때문에 더욱더 조바심을 냈다. 겨우 잠을 자더라도 캐서린의 꿈만 꾸었다. 캐서린이 점점 더 매혹적으로 변 해 가는 꿈이었는데, 끝내는 그 꿈들을 비웃는 것마저 포기하고 말았다.

아침이면 허겁지겁 밥을 먹고 지하실로 내려가 2시까지 길고
도 긴 기다림을 시작했다. 물론 시간이 되면 떨리는 가슴으로 다
시 창문을 빠져나갔다.

그리고 그 종말은 놀랍도록 빠르게 찾아왔다.

그는 현관에 서 있었다. 캐서린은 부엌에서 루이스의 잠옷을
입고 다림질을 하는 중이었다. 하지만 앞섶을 여미지도 않은 거의
나신이었다.

그는 발을 헛디뎌 넘어지면서 쿵 하고 문을 들이받았다.

"거기 누구예요?"

캐서린의 고함이 들렸다. 그는 헐떡거리며 계단을 내려가 집 뒤
로 달려갔다. 어깨너머로 돌아보니 놀랍게도 하얗게 질린 캐서린
의 얼굴이 부엌 창문으로 보였다. 그의 난쟁이 같은 모습에 놀라
입을 쩍 벌린 모습이었다.

그날 오후 내내, 그는 물탱크 뒤에서 부들부들 떨면서 지냈다.
그가 지하실로 들어오는 모습까지 보지는 못했지만, 확실히 그녀
가 창문 밖을 내다보고 있었던 것 같았다. 그는 자신에게 욕설을
퍼부었다. 루이스가 무슨 말을 할지, 그녀가 어떤 표정으로 바라
볼지 생각하니 오한이 날 것만 같았다.

||||||||||||||

그는 가만히 누워 거미가 상자 위를 기어오르는 소리를 들었고,
호스의 차가운 물을 생각하며 축 늘어진 혀로 입술에 침을 발랐다.

그는 축축한 크래커 조각을 더듬어 찾다가 다시 손을 거두어들였다. 너무 목이 말라 먹을 수 있을 것 같지가 않았다.

이유는 몰라도 이젠 거미의 발소리도 별로 두렵거나 하지는 않았다. 아마도 탈진 상태에서 꼼짝없이 누워 있자니 진부한 공포 따위는 초월해 버린 모양이었다. 기억조차도 이젠 괴롭지 않았다. 결국 항체를 만들어 세 번이나 주사했지만 아무 소용이 없었던 기억도 마찬가지였다. 과거의 아픔이 지금의 질병과 탈진의 고통으로 상쇄되어 버린 모양이었다.

기다리자. 저놈도 결국 떠나겠지. 그러면 나도 벼랑으로 가서 저 차가운 어둠 속으로 떠나는 거야. 그래, 이제 끝을 낼 때도 되었지. 그렇게 하자. 거미만 떠나면 절벽으로 가서 이 모든 것을 결말짓자고.

그는 잠을 잤다. 짧지만 깊은 잠이었다. 그리고 꿈속에서 그는 루이스와 함께 9월의 빗속을 거닐고 있었다. 두 사람은 이야기를 나누고 있었다.

"어젯밤에 끔찍한 꿈을 꾸었어. 내가 바늘만큼이나 작아진 거야."

그녀가 미소 지으며 뺨에 키스해 주었다.

"그건 개꿈이에요."

그는 천둥소리에 잠을 깼다. 갑자기 깨는 바람에 손가락이 곱았고 눈도 아무렇게나 돌아갔다. 그리고 순간적인 공황. 의식이 갑작스러운 각성의 충격에서 헤어나오지 못한 탓에 눈동자가 마구 흔들렸다. 얼굴은 창백한 대리석처럼 굳었으며, 일자로 닫은 입술도 심하게 뒤틀렸다.

그리고 기억이 돌아왔다. 근심과 상심의 상처들이 이마를 따라 깊은 고랑들을 새겨 놓았고, 입과 눈 주위에 잔주름들을 그었다. 오직 목구멍에 걸린 힘없는 중얼거림만이 천둥 속에 누워 있는 것이 고통임을 말해 주고 있었다.

5분 뒤 기름보일러가 꺼졌다. 지하실은 다시 짙은 침묵 속에 질식했다.

그는 신음을 뱉으며 천천히 몸을 일으켰다. 두통은 거의 사라진 듯 인상을 쓸 때만 가볍게 쿡쿡 쑤실 뿐이었다. 목은 여전히 아팠다. 온몸의 통증과 자극도 여전했지만 두통이 가라앉은 것만으로도 천행이었다. 이마를 만져 보니 열도 상당히 내린 것 같았다.

"잠의 위력이로군."

그가 중얼거렸다.

그는 잠시 앉은 자세 그대로 마른 입술을 핥았다. 어쩌다 잠이 든 거지? 이상했다. 모든 걸 끝내기로 했건만 또다시 잠이 결심을 주저앉힌 꼴이니 말이다.

그는 스펀지 끄트머리를 붙잡고 아래로 내려섰다. 고통이 두 발을 때리고 달아났다. 이런 식의 무기력한 잠에 목적이 있으리라고 믿을 수만 있다면, 그것이 전지전능한 이의 자비에 따른 것임을 확신할 수 있다면. 하지만 그건 불가능했다. 그보다는 특유의 겁쟁이 기질이 그를 벼랑 대신에 잠 속으로 밀어 넣은 것이라고 믿는 편이 쉬웠다. 그게 무엇이든, "생존 의지"라는 멋들어진 이름으로 포장할 기분도 아니었다. 그에겐 생존 의지조차 없었다. 죽음에의 동경이라면 몰라도.

처음엔 상자 덮개를 들어 올릴 수도 없었다. 너무나 무거워진 것이었다. 그건 눈금의 진리가 보여 주는 그대로였다. 간밤에 그는 또 줄어들었고 이제 0.7센티미터가 되었다.

상자 모서리에 옆구리가 긁히고 발목이 걸렸다. 그는 두 손으로 걸린 부분을 풀어냈다. 겨우 빠져나온 다음에는 차가운 바닥에 그대로 주저앉아 현기증이 가라앉길 기다렸다. 가스가 찼는지 속이 더부룩했다.

이번에는 키를 재지 않았다. 의미가 없었다. 그는 천천히 지하실을 가로질러 갔다. 호스로 가는 중이었다. 왜 잠을 잔 것일까?

"말이 안 돼."

그가 입술을 꼭 문 채로 내뱉었다.

추웠다. 흐리고 생기 없는 빛이 창을 통해 여과되었다. 3월 14일. 또 하루가 밝은 것이다.

800미터쯤 걸으니 호스의 금속 입구가 나왔다. 그는 터벅터벅 어둔 터널을 뚫고 걸어갔다. 샌들이 질질 끌리는 소리가 메아리로 울려 퍼졌다. 샌들은 계속 발에서 빠져나가려 했고 입은 옷도 고무 바닥에 질질 끌려 다녔다.

비비 꼬인 어둠의 터널을 10분 정도 들어가서야 물을 만날 수 있었다. 그는 찬물에 웅크리고 앉아 물을 마셨다. 목이 따끔거렸지만 물이 있다는 사실만으로도 고마웠다.

그는 물을 마시며 문득 옛 생각을 했다. 바로 이 호스를 끌고 나와 급수대에 끼운 다음 잔디밭에 물을 주었다. 그런데 지금은 크기가 50분의 1로 줄어든 몸으로 똑같은 호스 안에 쪼그리고 앉아 있는 것이다. 소금 알갱이만 한 손으로 물을 떠 마시는 미물

인간.

기억은 끝났다. 지금의 크기야말로 너무나도 익숙한 현실이 되어 있었다. 요컨대 더 이상 현상이 아닌 것이다.

물을 다 마신 후 그는 다시 호수 밖으로 나와 샌들의 물을 털었다. 앞으로, 앞으로, 앞으로, 앞으로. 무를 향해 돌진하라. 3월 14일, 일주일 뒤면 봄의 첫날이 아일랜드에 상륙하리로다.

그는 봄을 볼 수가 없다.

그는 상자 덮개로 돌아가 천천히 지하실을 둘러보았다. 에, 뭐가 달라졌지? 상자 안으로 기어 들어가 다시 잠이나 청할까? 이세상 최후의 잠을? 그는 거미 왕국으로 이어진 절벽을 보면서 아랫입술을 깨물었다. 놈을 만나면 안 돼.

그는 시멘트 블록을 돌아서 걷기 시작했다. 크래커 조각을 찾기 위해서였다. 그는 더러운 조각 하나를 찾아 표면을 털어 낸 다음, 입에 넣고 씹으며 계속 걸었다. 에, 이제 어떻게 하지? 침대로 돌아갈까? 아니면……

그는 그 자리에 멈춰 섰다. 그의 눈에 작은 불꽃이 일었다. 그는 인상을 찌푸리며 이를 앙다물었다.

그에겐 두뇌가 있고 쓸 수도 있다. 결국 여기가 그의 우주였다. 그가 가치와 의미를 결정해야 하는 그만의 세계이며, 지하실의 삶의 논리 역시 오직 그에게만 속한 것이었다. 어차피 지하실에서 살고 있는 유일한 지성체가 아니던가?

그럼 좋다. 자살을 기도했건만 무언가가 그를 막았다. 그게 뭐든 상관없다. 공포? 무의식적 생존 의지? 그를 지키려는 절대 신의 의도? 그게 무엇이든 어쨌든 그는 아직 살아 있다. 여전히 긍정적 역할을 수행할 수 있었고, 선택은 그의 몫으로 남아 있었다.

"좋아."

그가 중얼거렸다. 어쩌면 살아 있는 게 좋을 수도 있겠다.

그것은 뇌 속의 안개를 걷어 내는 것과 같은 기분이었다. 의지가 난도질당한 사막에 차가운 물을 퍼붓는 그런 기분 말이다. 그리고 그 기분은 그가 어깨를 펴고, 육체의 고통을 잊고, 보다 더 확신을 가지고 움직이게 해 주었다. 그는 마치 보상이라도 받듯 시멘트 블록 뒤에서 커다란 크래커 덩어리를 찾아낼 수 있었다. 그는 과자를 입에 털어 넣었다. 맛이 지랄 같았지만 개의치 않았다. 영양분을 공급받으면 그것으로 충분했다.

그는 왔던 길로 되돌아갔다. 지금의 결정은 어떤 의미일까? 해답을 알고는 있었지만 생각하고 싶지 않았다. 두려웠다. 우선은 그냥 할 일을 아는 것만으로 족했다. 그는 기름 탱크 밑의 거대한 마분지 상자를 향해 걸음을 재촉했다. 행하라, 그렇지 못하면 멸망할지니.

그는 거대한 상자 앞에 멈춰 섰다. 언젠가 발로 차서 옆을 찢어 놓았던 상자였다. 당시에는 분노와 좌절과 절망에서 비롯된 행위였지만 그 덕분에 일이 쉬워지니 기분이 묘했다. 사실 그 상자 덕분에 여러 번 목숨을 구원받기도 했다.

무엇보다 그 상자에서 골무 두 개를 얻었다. 물탱크 밑에 놓은 것과 난방기 아래 둔 것 하나. 게다가 옷을 만들 재료도 얻었고, 실을 구해 식탁에 올라가 크래커를 확보할 수도 있었다. 그리고 무엇보다도, 바로 그곳에서 거미와 싸워 물리쳤다. 놀랍게도 그 끔찍한 7족 거미에 맞설 효과적인 방법을 찾아냈던 것이다.

그렇다, 그는 그 모든 것을 해냈다. 그리고 그건 오래전 어느 날 끔찍한 욕망에 휩싸여 상자의 옆구리를 뜯어 놓았기에 가능했던 일이었다.

그는 잠시 망설였다. 우선 잃어버린 바늘부터 찾아야 했지만 곧 포기해 버렸다. 찾는 데 실패할 수도 있고 또 무의미한 수색은 시간뿐 아니라 소중한 체력까지도 낭비할 우려가 있었다.

그는 상자 위로 올라가 틈을 비집고 들어갔다. 들어가기가 쉽지 않았다. 그건 저 벼랑 위로 올라가는 일이 얼마나 어려울지를 단적으로 보여 주는 증거였다. 싸움은 말할 것도 없고.

아니, 그런 생각은 하지 않는 게 좋겠다. 두려워해야 할 대상이 있다면 그건 거미뿐이어야 했다. 그리고 지금은 거미 생각을 할 때가 아니다. 아직은 안 된다.

그는 옷으로 된 언덕을 미끄러져 내려가 반짇고리의 벽을 타 넘었다. 다시 밖으로 나가지 못할 수도 있다는 불안감에 한동안 고민했으나, 마지막 순간에 핀과 바늘들이 꽂힌 고무 코르크를 기억해 냈다. 코르크를 상자 끝으로 밀고 가면 딛고 넘을 수 있을 것이다.

그는 반짇고리 바닥에서 바늘을 찾아 들어 보고는 중얼거렸다.

"맙소사."

바늘은 납으로 만든 작살처럼 무거웠다. 그가 손을 놓자 바늘이 떨그렁 큰 소리를 내며 떨어졌다. 그는 잠시 그 자리에 서 있었다. 두 눈에 절망의 빛이 어렸다. 벌써 패배하고 만 건가? 저 바늘을 들고 벼랑을 올라가는 건 말이 안 된다.

"간단해. 핀을 가져가는 거야."

그는 중얼거리고는 미소를 지었다. 그래, 그래. 핀을 찾기 위해 눈으로 상자를 훑었으나 빠져나온 것은 하나도 없었다. 아무래도 코르크에 꽂힌 것을 빼내야 할 것 같다.

먼저 코르크부터 넘어뜨려야 했다. 코르크는 네 배는 더 키가 컸다. 그는 이를 부드득 갈며 코르크를 쓰러뜨린 다음, 옆으로 돌아가 핀을 빼냈다. 두 손으로 들어 보니 그런대로 쓸 만했다. 무겁기는 했으나 못 다룰 정도는 아니었다.

하지만 어떻게 운반하지? 옷에 찔러 넣는 건 소용이 없었다. 핀은 대롱거리며 절벽을 긁고 등반을 방해할 것이다. 잘못하면 핀에 찔릴 수도 있다. 그래, 실로 멜빵을 만들어 등에 메는 편이 좋겠다. 그는 실을 찾아보았다. 물론 고양이 입에 던진 실을 찾을 생각은 추호도 없다.

그는 실을 조금 끊어 냈다. 날카로운 핀 끝으로 긁어 약하게 만든 뒤 잡아 뜯은 것이다. 실은 이제 거의 밧줄 무게였다. 그는 실의 한끝을 핀 헤드에 묶고 다른 끝은 밑 부분에 묶었다. 두 번째 매듭이 조금 밀려 올라가긴 했지만 그래도 충분히 단단하게 걸린 듯했다. 그는 핀을 등에 짊어진 다음 신음을 내뱉으며 자리에서 일어나 보았다. 충분히 견딜 만했다.

이제 준비가 끝난 건가? 그는 인상을 찌푸리며 머뭇거렸지만 두려워서는 아니었다. 실제야 어떻든 긍정적으로 생각하다 보니 기분도 좋아진 것 같았다. 진정한 만족은 투쟁에서 비롯된다는 이론이 틀린 말은 아닌 모양이다. 이 순간이 전날 밤의 무력하고, 초조했던 분위기와 사뭇 다르다는 것만은 분명했다. 이제 그는 목표를 향해 움직이고 있었다. 자기만족에 불과할 수도 있겠지만 이렇게 분명한 기쁨을 가져 본 적은 실로 몇 개월 만에 처음이었다.

좋아, 다음 단계는 뭐지? 벽을 타기 위해서도 필요한 게 있을 것이다. 그는 너무나 작았고, 따라서 특별한 장치가 있어야 했다. 그럼, 좋아. 목표가 벼랑이니 그럼 난 등반가가 되어야겠다. 등반가들이 뭘 사용하더라? 못 박힌 등반화? 그건 어쩔 수 없다. 등반용 지팡이? 그것도 없다. 갈고랑쇠. 이런.

하지만 상관없다. 핀을 하나 더 구해서 반원 비슷하게 휠 수 있다면? 그걸 긴 실 끝에 매달아 접의자의 틈에 걸고 타고 오를 수 있을 것이다. 그 정도면 완벽한 장비가 아닌가?

그는 고무 코르크에서 핀 하나를 더 빼내고 실을 (그의 기준으로) 6미터 가량 풀어 냈다. 그는 두 개의 핀과 실을 상자 밖으로 던진 다음 코르크를 이용해 밖으로 기어 나와서는 전리품들을 끌고 가 시멘트 바닥으로 집어던졌다. 기분이 상쾌했다.

그 자신도 상자 위로 기어올랐다가 다시 아래로 미끄러져 내렸다. 먹을 것과 물을 조금이나마 가져갈 수 있으면 좋으련만. 실과 바늘을 끌고 시멘트 블록을 향해 움직이며 문득 그런 생각이 들었다.

그는 멈춰 서서 상자 덮개 쪽을 보았다. 스펀지 위에 크래커 조각이 남아 있다는 사실이 떠올랐다. 옷 안쪽에 어떻게든 넣고 갈 수 있을 것이다.

그리고 물은? 그는 잠시 생각에 잠겼지만 곧 표정이 밝아졌다. 스펀지! 스펀지를 조금 떼어 호스의 물에 적신 다음에 가져가면? 조금은 쏟아지고 떨어지기야 하겠지만 그래도 일부는 남아 있을 것이다. 생존에 필요할 만큼은.

거미에 대해서는 생각하지 않았다. 남은 날이 이틀밖에 없다는 생각도 외면해 버렸다. 지금까지 사소한 준비들을 이루면서 얻어 낸 만족감과 절망을 극복한 데 따른 커다란 승리감을, 궁극적 소멸에 대한 우울한 생각으로 또다시 날려 버릴 수는 없었다.

이제 끝났다. 그는 핀을 등에 메고 크래커 조각과 물 스펀지는 옷 안에 넣었다. 등반용 핀 갈고리도 챙겼다.

30분 뒤, 그는 만반의 준비를 갖추었다. 핀을 굽히고(결국 핀 끝을 시멘트 블록 밑에 끼우고 핀 헤드를 잡아당겨 성공할 수 있었다), 스펀지를 뜯어내고, 물과 크래커를 확보하고, 그 모든 것을 벼랑 앞에까지 끌어 모으는 데 엄청난 힘을 소비했다. 그 때문에 벌써 피로를 느끼기도 했지만, 기분이 너무 좋은 탓에 개의치 않기로 했다. 그는 살아 있고 또 도전하고 있다. 자살은 말도 안 된다. 그런 생각을 했다는 자체가 도무지 이해되지 않았다.

하지만 고개를 들고, 에베레스트 벽에 기대 놓은 접의자의 깎아지른 높이를 쳐다보는 순간, 지금까지의 흥분이 도대체 웬 말인가 싶었다. 저곳을 어떻게 오른단 말인가?

그는 기가 막혀 아예 고개를 떨어뜨리고 말았다. 차라리 보지 말자. 한 번에 여행의 전부를 알려고 하는 건 바보나 하는 짓이다. 하나하나 끊어서 생각하기로 하자. 방법은 그뿐이다. 첫 번째 단계, 선반. 두 번째, 제일 밑에 있는 의자, 세 번째, 위에 있는 의자 팔걸이. 네 번째…….

그는 벼랑 밑에 섰다. 다른 것은 생각지 말자. 일단 오르기로 결심한 이상 중요한 것은 그것뿐이다.

지난번에도 이런 식의 결심을 했던 때가 있었다. 그가 갈고리를 던져 암벽을 오르기 시작하자, 그때의 기억이 물밀듯이 밀려들었다.

46센티미터

그건 숫제 거인들의 놀이터였다. 반짝거리고 움직이는 기적의 장난감들. 흰색과 오렌지색의 거대한 페리스휠(바퀴 모양의 회전식 대형 놀이기구 ── 옮긴이)이 10월의 검은 하늘을 배경으로 천천히 돌고 있었다. 주황색 조명을 밝힌 루프차(굴러서 공중회전하는 유원지 놀이기구 ── 옮긴이)도 유성처럼 둥글게 밤하늘을 수놓았다. 회전목마는 말 그대로 화려한 저질 뮤직 박스라고 할 수 있었다. 야성적인 얼굴에 눈을 동그랗게 뜬 말들이 질주하는 자세로 굳은 채, 궤도를 오르내리며 끊임없이 돌고 돌았다. 작은 자동차, 기차, 궤도 열차 들도 풍뎅이처럼 지정된 자리를 맴돌았고, 그 안에 탄 아이들은 얼굴을 붉힌 채 손을 흔들고 비명을 질러 댔다. 인형 차림의 호객꾼, 음식 가판대, 그리고 낡은 깃의 표창으로 풍선을 터뜨리거나, 더러운 야구공과 동전 따위를 던져 갖가지 색의 상자 무더기를 무너뜨리는 놀이 부스 사이의 통로는 자석에 못이 달라붙듯 사람들이 옹기종기 붙어 있었다. 사람들이 한꺼번에 떠들어 대 무슨 소리인지 하나도 알아들을 수가 없었다. 조명이 하늘에 생생한 풍선을 만들어 놓아 놀이터 전체가 당장이라도 폭발할 것만 같았다.

그들이 운전을 하고 들어가자 마침 다른 차가 모퉁이에서 빠져나왔고, 덕분에 루이스는 포드를 빈자리에 집어넣을 수 있었다. 그녀가 핸드브레이크를 당기고 시동을 껐다.

"엄마, 나 회전목마 탈래, 응?"

베스가 들뜬 목소리로 졸랐다.

"오, 그래, 타려무나."

루이스가 아무렇게나 말했다. 그녀는 꿰다 놓은 보릿자루처럼 어두운 뒷자리에 박혀 있는 스콧을 돌아보았다. 유원지의 조명이 그의 창백한 뺨을 화려하게 수놓고 지나갔다. 그의 두 눈은 작고 검은 딸기 같았고, 입술은 연필로 그린 가는 선처럼 보였다.

"차에 있을 거지?"

그녀가 걱정스러운 목소리로 물었다.

"안 있으면?"

"당신이 오겠다고 한 거잖아."

요즘 그녀는 늘 이런 식이었다. 요컨대 더 이상 할 말도 없고 인내도 바닥을 쳤다는 뜻이리라. 그가 대답했다.

"알았어."

"엄마, 빨리 가. 그러다가 놓치겠어."

베스는 빨리 타고 싶어 안달이었다.

"알았어."

그녀는 문을 열고 덧붙였다.

"당신 쪽의 버튼은 눌러 놔."

베스는 자기 자리의 잠금 고리를 뽑고 문을 연 다음 의자에서 미끄러져 내렸다.

"문 걸고 있는 게 좋을 거야."

루이스가 말했다. 스콧은 대답하지 않았다. 대신 그의 영아용 신발이 천천히 좌석을 차기 시작했다. 루이스가 억지웃음을 지어보였다.

"금방 올게."

그녀는 이렇게 말하고 문을 닫았다. 그녀가 키를 밀어 넣고 비트는 동안 그는 그녀의 어두운 윤곽을 바라보았다. 버튼이 딸깍하고 내려가는 소리가 들렸다.

루이스와 베스가 거리 저쪽으로 걸어갔다. 베스는 엄마의 손에 꼭 달라붙은 채 혼잡한 유원지 안으로 들어갔다.

그는 한동안 가만히 앉아 있었다. 그들과 함께 유원지 안에 들어갈 수 없다는 사실을 알면서 왜 기어이 따라오려 했는지 도무지 모를 일이다. 이유야 분명했지만 솔직히 인정할 수는 없었다. 루이스에게 있는 대로 욕을 퍼붓고, 호숫가의 채소 가게 일을 그만두라고 생떼를 쓴 데 대한 수치심을 감추기 위해서였다. 그녀가 집에 있지 않기 때문에, 다른 보모로 바꿔 주지 않기 때문에, 그리고 그녀가 친정에 돈을 빌려 달라는 편지를 써야 했기 때문에, 너무나 화가 났고 부끄러웠다.

그가 고함을 치고 함께 오겠다고 생떼를 쓴 것은 그런 이유들 때문이었다.

얼마 뒤 그는 의자에서 일어나 창가로 걸어갔다. 그는 쿠션을 끌어당겨 그 위에 올라서서는 차가운 창문에 코를 대고 눌러 보았다. 그러고는 암울하고 냉랭한 눈으로 유원지를 바라보고, 루이스와 베스를 보았다. 그들은 금세 군중의 여유로운 움직임 속에 파묻혀 버렸다.

페리스휠이 돌아가는 것이 보였다. 작은 회전 시트들이 앞뒤로 흔들렸고 탑승객들은 안전 가로대를 꽉 끌어안고 있었다. 다음에 본 것은 루프차였다. 루프차가 뒤집힐 때마다, 차를 붙들고 있는 막대가 앞뒤로 시계추처럼 움직이며 두 차를 빠른 속도로 교차시키고 있었다. 회전목마가 부드럽게 회전하는 것도 보였고 리듬 음악이 시끄럽게 쿵쾅거리는 소리도 들렸다. 그와는 완전히 별개의 세계였다.

아주 오래전, 스콧 캐리라는 아이가 페리스휠에 탄 적이 있었다. 아이는 감미로운 공포에 대한 기대감에 잔뜩 상기된 표정을 하고는, 손가락이 하얗게 질리도록 가로 막대를 잔뜩 움켜쥐었다. 장난감 차를 타본 적은 있었다. 진짜 운전사처럼 운전을 할 수 있는 차였다. 그는 루프차 안에서 소시지처럼 뒤집어지기도 했고, 팝콘과 솜사탕과 소다수와 아이스크림으로 배를 불리기도 했다. 그는 그 후에도 화려한 카니발의 세계를 돌아다니며, 빈 공터에 세워진 열락의 삶을 한껏 만끽하고 다녔다.

'내가 왜 차 안에 갇혀 있어야 하지?'

몇 분 지나자 그런 의문이 들었다. 그리고 반항적이고도 충동적인 흥분이 일기 시작했다. 사람들이 보면 어때? 그냥 길 잃은 아이라고 생각할걸? 게다가 정체를 알아본들 도대체 그게 무슨 상관이란 말인가? 그래, 차 안에 처박혀 있을 필요는 없어. 그게 최선이라고.

문제는 문을 열 수가 없다는 것이다. 앞 좌석을 밀어 그 위로 넘어가는 것도 어려웠고, 문고리를 들어 올리는 건 아예 불가능했다. 그는 계속해서 잡아당겼으나 그때마다 더욱더 화만 치밀었을 뿐이었다. 그는 홧김에 문을 걸어차고 어깨로 밀어 보기도 했다.

"이런, 빌어먹을……."

그는 중얼거리고는 충동적으로 창문 손잡이를 돌렸다.

얼마 뒤 그는 문턱에 앉아 있었다. 차가운 바람이 불었다. 그는 두 발로 문을 두드려 댔다. 상관없어. 난 갈 거야. 갑자기 그가 몸을 돌려 창문 밖으로 매달렸다. 그리고 한 손을 조심스럽게 뻗어 바깥 손잡이를 잡은 다음 아래로 미끄러져 내렸다.

"아야!"

손잡이를 놓치는 바람에 그는 바닥으로 떨어져 자동차 옆면에 머리를 부딪고 말았다. 차 안으로 되돌아갈 수 없다는 사실이 두렵기도 했지만 그 기분은 금세 지나가 버렸다. 루이스는 한참 뒤에나 돌아올 것이다. 그는 차 밖으로 걸어가 가파른 보도로 뛰어내린 다음 거리를 향해 잽싼 걸음을 옮겼다.

그때 차가 쏜살같이 지나가는 바람에 펄쩍 뛰었다. 2.5미터 이상 떨어져 있는데도 모터 소리에 귀가 멀 것만 같았다. 심지어 타이어가 포도에 닿는 소리조차 엄청난 굉음이었다. 차가 지나가자마자 그는 얼른 거리 맞은편으로 달렸다. 그리고 무릎 높이의 연석 위로 뛰어올라 텐트 뒤의 어두운 모퉁이로 달려 돌아갔다. 그곳부터는 어두운 캔버스 벽을 따라 걸었다. 유원지의 소음이 점점 더 크게 들려왔다.

한 남자가 텐트 모퉁이를 돌아 그를 향해 달려왔다. 스콧은 그 자리에 얼어붙었지만 그자는 그를 보지도 못하고 지나쳐 버렸다. 사람들의 본성 같은 것이다. 개나 고양이를 찾는 게 아니면 아래를 내려다보는 법이 없으니까.

남자가 보도로 빠져나가는 것을 보며 스콧은 다시 움직이기 시작했다. 그는 주로 텐트의 로프 사이를 이용했다.

그는 어느 텐트 아래로 삐져나온 가느다란 빛줄기 앞에 멈춰 서 느슨한 캔버스 천을 들여다보았다. 가벼운 흥분이 온몸을 훑고 지나갔다. 그는 충동적으로 무릎을 꿇고 가슴을 차가운 바닥에 대고는, 텐트를 살짝 쳐들어 안으로 기어 들어가기까지 했다.

그가 본 것은 머리가 둘 달린 암소의 엉덩이였다. 소는 건초가 쌓인 사각의 울안에 서서 커다란 눈 네 개로 앞을 바라보고 있었다. 죽은 소였다.

한 달도 넘게 잊고 살았던 미소가 그의 굳은 얼굴에 번졌다. 만일 이 텐트 안에서 뭔가를 보게 되리라고 짐작되는 물건의 리스트를 만들어 그 안에 전 세계 모든 것의 이름을 모두 적었다 해도, 머리가 둘 달린 채 죽은 소는 아마 리스트의 제일 밑바닥에서나 찾을 수 있었을 것이다.

그는 텐트 주변을 둘러보았다. 통로의 다른 쪽은 잘 보이지 않았다. 사람들이 막아섰기 때문이다. 그가 있는 쪽으로는 다리가 여섯 달린 개,(다리 둘은 발육 부진의 막대기에 불과했지만) 인간의 피부를 지닌 암소, 다리 세 개와 뿔 네 개가 달린 염소, 분홍색 말, 병아리를 키우는 뚱뚱한 돼지들이 있었다. 그는 몬도가네 군단을 바라보며 입가에 여린 미소를 지었다. 한마디로 병신 쇼로군.

그리고 그 미소가 사라졌다. 그 역시 그들 못지않은 괴물이라는 생각이 들어서였다. 아마도 병아리에게 젖을 물리는 돼지와 머리가 둘 달린 소 중간 정도는 될 듯싶었다. 스콧 캐리, 살아 있는 인형!

그는 다시 밖으로 나와 몸을 일으켰다. 그러고는 자신도 모르게 코르덴 롬퍼스와 재킷을 여몄다. 자동차에 있었어야 했다. 이건 바보 같은 짓이다.

하지만 돌아가지는 않았다. 돌아갈 수가 없었다. 그는 텐트 끝을 지나치며 사람들이 걷는 모습을 지켜보았고, 볼링 핀들이 야구공에 맞고 넘어지는 소리, 공기총 소리, 풍선 터지는 소리 따위들을 들었다. 그리고 회전목마의 장송곡 같은 음악 소리도 들었다.

한 남자가 부스 뒷문으로 나와 스콧을 보았다. 스콧은 그다음 텐트를 향해 이동하는 중이었다.

"야, 꼬마야."

그는 남자가 부르는 소리를 들었다. 쏜살같이 달아나며 숨을 곳을 찾았다. 텐트 뒤에 트레일러가 서 있는 것이 보였다. 그는 그곳으로 달려가 두꺼운 타이어 휠 뒤에 숨어 밖을 엿보았다.

15미터쯤 떨어진 텐트 모퉁이로 다시 남자의 모습이 나타났다. 그는 두 손을 뒷주머니에 쑤셔 넣은 채 주변을 둘러보았다. 얼마 뒤 남자는 투덜거리며 사라졌고 스콧은 자리에서 일어났다. 그리고 막 자리를 뜨려는데 위에서 누군가의 노랫소리가 들렸다. 그는 그 자리에 멈춰 섰다.

호기심 때문에 스콧의 눈썹이 잔뜩 일그러졌다.

"당신을 사랑한다면 언젠가는 다시 말하겠어요……."

그는 트레일러 밑에서 빠져나와 빛으로 반짝이는 하얀 커튼의 차창을 보았다. 분명히 노랫소리였다. 가늘고 부드러운 목소리. 그는 야릇한 흥분을 느끼며 차창을 바라보았다.

루프차에서 터져 나온 여자 애의 행복한 비명에 몽환에서 깨어 황급히 달아나긴 했지만 그는 결국 다시 돌아오고 말았다. 노랫소리가 끝날 때까지 그 자리에 서 있다가 천천히 트레일러를 돌아갔다. 그는 이 창, 저 창을 살펴보며 도대체 왜 저 목소리에 이렇게 끌리는지 모르겠다는 생각을 했다.

트레일러의 문으로 이어지는 계단을 찾아낸 그는 발작적으로 첫 번째 단 위로 뛰어올라갔다. 놀랍게도 딱 그에게 알맞은 높이였다.

갑자기 가슴이 방망이질치기 시작했다. 그는 허리 높이의 난간을 단단히 잡았다. 숨을 쉬기도 어려웠다. 믿을 수가 없어! 그는 천천히 바로 문 앞에까지 이어진 계단을 오르기 시작했다. 문도 그보다 조금 더 키가 클 뿐이었다. 창문 아래 페인트로 단어 몇 개가 적혀 있었지만 읽을 수는 없었다. 피부가 묘한 전율로 따끔거렸다. 도저히 참을 수가 없었다. 그는 마지막 두 계단을 올라가 드디어 문 앞에 섰다.

숨을 쉴 수가 없었다. 그건 그의 세계였다. 바로 그를 위한 세계였다. 그가 앉기에 적당한 소파와 의자들, 옆에 서서 손을 가볍게 얹을 정도의 식탁, 그가 켜고 끌 수 있는 램프.

여자가 작은 방으로 들어가다가 문 앞에 서 있는 그를 발견했다.

갑자기 배 근육이 당겼다. 그는 멍하니 그녀를 바라보며 차라리 기절하고 싶다는 생각을 했다. 보고도 믿지 못한다는 말은 이럴 때 쓰는 말일 것이다.

여자도 꼼짝 않고 서 있었다. 한 손은 뺨에 대고 두 눈은 충격으로 동그랗게 뜬 모습이었다. 그녀가 그를 바라보는 동안 시간도 얼어붙은 것만 같았다. 이건 꿈이야. 꿈이라고!

그때 여자가 천천히 문을 향해 다가왔다. 그는 뒤로 물러서다 발을 헛디뎌 하마터면 아래로 굴러 떨어질 뻔했다. 그는 황급히 난간을 부여잡고 간신히 균형을 잡았다. 그때 그녀가 작은 문을 열었다. 그리고 놀란 목소리로 속삭였다.

"당신은 누구죠?"

그는 그녀의 가냘픈 얼굴에서 눈을 뗄 수가 없었다. 인형 같은 코와 입술, 연두색 구슬 같은 눈동자. 그리고 곱슬거리는 금발과, 그 뒤에 살짝 숨은 장미꽃잎 같은 두 귀.

"저……."

그녀는 인형 같은 손으로 웃옷을 여미며 대답을 재촉했다.

"전 스콧 캐리라고 합니다."

목소리가 충격으로 떨려 나왔다.

"스콧 캐리……."

그녀는 그를 모르는 모양이었다.

"저하고…… 같은 종류신가요?"

그녀가 더듬거리며 물었다. 그도 떨고 있었다.

"예, 예, 그렇습니다."

"오."

그리고 두 사람은 서로를 바라보았다. 그가 말했다.

"전…… 노랫소리를 들었습니다."

"예, 전…… 괜찮다면 잠깐 들어오시겠어요?"

그녀는 그렇게 말하며 초조한 미소를 지었다. 그는 주저 없이 트레일러 안으로 들어섰다. 평생 동안 그녀와 알고 지낸 사이이며, 이제 막 오랜 여행에서 돌아오기라도 한 기분이었다. 그는 문에 쓰인 단어를 보았다.

엄지 부인.

그는 그 자리에 서서 야릇하고 어두운 갈망으로 그녀를 바라보았다. 그녀가 문을 닫고 그에게 돌아섰다.

"전…… 전, 놀랐어요. 정말로요."

그녀는 고개를 젓고 다시 한 번 노란 웃옷을 여몄다.

"압니다. 전 줄어드는 남자입니다."

그는 아랫입술을 물었다. 그녀가 알아보기를 원했다. 그녀는 한참 동안을 바라본 후에야 "오!" 하고 짧은 감탄사를 발했다. 그는 그녀의 목소리에 담긴 뜻이 뭔지 알 수가 없었다. 실망? 동정 아니면 허탈감? 두 사람의 눈이 엉겼다.

"전 클라리스라고 해요."

두 사람은 악수를 한 채로 놓지 않았다. 가슴이 답답했다. 공기가 뱃속에서 파닥거렸다.

"여긴 웬일이시죠?"

그녀가 손을 빼내며 물었다. 그는 간신히 숨을 삼켰다.

"그……냥요."

그의 입에선 바보 같은 소리만이 나왔다. 그녀에게서 눈을 뗄 수가 없었다. 도저히 믿기지가 않았다. 그녀의 두 볼의 홍조가 짙어지기 시작했고 그는 얼른 숨을 들이마셨다.

"죄, 죄송합니다. 하, 한 번도 저와 같은 사람을 본 적이 없어서요. 도무지 지금 기분을 말로 표현할 수가 없군요."

그는 더듬고, 진땀을 흘리고, 온몸을 떨면서 가까스로 말을 마쳤다.

"알아요, 알아요. 처음…… 처음 당신을 문에서 봤을 때 저도 놀랐는걸요. 내가 드디어 미친 줄 알았어요."

그녀도 눈을 떼지 못했는데, 웃음의 끝이 조금 떨려 나왔다.

"혼자 사십니까?"

그가 불현듯 이렇게 물었다. 그녀가 눈을 끔뻑거렸다. 질문을 이해할 수 없는 것이다.

"혼자라뇨?"

"제 말은, 문패가…… 문에 붙은……."

그가 말했다. 그는 그녀가 긴장했다는 사실조차 눈치 채지 못했던 것이다.

그 순간 그녀의 얼굴이 부드럽게 녹아내렸다. 그리고 곧바로 슬픈 미소를 지으며 작은 어깨를 으쓱해 보였다.

"오, 그건 사람들이 부르는 이름이에요. 그냥 별명 같은 거죠."

"아, 그렇군요."

목구멍에 뜨거운 덩어리 하나가 걸린 느낌이었다. 현기증도 났고 손가락 끝이 동상에서 막 풀린 듯 파르르 떨리기도 했다. 두 사람은 여전히 믿기 어렵다는 듯 눈으로 서로를 탐닉했다.

"제 얘기는 신문에서 보셨을 겁니다."

"그래요, 읽었어요. 정말로 안됐다고……."

그가 얼른 고개를 저었다.

"괜찮습니다. 이렇게…… 클라리스, 아무튼 이렇게, 이런 방을 보게 될 줄은 몰랐습니다. 사실 이런 세상에는 익숙해질 수가 없어서요."

이렇게 커다란 세상. 그는 이런 생각을 하며 초조하게 어깻짓을 했다. 손을 내밀어 그녀를 만져 보고 싶어 온몸이 따끔거렸다.

"잘 오셨어요."

"저도 반갑습니다."

그녀는 시선을 돌렸다가 얼른 다시 그를 보았다. 너무 오래 눈을 뗀다면 그가 사라질까 봐 두려운 듯했다.

"여기 있는 건 아주 우연이에요. 비수기에는 별로 일을 하지 않거든요. 하지만 이 유원지 주인이 늙은 사람이라 좀 빡빡해요. 에, 아무튼, 너무나 다행이네요."

두 사람은 서로에게서 시선을 떼지 못했다.

"그동안 너무 외로웠습니다."

"그래요. 외로우셨을 거예요."

그녀가 부드러운 목소리로 말했다. 그들은 다시 말없이 서로를 바라보았다. 그녀가 수줍은 미소를 지었다.

"집에 있었다면 만날 수 없었을 겁니다."

"예."

전율이 다시 그의 팔을 훑고 지나갔다.

"클라리스."

"예?"

"이름이 무척 예뻐요."

갈증이 그를 흔들고 마구마구 찢어 댔다.

"고마워요…… 스콧."

그가 입술을 깨물었다.

"클라리스. 부탁할 게……."

그녀는 한참 동안 그를 바라보았다. 그리고 아무 말 없이 다가

와 그의 뺨에 자기 뺨을 댔다. 그리고 그가 끌어안을 때에도 가만히 있었다.

"오, 세상에. 오, 하느님."

그녀도 흐느끼며 그를 끌어안았다. 그녀의 작은 두 팔이 그의 등을 휘감았다. 두 사람은 조용한 방에서 서로에게 매달렸다. 두 사람의 뺨에서 눈물이 섞였다.

"오, 하느님. 감사합니다."

그녀가 중얼거렸다. 그가 고개를 들어 그녀의 반짝이는 두 눈을 들여다보았다. 그리고 갑자기 이렇게 말했다.

"고마워요, 이해해 줘서."

"이해하고말고요."

그녀가 이렇게 말하며 한 손으로 그의 뺨을 쓰다듬었다.

"그래요. 당신도 당연히 알겠지."

그는 고개를 속여 그녀의 따뜻한 입술을 맛보았다. 거부할 수 없는 갈망에 대한 부드러운 허용. 그는 그녀를 꼭 끌어안고 속삭였다.

"오, 신이여, 이렇게 다시 남자가 되다니. 당신을 이렇게 안고 있으니 다시 남자로 태어난 듯하군요."

"그래요. 꼭 안아 주세요. 너무나 긴 세월이었어요."

얼마 뒤 클라리스는 그를 소파로 이끌었고, 두 사람은 그곳에 앉아 손을 꼭 잡고 서로에게 미소를 지어 보였다.

"이상해요. 이렇게 친근한 느낌이라니. 평생 한 번도 본 적이 없는 사람한테 말이에요."

"우리가 같기 때문일 겁니다. 우리의 삶에 대한 동정이겠죠."

"동정?"

그녀가 중얼거렸다. 그는 그의 신을 내려다보았다.

"지금은 내 발이 땅에 닿아요. 하지만 앉아서 발이 땅에 닿은 건 정말로 오랜만이랍니다. 물론 당신도 알 겁니다."

그는 이렇게 말하며 키득거렸는데, 너무나도 우울한 웃음이었다. 그는 그녀의 손을 매만졌다.

"동정이라고 하셨어요."

그는 잠깐 그녀의 걱정스러운 얼굴을 보며 되물었다.

"동정이 아닌가요? 우리가 불쌍하지 않습니까?"

"모르겠어요. 한 번도 내 자신을 불쌍하다고 생각해 본 적이 없어요."

그녀의 눈빛이 어지러웠다.

"오, 미안해요. 정말로 제 말은 그런 뜻이 아니라……"

그는 정말로 잘못했다는 표정을 지었다.

"그러니까, 너무 괴로웠습니다, 클라리스. 너무 외롭기도 했고. 어느 정도까지 작아진 후부터는 완전히 외톨이였으니까요. 그래서, 그래서 당신한테 그렇게 끌렸던 겁니다. 내가 왜……"

그는 자신도 모르게 그녀의 손을 두드렸다.

"스콧!"

두 사람은 서로를 꼭 끌어안았다. 그는 가슴으로 그녀의 심장 박동을 느낄 수 있었다. 마치 누군가 작은 손으로 가슴을 치는 것 같았다.

"그래요, 외로웠을 거예요. 너무나 외로웠겠죠. 내겐 다른 사람들이 있었어요. 나 같은…… 우리 같은 사람들이죠. 결혼도 했고,

아이도 낳을 뻔했는걸요."

그녀는 말끝을 흐렸다.

"오, 이런."

"아니, 아니, 아무 말씀 말아요. 난 좀 더 쉬웠을 거예요. 평생 이렇게 살았으니까. 적응할 시간이라도 있었죠."

그는 크게 숨을 들이마셨다. 호흡이 파르르 떨렸다. 그가 말했다. 말하지 않을 수가 없었다.

"언젠간 당신도 나한텐 거인이 될 겁니다."

"오, 스콧. 정말로 끔찍했겠어요. 부인과 아이가 매일 커 가는 것을 보다니. 당신만 남겨 두고……."

그녀는 그의 머리를 자신의 가슴으로 끌어당겼다. 그녀의 몸에서는 깨끗하고 달콤한 향기가 났다. 그는 그 향을 들이마셨다. 오직 그녀의 존재와 부드러운 목소리만 생각하고 싶었다. 지금 이 순간만을 만끽하고 싶었다.

"여기까진 어떻게 왔어요? 만일 부인이 아시면……."

"날 보내지 말아요."

그의 다급한 목소리가 그녀의 말을 끊었다. 그녀는 자신의 부드러운 가슴 깊숙이 그를 끌어당겼다.

"아니, 안 보낼게요. 당신이 원하는 대로……."

그녀가 말을 멈추었다. 그는 그녀의 한숨 소리를 듣고 물었다.

"왜 그래요?"

그녀는 잠시 머뭇거리다가 대답했다.

"조금 후면 쇼에 나가야 해요."

그녀는 고개를 돌려 방 건너편의 시계를 보았다.

"10분 후에요."

"안 돼."

그가 절망적으로 그녀에게 매달렸다. 그녀의 호흡이 점점 거칠
어졌다.

"당신이 좀 더 오래 머물 수만 있어도. 조금만 더."

그는 어떻게 말해야 할지를 몰랐다. 그는 허리를 펴서 그녀의
슬픈 얼굴을 보았다. 그가 떨리는 숨을 삼켰다.

"안 돼요. 아내가 기다릴 겁니다. 아내는……."

그는 무릎 위에 놓인 두 손을 하릴없이 만지작거리다가 그쳤다.

"안 돼요."

결국 그가 이렇게 말했다. 그녀는 상체를 숙여 두 손으로 그의
양 볼을 감싸고 입을 맞추었다. 그는 떨리는 손으로 그녀의 팔을
쓰다듬었다. 그의 손가락이 부드럽게 그녀의 비단 자락을 스쳤고
그녀는 부드럽게 그의 목을 끌어안았다.

"부인이 알면 놀랄까요?"

그녀는 포옹을 풀고 그의 볼에 키스했다. 그는 아무 대답도 못
하고 그녀의 상기된 얼굴만 바라보았다. 그녀가 마침내 두 눈을
떨어뜨렸다.

"제발, 절 끔찍한 여자로 생각하지 말아요."

그녀는 이렇게 말하고는 잠깐 옷자락만 만지작거리다가 이윽고
다시 입을 열었다.

"저도 지금껏, 당당하게 살았어요. 다만, 다만 아까 말씀하신
것처럼, 당신을 놓치고 싶지 않아서 그래요. 결국 이 세상에서 똑
같은 사람이 둘뿐은 아니겠지만, 지금은 어쨌든 우리 둘만 있어요.

214

우리가 수천 킬로미터를 돌아다닌다 해도 결국 찾아내지 못할 거예요. 세상은 우리가 생각하는 것처럼……."

그녀가 갑자기 말을 멈추었다. 무거운 발소리가 트레일러 계단을 오르더니 곧이어 노크 소리가 들렸다. 단 한 번의 노크, 그리고 굵은 남자 목소리.

"10분 남았어, 클라리스."

그녀가 대답하려 했지만 남자는 이미 가 버렸다. 그녀는 온몸을 떨면서 문만 바라보았다. 마침내 그녀가 그를 돌아보았다.

"당연히 놀라겠죠. 이해해요."

갑자기 그가 그녀의 팔을 단단히 잡았다. 그의 얼굴은 딱딱하게 굳어 있었다.

"아내에게 말할게요. 당신을 떠나지 않겠습니다. 절대로."

그녀가 그에게 몸을 던졌다. 그녀의 뜨거운 입김이 그의 볼에 닿았다.

"그래요, 말하세요. 제발. 그녀를 아프게 하고 싶지도 않고 놀라게 하고 싶지도 않지만 그래도 말하세요. 상황을 설명하고 우리 감정을 말하면 반대하진 않을 거예요. 지금은……."

그녀는 그에게서 떨어져 몸을 일으켜 세웠다. 그녀의 작은 손이 옷의 앞섶을 스치며 단추를 풀기 시작했다. 옷이 스치는 소리를 내며 상앗빛 어깨에서부터 흘러내리더니, 그녀의 굽은 팔에 걸려 멈췄다. 얇은 속옷을 통해 그녀의 굴곡이 그대로 드러나 보였다.

"꼭 말해야 해요."

그녀는 거의 울분에 찬 목소리로 말하고는 돌아서서 옆방으로 달려갔다.

그도 일어나서 반쯤 열린 문을 통해 그녀가 들어간 방을 보았다. 그녀가 공연을 위해 옷을 갈아입는 소리가 들렸다. 그는 그녀가 나타날 때까지 꼼짝도 않고 서 있었다.

그에게서 떨어져 멈춰 선 그녀의 얼굴 표정이 창백했다.

"난 나쁜 여자예요. 당신한텐 나쁜 여자일 거예요. 이렇게까지 해서는 안 되는데."

그녀가 두 눈을 떨어뜨렸다.

"기다려 줘요. 클라리스, 날 기다려요."

그는 그녀의 말을 막고 그녀의 손을 잡았다. 그녀가 움찔했다. 처음엔 그를 바라보지도 못했다. 그러다가 문득 고개를 들더니 그의 눈을 바라보며 대답했다.

"당신을 기다릴게요."

그녀는 트레일러 계단을 달려 내려갔다. 하이힐이 딸그락거리는 소리가 희미하게 들렸다. 그리고 그는 몸을 돌려 작은 방을 서성거리며 가구를 보기도 하고 만지기도 했다.

그는 잠시 망설이다가 다른 방으로 들어갔다. 그녀의 침실이었다. 그는 침대에 앉아 노란 실크 옷을 집어 들었다. 감촉이 부드러웠다. 여전히 그녀의 체취가 났다.

그는 옷 주름 속에 얼굴을 파묻고 그녀의 체취를 들이마셨다. 사실 말하고 자시고 할 것도 없었다. 루이스와의 사이에 남은 게 뭐가 있단 말인가? 클라리스와 함께 있지 못할 이유는 하나도 없었다. 오히려 그가 사라져 준다면 더 기뻐할 것이다. 루이스는……

……걱정할 거야. 두려워할 거야.

그는 한숨을 내쉬며 옷을 밀치고 자리에서 일어섰다. 그리고 트레일러를 나와, 차갑고 어스레한 저녁 공기를 뚫고 되돌아가기 시작했다.

'말할 거야. 아내에게 말하고 돌아오겠어.'

그가 보도에 다다랐을 때 아내는 차 옆에 서 있었다. 무거운 절망감이 그를 짓눌렀다. 도대체 어떻게 말할 수 있단 말인가? 그는 머뭇거리며 그 자리에 멈춰 섰다. 10대 소년들이 유원지에서 나오는 바람에 그는 거리로 뛰어들었다.

"야, 저기 난쟁이 봐라."

아이 하나가 등 뒤에서 외쳤다.

"스콧!"

루이스가 달려오더니 아무 말도 않고 그를 낚아 올렸다. 그녀의 얼굴엔 분노와 걱정이 어지럽게 얽혀 있었다. 그녀는 자동차로 돌아가 다른 손으로 차 문을 열었다.

"도대체 어디 있었어?"

"산책."

그가 속으로 외쳤다. 안 돼, 말해, 말하란 말이야! 클라리스가 옷을 벗는 모습이 떠올랐다. 말해야 해!

"당신이 없으면 내가 얼마나 걱정할 건지 생각도 안 해 봤어?"

루이스는 앞 좌석을 당겨 그가 뒷자리로 들어갈 수 있게 해 주었다. 그는 움직이지 않았다. 그녀가 재촉했다.

"타요."

그는 빠르게 숨을 들이마셨다.

"싫어."

"뭐라고요?"

그는 다시 심호흡을 하고는 베스의 시선을 억지로 외면했다.

"안 갈 거야."

"도대체 그게 무슨 말이야?"

그는 베스와 아내를 번갈아 보았다.

"나, 할 말이 있어."

"집에 가서 하면 안 돼요? 베스가 잘 시간이야."

"안 돼. 당장 해야 해."

그는 화가 나 비명이라도 지르고 싶었다. 짜증이 밀려들기 시작했다. 무기력하고, 기이한 병신이 된 기분이다. 클라리스를 떠나는 순간 이렇게 될 줄 알았어야 했다.

"에, 도대체 말이……."

"그럼, 날 두고 가 버려!"

그가 결국 고함을 질렀다. 힘도 없고 자신감도 없는 목소리였다. 다시 줄 없는 꼭두각시가 된 기분이었다. 무책임한 구원자에 의해 조종되는.

"도대체 무슨 일인데 그래?"

그녀가 화난 목소리로 되물었다. 그는 울먹거리다가 멈추고는 그대로 길을 따라 달리기 시작했다.

"여보!"

주마등같이 어지럽게 지나치는 불빛과 소리들. 달려드는 자동차 소리. 눈을 후벼 팔 듯한 헤드라이트 불빛. 루이스가 쫓아오는 발소리. 찻길에서 그의 목덜미를 낚아채 다시 포드로 끌고 오는 그녀의 가혹한 손아귀. 중앙선을 넘었다가 다시 제 차선으로 돌아오는 차들의 바퀴 끌리는 소리.

"도대체 지금 제정신이야?"

그녀의 목소리가 크게 흔들렸다.

"차라리 차에라도 치었으면 좋겠어!"

그의 목소리도 오만 가지 감정으로 터져 버릴 것만 같았다. 분노, 고통, 그리고 부서진 희망.

"스콧. 도대체 무슨 일이야?"

그녀는 자리에 앉아 그를 다그쳤다.

"아무것도 아냐. 그냥 여기 있고 싶어. 여기 있을 거라고."

그가 거의 동시에 말했다.

"스콧, 그게 어딘데?"

그가 황급히 숨을 들이마셨다. 화가 났다. 왜 이렇게 바보가 되고 만 기분이지? 멍청한 얼간이가? 전에는 그렇게 자신감이 있었건만 이젠 멍청한 쓰레기가 되고 만 것이다.

"그게 정확히 어디냐니까?"

그녀의 목소리엔 인내심이 바닥나 있었다. 그가 굳은 얼굴을 들었다. 그리고 될 대로 돼라는 심정으로 중얼거렸다.

"함께 있고 싶어…… 그녀하고."

"누구?"

그녀가 그를 보았고 그는 고개를 떨어뜨렸다. 그는 그녀의 길고 넓은 바지를 바라보며 턱이 아플 정도로 이를 악물었다. 그가 고개를 들지 않고 말했다.

"여자가 있어."

그녀는 아무 말도 하지 않았다. 그가 그녀를 올려다보았다. 그녀의 눈 속에 멀리 거리의 가로등불이 박혀 나왔다.

"촌극에 나오는 그 난쟁이 여자 말이야?"

그가 몸을 부르르 떨었다. 그런 식으로 말하다니. 그녀의 어투가 그의 욕망 자체를 사악하고 추한 것으로 만들어 버렸다. 그는 아랫입술을 물었다.

"친절하고 이해심도 많은 여자야. 한동안 그녀와 있고 싶어."

"같이 자려고?"

그가 얼른 고개를 들었다.

"오, 세상에, 어떻게 그런! 지금 그걸 말이라고!"

그는 말을 끊고 그녀의 구두만 내려다보았다. 그리고 가능한 한 또박또박 말하기 시작했다.

"그녀와 지낼 거야. 데리러 오고 싶지 않으면 맘대로 해. 난 상관없으니까. 어떻게든 지낼 수 있을 테니까."

"오, 세상에, 그걸 말이라고……."

"루이스, 그냥 하는 얘기가 아냐. 하늘에 맹세코, 그냥 하는 얘기가 아니라고."

그녀는 대답하지 않았다. 고개를 들어 보니 그녀도 그를 바라보고 있었다. 그녀의 얼굴 표정이 어떤 뜻인지 읽을 수는 없었다.

"당신은 몰라. 아무것도 모른다고. 내가 더럽다고 생각하겠지? 추악한 짐승처럼 보이겠지? 아니, 그렇지 않아. 이건 그 이상이야. 이해 못하겠어? 이제 우린 같은 사람이 아냐. 당신하고 난 다른 세계 사람이라고. 우린 끝났어. 당신은 원하기만 한다면 다른 사람을 구할 수 있겠지만 난 아냐. 아직 얘기해 본 적이 없지만, 이일이 끝나면 난 당신이 재혼했으면 해. 그리고 모든 게 곧 끝날 거야. 루이스, 내겐 이제 아무것도 남은 게 없어, 모르겠어? 아무것

220

도. 내가 기대할 수 있는 거라곤 소멸뿐이라고. 날마다 이런 식으로 점점 작아지고, 그리고 점점…… 외로워지겠지. 이젠 날 이해할 수 있는 사람은 세상에 아무도 없어. 이 여자도 머지않아 나보다…… 나를 초월하게 되겠지. 하지만 지금은, 어쨌든 지금만은 내 벗이 되어 줄 수 있잖아? 애정과 사랑을 줄 수도 있고. 좋아, 사랑이라고 하지. 부인하진 않겠어. 나도 어쩔 수 없는 일이니까. 내가 괴물일지는 모르겠지만 그래도 사랑은 필요해. 아직도 사랑을 필요로 하고 있다고."

그가 빠르게 숨을 들이마셨다. 파르르 떨리는 숨결.

"하룻밤만. 그뿐이야. 단 하룻밤. 내가 당신이고, 당신이 하룻밤만이라도 평화로울 수 있다면, 난 놓치지 말라고 말하겠어. 맹세코."

그가 고개를 숙이고 덧붙여 말했다.

"그녀한테 트레일러가 있어. 앉을 수 있는 가구들도 있고. 내 크기에 알맞더군."

그는 조금 고개를 들었다.

"거기 앉아 다시 사람이 된 기분을 느끼고 싶어. 그뿐이야, 루이스. 정말 그뿐이야."

그는 결국 그녀를 올려다보았다. 마침 그때 차가 지나가면서 헤드라이트로 그녀의 눈물을 비추어 주었다.

"루이스!"

그녀는 말을 할 수가 없었다. 다만 그 자리에 서서 손목을 깨물었다. 온몸이 소리 없는 흐느낌으로 떨리고 있었다. 그녀는 참으려 애쓰며 깊은 숨을 쉬고 눈물을 닦아 냈다. 그는 아무 말 없이 그녀를 쳐다보기만 했다. 그 바람에 목이 아팠지만 그건 문제도 아니었다.

"좋아요, 스콧. 당신을 말리는 건 의미도 없고 또 너무 잔인할지도 모르겠네. 당신이 옳아. 내가 해 줄 수 있는 게 아무것도 없어."

그녀가 말하고는 힘들게 숨을 들이쉬었다.

"아침에 데리러 올게."

그녀는 말을 얼버무리고는 차 문을 향해 달려갔다.

그는 빨간 미등이 시야에서 사라질 때까지 바람 부는 거리에 서 있었다. 거리를 건넜다. 비참하고 추해진 기분이었다. 모든 게 후회스러웠다. 처음에 생각했던 결말은 이런 게 아니었다.

하지만 다시 클라리스의 트레일러와 불 켜진 창을 보자 그녀에게 향하는 발걸음이 가벼워졌고, 모든 게 다시 돌아왔다. 그건 낡은 세계의 슬픔을 모두 뒤로하고 또 다른 세상에 발을 디디는 기분이었다.

"클라리스."

그가 속삭였다. 그리고 그녀에게 달려갔다.

∥∥∥∥∥∥∥∥∥

그는 아래쪽 접의자의 좌석에 해당하는 넓은 판에 앉아 있었다. 통나무 두께의 팔걸이에 기대 크래커 조각을 씹는 중이었다. 등반의 첫 단계 중간쯤에서 물 몇 방울을 짜 마신 것 외에 스펀지는 아직 건드리지 않았다. 그의 옆에는 실이 둥글게 말린 채 놓여 있었고 핀 갈고리가 그 끝에 매여 있었다. 그리고 길고 반짝이는 핀.

근육의 피로가 조금씩 풀리고 있었다. 그는 천천히 팔을 뻗어 무릎을 문질렀다. 약간 부어올라 있었다. 실을 오르는 중에 벽에 부딪친 탓이다. 손에 닿은 부분이 아파 그는 움찔하며 신음을 내뱉었다. 더 나빠지지만 않아도 좋으련만.

지하실은 고요했다. 기름보일러도 더 이상 울지 않았는데 아직은 덜 추운 모양이었다. 그는 건너편의 연료 탱크 위에 있는 창을 보았다. 창문 너머로도 빛은 어렴풋하기만 했다. 그는 두 눈을 감았다. 베스가 왜 마당에 나와 놀지 않는지 궁금했다. 최근에는 물 펌프도 작동하지 않았다. 아무래도 루이스와 베스가 집을 비운 것이 분명했다. 도대체 어디로 간 걸까?

그는 가슴이 답답해지는 기분에 햇빛과 뒷마당, 아내와 아이에 대한 생각을 접기로 했다. 이제 그의 인생과는 무관한 존재들이다. 아무 관계도 없는 대상 때문에 가슴앓이를 하는 것은 멍청이들이나 하는 짓이다.

그랬다. 그는 여전히 남자였다. 비록 0.7센티미터밖에 되지 않지만 그래도 남자인 것이다.

클라리스와 지낸 밤도 그랬다. 그때도 그가 남자라는 사실을 확인할 수 있었다. 그녀가 그의 가슴을 쓰다듬으며 말했다.

"당신은 안 불쌍해요. 남자잖아요."

그렇다. 바로 그 순간이야말로 운명의 순간이자 해탈의 순간이었다. 거의 밤새도록 잠도 이루지 못한 채, 어깨에 닿는 그녀의 따뜻한 숨결을 느꼈고, 또 그녀의 말을 생각했다. 그녀의 말이 옳았다. 그는 여전히 사람이고 남자였다. 혼신이 깎여 나가는 고통에 젖어 그만 그 사실을 잊고 있었던 것이다. 결혼 생활이 부적절하게 변하면서, 그리고 인생이 부질없어지는 과정을 지켜보면서 까맣게 잊고 지냈다. 신체의 크기가 정신에 미친 파괴력으로 인해 자신이 남자이고 사람임을 잊고 만 것이다. 그녀의 말이 사실임을 확인하기 위해 성찰까지도 필요 없었다. 그저 거울만 바라보아도 알 수 있는 문제였다.

하지만 그때까지는 아니었다. 인간의 가치는 결국 상대적인 문제였다. 그는 자기 신체에 맞는 침대에 누워 있고, 팔에는 한 여인이 안겨 있다. 그리고 그로 인해 모든 것이 달라졌다. 이제 모든 것을 알 수 있었다.

그는 깨달았다. 크기는 본질적인 어떤 것도 훼손하지 못한다는 사실을. 그는 여전히 정신의 소유자이고, 때문에 여전히 특별한 존재였다.

다음 날 아침, 햇살이 부서지는 따뜻한 침대에 누워서 그는 그녀에게 그의 생각과 변화에 대해 말해 주었다.

"이제 더 이상 괴로워하지 않을 겁니다. 아니, 포기한다는 뜻은 아니에요. 어쩔 수 없는 상황 때문에 고민하고 괴로워하지 않겠다는 뜻이지. 난 내가 불치라는 걸 알아요. 그건 분명합니다. 하지만 그걸 인정하는 것 자체가 내가 변했다는 증거입니다. 지금까지 한 번도 그 사실을 인정한 적이 없었으니까요. 내가 불치라는 것을 알게 될까 봐 두려워 의사를 피한 적도 있었죠. 돈 때문이라고 핑계를 대긴 했지만 그건 거짓이었어요. 이제 알 수 있어요. 난 사실을 알게 될까 봐 두려웠던 겁니다."

그는 천장을 바라보며 가슴을 쓰다듬는 클라리스의 작은 손과 그녀의 시선을 즐겼다.

"그래, 이젠 인정해요. 모든 걸 인정하고, 더 이상 운명을 향해 비명을 지르거나 하진 않을 겁니다."

그가 갑자기 그녀를 돌아보며 들뜬 목소리로 물었다.

"내가 이제 뭘 하려는지 알아요?"

"뭔데요?"

그 순간 그의 웃음은 자연스러울뿐더러 장난기까지 묻어났다.

"글을 쓸 생각이에요. 할 수 있는 한 내 자신을 기록하겠어요. 지금까지 일어났고, 또 앞으로 일어날 모든 일을 적는 거예요. 이건 희귀한 경우니까, 그저 희귀한 대로, 잠재적 가치를 인정하면서 바라볼 생각이에요. 저주가 아니라 사실로 말이에요. 내 운명을 산산이 파헤쳐 그 안에 무엇이 들어 있는지를 보고, 내게 주어진 대로 살면서 그렇게 싸워 나갈 겁니다. 그리고 두려워하지 않겠어요. 절대로."

그는 크래커 조각을 다 먹은 뒤에야 눈을 떴다. 그러고는 스펀지를 꺼내 입에 몇 방울 짜 넣었다. 미지근하고 맛도 없었지만 목을 축이기에는 충분했다. 그는 스펀지를 집어넣었다. 아직 올라갈 길이 멀다.

갈고리를 보았다. 그의 몸을 끌어당기느라 끝이 조금 펴져 있었다. 그는 갈고리의 부드러운 표면을 쓰다듬었다. 나중에 필요하게 되면 다시 굽혀야겠어.

위쪽에서 무슨 소리가 들린 것 같아 얼른 고개를 젖혔다. 아무것도 없었지만 한번 뛰기 시작한 심장은 좀처럼 가라앉지 않았다.

저 위에서 기다리고 있을 괴물을 떠올렸기 때문이리라.

그는 몸을 부르르 떨고 입술에 비릿한 웃음을 흘렸다.

'절대로 두려워하지 않겠어.'

그 말이 그를 비웃는 듯했다. 미리 알았더라면, 아직도 끝나지 않은 이 지독한 공포를 알았더라면 절대로 그런 헛소리는 하지도 않았을 것이다. 자신에게 한 약속을 지킬 수 있는 건, 오직 미지의 미래가 축복을 뜻할 때뿐이다.

사실 그는 약속을 지켰다. 그는 매일 짧은 연필과 두툼한 대학노트를 가지고 지하실로 내려갔다. 루이스에게는 아무 말도 하지 않고, 서늘하고 습한 지하실에 앉아 팔목이 아파 연필을 쥘 수 없을 때까지 써 내려갔다.

팔목과 손을 주물러 가며, 다시 힘을 모아 조금이라도 더 써 내려가려 애썼다. 그의 정신은 기억과 사고의 제조 공장이 되어, 끊임없이 이야기들을 풀어냈다. 만일 기록하지 않으면 이야기들은 머리에서 빠져나오는 동시에 사라져 버리고 말 것이다. 얼마나 치열하게 썼는지, 채 몇 주도 되지 않아서부터는 줄어드는 남자로서의 삶을 매일같이 기록할 수 있게 되었다. 그리고 그는 그 내용을 타이핑하기 시작했다. 시간이 지날수록 자판을 누르는 것도 힘들어졌고 속도도 느려져만 갔다. 그리고 타이핑 단계에 들어서면서부터는 루이스에게 더 이상 비밀로 할 수도 없었다. 타자기를 빌려야 했기 때문이다. 처음에는 시간 때우기용이라고 말할 생각이었지만 그러기에는 대여료가 너무 비쌌다. 그냥 심심풀이로 지출할 만한 비용이 아니었던 것이다. 결국 그는 지금까지 해 온 일에 대해 아내에게 고백했다. 그녀의 반응은 밋밋했지만 그래도 타자기와 종이는 가져다주었다.

잡지와 출판사에 편지를 보낼 때에도 그녀는 아무 말 하지 않았다. 하지만 그는 그녀의 관심이 커져 가고 있음을 알 수 있었다.

그리고 거의 즉시, 관심을 표방한 편지들이 쏟아져 들어오기 시작했다. 마침내 그녀는 지금껏 포기하고 살았던 재정적 안정을 그가 마련해 주려 한다는 사실을 깨달았다.

어느 날 오후, 그는 축하 편지와 함께 전달된 최초의 원고료를 수표로 받았다. 그리고 루이스는 소파에 앉아, 동굴에 틀어박히듯 은둔한 그를 보며 그동안 얼마나 섭섭했는지 말해 주었다. 물론 안전하기는 했지만 그럼에도 불구하고 서운했다는 것이다. 그리고 그를 얼마나 자랑스럽게 생각하는지도 말해 주며 그의 작은 손을 잡아 주었다.

"스콧, 당신은 여전히 내 남자예요."

그는 자리에서 일어났다. 과거는 됐다. 그에게는 해야 할 일이 있고 갈 길도 멀었다.

그는 핀을 집어 다시 등에 둘러멨다. 무게 때문에 무릎에 순간적인 충격이 왔고 그 바람에 움찔하고 말았다. 그는 인상을 찌푸렸다. 잊어버려. 그리고 이를 악물고 갈고리까지 집어 든 다음 주변을 돌아보았다.

그 자리에서 보니, 의자의 팔걸이까지 그의 기준으로 대략 15미터쯤 되어 보였다. 문제는 고리를 걸 만한 곳이 마땅치 않다는 것이다. 그는 전에 했던 방식으로 처리하기로 했다. 의자 뒤쪽으로 올라가는 것이다.

아래쪽 선반은 의자와 평행으로 경사를 이루고 있었고 경사 아래쪽은 거의 바닥에 닿아 있었다. 그는 고리를 던져 선반의 슬레이트 판에 걸었다. 선반을 기어오르는 거야 가벼운 비탈길을 걸어 오르는 것과 크게 다르지 않았고, 슬레이트 사이의 틈은 고리와 실을 이용해 어렵지 않게 건널 수 있었다. 진짜 어려운 단계는 이곳까지 수직 등반을 하는 것이다.

고리를 걸 만한 곳이 없는 탓에 더 높은 곳으로 오르기 위해 거꾸로 조금 내려가기로 했다. 그는 의자 뒤쪽으로 가기 위해 비탈을 걸어 내려가기 시작했다. 슬레이트 사이의 틈은 선반보다 조금 더 넓기는 했지만 그렇게 어려워 보이지는 않았다.

첫 번째 균열에 도착했다. 그는 로프를 끌어내려 동그랗게 만다음, 반대쪽으로 던졌다. 고리가 육중한 소리를 내며 떨어졌다.

갑자기 기름보일러 소리가 터졌다. 그는 충격으로 비틀거렸고, 입술을 꽉 다물고 두 귀를 틀어막았으며 그 자리에서 부들부들 떨어야 했다. 천둥 같은 진동이 전신을 두드려 대는 것 같았다.

천지개벽이 멈춘 뒤에도 그는 한참을 부들부들 떨면서 서 있었다. 눈이 완전히 풀려 초점 잡기가 어려웠다. 그는 마침내 고개를 젓고는 두 슬레이트 사이의 공간을 뛰어넘었다.

생각만큼 쉽지는 않았다. 가뿐히 뛰어넘기에는 간격이 넓었을 뿐 아니라, 부어오른 무릎이 착지의 충격으로 비명을 지르고 말았던 것이다. 그는 재빨리 주저앉아 인상을 있는 대로 찌푸렸다.

"세상에."

그가 중얼거렸다. 다시는 이런 모험은 하지 않으리라.

얼마 뒤 그는 몸을 일으켜 넓은 슬레이트를 가로질러 갔다. 실이 뒤쪽에서 질질 끌려왔다.

다음 균열에서는 먼저 로프부터 던졌다. 그는 창을 벗어 그것도 반대쪽으로 던져 몸을 가볍게 한 다음에 뒤를 따를 생각이었다. 이번에는 착지도 다치지 않은 쪽 발로 할 것이다.

그는 창을 조심스럽게 균열 반대쪽으로 던졌다. 창끝이 오렌지색 나무에 박히는 듯하더니 다시 허공으로 날아올랐다. 무게에 밀린 것이다. 스콧은 핀이 경사 아래로 구르는 것을 보며 황급히 뛰어넘을 자세를 취했다. 잘못하면 핀이 다음 균열로 떨어지고 말 것이다!

그는 슬레이트 끝으로 달려가 허공으로 몸을 날렸다. 그런데 서두르는 바람에 또다시 다친 발로 착지를 했고 칼날 같은 고통이 전신을 뚫고 지나갔다. 물론 엄살 부릴 시간 따위는 없었다. 핀은 가속이 붙은 채 계속해서 계곡을 향해 미끄러지고 있었다. 샌들 한 짝이 벗겨지는 바람에 발을 내딛는 순간 가시에 찔리고 말았지만 그는 그것도 무시하고 핀을 잡기 위해 무조건 내달렸다.

그는 핀이 슬레이트 밖으로 떨어지려는 것을 보며 기겁해서 몸을 날렸다. 격통이 무릎을 관통했다. 하지만 핀은 놓치고 말았고 그도 허공 아래로 떨어질 뻔했다.

다행히 핀이 균열과 대각으로 구른 탓에 그 끝이 맞은편 슬레이트에 박혔고, 덕분에 회전도 멈추고 말았다. 핀 머리 부분은 스콧이 대자로 뻗어 있는 방향으로 엉덩이를 쳐들고 있었다.

그는 숨을 몰아쉬며 핀을 뽑은 다음 그 끝을 나무에 박아 깃발처럼 세웠다. 그리고 이를 악물고 발을 비틀고 다시 발바닥을 꼬집어 은색 나뭇조각을 빼냈다. 쐐기와 함께 피도 몇 방울 배어

나왔다. 그는 욕설을 퍼부으며 힘껏 발바닥을 눌렀다. 겁낼 필요 없어. 절대로 두려워하지 않을 거야. 오, 빌어먹을 개소리.

그는 무릎을 문지르려다가 얼른 손을 떼고 말았다. 떨어질 때 손에 찰과상을 입은 것이다. 그는 상처를 바라보며 깊은 한숨을 내쉬었다. 배의 굴곡을 타고 물이 흘러내렸는데 떨어지면서 스펀지가 눌린 모양이었다.

그는 다시 두 눈을 감았다. 괜찮아. 아무 일도 아니야. 옷에서 천 조각을 뜯어내 손을 묶었다. 좀 낫군. 그는 마음을 굳게 먹고 무릎을 문질렀다. 끔찍한 고통 때문에 이를 악물어야 했다. 좋아. 아주 좋아. 훨씬 좋아졌어.

그는 비틀거리며 샌들을 되찾은 다음 발이 빠져나가지 못하도록 여분의 줄로 다시 매었다. 그리고 실타래를 찾아 슬레이트 끝으로 가져갔다. 이번에는 실 끝을 창에 묶었다. 그렇게 하면 놓친다 해도 굴러 떨어지지 않을 것이다.

그다음부터는 별 어려움이 없었다. 그는 창을 던지고 계곡을 뛰어넘었고 성한 발로 착지했으며, 마지막으로 실과 고리를 회수했다. 그래, 훨씬 나아졌어. 생각만 조금 하면 좋잖아? 그는 스스로를 다독였다.

그런 식으로 오렌지색 의자의 경사진 좌석을 가로질러 뒤쪽에 다다랐다. 그리고 그곳에서 잠시 쉬면서 의자의 깎아지른 등을 올려다보았다. 그 끝으로 크로케 골대가 삐져나와 있었는데, 그걸 이용할 수 있을 것 같았다.

그는 심호흡을 하고 물 몇 방울을 짜 입에 넣은 후, 자리에서 일어나 다음 등반 준비를 마무리했다. 이번엔 위에 놓인 접의자의 팔걸이였다.

그렇게 어렵지는 않을 것 같았다. 의자 등은 세 개의 보드를 슬레이트로 감아 놓은 모양이었다. 그저 갈고리를 던져 첫 번째 슬레이트에 걸고 오르고, 다시 두 번째 슬레이트에 던져 걸고 오르는 식이었다.

갈고리를 던졌다. 네 번째 시도에 고리가 걸렸다. 그는 등에 창을 매고 첫 번째 슬레이트로 오르기 시작했다.

한 시간 뒤, 제일 위쪽 슬레이트에 다다랐을 때 갈고리는 거의 다 펴진 상태였다. 그는 고리를 뒤집어진 의자 팔걸이에 걸고 옆으로 기어 올라가서는 벌렁 누워 크게 심호흡을 했다.

"맙소사, 피곤해서 돌아 버리겠군."

그는 엎드려 돌아누우며 중얼거렸다. 그리고 지금껏 올라온 깎아지른 절벽을 내려다보았다. 그의 등만으로 그 절벽을 완전히 덮었던 적도 있었건만. 이 의자를 들고 다녔던 적도 있었건만. 그가 다시 돌아누웠다. 최소한 피곤은 잡념을 막아 주는 효과가 있다. 그렇지 않았다면 그는 거미를 생각하고, 지난날을 생각하고, 그 무수한 기억들을 하나하나 끄집어냈을 것이다. 지금은 아무 생각 없이 누워 있을 수 있었다. 정말 다행이야.

그는 일어나 주변을 둘러보았다. 다리가 후들거렸다. 한동안 잠이 든 모양이었다. 어둠과 평화의 잠. 꿈조차 꾸지 않았다. 그는 창을 등에 메고 고리를 든 다음, 오렌지색의 기나긴 들판 같은 팔걸이를 가로지르기 시작했다. 실이 한가로운 뱀처럼 꼬리를 물고 쫓아왔다.

문득 거미 생각이 났다. 그날 아침 이후로 거미를 보지 못했다는 사실이 못내 맘에 걸렸다. 그가 움직일 때면 늘 주변을 맴돌았던 놈이다. 밤이든 낮이든, 이렇게까지 오랫동안 모습을 감춘 적은 없었다.

'죽은 걸까?'

잠시 환희의 물결이 그의 온몸을 감쌌다. 그래, 놈이 죽은 게 분명해.

하지만 기쁨은 금세 사라졌다. 놈이 죽었다는 사실을 믿을 수가 없었다. 그 거미는 단순한 거미 이상이었다. 놈은 불사조다. 치명적인 독성을 품은 공포의 실체이자, 세상에 알려지지 않은 모든 공포의 상징이며, 가장 끔찍한 암흑의 형태로 구현된 근심과 불안과 일상적인 공포 그 자체였다.

다음 단계의 등반을 시작하기 전에 먼저 갈고리부터 구부려야 했다. 몸무게를 못 이겨 점점 벌어지는 게 영 불안했다. 허공에 매달려 있을 때 펴지면 어떻게 하지?

'그렇게는 안 될 거야.'

그는 고리 끝을 의자의 팔과 다리의 접합 부분에 끼우고 잡아당겼다. 됐다.

그는 크로케 골대에 갈고리를 던져 걸고 힘껏 당겨 본 다음 천천히 기어오르기 시작했다. 2분 뒤 그는 부드러운 금속 표면에 매달렸다.

크로케 골대의 차고 굽은 표면을 오르는 데에는 상당한 시간이 걸렸다. 실, 갈고리, 창의 무게 때문에 더욱 힘들었다. 장비들을 미리 던져 놓기에도 너무 먼 거리였고, 게다가 잃어버릴 위험도 있어 그럴 수도 없었다.

한참 뒤 그는 균형을 잃고 묘목 두께의 골대 아랫부분에 거꾸로 매달리고 말았다. 가슴이 쿵쾅쿵쾅 뛰었다. 돌아가는 건 시간이 더 걸렸다. 그는 그런 식으로 기어오르다가 마지막으로 다리와 팔을 이용해 가까스로 몸을 끌어올렸다. 몸에 매달린 실이 늘어져 허공에서 거칠게 흔들렸다.

위쪽 의자의 좌석에 도달할 때쯤 근육이 뭉치기 시작했다. 그는 좌석 위로 기어 올라가 이마를 나무에 대고 누워 숨을 몰아쉬었다. 찢어진 이마가 나무에 닿아 무척 쓰라렸지만 너무나 피로해 몸을 뒤집을 기운도 없었다. 그의 두 발은 200미터가 넘는 허공에 걸쳐져 있었다.

그가 몸을 돌려 자신의 위치를 살핀 것은 그로부터 20분이나 지난 뒤였다. 그의 발 아래로 지하실의 세계가 파노라마처럼 펼쳐져 있었다. 조용히 똬리를 틀고 있는 붉은 호스는 더욱 뱀과 비슷해 보였고, 쿠션은 다시 꽃이 만개한 들판으로 바뀌어 있었다. 그가 빠질 뻔했던 구멍도 보였다. 물 흐르는 소리를 듣고 무조건 뛰어들 생각까지 했던 구멍이지만 이제는 점으로밖에 보이지 않았다. 그가 침실로 썼던 작은 회색 상자는 마치 색 바랜 우편 소인 같았다.

그는 의자 다리 위로 기어 올라가 기대앉은 다음, 고리와 실과 창을 내려놓았다. 그리고 다리를 뻗은 채 스펀지와 마지막 크래커 부스러기를 꺼내 먹고 마셨다. 이미 스펀지의 반 이상을 짜내 비웠지만 별 상관은 없었다. 이제 곧 꼭대기에 도착할 것이다. 문제없이 빵을 얻을 수 있다면 빠른 속도로 벼랑을 내려가면 되는 것이고, 만일 빵을 얻지 못한다 해도 더 이상 물을 마실 팔자가 못

될 것이다.

드디어 벼랑 위에 도착했다. 그는 접의자에서 고리를 흔들어 빼내고 재빨리 거대한 종 모양의 유리 퓨즈 뒤로 달려갔다. 그리고 그곳에 숨어 숨을 몰아쉬며 저 너머 넓고 어두운 사막을 건너다보았다.

더러운 창문을 투과해 들어온 빛줄기의 도움으로 주변을 볼 수 있었다. 거대한 파이프들과 지붕의 서까래 밑에 고정된 전선들, 사막에 흩어진 나무, 돌, 마분지 상자 쪼가리들, 왼쪽으로 거대한 페인트 통들과 단지들. 그리고 앞으로 끝없이 펼쳐진 거대한 쓰레기 사막.

200미터쯤 떨어진 곳에 빵 조각이 보였다.

그는 입맛을 다셨다. 무조건 사막을 가로질러 달리려다가 우뚝 멈춰 섰다. 황급히 주변을 살폈다. 어디 있을까? 놈이 어디 있는지 모른다는 사실이 불안하기 짝이 없었다.

고요. 오직 고요뿐이었다. 빛줄기는 마치 창문에 기대 놓은 야광 막대 같았는데, 그 안에서 부유하는 먼지로 인해 정말로 살아 있는 것처럼 보였다. 거대한 나무 쪼가리들, 돌, 콘크리트 기둥, 서까래의 전선과 파이프들, 페인트 통과 단지와 모래 언덕. 모든 게 정지해 있었고 또 너무나 고요했다. 무언가를 기다리는 듯이. 그는 몸을 한 번 부르르 떨고는 창을 풀었다. 마음이 훨씬 편해졌다. 핀 머리 부분은 허리에 단단히 받치고 날카로운 끝은 이마 위로 내밀었다. 핀 끝이 가볍게 흔들렸다.

"자."

그는 크게 숨을 들이쉰 다음 사막을 향해 달려 나갔다. 갈고리가 모래를 질질 끄는 바람에 그것도 버리기로 했다.

'당장은 필요 없을 테니 두고 가도 상관없지, 뭐.'

하지만 그는 몇 걸음 더 걷다가 멈춰 서고 말았다. 갈고리를 버리는 게 영 마음에 걸렸다. 갈고리에 무슨 일이 생길 리야 없지만, 만의 하나라도 잘못되면 이곳에 완전히 갇혀 버리게 된다. 완전히.

그는 조심스럽게 뒷걸음치면서도 어깨 너머를 부지런히 살폈다. 언제 어디서 뭐든 나타나지 말라는 법은 없다. 그는 얼른 주저앉아 갈고리를 집어 들었다. 여차하면 갈고리를 내던지고 창을 들면 될 일이다.

'자, 진정하자. 아직은 아무 일도 없으니까.'

그는 다시 사막을 횡단하기 시작했다. 매우 신중한 속도였다. 두 눈으로도 끊임없이 사방을 훑었다. 물론 그럴 필요까지는 없었다. 그건 실의 매듭이 모래를 긁으며 끌려오는 소리만큼이나 도움이 되지 않았다. 세상에, 거미가 기어오는 소리와 이렇게 비슷해서야, 원.

그는 놀라서 뒤를 돌아보았다. 아무것도 없었다. 괜한 걱정이다. 그는 마음을 다독였다. 그러다 다시 사방을 둘러보았다. 심장 박동이 조금씩 빨라지기 시작했다. 아무것도 없었다. 그저 그림자와 침묵과 물건들뿐이었다.

어쩌면 그래서일 수도 있겠다. 물건들이 수직 수평이 아니라, 모두 기울어지고 각지고 굽어 있고 움푹 파여 있어서 말이다. 삼라만상이 왠지 조금씩 달아나고 있는 것만 같았고, 사물의 윤곽도 하나같이 불안하고 흐느적거려 보였다. 뭔가가 일어나려고 하는 것이다. 그는 확신할 수 있었다. 바로 그 침묵이 그렇게 속삭이고 있었다.

뭔가가 일어나려 하고 있다.

그는 창끝을 모래에 박고 실을 끌어당기기 시작했다. 아무래도 실을 말아 어깨에 메야겠다. 뒤쪽에서 모래를 긁으며 쫓아오는 소리가 영 맘에 들지 않았다. 그는 실을 잡아 올리면서도 탐색을 멈추지 않았다.

문득 실타래를 떨어뜨리고 창을 꺼내 앞으로 겨누었다. 그의 팔과 어깨 근육이 흔들렸다. 다리는 단단히 자세를 취했고 크게 뜬 두 눈으로는 허겁지겁 주변을 살폈다.

호흡도 크게 거칠어졌다. 그는 조용히 귀를 기울였다. 어쩌면 그냥 집에서 나는 소리일지도 몰라. 어쩌면…….

뭔가가 깨지는 소리, 쿵 하고 부딪치는 소리, 으르렁거리는 소리. 그는 짧은 비명과 함께 뒤로 돌아섰다. 그리고 그 순간 소리의 정체가 기름보일러라는 것을 깨달았다. 그는 얼른 창을 버리고 귀를 막았다. 두 손이 하릴없이 떨렸다.

2분 뒤 보일러가 꺼지고 침묵이 다시 어두운 사막을 덮쳤다. 스콧은 실을 마저 말아서 창과 함께 집어 들고 걷기 시작했다. 눈은 여전히 경계를 풀지 않았다. 도대체 어디 있지? 도대체?

그는 첫 번째 나무에서 멈춰 서서 실타래를 내려놓고 대신 창을 빼 들었다. 놈은 나무 뒤에 숨어 있을지도 모른다. 그는 마른 입술을 핥으며 낮은 자세로 나무를 향해 다가갔다. 처음 들어왔을 때보다 더 어두워졌다. 놈은 정말로 그 뒤에 있을지도 모른다. 그런데 정말로 있으면 어쩌지?

그가 갑자기 고개를 들었다. 어쩌면 머리 위일 수도 있다는 생각이 들어서였다. 케이블에 거꾸로 매달려 있을 수도 있지 않은가?

그는 떨리는 이를 앙다물고 다시 아래를 보았다. 두려움이 차가운 응어리가 되어 가슴에 걸려 있었다. 좋아, 빌어먹을! 마비 환자처럼 여기 이러고 서 있을 생각은 없다고! 그는 단호한 발걸음으로 나뭇조각 옆으로 돌아가 뒤를 살폈다. 아무것도 없었다.

그는 한숨을 내쉬고는 다시 돌아가 실을 집어 들었다. 너무 무거웠다. 차라리 두고 올 것을. 안 돼! 그러다 무슨 일이라도 있으면 어쩌려고? 그는 도대체 어떻게 해야 할지 망설이며 멍하니 서 있었다. 그러다가 빵 조각을 벼랑 끝까지 끌고 오려면 갈고리가 필요할 거라는 생각이 들었다.

'좋아, 토론 끝.'

그는 무거운 실타래를 어깨에 짊어졌다. 이제 갈고리를 가져갈 분명한 이유가 생겼다. 아무리 무거워도 버려두고 갈 수는 없다.

어깨 높이의 나무 쪼가리, 상자 조각, 벽돌, 모래톱 등에 올 때마다 그 신경 긁는 과정을 반복해야 했다. 실을 내려놓고 창을 단단히 쥔 채 조심스레 장애물에 접근해 그 뒤에 거미가 없다는 사실을 확인하는 과정 말이다. 그리고 매번 안도 같지도 않은 안도감이 그의 맥을 꺾어 놓았고, 그때마다 맥없이 창을 떨어뜨리고 말았다. 그러고는 자리로 돌아와 실과 고리를 다시 걸머지고 다음 장벽을 향해 나아가는 것이다. 그 모든 단계가 단지 임시적인 위안에 지나지 않음을 알기에 결국 그 어느 것도 위안이 될 수는 없었다.

빵 조각 앞에 도달했을 때에는 심지어 배도 고프지 않았다. 그는 마치 건물 앞에 서 있는 아이처럼 빵 앞에 섰다. 자, 이제 이 빵을 어떻게 가져가지? 지금껏 그 생각을 해 볼 겨를은 없었다. 사실 걱정할 필요는 없었다. 어차피 많은 빵이 필요한 것도 아니었다. 하루만 더 버티면 되니까 말이다.

그는 조심스럽게 살폈지만 주변엔 아무것도 없었다. 아무래도 거미는 죽은 모양이었다. 믿기지는 않았지만 이렇게 된 이상 더이상 부인하기도 어려웠다. 지금쯤이면 놈이 그의 존재를 알아챘어야 했다. 놈은 분명 그를 기억하고 증오하고 있을 것이다. 그가 놈을 증오하는 것만큼이나 말이다.

그는 창을 모래에 박아 넣고 딱딱한 빵 조각을 뜯어 씹기 시작했다. 맛있었다. 조금 씹은 것만으로도 입맛이 돌아왔다. 맛만 보려던 처음의 생각과 달리 어느 순간부터는 게걸스럽게 퍼먹기 시작했다. 비록 온몸의 긴장을 풀지는 않았으나, 두 손으로 빵을 파내 마구 입 안으로 밀어 넣고 있었다. 아무래도 빵이 그리웠던 모양이다. 크래커만으로는 도저히 채울 수 없는 갈증이 있었던 것이다.

그렇게 며칠 굶은 사람처럼 퍼먹은 뒤 스펀지에 남은 물을 모두 짜 입에 넣었다. 그리고 잠깐 망설이다가 스펀지 조각을 내던졌다. 스펀지는 이미 할 일을 다 했다. 그는 창을 집어 들고 자기 덩치보다 두 배 정도 되는 빵을 끊어 냈다. 그만큼도 필요 없다는 사실을 모르는 건 아니지만 그냥 무시하기로 했다.

그는 갈고리로 빵을 찍은 다음 천천히 벼랑으로 끌고 돌아갔다. 뒤쪽으로 모랫길이 파이기 시작했다. 벼랑 끝에 도착한 그는 갈고리를 빼내고 빵 조각을 아래로 밀어 버렸다.

빵이 허공을 날자 작은 부스러기들이 떨어져 나와 허공에 흩날렸다. 빵은 바닥에 떨어져 튀어 오르며 세 조각으로 나뉘었고 다시 조금 더 구르다가 멈춰 섰다. 좋아, 잘됐어. 그는 목숨을 건 등반에 성공했고 원했던 빵을 확보했다. 이제 모든 것이 끝났다.

그는 돌아서서 사막을 보았다. 그런데 왜 몸의 긴장이 풀리지 않는 걸까? 이 차가운 응어리가 뱃속에서 빠져나오지 않는 이유가 뭐지? 그는 안전했다. 거미는 어디에도 없었다. 나무 쪼가리, 돌, 상자 조각, 페인트 통, 붓 단지, 어디에도 없었다. 그는 안전했다.

그런데 왜 아래로 내려갈 생각을 못하는 거지? 그는 그곳에 선 채로 꼼짝 않고 사막을 바라보았다. 심장이 점점 빠르게 뛰기 시작했다. 마치 진리를 깨달은 심장이 그 사실을 머리에 전달하기 위해 자꾸만 위쪽으로 밀어 올리는 기분이었다. 심장은 문마다 열어젖히고 벽이란 벽은 모두 두들기면서, 기껏 빵 때문에 올라온 것이 아니지 않느냐고 소리치고 있었다. 그렇다, 거미를 죽이기 위해서 온 것이다.

창이 손에서 떨어지며 땡그렁 소리를 냈다. 그는 그 자리에 서서 부들부들 떨었다. 지금까지의 긴장이 어떤 뜻이었는지, 그리고 이제 어떤 일이 일어나고, 어떤 일을 벌여 나갈 것인지를 정확히 이해할 수 있었다.

그는 다시 창을 집어 들고 사막으로 걸어 들어갔다. 몇 미터 들어가다가 다리가 꼬이는 바람에 벌렁 넘어지고 말았다. 창이 그의 무릎 위에 가로로 떨어졌다. 그는 자리에 앉은 채 조용히 사막을 내다보았다. 얼굴에는 믿을 수 없다는 표정이 그려졌다.

그는 기다렸다.

「인형의 집에서 생활하다」.

그가 쓴 책 마지막 장의 제목이었다. 그 부분을 쓰고 난 뒤에는 더 이상 쓸 수도 없었다. 제일 작은 연필조차 야구 방망이처럼 거대했기 때문이다. 그는 테이프리코더를 활용할 생각도 했지만 그걸 쓰기도 전에 대화 자체가 불가능해졌다.

어쨌든 그건 더 나중 일이었다. 그리고 그가 25센티미터로 줄어든 어느 날이었다. 루이스가 거대한 인형의 집을 들고 나타났다.

그는 소파 쿠션에서 쉬고 있었다. 그곳이라면 베스가 실수로 그를 밟을 일이 없었다. 그는 루이스가 인형의 집을 내려놓는 것을 지켜보다가 소파에서 기어 내려왔다.

"그건 뭐 하러 가져왔어?"

그가 물었다. 그녀는 그의 귀청이 나가지 않도록 조용한 목소리로 대답해 주었다.

"당신이 좋아할 것 같아서."

그는 그런 걸 내가 왜 좋아해야 하냐고 물으려다가 그녀의 옆 얼굴을 보고는 마음을 바꾸었다.

"그래, 멋진데."

그건 고급 장난감이었다. 이제 책이 출간되고 여러 번 재판도 된 터라 그 정도는 여유가 있었다. 그는 인형 집의 현관 위로 올라섰다. 그곳에 서서 작은 난간을 잡으니 묘한 기분이 들었다. 그러니까, 클라리스의 트레일러 계단에 서 있던 그날 밤 같은 느낌이었다.

그는 현관문을 밀고 들어가 문을 닫았다. 그가 서 있는 곳은 넓은 거실이었다. 두꺼운 커튼을 제외하고는 가구가 하나도 없었다.

가짜 벽돌로 만든 벽난로가 있었고, 무늬목 바닥, 창가의 의자, 양초대들도 보였다. 한 가지만 제외한다면 멋진 방이라고 할 만했다. 한쪽 벽이 없었던 것이다.

그는 트인 쪽으로 루이스를 보았다. 그녀도 부드러운 미소와 함께 그를 들여다보고 있었다. 그녀가 물었다

"맘에 들어요?"

그는 거실을 가로질러 벽이 없는 쪽으로 걸어갔다.

"가구도 있어?"

"그건."

그녀는 말하려다가 그가 움찔하는 것을 보고 얼른 말을 끊은 다음 말소리를 죽였다.

"그건 차에 있어."

"오."

그가 다시 방을 돌아보았다.

"가져올 테니 집 구경하고 있어."

거실을 지나는 그녀의 발소리가 마치 기차 구르는 소리 같았다. 그 진동에 거울까지 흔들릴 정도였다. 그리고 거실 문이 큰 소리를 내며 닫혔고 그는 다시 인형의 집을 둘러보았다.

정오쯤 되었을 때, 가구가 모두 제자리를 잡았다. 그는 루이스에게 집을 소파 뒤 벽에 붙여 달라고 했다. 그렇게 되면 벽이 모두 막히게 되어 프라이버시까지 확보할 수 있을 것 같았다. 베스는 아빠에게 가까이 가지 못하도록 단단히 주의를 받은 터였지만, 때때로 고양이가 집 안으로 들어와 그를 위험에 빠뜨리곤 했던 것이다.

루이스에게 전기 연장선을 넣어 달라는 부탁도 했다. 작은 크리스마스트리 전구로 조명을 밝히기 위해서였다. 흥분한 탓에 그녀가 조명을 잊고 있었던 것이다. 그는 하수 처리가 되는 세면대와 욕실도 갖고 싶었지만 그건 불가능했다.

그는 인형의 집으로 이사했다. 물론 인형 가구가 편의용으로 제작될 리는 없었다. 의자들은 쿠션이 없고 등도 딱딱했다. 침대도 매트리스는커녕 용수철도 없었다. 루이스는 목화솜을 헝겊으로 꿰매 그가 침대에서 잘 수 있도록 해 주었다.

인형의 집에서 사는 것이 진짜 생활이 될 수는 없었다. 멋진 그랜드피아노를 연주하며 시간을 보낼 수도 있었겠지만 건반은 그려진 것이고 그 안은 텅 비어 있었다. 부엌으로 들어가 시원한 맥주를 꺼내 마시고 싶어도 냉장고 문은 열리지 않았다. 스토브의 손잡이는 움직였으나 그게 전부였다. 그 위에 물주전자를 끓일 수는 없었다. 수도꼭지의 물을 틀어 봐야 물 한 방울 나오지 않았다. 세면기 앞에서 옷을 입는 건 가능했지만 세수나 면도를 하는 건 불가능했다. 난로에 장작을 넣을 수는 있어도, 행여 불이라도 붙인다면 집 안은 온통 연기로 그을리고 말 것이다. 굴뚝이 없기 때문이다.

어느 날 밤 그는 결혼반지를 벗었다. 그동안 목걸이처럼 걸고 다녔는데 이젠 그마저도 너무 무거웠다. 마치 커다란 금으로 만든 훌라후프를 매달고 다니는 것 같았다. 그는 반지를 침실로 갖고 올라가 작은 서랍장의 제일 아래 칸에 집어넣었다.

그는 침대에 앉아 서랍장을 바라보며 반지에 대해 생각해 보았다. 지금껏 결혼의 근본을 간직하고 살아왔으나 이제 그마저 작은 서랍 안에 버려진 셈이다. 사실 그 행위로 인해 그들의 결혼은 끝이 났다고 봐야 했다.

그날 오후 베스가 인형을 가져다주었다. 아이는 인형을 현관에 두고 가 버렸고 그는 하루 종일 모른 척했다. 그리고 그는 충동적으로 아래층으로 내려가 계단 꼭대기에 올려놓은 인형을 들고 올라왔다. 파란 수영복 차림의 인형이었다.

"춥나?"

그는 인형을 집어 들며 물었다. 인형은 아무 말도 하지 않았다. 인형을 이층으로 데려가 침대에 눕혔다. 그녀가 눈을 감았다.

"안 돼, 잠들면."

그는 그녀의 상체와 길고 딱딱한 다리 사이의 접합 부위를 꺾어 허리를 일으켜 세웠다.

"그래, 그래야지."

그녀는 보석 같은 눈을 깜빡이지도 않고 그를 바라보았다.

"멋진 수영복이구나. 머리는 누가 해 준 거니?"

그는 손을 뻗어 담황색 머리카락을 뒤로 넘겨 주었다. 그녀는 두 다리를 벌리고 손은 반쯤 들어 올린 자세로 꼼짝도 않았다. 마치 그를 안아 줄까 말까 고민하는 모습 같았다. 그녀의 작고 딱딱한 가슴을 찔러 보았다. 속옷 끝이 풀어져 있었다.

"도대체 그 옷은 뭐 하러 입은 거야?"

그가 야단치듯 묻자 그녀는 풀 죽은 표정으로 그를 보았다.

"네 눈썹은 셀룰로이드구나. 귀도 막혔고 가슴도 절벽이야."

그녀가 그를 가만히 노려보았다. 그는 무례하게 군 것을 사과하고 이제껏 살아온 이야기를 들려주었다. 그녀는 흐릿한 조명의 침실에 앉아 끈기 있게 이야기를 들어 주었다. 수정같이 파란 눈은 한 번도 끔뻑거리지 않았다. 이윽고 그녀가 영원히 받지 못할 키스를 기다리듯 큐피드의 활처럼 생긴 작은 입술을 살짝 내밀었다.

얼마 뒤 그는 그녀를 침대에 누이고 자기도 옆에 누웠다. 그녀는 즉시 잠들었다. 옆으로 누이자 그녀가 곧바로 눈을 뜨고 그를 바라보았다. 다시 눕히자 눈을 감았다.

"잠이나 자자."

그는 이렇게 말하고 그녀를 끌어안고는 딱딱한 플라스틱 다리에 찰싹 달라붙었다. 그녀의 엉덩이가 그의 아랫도리에 닿았다. 그는 그녀를 반대쪽으로 돌려놓았다. 그녀가 돌아눕자 그는 몸을 더욱 밀착시킨 다음 상대를 더욱 세게 끌어안았다.

그는 한밤중에 놀라서 깨어나 혼란스러운 눈으로 옆에 누운 여자를 내려다보았다. 부드러운 등과 붉은 리본으로 묶은 담황색 머리.

"당신, 누구요?"

그가 속삭였다. 그녀의 딱딱하고 차가운 피부를 만져 보고 나서야 기억이 돌아왔다. 갑자기 울컥 감정이 복받쳤다.

"왜, 당신은 진짜가 아닌 게지?"

하지만 여자는 대답하지 않았다. 그는 그녀의 담황색 머리에 얼굴을 묻고 꼭 끌어안았다. 얼마 뒤 다시 잠에 빠져들었다.

그는 차가운 모래에 앉아 맞은편의 거대한 상자 밖으로 삐져나온 인형의 팔을 멍하니 바라보았다. 바로 저 인형 때문에 그랬구나.

그는 눈을 깜빡이며 주변을 둘러보았다. 얼마나 시간이 지났을까? 도통 짐작이 가지 않았다. 더 심각한 것은, 그런 백일몽을 얼마 동안 꾸었는지도 알 도리가 없다는 것이다. 햇살의 기둥이 창을 뚫고 들어왔다.

그는 눈을 끔뻑거렸다. 그렇게 오래진 않았을 것이다. 하지만 만일 어두워지기 시작했다면 그는…….

뭐지? 뭣 때문이지? 생각이 도중에 끊긴 이유가? 어두워지면 거미와 싸울 기회조차 없을 것이라는 생각을 할 참이었는데, 무엇 때문에 생각이 끊긴 거지?

그 이유는 생각만으로도 너무나 끔찍했기 때문이었다.

그런데 왜 달아나지 않는 거야? 남을 이유가 없었다. 사실 그 생각부터 해야 했다. 스스로를 이해시켜야 할 테니 말이다. 좋아. 그는 입술을 다물고 창을 단단히 움켜쥐었다.

이유야 어떻든 그 거미는 그에게 특별한 의미였다. 결코 상종할 수 없는 추악한 존재. 어차피 죽어가는 목숨이지만 마지막으로 그 존재를 죽일 기회를 갖고 싶었다.

아니, 그렇게 단순한 문제는 아니다. 그와 관련된 또 다른 문제가 있다. 어쩌면 내일이면 소멸해 버릴 거라는 사실을 받아들일 수 없어서일지도 모르겠다. 세상에 미치지 않고서야 자기가 죽을 거라는 사실을 어떻게 받아들일 수 있단 말인가? 미치지 않았다고? 누가? 그는 두 눈을 감았다.

그는 황급히 일어섰다. 관자놀이가 지끈거렸다. 내일은 필요 없다. 아니, 필요하다고 해도 지금은 신경 쓸 계제가 아니다. 중요한 것은 지금과, 지금 해야 한다고 결심한 일들이다. 그러다 죽는다

해도 암흑의 괴물 역시 살아남지는 못할 것이다. 그래, 그거면 충분하다.

그는 나무처럼 뻣뻣한 다리를 이끌고 사막을 거슬러 올라갔다. '도대체 어디로 가는 거지?'

물론 그 대답은 분명했다. 거미를 찾아서.

그는 문득 걸음을 멈추었다. 이유는?

그는 몸을 떨었다. 떨지 않을 도리가 없었다. 7족의 괴물 거미를 상대로 어찌 떨지 않을 수 있단 말인가? 놈은 이제 그보다 네 배는 더 클 것이다. 그런데 이 작은 핀으로 놈을 죽이겠다고?

그는 꼼짝도 않고 사막 저편을 노려보았다. 당장 무슨 대책을 세워야 한다. 벌써 목이 말라 왔다. 시간이 없었다.

"좋아."

그는 점점 차오르는 두려움을 애써 가라앉히며 중얼거렸다. 좋아, 놈은 끝장내야 할 벌레일 뿐이라고. 가만, 사냥꾼들이 야수를 죽일 때 어떻게 하더라?

대답은 쉽게 나왔다. 함정. 거미를 함정에 빠뜨리고……. 그래, 핀! 핀을 그 안에 거꾸로 세워 두면!

그는 재빨리 어깨에서 실타래를 벗겨 바닥에 내던지고는 창을 풀어 모래를 긁어 내기 시작했다.

죽을힘을 다해 파냈는데도 45분이나 걸렸다. 얼굴과 몸이 온통 땀으로 범벅이고 근육들도 비명을 질러 댔다. 그는 함정의 바닥에 서서 가파른 벽을 올려다보았다. 만일 실이 내려오지 않으면 그도 갇히게 될 것이다.

그는 잠시 쉰 다음에 핀 끝이 위로 오도록 살짝 기울여 깊이 밀어 넣고는 주변을 흙으로 단단히 덮었다. 그리고 위로 올라가 타고 온 실을 회수한 다음 함정 옆에 서서 안을 들여다보았다.

갑자기 자신이 없어졌다. 이 방법이 먹힐까? 거미가 쉽게 옆면을 타고 달아나지 않을까? 원래 벽도 어렵지 않게 오르는 놈이 아니던가? 행여 바늘에 찔리지 않는다면? 핀에 닿기도 전에 펄쩍 뛰어 반대쪽으로 넘어온다면? 그러면 놈과 싸울 만한 무기가 하나도 없는 셈이 된다. 저번에 했던 식으로 하는 게 최선일까? 핀으로 그냥 찔러 버리는 것이?

하지만 그런 식으론 불가능했다. 그러기엔 너무 작아졌다. 충격만으로도 그대로 튕겨 나가고 말 것이다. 그는 놈이 거대한 다리 갈퀴로 할퀼 때의 끔찍한 느낌을 잊을 수가 없었다. 결코 다시는 겪고 싶지 않다.

'그런데 왜 달아나지 않는데?'

그 질문엔 대답하지 않기로 했다.

아직 하나가 더 남았다. 거미가 들어가면 재빨리 함정을 덮어야 할 것이다. 놈을 모래로 덮는 게 가능할까? 아니, 그건 너무 오래 걸린다.

그는 넓은 상자 조각을 하나 찾아냈다. 저 정도면 함정을 덮을 수 있을 것이다. 그는 종이를 끌고 돌아왔다. 그래, 다 됐어. 이제 거미를 이쪽으로 유인하면 되는 거야. 놈이 함정에 빠지면 얼른 마분지를 덮고 놈이 죽을 때까지 위에 앉아 있으면 그만이라고.

그는 입술을 핥았다. 어차피 다른 방법은 없잖아? 한참 동안 그 자리에 서서 호흡을 조절했다. 피곤하고 숨쉬기도 쉽지 않았지만 어쨌든 첫발을 내디디기로 했다. 더 이상 망설이다가는 이대로 포기할 것만 같았다.

그는 사막을 가로질러 가며 이곳저곳을 살폈다. 놈은 거미집에 있을 것이다. 그는 적당한 보폭을 유지하며 조심스럽게 사방을 살폈다. 뱃속에 차가운 돌 하나가 얹힌 기분이었다. 핀이 없으니 자신감도 없어졌다. 거미가 뒤에서 나타나면 어쩌지? 그래서 함정으로 갈 수가 없다면? 뱃속의 돌이 철렁 하고 내려앉았다. 소름이 끼쳤다. 안 돼, 안 돼. 절대 그렇게 되어서는 안 된다.

이상한 소리에 다시 깜짝 놀랐다. 그건 낡은 집이 내는 소리였다. 그는 다시 걸음을 옮겼다. 근육은 언제라도 쓸 수 있도록 긴장 상태를 놓지 않았다.

점점 어두워지고 있었다. 그는 그림자 속으로 깊숙이 들어갔다. 창문의 불빛과는 반대 방향이었다. 숨소리마저 겁에 질려 있다는 생각에 가슴이 더욱 무거워졌다. 흑거미는 위험한 놈이다. 신중하고 은밀한 야수. 때문에 놈들은 가장 어둡고 은밀한 곳에 집을 짓는다.

그는 깊은 어둠 속으로 들어갔다. 놈은 그곳에 있었다. 높다란 거미줄 위였다. 숨을 쉴 때마다 씰룩거리는 검은 달걀. 일곱 개의 다리가 달린 거대한 흑진주. 놈이 추악한 전선 위에 숨어 있었다.

스콧의 목에 딱딱한 응어리가 걸렸다. 응어리를 삼키려 했지만 목이 마치 석회처럼 굳어 있었다. 아니, 거대 거미를 바라보고 있자니 온몸이 석고처럼 굳어 버렸다고 하는 편이 더 솔직하겠다. 놈이 며칠 보이지 않은 이유도 알 수 있었다. 놈의 견고한 동체 밑에 살찐 딱정벌레가 먹다 만 채로 매달려 있었던 것이다.

뱃속이 느글거렸다. 그는 두 눈을 감고 숨을 삼켰다. 호흡이 파르르 떨렸다. 그 썩은 시체에서 악취가 새어 나오는 것만 같았다.

그는 황급히 눈을 떴다. 거미는 여전히 꼼짝도 않고 있었다. 마치 하얀 넝쿨에 매달려 있는 검은 딸기 같았다. 그는 놈을 지켜보면서 부르르 떨었다. 그 위로 올라갈 수 없음은 분명했다. 용기가 없어서가 아니라 거미줄은 그마저 딱정벌레처럼 휘감아 버릴 것이기 때문이다.

이제 어떻게 한다? 물론 제일 좋은 방법은 왔던 길로 몰래 달아나는 것이다. 심지어 그는 몇 걸음 뒤로 물러서기까지 했다.

안 돼. 포기할 순 없다. 비록 의미도 없고 비합리적이고 미친 짓이지만 그래도 해야만 한다. 그는 쪼그리고 앉아 거대한 거미를 살폈다. 그리고 자기도 모르게 손으로 모래밭을 두드렸는데 손에 뭔가 딱딱한 물체가 부딪쳤다. 그 바람에 그는 펄쩍 뛰며 헉 하고 비명까지 질렀다. 그는 거미가 비명을 들었는지 황급히 살핀 다음에야 아래쪽을 내려다보았다. 돌조각이었다.

그는 돌을 집어 들어 무게를 가늠해 보았다. 뱃속의 응어리가 조금씩 단단해지기 시작했고 호흡도 가빠졌다. 가슴의 오르내림도 더욱 빨라졌다. 그는 다시 거미의 사악한 몸뚱이를 노려보았다.

그는 이를 악물고는 주변을 돌아다니며 처음 것과 비슷한 돌멩이 아홉 개를 골라 발 앞에 모아 놓았다.

사막 저편에서 갑자기 보일러가 돌기 시작했다. 그는 얼른 두 손으로 귀를 덮었다. 모래가 부르르 떨기 시작했고, 거미도 움직이는 것처럼 보였다. 아니, 움직인 건 거미줄뿐이었다.

보일러가 꺼지자 스콧은 잠시 망설이다가 거미를 향해 돌을 던졌다. 실패였다. 돌은 검은 거미의 동체를 지나 거미줄을 뚫어 버렸다. 거미줄이 바람에 날리는 커튼처럼 흔들렸다. 거미도 잠깐 다리를 꼼지락거렸지만 이내 잠잠해졌다.

아직은 기회가 있어. 제발, 기회가 있을 때 달아나란 말이야!

하지만 그는 아랫배에 단단히 힘을 준 다음 거미를 향해 두 번째 돌을 날렸다. 이번에도 실패였다. 이번에는 거미줄에 정통으로 맞아 집 전체가 출렁거렸고 거미도 아래위로 크게 흔들렸다. 거미가 거미줄을 내뿜고 다리를 꿈틀거리기는 했지만 잠시 후 다시 돌처럼 굳어 버렸다.

그는 울음 섞인 저주를 내뱉고는 세 번째 돌을 던졌다. 돌은 아치 모양을 이루며 날아가 거미의 반들반들한 등에 맞고 튀어나갔다.

이번에는 거미가 뛰어내렸다. 놈은 허공에 매달린 듯싶더니 다시 거미집으로 올라가 달걀을 품는 암탉처럼 웅크리고 앉았다. 스콧은 다시 돌을 주워 던지고 또 던졌다. 반쯤은 두려움이었고 반쯤은 광기에서였다. 돌 하나는 거미줄을 맞히고 다른 하나는 줄을 끊고 지나갔다.

"내려와! 내려오란 말이야, 이 자식아!"

그는 있는 힘껏 고함을 질러 댔다. 그러자 정말로 거미가 거미줄을 타고 내려오는 것이 아닌가! 비척거리는 다리 위에 얹힌 몸통이 뒤뚱거렸다. 비명은 더 이상 나오지 못했다. 그는 숨을 들이쉬고는 돌아서서 모래 위를 달리기 시작했다.

10미터쯤 달린 뒤 어깨너머로 돌아보니 거미도 이제 모래 위에 내려섰다. 마치 비눗방울이 허공을 떠다니며 쫓아오는 것처럼 보였다. 그 순간 갑작스러운 충격에 머릿속이 하얘지더니 다리의 힘이 썰물처럼 빠져나갔다.

'추락하고 있어!'

그가 속으로 비명을 질렀다.

환각이었다. 그는 여전히 사력을 향해 달리고 있었다. 열심히 함정을 찾았지만 아직 보이지 않았다. 좀 더 가야 하나 보다. 뒤를 돌아보니 벌써 놈과의 거리가 좁혀지고 있었다.

그는 얼른 고개를 돌렸다.

'돌아보지 마!'

옆구리가 뜨끔거리기 시작했다. 샌들도 열심히 모래를 날렸다. 그래도 함정은 보이지 않았다. 그는 참지 못하고 결국 다시 돌아보고 말았다. 놈은 가느다란 다리를 휘적거리며 게걸음으로 쫓아오고 있었다. 놈이 그를 노려보았다. 그는 눈을 부릅뜨고 더욱 박차를 가했다.

'도대체 어디 있는 거야?'

이미 함정을 지나친 것이 분명했다. 벌써 페인트와 붓 단지가 있는 곳까지 온 것이다. 안 돼! 이럴 수는 없어! 얼마나 고생해서 만든 계획인데! 뒤를 돌아보니 놈은 더 가까이까지 와 있었다. 비척거리고, 깡충거리고, 퍼덕거리고, 뒤뚱거리는 암흑의 사신이 말을 타고 그의 뒤를 쫓고 있었다!

'다시 돌아가야 해!'

그는 커다란 반원을 그리며 달리기 시작했다. 하지만 거미가 가로질러 오지 않도록 극도로 조심해야 했다. 모래가 자꾸 발목을 잡아당기며 샌들이 박힐 때마다 발을 통째로 삼키는 소리를 냈다.

다시 돌아보았다. 놈은 궤적을 따라 쫓아오고는 있었지만 훨씬 가까워졌다. 다리로 모래를 긁어 대는 소리까지 들을 수 있을 정도였다. 겨우 10미터, 9미터, 8미터……

그는 달리면서 이따금 허공으로 뛰어올랐다. 함정의 위치를 파악하기 위해서였다. 보이지 않았다. 몸이 너무나도 무거웠고 목구멍도 불타는 것만 같았다. 이런 식으로 끝나고 마는 건가?

'아니, 기다려! 저기 오른쪽!'

그는 방향을 바꾸어 함정 주변의 모래 둔덕을 향해 달렸다. 7미터 뒤에서는 거대한 거미가 쫓아오고 있었다.

함정이 점점 가까워졌다. 그는 사력을 다해 마지막 박차를 가했다. 그리고 함정의 가장자리에서 미끄러지듯 멈춰 서며 홱 몸을 돌렸다. 드디어 결전의 순간이다. 그는 거미에게 잡혀 먹히기 직전까지 그 자리에 서 있어야 했다.

그는 망부석처럼 굳은 채 흑거미가 달려오는 것을 지켜보았다. 놈은 매 순간 커지고 또 넓어졌다. 이제 놈의 검은 눈과 그 아래 핀셋처럼 찢어진 주둥이, 그리고 다리에 곤두선 털까지 볼 수 있었다. 놈이 온몸을 씰룩거리며 달려오고 있었다. 아직이야. 더 기다려! 기다리라고! 거미는 거의 그의 머리 위에 다다랐다. 놈의 몸이 하늘을 막아섰다. 그리고 그를 덮치기 위해 뒷다리를 축으로 허공으로 하여 뛰어올랐다.

'지금이야!'

그는 엄청난 힘으로 몸을 날렸다. 달려들던 거미가 그대로 함정 속으로 빨려 들어갔다.

놈의 찢어질 듯한 비명에 온몸이 마비되는 것 같았다. 마치 내장을 쏟고 쓰러지는 말의 비명 같았다. 그는 본능적으로 일어나 상자 조각을 재빨리 함정 안으로 밀어 넣었다. 철판을 긁는 비명 소리는 그칠 줄을 몰랐다. 그리고 스콧 역시 자신도 모르게 있는 대로 비명을 지르고 있었다. 그가 함정을 덮으면서 본 광경은, 검은 동체가 부르르 떨고 두꺼운 다리로 함정의 벽을 긁고 파헤치는 모습이었다. 모래가 구름처럼 일어나고 있었다.

스콧이 덮개 위로 몸을 날렸다. 순간 거미의 몸이 눌리면서 상자 조각이 꿈틀거리고 파닥거렸다. 그는 바짝 엎드린 채로 펑펑 튀는 종이에 매달렸다. 이제 거미가 죽을 때만 기다리면 되는 거야! 해냈어! 내가 해냈다고!

하지만 그도 잠시뿐. 갑자기 상자 조각이 한쪽으로 기울어지고 있었다!

그리고 검은 다리가 마치 살아 있는 나뭇가지처럼 밖으로 뚫고 나왔다. 그는 다리 쪽으로 미끄러지면서 죽어라 비명을 질러 댔다.

그는 죽을힘을 다해 자리에서 일어났다. 마분지가 요동치는 탄력을 이용해 거미의 다리 너머로 높이 솟구쳐 올랐다. 그리고 실타래 옆에 떨어지자마자 후닥닥 몸을 돌렸다. 거미가 기어 나오고 있었다! 등에 핀이 박힌 거미가! 그의 몸이 걷잡을 수 없이 떨리기 시작했다. 그는 뒤로 엉금엉금 기어 달아나면서 동시에 몸을 일으키려 했다.

"안 돼! 안 돼! 아냐, 안 된단 말이야!"

거미는 완전히 함정에서 빠져나와 다시 그를 노렸다. 그런데 그때 놈이 갑자기 껑충 뛰더니 모래를 날리면서 한 바퀴 원을 그리는 것이 아닌가? 그래, 핀을 빼내려는 거야.

'뭐든 해야 해!'

그는 머릿속으로 외치면서도 거미가 빙빙 도는 모습만 넋이 빠져라 보고 있었다.

그 순간 자기 손에 갈고리가 들려 있다는 사실을 깨달았다. 그는 일어나 갈고리를 들고 무조건 달렸다. 실이 뒤쪽으로 풀려 나갔다. 거미는 여전히 몸을 비틀고 발악을 했다. 상처에서 피가 분수처럼 쏟아져 모래 여기저기에 리본 같은 무늬를 그렸다.

갑자기 핀이 빠져나왔다. 그리고 거미가 그를 향해 돌아섰다. 그는 2미터쯤 떨어진 곳에 서서 머리 위로 갈고리를 빙빙 돌리며 서 있었다. 번쩍이는 낫을 돌리듯 공기를 가르는 소리가 섬뜩하게 들려왔다.

거미가 곧바로 그 궤적 안으로 달려들었다. 갈고리는 놈의 둥근 몸을 사정없이 꿰뚫었다. 놈이 놀라 물러나며 다시 찢어지는 비명을 질렀다. 스콧은 무거운 나무 쪼가리 뒤로 돌아가 실을 단단히 묶어 버렸다. 거미가 다시 달려들었다. 갈고리는 놈의 몸 깊숙이 박혀 있었다. 그는 돌아서서 달아나기 시작했다.

거미는 그를 잡는 바로 그 순간, 팽팽해진 실 때문에 뒤로 벌렁 자빠지고 말았다. 다리 하나가 그의 어깨를 후려쳤는데, 그 바람에 하마터면 뒤로 끌려갈 뻔했다. 그는 모래 위에 넘어져 거미의 다리를 떨쳐내고 허둥지둥 뒷걸음치다가 부들부들 떨면서 일어섰다. 머리카락이 아무렇게나 흩어져 있고 얼굴은 모래투성이였다. 거미는 다리를 휘젓다가 턱을 있는 대로 벌리고 다시 달려들었다. 하지만 핀은 영락없이 놈을 낚아챘고 그 순간 끔찍한 비명이 다시 그의 뇌를 후벼 팠다.

그는 더 이상 두고 볼 수가 없어 조금 뒤로 물러났다. 거미는 포기하지 않고 달려왔지만 결국 줄의 한계를 넘지 못하고 뒤로 끌려가기를 반복했다.

핀은 피로 미끈거렸다. 그는 이를 악물고 모래 한 줌을 끼얹은 다음 얼른 핀을 집어 들었다. 그리고 창을 뻗은 채 엉덩이에 고정시켰다. 거미가 뛰어올랐다. 그가 재빨리 팔을 뻗자 창끝이 놈의 검은 몸을 꿰뚫어 버렸다. 다시 피가 솟구쳤다. 거미는 다시 달려들었고 창은 뚫린 가죽에서 어김없이 피를 뽑아냈다. 거미는 계속해서 창을 향해 달려들었다. 놈의 몸은 끝내 해질 대로 해진 넝마 꼴이 되고 말았다.

마침내 비명도 멎었다. 거미는 뒷다리로 간신히 버틴 채 아주 느린 속도로 움직였다. 그는 문득 빨리 끝내고 싶다는 생각을 했다. 그냥 물러나도 놈은 죽을 수밖에 없지만 그러고 싶지는 않았다. 어렴풋이 남아 있는 지난 시절의 도덕심 때문이란 말인가? 갑자기 거미가 불쌍해져서 놈의 고통을 일찍 끝내 주고 싶었다. 그는 조심스럽게 놈의 사정거리 안으로 들어갔다. 놈은 최후의 힘까지 짜내 마지막 도약을 시도했다.

창끝이 몸을 꿰뚫자 놈은 부르르 떨면서 나무토막처럼 무너져 내렸다. 독을 품은 턱은 그의 불과 몇 센티미터 앞에서 서서히 닫혀 갔다. 드디어 놈이 죽었다. 괴물 거미가 피로 범벅이 된 모래 위에 조용히 누워 있었다.

그는 비틀비틀 놈에게서 빠져나와 모래 위에 그대로 쓰러져 버렸다. 기절한 것이다. 그가 기억하는 마지막 소리는 거미의 다리가 천천히 바닥을 긁어 대는 소리였다. 너는 죽었으되 쉬지도 못하는구나.

이윽고 그는 몸을 약하게 떨고는 두 손으로 천천히 모래를 움켜쥐었다. 가슴에서 저절로 신음 소리가 새어나왔다. 그는 등으로 돌아눕고는 가까스로 눈을 떴다.

꿈을 꾼 건가? 그는 잠시 누운 채 호흡을 가다듬은 다음 끙 소리를 뱉으며 일어나 앉았다.

꿈은 아니었다. 몇 미터 옆에 거미가 쓰러져 있었다. 놈의 몸은 거대한 바위 같았고 다리는 아무렇게나 굽은 통나무처럼 보였다. 그리고 그 위로 죽음의 기운이 짙게 깔려 있었다.

거의 밤 시간이었다. 어두워지기 전에 벼랑을 내려가야 한다. 그는 비틀거리며 거미 쪽으로 다가갔다. 피투성이 시체에 가까이 가고 싶은 생각이야 추호도 없었지만 어쨌든 갈고리는 회수해야 했다.

일을 마친 후 그는 후들거리는 다리를 이끌고 사막을 되돌아가기 시작했다. 갈고리가 질질 끌려오며 제 몸에 묻은 피를 모래에 닦아 내고 있었다.

그래, 이제 끝났다. 드디어 공포의 밤이 끝난 거야. 이젠 뚜껑 없이도 편안하고 안락하게 잠들 수 있으리라. 그의 굳은 표정 위에 어색한 미소가 걸렸다. 그래, 역시 가치가 있는 일이었어. 만사가 모두 가치 있어 보였다.

그는 벼랑 끝에 서서 갈고리를 던져 나무에 걸었다. 그리고 천천히 실에 매달려 접의자를 향해 내려가기 시작했다. 아직 내려갈 일이 아득했지만 그는 미소 지었다. 그건 아무것도 아냐. 얼마든지 할 수 있다고.

그런데 허공에 매달려 내려가는 도중 결국 갈고리가 끊어져 버렸다. 그는 순식간에 허공을 수직 낙하하기 시작했다. 몸이 천천히 옆으로 돌아갔다. 비명을 지를 수도 없을 정도로 그건 절대적인 충격이었다. 머릿속이 뭔가에 얻어맞은 듯 멍하기만 했다. 철저하면서도 절대적인 충격.

그는 꽃무늬 쿠션 위에 떨어져 한 번 튀어 올랐다가 바닥에 떨어졌다. 그리고 한참 후에 일어나 몸을 살펴보았다. 이해가 가지 않았다. 비록 쿠션 위에 떨어지긴 했지만 수백 미터의 높이에서 떨어진 것이다. 죽지 않은 건 둘째 치고 어떻게 부상 하나 입지 않았지?

그는 한참이나 자신의 몸을 더듬어 보았다. 뼈도 안 부러지고 상처 하나 없었다. 도무지 믿을 수가 없었다.

그때 그 생각이 들었다. 무게. 지금껏 오해하고 있었던 것이다. 그러니까 추락할 경우 그가 정상 체구였을 때와 똑같은 충격을 입게 될 거라고 생각했는데 그건 오산이었던 것이다. 바보같이, 여태 그 생각도 못하다니! 거미는 어느 높이에서 떨어지더라도 아무 문제없이 걸어가지 않았던가?

그는 그 기적 같은 현실에 고개를 저으며 빵이 있는 곳으로 달려갔다. 빵 조각을 크게 떼어내 스펀지로 가져갔다가 다시 호스로 가서 실컷 물을 마신 다음, 스펀지 위에 기어 올라가 포식을 했다.

그날 밤 너무나도 평화롭게 잠이 들었다.

그는 비명을 지르며 일어났다. 융단 같은 햇살이 시멘트 바닥을 가득 덮고 있었다. 계단 위에서 드럼을 두드리는 듯한 굉음이 들렸다. 그는 숨을 죽였다. 그때 햇살을 가리며 한 거인이 나타났다.

스콧은 부랴부랴 스펀지 가장자리를 향해 달려가다가 앞으로 고꾸라졌다. 거인이 멈춰 서더니 주변을 둘러보았다. 머리가 거의 천장에 닿을 정도로 까마득했다. 스콧은 가볍게 시멘트 위로 뛰어내리다가 너무나 커진 옷에 발이 걸려 그만 펄쩍 뛰고 말았다. 그는 두 손을 엉덩이에 댄 채 꼼짝 않고 서서 거인을 올려다보았다. 그러다가 늘어진 옷을 치켜들고 맨발로 시멘트 바닥 위를 달렸다. 샌들을 신을 생각은 하지도 못했다.

5미터쯤 달렸을까? 옷자락이 손에서 미끄러지는 바람에 다시 앞으로 넘어지고 말았다. 그리고 거인이 움직이기 시작했다. 스콧은 몸을 움츠린 채 허공을 향해 두 팔을 마구 휘저었다. 달아날 기회도 없었다. 거인의 발걸음 때문에 천지가 진동했다. 위를 올려다보니 거인은 그의 머리 바로 위에서 뒤뚱거리고 있었다. 마치 태산이 무너지는 듯했다. 스콧은 두 팔로 얼굴을 가렸다.

'이제 끝이야!'

그가 마음속으로 외쳤다.

천둥이 멈추고 스콧도 두 팔을 내렸다. 거인이 기적적으로 붉은색 금속 식탁 옆에 멈춰선 것이다. 왜 난방기까지 가지 않는 거지? 도대체 뭘 하려는 걸까?

그는 헉 하고 숨을 몰아쉬었다. 거인이 식탁에 손을 뻗어 아파트 빌딩보다 더 큰 상자를 끌어내 바닥에 내던진 것이다. 소리의 파동이 스콧의 머리를 송곳처럼 찔러 댔다. 그는 얼른 귀를 막고 몸을 일으켰다가 황급히 뒤로 물러섰다.

'도대체 뭐 하려는 거지?'

또다시 거대한 상자가 허공을 날더니 엄청난 폭음을 내며 추락했다. 스콧은 겁먹은 눈으로 상자가 떨어지는 것을 보다가 거인이 서 있는 곳으로 몸을 날렸다.

거인은 기름 탱크와 냉장고 사이의 잡동사니들에서 더 거대한 물체를 끌어내고 있었다. 파란색. 그건 루이스의 옷 가방이었다.

문득 거인이 수요일에 왔던 자가 아니라는 사실을 깨달았다. 그는 괴물의 벼랑 같은 바지를 올려다보았다. 청회색 체크무늬 패턴과 직선들. 저게 뭘까? 그는 그 모습을 자세히 보았다. 글렌 체크!(가로 세로 줄을 겹쳐 넣은 전통적인 영국식 체크 ― 옮긴이) 거인은 비싼 정장 차림의 남자였다. 발에는 한 블록 정도는 되어 보이는 구두를 신고 있었다. 저 체크무늬를 어디에서 봤더라?

그리고 기억이 떠오르자마자, 더 작은 거인이 계단을 뛰어내려오며 째지는 목소리로 외쳤다.

"도와줄까요, 마티 삼촌?"

스콧은 얼어붙은 채로 두 눈만 움직였다. 엄청난 크기의 딸, 그리고 더 거대한 형, 그리고 다시 딸.

"다 됐다, 얘야. 네가 들기엔 너무 무거울 거야."

그의 목소리는 너무나 크게 울려 그는 무슨 뜻인지 알아듣기가 어려웠다.

"작은 건 들 수 있는데."

"어디 보자. 그래, 저게 좋겠구나."

마티가 말했다. 더 많은 상자 조각이 하늘을 날다가 바닥을 뒹굴었고 곧이어 두 개의 캔버스 의자도 날아갔다.

"이거. 그리고 이것도."

마티가 말했다. 캔버스 의자들은 접의자에 부딪고 나서야 멈춰 섰다.

"여기도 있다."

마티가 이렇게 말하고는 몇 백 미터는 되어 보이는 네트 폴(배드민턴 네트를 치는 기둥 — 옮긴이)을 내던졌다. 네트 폴은 벽에 부딪히고는 비스듬히 멈춰 섰다. 폴의 끝에 네트를 묶는 달 모양의 금속 링이 매달려 있었다.

스콧은 시멘트 블록으로 돌아와 있었다. 그는 입을 다물지 못한 채 형의 거대한 체구를 올려다보았다. 마티의 코끼리 손이 두 번째 옷 가방 손잡이를 잡아 금속 식탁 위로 끌어당긴 다음 다시 바닥에 내려놓았다. 끔찍한 소음이었다. 도대체 저 옷 가방들은 뭐 하러 꺼내는 거지?

답은 하나였다. 이사.

"안 돼."

그는 이렇게 중얼거리다가 충동적으로 앞으로 달려 나갔다. 거대한 베스가 단 세 걸음만으로 지하실을 가로질러 두 번째 옷 가방을 집어 드는 것이 보였다.

"안 돼! 마티, 안 돼!"

그의 얼굴이 고통으로 일그러졌다. 그는 마티를 향해 달려가며 외쳤다. 달리다가 옷자락을 밟고 앞으로 무너졌으나 다시 일어나 형의 이름을 불러 댔다. 안 돼, 떠날 순 없어!

"형, 나야! 마티 형!"

그가 비명을 질렀다. 그는 옷자락을 어깨와 머리 위로 벗어 내동댕이치고는, 형의 구두를 향해 미친 듯이 달려들었다. 온몸이 마구 떨렸다.

"마티!"

베스가 작은 옷 가방을 질질 끄는 소리가 머리를 후벼 파고 이를 흔들었지만 그는 개의치 않았다. 어떻게든 형에게 알려야 했다.

마티는 한숨을 내쉬고는 계단을 향해 걷기 시작했다.

"안 돼! 가지 마!"

스콧은 있는 힘을 다해 외치며 달려오던 그대로 몸을 돌려 다시 형의 뒤를 쫓아갔다. 마치 하얀 벌레 같았다.

"마티!"

마티는 계단에 서서 돌아보았다. 스콧의 겁에 질린 눈이 금방이라도 튀어나올 것만 같았다.

"여기야, 마티! 여기!"

그는 형이 들었다고 생각하고는 실처럼 가는 손을 흔들었다. 그러나 거인 마티는 그대로 고개를 돌려 버렸다.

"베스?"

"응, 마티 삼촌."

그녀의 목소리가 계단을 향해 다가왔다.

"여기 엄마한테 필요한 게 더 있니?"

"있을걸?"

"오, 그래, 그럼 어차피 다시 와야겠구나."

그때쯤 스콧은 거대한 신발 위로 기어오르려 하고 있었다. 그는 딱딱한 가죽을 붙잡고 매달렸다.

"마티!"

그가 고함을 지르며 구두 위로 기어 올라갔다. 몸을 일으켜 주먹으로 구두를 때리기 시작했다. 마치 돌 벽을 치는 느낌이었다.

"마티, 제발! 오, 제발!"

그가 애원했다. 갑자기 구두가 움직이더니 엄청난 반경을 그리며 회전했다. 머리가 빙빙 돌았다. 스콧은 결국 중심을 잃고 떨어져 허공 저편으로 날아갔다. 시멘트 바닥에 떨어진 그는 숨도 쉬지 못한 채 누워, 형이 루이스의 가방을 들고 계단을 오르는 모습을 지켜보았다.

마티는 사라졌고 그의 형체 너머로 눈이 멀 정도의 햇살이 쏟아져 들어왔다. 스콧은 한 팔로 두 눈을 가리고 몸을 틀었다. 가슴이 미어졌다.

'이건 불공평해!'

어떻게 그의 승리를 이런 식으로 한순간에 망가뜨릴 수 있단 말인가? 어떻게 바로 그 순간에 모든 가치를 부정해 버릴 수 있단 말인가?

그는 자리에서 일어나 온몸을 떨었다. 등 뒤로 이글거리는 햇볕이 내리쬐고 있었다. 아내가 이사를 한다. 루이스가 멀리 떠나는 것이다. 그가 죽은 줄 알고 떠나려는 것이다. 그는 이를 부드득 갈았다. 그녀에게 아직 살아 있음을 알려야 한다!

그는 손으로 두 눈을 가린 채 계단 위를 올려다보았다. 문은 아직 열려 있었다. 계단 아래로 달려갔다. 까마득했다. 갈고리를 다시 만든다 해도 저렇게 높이까지 던질 수는 없다. 그는 속으로 중얼거리며 계단 밑을 서성거렸다.

시멘트 블록과 블록 사이의 틈은 어떨까? 수요일에 계획했던 대로 오르는 것이 지금도 가능할까? 그는 가장 가까운 곳으로 달려가다가, 옷과 식량과 약간의 물이 필요하다는 사실을 깨닫고는 그 자리에 멈춰 섰다.

그때 등반 자체가 불가능하다는 사실이 거대한 납덩이처럼 그를 내리눌렀다. 그는 계단의 차가운 시멘트에 기대 초점 없는 눈으로 지하실을 바라보았다. 고개가 천천히 앞뒤로 흔들렸다. 시도해 봐야 소용없어. 꼭대기에 도달하는 건 처음부터 불가능하다고. 이제는 안 된다. 겨우 0.36센티미터의 키를 갖고서는.

그는 터벅거리며 스펀지로 돌아가다가 문득 생각이 떠올랐다. 아까 마티가 다시 와야겠다고 말했다. 그는 숨을 몰아쉬고는 계단을 향해 달리다가 또다시 멈춰 섰다. 잠깐, 잠깐만. 먼저 준비부터 해야 한다. 아까처럼 무조건 신발에 기어오를 수는 없다. 차라리 잡을 곳 없는 신발이 아니라, 마티의 바지 자락을 붙잡아야 했다. 어쩌면 바짓단에 기어들어가 집으로 들어갈 때까지 달라붙어 있을 수도 있다. 그리고 밖으로 빠져나와 식탁이나 의자 같은 데 오를 수만 있다면, 천 조각 같은 걸 흔들어서라도 루이스의 시선을 잡을 수 있을 것이다. 살아 있다는 사실만 알리면 된다. 그냥 살아 있다는 것만.

좋아, 좋아, 서두르자고. 그는 손뼉을 치고는 빠른 속도로 움직였다. 제일 먼저 할 일은?

처음엔 먹을 것과 마실 것. 필요한 만큼의 식량을. 그는 허탈한 웃음을 흘렸다. 어디에 넣지? 허리띠에? 그는 소름으로 뒤덮인 하얀 나신을 바라보았다. 그래, 옷이 먼저야. 그런데 뭘 입지? 옷은 너무 크고, 옷감도 너무 두꺼워 이제는 자를 수도 없었다. 그래, 어쩌면…….

그는 먼저 스펀지로 달려갔다. 스펀지를 있는 힘껏 뜯고 잡아당긴 덕에 제법 큰 조각을 떼어 낼 수 있었다. 스펀지 조각을 되도록 가늘게 잘라 팔과 다리가 구멍 속으로 들어갈 수 있도록 뒤집어썼다. 옷은 고무처럼 딱 달라붙었다. 제대로 몸을 덮어 주지도 못했고 앞면이 자꾸만 뜯어져 나가려 했지만 별수 없었다. 더 이상 다른 방법도 시간도 없었다.

다음은 식량이다. 그는 벼랑 옆의 빵 조각으로 달려가 필요한 만큼 떼어 낸 다음, 호스로 가서 앉은 자세로 먹기 시작했다. 호스의 금속 입구에 앉아 있자니 허공에서 대롱대롱 흔들리는 맨발이 보였다. 신을 것도 있어야겠다. 뭐가 좋을까?

그는 다 먹고 난 뒤 호스의 어둡고 굽은 통로를 따라 달려갔다. 일을 마치고 다시 스펀지로 돌아가 두 개의 작은 조각을 뜯어 신발 대용으로 삼았다. 가운데를 조금 갈라 그 안에 발을 끼워 넣는 식이었다. 스펀지가 자꾸만 벗겨지려 해서 그는 실로 잡아 묶기로 했다.

문득 실을 이용하면 옷을 몸에 맞게 묶을 수도 있고 또 마티의 바짓단으로 들어갈 수도 있다는 생각이 떠올랐다. 만일 다른 핀을 찾아 굽혀 실에 묶을 수만 있다면, 핀을 바지에 걸어 이층의 실내에 들어갈 때까지 매달릴 수도 있을 것이다.

그는 기름 탱크 아래의 마분지 상자로 달려가다가, 이번에도 걸음을 멈추고 방향을 틀었다. 전날 밤 떨어뜨린 실을 기억해 낸 것이다. 거기엔 아직 핀이 매달려 있을 것이다. 그는 그 핀을 찾기로 했다.

있었다. 게다가 핀의 굽은 각도도 마티의 바짓단에 걸 수 있을 만큼은 되었다.

스콧은 계단 밑의 돌과 나무들을 모아 놓은 쓰레기 위로 올라가 형이 다시 내려오기를 기다렸다. 위층에서는 부산스럽게 방을 왔다 갔다 하는 소리가 들렸다. 그는 루이스가 이사 준비를 하느라 분주히 움직이는 모습을 상상하며 피가 날 정도로 세게 입술을 깨물었다. 그가 해야 할 마지막 일이 있다면 그건 자신이 살아 있음을 알리는 것이리라.

그는 지하실을 바라보았다. 이 모든 시간이 지난 후에 결국 밖으로 나간다는 사실이 믿기지 않았다. 그에게 지하실은 하나의 세계였다. 왠지 오랜 구속 생활 끝에 풀려난 죄수가 된 기분도 들었다. 겁에 질리고 불안한 죄수. 아냐, 그건 사실이 아니다. 지하실은 그에게 자궁 같은 보호막이기도 했다. 외부 세계는 이 지하 세계보다 훨씬 더 복잡할 것이다.

그는 아픈 무릎을 손으로 가볍게 쓰다듬었다. 부기가 상당히 빠져 있었고 통증도 많이 약화되었다. 얼굴의 상처와 멍도 만져 보았고, 손에 묶은 붕대도 풀어 바닥에 떨어뜨렸다. 숨을 들이쉬어 보니 목이 따끔거리긴 했지만 못 견딜 정도는 아니었다. 드디어 세계로 나갈 준비가 끝났다.

위층 뒷문이 닫히고 곧이어 발소리가 들렸다. 그는 돌에서 뛰어내려 실을 흔들어 풀어 냈다. 그러고는 갈고리를 집어 든 다음 계단 벽에 등을 기대고 기다렸다. 가슴이 콩닥거리며 뛰었다. 모래 땅을 밟는 발소리들이 들렸다. 그리고 목소리.

"거기 뭐가 있는지는 나도 잘 몰라요."

그의 표정이 딱딱하게 굳었다. 두 눈도 겨울 연못처럼 꽁꽁 얼어붙었다. 다리는 아예 뼈가 녹아내린 듯 힘이 하나도 없었다. 루이스.

그는 계단을 내려오는 거대한 발소리를 듣고 몸을 부들부들 떨며 속삭였다.

"루이스."

두 사람이 먹구름처럼 햇살을 가로막았다. 그들은 주변을 이리저리 돌아다녔는데, 머리가 거의 1킬로미터 하늘에 떠 있는 것 같았다. 그녀의 얼굴은 보이지도 않았다. 그가 볼 수 있는 것이라고는 어지럽게 펄럭이는 붉은 치마뿐이었다.

"저 선반 위에 있는 상자가 우리 거예요."

그녀의 목소리는 하늘 높이에서 들려왔다.

"알았어요."

마티가 말하고는 벼랑 쪽으로 다가가 마분지 상자를 끌어냈다. 인형의 팔이 삐져나와 있는 상자였다. 루이스는 발로 작은 스펀지를 밀어냈다.

"어디 봐요. 내 생각엔……."

그녀가 쪼그리고 앉았다. 그리고 스콧은 그녀의 거대한 얼굴을 볼 수 있었다. 마치 극장 종업원이 여배우의 얼굴을 클로즈업한 광고판을 내거는 기분이었다. 전체적인 모습을 보는 건 여전히 불가능했다. 거대한 눈 하나, 거대한 코, 그다음엔 장미가 만개한 계곡 같은 입술 등등.

"저기, 탱크 밑에 있는 상자도요."

"알았어요."

마티가 말하고는 첫 번째 상자를 들고 계단을 올라갔다. 이제 아내와 단둘이었다.

그녀는 다시 일어나 천천히 주변을 어슬렁거렸다. 산만큼이나 커다란 가슴 아래 거대한 두 손으로 팔짱을 낀 자세였다. 스콧의 가슴과 뱃속에서 뭔가가 꿈틀거렸다. 이제 확실해졌다. 그녀는 그를 초월해 있었다. 그리고 그녀에게 자신의 생존을 알리겠다는 생각도 증기처럼 사라졌다. 그녀를 보는 순간 부질없음을 깨달은 것이다. 그는 그녀에게 벌레일 뿐이었다. 이젠 너무나도 확실하게 알수 있었다. 행여 그녀의 관심을 끈다 해도 해결되는 것은 아무것도 없으리라. 물론 바꿀 수 있는 것도 없다. 어차피 그는 오늘 밤사라질 것이다. 결국 거의 아물었을 옛 상처를 다시 벌려 놓는 것밖에 또 무슨 의미가 있겠는가. 그는 작은 팔찌 장식처럼 서서 한때 아내였던 여자를 올려다보았다.

마티가 다시 계단을 내려왔다. 루이스가 말했다.

"여기서 빨리 나가고 싶어요."

"이해해요."

마티는 이렇게 대답하고는 기름 탱크로 걸어가 쪼그리고 앉았다. 베스가 계단을 내려오며 물었다.

"더 가져갈 거 없어, 엄마?"

"아직 남은 게 있나? 오, 그래, 저 페인트 붓통을 가져가면 되겠구나. 그것도 우리 거니까."

"알았어요."

베스가 버드나무 식탁 쪽으로 달려갔다.

문득 스콧이 몽환에서 깨어났다. 루이스에게 알리는 건 포기한다 해도 지하실에서 빠져나가고 싶다는 마음이 바뀐 것은 아니지 않은가? 마티를 기다리고 있을 수만은 없었다. 걸음이 너무 빨라 도저히 따라잡지 못할 가능성이 컸기 때문이다.

그는 계단을 벗어나와 냉장고 쪽으로 달려갔다. 그는 냉장고의 거대한 그림자를 지나고 식탁 밑을 지났다. 마티는 여전히 탱크 옆에 웅크린 자세로 상자를 빼내고 있었다. 스콧은 이제 붉은 금속 식탁 밑을 달리고 있었다. 어서! 그는 실을 질질 끌면서 사력을 다해 뛰었다. 마티가 두 손으로 상자들을 들고 일어서더니 계단을 향해 걷기 시작했다.

시간이 없었다. 스콧이 달리는 동안 마티의 거대한 검은 구두가 바로 옆에 떨어져 내렸다. 그는 젖 먹던 힘까지 짜내서 날아가는 바지를 향해 후크를 날렸다. 만일 질주하는 경마를 잡았다 해도 이렇게 격렬하게 낚아채이지는 않았을 것이다.

숨을 쉴 수도 없었다. 어느 순간 그는 하늘을 향해 날았다가 그대로 떨어져 내렸다. 시멘트 바닥이 그를 향해 질주하고 있었다. 그는 두 다리를 꼬고 몸을 있는 대로 폈다. 시멘트 바닥에 그의 스펀지 코트가 아슬아슬하게 스쳤다. 거인의 발이 다시 움직였다. 실이 당겨지며 그가 다시 한 번 허공으로 날았다. 두 팔이 뽑혀 나갈 것만 같았다. 지하실이 빙글빙글 돌았고 빛과 그림자가 한데 엉켜 돌았다. 비명이라도 치고 싶었지만 그럴 수도 없었다. 그의 작은 몸은 허공에서 흔들리고 요동치고 빙글빙글 돌면서 계단을 향해 총알처럼 쏘아져 나아갔다. 마티의 발이 첫 번째 단을 미끄러지며 스펀지가 산산조각으로 흩어져 버렸다. 격렬한 충격이 그를 찢어 내는 듯싶더니, 그는 갑자기 시멘트 바닥을 죽어라고 달리고 있었고 또 어느새 두 번째 단을 향해 곤두박질쳤다. 그는 충격을 피하기 위해 두 팔을 앞으로 내밀며 비명을 질렀다. 정신이 하나도 없었다.

그는 콘크리트 바닥에 내동댕이쳐진 채 대 자로 뻗어 버렸다. 두 발이 꺾이고 머리는 쩍 하는 소리를 내며 시멘트 벽에 부딪쳤다. 머리가 깨질 듯이 아팠다. 처음엔 머릿속이 하얀 빛으로 가득 차더니 곧이어 검은 블랙홀 같은 것이 까맣게 덮어 버렸다. 그는 아내의 구두가 바로 1센티미터 옆을 짓밟았다는 것도, 그리고 마침내 그녀마저 떠났다는 사실도 의식하지 못하고 그대로 누워 있었다.

그 후 기차역까지 가는 차 안에서 베스는 삼촌의 바지에 박힌 갈고리 핀과 실을 빼내 주었다.

"아마 지하실에서 묻어온 모양이지?"

마티는 그렇게 말하고 곧 잊어버렸다. 베스도 그 물건을 외투 주머니에 넣고는 마찬가지로 잊어버렸다.

18센티미터

"내려 줘!"

그가 외쳤다. 더 이상 말할 수도 없었다. 베스가 그의 몸을 단단히 죄고 있기 때문이었다. 어깨와 엉덩이와 두 손을 모두 한 손으로 감아쥐었는데 그 힘에 숨이 막힐 지경이었다. 방이 빙글빙글 도는 통에 그는 조금씩 정신을 잃기 시작했다.

그리고 인형의 집 현관이 발에 닿았다. 그는 얼른 가짜 난간을 움켜쥐었다. 베스가 반쯤 겁먹은 얼굴로 내려다보며 말했다.

"그냥, 비행기 태워 준 건데."

그는 문을 활짝 열고 집 안으로 뛰어 들어가 문을 쾅 닫고 걸쇠까지 걸어 버렸다. 그리고 거실에 쓰러져 마른 숨만 허겁지겁 집어삼켰다.

밖에서 베스가 변명하는 소리가 들렸다.

"아프게 하지 않았잖아."

그는 대답하지 않았다. 기계틀에 묶여 박살이 날 뻔하다가 빠져나온 기분이었다.

"아프게 한 거 아니란 말이야!"

베스는 이렇게 말하고 울기 시작했다. 그는 이럴 때가 올 것을 알고 있었다. 결국 우려했던 일이 터진 것이다. 그렇다고 더 이상 참고 있을 수만은 없었다. 루이스에게 말해 베스를 가까이 못 오게 해야겠다. 아직 책임감이 없는 아이니까.

그는 간신히 일어나 터벅터벅 소파로 건너갔다. 베스가 나가는 소리가 들렸다. 발소리에 바닥이 울렸다. 조금 전에 베스는 놀다가 들어와 그가 집 안을 산책하는 것을 보더니 느닷없이 집어든 것이다.

그는 루이스가 만들어 준 작은 쿠션에 누워 어두운 천장을 쳐다보면서 한참 동안 베스 생각을 했다.

베스는 목요일 아침에 태어났다. 루이스의 산고는 길었다. 아내는 그에게 집으로 돌아가라고 말했지만 그럴 수는 없었다. 이따금 자동차 뒷좌석에 쪼그리고 앉아 새우잠을 자기는 했지만 그는 대부분 대기실에서 기다렸다. 잡지를 들춰 보기도 했다. 식탁 위에는 들고 간 책도 있었지만, 실제로 읽거나 하지는 않았다. 오, 그래, 침착해야 해. 쓸데없는 오두방정은 딱 질색이니까. 복도를 서성대는 것도 싫고, 담배꽁초를 발로 짓밟는 것도 꼴불견이었다. 하기야 하고 싶다고 해도 서성댈 만한 공간도 없었다. 대기실은 이층 홀 끝에 있는 작은 골방에 지나지 않았으며, 복도는 사람이 너무 많아 지나기도 빡빡할 정도였다.

그래서 그는 대기실에서 기다렸다. 뱃속에 수류탄이라도 들어 있어 언제라도 터질 것만 같았다. 그곳에는 남자가 하나 더 있었으나 벌써 네 번째 아이라 무덤덤해 보였다. 아니 그는 아예 독서에 몰두하기도 했다. 『정복자의 저주』. 아직도 그 제목이 기억나는데, 세상에 와이프가 산고로 죽을 고생을 하는 마당에 어떻게 저런 책을 읽을 수 있단 말인가? 아내가 아무리 순산의 달인이라고 해도 그렇지. 실제로 남자가 세 장도 채 읽기 전에 아이가 태어나기는 했다. 그게 새벽 1시쯤이었다. 그가 떠나고 스콧은 대기실에 혼자 앉아 초조하게 기다렸다.

아침 7시, 엘리자베스 캐리가 세상에 모습을 드러냈다.

애런 박사가 분만실에서 나와 그에게 다가왔다. 타일을 밟는 슬리퍼 소리가 귀에 거슬렸다. 스콧의 머릿속은 오만 가지 불길한 생각들로 복잡했다. 아내가 죽은 거야. 아니면 아이가? 기형아? 쌍둥이? 세 쌍둥이? 사산?

애런 박사가 드디어 입을 열었다.

"오래 기다리셨죠? 예쁜 따님이에요."

그는 유리창이 있는 곳으로 안내되었다. 간호사가 담요에 싸인 아기를 안고 있었다. 검은 머리의 아이는 하품을 했고, 조그마한 손발로 마구 허공을 긁어 댔다. 그는 남한테 들키기 전에 얼른 눈물을 닦아 냈다.

그는 소파에서 일어나 앉아 두 팔을 뻗어 보았다. 갈비뼈의 통증이 그렇게 심하지는 않았지만 숨쉬기는 아직 만만치 않았다. 가슴과 옆구리를 만져 보았다. 부러진 뼈는 없는 듯했다. 정말로 천행이었다. 베스의 힘은 말 그대로 무지막지했다. 떨어뜨리지 않으려고 조심한 것이었겠지만 그래도…….

그는 고개를 저었다.

"베스, 오, 베스."

줄어들기 시작한 후로 그는 날마다 딸아이와 멀어지고 있었다. 물론 아내와의 결별도 뚜렷한 과정으로 진행되고 있었지만, 아이와의 이별은 그와는 또 다를 수밖에 없었다.

처음에는 상황에 따른 이별이 있었다. 그는 끔찍한 불치병에 걸렸고, 때문에 주기적으로 병원에 가서 진찰과 입원을 반복해야 했다. 아이에게 내줄 시간이 있을 리 없었다.

집에 있을 때면 근심과 두려움과 결혼 생활의 파경으로 인해 아이와 멀어지고 있다는 생각조차 할 겨를이 없었다. 가끔 아이를 무릎에 앉히고 책을 읽어 주거나 밤이면 침대 옆에서 잠들기를 지켜 주기는 했다. 하지만 대개의 경우, 자기 자신의 문제 때문에 다른 신경을 쓸 여력은 없다고 봐야 했다.

그다음엔 신체의 크기가 개입되었다. 점점 더 줄어들수록 아버지로서의 권위와 자신감도 따라서 줄어들었다. 그건 가볍게 여길 문제가 아니었다. 몸 크기가 루이스에 대한 태도에 영향을 주었듯이, 아빠에 대한 베스의 대한 태도 역시 달라질 수밖에 없었다.

아버지의 권위란 결국 신체의 차이에 의존하는 바가 컸다. 아이에게 아버지는 크고 강하며, 전지전능한 존재여야 한다. 아이의 관점은 단순하다. 때문에 체구와 목소리의 크기를 권위의 기준으로 삼는다. 아이들은 자신보다 큰 존재를 존경하거나 아니면 두려워한다. 물론 딸을 위협해서 존경심을 끌어내는 것이 아니라, 그가 180센티미터이고 딸애가 125센티미터이기 때문에 기본적으로 주어진 관계가 그렇다는 것이다.

그가 딸애와 같은 크기가 되고 또 더 작아지면서, 그리고 목소리에서 깊이와 권위가 빠져나가면서 베스의 존경심도 느슨해졌다. 처음부터 아이가 이해할 수 있는 상황이 아니었다. 어쩌면 아이에게 끊임없이 설명하는 과정이 필요했을 수도 있겠지만 그건 처음부터 불가능했다. 줄어드는 아빠를 이해할 정신적 배경이 아이에게 있을 리가 없었기 때문이다.

결국 아빠의 키가 180센티미터가 아니고 딸애도 125센티미터가 아니며, 아빠의 목소리도 자기가 기억하는 목소리가 아니게 되자, 아이는 더 이상 그를 아버지로 여기지 않게 되었다. 아버지는 늘 옆에 있어야 했고 기댈 수 있어야 했고 변하지 않아야 했다. 스콧은 변하고 있었다. 따라서 같을 수도 없었고 또 같은 존재로 취급받을 수도 없었다.

관계는 그런 식으로 끊어졌다. 날이 갈수록 아이의 존경심은 깎여 나갔고, 특히 그가 있는 대로 성질을 부리기 시작하면서는 더욱 나빠졌다. 베스는 아빠를 이해할 수도 인정할 수도 없었다. 동정심을 알기에도 아직 어린 나이였다. 아이는 그를 나쁘게 보기 시작했다. 아이의 순수한 눈으로 볼 때, 그는 비명이나 지르고 큰 소리로 생떼나 써 대는 사악한 난쟁이에 지나지 않았다. 더 이상 아버지가 아니라 동화 속에 나오는 작고 사악한 괴물인 것이다.

그리고 이제 그 간극을 메우는 건 불가능해졌다. 베스는 이미 신체적 해악을 미칠 수 있는 존재가 된 것이다. 그 애 역시 고양이처럼 접근을 못하게 해야 했다.

"모르고 그런 거잖아요, 스콧."

그날 밤 루이스는 이렇게 말했다.

"누가 알고 그랬대? 물론 이해 못하겠지. 그래도 나한테 못 오게 해 줘. 내가 얼마나 약한지 모르고 있으니까. 내가 무슨 무적의 장난감이나 되는 듯이 움켜쥐더라고."

그리고 그다음 날 모든 것이 끝났다.

그는 허리를 굽힌 채, 건초가 흩뿌려진 헛간을 구경하고 있었다. 그곳엔 마리아와 요셉과 아기 예수를 바라보는 동방박사들이 있었다. 헛간은 무척이나 고요했고 그들도 마치 살아 있는 것만 같았다. 마리아는 부드러운 미소를 지었고, 동방박사들도 예수의 구유를 향해 머리를 조아리며 경의와 존경을 보여 주었다. 우리에도 가축들이 서성대고 있었는데 시큼한 오물 냄새까지 맡을 수 있었다. 그리고 아기 예수가 작고 아름다운 목소리로 옹알이를 했다.

그때 찬바람이 불어 그는 몸을 부르르 떨었다. 부엌을 보니 문이 약간 열려 있었다. 바람에 날린 눈발이 문틈으로 들어와 바닥에 흩날렸다. 그는 루이스가 닫겠지 생각했는데 아무도 닫는 사람이 없었다. 그때 희미하게 물소리가 들렸다. 루이스는 샤워를 하는 중이었다. 그는 크리스마스트리 아래의 솜 눈을 지나 헛간을 빠져나갔다. 그의 작은 수제화가 인공 눈을 밟으며 뽀드득 소리를 냈다. 차가운 바람에 온몸이 떨렸다.

"베스!"

그가 이름을 불렀지만 문득 아이가 밖에 나가 놀고 있다는 사실이 기억났다. 그는 속으로 투덜거리며 넓은 녹색 장판을 달려가기 시작했다. 잘하면 직접 닫을 수도 있을 것이다.

하지만 그가 문에 닿기도 전에 뒤에서 가르릉거리는 소리가 들렸다. 얼른 돌아보니 고양이가 싱크대 옆에 있었다. 이제 막 우유 접시에서 고개를 든 모양이었다. 입 주변의 털이 젖은 채 마구 엉클어져 있었다. 뱃속으로 쿵 하고 바위 하나가 떨어져 내렸다.

"여기서 나가!"

그가 말했다. 고양이가 귀를 쫑긋거렸다.

"당장 나가!"

좀 더 큰 소리로 외쳤다. 고양이 목에서 다시 가글거리는 소리가 들리더니, 놈이 발톱을 세우고 앞발을 내밀었다.

"당장 나가란 말이야!"

그가 뒤로 물러서며 고함을 질렀다. 찬바람이 등줄기를 얼리고, 눈발이 그의 작은 어깨와 머리를 두드려 댔다.

고양이의 몸놀림은 프라이팬 속의 버터만큼이나 부드러웠지만, 입술을 까뒤집고 드러낸 이는 송곳보다도 날카로워 보였다.

그때 베스가 문을 활짝 열고 집 안으로 들어왔다. 갑작스러운 돌풍이 바닥을 핥고 달려가 뒷문을 밀어 버렸고 그는 그 바람에 집 밖으로 날아가고 말았다. 뒷문은 순식간에 닫혔다. 그는 눈 속에 떨어져 내렸다.

그는 눈을 흠뻑 뒤집어쓴 채 기어 나와 문으로 달려가서는 주먹으로 있는 힘껏 두드렸다.

"베스!"

그의 목소리는 으르렁거리는 바람 소리에 묻혀 거의 들리지 않았다. 차가운 눈보라가 유령 구름처럼 그를 때리고 지나갔다. 난간 위에서 커다란 눈뭉치가 떨어져 바로 옆에서 퍽 소리를 내며 터졌다. 얼음 알갱이들이 수없이 날아와 그의 몸을 찔렀다.

"오, 맙소사. 베스, 나 좀 들여보내 줘."

그는 있는 대로 악을 쓰며 문을 걷어차기 시작했다. 주먹이 얼얼하고 발도 감각이 없어졌다. 하지만 문은 열리지 않았다.

"오, 세상에."

상황은 그야말로 경악할 지경이었다. 그는 돌아서서 눈보라가 몰아치는 들판을 보았다. 세상이 온통 하얀색으로 들끓었다. 마당은 생경한 눈의 사막으로 변해 있었고 바람은 눈의 안개를 연방 뿜어 대고 있었다. 나무들도 거대한 흰색 기둥처럼 보였으며 가지와 이파리도 온통 흰색이었다. 울타리는 마치 비닐을 덮어 놓은 듯 보였는데 바람이 눈을 벗겨내 그 밑의 속살을 드러냈기 때문이었다.

현실은 가혹했다. 이곳에 계속 있다간 얼마 안 가 동사하고 말 것이다. 이미 발이 납처럼 무거워졌고, 손가락들도 냉기로 아파 오기 시작했다. 온몸이 사시나무처럼 떨렸다.

그야말로 진퇴양난이었다. 이곳에 남아 들어가기를 시도할 것인가, 아니면 다른 곳으로 가서 눈과 바람을 피할 장소를 찾아볼 것인가. 본능적으로는 집에서 달아나고 싶지 않았다. 안전은 오직 이 흰 벽 안에서만 존재한다. 하지만 이성적으로 본다면 그건 목숨을 거는 일이었다. 그렇다고 해도 도대체 어디로 간단 말인가? 지하실 창은 안으로 잠겨 있고 문은 너무 무거워 들 수조차 없었다. 게다가 그곳도 추위를 막기에는 역부족일 것이다.

현관? 어떻게든 현관의 난간을 기어오를 수 있다면 벨을 누를 수도 있을 것 같았다. 그는 여전히 망설였다. 눈은 너무 깊고 위협적이었다. 행여 눈발에 휘말리게 된다면? 너무나 추워 결국 현관까지 다다르지 못하게 되면 어쩌지?

하지만 그건 유일한 기회였고 결심은 빠를수록 좋았다. 그가 없어졌다는 사실을 언제 알게 될지도 모를 일이다. 이곳 뒷문에 붙어 있기만 한다면 루이스가 늦지 않게 찾아낼 수도 있겠지만 그렇지 못할 가능성도 얼마든지 있었다.

그는 이를 갈며 포치 끝으로 간 다음 첫 번째 계단 위로 뛰어내렸다. 쌓인 눈이 충격을 덜어 주었다. 조금 미끄러지기는 했지만 균형을 잃지도 않았다. 그는 다시 계단 가장자리로 다가가 아래로 뛰어내렸다.

이번에는 미끄러져 넘어지는 바람에 어깨까지 눈에 파묻히고 말았다. 얼굴을 덮은 눈에 뼈까지 어는 것 같았다. 그는 헐떡이며 황급히 몸을 일으키고는 마치 징그러운 거미라도 닿은 듯 황급히 얼굴을 털어 냈다.

시간이 없었다. 그는 재빨리 계단 끝으로 가 조심스럽게 자세를 잡았다. 그리고 잠시 아래를 내려다보다가 빠른 호흡과 함께 뛰어내렸다.

그는 다시 미끄러지고 말았다. 균형을 잡기 위해 두 손을 마구 저었으나 결국 계단 한쪽 끝까지 미끄러졌고, 잠시 멈추는 듯했지만 결국 허공으로 튕겨 나가 버렸다.

그는 1.5미터 아래의 눈 더미 속에 빠졌다. 마치 아이스크림에 빨대를 꽂는 것 같았다. 얼음 결정들이 얼굴을 뒤덮고는 목 안으로 파고들기 시작했다. 그는 퉤퉤 하고 입에 들어간 눈을 내뱉으며 일어서려다가 다시 넘어졌다. 두 발이 눈 속에 단단히 박혔기 때문이었다. 그는 당혹스러운 나머지 잠깐 그대로 누워 있었다. 눈구름이 그를 덮쳤다.

추위가 손발을 갉아먹고 있었다. 그는 얼른 몸을 일으켰다. 계속 움직여야 한다. 달리는 건 불가능했다. 최선의 자세라야 몸을 잔뜩 앞으로 내밀고 비틀거리며 걷는 정도였다. 한 발이 깊은 눈구덩이를 빠져나오면 다른 발이 깊이 박혔고 그때마다 그의 몸은 앞으로 쏠렸다. 그는 가쁜 숨을 몰아쉬며 넘어질 듯 앞으로 나갔다. 바람은 머리카락을 채찍처럼 만들고 옷을 찢어 냈으며, 얼어붙은 칼날처럼 살갗을 파고들었다. 이미 손발의 감각이 떠나가고 있었다.

가까스로 집 모퉁이에 다다르자 멀리 포드 차가 보였다. 차를 덮은 방수포도 눈이 쌓여 거의 보이지 않았다. 신음이 저절로 새어 나왔다. 너무 멀었다. 그는 폐를 얼릴 듯한 숨을 들이켜고는 다시 앞으로 나갔다. 해낼 거야. 해내고 말 거야.

그때 그림자 하나가 하늘을 갈랐다. 마치 누군가 던진 돌 그림자 같았다.

처음에 보이는 것은 바람과 추위와 허벅지까지 차오르는 눈뿐이었다. 그리고 다음 순간 그는 무언가에 얻어맞고 앞으로 고꾸라졌다. 그는 얼굴에 눈을 뒤집어쓴 채로 황급히 몸을 돌렸다. 그 순간 그가 본 것은 쏜살같이 달려드는 참새 한 마리였다.

그는 헉 하고 신음을 내뱉고는, 날개를 퍼덕이며 덮쳐드는 참새를 향해 한 팔을 쳐들었다. 새는 딱딱한 날개를 푸드득거리며 하늘로 솟아올라 천천히 선회하기 시작했다. 스콧은 겁에 질린 눈으로 얼른 집을 돌아보았다. 그의 눈에 언뜻 유리 빠진 지하실 창문이 들어왔다.

그때 새가 다시 공격을 시도했다. 그는 눈 위로 몸을 날렸고 검은 날짐승은 아슬아슬하게 그를 훑고 지나갔다. 참새는 다시 치솟아 한 바퀴 돌더니 다시 총알처럼 뛰어내렸다. 스콧은 1미터쯤 달리다가 다시 넘어지고 말았다. 그는 자리에서 일어나 새를 향해 눈을 던졌다. 눈은 놈의 검은 부리에 맞고 부서졌다. 새가 다시 솟아올랐다. 스콧은 돌아서서 몇 걸음 비틀거리며 나갔고 새는 또다시 급강하를 시도했다. 젖은 날개가 그의 머리를 사정없이 후려갈겼다. 그는 무조건 손을 휘둘렀다. 그의 두 손이 딱딱한 새부리에 걸렸고 새는 또다시 하늘을 향해 날아갔다.

끝까지 그런 식이었다. 차가운 눈을 뚫고 나가다가 놈의 날갯소리를 들으면, 무릎을 꿇고 돌아누워 눈을 놈의 눈에 뿌렸다. 그리고 방향감각을 잃은 놈이 버둥대는 틈을 타서 조금 더 앞으로 나아가는 것이다.

그리고 마침내 그는 지하실에 등을 기대고 섰다. 그가 새를 향해 눈을 던졌다. 놈이 포기하면 저 감옥 같은 지하실로 뛰어내리지 않아도 될 것이라는 희망에서였다. 하지만 새는 계속해서 그에게 달려들며 주변을 떠돌았다. 놈의 날갯소리는 마치 젖은 시트가 강풍에 펄럭이는 소리 같았다. 그 순간 놈의 날카로운 부리가 그의 머리를 쪼아 살갗을 찢어 놓았다. 그는 벽으로 나가떨어졌다가 비틀거리며 일어나 정신없이 두 손을 휘저어 댔다. 세상이 빙글빙글 돌았다. 사방이 온통 으르렁거리는 흰색 장막으로 덮인 듯했다. 그는 눈을 집어던졌지만 빗맞았다. 놈은 여전히 그의 얼굴을 공격했고 부리로 살갗을 쪼았다. 그는 잔뜩 겁에 질려 작은 창이 있는 쪽으로 몸을 날린 다음 엉금엉금 기었다. 뒤이어 새가 그를 넘어뜨렸다.

그는 두 팔을 버둥거리며 떨어져 내렸다. 그의 비명은 지하실 밑에 쌓아 둔 모래에 떨어지는 순간 끝나 버렸다. 일어나려 했지만 다리가 말을 듣지 않았다. 다리를 삔 모양이었다.

10분쯤 지나 그는 위층의 발소리를 들었다. 뒷문이 열렸다가 닫혔다. 그동안 내내 그는 손발이 꼬인 채로 누워 있었다. 루이스와 베스는 집을 돌아다니기도 했고, 마당의 눈을 헤쳐 보기도 했다. 어두워질 때까지 그를 부르는 소리도 들려왔다. 그리고 어둠이 와서도 그들은 포기하지 않았다.

▌▎▌▏▌▎▌▏▌▎▌

멀리서 물 펌프 소리가 들렸다. 아마도 잠그고 가는 걸 잊은 모양이다. 그 생각조차 이제는 펌프 소리만큼이나 아련하고 무의미하게만 느껴졌다. 그는 멍한 눈으로 허공만 바라보았다. 얼굴엔 아무 표정도 없었다. 펌프가 꺼지며 침묵의 장막이 다시 지하실을 뒤덮었다. 떠나 버렸어. 집은 비었고 이제 난 혼자야.

혼자. 그 단어는 입 밖으로 나오지도 못했다. 혀와 입술에 기운이 하나도 없어 목소리가 목구멍에서 주저앉았기 때문이다. 혼자야. 그의 오른팔이 꿈쩍거리다가 다시 시멘트 바닥으로 떨어져 내렸다. 혼자야. 그 고생과 노력으로 여기까지 왔건만 결국 이런 식으로 지하실에 버려지고 만 것이다.

억지로 몸을 일으키려 했으나 뒤통수가 깨질 듯한 통증에 그대로 주저앉고 말았다. 그는 그대로 누운 채 간신히 손가락 하나를 들어 상처에 대고 마른 핏자국의 가장자리를 훑어보았다. 손끝은 커다란 포물선을 그리며 위아래로 움직였다. 그는 상처를 슬쩍 눌러 보곤 신음을 내뱉으며 팔을 다시 떨어뜨리고 말았다. 그리고 몸을 뒤집어 차갑고 거친 시멘트에 이마를 대고 누웠다.

혼자야.

이윽고 그는 몸을 돌려 일어나 앉았다. 통증이 느린 속도로 머리 안쪽을 헤집고 다녔다. 고통은 쉽사리 멈추지 않았다. 그는 손바닥을 펴서 쿡쿡 쑤시는 이마를 짓눌렀다. 한참 뒤에 통증이 멈추기는 했지만 이번엔 두개골 아래쪽으로 내려가 칼날로 살갗을 에는 아픔으로 바뀌어 버렸다. 두개골 골절이 아닐까 하는 생각이 들었는데, 결국 그 사실을 인정하기로 했다. 만일 그렇다 해도 어떻게 해 볼 도리가 없기는 마찬가지였기 때문이다.

그는 쓰라린 두 눈을 뜨고 지하실의 익숙한 풍경들을 하나씩 둘러보았다. 모든 것이 그대로였다. 그래, 여기서 나갈 생각이었지. 그는 입맛을 다시며 어깨너머를 돌아보았다. 문은 다시 닫혀 있었다. 물론 잠겨 있을 것이다. 아직 갇힌 몸인 것이다.

숨을 깊이 들이쉬자 가슴이 파르르 떨렸다. 그는 마른 입술을 핥았다. 또다시 목이 마르고 배가 고팠다. 이놈의 의미 없는 생리

작용들.

턱을 조금 움직였을 뿐이었는데 끔찍한 격통이 머리를 후벼 팠다. 그는 입을 벌리고 고통이 사라질 때까지 그대로 앉아 있었다.

자리에서 일어서자 다시 고통이 밀려들었다. 그는 계단 위쪽의 벽에 손을 기댔다. 지하실이 마치 물속에 잠긴 듯 크게 흔들렸다. 한참을 기다려서야 사물이 조금씩 제자리를 잡기 시작했다.

다리를 움직여 보았다. 무릎 한쪽이 퉁퉁 부어 있었다. 부어서 커진 무릎을 바라보다가 문득 그 다리가 처음 지하실에 떨어졌을 때 다친 바로 그 다리였다는 사실을 깨달았다. 어떻게 그런 걸 잊을 수 있지? 아마도 그 다리가 항상 먼저 고장 나서일 것이다.

그날 모래에 떨어져 누웠을 때도 그 다리를 삐었다. 밖에선 루이스가 애타게 그를 찾고 있었다. 때는 밤이었고 지하실은 춥고 어두웠다. 깨진 창을 통해 밀려든 눈발이 그의 얼굴을 간질였다. 마치 죽어가는 아이를 조심스럽게 만지는 누군가의 손길 같았다. 루이스의 부름에 그도 있는 힘껏 대답했지만 결국 그녀는 듣지 못했다. 심지어 그녀가 지하실로 들어왔을 때도 마찬가지였다. 그는 그 자리에서 꼼짝도 못한 채 누워 그녀의 이름만 불러 댔다.

그는 천천히 계단 끝으로 가서 아래쪽을 내려다보았다. 바닥까지는 30미터는 되어 보였다. 끔찍한 높이로군. 이 깨진 시멘트 덩어리 틈새를 내려가는 것이 가능할까? 아니면…….

갑자기 그가 아래로 뛰어내려 두 발로 착지했다. 날카로운 칼날이 무릎과 머릿속을 파헤치는 고통에 앞으로 넘어졌고 두 팔로 바닥을 짚었다. 하지만 그뿐이었다. 그는 떨리는 몸으로 바닥에 주저앉았다. 통증에도 불구하고 괜히 웃음이 나왔다. 부상을 당하지 않고 뛰어내릴 수 있다는 사실을 안 것만으로도 기분이 좋았다. 그렇지 못했다면 그는 틈새를 타고 내려오느라 시간만 낭비했을 것이다. 그리고 곧 그 미소도 시들어 버렸다. 그는 바닥을 내려다보았다. 이제 와서 시간을 절약한들 무슨 소용이란 말인가? 더 이상 아껴서 어디에 쓰겠다는 말인가? 시간은 더 이상 소비하고 저축할 일용품이 아니었다. 가치를 잃었기 때문이다.

그는 자리에서 일어나 걷기 시작했다. 두 발을 시멘트에 디딜 때마다 무척이나 조심스러웠다. 차라리 스펀지 신발이라도 있었으면 좋으련만. 하지만 그는 또다시 맘을 바꾸었다. 아무려면 어때?

그는 호스에 들어가 물을 마시고 스펀지로 돌아갔다. 결국 음식을 먹고 싶은 생각은 없어졌다. 그는 스펀지 위로 올라가 가느다란 신음과 함께 드러누웠다.

그는 꼼짝도 않고 누워 기름 탱크 위의 창문을 올려다보았다. 햇살은 없었다. 늦은 오후쯤 되는 모양이었다. 곧 어둠이 닥치고 마지막 밤이 시작되리라.

창문의 한쪽 구석을 막고 있는 망가진 거미줄도 보았다. 거미줄엔 수많은 물체들이 매달려 있었다. 먼지, 벌레, 죽은 잎사귀, 심지어 옛날에 던져 넣은 몽당연필도 붙어 있었다. 그곳 지하실에 있는 동안 거미가 거미집을 만드는 모습을 본 적은 없었다. 그리고 이제는 볼 수가 없게 되었다.

지하실엔 침묵이 무겁게 가라앉아 있었다. 떠나기 전에 기름보일러를 꺼 버렸을 것이다. 합판들이 어긋나는 희미한 소리들이 이따금 귀를 간질이기는 했지만 이 무거운 침묵을 흩뜨려 놓을 정도는 아니었다. 그는 자신의 호흡 소리도 들었다. 불규칙하고 느린 숨소리.

그 창문을 통해 그 소녀를 보았지. 캐서린. 이름이 맞나? 심지어 그 애가 어떻게 생겼는지조차 기억나지 않았다.

지하실에 떨어진 뒤 그 창문으로 올라가려 애를 써 보았다. 빠져나갈 수 있는 유일한 통로였지만 창문은 너무나도 아득한 높이였고, 그곳까지는 깎아지른 절벽뿐이었다. 장작더미 위의 창문은 더욱 접근하기가 어려웠다. 그래도 한 가닥 가능성이 있다면 그건 기름 탱크 위의 창뿐이었다.

하지만 18센티미터의 키로 박스와 옷 가방을 기어오를 수는 없었다. 그리고 방법을 찾아냈을 때에는 너무나 작아진 뒤였다. 한 번 올라간 적이 있긴 했지만 그때도 돌이 없는 탓에 창을 깨뜨리지 못하고 결국 그냥 내려와야 했다.

그는 창에서 시선을 떼고 옆으로 돌아누웠다. 밖으로 나갈 수 없다는 사실을 알면서 바깥세상의 하늘과 나무를 보는 건 괴로운 일이었다. 그는 깊은 한숨을 쉬며 깎아지른 절벽을 올려다보았다.

이제 끝이다. 모든 행위가 종료되고 또다시 병적인 회상으로 돌아온 것이다. 오래전에 끝낼 수도 있었지만 그때는 맞서 싸워야 했다. 실을 오르고, 거미를 죽이고, 식량을 찾아야 했다. 문득 벼랑에 비스듬하게 기대 놓은 기다란 네트 폴이 눈에 들어왔다. 그는 기둥을 따라 시선을 옮겼다. 마티가 기대 놓은 기다란 네트 폴.

그는 벌떡 자리에서 일어났다. 그리고 신음을 내뱉으며 스펀지에서 뛰어내렸다. 무릎과 머리의 통증도 개의치 않았다. 그는 벼랑 앞에서 멈춰 섰다. 물하고 식량은? 개소리, 그게 무슨 필요란 말인가? 게다가 그렇게 오래 걸리지도 않을 것이다. 그는 다시 네트 폴을 향해 달려갔다.

네트에 다다르기 전 그는 호스로 가서 물을 마셨다. 그리고 다시 나와 네트의 금속 테를 기어오르기 시작했다. 폴에 다다른 다음에는 그 넓고 둥근 표면 위로 뛰어올랐다.

그건 생각보다 훨씬 쉬웠다. 폴은 넓은 데다 둔각으로 세워져 있었기 때문에 힘도 들지 않았고 매달릴 필요도 없었다. 그는 거의 똑바로 선 자세로 길고 완만한 경사를 달려 올라갔다. 그건 벼랑 위로 새로 난 도로라고도 할 수 있었다.

운명이 미리 결정된 방식으로 진행되는 것이 가능한 것일까? 그는 달리면서 그런 생각을 했다. 그의 생존에 어떤 목적이라도 있었던 것은 아닐까? 믿기는 어렵지만, 전체적으로 볼 때 부인하기도 쉽지만은 않았다. 그의 생존에 기여했던 우연의 일치들은 모두 개연성의 한계를 넘어서는 것 같았기 때문이다.

예를 들어 이 막대만 봐도 그렇다. 이 폴은 그의 형에 의해 정확히 이런 식으로 놓였다. 그게 단순한 우연일까? 게다가 어제 거미의 죽음도 결국 그의 탈출에 결정적인 기회를 제공한 셈이다. 그것도 우연일까? 더 중요한 것은 두 개의 사건이 탈출을 가능케 하는 방식으로 거의 기적적인 조합을 이루고 있다는 사실이다. 그걸 과연 우연의 일치라고만 볼 수 있을까?

여전히 믿기는 어려웠지만, 그의 몸 안에서 진행되는 이 축소 과정을 어떻게 의심하겠는가? 오늘 이 순간을 느끼고 보고 있는데 말이다. 하지만 그뿐일까? 그가 줄어든 바로 그 과정 자체가 무언가를 목적하고 있지 않는 한 그 모든 것이 불가능했다. 하지만 뭘 지향하지? 완전한 무기력 말고 또 뭐가 있다는 것일까?

넓은 네트 폴을 올라가면서 그는 이유 모를 흥분을 느꼈다. 그건 첫 번째 접의자를 지나고, 두 번째 의자를 지나면서 점점 더 커졌고, 잠시 멈춰 광활한 마룻바닥을 내려다볼 때에도, 한 시간 뒤 벼랑 끝에 다다라서 탈진해 모래 위에 쓰러졌을 때에도 더욱 커 가기만 했다. 떨리는 가슴으로 모래를 움켜쥐면서도 그는 여전히 커 가는 기쁨을 느꼈다. 일어나. 가야지. 이제 곧 어두워질 텐데. 어두워지기 전에 밖으로 나가야지.

그는 일어나 그림자 짙은 사막을 달렸다. 한참 뒤 그는 죽은 거미의 몸을 지났다. 놈의 시체를 확인하기 위해 멈춰 서지도 않았다. 이젠 그런 것도 중요하지 않았다. 그건 이미 끝난 단계였고, 또 다음 단계를 위한 디딤돌에 지나지 않았다. 그가 걸음을 멈춘 것은 단 한 번뿐이었다. 빵 조각을 조금 떼어 스펀지 코트 밑에 끼워 넣을 때다. 그리고 그는 다시 달렸다.

거미집에 도착해서도 잠시 호흡만 고르고 곧 그 위로 기어오르기 시작했다. 거미줄은 끈끈했다. 그는 다음 진행을 위해 우선 거미줄에 달라붙은 손과 발부터 떼어 내야 했다. 죽은 딱정벌레를 지나칠 때에는 무게를 못 이긴 거미줄이 출렁거리며 내려앉기도 했다. 썩은 딱정벌레의 악취에 그는 손으로 코를 막았다.

그러면서도 치솟는 환희를 거부할 수가 없었다. 그리고 갑자기 모든 것의 의미가 분명해졌다. 마치 모든 일들이 이 순간을 위해 일어난 것 같았다. 물론 그것이 욕망의 합리화일 수도 있다는 사실을 모르는 바는 아니지만 그렇다고 해서 다른 식으로는 생각할 수도 없었다.

그는 거미줄 꼭대기로 올라간 다음 재빨리 벽을 따라 이어진 나무 선반에 올라탔다. 이제 달릴 수도 있었다. 그는 활기찬 리듬까지 밟아 가며 한발 한발을 내디뎠다. 무릎의 통증은 무시했다. 그건 중요치 않았다.

그는 최대한 빨리 달렸다. 어두운 통로를 따라 세 블록, 그리고 최고 속도로 모퉁이를 돌아서 곧바로 1.5킬로미터쯤. 그는 서까래를 따라 작은 벌레처럼 경쾌하게 달렸다. 숨을 쉬기 어려울 때까지 달렸다. 달려서 눈이 멀 듯한 빛 속으로 들어갔다.

그는 멈춰 서서 가슴을 펼치고 뜨거운 숨을 내뱉었다. 그리고 두 눈을 감고 얼굴을 쓰다듬는 바람을 한껏 느껴 보았다. 부드럽고 깨끗한 공기.

'드디어 밖이야.'

그 단어가 풍선처럼 머리를 가득 채우더니 이제 모든 것을 다 몰아내고 그 단어 하나만 남게 되었다. 밖이야. 밖이야. 밖이야.

그는 조용히, 천천히, 그 순간에 걸맞는 존엄성을 갖춘 다음, 열린 창 위로 올라가 나무 창틀을 넘어 바깥쪽으로 뛰어내렸다. 떨리는 다리로 시멘트 벽을 가로질러 가다가 다시 멈춰 섰다.

드디어 세상의 가장자리에서 세상을 바라보고 있었다.

그는 부드러운 나뭇잎 매트리스 위에 누워서 다른 낙엽을 끌어당겨 몸을 덮었다. 뒤쪽의 거대한 집이 밤바람을 막아 주었다. 따뜻하고 배도 불렀다. 현관 밑에 물이 담긴 접시도 있어 실컷 마시기도 했다. 그는 비로소 등을 대고 누워 하늘의 별을 바라보았다.

별이 마음에 드는 진짜 이유는 하나도 달라지지 않았다는 것이다. 그는 이 세상 사람들과 똑같은 별을 보고 있었다. 세상 사람들이 보는 것과 똑같은 크기와 모양의 별들. 그 사실이 너무나 만족스러웠다. 비록 그는 작지만 지구 역시 그를 둘러싼 별들에 비하면 너무나 미미한 존재일 수밖에 없으리라.

그동안의 굴욕적인 공포를 모두 겪고 비로소 존재의 종말을 맞이하게 된 오늘 밤, 기이하게도 전혀 두려움을 느끼지 않았다. 소멸을 알고는 있었으나 그마저 개의치 않았다. 그건 용기였다. 가장 궁극적이고 진정한 용기. 왜냐하면 그 용기는 누구의 동정도 칭찬도 기대하지 않기 때문이다. 그의 감정은 보상받으리라는 기대조차 없는, 있는 그대로의 감정이었다.

전에는 몰랐다. 이제는 분명히 알 수 있었다. 전에는 희망이 있었기에 살아갈 수 있었고, 대개의 사람들이 사는 방식도 그랬다. 하지만 지금은 희망조차 사라진 종말의 순간이다. 그래도 그는 미소 지을 수 있었다. 희망이 소멸된 순간 그가 찾아낸 대안은 만족이었다. 그는 끝까지 노력했고 더 이상 아쉬운 건 없었다. 그것은 완벽한 승리였다. 자기 자신과 싸워 얻은 승리였다.

"정말, 잘 싸웠어."

그렇게 말하니 왠지 우습고 일순 당황스럽기까지 했다. 하지만 그 승리는 그에게 남은 유일한 것이자 모든 것이었다. 그가 거둔 이 달콤하면서도 혹독한 자부심을 자랑하지 못할 이유는 어디에도 없었다.

그는 우주를 향해 외쳤다.

"난 정말 잘 싸웠다!"

그리고 호흡을 가다듬으며 다시 덧붙였다.

"빌어먹을, 진짜 잘 싸웠다니까."

그 말에 그는 웃음이 나왔다. 그 웃음은 이 크고, 어두운 지구에서 들린 가장 작은 웃음소리였다.

웃는다는 건 기분 좋은 일이다. 별을 보면서 잠드는 것도.

여느 아침과 마찬가지로 눈꺼풀이 열리고 눈이 떠졌다. 그는 한동안 멍하니 바라보았다. 아직 잠이 덜 깨서인지 머릿속이 어지러웠다. 그리고 마침내 기억이 났다. 심장이 멎는 줄 알았다.

그는 헉 하고 짧은 비명을 내뱉으며 자리에서 일어나 앉았다. 그러고는 놀란 눈으로 주변을 둘러보았다. 머릿속엔 오직 한 단어만이 맴돌았다.

'어디?'

고개를 젖혀 보았지만 그건 하늘은 아니었다. 천장은 지저분한 파란색이었는데, 마치 하늘을 찢고 잡아당기고 구겨서 커다란 구멍을 숭숭 뚫어 놓은 것 같았다. 그리고 그 구멍들을 통해 햇빛이 쏟아져 들어왔다.

그는 눈을 동그랗게 뜨고 천천히 주변을 돌아보았다. 거대한 동굴 안에 있는 것 같았다. 빛이 들어오는 것은 오른쪽 동굴이 끝나는 쪽이었다. 그는 황급히 일어났다. 벌거벗은 채였다. 스펀지는 어디 있지?

다시 삐뚤빼뚤한 파란 천장을 올려다보았다. 천장은 수백 미터나 이어져 있었는데, 그건 바로 그가 입고 있었던 스펀지의 일부였다.

그는 털썩 주저앉아 그의 몸을 살폈다. 그는 마찬가지로 존재했다. 만져 보아도 마찬가지였다. 하룻밤 사이에 얼마나 줄어든 거란 말인가?

전날 밤 그는 나뭇잎 침대에 누웠다. 지금 다시 밑을 내려다보니 그는 갈색과 황색이 점점이 박힌 거대한 평원 위에 앉아 있었다. 거대한 길이 하나 있고 그 길 여기저기에서 조금 더 작은 길들이 무수히 뻗어 나와 있었다. 하지만 그 어느 것도 끝이 보이지는 않았다.

그는 나뭇잎 위에 앉아 있는 것이었다.

그는 당혹스러움에 고개를 저었다.

어떻게 무(無)보다 더 작아질 수 있단 말인가?

아니, 이해가 갈 것도 같았다. 어젯밤에 그가 본 것은 외부의 우주였다. 그렇다면 내부의 우주도 있어야 했다. 물론 그건 다수 개념으로서의 우주일 것이다.

그는 다시 일어섰다. 어째서 그런 생각을 해 보지 않았던 것일까? 그건 소우주와 미세 우주의 세계였다. 그 세계들이 존재한다는 것은 전부터 알고 있었지만 지금껏 관심을 가지지 않았던 것이다. 그는 항상 인간들의 세계에 대해서만 생각했고, 자기 자신의 한계 차원에 대해서만 신경을 썼다. 자연에 대해 생각한 적은 있지만 그건 자연의 관점이 아니라 철두철미 인간의 관점에서였다. 인간에게라면 크기 영(0)은 아무 의미도 없었다. 영은 무를 뜻했다.

하지만 자연에서는 영이란 존재하지 않는다. 존재가 무한의 순환 과정을 갖고 무한히 진행되기 때문이다. 이제 모든 것이 명백해졌다. 그는 결코 소멸하지 않으리라. 그건 우주에 소멸점이 존재하지 않는 것과 같은 이치에서였다.

처음에는 무섭기도 했다. 만일 자연이 무한한 단계로 존재한다면 영혼 역시 마찬가지일 것이다.

그리고 그건 그가 혼자가 아닐 수도 있다는 뜻이다. 그는 오른쪽으로 달려가기 시작했다.

입구에 다다른 그는 터질 듯한 경외심으로 그의 신세계를 바라보았다. 생생한 식물의 숲과 반짝이는 언덕들, 그리고 까마득하게 치솟은 나무들. 갖가지 색이 어우러진 하늘은, 마치 햇살이 여러 겹의 움직이는 파스텔 색 유리를 통해 여과되는 느낌이었다.

그곳은 바로 원더랜드였다.

당장 해야 할 일도 많고 생각해야 할 것도 많았다. 그의 머리는 질문과 생각과 그리고…… 그렇다, 새로운 희망으로 넘쳐흘렀다. 식량도 구해야 했고, 물과 옷과 주거에 대해서도 고민해야 했다. 그리고 무엇보다도 인생을 찾아야 했다. 누가 알겠는가? 그곳에, 바로 그곳에 인생이 있을지.

스콧 캐리는 자신의 인생을 찾아 신세계로 달려 나갔다.

〈끝〉

리처드 매드슨 단편들

2만 피트 상공의 악몽

"안전벨트를 매셔야죠."

스튜어디스가 지나가며 가볍게 말했다.

그녀의 말과 거의 동시에, 정면 기장실로 통하는 복도 표시등에 불이 들어왔다.

"안전벨트를 착용하세요."

그리고 그 아래엔 "금연"이라는 보조 경고등도 켜졌다. 윌슨은 숨을 크게 들이마시고는 팔걸이의 재떨이에 담배를 짓이겼다. 초조하고 신경질적인 동작이었다.

밖에서는 엔진 하나가 끔찍한 기침 소리와 함께 연무 덩어리를 뱉어 냈다. 연무는 곧장 밤공기 속에 묻혀 버렸고, 이윽고 동체가 떨기 시작했다. 창밖을 내다보니 엔진 덮개로부터 하얀 배출 가스가 분출하고 있었다. 두 번째 엔진이 기침을 하다가 으르렁거렸고,

곧이어 엔진 프로펠러도 돌기 시작했다. 윌슨은 잔뜩 겁에 질린 채 무릎 위에 벨트를 둘렀다.

엔진 모두가 돌아가면서 윌슨의 머리도 동체와 함께 지끈거리기 시작했다. DC-7이 배출 가스를 터뜨려 밤하늘을 흔들며 격납고 앞을 가로지르자, 윌슨은 완전히 굳은 얼굴로 앞 좌석만 죽어라 노려보았다.

비행기는 일단 활주로 끝에서 정지했다. 윌슨은 창문을 통해 화려한 빛을 토해 내는 거대한 항공 터미널을 바라보았다.

그래, 내일 오전이면 샤워하고 말쑥하게 차려입은 뒤 사무실로 가서, 다시 한 번 인류의 역사에 염소 똥만 한 의미도 없는 협상에 들어가게 될 것이다. 오, 개떡 같은 인생이여!

비행기가 이륙을 위해 고속 회전을 시작하자 윌슨은 다시 숨을 멈췄다. 그러지 않아도 시끄럽던 소음이 이제는 마치 곤봉으로 맞은 것처럼 두 귀가 먹먹했다. 그는 토하기라도 할 것처럼 입을 벌렸다. 눈이 고문당하는 사람처럼 눈구멍 깊숙이 숨어들고, 두 손도 불 위에 올려놓은 오징어처럼 기이하게 말려들고 있었다.

그때 누군가 팔을 건드리는 바람에 그는 놀라서 펄쩍 뛰었다. 그의 발도 좌석 안으로 말려 들어간 참이었다. 고개를 돌려 보니 입구에서 그를 맞아 준 스튜어디스였다. 그녀가 그를 바라보며 미소를 지었다.

"괜찮으세요?"

그는 말조차 하기 어려웠다. 입술을 다문 채로 손을 저어 그녀에게 상관하지 말라는 신호를 보냈다. 그녀는 말 그대로 활짝 웃어 보이며 돌아섰다. 그리고 돌아서는 순간 그녀의 입가에 걸렸던 미소가 거짓말처럼 지워졌다.

비행기가 움직이기 시작했다. 처음에는 거대한 몸무게를 감당하기 버거운 듯 느린 속도였으나, 조금씩 속력이 붙더니 곧 마찰의 저항마저 완전히 떨쳐내 버렸다. 윌슨은 창밖으로 검은 활주로가 빠른 속도로 달아나는 것을 보았다. 날개 끝의 보조날개가 아래로 내려가며 끔찍한 기계음을 터뜨렸다. 그리고 거대한 비행기는 은밀한 동작으로 지상에서 발을 떼어 냈다.

지구가 멀어지고 있었다. 건물과 나무들이 추락하고, 자동차 불빛들도 번개처럼 지상으로 쏟아져 나갔다. DC-7이 천천히 오른쪽으로 선회하면서 별들이 얼음 조각처럼 반짝이는 밤하늘을 향해 고개를 들었다.

마침내 비행기가 수평을 이루었다. 그리고 엔진이 멈추는 것 같았고 윌슨의 귀도 어느 정도 적응해 가는 듯했다. 이제 고속 엔진에서 나는 웅웅거림이 들릴 정도였다. 그는 조금씩 근육의 긴장을 풀었다. 마음도 상당히 편안해졌다. 하지만 그는 아직 꼼짝도 않고 앉아서 "금연" 표시만 죽어라 노려보았다. 그리고 불이 꺼지자마자 재빨리 담뱃불을 붙이고, 앞에 있는 좌석 뒷주머니에 손을 뻗어 신문 한 부를 꺼냈다.

언제나처럼 세계는 엉망진창이었다. 외교적 알력, 지진과 총격, 살인, 강간, 토네이도와 충돌, 사업 갈등, 폭력 등등. 아서 제프리 윌슨 왈, 하느님이 천상에 계시나니 온 세상이 평안하리로다.

15분 뒤 그는 신문을 밀쳐놓았다. 뱃속이 느글거렸다. 그는 화장실 옆의 신호를 살폈다. 둘 다 "사용 중" 불빛이 들어와 있었다. 그는 이륙 후 세 번째로 물고 있던 담배를 짓이기고 머리 위의 조명도 끈 다음 다시 창밖을 내다보았다.

객실 승객들도 이미 자기 자리의 조명을 끄고 의자를 눕힌 채 잠을 청하는 중이었다. 시계를 보니 11시 20분이었다. 그는 한숨을 내뱉었다. 예상했던 대로 탑승 전에 먹은 알약은 전혀 소용이 없었다.

그는 화장실에서 나오는 여자를 보자마자 자리에서 일어나 복도를 따라 내려갔다.

역시 체질이 문제였다. 윌슨은 한숨을 내쉬며 옷을 매만졌다. 그리고 두 손과 얼굴을 닦고, 들고 온 가방에서 세면도구를 꺼내 칫솔에 치약을 발랐다.

그는 칫솔질을 하면서 중심을 잡기 위해 한 손은 칸막이벽에 대고 있었다. 창밖을 보니 몇 미터 앞으로 푸르스름한 내측 프로펠러가 보였다. 윌슨은 프로펠러가 뜯겨 나가 날 셋 달린 표창이 되어 달려들면 어쩌나 하는 상상을 해 보았다.

속이 더욱 거북해졌다. 윌슨은 자기도 모르게 침을 삼켰다. 그 바람에 치약까지 목구멍으로 넘어가고 말았다. 그는 목을 헹구고 싱크대에 뱉은 다음 입을 씻고 물을 한 모금 마셨다. 맙소사, 기차를 타고 갔어야 했는데. 기차만 탈 수 있었어도, 자기 객실을 갖고, 칸막이로 가려진 편안한 의자에 앉아 마실 것과 잡지를 즐길 수도 있었을 것이다. 하지만 세상은 그에게 그런 호사를 허락하지 않았다.

그가 막 세면도구를 넣으려 할 때 문득 가방 속에 든 봉투가 눈에 띄었다. 기름종이로 된 두툼한 봉투였다. 그는 망설이다가 가방을 싱크대에 올려놓고 봉투를 꺼내 내용물을 개봉했다.

그건 기름칠이 잘 된 권총이었다. 그 총을 가지고 다닌 지도 벌써 1년째였다. 원래 무기 소지를 고려하기 시작한 건 수중의 돈 때문이었다. 노상강도나 10대 폭력배들로부터 스스로를 지키자는 이유였다. 하지만 솔직히 그건 다 개소리다. 이유는 단 하나뿐이었고, 그게 무엇인지도 알고 있었다. 한시도 잊지 못하는 이유. 지금 여기서 할 수만 있다면 모든 것이 너무나도 간단해질 텐데.

월슨은 두 눈을 감고 얼른 숨을 들이마셨다. 입 안에서 치약 맛이 났다. 아릿한 페퍼민트 향. 그는 기름기 흐르는 총을 두 손으로 쥐고 차가운 변기에 주저앉았다. 갑자기 몸이 걷잡을 수 없이 떨리기 시작했다.

'맙소사, 나 좀 내보내 줘!'

그가 속으로 외쳤다.

"나 좀 내보내 줘! 제발!"

그는 정말로 작은 소리로 흐느끼기까지 했다.

이윽고 월슨이 몸을 일으켜 세웠다. 그는 입술을 앙다물고는 총을 싸서 가방 속에 넣고 그 위에 서류철을 올려놓은 다음 가방의 지퍼를 채웠다. 그는 황급히 좌석으로 돌아가 가방을 원래 자리에 놓고 앉은 다음 팔걸이의 버튼을 눌러 몸을 뒤로 젖혔다. 사업가인 이상 내일의 사업에 대비해야 한다. 얼마나 간단한 일인가? 내일을 위해 잠이 필요하고 이제부터 그 잠을 제공하면 되는 것이다.

20분 뒤 월슨은 다시 의자를 세웠다. 그의 얼굴에는 체념의 표정이 역력했다. 쓸데없는 노력은 하지 말자. 잠을 못 이룰 것이라는 사실은 너무나도 분명하다. 그는 사실을 인정하기로 했다.

그는 십자말풀이 퀴즈를 반쯤 풀다가 신문을 무릎에 떨어뜨렸다. 눈이 너무 피로했다. 그는 앉은 자세로 어깨를 이리저리 돌려 근육을 풀어 주었다. 이젠 뭘 하지? 책은 읽고 싶지 않았다. 잠을 잘 수도 없었다. 게다가 로스앤젤레스까지는(그는 시계를 보았다.) 아직도 일고여덟 시간은 남아 있었다. 시간을 보낼 일이 아득하기만 했다. 객실을 둘러보니 앞쪽의 승객 하나를 제외하곤 모두가 잠들어 있었다.

갑자기 걷잡을 수 없는 분노가 솟구쳤다. 차라리 고함을 지르고 물건을 던지고 누구든 흠씬 두들겨 패 줄 수만 있다면! 얼마나 힘이 들어갔는지 턱이 다 얼얼했다. 그는 떨리는 손으로 허겁지겁 커튼을 열고 창밖을 내다보았다.

비행기 날개 불빛이 깜빡거렸다. 엔진 덮개에서는 화려한 배기 불꽃이 일었다. 세상에, 지상에서 2만 피트(6000킬로미터) 떨어진 고도에서, 죽음의 쇠 껍데기에 간힌 채, 북극의 밤을 통과하고 있다니.

윌슨은 번개가 하늘을 표백시키는 것을 보며 움찔했다. 그 불빛이 비행기 날개까지 훤히 비추었다. 그는 숨을 들이마셨다. 태풍이 오는 건가? 폭우와 강풍 그리고 광활한 하늘의 성냥개비 같은 비행기를 연관시키는 건 뭐든 기분 좋은 일은 못 된다. 윌슨은 비행기를 싫어했다. 하늘 길을 통한 여행은 늘 그를 불안하게 만들었다. 어쩌면 멀미약을 좀 더 먹어야 했을지도 모르겠다. 물론 비상구 옆 좌석을 신청해 놓기는 했지만, 지금은 오히려 문이 갑작스럽게 열려 자신이 비행기 밖으로 빨려나가는 모습만 연상될 뿐이었다.

윌슨은 눈을 깜빡거리며 고개를 젓고는 창문에 이마를 붙이고 밖을 내다보았다. 목덜미가 따끔거리는 것 같았지만 그는 그 자세로 꼼짝도 하지 않았다. 다시는 죽어도 비행기를……

그 순간 윌슨은 속이 뒤집히고 눈이 뽑혀 나가는 충격에 휩싸였다. 세상에, 비행기 날개 위로 뭔가가 기어오고 있었던 것이다!

윌슨의 온몸이 번개를 맞은 듯 부르르 떨렸다. 맙소사, 개나 고양이가 모르고 비행기에 올라왔다가 아직까지 붙들고 있는 걸까? 그거야말로 말도 안 되는 생각이었다. 만일 그랬다면 그 불쌍한 놈은 진작에 공포로 미쳐 버렸을 것이다. 게다가 매끄러운 무저항의 날개에 붙들 만한 곳이 어디 있겠는가? 그건 불가능했다. 아마도 저건 새거나 아니면……

그때 번개가 번쩍 터졌고, 윌슨은 그것이 사람임을 알 수 있었다.

그는 꼼짝도 하지 못했다. 그저 넋을 잃은 채 날개를 기어오는 검은 형체를 지켜보기만 했다.

'말도 안 돼!'

의식 저편에서 누군가의 비명이 들렸지만 윌슨은 그마저도 들을 수 없었다. 그의 참혹한 의식 속에는 오직, 심장이 잔혹하게 뜯겨 타이타닉처럼 침몰하고 있다는 사실과, 밖에 남자가 있다는 사실뿐이었다.

얼음물이라도 뒤집어쓴 듯 그는 퍼뜩 정신을 차리고는 황급히 논리적 근거를 찾았다. 어쩌면 기가 막힌 착오로 인해 기계공이 비행기와 함께 이륙해 저렇게 매달려 있는 건지도 모른다. 그의 옷도 강한 바람에 모두 찢어발겨진 것이다. 아무리 공기가 희박하고 온도가 빙점이라 치자. 그렇다고 사람이 살아 있지 못하라는 법이 어디 있단 말이던가!

윌슨은 앞뒤 가릴 생각도 못하고 두 발로 박차고 일어서서 외쳤다.

"스튜어디스! 스튜어디스!"

그의 목소리가 객실의 침묵을 찢었다. 그는 떨리는 손으로 마구 호출 버튼을 눌러 댔다.

"스튜어디스!"

스튜어디스가 통로를 따라 달려왔다. 그녀의 얼굴도 잔뜩 긴장되었지만, 남자의 표정을 보고는 그만 그대로 통로에 멈춰 서고 말았다.

"저 밖에 사람이 있어요! 남자가!"

"뭐라고요?"

그녀가 두 뺨과 두 눈의 근육을 찡그렸다.

"봐요, 저기!"

윌슨이 의자에 주저앉으며 자기 쪽 창을 가리켰다.

"남자가 저기서 기어오고……."

그의 말은 목구멍에 걸려 더 이상 나오지 않았다. 날개에는 아무것도 없었다. 윌슨의 몸이 부들부들 떨렸다. 그는 한참 동안 창문에 비친 스튜어디스의 모습만 바라보았다. 그녀도 기가 막히다는 표정이었다.

마침내 그가 고개를 돌려 그녀를 보았다. 그녀의 입술은 무슨 말을 하려다가 포기했는지 살짝 벌어진 채로 굳어 있었다. 이윽고 그녀가 한숨을 내쉬며 간신히 억지웃음을 지어 보였다.

"미안합니다. 아무래도 제가 헛것을……."

윌슨이 중얼거렸다. 그는 차마 말을 맺지 못했다. 통로 저쪽에서 10대 소녀가 졸음이 덜 깬 눈으로 그를 바라보고 있었다. 스튜어디스가 목을 가다듬었다.

"뭐라도 좀 갖다 드릴까요?"

"물 한 잔만 부탁드립니다."

스튜어디스가 몸을 돌려 통로 저쪽으로 걸어갔다. 윌슨은 숨을 길게 들이마신 다음, 소녀의 호기심을 피해 고개를 돌렸다. 그도 답답하기는 마찬가지였다. 게다가 괴롭기도 했다. 도대체 어디로 간 거지? 차라리 비명을 지르고 머리를 쥐어박고 머리카락을 잡아채고 싶었다.

그는 두 눈을 질끈 감았다. 분명 사람이 있었다. 남자였다. 그래서 미치겠는 거다. 결코 사람이 있을 수 없기 때문에. 그것을 누구보다도 잘 알고 있기 때문에.

윌슨은 눈을 감았다. 아내 재클린이 옆에 있다면 이 상황에서 어떻게 나왔을까? 기가 막혀서 말도 안 했을까? 아니면, 그저 미소를 짓고 수다를 떨면서 아예 못 본 것처럼 행동했을까? 그럼 아이들은? 기가 막혔다. 오, 맙소사.

"여기 물 있습니다, 선생님."

그는 깜짝 놀라 눈을 떴다.

"담요를 갖다 드릴까요?"

"아뇨, 아무튼 고맙습니다."

그는 대답했다. 솔직히 이 여자한테 왜 이렇게 공손하게 구는지도 이해가 가지 않았다.

"필요한 게 있으면 언제라도 벨을 누르세요."

윌슨이 끄덕였다. 그는 물 컵을 들고만 있었다. 등 뒤에서 스튜어디스와 다른 승객이 속삭이는 소리가 들렸다. 자존심이 상했다. 그는 물을 쏟지 않으려 조심하면서 작은 여행 가방의 지퍼를 열어, 수면제 두 알을 꺼내 물과 함께 넘겼다. 그리고 빈 컵을 잔뜩 구겨서 좌석 주머니에 집어넣고 그대로 커튼을 닫아 버렸다. 그래, 이제 끝났어. 한 번의 환각으로 미치광이가 되는 건 아니잖아?

윌슨은 창 쪽에 머리를 기대고는 비행기의 움직임에 몸과 마음을 맡기려 애썼다. 잊어야 했다. 그것만이 최선이다. 절대로 생각하지 말자. 자기도 모르게 입술에 교활한 미소가 그려졌다. 그래, 아무튼, 이런 흔한 환각 때문에 비난할 사람도 없다. 게다가 그게 환각이라면 영웅적인 환각이라고 할 수 있으리라. 2만 피트의 상공을 날고 있는 DC-7의 날개를 기어 다니는 벌거숭이 남자. 그 정도면 가장 고귀한 광기에 어울리는 환각이 아니고 무엇이겠는가?

유머는 금세 약효가 떨어졌다. 윌슨은 다시 소름이 끼쳤다. 환각이라고 하기엔 너무나 분명하고 생생했다. 어떻게 사람의 눈으로 존재하지도 않는 괴물을 볼 수 있단 말인가? 아무리 마음속에 품고 있다 한들, 시각적으로 그렇게 완벽하게 재현해 낼 수는 없는 법이다. 더욱이 그는 어지럽거나 피곤하지도 않았고 그 모습 또한 모호하고 흐릿한 것이 아니었다. 너무나도 확실한 삼차원의 실체였고 그래서 더욱 소름이 끼쳤다. 그건 꿈도 환각도 아니었다. 그는 날개를 보았다. 거기에서…….

윌슨은 충동적으로 커튼을 걷어냈다.

그 순간 그는 차라리 기절하고 싶었다. 가슴과 뱃속의 내용물이 썩어 끔찍한 가스를 뿜어내고, 그 가스가 목구멍과 머리로 넘어와 호흡을 막고 두 눈을 밀어내는 그런 기분이었다. 썩은 가스에 갇힌 심장이 당장이라도 터져 버릴 듯 발광을 하기 시작했다. 손가락 하나 꼼짝할 수가 없었다.

남자가 불과 몇 센티미터 앞에서 그를 바라보고 있었다. 둘 사이엔 오직 유리 한 장뿐이었다.

너무나도 소름 끼치는 얼굴이었다. 그건 사람이 아니었다. 얼굴 피부는 더러웠고 커다란 구멍이 숭숭 뚫려 있었다. 변색된 코는 납작하게 주저앉았으며, 입은 일그러지고 깨진 데다 커다란 갈고리 모양의 이로 인해 강제로 벌어져 있기까지 했다. 눈은 움푹 들어가 있었는데 너무나 작은 데다 깜빡이지도 않았다. 괴물의 얼굴은 귀와 코와 두 뺨에서 잡초처럼 지저분하게 자란 털로 감싸여 있었다.

윌슨은 황급히 물러앉았다. 아무 생각도 나지 않았다. 시간이 의미를 잃은 채 멈추었고 이성과 상식도 정지했다. 얼음 같은 충격으로 모든 것이 멈추고 대신 심장만이 어둠 속에서 미친 듯이 펄떡였다. 그는 눈 하나 깜빡이지 못한 채 그저 멍하니 괴물의 텅 빈 시선을 받았다.

그는 순간 두 눈과 마음을 닫아 버렸다. 안 보면 존재도 없다. 그따위가 있을 리 없잖아! 그는 이를 악다물었다. 숨소리가 거칠게 콧구멍을 밀고 뿜어져 나왔다. 그런 건 없어. 없단 말이야! 그는 손이 창백하게 질릴 만큼 팔걸이를 움켜쥐었다. 마음을 다져야 했다. 밖에는 아무도 없다. 비행기 바깥 날개에 웅크리고 앉아 안을 들여다볼 수 있는 존재란 처음부터 있을 수 없다. 말도 안 된다.

그는 두 눈을 떴다. 그리고 다시 헉 하고 비명을 지르며 뒤로 물러났다. 남자가 거기 있어서가 아니라 씩 웃고 있었기 때문이었다. 윌슨은 손톱이 손바닥을 파고들 정도로 있는 힘껏 주먹을 쥐었다. 그리고 자신이 제정신이라는 사실을 확신하고 나서야 조금씩 주먹을 풀었다.

그는 천천히, 호출 버튼을 향해, 파르르 떨리는 손을 내밀었다. 똑같은 실수를 반복하고 싶은 생각은 없었다. 아까 놈이 달아난 것도 비명을 지르고 펄쩍 뛰었기 때문일 것이다. 그는 천천히, 아주 천천히 손을 뻗었다. 흥분과 전율이 온몸을 훑고 지나갔다. 놈이 그를 바라보고 있었다. 놈의 작은 눈도 그의 팔의 궤적을 따라 움직였다.

그는 버튼을 조용히 한 번, 그리고 또 한 번 눌렀다.

'어서 와라! 네 잘난 눈으로 저 괴물을 보란 말이다. 어서 오라고!'

객실 뒤에서 커튼을 걷는 소리가 들렸다. 윌슨은 아연하고 말았다. 놈이 반인반수의 머리를 그쪽으로 돌린 것이다. 윌슨은 속으로 비명을 질렀다.

'서둘러. 제발 서두르란 말이야!'

상황은 순식간에 끝이 났다. 놈이 다시 윌슨을 보더니, 입가에 사악한 미소를 지어 보이고는, 날개에서 펄쩍 뛰어내렸다.

"부르셨나요?"

윌슨은 화가 나서 미칠 것만 같았다. 그의 두 눈은 괴물이 서 있던 자리와 캐묻는 듯한 스튜어디스의 시선 사이를 쉴 새 없이 오갔다. 스튜어디스, 비행기 날개, 다시 스튜어디스. 숨이 막히고 답답했다. 놀란 두 눈이 왕방울만큼 커졌다.

"무슨 일이시죠?"

스튜어디스가 물었다. 그럴 줄 알았다는 표정이었다. 윌슨은 단단히 감정을 추슬렀다. 그녀는 믿어 주지 않을 것이다. 그건 표정만 봐도 알 수 있다.

"죄, 죄송합니다. 아무것도 아니에요. 시, 실수로 눌렀습니다."

그는 말까지 더듬었다. 침을 삼키는 소리가 비행기 안을 쿵쿵 울리는 듯했다. 스튜어디스도 할 말을 잊은 모양이었다. 그녀는 비행기의 진동에 맞서 한 손으로 윌슨의 좌석을 잡고 있었고, 다른 손으로는 치맛단을 만지작거렸다. 그녀가 무슨 말인가를 하려고 입을 열었지만 결국 이번에도 할 말을 찾지 못한 모양이었다.

"예, 혹시 필요하시면…… 언제라도……."

그녀는 결국 이렇게 말하고는 목청을 가다듬었다.

"예, 예, 감사합니다. 아, 혹시 태풍이 오나요?"

스튜어디스가 얼른 미소를 지으며 말했다.

"작은 겁니다. 걱정할 필요는 없습니다."

윌슨은 살짝 고개를 끄덕여 보였다. 그는 스튜어디스가 돌아가자마자 참았던 숨을 한꺼번에 내뱉었다. 코에서 불이 날 것만 같았다. 그녀는 그를 미친놈으로 점찍어 놓기는 했지만 어떻게 대해야 할지 아직 마음을 못 정했을 뿐이었다. 비행 훈련 기간 중, 날개에 작은 인간이 매달려 있다고 생각하는 승객을 어떻게 다뤄야 할지에 대해 배웠을 리가 없었다.

'생각'이라고?

윌슨은 얼른 고개를 돌려 밖을 보았다. 날개가 상승하고 있고,

배기 장치가 불길을 뿜어 대고 있고, 조명들이 반짝였다. 그는 분명 남자를 보았다. 맹세코. 주변의 상황도 모두 정확하게 인식하고 있다. 하지만 어떻게 제정신으로 그런 괴물을 상상할 수 있지? 비행길에 올라 다소 초조해져 있다고 하자. 그렇다고 이렇게 세세하게 기이한 객체를 만들어 내고 삽입하는 것이 가능한 것일까? 이건 단지 사실을 왜곡하는 수준이 아니지 않은가?

아니, 그건 전혀 논리적이지 못하다. 문득 언젠가 신문에서 읽은 전쟁 관련 기사가 떠올랐다. 작전 중인 동맹군 파일럿들을 괴롭히는 괴물이 하늘에 있다는 내용이었다. 그렘린이라던가? 그래, 그 이름이었어. 실제로 그런 존재가 있다는 건가? 땅으로 떨어지지도 않고, 바람을 타고 다닐 수 있는 존재가? 부피와 중량을 가지고도 인력에 구애받지 않는 존재가?

그 생각을 하고 있을 때 놈이 다시 나타났다. 어느 순간 날개 위에 호를 그리며 뛰어내린 것이다. 괴물은 솜털처럼 가볍게 내려 앉았다. 중력을 주는 것 같지는 않았지만 그는 중심을 잡으려는 듯 털로 뒤덮인 짧은 두 팔을 뻗었다. 윌슨은 긴장했다. 그렇다, 놈은 다 알고 있다는 표정이었다. 어쩌면 일부러 윌슨을 속여 스튜어디스에게 헛걸음을 하도록 만든 건지도 모른다. 윌슨은 긴장감으로 부르르 떨었다. 도대체 저자의 존재를 다른 사람에게 어떻게 알릴 것인가? 그는 다급한 마음으로 주위를 둘러보았다. 복도 맞은편의 여자아이? 그 애를 조용히 깨워서…….

아냐, 저자는 아이가 오기도 전에 뛰어내릴 거야. 동체 꼭대기로 올라가 조종실 파일럿들이든 누구든 볼 수 없게 하겠지. 동료 월터가 부탁한 카메라를 가져오지 않은 것이 너무나도 화가 났다.

오, 맙소사, 놈의 사진을 찍을 수만 있던들.

그는 얼굴을 창문에 바짝 들이댔다. 도대체 뭘 하자는 거지?

그 순간 번개가 쳤고 어둠이 순간적으로 씻겨 나갔다. 그때 윌슨은 보았다. 놈은 흔들리는 날개 끝아 앉아, 호기심 많은 아이처럼 프로펠러를 향해 오른손을 뻗고 있었다!

놈은 엄청난 소용돌이 쪽으로 손을 들이밀다가 후닥닥 거두어들이고는, 입을 있는 대로 찌그러뜨리며 무언의 비명을 토해 냈다. 손가락이 잘렸어! 윌슨은 그렇게 생각했다. 하지만 놈은 곧바로 다시 프로펠러를 향해 손가락을 내밀었다. 그건 말썽꾸러기 아이가 돌아가는 프로펠러를 잡으려 하는 모습이었다.

이런 상황이 아니었다면 아주 흥미로운 광경이었을 것이다. 그 순간의 그자는 아무리 봐도 코미디언처럼 보였기 때문이다. 동화책에 나오는 말썽꾸러기 요정 하나가, 얼굴과 온몸의 털을 바람에 날리며, 초고속으로 돌아가는 프로펠러를 연구하고 있는 그런 그림 말이다.

'나보고 미쳤다고?'

도대체 어떻게 미쳐야 이 작은 소극의 공포를 구현해 낼 수 있다는 것인지.

놈은 손을 내밀었다가 다시 화들짝 놀라 거두어들이는 동작을 반복했다. 때로는 심지어 불에 데기라도 한 듯 손가락을 입에 물기도 했다. 그러면서도 어깨너머로 윌슨을 돌아보는 것을 잊지 않았다. 그래, 저자는 이것을 둘 사이의 게임으로 생각하고 있는 거야. 내가 누군가를 끌어들이는 순간 그가 지고, 나만이 목격자가 된다면 내가 패배자가 되는 거라고. 그리고 그때까지의 가벼운 즐거움도 그것으로 끝이었다. 윌슨은 이를 갈았다. 도대체 조종사들은 뭘 보는 거지?

놈은 이제 프로펠러에 관심을 잃었는지 엔진 덮개 쪽으로 움직였다. 그 모습이 마치 로데오를 하는 카우보이 같았다. 윌슨은 그를 바라보다가 문득 등줄기를 가르는 전율을 느꼈다. 난쟁이 놈이 엔진을 덮은 판을 잡고, 그 밑으로 손톱을 밀어 넣으려 하고 있었다!

윌슨은 지체 없이 스튜어디스 호출 버튼을 눌렀다. 객실 뒤쪽에서 스튜어디스가 나오는 소리가 들렸다. 아직은 놈이 모르고 있는 것 같았다. 여전히 그 일에만 몰두하는 듯 보였던 것이다. 하지만 마지막 순간, 스튜어디스가 도착하기 바로 전에, 놈은 윌슨을 힐끗 돌아보고는, 마치 실에 매달린 꼭두각시처럼 폴짝 허공으로 뛰어 올라가 버렸다.

"예?"

그녀가 그를 걱정스러운 눈으로 바라보았다.

"죄송하지만, 잠시 앉아 있을 수 있나요?"

여자가 망설였다.

"에, 전……"

"부탁입니다."

그녀는 그의 옆자리에 조심스럽게 앉았다.

"무슨 일인가요, 윌슨 씨?"

그는 마음을 단단히 추스르고 말했다.

"그 남자는 아직 밖에 있어요."

스튜어디스가 그를 빤히 바라보았다. 윌슨이 재빨리 덧붙였다.

"이 얘길 하는 이유는 놈이 비행기 부품을 건드리려고 했기 때문입니다."

그녀는 본능적으로 창문을 향해 시선을 돌렸다.

"아니, 아니, 보지 마세요. 지금은 없습니다. 아가씨가 오기만 하면 달아나거든요."

그는 이 말을 하고 멋쩍게 목을 가다듬었다. 그녀가 어떤 생각을 할지는 짐작이 갔다. 누군가 그런 이야기를 했다면 그도 똑같은 생각을 했을 것이다. 갑자기 자기 자신이 역겹고 혐오스러워졌다. 그래, 난 미쳐 가고 있어!

"중요한 사실은, 이게 꾸며 낸 얘기가 아니라면 이 비행기는 지금 위험에 처해 있다는 겁니다."

그는 억지로 자신이 미쳤다는 생각을 떨쳐 냈다. 그녀가 대답했다.

"예."

"압니다. 제가 이성을 잃었다고 생각하는 거죠?"

"물론 그렇지 않습니다."

"제 부탁은 이렇습니다. 기장님께 날개를 조심해서 살펴달라고 말씀 좀 전해 주세요. 아무것도 보이지 않는다면…… 그것으로 좋습니다. 하지만 뭔가 본다면……."

스튜어디스는 조용히 그를 바라보았다. 윌슨은 떨리는 두 손을 무릎에 올려놓았다. 그가 대답을 재촉했다.

"예?"

그녀가 자리에서 일어나며 말했다.

"알겠습니다, 그렇게 말씀드리죠."

그녀는 통로를 따라 자기 자리로 돌아갔다. 하지만 그녀의 몸놀림에서 묻어나는 것은 뻔한 거짓말뿐이었다. 달아나는 것처럼 보이지 않으려고 애써 태연한 척했으나, 정상으로 보이기에는 그녀의 걸음걸이가 너무 빨랐다. 그는 뱃속이 느글거리는 기분으로 다시 날개를 내다보았다.

괴물이 나타났다. 놈은 어느 순간 기형의 신체를 지닌 발레리나처럼 사뿐히 내려앉아 곧바로 하던 작업을 이어 나갔다. 두툼한 맨발로 엔진 덮개 위로 걸어가 덮개 판을 건드리는 것이다.

이런, 쓸데없는 걱정은 말자. 저 추악한 괴물이 손톱으로 볼트를 풀 수 있는 것도 아니지 않는가? 사실 비행기만 안전하다면, 조종사들이 보든 말든 하등의 상관이 없었다. 만일 그의 개인적인 사정이라면?

그자가 덮개를 뜯어낸 것은 그때였다. 윌슨은 숨을 들이마시고 외쳤다.

"여기, 어서요!"

돌아보니 스튜어디스와 조종사가 조종실 문을 빠져나오고 있었다.

"어서요!"

윌슨이 비명을 질렀다. 창문을 내다보니 남자가 뛰어 달아나고 있었다. 그래도 상관없다. 증거가 있으니 말이다.

"무슨 일이죠?"

조종사가 그의 의자 옆으로 달려와 물었다. 윌슨이 떨리는 목소리로 말했다.

"놈이 엔진 덮개를 뜯어냈어요!"

"놈이라뇨?"

"저 밖에요! 저놈이!"

"윌슨 씨, 목소리 좀 낮추세요."

조종사가 말했다. 윌슨의 턱이 벌어졌다.

"무슨 일인지는 모르겠습니다만 우선⋯⋯."

"그럼, 직접 봐요!"

"윌슨 씨, 이건 경고입니다."

"이런, 제기랄!"

윌슨은 급하게 숨을 들이키며 분노를 가라앉히려 애썼다. 그리고 아무 말 없이 의자 깊숙이 물러나 조종사에게 창문을 가리켰다.

"그럼, 먼저 보시고 말씀하시죠?"

조종사도 할 수 없다는 듯 한숨을 내쉬며 허리를 굽혔다. 얼마 뒤 그의 눈이 윌슨에게로 돌아왔다. 그가 물었다.

"그런데요?"

윌슨이 얼른 고개를 돌렸다. 덮개는 원래의 자리에 돌아와 있었다.

"오, 잠깐만요. 난 놈이 저 덮개를 뜯어내는 걸 봤단 말입니다."

그는 조종사의 반응을 보지도 않고 말했다. 너무나 끔찍했다.

"윌슨 씨, 만일 또다시⋯⋯."

"분명히 덮개를 들어냈다니까요!"

스튜어디스와 마찬가지로 조종사도 당혹스럽고 난감하다는 표정이었다.

"이봐요, 정말 봤단 말입니다."

그가 외쳤다. 놀랍게도 목소리에 울음마저 섞여 나왔다. 얼마 뒤 조종사가 그의 옆에 쪼그리고 앉았다.

"윌슨 씨, 알겠습니다. 물론 보셨을 겁니다. 그렇지만 다른 사람들도 생각하셔야죠. 저분들을 놀라게 해선 안 됩니다."

윌슨은 너무나 당황해서 그 말을 이해하지 못했다.

"그러니까…… 당신도 그자를 봤다는 말씀인가요?"

"물론입니다. 하지만 승객들이 겁을 먹으면 안 됩니다. 이해하시겠지만."

"물론, 물론입니다. 저도 당연히……."

그리고 윌슨은 아랫배가 거북해졌다. 그는 입술을 깨물고 조종사를 노려보았다. 시선만으로도 그를 죽일 것만 같았다. 마침내 그가 말했다.

"알겠습니다."

"잊지 말아야 할 건……."

"그만두시죠."

그가 내뱉었다.

"예?"

그는 부르르 몸을 떨었다.

"가라고 했소."

"윌슨 씨, 그게 무슨……."

"그만 하자고요!"

윌슨의 얼굴은 하얗게 질려 있었다. 그는 아예 조종사를 외면하고 날개 쪽으로 시선을 돌렸다. 눈이 돌처럼 딱딱해진 느낌이었다. 그가 갑자기 조종사를 돌아보았다.

"약속하죠, 이제부터는 입도 뻥긋하지 않겠습니다."

"윌슨 씨, 저희 입장도 이해하셔야⋯⋯."

윌슨은 그대로 몸을 돌려 엔진을 내다보았다. 탑승객 둘이 복도에 서서 그를 바라보고 있었다. 멍청이들! 그는 울화가 치밀었다. 다시 손이 떨리기 시작했다. 얼마 뒤에는 욕지기까지 날 것만 같았다. 진동 때문이야. 비행기가 태풍에 갇힌 돛단배처럼 요동치고 있었다.

조종사는 아직도 그를 설득하는 중이었다. 윌슨은 눈의 초점을 바꿔 거울에 비친 조종사의 모습을 보았다. 그 옆에 침울한 얼굴의 스튜어디스도 있었다. 얼간이들! 그는 그들이 떠나는 것도 모른 척했다. 둘은 승무원실 쪽을 향해 걸어갔다. 내 욕들을 하겠지? 어쩌면 발작에 대비한 비상 계획을 짤 수도 있겠군.

그는 차라리 그자가 다시 나타나 덮개를 뜯고 엔진을 망가뜨리기를 바랐다. 30여 명의 탑승객들 중, 혼자서만 다가올 비극을 알고 있다고 생각하니 기분까지 좋아졌다. 원하기만 한다면 끔찍한 비극이 일어나도록 내버려 둘 수도 있을 것이다. 윌슨은 쓰디쓴 미소를 지었다. 그야말로 고귀한 자살이로군그래.

난쟁이가 다시 내려앉았다. 윌슨은 자신의 생각이 옳았음을 알 수 있었다. 달아나기 전에 덮개를 제자리에 돌려놓은 것이었다. 이제 놈이 다시 덮개를 뜯어냈다. 덮개는 마치 정신 나간 외과 의사의 메스에 살갗이 벗겨져 나가듯 손쉽게 떨어져 나갔다. 날개가 심하게 요동쳤지만 놈은 균형을 잡는 데에는 전혀 불편이 없어 보였다.

윌슨은 다시 한 번 경악했다. 도대체 뭘 어쩌려는 거지? 아무도 그를 믿지 않았다. 또다시 부른다면 사람들은 강제로 그를 가두

려 할 것이다. 스튜어디스에게 옆에 앉아 있을 것을 요청한다 해
도 기껏해야 파국을 조금 더 늦출 뿐이리라. 그녀가 떠나거나 앉
아서 조는 순간 놈은 다시 나타날 것이고, 또 그녀가 눈을 똑바로
뜨고 감시한다 해도, 놈이 다른 날개로 가서 장난을 치려 들면 그
걸로 끝이다. 윌슨은 부르르 떨었다. 차가운 공포에 척추가 어는
기분이었다.

맙소사, 이렇게 아무 대책도 없다니.

그 순간 조종사가 지나는 모습이 창에 비쳐 그는 깜짝 놀랐다.
기가 막힐 노릇이었다. 그는 창을 통해 두 사람 모두를 보고 있고,
둘의 사이도 불과 1미터 안팎이었건만, 정작 서로는 전혀 의식을
못하고 있는 것이다! 아니, 그건 아니다. 파일럿이 지나가자 놈은
어깨너머로 돌아보기까지 했다. 윌슨의 방해 능력이 한계에 달해
더 이상 뛰어 달아날 필요도 없다는 사실을 아는 것 같았다. 윌
슨은 화가 나서 미칠 것만 같았다.

'죽여 버리겠어! 이 난쟁이 똥자루만 한 놈, 기어이 죽여 버리겠
다!'

그가 속으로 외쳤다.

그때 밖에서 엔진이 푸드덕거렸다. 불과 찰나에 지나지 않았지
만 그 짧은 순간 윌슨은 정말로 심장이 멎는 줄 알았다. 그는 이
마를 창에 대고 밖을 엿보았다. 놈은 덮개 위에 무릎을 꿇고 앉
아 기형적으로 생긴 손을 엔진 안에 밀어 넣고 있었다.

"안 돼, 그러지 마."

그는 자신이 애원하는 소리를 들을 수 있었다.

엔진이 다시 꺼졌다. 윌슨은 놀라서 주변을 둘러보았다. 모두

귀머거리인가? 그는 스튜어디스 호출 버튼을 누르려다가 황급히 손을 거두었다. 안 돼, 그랬다가는 갇히고 말 거야. 하지만 그는 어떤 일이 일어날지를 아는 유일한 사람이고, 이 상황을 해결할 유일한 대안이었다.

"맙소사……."

윌슨은 고통의 신음 소리가 나올 때까지 아랫입술을 물어뜯었다. 그는 엉겁결에 어깨 너머를 돌아보았다. 놀랍게도 스튜어디스가 흔들리는 계단을 달려오고 있었다. 알아챈 거야! 그는 그녀에게서 눈을 떼지 않았다. 그녀가 그를 지나치며 힐끗 노려보았다.

그녀는 통로 아래쪽 세 번째 좌석에 멈췄다. 나 말고도 목격자가 있는 건가? 그녀는 상체를 숙여 보이지 않는 승객에게 뭔가 말을 건넸다. 밖에서는 엔진이 다시 각혈을 시작했다. 윌슨은 고개를 돌려 황급히 밖을 내다보았다.

"빌어먹을!"

그가 신음했다. 다시 돌아서서 스튜어디스가 돌아오는 것을 보았다. 전혀 겁에 질린 표정이 아니었다. 윌슨은 기가 막혀서 그녀를 바라보았다. 세상에, 이럴 수가! 그는 고개를 돌려 그녀의 동작을 쫓았다. 그녀는 비틀거리며 부엌으로 들어갔다.

"말도 안 돼."

윌슨은 온몸을 부르르 떨었다. 아무도 모르고 있어! 아무도 모른다고.

윌슨은 얼른 좌석 아래에서 여행용 가방을 빼냈다. 그는 지퍼를 열고 슈트 케이스를 꺼낸 다음 가방은 아무렇게나 바닥에 내던졌다. 그리고 다시 손을 넣어 기름 먹인 봉투를 꺼냈다. 곁눈으로 훔쳐보니 스튜어디스가 돌아오고 있었다. 그는 구두로 가방을 좌석 밑으로 밀어넣고 봉투도 옆으로 젖혀 두었다. 그러고는 꼼짝 않고 앉아 그녀가 지나가기를 기다렸다.

그는 봉투를 무릎 위에 놓고 입 부분의 줄을 풀었다. 어찌나 서둘렀던지 하마터면 권총을 놓칠 뻔했다. 그는 얼른 총열을 잡았다. 그리고 창백한 손으로 손잡이를 쥐고 안전장치를 풀고 무심결에 밖을 내다보았다. 이런, 세상에!

놈이 그를 보고 있었다. 윌슨은 떨리는 입술을 앙다물었다. 그의 의도를 놈이 알 리가 없었다. 그는 크게 심호흡을 했다. 스튜어디스를 보니 그녀는 손님에게 알약을 건네주고 있었다. 그는 다시 날개를 보았다. 놈은 엔진 쪽으로 돌아가 손을 집어넣고 있었다. 윌슨은 총을 단단히 쥐고는 천천히 들어올렸다.

하지만 그는 얼른 손을 내렸다. 창이 너무 두꺼웠다. 만일 창에 대고 쏜다면 총알이 튀어 탑승객 중 누군가의 몸에 박히고 말 것이다. 그는 부르르 몸을 떨며 난쟁이를 보았다. 다시 엔진이 멈추고 놈의 기이한 형체 위로 불꽃이 튀었다. 이제 각오를 다져야 했다. 어차피 해답은 하나뿐이었다.

그는 비상문 손잡이를 내려다보았다. 투명 덮개가 손잡이를 보호하고 있었다. 윌슨은 덮개를 밀어 떨어뜨렸다. 밖을 보니 놈은 아직 쪼그리고 앉아 엔진을 만지작거리는 중이었다. 윌슨은 떨리는 호흡을 삼키고는 왼손으로 손잡이를 실험해 보았다. 아래쪽으로는 꿈쩍도 않았지만 위쪽으로 당기자 움직임이 느껴졌다.

윌슨은 총을 무릎에 놓았다. 망설일 시간은 없다. 그는 떨리는 손으로 안전벨트를 허벅지에 맸다. 문이 열리면 엄청난 바람이 쏟

아져 들어올 것이다. 비행기의 안전을 위해서라도 바람에 날아가
서는 안 된다.

윌슨은 다시 총을 집어 들었다. 심장이 터질 것만 같았다. 빠르
고 정확해야 한다. 만의 하나 실패하는 날엔 놈은 다른 날개로 달
아날 것이다. 최악의 경우 꼬리날개로 달아나게 되면, 놈은 아무
런 방해도 없이 전선을 끊고, 날개를 끊고, 끝내 비행기의 균형을
파괴해 버리고 말 것이다. 그럴 수는 없다. 결국 해결책은 하나였
다. 낮은 겨냥으로 놈의 가슴이나 배를 뚫어야 한다. 윌슨은 허파
에 공기를 채웠다. 바로 지금이야!

윌슨이 손잡이를 잡아당기는 순간 예의 스튜어디스가 통로를
올라오고 있었다. 그녀는 발을 멈추고 한참 동안 아무 말도 못했다.
눈에 보이는 광경이 믿기지 않는다는 듯 멍하니 한 손만 허공으
로 내밀 뿐이었다. 마침내 찢어질 듯한 비명이 엔진의 소음을 뚫
고 퍼져 나갔다.

"윌슨 씨, 안 돼요!"

"물러서!"

윌슨이 외치고는 비상구 손잡이를 비틀어 올렸다. 문이 사라지
는 듯싶었다. 어느 순간 그에게 손잡이를 잡힌 채 붙어 있던 문은,
다음 순간 으르렁거리는 바람 소리와 함께 사라져 버렸다.

동시에 윌슨은 자신을 의자에서 떼어 내려는 엄청난 흡인력에
휩싸여야 했다. 그의 머리와 어깨가 좌석에서 빨려 나갔다. 얼음
처럼 차가운 공기에 숨을 쉴 수가 없었다. 천둥 같은 엔진 소리에
귀청이 떨어질 것만 같은 데다, 혹한의 바람 때문에 눈을 뜨고 있
을 수도 없었다. 심지어 괴물의 존재조차 신경 쓸 여력이 없었다.

비명과 혼란이 사방에서 터져 나왔으나 그것마저 너무나 아득하기만 했다.

그때 놈이 보였다. 놈은 날개를 횡단하고 있었다. 아주 가까운 거리였다. 놈은 상체를 앞으로 기울이고 맹금의 두 손을 앞으로 내민 자세였다. 윌슨은 얼른 손을 들고 방아쇠를 당겼다. 태산이라도 집어삼킬 듯한 바람 속에서 총소리는 그저 딱총 소리처럼 들렸다. 그리고 놈이 뒤쪽으로 나가떨어지는 것이 보였다. 마치 돌풍에 휘말린 종이 인형처럼 맥없이 사라져 버린 것이다. 머리가 하얗게 비는 것 같았다. 손가락에서 권총이 맥없이 떨어져 나갔다.

그리고 세상이 깜깜해졌다.

그는 몸을 꿈틀거리며 무언가 중얼거렸다. 혈관의 피가 얼기 시작했고 몸은 뻣뻣하게 굳어 갔다. 어둠 속에서 바스락거리는 소리와 아련한 목소리가 들렸다. 그는 천장을 향해 똑바로 누워 있었다. 바닥이 뒤뚱뒤뚱 흔들렸다. 차가운 바람이 얼굴을 쓸고 지나갔다. 비틀거리는 세상……

그는 한숨을 쉬었다. 비행기가 착륙하고 지금은 들것에 들려 이동 중이었다. 머리가 무거웠는데 아무래도 진정제를 놓은 모양이었다.

"세상에, 이런 식으로 자살을 시도하는 사람은 처음 봤어."

어딘가에서 목소리가 들렸다. 윌슨은 기뻤다. 물론 그 사람의 말은 틀렸다. 엔진을 조사하고 고장 상태를 정밀 검사하면 쉽게 드러날 일이다. 결국 사람들은 그가 비행기를 구했다는 사실을 알게 될 것이다.

윌슨은 아주 깊은 잠에 빠져들었다. 꿈조차 꾸지 않았다.

시험

시험 전날. 레스는 식당에서 아버지의 연습을 도왔다. 토미는 위층에서 잠을 자고 있고 거실에서는 테리가 바느질을 하고 있었다. 부드럽게 밀고 당기고 하는 바늘의 움직임만큼이나 그녀의 얼굴에는 표정이 없었다.

톰 파커는 상체를 곧바로 세우고 있었다. 핏줄로 뒤덮인 두 손은 식탁에 바짝 붙이고 푸른색 눈으로는 아들을 뚫어져라 바라보았다. 마치 그래야 아들이 더 잘 이해할 것 같다는 듯이.

그는 여든 살이고 이번 시험이 네 번째였다.

"좋아요. 다음 숫자들을 차례대로 따라 읽으세요."

레스는 트라스크 박사가 준 시험지 샘플을 뒤적거리며 말했다.

"숫자를 차례대로."

톰이 중얼거렸다. 단어들을 조리 있게 배열하려 애썼지만 이젠 말 한마디 한마디를 이해하기도 쉽지 않았다. 단어란 놈은 마치 게으른 짐승에 달라붙은 진딧물만큼이나 꿈적도 하지 않으려 했다. 그는 아들의 입에서 나온 단어들을 마음속으로 되새겨 보았다.

"숫자를 차례대로…… 숫자를……."

드디어 무슨 말인지 감이 왔다. 그는 아들을 보며 기다렸다.

"그리고?"

잠시의 침묵 후 그가 재촉했다.

"아버지, 아버지가 따라 할 차례잖아요."

레스가 말했다.

"어, 미안하지만, 에, 다시 한 번만 불러 주……?"

아버지가 더듬거리며 말했다. 레스가 짜증 섞인 한숨을 내쉬며 숫자를 불러 나갔다.

"8, 5, 11, 6."

노인의 입술이 우물거렸다. 그런 일을 하기에는 노인의 두뇌는 너무나 녹슬어 있었다.

"8……에, 5……."

노인이 고통스러운 듯 두 눈을 감았다.

"11, 6."

그는 나머지 숫자를 단번에 토해 내고는 자랑스러운 표정으로 아들을 올려다보았다.

그래, 잘했어. 아주 잘한 거야. 내일은 놈들도 날 우습게 보지 못할걸? 기어이 놈들의 지독한 법률을 깨부수고 말 거야. 그는 입술을 굳게 다물고 두 손으로는 하얀 식탁보를 단단히 움켜쥐었다.

그는 그런 생각들을 하다가 또다시 아들의 말을 놓치고 말았다.

"뭐라고? 이런, 좀 크게 말해라. 그렇게 해서 어디 듣겠니?"

"뭐 하세요, 제대로 안 듣고? 다시 읽을 테니 잘 들어요."

톰은 상체를 기울이고 귀를 곤두세웠다. 레스가 숫자를 불러 주었다.

"9, 2, 16, 7, 3."

톰은 간신히 목청을 가다듬었다.

"천천히 좀 읽어라."

그가 아들에게 말했다. 도무지 따라잡을 수가 없었다. 세상에, 그렇게 긴 숫자들을 순서대로 기억할 놈이 어디 있단 말인가?

"뭐, 뭐?"

레스가 다시 숫자들을 읽었을 때는 아예 울화까지 치밀었다.

"아버지, 시험관들은 지금 이것보다 더 빨리 불러 줄 거예요. 이러다가……."

"나도 잘 알고 있다. 내가 바본 줄 아냐? 하지만 말이다. 이건, 아무튼 시험이 아니지 않느냐? 이건 연습이야. 난 연습 중이고. 바보처럼, 그렇게 서두를 필요 없잖냐? 먼저, 먼저 연습을 해서 분위기를 익혀야 한단 말이다."

그는 단숨에 이 많은 말을 쏟아 냈다. 아들에게도 화가 났고 숫자들이 머릿속에 들어오지 않는다는 사실에도 분통이 터졌다.

레스는 어깻짓을 하고는 다시 시험지를 보며 천천히 읽어 주었다.

"9, 2, 16, 7, 3."

"9, 2, 6, 7."

"16, 7이에요, 아버지."

"그렇게 말했어."

"6이라고 했어요."

"내가 방금 한 말도 기억 못한다고 말할 셈이냐?"

레스는 두 눈을 질끈 감고 있다가 마침내 말했다.

"좋아요, 아버지."

"다시 읽어 줄 거냐, 말 거냐?"

톰이 아들에게 따지듯 물었다. 레스는 다시 숫자를 읽어 준 다음, 아버지가 떠듬떠듬 따라 하는 소리를 들으며 거실의 테리를 돌아보았다. 그녀는 여전히 목석처럼 앉아 뜨개질을 하고 있었다. 라디오도 꺼져 있었기 때문에 노친네가 숫자 가지고 버벅대는 소리를 그녀도 듣고 있을 것이다.

'알아, 나도 안다고. 아버지가 늙어서 아무짝에도 쓸모없다는 거. 하지만 그렇다고 면전에서 등에 칼을 박아 넣을 수는 없잖아? 아버지는 어차피 시험에 통과 못해. 그건 당신도 알고 나도 알아. 그러니 지금은 좀 봐 달라고. 내일이면 어차피 심판이 내려질 테니까 말이야. 제발, 오늘 밤만 그냥 넘어가자고. 괜스레 노친네 가슴에 못 박지 않게 해 줘.'

"이번엔 다 맞았어, 그렇지?"

그는 뿌듯해하는 목소리에 정신을 차리고, 노인의 수척하고 주름진 얼굴을 돌아보았다. 그가 얼른 대답했다.

"예, 그래요."

아버지의 떨리는 입가에 가벼운 미소가 맴돌았다. 레스는 그 모습을 보며 배신자가 된 기분이 들었다. 이건 아버지를 속이는 일이야.

"그럼, 다음 문제로 넘어가자."

아버지의 말에 그는 시험지를 내려다보았다. 도대체 아버지에게 쉬운 문제가 어디 있겠는가? 그는 이런 생각을 하는 자신이 역겨웠다.

"이런, 레슬리, 어서 하려무나. 시간 없다고 했잖아."

아버지가 초조한 목소리로 재촉했다. 톰은 아들의 모습을 지켜보며 두 주먹을 불끈 쥐었다. 내일이면 아비 목숨이 날아갈 판인데 아들놈이라는 게 그게 무슨 대수냐는 듯 시험지만 이리저리 넘겨 보고 있다니. 그가 짜증 섞인 목소리로 재촉했다.

"어서! 서두르란 말이다."

레스는 줄이 달려 있는 연필을 잡아 빈 종이에 1센티미터 정도의 원을 그린 다음 연필을 아버지에게 건넸다.

"원 위 허공에 연필을 올려놓고 3분 동안 그대로 있으세요."

그는 이렇게 말해놓고는, 문득 문제를 잘못 골랐다는 생각을 했다. 식사 때마다 손을 떨고 옷을 입을 때면 늘 단추와 지퍼도 처리 못하는 분이 아니던가.

그는 긴 한숨을 내쉬고 스톱워치를 집어 든 다음 아버지에게 고갯짓을 해 보였다. 톰은 떨리는 숨을 크게 들이마시고 상체를 숙였다. 그러고는 가볍게 흔들리는 손으로 원 위에 연필을 대고 움직이지 않으려 애를 썼다. 레스는 아버지가 책상에 팔꿈치를 대는 것을 보았다. 시험에서라면 허용되지 않을 일이지만 그냥 못 본 척하기로 했다.

그는 물끄러미 아버지의 얼굴을 살펴보았다. 탈색되고 변색된 피부. 이젠 두 볼 밑으로 끊어진 붉은 혈관들까지 선명하게 드러났다. 건조한 갈색 피부도 주름과 기미로 잔뜩 얼룩져 있었다. 여든 살이라. 여든 살이 되면 기분이 어떨까?

그는 다시 테리를 돌아보았다. 그녀도 고개를 돌려 그를 마주 보았으나 둘 다 미소 짓는 표정은 아니었다. 아니, 아예 표정 자체가 없었다. 테리는 어느새 바느질로 돌아갔다.

"3분 다 되지 않았냐?"

톰이 투덜댔다. 레스는 스톱워치를 내려다보았다.

"1분 30초예요, 아버지."

하지만 그는 곧 거짓말하지 않은 것을 후회했다.

"그래? 그럼 한눈팔지 말고 시계나 봐라. 이건 시험이야, 자, 장난이 아니란 말이다."

아버지의 목소리가 분노로 크게 흔들렸다. 연필도 마찬가지로 시계추처럼 흔들리고 있었다. 레스는 요동치는 연필 끝을 보았다. 이건 완전히 개지랄이야. 이런다고 뭐가 달라진다고. 결국 그가 아버지의 목숨을 위해 할 수 있는 일은 아무것도 없었다.

시험을 주관할 사람들은 그 법안에 찬성표를 던진 아들과 딸들은 아니다. 최소한 아버지의 얼굴에 그가 직접 "부적격" 도장을 찍고 선고를 낭독할 필요는 없다는 뜻이다.

다시 연필이 원을 넘었다가 다시 제자리로 돌아왔다. 해당 문제에 관한 한 자동적으로 자격상실에 해당하는 실수였다. 톰이 불현듯 화를 내며 대들었다.

"시계가 느린 거 아니냐?"

레스는 숨을 멈추고는 시계를 내려다보았다. 2분 30초. 그는 아무렇게나 내뱉었다.

"3분 됐어요."

톰이 신경질적으로 연필을 내던졌다.

"빌어먹을. 이건 멍청한 짓이라고. 그런 개떡 같은 시험으로 뭘 증명하겠다고! 웃기는군."

그의 목소리가 점점 높아졌다.

"이번엔 돈 문제를 풀어 볼까요, 아버지?"

"그게 시험하고 같은 순서냐?"

톰이 의심스럽다는 눈초리로 아들을 흘겨보았다.

"예, 그래요."

그가 거짓말을 했다. 아버지는 끝내 안경을 거부했지만 시험지를 판독하기엔 노안이 너무 심했다.

"아니, 잠깐만요. 하나 더 남았어요. 먼저 시간 문제를 낼게요."

그가 얼른 덧붙였다. 이 문제가 더 쉬울 것 같다는 생각에서였다.

"그런 말도 안 되는 질문을. 도대체 날 뭘로 보고."

아버지는 식탁 위에 있던 시계를 신경질적으로 낚아채고는 뚫어져라 노려보다가 신경질적으로 답했다.

"10시 15분."

"아버지, 지금은 11시 15분이에요."

그리고 레스는 미처 망설일 겨를도 없이 내뱉고 말았다. 그도 초조했던 것이다. 아버지는 잠시 뺨이라도 얻어맞은 표정을 짓다가 다시 시계를 집어 들었다. 그의 입술이 삐뚤어졌다. 레스는 아버지가 10시 15분이라고 우길까 봐 잔뜩 긴장했다.

"그래, 내가 하려던 말이 그거다. 말이 잘못 나온 거야. 당연히 11시 15분이지. 그것도 모르는 바보는 없어. 11시 15분. 시계가 안 좋아. 숫자들이 너무 촘촘하단 말이다. 그런 건 던져 버려. 지금이 어느 땐데……."

톰이 말을 끊고는 조끼 주머니에서 자신의 금시계를 꺼냈다.

"이런 게 시계지. 자그마치 60년 동안 한 번도 틀린 적이 없단 말이다! 이 정도는 되어야 시계라고. 그런 쓰레기가 아니라."

그는 레스의 시계를 쓰레기 버리듯 내던졌다. 시계는 앞면으로 떨어져 크리스털 유리가 깨지고 말았다.

"저것 봐라. 저렇게 힘도 없잖느냐."

아버지는 이렇게 말했지만 시계가 깨진 데 적잖이 당황한 기색이었다. 그는 레스의 눈을 피해 애써 자기 시계만 내려다보았다. 시계의 뚜껑을 열어 아내 메리의 사진을 바라보는 그의 입술이 단단히 닫혀 있었다. 30대의 메리. 사랑스러운 금발이었다.

맙소사, 당신은 이런 테스트를 받을 필요도 없었구려. 정말 다행이오. 아내가 57세 때 겪은 사고가 다행이라고 생각하게 될 줄은 몰랐건만, 적어도 그건 '시험법'이 거론되기 전이었다.

그는 시계를 덮고 다시 주머니에 집어넣었다.

"그 시계는 나한테 맡겨라. 그러니까, 에…… 내일 더 좋은 유리로 갈아 주마."

그가 퉁명스럽게 말했다.

"괜찮아요, 아버지. 어차피 낡은 시계였는걸요."

"아니다. 나한테 맡겨. 새 유리로 갈아 줄 테니까. 이번엔 깨지지 않는 걸로 해 주마. 깨지지 않는 걸로. 그러니까 여기 그냥 놔둬."

톰은 돈 문제도 끝냈다. 그러니까, "5달러 지폐를 쿼터로 거스르면 몇 개가 되나?", "1달러에서 36센트를 빼면 거스름돈은 얼마나 되나?" 따위의 질문들이었다.

서술식이기 때문에 레스는 앉아서 시간만 쟀다. 집은 조용하고 따뜻했다. 모든 것이 정상이고 달라진 것은 아무것도 없었다. 여느 때처럼 부자는 식당에 앉아 있고 아내도 거실에서 바느질을 하고 있었다.

그래서 더욱 끔찍했다.

삶은 평소처럼 흘러갔다. 죽음에 대해 말하는 사람은 아무도 없었다. 정부는 공문서를 보내고, 시험을 실시하고, 낙오한 사람들을 소환해 주사를 놓았다. 법이 시행된 후로는 사망률이 증가하고 인구문제는 해결되었다. 모두가 공식적이고, 공평무사했으며, 비명이나 폭동 따위는 없었다.

하지만 살해당하는 사람들에게는 여전히 사랑하는 사람들이 있었다.

"시계 걱정은 하지 마라. 네 시계까지 신경 쓰면서 시험을 치를 수는 없으니까."

아버지가 말했다.

"아버지, 시험관은 자기들 시계를 사용할 거예요."

"시험관은 시험관이야. 네가 시험관은 아니잖냐."

톰이 잘라 말했다.

"아버지, 전 지금 어떻게든 도우려고……."

"그래, 그럼 도와주면 돼. 거기 앉아서 시계 걱정이나 하고 있지 말고."

레스도 순간 화가 치밀어 두 볼이 벌겋게 상기되었다.

"이건 아버지 시험이에요. 내가 아니고요. 만일……."

"내 시험? 그래, 내 시험이다! 내 시험! 너희들이 작당해서 그렇게 했지. 모두 작당해서. 내 말이 틀리냐? 그……."

레스는 할 말을 잊었다. 기가 막혀 아무 말도 생각나지 않았다.

"고함친다고 해결될 일이 아니에요, 아버지."

"난, 고함 안 쳤다!"

"아버님, 애들 자요!"

테리가 갑자기 끼어들었다.

"자든 말든! 내가……."

톰은 말을 끊고는 의자 뒤로 털썩 기댔다. 자기도 모르게 손에서 연필이 떨어져 식탁 끝으로 굴러갔다. 온몸이 떨렸고 빈약한 새가슴도 쉴 새 없이 오르내렸다. 무릎 위에 놓인 두 손 역시 걷잡을 수 없이 씰룩거리고 있었다.

"계속하실래요, 아버지?"

레스가 간신히 분노를 삭이며 말했다.

"내가 뭘 잘못했다고. 살아오면서 욕심 하나 안 부렸어."

톰이 혼자서 중얼거렸다.

"아버지, 계속해요?"

아버지의 몸이 움찔했다. 그가 느리고 화난 목소리로 말했다.

"그래, 되도록 빨리 끝내자꾸나. 되도록."

레스는 시험지를 보았다. 그의 손에는 스테이플러로 찍은 종이 다발이 들려 있었다. 심리학적 질문? 아냐, 이건 대답 못하실 거야. 여든 살 먹은 아버지에게 어떻게 섹스에 대한 견해를 묻는단 말인가? 구석기 시대의 아버지에겐 아무리 가벼운 질문이라도 '음란할' 수밖에 없을 것이다. 아버지가 신경질적인 목소리로 물었다.

"뭐 하니?"

"더 이상은 없는 것 같네요. 벌써 네 시간이나 했는걸요."

"네가 건너뛴 문제들은 어쩌고?"

"대개는 모두…… 신체 반응 검사 같은 거예요."

아버지가 굳게 입술을 다물었다. 그는 아버지가 따지고 들까 봐 불안했는데 그가 한 말은 전혀 다른 것이었다.

"그거야 좋은 친구가 있으니까."

"아버지, 이젠……."

레슬리는 그만두기로 했다. 더 이상 무슨 말이 필요하겠는가. 과거 세 번의 시험과 달리 이번 시험에서는 트라스크 박사도 건강 증명서를 내줄 수 없을 것이 너무나도 뻔했다.

노인들이 옷을 벗은 채, 의사들에게 함부로 다루어지고, 모욕적인 질문을 받는 심정을 모르는 바는 아니다. 옷을 입을 때에도 누군가 몰래 얼마나 옷을 잘 입는지 체크하고 있다는 사실 때문에 아버지가 얼마나 힘들어할지도 잘 알고 있다. 정부 식당에서 점심 식사를 할 때에도, 포크나 스푼을 떨어뜨리거나, 물 잔을 넘어뜨리거나, 셔츠에 국물을 쏟는지의 여부를 지켜보고 있고, 아버지가 그 때문에 얼마나 초조해할지를 레슬리도 잘 알고 있었다.

"아버지한테 이름과 주소를 적으라고 할 거예요."

레스가 말했다. 아버지가 신체검사를 잊고 그 대신 그의 멋진 필체에 대해 생각하기를 바랐다. 아버지는 개수작 말라는 표정을 지었으나, 다시 연필을 집어 적기 시작했다. 이걸로 놈들을 속일 수 있어. 톰은 단호하고 확실한 필체로 종이를 채워 나가며 그런 생각을 했다.

뉴욕 볼티모어 브리튼 스트리트 2719. 토머스 파커.

"그리고 날짜도요."

레슬리가 말했다. 노인은 2003년 1월 17일이라고 적었다. 그 순간 뭔가 싸늘한 기운이 그의 온몸을 훑고 지나갔다.

바로 내일이 시험이구나.

둘은 나란히 누웠지만 잠든 것은 아니었다. 옷을 벗으면서도 거의 아무 말도 않았고, 레스가 잘 자라는 키스를 할 때에도 테리는 뭔가 알아들을 수 없는 말만 중얼거렸다.

그는 무거운 한숨을 내쉬며 그녀에게 돌아누웠다. 그녀는 어둠속에서 눈을 뜨고 그를 바라보고 있었다. 그녀가 부드러운 목소리로 물었다.

"자요?"

"아니."

그는 아무 말도 하지 않고 아내의 다음 말을 기다렸다. 하지만 그녀도 입을 열지 않았다. 할 수 없이 그가 말을 꺼내야 했다.

"이번이…… 마지막일 거야."

그는 말끝을 흐렸다. 마지막이라는 단어가 맘에 들지 않았다. 너무나 멜로드라마 같은 냄새가 나서였다. 테리는 당장 대답하지 않다가 마치 혼잣말처럼 중얼거렸다.

"당신 생각에 이번엔 절대로……."

레슬리는 순간 긴장했다. 아내가 무슨 말을 하려는지 잘 알고 있었다. 그가 대답했다.

"그래. 이번엔 통과 못하실 거야."

테리가 숨을 들이쉬는 소리가 들렸다. 그만, 제발 그 말만은 하지 말아 줘. 내가 지난 15년 동안 똑같은 말을 했다는 말은 하지 말라고. 나도 알고 있어. 하지만 그땐 그게 사실이라고 생각했단 말이야.

문득, 몇 년 전에 '소거 요청서'에 사인이라도 할 걸 그랬다는 생각이 들었다. 두 사람은 아버지의 '제거'를 절실하게 원했다. 하지만 그럴 수는 없었다. 아이들과 부부를 위한 것이기는 했지만 그런 생각을 할 때마다 살인자가 되는 기분이었던 것이다. '아버지가 시험에서 떨어졌으면 좋겠어요. 그 사람들이 아버지를 죽였으면 좋겠어요.'라고 어떻게 말한단 말인가? 하지만 어떤 말을 하든 간에 그건 결국 입발림에 지나지 않을 것이다. 어차피 기분은 마찬가지일 것이기 때문이다.

빌어먹을 의학 용어들. 수확량 감소, 생활 수준 저하, 기아 비율 급증, 보건 수준 악화 등등, 놈들은. 법의 통과를 위해 갖가지 이유들을 들었으나, 모두 거짓말이었다. 악의적이고 근거 없는 거짓말. 그 법이 통과된 이유는 다만 사람들이 자유를 원해서였다. 자신들만의 삶을 지키기 위해서였다.

"레스, 이번에도 통과하면 어쩌죠?"

테리가 물었다. 그는 주먹을 불끈 쥐었다.

"레스?"

"나도 몰라, 테리."

그녀의 목소리는 단호했다. 인내의 한계에 다다른 끝에 나온 말이기 때문이었다. 그녀는 "모른다면 끝이야?"라고 묻고 있었다.

그는 하릴없이 베개에 놓인 고개만 저었다.

"여보, 제발 그만. 그만 합시다."

"레스, 이번에도 통과하면 그다음은 5년 뒤예요. 자그마치 5년이라고요. 그게 무슨 뜻인지는 알아요?"

"여보, 이번엔 불가능해."

"하지만 통과하면요?"

"테리, 오늘 밤 내가 한 질문 중 4분의 3을 못 풀었어. 이미 귀도 거의 안 들리고, 시력도 심장도 엉망이야. 거기에 관절염도 있으시고. 신체검사에서부터 탈락하실 게 분명해."

그는 두 주먹을 힘없이 매트리스 위에 내려놓았다. 아버지가 이미 끝난 인생이라는 걸 아내에게 확신시켜야 한다는 현실이 역겹기만 했다. 과거를 잊고 아버지를 있는 그대로 받아들일 수만 있다면 좋으련만. 그들의 인생을 훼방 놓는 무기력한 치매 노인 정도로 말이다. 하지만 아버지가 그를 얼마나 사랑했고, 그가 아버지를 얼마나 존경했는지 잊기가 쉽지 않았다. 시골길의 하이킹, 낚시 여행, 밤을 새워 벌인 논쟁. 그리고 그 밖에 아버지와 함께했던 모든 일들.

소거 요청서에 사인하지 못했던 건 그런 이유들 때문이었다. 그건 아주 간단한 양식이었고, 5년 주기의 시험을 기다리는 것보다 훨씬 쉬웠다. 하지만 그건 사인 하나로 아버지의 인생을 날려 버리는 행위이다. 대신 아버지를 처분해 달라고 정부에 요청하라고? 다 써 버린 쓰레기처럼? 도저히 그럴 수는 없었다.

이제 아버지는 80세가 되었다. 그리고 도덕적인 가정환경과, 평생 배워 온 기독교 원리에도 불구하고, 지금 그와 아내는 아버지가 시험을 통과해 다시 5년 동안 함께 살게 될까 봐 전전긍긍하고 있는 것이다. 집을 엉망으로 만들고, 아이들의 버릇을 망쳐 놓고,

물건을 깨뜨리고, 이것저것 시중도 들어야 하는 노친네와 함께 말이다. 하등의 쓸모는 없으면서 그들의 인생을 짜증과 고통으로 만들어 버리는 늙은이와 말이다.

"잠이나 자요."

테리는 결국 남편과의 실랑이를 포기했다.

그는 잠을 청해 봤지만 소용이 없었다. 어두운 천장만 바라보며 뭔가 해답을 찾으려고 해 봐도 대답이 있을 리가 없었다.

자명종이 울린 것은 6시였다. 레스는 보통 8시에나 일어났지만 아버지를 배웅하고 싶었다. 그는 침대에서 일어나 조용히 옷을 입었다. 아내를 깨우고 싶지는 않았다.

"나도 일어날게요. 아침 준비해야죠."

"괜찮아. 그냥 더 자요."

"안 일어나도 돼요?"

"신경 쓰지 말고 더 자."

그녀는 다시 누워 레스가 자기 얼굴을 보지 못하도록 돌아누웠다. 왜 자꾸 울음이 나는지 알 수 없었다. 남편이 시아버지를 배웅하지 못하게 해서? 아니면 드디어 시아버지가 죽음으로 가기 위한 시험을 보는 날이기 때문에? 이유는 몰라도 도무지 울음을 멈출 수가 없었다. 그녀가 할 수 있는 거라곤, 문이 닫힐 때까지 울음소리가 입 밖으로 새어 나가지 않게 하는 것뿐이었다.

마침내 그녀의 어깨가 떨리며 지금껏 참았던 울음소리가 터지고 말았다.

레스는 아버지 방문을 열었다. 톰은 침대에 앉아 신발을 신고 있었다. 신발 끈을 만지작거리는 손이 하릴없이 떨렸다.

"잘 주무셨어요, 아버지?"

톰이 놀라서 고개를 들었다.

"이 시간에 깨서 뭐 하는 게냐?"

"아버지하고 아침이나 같이 먹을까 해서요."

잠시 그들은 아무 말 없이 서로를 바라보았다. 그리고 아버지가 다시 상체를 숙여 구두를 매만졌다.

"일없다."

"아니에요, 어차피 나도 아침은 먹어야 하니까요."

그는 그 말을 끝으로 돌아섰다. 아버지가 다른 말을 못하게 하기 위해서였다.

"이런, 레슬리."

레스가 돌아섰다.

"잊지 말고 시계, 밖에 내놔라. 오늘 보석상에 가져가서 기막힌 크리스털로 바꿔 줄 테니까. 이젠 절대로 안 깨질 게다."

"아버지, 그건 그냥 낡은 시계일 뿐이에요. 거기다 돈 들일 생각 없어요."

아버지가 천천히 고개를 끄덕이면서 손을 저었다. 더 이상 따지지 말라는 뜻이었다.

"상관없다. 아무튼 난……."

"알았어요, 아버지. 그러죠. 부엌 식탁에 놓아 둘게요."

아버지는 말을 끊고는 잠시 공허한 눈으로 아들을 보았다. 그러곤 마치 깜빡 잊고 있었다는 듯 다시 고개를 숙이고 신발을 매만졌다.

레스는 잠시 아버지의 회색 머리와, 떨리는 손가락을 내려다보다가 돌아섰다. 시계는 아직 식당 식탁에 있었다. 레스는 시계를 집어 부엌 식탁으로 가져갔다. 노친네는 밤새도록 시계 생각을 했을 것이다. 그러지 않았다면 오늘 아침 기억도 못했을 테니까 말이다.

그는 커피 포트에 물을 붓고 전자레인지에 베이컨과 달걀 2인분을 넣고 버튼을 눌렀다. 그리고 오렌지 주스 두 잔을 따른 다음 자리에 앉았다.

15분쯤 뒤 아버지가 검은 정장 차림으로 내려왔다. 구두도 깨끗이 닦여 있었고, 손톱 손질도 했으며, 머리도 포마드를 발라 가지런히 빗어 넘겼다. 그는 매우 깔끔하고 또 무척이나 늙어 보였다. 아버지는 커피 포트로 다가가 안을 들여다보았다.

"앉아요, 아버지. 따라 드릴 테니까."

"나도 할 수 있다. 알아서 하마."

레스는 가까스로 미소를 지어 보였다.

"베이컨하고 달걀도 넣어 놨어요."

"배 안 고프다."

아버지의 대답이었다.

"오늘은 아침을 든든히 먹어야 해요, 아버지."

"아침 든든히 먹어 본 적 없다. 그런 건 다 거짓말이야. 위에도 좋지 않고."

아버지는 스토브를 쳐다보며 퉁명스럽게 내뱉었다. 레스는 두 눈을 감았다. 그의 얼굴 위로 무기력한 절망감이 스쳐 갔다. 도대체 왜 일어났는지 모르겠군. 그래 봐야 말다툼뿐인걸.

아냐. 어쩌면 말다툼이라도 하는 게 나을지 몰라. 아버지가 그 덕분에 견뎌 내는 건지도 모르잖아?

"잠은 푹 잤어요, 아버지?"

"물론 잘 자고말고. 잠이야 항상 잘 잔다. 그까짓 시험 때문에 잠도 제대로 못 잘……."

아버지는 문득 말을 끊고는 아들을 노려보았다.

"시계는 어디 있는 거냐?"

레스는 힘없이 한숨을 내쉰 다음 시계를 내놓았다. 아버지가 얼른 시계를 빼앗았다. 그는 입술을 삐쭉 내민 채 잠시 시계를 내려다보았다.

"쇼디 보석상에 갈 거다. 진짜 크리스털로 해 주마. 깨지지 않는 걸로."

아버지는 시계를 코트 주머니에 조심스럽게 집어넣었다. 레스가 고개를 끄덕이며 말했다.

"멋지게 고쳐 주세요, 아버지."

그때 커피가 준비되어 톰이 두 사람의 잔을 채웠다. 레스는 일어나 전자레인지 스위치를 껐다. 어차피 그도 베이컨과 달걀을 먹을 기분은 못 되었다.

그는 돌처럼 굳은 아버지 맞은편에서 뜨거운 커피가 목구멍을 타고 넘어가는 기분을 느꼈다. 맛은 끔찍했지만 어차피 오늘 아침엔 어떤 걸 갖다 줘도 마찬가지일 것이다.

"몇 시까지 가야 되죠?"

그가 침묵을 깨기 위해 물었다.

"9시."

"정말로, 데려다 주지 않아도 되겠어요?"

"필요 없다. 지하철도 괜찮아. 금방 도착할 거야."

아버지는 마치 말귀를 못 알아먹는 아이를 타이르듯 말했다.

"알았어요."

레스는 그렇게 대답하고 커피를 내려다보았다. 할 말이 있어야 했으나 도무지 아무 생각도 떠오르지 않았다. 그런 식으로 침묵은 지속되었고 그동안 톰은 기계적으로 블랙커피만 홀짝거렸다.

레스는 초조하게 입술만 핥다가 간간이 잔 뒤로 떨리는 입술을 숨겼다. 뭐든 얘기하라고! 얘기, 얘기 말이야! 자동차, 지하철, 시험 일정, 뭐든지 말이야. 하지만 그동안 그는 아버지가 오늘 사형선고를 받을 거라는 생각만 하고 있었다.

괜히 일어났어. 차라리 아버지가 간 다음에 일어나는 게 나았을걸. 그는 영원히 그렇게 되기를 바랐다. 영원히. 어느 날 아침 일어나 아버지 방이 비어 있기를 바랐다. 두 개의 가방이 사라지고, 검은 구두도 사라지고, 작업복, 손수건, 양말, 양말대님, 멜빵, 면도기 등, 아버지가 존재했다는 증거들이 하나도 남아 있지 않기를 바랐다.

하지만 그런 식으로 되지는 않을 것이다. 시험에 실패한 뒤에도 통지서가 날아올 때까지 1주일, 그리고 소환일까지 다시 1주일. 짐을 싸고, 소지품을 처분하고, 함께 식사를 하고, 서로 대화를 하고, 마지막 식사를 하고, 정부 센터까지 기나긴 여행을 하고, 또 아무 말 없이 엘리베이터를 타고 올라가야 하는 의례를 모두 거쳐야 하는 기나긴 일정이 여전히 남아 있는 것이다.

오, 하느님 맙소사.

그는 하릴없이 몸을 떨었다. 눈물이 나올까 봐 더럭 겁이 났다.

아버지가 일어서자 그는 깜짝 놀라 올려다보았다.

"이제 가련다."

레슬리는 얼른 시계를 보았다.

"하지만 겨우 7시 15분 전인걸요. 거기까지는 겨우……."

"여유를 갖는 게 좋아. 쓸데없이 서두르고 싶은 생각 없다."

"하지만 아버지, 시내까지는 기껏해야 한 시간밖에 안 걸리잖아요."

그가 말했다. 뱃속에 납덩이라도 가라앉아 있는 기분이었다. 그의 아버지는 고개를 저었다. 아들의 말을 듣지 못한 것이다.

"아직, 이르다고요, 아버지."

그가 큰 소리로 말했다. 목소리가 떨려 나왔다.

"상관없어."

아버지가 또박또박 끊어 말했다.

"게다가 아무것도 안 드셨잖아요."

"아침을 챙겨먹은 적은 없어. 건강에도 나쁘고……."

아버지의 말은 그러고도 계속 이어졌지만 레슬리는 듣지 않았다. 평생의 습관이 어쩌고 소화가 어쩌고 하는, 늘 하던 이야기였다. 그는 너무나도 안타까웠고, 답답했고, 또 두려웠다. 하마터면 아버지에게 달려가 부둥켜안고는, 시험 따위는 상관없으니 아무 걱정 말라고, 우리가 끝까지 지켜 주겠다고 말할 뻔했다.

하지만 그럴 수는 없었다. 그는 잔뜩 긴장한 얼굴로 앉아 아버지만 올려다보았다. 아버지가 부엌문을 열고 맥없는 목소리로 "다녀오마."라고 할 때에도 그는 아무 말도 하지 못했다.

문이 쾅 닫히고 가벼운 바람이 레스의 뺨을 찰싹 때렸다. 찬바람에 심장까지 서늘해졌다. 그는 끙 하는 신음을 뱉고는 문 쪽으로 달려갔다. 문을 열었을 때 아버지는 거의 현관문까지 가 있었다.

"아버지!"

톰은 놀라서 아들이 달려오는 것을 보았다. 하나, 둘, 셋, 넷……그는 마음속으로 아들의 걸음걸이를 세었다.

레스는 아버지 앞에 서서 어색한 웃음을 지어 보였다.

"시험 잘 보세요, 아버지. 이따가…… 저녁에 봬요."

그는 "아버지를 응원할게요."라고 하고 싶었지만 그럴 용기까지는 없었다.

아버지는 고개를 끄덕였다. 딱 한 번. 지나가는 이웃에게 인사하듯 짧은 고갯짓이었다.

"고맙구나."

아버지는 이렇게 말하곤 곧바로 돌아섰다.

현관문이 닫히자 레스는 문득 그 문이 아버지가 다시는 뚫지 못할 난공불락의 요새 같다는 생각을 했다.

레스는 창문으로 가서 내다보았다. 노인은 천천히 진입로를 걸어 내려가 왼쪽 인도로 접어들었다. 그리고 갑자기 어깨를 바로 세우더니 힘차게 활기찬 아침 공기 속으로 걸어 들어갔다.

처음에는 비가 오는 줄 알았다. 하지만 창엔 물방울 하나 묻어 있지 않았다.

그는 일하러 가지 않았다. 전화로 병가를 신청하고는 그대로 집에 처박혀 있기로 했다. 테리가 아이들을 학교에 보냈고, 함께 식사를 한 다음 레스는 아내를 도와 설거지를 했다. 아내는 남편의 결근에 대해 아무 말도 하지 않았다. 마치 그가 주중에 집에 있는 것이 정상이라는 듯 아내는 태연하기만 했다.

그는 낮 시간을 모두 차고에서 빈둥거리며 보냈다. 일곱 개의 서로 다른 작업을 시작했으나 모두 얼마 안 가 흥미를 잃었다.

5시경. 그는 부엌으로 들어가 맥주 한 캔을 땄다. 테리는 식사를 준비 중이었다. 그는 아내에게 아무 말도 하지 않았다. 그는 거실을 오가며 창밖으로 구름이 잔뜩 깔린 하늘만 내다보았다.

"지금은 어디 계실까?"

그는 다시 부엌으로 돌아와 결국 아내에게 말을 걸었다.

"돌아오시겠죠."

아내가 말했고 그는 깜짝 놀랐다. 아내의 목소리는 지겨워 죽겠다는 투였다. 그는 고개를 저었다. 그냥 기분 탓일 거야.

샤워를 하고 옷을 입었을 때가 5시 45분. 아이들은 놀다가 들어와 식사 식탁에 모여 앉았다. 레스는 아버지를 위한 자리도 마련되어 있는 것을 보고, 아내의 생각이 자못 궁금했다.

그는 한 술도 뜨지 못했다. 고기를 계속 다지고 구운 감자에 버터를 짓이기기는 했지만 어느 것 하나 입에 대지 못했다.

"뭐라고 했니?"

큰아들 짐이 무슨 말인가를 했는데, 그는 듣지 못했다.

"할아버지가 시험에 떨어지면 한 달 뒤에 죽는 거죠, 예?"

레스는 장남을 바라보며 배가 뒤집어지는 것 같았다.

'한 달 뒤에 죽는 거죠?'

짐의 질문이 머릿속에서 끝없이 공중제비를 돌았다. 그가 되물었다.

"그게 무슨 소리냐?"

"교과서에 나왔어요. 노인은 시험에 떨어질 경우 한 달 뒤에 죽게 된다고요. 그게 사실이에요?"

"아냐, 틀렸어. 해리 생커의 할머니는 겨우 두 주 후에 편지를 받았다던데?"

작은아들 토미가 끼어들었다. 짐이 아홉 살짜리 동생에게 캐물었다.

"그걸 어떻게 알아? 네가 봤냐?"

"그만들 둬라."

레스가 말했다.

"꼭 봐야 아나? 해리가 말했단……."

"그만 하라고 했잖아!"

두 아이가 놀라서 아버지의 창백한 표정을 바라보았다.

"그 얘긴 다시는 하지 마라."

"하지만 왜……."

"지미!"

테리가 큰 소리로 아들의 이름을 불렀다. 짐은 엄마를 보았고, 한참 뒤엔 다시 식사를 시작했다. 그다음부터는 서로 아무 말 없이 식사만 했다.

할아버지의 죽음이 아무 의미도 없는 거야. 아무 의미도. 그는 한숨을 내쉬고 몸의 긴장을 풀려고 했다. 그래, 특별히 의미가 있어야 할 이유도 없잖아? 아직 걱정할 나이도 아닌데 굳이 강조할 필요도 없고. 때가 되면 저절로 알고 걱정하게 될 텐데 말이다.

현관문이 열린 것은 6시 10분이었다. 레스가 놀라 일어나려다 빈 잔을 엎고 말았다.

"여보, 제발."

테리가 황급히 말렸다. 그녀가 옳았다. 아버지는 그가 부엌에서 달려 나와 이것저것 질문을 퍼붓는 걸 달가워하지 않을 것이다.

그는 다시 의자에 주저앉아 손도 안 댄 음식만 노려보았다. 심장이 쿵쾅거렸다. 그가 애써 포크를 들었을 때 아버지가 식당의 깔개를 밟고 계단을 오르는 소리가 들렸다. 그는 테리를 보았다. 그녀가 꿀꺽 침을 삼켰다.

여전히 음식에 손을 댈 수가 없었다. 그는 답답한 가슴을 진정시키기 위해 애꿎은 음식만 포크로 찍어 댔다. 위층에서 아버지의 방문이 닫히는 소리가 들렸다.

레스가 참다못해 자리에서 일어난 것은 테리가 식탁에 파이를 놓을 때였다. 그가 계단 밑에 도착했을 때 부엌문이 열리며 테리의 황급한 목소리가 들렸다.

"여보!"

그는 그녀가 올 때까지 그 자리에 가만히 서 있었다.

"그냥 놔두는 게 좋지 않아요?"

"하지만, 여보, 난……."

"여보, 아버님이 시험에 합격했다면 먼저 부엌으로 와서 우리한테 말했을 거예요."

"아버지가 그걸 어떻게 알겠어?"

"합격하셨다면 아실 거예요. 당신도 알잖아요? 지난 두 번의 시험 때도 그러셨어요. 아버님이 통과하셨다면 분명히……."

그녀는 더 이상 말을 잇지 못했다. 자신을 바라보는 남편의 시선이 소름이 끼쳤다. 무거운 침묵을 깨고 갑자기 창문에 빗물이 듣기 시작했다.

두 사람은 한참을 아무 말 없이 보다가 마침내 레스가 먼저 입을 열었다.

"올라가 보겠어."

"여보."

"아버지를 곤란하게 할 말은 않을게. 다만……."

한순간 두 사람은 서로를 보다가, 그는 몸을 돌려 터벅터벅 계단을 오르기 시작했다. 테리는 황량하고 무기력한 표정으로 남편의 뒷모습을 지켜보았다.

레스는 잠시 닫힌 문 앞에 서서 각오를 다졌다.

'아버지를 곤란하게 하지는 않겠어, 절대로.'

그는 속으로 결심했다. 그리고 조용히 노크를 했다. 그리고 그 순간 후회도 했다. 어쩌면 노친네를 혼자 두는 것이 좋을지도 모르는데. 침대가 부스럭거리는 소리가 들렸고 아버지의 발이 바닥에 닿는 소리도 들렸다.

"누구냐?"

레스는 목청을 가다듬었다.

"저예요, 아버지."

"무슨 일이냐?"

"문 좀 열어 주세요."

잠시 침묵.

"에……."

아버지는 무언가 말하려다가 그만두었다. 레스는 아버지가 일어나는 소리와 발소리를 들었다. 그리고 종이가 바스락거리는 소리, 곧이어 책상 서랍이 닫히는 소리도 들렸다.

마침내 문이 열렸다. 톰은 옷 위에 낡은 붉은색 잠옷을 입고 있었고 구두 대신에 슬리퍼를 신었다. 레스가 조용히 물었다.

"들어가도 돼요?"

아버지는 잠시 머뭇거리다 대답했다.

"들어와라."

하지만 그건 초대가 아니었다. 그건 숫제, 네 집에 네가 들어오겠다는데 누가 말리겠냐는 식이었다.

레스는 방해하고 싶지는 않았지만 어쩔 수 없었다고 말할 생각이었다. 그는 안으로 들어가 깔개 가운데 서서 기다렸다.

"앉아라."

아버지가 말했다. 레스는 아버지가 옷을 걸어 두는 등받이 의자에 앉았다. 아버지는 아들이 앉을 때까지 기다렸다가 자기도 신음을 뱉으며 침대 끝에 앉았다.

두 사람은 한참 동안 아무 말 없이 서로를 바라보기만 했다. 마치 처음 만난 사람들끼리 상대방이 먼저 말을 꺼내 주기를 기다리기라도 하는 것 같았다.

'시험은 어땠어요?'

레스의 머릿속에선 그 질문만 맴돌았다. 하지만 입 밖으로 내지는 못했다. 시험이 어땠…….

"그러니까…… 결과를 알고 싶은 게냐?"

아버지가 말했다. 믿을 수 없을 만큼 침착한 목소리였다.

"예, 전…… 예, 그래요."

그는 결국 인정하고 답을 기다렸다. 아버지가 말했다.

"안 갔다."

레스는 온 힘이 바닥에 떨어져 깨지는 기분이었다. 그는 꼼짝도 않고 앉아 아버지만 바라보았다.

"갈 마음도 없었어. 그 빌어먹을 시험을 뭐 하러 치르겠니. 신체검사, 심리검사, 보드에 브, 블록이나 쌓고, 게다가…… 이런, 세상에! 난 그런 거 이제 안 할란다."

아버지는 빠른 속도로 말을 해 버리곤 화난 눈으로 아들을 노려보았다. 마치 잘못했다고 말하면 가만두지 않겠다는 투였다.

레스는 아무 말도 하지 못했다. 한참이 지나고 결국 한숨을 쉬며 간신히 한마디 내뱉었다.

"이제…… 어떡하시게요?"

"신경 쓸 것 없다. 네 아비를 걱정할 생각일랑 하지도 말아라. 아직 내 몸 하나는 돌볼 수 있으니까."

아버지는 그 질문이 고맙기라도 하다는 듯 거침없이 말을 쏟아냈다. 그리고 레스는 언뜻 책상 서랍이 닫히는 소리와 종이봉투가 바스락거리는 소리를 기억해 냈다. 그는 당장이라도 책상으로 달려가 종이봉투에 뭐가 들었는지 확인하고 싶었지만 그럴 수는 없었다. 그는 애써 충동을 억제하기 위해 고개를 까딱거리기까지 했다.

"에……."

그가 더듬거렸다. 그의 표정은 충격과 안타까움 그 자체였다.

"신경 쓰지 마라. 어차피 네가 걱정할 몫이 아니잖니? 네 문제도 아니고."

아버지가 말했다. 조용하고 거의 친절하기까지 한 목소리였다.

'왜 내 문제가 아니에요?'

그는 그 말이 목구멍까지 차오르는 것을 참았다. 노인에게서
풍기는 분위기 때문이었다. 뭐랄까? 지고한 권위? 굳건한 존엄성?
그런 건 그도 건드릴 수 없는 부분이었다.

"이제 쉬고 싶구나."

아버지의 말이었다. 그는 그 말에 한 방 얻어맞은 기분이었다.
쉬고 싶다고? 이제 쉬고 싶다고? 그의 머릿속에서 그 말이 사방
으로 메아리쳐 나갔다. 쉬고 싶어, 쉬고 싶어, 쉬고 싶어……

그는 쫓겨나는 기분으로 물러나다가, 문에 다다른 다음에야 아
버지를 돌아보았다.

'안녕히 주무세요.'

그 말이 목구멍에 걸렸다.

그때 아버지가 미소를 지으며 말했다.

"잘 자라, 애야."

"아버지."

노인의 손이 아들의 손을 잡았다. 자기 손보다 훨씬 더 튼튼하
고 강인한 손을. 하지만 노인은 아들을 진정시키고 이해시키고 있
는 것이다. 아버지가 다시 왼손으로 아들의 어깨를 짚었다.

"잘 자라, 아들아."

아버지가 말했다. 그리고 레스는 노인의 어깨 너머로, 방구석에
아무렇게나 던져진 구겨진 약봉지를 보았다. 들키지 않기 위해 그
곳에 감춰 둔 것이다.

그는 형언할 수 없이 갑갑한 마음을 지닌 채 복도로 쫓겨났다. 걸쇠가 걸리고 문이 닫혔다. 비록 문을 잠그지는 않았지만 이제 아버지의 방에 들어가지는 못할 것이다.

그는 온몸을 떨면서 닫힌 문을 바라보았다. 그리고 한참 뒤 계단을 향해 등을 돌렸다. 테리는 계단 밑에서 기다리고 있었다. 그녀 역시 창백한 얼굴이었다. 그가 내려오자 그녀는 눈으로 물어보았다.

"아버지는…… 가지 않으셨대."

그는 그렇게만 말했다. 그녀의 목에서 꿀꺽 하고 침 삼키는 소리가 들렸다.

"하지만……."

"약국에 다녀오셨더군. 방 한구석에…… 약봉지가 있었어. 내가 보지 못하게 숨겨 두신 모양인데, 난…… 아무튼 봤어."

그는 그녀가 계단을 뛰어 올라가는 모양이라고 생각했는데, 그건 단순히 몸을 움찔하는 동작일 뿐이었다.

"아마 약사에게 시험 통지서를 보였겠지. 약사가…… 약을 주었을 거야. 다들 그러니까."

그들은 거실에 아무 말 없이 앉아 있었다. 비가 창문을 마구 두드려 댔다.

"이제 어떡하죠?"

그녀가 기어 들어가는 목소리로 물었다.

"도리 없지, 뭐. 어떡하겠어."

그가 중얼거렸다. 목이 따끔거리고 숨소리가 떨려 나왔다. 부엌으로 돌아가자 아내가 그를 꼭 끌어안아 주었다. 아내는 말로 표현할 수 없기 때문에 이렇게라도 사랑을 표현하고 싶었다고 얘기하고 있었다.

저녁 내내 그들은 그렇게 앉아 있었다. 아내가 아이들을 잠자리에 데려다 주고 돌아온 뒤에도, 두 사람은 부엌에서 커피를 마시며 조용하고 쓸쓸한 목소리로 얘기를 나누었다.

한밤중에야 그들은 부엌에서 나왔다. 그리고 위층으로 오르기 직전 레스는 거실 식탁에 들렀다가 깨끗한 유리가 덮인 시계를 보았지만 손댈 엄두조차 내지 못했다.

그들은 이층으로 올라간 후에도 톰의 침실을 그냥 지나쳤다. 안에서는 아무 소리도 들리지 않았다. 두 사람은 옷을 벗고 나란히 누웠고 테리는 평소처럼 시계를 맞추었다. 그리고 몇 시간 지나 그들은 간신히 잠이 들었다.

노인의 방에서는 밤새 아무 소리도 없었다. 그리고 그다음 날도 조용했다.

홀리데이 맨

"이러다 지각하겠어."

진이 말했다. 그는 귀찮다는 듯 의자 뒤로 기대며 대답했다.

"알고 있어."

두 사람은 부엌에서 아침 식사를 하는 중이었다. 데이비드는 식탁보만 바라보며, 식사 대신 블랙커피를 마셨다. 시트의 가는 선들이 마치 도로의 교차로 같았다.

"알고 있다고?"

그녀가 되물었다. 그는 몸을 부르르 떨더니 식탁에서 눈을 떼었다.

"그래, 알았어."

그가 마지못해 대답했다. 하지만 여전히 일어나지는 않았다.

"데이비드."

그녀가 다시 불렀다.

"알고 있다니까. 난 이러다 지각할 거야. 알고 있다고."

화를 내는 것은 아니었다. 이제 남은 화도 없었다.

"알고는 있으니 다행이네."

그녀가 토스트에 버터를 바르며 빈정댔다. 그는 빵 위에 딸기 잼을 바른 다음 한 입 물고 우적우적 씹기 시작했다.

데이비드는 자리에서 일어나 부엌을 가로질렀다. 그는 문에서 멈춰 서서 돌아보았지만 눈에 비친 것은 아내의 뒤통수였다. 그가 다시 물었다.

"왜 늦으면 안 되지?"

"안 되니까. 당연한 거 아냐?"

"하지만 왜냐고?"

"그 사람들은 당신을 필요로 하고 충분히 대가도 지불해. 때문에 다른 생각은 해서도 안 되는 거야. 더 무슨 이유가 필요해?"

"다른 사람을 찾을 수도 있어."

"오, 그만 해. 그럴 수 없다는 거 잘 알잖아."

그는 두 주먹을 쥐었다.

"왜 하필 나여야 하는 거지?"

그녀는 대답하지 않고 토스트만 씹었다.

"여보!"

"더 이상 할 말 없어. 그러니 어서 가. 오늘은 지각하면 안 되니까."

그녀가 빵을 씹으며 고개를 돌렸다. 데이비드는 소름이 끼쳤다.

"그래, 오늘은 지각하면 안 되겠지."

그는 이렇게 말하고는 부엌을 나와 위층으로 올라갔다. 그는 양치질을 하고 구두를 닦고 타이를 맸다. 8시쯤에는 다시 아래층으로 내려와 부엌으로 갔다.

"잘 자."

그가 말했다. 그녀는 그를 위해 뺨을 올려 주었다.

"자기도 잘 가. 즐거운 하루가 되길 빌어 줄게."

"즐거운 하루? 재미있군. 좋아, 즐거운 하루라고 해 두지."

그리고 그는 돌아섰다.

운전을 그만둔 것도 오래전이라, 매일 아침 기차역으로 향했다. 다른 사람의 차를 타는 것도 싫었고 버스도 싫었다.

그는 기차역 플랫폼에 서서 기차를 기다렸다. 신문도 없었다. 신문도 마지막으로 사 본 것이 언제인지 기억나지 않았다. 물론 읽고 싶은 생각이 없어서다.

"안녕, 개럿."

돌아보니 헨리 쿨터였다. 그도 시내에서 일하고 있다. 그가 데이비드의 등을 툭 쳤다.

"안녕."

"요즘 어때?"

쿨터가 물었다.

"좋아. 고맙네."

"다행이군. 4호선을 기다리는 건가?"

데이비드가 숨을 삼켰다.

"응……."

"그대로 난 가족을 데리고 숲으로 갈 생각이야. 대단한 건 아니지만 불꽃놀이가 있다더군. 그냥 낡은 버스를 타고 불꽃놀이가 끝날 때까지 달리는 거야."

쿨터가 말했다.

"대단하군."

"할 수 없잖아. 팔자가 그런데."

순간 울컥 화가 치밀었다. 안 돼. 지금은 안 돼. 그는 솟구치는 응어리를 억지로 심연 깊숙이 밀어 넣었다.

"……은 아직 괜찮잖아?"

쿨터가 무슨 말인가를 했다.

"뭐라고?"

"그래도 광고 일은 괜찮다고 말했네."

데이비드는 목청을 가다듬었다. 하마터면 쿨터에게 한 거짓말을 깜빡 잊을 뻔했다.

"오, 그렇지. 좋아."

기차가 도착하고 그는 금연석에 앉았다. 쿨터가 통근 길에 담배를 피운다는 사실을 알고 있었다. 쿨터와 함께 가고 싶지는 않았다. 적어도 지금은 아니다.

시내로 가는 내내 그는 창밖을 내다보았다. 대개는 국도와 고속도로였으나, 기차가 덜그럭거리며 다리를 지날 때에는 거울 같은 호수 면을 볼 수도 있었다. 한 번은 고개를 젖히고 태양을 올려다보기도 했다.

그는 엘리베이터 앞에서 멈추었다.

"올라가세요?"

밤색 제복을 입은 사내가 물었다. 그리고 한참 데이비드를 노려 본 다음 엘리베이터 문을 닫아 버렸다.

데이비드는 꼼짝 않고 서 있었다. 사람들이 그의 주변에 모여들 기 시작했다. 얼마 뒤 그는 돌아서서 어깨로 사람들을 밀치고 회 전문을 빠져나왔다. 밖으로 나오자 7월의 열기가 그를 휘감았다. 그는 몽유병 환자처럼 보도를 따라 걷다가 다음 블록의 술집으 로 들어갔다.

술집 안은 시원하고 어두웠다. 손님은 아무도 없었다. 심지어 바텐더조차 보이지 않았다. 데이비드는 어두운 부스에 앉아 모자 부터 벗은 뒤 고개를 부스에 기대고 눈을 감았다.

할 수 없었다. 도저히 사무실로 올라갈 수가 없었다. 진이 뭐라 고 하든 상관없다. 아니, 누가 뭐라든 상관하지 않겠다. 그는 두 손을 식탁 위에 올려놓고 손톱이 손바닥을 파고들어 피가 맺힐 때까지 주먹을 움켜쥐었다. 안 할 거야.

"뭘 드릴까?"

목소리가 들렸다. 눈을 떠 보니 바텐더가 부스 옆에 서서 그를 내려다보고 있었다.

"예, 어…… 맥주."

그가 말했다. 그는 맥주를 좋아하지 않았지만 누구의 방해도 받지 않고 이 시원하고 조용한 부스 속에 숨어 있으려면 대가를 지불해야 할 것이다. 맥주를 마실 생각은 없었다.

바텐더가 맥주를 가져왔고 그는 돈을 지불했다. 바텐더가 떠나 자 데이비드는 식탁 위에서 맥주잔을 빙빙 돌리기 시작했다. 그리고 그러는 와중에 또다시 속에서 치밀어 오르기 시작했다. 그는 숨을 멈추고 다시 울분을 억눌렀다. 안 돼! 그는 안간힘을 썼다.

한참 뒤 그는 일어나 술집을 나왔다. 10시가 지났지만 상관은 없었다. 그들도 그가 항상 늦는다는 것 정도는 알고 있었다. 늘 그들에게서 빠져나가려 하지만 결코 그럴 수 없다는 것도 알고 있었다.

그의 사무실은 부속실 끝이다. 깔개와 소파가 있고, 작은 책상 위에 연필과 백지만 어지럽게 흩어져 있는 작은 칸막이 방. 사실 더 이상 필요한 것도 없었다. 한때는 비서도 있었으나 그녀가 밖에 앉아 비명을 듣는 게 맘에 들지 않아 내보내 버렸다.

그가 들어오는 것을 본 사람은 없었다. 그는 홀의 비밀 문을 통해 들어와 문을 잠그고, 외투를 벗어 책상 위에 벗어 놓았다. 사무실에서는 퀴퀴한 냄새가 났다. 그는 맞은편으로 가 창문부터 열었다.

아래쪽의 도시는 여전히 활기찬 모습이었다. 그는 그 광경을 지켜보았다. 저 속에 사람들이 얼마나 될까? 그는 큰 한숨을 내쉬며 돌아섰다. 자, 일단 들어온 이상 머뭇거릴 이유는 없다. 이제 준비가 끝났다. 최선의 선택은 그 상황을 이겨내는 것이다.

그는 블라인드를 내리고 소파로 건너가 드러누웠다. 그는 잠시 베개를 매만지다가 곧 온몸을 펴고 조용히 있었다. 거의 동시에 손발이 마비되기 시작했다.

드디어 올라오고 있다. 이번에는 억누르지 않았다. 그건 얼음 조각처럼 뇌를 간질이고, 겨울바람처럼 밀어닥쳤으며, 돌풍처럼 휘몰아쳤다. 도약하고 질주하고 뒤집히다가 급기야 폭파해 그의 정신을 가득 채워 버렸다. 온몸이 경직되고 숨이 가빠졌다. 가슴이 비틀리고 심장은 간헐적으로 파닥거리며 뛰었다. 두 손이 맹금의 발톱처럼 말려 들어가더니 소파를 닥치는 대로 긁고 잡아 뜯기 시작했다. 그는 온몸을 비틀고 부들부들 떨었다. 그리고 마침내 비명을 질렀다. 아주 오랫동안.

노도와 같은 순간이 끝난 뒤 그는 소파에 꼼짝 않고 누워 있었다. 그의 눈이 마치 꽁꽁 언 구슬 공 같았다. 아직 정신이 남아 있을 때 끝내야지. 그는 간신히 팔을 들어 시간을 살폈다. 거의 2시였다.

그는 가까스로 몸을 일으켰다. 뼈가 온통 납으로 채워진 느낌이었다. 그는 책상으로 건너가 자리에 앉았다. 그는 서류 한 장을 작성했고, 그 일이 끝나자 그대로 책상 위에 엎드려 깊은 잠에 빠져 들었다. 완전히 탈진한 것이다.

잠에서 깬 그는 서류를 들고 상사에게 갔다. 서류를 훑어본 상사가 끄덕였다.

"486이라고? 분명한 거야?"

상사가 물었다.

"분명합니다. 놓칠 리가 없잖습니까?"

데이비드가 조용히 말했다. 쿨터와 그의 가족이 그중에 있다는 말은 하지 않았다.

"좋아. 그럼 살펴보자고. 교통사고가 452명. 익사가 18명. 일사병으로 7명. 불꽃놀이에서 18명, 그리고 기타가 6명이라 이거지."

기타로는 화상으로 죽은 소녀. 독을 잘못 먹고 죽은 아기. 감전사한 여인. 뱀에 물려 죽은 남자…….

"좋아, 그럼, 에, 그래, 450으로 맞춰 보라고. 우리 예상보다 많은 사람이 죽을 때가 더 짜릿한 법이니까."

"물론입니다."

데이비드가 말했다.

그 기사는 그날 오후 모든 신문의 1면에 실렸다. 데이비드가 기차를 타고 집으로 돌아갈 때 앞자리의 남자가 돌아앉으며 말했다.

"도대체 모르겠는 건, 그 사람들이 도대체 이걸 어떻게 알아내느냐는 겁니다."

데이비드는 일어나 차 뒤쪽의 플랫폼으로 걸어갔다. 그는 기차에서 내릴 때까지 그곳에 서서 기차 바퀴 소리를 들었고, 노동절에 대해 생각했다.

몽타주

페이드아웃.

결국 노인이 항복했다. 영화 스크린으로부터 천상의 합창이 울려 퍼졌다. 「순간이냐 영원이냐」라는 곡이었다. 하늘의 들끓는 구름을 꿰뚫고 들리는 그 노래는 동시에 영화의 제목이기도 했다. 그리고 조명이 깜빡이며 켜지고 소음이 끊기며 서서히 막이 내렸다. 극장은 확성기의 공명음으로 인해 웅웅 울렸다. 데카 음반사의 「순간이냐 영원이냐」를 부르는 4인조 밴드. 한 달에 무려 80만 장이 팔리는 음반.

오웬 크롤리는 편안하게 팔짱을 끼고 다리를 꼰 채 의자에 푹 빠져 있었다. 막을 노려보는 중이었다. 사람들이 여기저기서 일어나 기지개를 켜고, 하품을 하고, 수다를 떨고, 웃음을 터뜨렸다. 하지만 오웬은 그냥 앉아서 노려보기만 했다. 옆에 있던 캐럴도

359

일어나 스웨이드 재킷을 집어 들었다. 그녀는 조용히 레코드에서 나오는 노래를 따라 부르는 중이었다.

당신의 마음은 시계예요.
똑딱똑딱 순간과 영원을 흘려보내는 시계.

그녀가 노래를 멈췄다.
"오웬?"
오웬이 신음을 흘렸다.
"안 가?"
"가야지."
그가 한숨을 내쉬었다. 그는 재킷을 집어 들고 얼른 통로 쪽으로 비집고 나가는 그녀의 뒤를 쫓았다. 하얀 팝콘 낱알과 사탕 봉지들이 마구 밟혔다. 통로에 다다르자 캐럴이 그의 팔짱을 꼈다. 그녀가 물었다.
"영화 어땠어?"
오웬은 괴로웠다. 이런 질문을 그전에도 수백만 번은 들었다. 그들의 관계가 주로 영화관을 전전하는 것으로 채워진 덕이었다. 만난 지 겨우 2년밖에 안 되었던가? 약혼하고 겨우 다섯 달이고? 문득 그 시간이 영겁의 세월처럼 느껴졌다.
"생각할 게 뭐 있어? 그냥 영화인데."
"자기가 좋아할 거라고 생각했어. 자기도 작가니까."
그는 그녀와 함께 터덜터덜 로비를 빠져나갔다. 두 사람이 마지막 퇴장객이었다. 스낵 코너의 불도 꺼져 있었고 소다수 기계의 총천연색 거품도 가라앉은 뒤였다. 들리는 소리라고는 카펫을 밟고 곧이어 홀의 대리석을 밟는 두 사람의 발소리뿐이었다.

"왜 그래, 오웬?"

한 블록 정도를 걸어간 후에 결국 캐럴이 물었다. 그가 아무 말도 하지 않았기 때문이다.

"그자들 때문에 화가 나서 그래."

"그자들이라니?"

"저런 쓰레기 영화를 만든 인간쓰레기들."

"왜?"

"저런 식으로 모든 걸 요약해 내는 게 맘에 안 들어."

"그게 무슨 말이야?"

"저 영화에 나오는 작가. 그 친구는 나하고 비슷해. 재능도 있고 의욕으로 넘쳐나지. 문제는 진짜로 일을 제대로 해내려면 거의 10년이나 걸린다는 거야. 10년. 그런데 저 멍청한 영화는 어떻게 하는 줄 알아? 그걸 불과 몇 분으로 깔끔하게 요약해 버리는 거야. 책상에 앉아 무게 잡는 장면 두 컷. 시계 두 번. 짓이겨진 꽁초가 가득한 재떨이 몇 컷. 빈 커피 잔 몇 컷. 원고 뭉치. 시가를 씹으면서 작가에게 퇴짜를 놓는 대머리 편집장들. 터덜터덜 보도를 걷는 장면 몇 컷. 그게 다야. 그게 죽도록 고생한 10년의 세월이라고. 난 그런 게 싫어."

"하지만 그건 어쩔 수 없잖아, 오웬. 안 그러면 그걸 다 어떻게 표현하겠어?"

캐럴이 따지고 들자 그가 말했다.

"인생도 그런 식으로 되면 얼마나 좋을까?"

"오, 그건 자기도 별로 좋아하지 않을 텐데."

"땡. 난 좋아할 거야. 글 한 편 쓰는 데 10년씩이나 애를 먹어야 한다고. 그걸 2분 동안에 해치울 수 있는데 내가 왜 마다하겠어?"

"생각처럼 그렇게 간단하지 않을걸?"

"아냐, 복잡할 것도 없어."

그리고 1시간 40분 뒤, 오웬은 침상에 앉아 작업 책상을 바라보고 있었다. 그 위에는 타자기와 세 번째 소설 『고모라의 부활』의 반쯤 완성된 원고가 놓여 있었다.

안 될 이유가 뭐야? 아무리 생각해도 너무나 매력적인 아이디어였다. 언젠가 그는 성공할 것이다. 반드시 그래야 했다. 아니면 뭣 때문에 이렇게 죽어라 고생을 하겠는가? 하지만 그때까지는? 그게 문제였다. 고생과 성공 사이의 기나긴 투쟁. 그 부분이 응축되고, 생략되면 얼마나 좋겠는가.

요약.

"내가 원하는 게 뭔지 알지?"

그는 거울 속의 젊은이를 보았다.

"아니, 그게 뭔데?"

거울 속의 남자가 물었다.

"내가 원하는 건, 인생이 영화만큼 단순했으면 좋겠다는 거야. 온갖 귀찮은 일들은 지친 표정, 실망, 커피 잔, 밤샘, 담배 재떨이, 거절, 그리고 돌아가는 발길 몇 번으로 끝나는 거야. 어때?"

책상 위에서 딸각거리는 소리가 들렸다. 오웬이 시계를 내려다보니 새벽 2시 43분이었다.

오, 이런. 그는 어깻짓을 하고는 침대로 갔다. 내일 다섯 페이지를 더 쓰고, 장난감 공장에 가서 야간작업을 해야 한다.

그리고 1년 7개월 동안 아무 일도 없었다. 그러던 어느 날 아침 오웬이 잠을 깨어 우편함에 가 보니 드디어 편지가 와 있었다.

선생님의 소설을 출간하기로 결정하였음을 기쁜 마음으로 알려드립니다.

꿈은 이루어진다.
"캐럴! 캐럴!"
그는 그녀의 집 문을 두드렸다. 지하철에서 내려 거의 1킬로미터를 달려왔고, 거기에다 계단까지 허겁지겁 올라온지라 심장이 미친 듯이 방망이질했다.
"캐럴!"
그녀가 문을 황급히 열었다. 걱정스러운 표정이었다.
"오웬, 무슨 일……"
그는 그녀의 질문은 들을 생각도 않고 무조건 그녀를 끌어안고 한 바퀴 돌았다. 그녀가 놀라 비명을 질렀다. 나이트가운 자락이 부드럽게 휘날렸다.
"오웬, 도대체 왜 그래?"
"이것 봐, 이거!"
그는 그녀를 소파에 내려놓고 무릎을 꿇은 다음에야 구겨진 편지를 내보였다.
"오, 오웬!"

그들은 서로를 끌어안았다. 그녀는 웃기도 하고 울기도 했다. 얇은 비단을 통해 그녀의 부드러운 가슴이 느껴졌다. 그녀는 그의 뺨에 촉촉한 입술을 대었다. 그녀의 따뜻한 눈물이 그의 얼굴을 타고 흘렀다.

"오, 오웬, 사랑해."

그녀는 떨리는 손으로 그의 얼굴을 감싸 쥐고 키스한 다음 이렇게 속삭였다.

"자기, 걱정 많이 했지?"

"이젠 안 해. 다 끝났으니까."

출판사는 도시 위쪽에 당당한 위용을 자랑하며 서 있었다. 커튼이 드리워진 벽널 장식이었고 안은 조용했다.

"여기 사인하시면 됩니다, 크롤리 씨."

편집장의 말에 오웬이 펜을 들었다.

"만세! 만세!"

칵테일 잔, 붉은 올리브, 전채 요리, 그리고 박수 치고, 발을 구르고, 고함을 지르는 손님들. 그는 그 사람들 사이에서 폴카를 추었다. 그들은 캐럴의 집 복도와 방을 닥치는 대로 뒤지고 다녔다. 게다가 엄청나게 먹고 퍼부어 댔으며, 엄청나게 뿜어 댔고, 어둡고 모피 냄새 나는 침실에서 은밀한 농탕질들을 즐겼다. 이웃 사람들에게 민폐가 이만저만이 아니었다.

오웬이 뛰어오르더니 캐럴의 머리채를 휘어잡았다. 그녀가 깔깔거리고 웃었다.

"나는 인디언이다. 이제 네 머리 가죽을 벗겨 주마. 아니, 항복하면 그 대신 키스를 해 줄 수도 있다."

그는 커다란 박수갈채와 휘파람 소리를 들으며 그녀에게 키스했다. 그녀가 그에게 꼭 안겨 둘의 몸은 하나로 엉겼다. 박수가 세찬 불길처럼 번졌다.

"좋아, 팬들의 성화에 떠밀려 한 번 더!"

웃음소리, 박수 소리, 쿵쿵거리는 음악 소리. 싱크대에 무덤처럼 쌓인 술병들. 소음과 난동. 이웃들의 항의. 문을 두드리는 경찰.

"이런, 민중의 지팡이께서 오셨군. 들어와요, 어서. 부담 갖지 말고."

"조금 조용히 해 주셔야겠습니다. 이웃 분들이 잠을 주무실 수가 없다는군요."

난장판 속에서의 고요. 둘은 소파에 나란히 앉아 문지방을 타고 넘어오는 새벽 기운을 지켜보았다. 캐럴은 반쯤 잠든 채 그를 꼭 끌어안고 있었다. 실크 나이트가운의 감촉. 오웬이 그녀의 따뜻한 목에 입술을 갖다 댔다. 부드러운 맥박이 느껴졌다.

"사랑해."

캐럴이 속삭였다. 그녀의 입술, 갈망, 포옹. 가운의 바스락거리는 소리가 그의 흥분을 부추겼다. 희고 둥근 어깨 위에 걸친 브래지어 끈이 그의 손끝에서 가볍게 미끄러져 내렸다.

"캐럴, 오, 캐럴."

그녀의 두 손이 그의 등을 파고들었다.

전화벨이 울리고 또 울렸다. 그는 한쪽 눈을 떴다. 눈썹을 마치 집게로 집어 놓은 것 같았다. 가까스로 눈썹을 들어 올리자 집게는 이제 뇌를 꼬집기 시작했다.

"오, 세상에!"

그는 얼른 눈을 감아 버렸다. 전화벨이 울리고 또 울렸다. 고블린 몇 마리가 머릿속에서 탭댄스를 추고 있었다. 문득 문이 열리고 전화벨이 멈췄다. 오웬이 안도의 한숨을 내쉬었다.

"여보세요? 예, 있습니다."

그는 캐럴의 가운 스치는 소리를 들었다. 얼마 뒤 그녀의 손이 어깨를 주무르기 시작했다.

"오웬, 정신 좀 차려."

그는 투명한 실크에 비친 분홍색 젖꼭지를 보았다. 그가 손을 내밀었지만 그녀는 매몰차게 돌아서 버렸다. 그는 두 손을 마주치고 몸을 일으켜 세웠다.

"전화 와 있어."

"한 번만."

그가 그녀를 끌어당기며 말했다.

"전화부터."

"기다리라고 해. 난 아침 식사부터 해야 하니까."

그는 이렇게 말하고는 그녀의 목덜미에 입술을 파묻었다.

"자기야, 전화부터 받으셔."

"여보세요?"

그가 검은 수화기에 대고 말했다.

"아서 민스입니다. 크롤리 씨."

"아, 예!"

머리는 여전히 터질 듯했으나 입가에 저절로 미소가 그려졌다. 그는 어제 전화한 에이전트였다. 아서 민스가 물었다.

"점심에 나올 수 있겠습니까?"

오웬은 샤워를 마치고 거실로 들어갔다. 부엌에서 캐럴이 슬리퍼 끄는 소리가 들렸다. 베이컨이 지글거리며 익는 소리도 들렸고 커피를 여과하는 짙은 향도 전해졌다.

오웬은 멈춰 서더니 어제 잠들었던 소파를 보며 인상을 찌푸렸다. 저기선 어떻게 끝났지? 깨어났을 땐 캐럴과 함께 침실에 있었는데…….

이른 아침의 거리는 침묵의 바다였다. 어둠이 끝난 뒤의 맨해튼은 은밀한 밀어의 섬이자 철근과 대리석의 거대한 아크로폴리스였다. 고요한 성채 사이를 지나는 그의 발소리가 마치 권총에 총알을 장전하는 소리처럼 들렸다. 그가 외쳤다.

"다 쏴 버리겠어!"

버리겠어! 빌딩의 그림자들이 일제히 그를 향해 메아리를 발사했다.

"내 고귀한 언어를 온 세상에 갈겨 버리고 말 거야!"

오웬은 멈춰 서서 두 팔을 하늘로 뻗어 우주를 끌어안았다.

"넌 내 거야!"

내 거야! 메아리도 외쳤다.

그가 옷을 벗었다. 방은 조용했다. 그는 행복한 한숨을 지으며 침상에 다리를 꼰 자세로 앉아 신발 끈을 풀었다. 몇 시지? 시계를 보니 새벽 2시 58분이었다.

소원을 말한 지 이제 15분이 지났다.

그는 신발을 벗어 던지며 신음 소리를 내뱉었다. 기이한 상상이야. 그래, 파자마 차림으로 멍청한 소원을 빈 후로 1년 7개월 2일

의 과정을 요약하니까 불과 15분밖에 되지 않았다. 돌이켜 보건
대 그 19개월이 무척 짧은 듯했지만 그렇다고 그렇게 빠른 것도
아니다. 하려고만 한다면 그는 그 고된 나날들을 훨씬 더 짧게 요
약해 낼 수도 있었을 것이다.

오웬 크롤리는 키득거렸다. 참으로 기이한 상상이었다. 그래, 마
음으로야 뭘 못하겠어. 어차피 아무 책임도 지지 않을 건데.

"캐럴, 우리 결혼하자."

그의 말이 충격이라는 듯 캐럴은 멍한 표정으로 그대로 서 있
다가 물었다.

"뭐라고?"

"결혼하자고."

그녀가 그를 바라보았다.

"진심이야?"

그는 두 팔로 그녀를 끌어안았다.

"믿어 봐."

"오, 오웬."

그녀는 잠시 그렇게 안겨 있다가 갑자기 고개를 들고는 씩 웃
어 보였다.

"그렇게까지 충격적이지는 않네."

여름철의 무성한 나뭇잎에 묻힌 하얀 건물이었다. 거실은 크고
시원했다. 그들은 호두나무 바닥에 서서 손을 맞잡고 있었다. 밖
에서 나뭇잎 쓸리는 소리가 들려왔다.

"그럼 코네티컷 주의 법률로 부여된 권한에 힘입어, 이제 두 사람이 남편과 아내로 맺어졌음을 선언합니다."

피스 위버 판사가 이렇게 말하고는 미소를 지어 보였다.

"이제 신부에게 키스하세요."

두 사람의 입술이 떨어졌을 때 그는 그녀의 눈에 눈물이 맺힌 것을 보았다. 그가 속삭였다.

"기분이 어때, 크롤리 부인?"

뷰익 자동차가 부드러운 소리를 내며 조용한 시골길을 달렸다. 차 안에서는 캐럴이 남편에게 기대고 있었고 라디오는 「순간이냐 영원이냐」의 현악곡을 연주하고 있었다. 그가 물었다.

"저 노래, 기억나?"

"음흠."

그녀가 그의 뺨에 키스했다.

"이제 어디로 가지? 저게 판사가 추천한 모텔인가?"

"저 위에 있는 저거 아냐?"

그녀가 되물었다. 타이어가 자갈밭을 밟다가 멈춰 섰다.

"오웬, 저것 좀 봐."

그녀의 말에 그는 웃었다.

'알도 위버, 매니저.'

낡은 나무 이정표 밑에는 그렇게 새겨져 있었다

"예, 형이랍니다. 형은 그곳에서 선남선녀를 결혼시켜 주죠."

알도 위버는 두 사람을 방으로 안내하면서 이렇게 말했다. 그런 다음 알도는 돌아갔고 캐럴은 등으로 문을 닫았다. 문이 잠기는 소리가 딸깍 하고 들렸다. 나무 그늘에 휩싸인 조용한 여관방.

캐럴이 속삭였다.

"이제 자긴 내 거야."

두 사람은 노스포트의 작은 집 빈방들을 살피고 있었다. 발소리가 쩌렁쩌렁 울렸다.

"오, 집이야. 우리 집."

캐럴은 저 너머 우거진 숲을 바라보며 더할 나위 없이 행복한 표정을 짓고는 남편의 손을 꼭 잡아 주었다.

두 사람은 이사를 왔고 가구도 들여놓았다. 두 번째 소설, 세 번째 소설도 팔렸다. 비탈진 잔디에 눈송이가 흩날리는 어느 겨울날 아들 존이 태어났다. 딸 린다는 귀뚜라미 우는 무더운 여름밤에 태어났다. 몇 년이 후다닥 지나고 사건들이 주마등처럼 지나갔다.

그는 조용한 서재에 앉아 있었다. 곧 출간될 소설 『바다에 발을 담그다』의 교정쇄를 수정하며 늦게까지 작업 중이었다. 그는 깜빡 졸다가 깨서는 만년필을 닫아 책상 위에 내려놓았다.

"오, 이런, 맙소사."

그는 중얼거리며 기지개를 켰다. 피곤했다.

방 반대편의 작은 난로 선반 위에 세워 둔 시계를 보니, 새벽 3시 15분이었다. 그동안…….

그는 멍하니 시계를 바라보았다. 그리고 느린 팀파니 연주처럼 심장이 천천히 뛰기 시작했다. 마지막으로 시계를 본 지 17분이 지나 있었다. 그 전의 시간을 모두 합해도 겨우 32분.

오웬 크롤리는 몸을 부르르 떨며 두 손을 비볐다. 마치 상상의

화로에 손이라도 쬐는 모습이었다. 이런, 이건 멍청한 짓이야. 매년 이런 하찮은 기우나 끄집어내고 있다니. 그런 건 자칫 강박관념으로 변질될 수 있는 허튼짓거리일 뿐이다.

오웬은 가만히 방 안을 둘러보았다. 오랫동안 익숙해진 분위기와 가구 배열을 보며 그는 미소를 지었다. 이 집, 실내디자인, 왼쪽의 원고 선반. 그 모두가 시간을 필요로 하는 것들이다. 아이들도 그렇다. 아무리 빨라도 9개월은 뱃속에 있어야 사람이 되지 않는가?

그는 자신에게 끌끌 혀를 찼다. 그건 바보나 하는 짓이다. 마치 환각이 항변할 자격이라도 있는 양 합리화하려 들다니. 그는 목을 가다듬고 열정적인 동작으로 책상을 정리하기 시작했다. 여기, 그리고 저기도.

그는 의자에 등을 기대고 앉았다. 그렇다고 억압까지 하는 건 잘못일지도 모른다. 무의식의 회귀라는 개념은 분명한 의미가 있다는 증거일 테니까. 아무리 조잡한 환각일지언정 언제든 이성을 무장해제시킬 수도 있는 법이다. 그건 누구나 아는 사실이다.

좋아, 그럼, 당당히 맞서는 거야. 시간의 본질은 항상성이다. 차이가 있다면 그건 개인의 시각차뿐이다. 타르에 갇힌 굼벵이처럼 시간이 늦게 가는 사람도 있고, 쏜살같이 흘러가는 사람도 있을 것이다. 따라서 시간이 지나치게 덧없어 보이는 것은 단지 우연에 지나지 않는다. 그에게는 너무나 빠르게 지나가, 5년여 전의 멍청한 소망이 흩뜨려지는 대신 더욱 강화된 것뿐이다.

그뿐이었다. 수개월의 시간도 어떻게 보느냐에 따라 눈 깜짝할 새가 될 수 있는 법이었다. 그리고……

문이 활짝 열리더니 캐럴이 다가왔다. 그녀의 손에는 따뜻한 우유 잔이 들려 있었다. 그가 가볍게 꾸짖었다.

"안 자고 왜 나왔어?"

"그러는 당신은 잠 안 자고 뭐 해? 지금이 몇 시인지는 알아?"

"알아."

그가 우유를 마시자 그녀는 그의 무릎에 앉아서 물었다.

"교정은 다 본 거야?"

그는 고개를 끄덕인 뒤 한 팔로 그녀의 허리를 감쌌다. 그녀가 그의 이마에 입을 맞추었다. 겨울밤 어느 집에선가 개 짖는 소리가 들렸다. 그녀가 한숨을 쉬고는 물었다.

"정말로 모든 게 어제 같지 않아요?"

그의 숨소리가 순간적으로 멈췄다.

"설마, 그럴 리가."

"지금 나한테 대들겠다는 거야?"

그녀가 가볍게 그의 팔을 두드렸다.

"아티라는 사람한테서 전화 왔더군. 무슨 일인지 알겠소?"

에이전트의 말에 오웬은 경악하고 말았다.

"설마!"

캐럴은 세탁실에서 침대보를 세탁기에 쑤셔 넣고 있었다.

"여보!"

침대보가 날아다녔다.

"드디어 해냈어!"

"뭘요?"

"영화! 영화 말이야! 『귀족과 선지자』 판권이 팔렸다고!"

"말도 안 돼!"

"사실이야! 게다가…… 아니, 잠깐 먼저 자리에 앉아 봐! 잘못하면 기절할지도 모르니까! 돈이 얼마인 줄 알아? 자그마치 1만 2500달러라고!"

"와우!"

"그게 다가 아냐! 나한테 각본을 쓰래. 10주 동안. 그리고 난 매주 750달러를 받게 된다고!"

그녀가 새소리를 냈다.

"우린 이제 부자네."

"아직은 아냐! 이건 시작일 뿐이야. 단지 시작에 불과하단 말이야!"

10월의 바람이 파도처럼 어두운 들판을 쓸고 지나갔다. 스포트라이트의 긴 불빛들도 하늘을 뒤덮었다.

"아이들도 갔으면 좋겠는데."

그는 아내를 안은 채 말했다.

"애들은 성가시고 짜증만 부릴 거야, 여보."

"캐럴, 당신 생각엔……."

"여보, 할 수만 있다면 나도 따라갈 거라는 거 알잖아. 하지만 존도 학교에서 데려와야 하고, 게다가 거긴 너무 비싸. 겨우 10주 잖아, 여보. 당신이 미처 깨닫기도 전에……."

"시카고와 로스앤젤레스행 27기 탑승객은 3번 게이트로 탑승하시기 바랍니다."

안내 방송이 들렸다.

"벌써? 오, 여보, 보고 싶을 거예요."

그녀는 눈물이 글썽해져서는 꽁꽁 언 뺨을 그의 뺨에 대었다.

발밑에서 두꺼운 바퀴가 비명을 지르며 객실이 흔들리기 시작했다. 밖에서는 엔진의 포효가 점점 더 커졌고 어느새 활주로가 아득하게 멀어졌다. 총천연색 불빛들도 아련하기만 했다. 그곳 어딘가에 캐럴이 서서 비행기가 어둠 속으로 빨려 들어가는 모습을 지켜보고 있으리라. 그는 좌석에 등을 기대고 눈을 감았다. 꿈같아. 내 소설을 영화로 만들기 위해 서쪽으로 비행기를 타고 가다니. 세상에, 정말로 꿈만 같아.

그는 가죽 소파 끝에 앉았다. 넓은 사무실이었다. 반도 모양의 깨끗한 책상이 벽에서 뻗어 나왔고, 그 옆에 고급스러운 의자가 놓여 있었다. 에어컨은 트위드 소재의 휘장으로 감추어져 있었으며, 고급스러운 취향의 미술품들이 벽을 우아하게 장식했다. 그리고 발밑의 카펫도 스펀지만큼이나 푹신했다. 오웬의 입에서 절로 한숨이 새어 나왔다.

문득 노크 소리에 정신을 차렸다.

"예?"

그가 대답하자 따스한 스웨터 차림의 금발 머리 여자가 들어와 말했다.

"전 코라라고 합니다. 선생님의 비서예요."

그것이 월요일 아침이었다.

"대충 85분 정도. 길이는 적당하네."

제작자 모튼 주커스미스였다. 그는 계약서 하나하나에 사인하고 있었다.

"이건 해 나가면서 체크해야 할 거야. 영화는 그 자체의 세계를 지니고 있거든."

그가 펜을 펜 꽂이에 끼워 넣자, 비서가 서류 뭉치를 들고 밖으로 나갔다. 주커스미스는 두 손을 깍지 낀 채 뒤통수에 얹고 가죽 의자에 편안하게 기댔다. 폴로셔츠가 바람에 펑퍼짐하게 부풀어 올랐다.

"그 자체의 세계가 있고말고. 오, 저기 주인공 아가씨가 오시는군."

오웬은 배우 린다 카슨이 방으로 들어오는 것을 보며 온몸의 신경이 곤두서는 것을 느꼈다. 그녀가 제작자에게 한 손을 내밀며 인사했다.

"안녕하세요, 모튼."

"그동안 잘 지냈나, 우리 아가씬?"

그는 큰 손으로 린다의 작은 손을 덥석 삼켜 버리고는 오웬을 돌아보았다.

"자, 우선 작가 선생님부터 소개해야겠군. 인사하라고, 『귀족과 선지자』의 작가 선생님이시라네."

"만나고 싶었어요. 선생님 책을 무척 좋아한답니다. 반가워요."

린다 카슨. 본명 버지니아 오스테르미어.

코라가 들어오는 바람에 그는 깜짝 놀라 일어났다.

"앉아 계세요. 원고만 드리면 되니까요. 45페이지까지 끝났어요."

코라가 책상 위로 상체를 기울였다. 그녀의 스웨터는 매일매일 얇아져만 갔다. 그녀의 숨소리에 신경이 온통 칼날처럼 일어섰다.

"이건 어떻게 읽지?"

그가 물었다. 코라는 그 말을 아예 소파 팔걸이에 걸터앉으라는 초대로 받아들였다. 그녀의 꼰 다리 사이로 거품처럼 생긴 슬립 레이스가 살짝 빠져나왔다. 그녀가 숨을 들이마시자 가슴이 풍선처럼 부풀어 올랐다.

"아주 잘하시는 거예요. 선생님은 재능이 있으시니까요. 이제 몇 가지 일만 처리하면 끝날 거예요. 물론 내용이야 말씀드리겠지만…… 벌써 점심시간이네요. 게다가……."

두 사람은 함께 점심 식사를 했다. 그날도, 그다음 날도. 코라는 스튜어디스처럼 차려입고 그를 이곳저곳으로 데리고 다녔다. 매일 아침 미소와 커피로 정신을 흔들어 놓고, 저녁 식사가 괜찮은 곳이 어디인지 가르쳐 주고, 오후가 되면 매점으로 데려가 오렌지 주스를 함께 마셨고, 근무시간 외에도 관계를 지속할 수 있다는 뜻을 끊임없이 비쳤으며, 그가 이미 상상도 못할 위치에 올라서 있음을 상기시켜 주었다. 실제로 어느 날 오후 혼자서 점심을 하고 돌아와 미안한 마음에 어깨를 두드려 주자, 그녀가 갑자기 그에게 키스를 해 왔다. 그녀의 입술 공격은 어느 정도 효과를 거두어, 그는 의지와 무관하게 발기하고 말았다. 그는 놀라서 얼른 물러섰다.

"코라!"

그녀가 그의 뺨을 두드렸다.

"아무 생각 마세요. 앞으로도 중요한 일이 많잖아요."

그녀가 나간 뒤 그는 완전히 넋이 빠진 채 의자에 앉아 있었다. 일주일, 또 일주일.

"안녕하세요?"

수화기 너머에서 린다가 인사했다.

"예, 안녕하세요. 함께 점심 안 하시겠습니까? 그럼 어디에서 뵐까요? 오, 알고 있습니다."

그때 마침 코라가 안으로 들어왔다. 착 달라붙는 실크 셔츠에 펑퍼짐한 개버딘 하의 차림이었다. 그가 전화를 끊자 그녀가 노려보았다.

붉은색 가죽 시트로 미끄러져 들어가며 돌아보니, 거리 맞은편 게이트에서 코라가 싸늘한 눈으로 그를 보고 있었다.

"안녕하세요, 오웬."

린다가 인사를 건넸다. 링컨 자동차가 가르릉거리며 차선으로 접어들었다. 이건 말도 안 돼. 코라와 다시 한 번 시도해 봐야 했다. 그녀는 그의 최초의 저항을 좋은 쪽으로 해석했다. 아내와 아이들을 위한 건실한 남편의 저항 같은 것으로 말이다. 세상에, 뭐가 이렇게 꼬인 거지?

'스트립'에서 함께 점심을 하고 저녁도 린다와 함께했다. 오웬은 린다와 오랜 시간을 보냄으로써 코라가 포기할 것이라고 생각했다. 다음 날 밤에는 저녁을 먹고 필하모니의 연주를 들었다. 이틀 후에는 춤을 추고 해변으로 드라이브를 했으며, 다음 날 밤은 엔키노 극장의 시사회에 함께 참석했다.

어디에서부터 틀어졌는지는 오웬도 몰랐다. 문제가 겉으로 드러난 것은 바다로 드라이브를 떠난 바로 그날 밤이었다. 그는 바닷가에 차를 세워 놓고 라디오 음악을 조용하게 틀어 놓았다. 린다가 자연스럽게 다가왔다. 세계적인 명성을 자랑하는 육체가 그의 몸과 밀착하고, 촉촉한 입술이 그에게 바쳐지고 있었다.

"달링."

그는 뜬 눈으로 지난 몇 주에 대해 생각해 보았다. 코라와 린다에 대해 생각했고, 일상적이고 지루한 편지와, 일주일에 한 번 걸려오는 전화 목소리, 그리고 책상 위의 미소 짓는 사진으로만 남은 캐럴과의 관계도 생각했다.

각본은 거의 끝나가고 있었다. 이제 곧 집으로 돌아갈 것이다. 너무 많은 시간이 흘렀다. 하지만 도대체 연결 고리는 어디 있고 매듭은 어디 있는 거지? 막연한 기억 나부랭이를 빼면 그 모든 것의 증거는 다들 어디로 간 걸까? 그건 마치 스튜디오에서 배운 영화 기법과도 같았다. 몽타주. 화면을 주마등처럼 스쳐 지나가는 일련의 회상 장면들을 뜻하는 용어이다.

호텔 방 맞은편에서 시계가 한 번 울었지만 보고 싶지도 않았다.

그는 바람과 눈을 헤치고 달렸지만 캐럴은 없었다. 그는 대기실에서 사방을 두리번거렸다. 공간은 사람과 짐으로 가득했다. 아픈 걸까? 전보를 받았다는 답장은 없었다. 하지만…….

"캐럴?"

전화 부스 안은 덥고 악취가 났다.

"예, 저예요."

그녀가 대답했다.

"맙소사, 당신 내가 온다는 걸 잊은 거요?"

"아뇨."

택시를 타고 노스포트로 돌아오는 길은, 눈으로 덮인 나무들과 잔디 사이를 관통하는 굽잇길이었다. 교통신호에 걸려 오도 가도 못하기도 하고, 진창길을 긁어 대는 타이어 체인 소리에 신경을 곤두세우기도 했다.

'아니, 안 아파요. 린다는 약한 감기에 걸렸고 존은 아무렇지도 않아요. 애들 봐 줄 사람을 구하지 못해서 그래요.'

하지만 그녀의 냉정한 목소리는 여전히 그를 괴롭혔다.

마침내 집에 돌아왔다. 늘 꿈꿔 왔던 집 그대로였다. 뼈만 앙상한 조용한 가로수 나무들, 눈을 잔뜩 걸머진 지붕, 한 줄기 연기를 내뿜고 있는 굴뚝. 그는 운전사에게 요금을 지불한 뒤 풍만한 기대감으로 집을 향해 돌아섰다. 문은 닫혀 있었다. 그는 기다렸다. 그래도 문은 열리지 않았다.

그는 그녀가 건네준 편지를 읽었다. 친애하는 크롤리 부인. 편지는 이렇게 시작되었다. 부인께서 꼭 아셔야 한다고 생각했기에…… 그는 편지 아래의 유치한 사인을 보았다. 코라 베일리.

"이런 더러운……."

그는 말을 끝낼 수가 없었다. 이제야 상황을 깨달은 것이다.

"맙소사. 지금 이 순간까지도 거짓말이기를 바랐건만, 당신은……."

그녀는 창가에서 부들부들 떨고 있었다. 그녀는 그의 손길에도 움찔했다.

"손대지 마."

"그래서 같이 가자고 했잖아. 가기 싫다고 한 건 당신이었다고."

그가 몰아붙였다. 캐럴은 기가 막혔다.

"세상에, 그걸 변명이라고."

"이제 어떻게 하지? 패배자가 되고 싶지 않아, 아티. 아내와 아이들을 잃고 싶지 않네. 어떻게 하면 좋지?"

그는 열네 번째의 스카치 잔을 만지작거리며 흐느꼈다.

"골치 아프게 됐군."

아티의 대답이었다.

"그 더러운 년! 그년만 아니었어도……."

"그 멍청이를 뭐라 할 필요는 없어. 그 여잔 그냥 얼음판에 불과한 거야. 그 위에서 놀다가 넘어진 건 자네라고."

"이제 어쩌면 좋지?"

"에, 우선, 좀 더 진지하게 살아 보는 게 어때? 지금 자네 앞에 벌어진 상황을 연극이라고 생각해 봐. 자네는 무대 위에 있고 맡은 배역이 있는 거야. 연기를 해내거나 아니면 무대에서 쫓겨나는 거지. 아무도 자네에게 대사나 액션을 갖다 주지는 않아. 오웬, 자네가 스스로 만들어 내야 하는 게지. 그 점을 잊지 말라고."

"모르겠어."

오웬이 말했다. 호텔 방에 돌아와서도 그는 계속 모르겠다고 주절거렸다.

1주, 그리고 2주 뒤, 그는 맨해튼 거리를 방황하고 있었다. 소음과 고독. 영화관들. 포장마차에서의 식사. 술에 의지한 평화. 그리고 마침내 절박한 전화.

"캐럴, 날 용서해 줘. 제발 나를 받아 줘요."

"오, 여보. 어서 집으로 돌아와요."

다시 택시. 즐거운 귀향. 현관 불빛은 켜져 있고 문이 활짝 열리며 캐럴이 달려 나왔다. 뜨거운 포옹과 평온한 집 안 분위기.

유럽 그랜드 투어! 장소와 사건의 주마등. 안개 자욱한 영국의 봄. 파리의 넓고 좁은 길들. 스프리 강으로 양분된 베를린과 론 강으로 양분된 제네바. 롬바르디아의 밀라노. 수백 채의 고성으로 가득한 베니스의 섬들. 플로렌스의 문화 유적, 바다를 둘러막고 살아남은 마르세유, 알프스가 보호하는 리비에라. 고대의 디종. 그건 두 번째 허니문이었다. 관계를 회복하고 상처를 치유하기 위한 절박한 필요에서 나온 여행이었다. 그들은 모호한 어둠 속에서 불확실한 치유의 불꽃을 조금씩 키워 나갔다.

두 사람은 함께 강둑에 누워 있었다. 태양이 수면 위에 반짝거리는 은전을 잔뜩 흩뿌렸고, 물고기들도 따뜻한 조류를 느긋하게 즐기며 유영하고 있었다. 소풍 바구니에는 먹을 것도 풍요로웠다. 어깨에 기댄 캐럴의 따뜻한 숨결이 가슴을 간질였다.

"시간은 모두 어디로 간 걸까?"

오웬이 물었다. 그녀가 아니라 하늘에 물은 것이다.

"목소리가 슬픈 것 같네요."

그녀가 팔꿈치에 기댄 채 남편을 올려다보았다.

"그래, 솔직히 슬퍼. 당신하고 「순간이냐 영원이냐」를 본 날 밤 있지? 그날 내가 무슨 말 했는지 기억해?"

"아뇨."

그는 그녀에게 당시의 소망과 그 소망과 관련된 근거 모를 두려움에 대해 얘기해 주었다.

"빨리 지나가기를 바랐던 건 최초의 과정뿐이었어. 인생 모두가 아니라."

"오, 여보, 여보. 아무래도 그건 당신 상상력이 빚어낸 저주 같네요. 그건 벌써 7년 전이에요. 7년."

그녀는 애써 웃음을 참으면서 말했다. 그는 시계를 들여다보고는 말했다.

"아니면, 57분 전이든가."

다시 집. 여름, 가을, 겨울. 『남풍』이 10만 달러에 영화사에 팔림. 각본 제안 거절. 사운드가 내려다보이는 낡은 맨션. 할시 부인을 가정부로 고용. 존은 짐을 싸서 사관학교에 가고 린다는 사립학교에 들어감. 유럽 여행의 여파로 3월의 어느 바람 부는 날 조지가 태어남.

다음 해. 그리고 다음 해. 5년, 10년. 그의 손끝에서는 여전히 책들이 쏟아져 나옴. 『어머니의 전설』, 『요절복통 풍자문학』, 『허튼소리』 그리고 『용이 날다』. 10년이 지나고 또 몇 년. 『죽음이 없으면 무덤도 없다』로 전미도서상 수상. 『바커스의 밤』으로 퓰리처상 수상.

그는 서재 창 앞에 서 있었다. 그리고 지금 누군가의 사무실을 잊으려 애쓰는 중이었다. 다름 아닌 최초의 계약을 맺었던 편집장의 사무실이다. 하지만 기이하게도 잊을 수 있는 게 하나도 없었다.

사무실의 구석구석까지 너무나 선명하기만 했다. 어떻게 그 모든 것을 이렇게까지 생생하게 기억할 수 있지? 만일 정말로……

"아버지?"

그는 돌아보고는 놀라서 입을 쩍 벌리고 말았다. 존이 성큼성큼 걸어오며 말했다.

"지금 떠납니다."

"뭐? 떠난다니?"

오웬은 아들을 바라보았다. 키 크고 낯선 청년. 군복 차림의 젊은이가 그를 아버지라고 부르고 있었다.

"참, 아버지도. 또 다른 책 구상 중이시군요."

존이 웃으며 아버지의 팔을 찰싹 때렸다.

그리고 그때, 마치 결과가 있고 원인이 있다는 듯, 오웬은 지금까지의 상황을 이해할 수 있었다. 유럽은 다시 전쟁으로 들끓었고, 존은 입대해 해외 파병을 명받은 것이었다. 그는 멍하니 서서 아들을 바라보고, 타인의 목소리로 얘기하고, 쏜살같이 달아나는 시간의 소리를 들었다. 이 전쟁이 어디서부터 시작되었더라? 어떤 거대하고 끔찍한 간계가 전쟁을 낳은 거지? 도대체 내 어린 아들은 어디로 간 거야? 오웬은 가슴이 갑자기 답답해져 훌쩍이기 시작했다.

하지만 방은 이미 텅 비어 있었다. 그는 눈을 깜빡였다. 모두가 꿈인 걸까? 기억상실증에라도 걸린 걸까? 그는 무거운 발을 이끌고 창가로 걸어갔다.

"잘 가라. 하느님의 가호가 있기를 비마."

그가 속삭였다.

'아무도 자네한테 대사를 주지 않아.'

그런데 이건 또 누구의 목소리란 말인가?

벨이 울렸고 캐럴이 문을 여는 소리도 들렸다. 그리고 서재 문이 딸깍 열리더니 그녀가 들어와서는 창백한 얼굴로 그를 바라보았다. 손에는 전보 같은 것이 들려 있었다. 심장이 멎을 것 같았다.

"안 돼."

그가 중얼거렸다. 하지만 그가 놀랄 틈도 없이 캐럴이 흔들리더니 그대로 무너지고 말았다.

"일주일 이상은 누워 계셔야 합니다. 정신적 충격이 심하니 조용히 쉬게 해 주세요."

의사가 말했다.

그는 모래 위를 터벅터벅 걸었다. 아무 느낌도 감정도 없었다. 칼날 같은 바람이 몸을 할퀴고, 옷을 잡아채고, 허옇게 센 머리카락을 아무렇게나 헝클어 놓았다. 그는 초점 없는 눈으로 사운드 해안의 일렁이는 파도를 보았다. 존이 전쟁에 나간 것은 불과 어제였다. 어제 사관학교 유니폼을 입고 자랑스러운 모습으로 집에 돌아왔고 어제 소년의 치기 어린 웃음소리로 온 집안을 흔들어 놓았고, 그리고 눈보라가 휘몰아치던 어제 그가 태어났다…….

"오, 하느님 맙소사!"

그런데 죽었다. 스물한 살도 안 된 나이에. 그의 인생이 한순간에 지나가 버리고 벌써 기억조차 사라지려 하고 있었다.

"돌려줘. 다시 돌려줘. 이건 내가 원한 게 아니란 말이야."

그는 휘몰아치는 하늘에 대고 외쳤다. 그는 백사장에 엎드려 모래를 마구 긁으며 아들 이름을 불렀다. 하지만 동시에 자신에게 아들이 있었다는 사실이 언뜻 믿기지가 않았다.

"신사 숙녀 여러분, 곧 니스에 도착하겠습니다."

"오, 세상에, 벌써? 이번엔 빠르네. 안 그러니, 얘들아?"

오웬이 눈을 깜빡였다. 그는 그녀를 보았다. 통로 맞은편에 앉은 이 살찐 중년 부인은 누구지? 그녀가 미소 지었다. 나를 아나 본데?

"뭐라고?"

"오, 언제 당신한테 물었어요? 항상 생각에만 골똘해 있는 양반이."

그녀는 투덜거리며 일어나 짐칸에서 바구니를 꺼냈다. 지금 농담하는 건가?

"와, 아빠, 저것 좀 봐요!"

그는 옆에 있는 10대 소년을 보고 입을 벌리고 말았다. 얘가 누구지? 오웬 크롤리는 고개를 저으며 주변을 둘러보았다. 니스? 다시 프랑스에 온 건가? 전쟁은 어떻게 하고?

기차가 어둠 속으로 뛰어들었다.

"오, 빌어먹을!"

린다가 짜증을 냈다. 린다는 오웬의 옆에서 다시 성냥을 켰다. 그리고 그 불빛을 통해, 그는 창가에 비친 중년의 이방인을 보았다. 그건 그 자신이었다. 갑자기 지금까지의 상황이 밀물처럼 쏟아져 들어왔다. 전쟁이 끝나고 그와 가족이 외국으로 여행 온 것이다. 린다. 21세, 이혼녀, 비뚤어진 성격에 약간의 알코올 중독. 조지, 15세, 비만형. 여자와 완구형 조립 세트 사이에서 갈팡질팡하는 아노미적 성격. 캐럴, 46세, 폐경기의 우울증과 권태로부터 겨우 빠져나온 중년 여인. 그리고 그 자신, 49세, 성공한 남자, 차가운 미남형, 인생이 순간인지 아니면 영원인지에 대해 여전히 갈피를 못 잡고 있음. 이 모든 내용이, 터널이 끝나고 리비에라의 햇살이 다시 객차 안으로 밀려들기도 전에 그의 머릿속에 한꺼번에 주입되었다.

테라스 밖은 더 어둡고 추웠다. 오웬은 담배를 피우며 하늘의 날카로운 햇살을 바라보았다. 안에서는 노름꾼들이 떠드는 소리가 숲 속의 벌레 소리처럼 아련했다.

"안녕하세요, 크롤리 씨?"

여자가 그림자 속에 있었다. 얇은 가운. 목소리. 그리고 몸놀림.

"절 아십니까?"

"유명한 분 아니신가요?"

그녀의 대답이었다.

문득 불안해졌다. 클럽 여자들의 거북살스러운 칭찬은 언제나 그를 불편하게 만들었다. 하지만 그녀가 어둠 속에서 빠져나오는 순간 그런 생각은 일시에 사라져 버렸다. 달빛이 그녀의 팔과 어깨를 부드럽게 감쌌다. 그녀의 두 눈이 백열등처럼 빛났다.

"전 앨리슨이라고 해요. 절 만나서 반갑지 않으세요?"

고급 모터보트가 뒤집어질 듯 커브를 돌며 바람 속으로 파고들었다. 뱃머리가 바람을 갈라 무지갯빛 안개를 사방에 흩뿌려 놓았다. 그가 큰 소리로 웃었다.

"멍청이! 우릴 물에 빠뜨릴 작정이야?"

앨리슨이 큰 소리로 대꾸했다.

"당신을 안고 빠질 수만 있다면, 난 얼마든지 좋아요. 안 그래요?"

그는 미소 지으며 그녀의 상기된 뺨을 만졌다. 그녀가 그의 손바닥에 입을 맞추었다. 두 사람의 눈빛이 엉켰다.

'사랑해요.'

그녀가 입 모양으로 말했다. 그는 고개를 돌려 보석처럼 빛나는 지중해를 둘러보았다. 그냥 가자. 돌아오지 말자. 저 바다가 우릴 삼킬 때까지. 난 돌아가지 않을 거야.

앨리슨은 보트를 자동 운전으로 돌려놓고 그에게 다가왔다. 그녀는 따뜻한 팔로 그의 허리를 끌어안고 몸을 바짝 붙여 왔다.

"또 생각 중인가요? 그러지 말고 어서 나한테 돌아와요."

그가 그녀를 보고 물었다.

"우리가 안 지 얼마나 됐지?"

"한 달. 평생. 그게 무슨 상관이에요?"

"한 달 또는 평생이라. 그래."

그가 중얼거렸다.

"무슨 생각했어요?"

"아무것도 아냐, 그냥 잠시 시간의 폭력에 대해 생각했어."

"당신은 시간에 너무 민감해요. 하지만 우린 1초도 낭비하지 말아요."

그녀가 선실 문을 열면서 말했다.

"뭐요? 하이킹? 당신 나이에?"

캐럴이 기가 막히다는 듯 물었다.

"이해하기 어렵겠지만, 난 아직 노년의 나태한 안락에 운명을 맡길 준비가 되지 않았어."

"그래요, 난 늙었어요!"

그녀가 화를 냈다.

"제발."

"당신이 늙었다고요? 세상에, 그 여자 당신을 몰라도 너무 모르는군요."

앨리슨이 말했다.

하이킹, 스키, 보트, 수영, 승마, 춤. 그는 밤이 으스러질 때까지 즐겼다. 캐럴에게는 소설 답사 여행이라고 했다. 그녀가 믿을지는 모르겠지만 이젠 그마저 별 의미가 없었다. 교활한 죽음을 쫓는 시간들.

그는 햇살이 들이치는 앨리슨의 집 발코니에 서 있었다. 집 안에는 아이보리 피부의 앨리슨이 전리품처럼 잠들어 있었다. 오웬의 육체는 지쳐 있었다. 이런 식으로 근육을 혹사하는 건 무리다. 하지만 그 문제는 당분간 무시하기로 했다. 그보다 더 심각한 문제가 있다. 그녀와 누워 있을 때 문득 떠오른 생각이었다.

그에게는 육체적 사랑에 대한 기억이 거의 없었다. 사랑의 행위로 이어지는 순간까지는 너무나도 생생하지만 섹스 그 자체는 완전한 빈칸이었다. 마찬가지로 그가 욕을 하거나 저주를 퍼부은 기억도 묘연하기만 했다.

그런 장면들은 영화의 검열 대상에 해당하는 부분이었다.

"오웬?"

그녀의 나신이 시트에 스치는 소리가 안에서 들려왔다. 그녀의 목소리에는 욕망이 배어났다. 부드럽지만 단호한 목소리. 그가 돌아섰다. 제발 이 순간은 기억하게 하소서. 이 순간순간이 영원히 함께하도록 허락하소서. 타오르는 정염, 육체와 육체의 마찰, 감미로운 폭발까지 모두. 그는 불안한 마음을 누르며 방 안으로 들어갔다.

오후. 그는 해변을 산책 중이었다. 시리도록 푸른 바다. 그건 사실이었다. 도무지 기억이 남아 있지 않았다. 발코니 문을 들어선 순간부터 지금까지 모두가 빈 공간으로 남은 것이다. 그래, 사실이었어! 이제 분명히 알겠어. 중간은 비어 있고 시간은 그를 대본에 명시된 장면으로 그냥 넘겨버리는 것이다. 아티의 말대로 진짜 배우가 되고 만 것이다. 그의 말과 다른 것이 있다면 대본이 존재한다는 사실이었다.

어두운 기차 객실. 그는 창밖을 내다보고 있었다. 저 멀리에는 달빛에 탈색된 니스와 앨리슨이 잠들어 있고, 이곳 통로 건너편에 조지와 린다가 잠들어 있었다. 캐럴이 불안한 꿈을 꾸는지 몸을 뒤척였다. 당장 집으로 가 버리라는 그의 선언에 그들이 얼마나 화를 냈던지.

그리고 이제, 지금. 그는 시계를 들어 야광 바늘의 위치를 확인했다. 74분.

얼마나 남은 걸까?

"조지, 내가 어렸을 때, 아니 젊었을 때는 말이다. 내 인생이 영화처럼 소모되고 있다고 생각했단다. 그저 막연한 의심에 지나지 않았지만 난 그것 때문에 너무나 큰 고통을 겪었지. 그래, 그랬어.

그리고 오래전 어느 날이었다. 불현듯 누구나 극심한 도덕적 요구에 시달리고 있다는 생각이 들더구나. 특히 나 같은 늙은이는 더 했지, 조지. 시간은 늘 우릴 속여서 자기가 영원하다고 믿게 만든다. 그리고는 그동안 그 거짓의 날개에 우리의 생명을 태우고 쏜살같이 달아나 버리는 게야."

"무슨 말씀인지 알겠어요."

조지가 대답하며 자기 파이프에 불을 붙였다. 오웬 크롤리가 킬킬대고 웃었다.

"조지, 조지. 이 고집불통 애비에게 관심 좀 주려무나. 어차피 얼마 남지도 않은 인생인데."

"그럼, 입 좀 다물어요. 매일 쓸데없는 얘기만 해 대니, 원."

캐럴이었다. 그녀는 난로 옆에서 뜨개질 중이었다.

"캐럴? 당신이오? 오, 세상에, 당신이었구려."

그의 목소리가 사운드 해의 바람에 묻혀 버렸다. 그는 황급히 주위를 둘러보았다. 간호사가 기계적으로 베개를 베어 주었다.

"자, 자, 크롤리 선생님, 또 시작하시게요?"

오웬이 고개를 들어 보니 콧수염을 반쯤 기른 얼간이가 휠체어를 밀며 떠들어 대고 있었다.

"뭐라고?"

그리고 다시 한 번 베일이 벗겨졌고. 그는 상황을 이해할 수 있었다. 린다는 네 번째 이혼 후, 변호사 사무실과 칵테일 라운지 사이를 전전했다. 조지는 일본에 특파원으로 나가 있는데 그의 이름으로 나온 두 권의 책은 비평가들의 호평을 받았다. 그리고 캐럴, 캐럴은?

이 세상 사람이 아니었다.

"안 돼. 오, 아냐, 그럴 리가 없어. 안 돼, 그녀를 데려와. 오, 세상에 이럴 수가."

그는 떨어지는 낙엽을 향해 손을 내밀었다.

어둠이 걷히고 대신 모호한 잿빛이 넓게 펼쳐졌다. 그의 방이 보였다. 창살 안쪽에 작은 난로가 있고, 의사와 간호사가 얘기 중이었다. 침대 밑에 린다가 화난 유령처럼 서 있었다.

그래, 이제, 시간이 다 된 모양이군. 참 짧은 생이었어. 그래, 전광석화처럼 흐르는 장면들뿐이었지. 그는 존, 린다 카슨, 아티, 모튼 주커스미스, 코라에 대해 생각했고, 조지와 린다와 앨리슨을 생각했고, 캐럴을 떠올렸다. 그리고 마지막으로 그가 연기하는 동안 스쳐 지나간 모든 조연 배우들에 대해서도 생각했다. 그들도 모두 가 버렸으며, 이젠 그들의 얼굴조차 아스라했다.

"몇……시지?"

그가 물었다. 의사가 시계를 보았다.

"4시 8분입니다. 새벽."

그렇겠지. 오웬은 키득거리고 웃었다. 처음부터 눈치 챘어야 했어. 하지만 그의 웃음소리는 곧바로 모호한 중얼거림으로 바뀌어 버렸다. 그들이 일어나 바라보자 그가 말했다.

"85분. 대단한 인생이야. 그래, 대단하고말고."

그리고 눈을 감기 바로 직전에 그 단어를 보았다. 그들의 얼굴과 방을 가로지르고 나타난 단어. 흰색 단어는 거울에 비친 모습으로 마침내 방 한가운데 허공에 못 박히듯 멈춰 섰다.

THE END

아니, 그것도 환각이었을까?

페이드아웃.

배달

7월 20일

이사하는 날.

그는 실마 스트리트의 작은 집을 찾아냈다. 이사를 마친 토요일 아침엔 이웃을 돌아다니며 인사를 했다.

"안녕하세요. 전 시어도어 고든이라고 합니다. 이제 막 이사 왔죠."

그는 담쟁이덩굴을 다듬고 있는 이웃집 노인에게 먼저 인사를 건넸다. 노인이 허리를 펴고는 시어도어의 손을 잡았다. 노인의 이름은 조지프 앨스턴이었다.

"잘 왔소."

개가 꼬리를 흔들면서 집 밖으로 나와 킁킁거리며 그의 바짓단 냄새를 맡았다.

"그 친구, 자네가 어떤 사람인지 냄새 맡는 중이라네."

"귀엽군요."

길 건너에는 이네즈 페럴이 살고 있었다. 그녀는 실내복을 입고 나왔는데 30대 후반쯤 된 날씬한 여성이었다. 시어도어는 귀찮게 해서 죄송하다는 인사부터 건넸다.

"오, 천만에요."

그녀는 남편이 장사를 다니는 중에는 남아도는 게 시간이라고 했다.

"좋은 이웃이 되도록 노력하겠습니다."

"저도요. 벌써부터 좋은 친구가 될 것 같은걸요."

이네즈가 말했다. 그녀는 그가 떠나는 모습을 창밖으로 바라보기까지 했다.

시어도어는 그 옆집, 그러니까 그의 집 바로 맞은편에 있는 집에 가서는 되도록 조용히 노크했다. 문에 야간 근무자 취침 중이라는 표시가 걸려 있었던 것이다. 도로시 바커스가 문을 열었다. 30대 중반의 작고 내성적인 여성이다.

"만나서 반갑습니다."

시어도어가 말했다.

다음 집에는 월터 모튼 가족이 살았다. 집 쪽으로 다가갈 때쯤 비앙카 모튼이 아들 월터 주니어를 야단치는 소리가 들렸다.

"네 나이가 몇인데 새벽 3시까지 싸돌아다니는 거냐? 그것도 캐서린 맥퀸처럼 어린 여자애하고!"

시어도어가 노크를 하자, 52세의 대머리 모튼 씨가 문을 열었다.

시어도어가 그들에게 미소를 지으며 말했다.

"이제 막 건너편에 이사 온 사람입니다."

다음 집에서 패티 제퍼슨은 그를 안으로 들어오라고 했다. 그녀와 얘기를 나누며 시어도어는 뒤쪽 창문을 통해, 아들과 딸을 위해 고무 풀장에 물을 채우고 있는 남편 아서를 보았다.

"아이들이 저 풀을 좋아한답니다."

패티가 웃으며 말했다.

"그렇군요."

옆집은 비어 있었다.

제퍼슨의 맞은편 집엔 맥켄 부부와 열네 살 먹은 딸 캐서린이 살고 있었다. 시어도어가 다가가자 제임스 맥켄의 목소리부터 들렸다.

"이런, 그놈은 개새끼야. 내가 뭣 때문에 그 새끼 잔디를 깎아줘야 하는데? 그 고물 기계를 한두 번 빌렸다고?"

"여보, 제발요. 내일 위원회까지 보고서를 완성해야 한단 말이에요."

페이 맥켄이었다.

"캐시가 그 병신 같은 아들놈하고 돌아다니기 때문에?"

제임스 맥켄이 여전히 투덜댔다.

시어도어는 노크를 하고 자기 소개를 했다. 그는 그들과 잠시 얘기를 나누고, 맥켄 부인에게 자신도 기독교도와 유태인을 위한 국가위원회에 참여하고 싶다는 뜻을 비쳤다.

"직업이 뭐죠, 고든 씨?"

제임스 맥켄이 물었다.

"유통업을 합니다."

다음 집에서는 두 아이가 잔디를 깎고 갈퀴질을 하고 있었다. 개 한 마리도 주변을 깡충거리며 뛰어다녔다.

"안녕!"

시어도어가 인사를 건넸다. 아이들은 그가 현관 쪽으로 가는 것을 보며 뭔가 구시렁거렸다. 개는 아예 모른 척했다.

"내가 분명히 말했다고. 내 부서에 깜둥이를 넣는 순간 그날로 그만두겠다고 말이야."

헨리 퍼트넘의 목소리가 거실 창문을 통해 새어나왔다.

"그래요, 알았어요."

어마 퍼트넘의 대답이었다.

시어도어의 노크에 답한 것은 내의 차림의 퍼트넘 씨였다. 그녀의 아내는 소파에 누워 있었다. 심장에 문제가 있다고 퍼트넘 씨가 변명을 해 주었다.

"오, 죄송합니다."

시어도어가 유감을 표했다.

마지막 집은 고스 가족이었다.

"방금 옆집에 이사 왔습니다."

시어도어가 인사했다. 그는 엘리너 고스의 가느다란 손과 악수를 했다. 그녀는 아버지가 일하러 나갔다고 말해 주었다.

"저분이신가요?"

시어도어는 종교 용품이 가득 진열된 선반 위 액자에 박힌 딱딱한 인상의 노인을 가리키며 물었다.

"예."

엘리너가 대답했다. 서른네 살의 추녀.

"좋은 이웃이 되길 빌겠습니다."

시어도어가 말했다.

그날 오후, 그는 새 사무실에 나가 암실을 설치했다.

7월 23일

그날 아침 사무실에 나가기 전에 전화번호부를 뒤져 먼저 번호 넷을 찾았다. 그는 첫 번째 다이얼을 돌렸다.

"실마 스트리트 12057에 택시 부탁합니다."

두 번째 번호에 전화했다.

"수리공이 필요해요. 티브이 화면이 안 나와서요. 난 실마 스트리트 12070에 살고 있습니다."

그리고 세 번째 번호.

"일요일판에 광고 하나 싣고 싶습니다. 1957년형 포드. 상태 최상급. 789달러. 예, 그래요, 789. 차 번호는 DA 4, 7408."

그는 네 번째 번호에 전화해 제레미아 오스본 씨와 오후 약속을 정했다. 그리고 거실 창 옆에 서서 바커스의 집 앞에 택시가 멈춰 서는 것을 지켜보았다.

그가 택시를 타고 떠날 때쯤 티브이 수리 트럭이 그를 지나쳐 갔다. 트럭은 헨리 퍼트넘의 집 앞에 섰다.

그는 나중에 사무실에서 다음과 같은 내용으로 타자를 쳤다.

팸플릿 10부를 부탁드립니다. 그에 따른 비용 100달러를 함께 동봉합니다.

그는 이름과 주소를 적었다. 편지 봉투는 우편물 발송함에 넣었다.

7월 27일

그날 저녁 이네즈 페럴이 집을 나설 때부터 시어도어는 차로 미행했다. 페럴 부인은 다운타운에서 버스를 내려 아이리시 랜턴이라는 이름의 술집으로 들어갔다. 시어도어도 차를 세우고 조심스럽게 안으로 들어가 어두운 부스 안으로 숨었다.

이네즈 페럴은 뒤쪽의 바에 앉아 있었다. 재킷을 벗자 착 달라붙는 노란 스웨터가 드러났는데, 시어도어도 그녀가 의도적으로 드러낸 가슴을 훔쳐보았다.

마침내 한 남자가 다가와 잠깐 그녀와 얘기하고 웃더니, 둘은 함께 팔짱을 끼고 밖으로 나갔다. 그는 커피 값을 지불하고 뒤를 쫓았다. 얼마 되지 않는 거리였다. 페럴 부인과 남자는 다음 블록의 호텔로 들어갔다.

시어도어는 휘파람을 불면서 집으로 돌아왔다.

다음 날 아침, 엘리너 고스와 그녀의 아버지가 바커스 부인과 외출할 때에도 시어도어는 뒤를 밟았다.

예배가 끝난 뒤 교회 로비에서 그들과 마주쳤다.

"와, 이런 우연이 다 있네요."

시어도어는 자신도 침례교도라고 말했다. 그리고 엘리너의 아버지 도널드 고스와 무덤덤한 악수를 나누었다.

밖으로 나서며 시어도어는 그들에게 주일 저녁 식사를 함께 하고 싶다고 제안했다. 바커스 부인은 중얼거리며 남편 핑계를 댔고 도널드 고스는 의혹의 눈초리를 보냈다. 시어도어가 엄살을 부렸다.

"오, 부디 외로운 홀아비를 긍휼히 여겨 주시길."

"홀아비?"

고스가 미끼를 맛보았다. 시어도어는 고개를 저으며 안타깝다는 듯 말했다.

"오래전이죠. 폐렴이었습니다."

"침례교회에 다닌 건?"

"태어날 때부터였죠. 제 유일한 위안이랍니다."

시어도어가 눈까지 반짝거리며 대답했다.

저녁 식사를 위해 그가 준비한 요리는 양갈비, 완두콩, 그리고 구운 감자였다. 디저트로는 사과 음료와 커피를 내놓았다.

"제 보잘것없는 식사를 빛내 주셔서 영광입니다. 여러분은 이웃을 내 몸과 같이 사랑하라는 성경 말씀을 몸소 실천하신 겁니다."

그가 엘리너에게 미소를 짓자 그녀가 어색하게 인사를 받았다.

그날 저녁 어둠이 떨어지고 시어도어는 야간 산책을 나섰다. 맥켄의 집을 지날 때 전화벨 소리가 들렸고 곧이어 제임스 맥켄의 고함 소리가 들렸다.

"그건 착오라고 했잖아! 이 멍청이들아, 내가 미쳤다고 57년 포드를 789달러에 팔아?"

전화기가 쾅 하고 비명을 질렀다.

"이런 망할!"

제임스 맥켄이 으르렁거렸다.

"여보, 제발 진정해요."

그의 아내가 사정했다.

전화가 다시 울렸다.

시어도어는 다시 걷기 시작했다.

8월 1일

새벽 2시 15분 정각. 시어도어는 밖으로 몰래 빠져나와 앨스턴의 담쟁이덩굴 중 가장 길게 자란 덩굴들을 뽑아 보도에 던져 버렸다.

아침에 문을 나서며 월터 모튼 주니어가 담요와 수건과 휴대용 라디오를 들고 맥켄의 집으로 향하는 것을 보았다. 노인은 담쟁이덩굴을 들고 있었다. 시어도어가 물었다.

"그거 뽑힌 겁니까?"

조지프 앨스턴이 투덜거렸다.

"그게 그렇게 된 거군요."

시어도어가 넌지시 말했다.

"뭐라고?"

노인이 올려다보았다.

"어젯밤에요. 밖이 소란스러워 내다보니까 애들 둘이 있더라고요."

"그놈들 얼굴은 봤나?"

"아뇨, 너무 어두워서요. 하지만 대충…… 예, 퍼트넘 씨 댁 아이들 정도였어요. 물론 그 애들은 아니겠지만요."

조지프 앨스턴이 천천히 고개를 끄덕이며 거리 쪽을 보았다.

시어도어는 가로수 길로 차를 몰고 가 그곳에 주차했다. 20분 뒤 월터 모튼 주니어와 캐서린 맥켄이 버스에 올랐다.

해변가에 도착한 그는 그들에게서 몇 미터 뒤에 앉았다.

"그 맥이란 놈, 만날 온몸이 근질해하더니 티후아나(멕시코 북서부의 도시로, 나이트클럽, 도박장 등이 많다. ─ 옮긴이)로 내빼더라고. 겁나게 빨고 싶었나 봐."

얼마 뒤 모튼 주니어와 소녀는 웃으며 바다로 뛰어들었다. 시어도어는 일어나 전화 부스로 갔다.

"다음 주에 뒷마당에 수영장을 만들고 싶어서요."

그가 전화에다 이렇게 말하고는 세부 사항을 알려 주었다.

해변으로 돌아온 그는 월터 모튼과 소녀가 끌어안고 누워 있는 동안 끈기 있게 기다리며, 이따금 손에 감춰 둔 사진기 셔터를 눌렀다. 사진을 다 찍은 다음에는 차로 돌아와 작은 사진기를 셔츠로 덮었다. 사무실로 가는 도중 철물점에 들러 브러시와 검은 페인트 한 통을 샀다.

그는 오후 내내 사진을 뽑으며 지냈는데, 사진을 밤에 찍은 것처럼 위장해 젊은 커플이 수상한 짓을 하는 것처럼 보이게 만들었다.

얼마 뒤 그는 봉투를 우편물 발송함에 넣었다.

8월 5일

거리는 조용하고 황량했다. 테니스화를 신은 남자가 조용히 거리를 가로질러 갔다. 시어도어였다.

그는 모튼의 집 뒷마당에서 예초기를 찾아냈다. 그는 기계를 재빨리 건너편의 맥켄 집 차고로 가져가 조심스럽게 차고 문을 열고는 기계를 작업대 뒤에 밀어 넣었다. 사진이 든 봉투는 못을 담은 상자 뒤쪽의 서랍에 넣었다.

그리고 집에 돌아와서는 제임스 맥켄에게 전화해 변조된 목소리로 포드가 아직 팔리지 않았는지 물었다.

아침이 되자 우체부가 두툼한 봉투를 고스의 현관에 집어넣었다. 엘리너 고스가 나와 봉투를 개봉하고는 팸플릿을 끄집어냈다. 시어도어는 그녀의 은밀한 눈빛과 점점 상기되어 가는 두 뺨을 보았다.

그날 저녁 시어도어는 잔디를 깎다가 월터 모튼이 길을 건너는 것을 보았다. 그는 관상수를 손질하는 맥켄에게 갔고, 두 사람은 큰 소리로 말다툼을 했다. 결국 두 사람은 맥켄의 차고로 들어갔다. 두 사람은 얼마 뒤 다시 나왔는데, 모튼은 그의 예초기를 밀고 나왔고 맥켄은 뒤에서 뭔가 항변하는 듯 투덜거렸다. 하지만 모튼은 대꾸도 하지 않았다.

맥켄의 집 건너편에선 아서 제퍼슨이 막 퇴근하는 참이었다.

퍼트넘의 아이 둘은 자전거를 타고 있고, 개는 깡충거리며 그들 주변을 뛰어다녔다.

그리고 시어도어가 있는 곳 바로 맞은편 집에서 쾅 하고 문 닫는 소리가 들렸다. 돌아보니 작업복 차림의 바커스가 뭔가 중얼거리며 자동차로 달려가고 있었다.

"수영장이라니!"

대충 그런 말 같았다. 옆집을 보니 이네즈 페럴이 거실에서 왔다 갔다 하고 있었다.

그는 미소를 지으며 왼쪽 잔디를 깎았고, 그동안 이따금 엘리너 고스의 침실을 엿보았다. 그녀는 그를 등진 채 앉아 뭔가를 읽고 있었다. 얼마 뒤 잔디 깎는 소리를 들었는지 그녀는 자리에서 일어나 방을 나갔다. 두툼한 봉투는 책상 서랍에 집어넣었다.

8월 15일

문을 열어 준 사람은 헨리 퍼트넘이었다.

"안녕하세요. 제가 방해가 안 되었는지 모르겠군요."

"그냥 처가 식구들하고 잡담 중이었소. 내일 아침 뉴욕으로 차를 타고 가겠다는군요."

"오, 그렇습니까, 전 금방 끝날 겁니다."

시어도어는 비비총 두 개를 건넸다.

"제가 배달하는 공장에서 이걸 처분하더군요. 아드님들이 좋아할 것 같아 가져왔습니다."

"아, 고맙소."

퍼트넘이 이렇게 말하고는 아이들을 찾기 위해 집 안으로 들어갔다.

남자가 사라지자 시어도어는 얼른 종이 성냥 두 개를 집어 들었다. 겉에 '퍼트넘의 와인과 양주'라고 적혀 있었다. 그가 성냥을 주머니에 집어넣자 아이들이 끌려나와 인사를 했다.

"정말 고맙소, 고든. 물론 아이들도 좋아할 거요."

퍼트넘이 문에서 말했다.

"별말씀을요."

집으로 돌아온 시어도어는 시계 라디오를 3시 15분에 맞춰 놓았다. 자명종 음악이 시작되자 그는 몰래 밖으로 빠져나와 담쟁이 덩굴을 마흔일곱 그루 뽑아서 앨스턴의 집 앞 보도에 뿌렸다.

"오, 맙소사."

아침에 앨스턴을 보며 그는 탄성을 지르고는 믿을 수 없다는 표정으로 고개까지 저어 보였다.

조지프 앨스턴은 아무 말도 하지 않고 증오에 찬 눈으로 블록 아래쪽을 노려보았다.

"이런, 제가 도와드리죠."

시어도어가 말했다. 노인은 고개를 저었지만 그는 노인이 넝쿨을 다시 심을 수 있도록 정원에 부려 놓았다. 앨스턴이 물었다.

"어젯밤엔 무슨 소리 못 들었나?"

"설마 아이들 짓이라고 생각하시는 건 아니겠죠?"

시어도어가 놀란 표정으로 물었다.

"알 수 없지."

앨스턴의 대답이었다.

시어도어는 다운타운으로 타를 몰고 가 그림엽서 열두 장을 사서 사무실로 돌아왔다.

'내 친구 월터. 이 엽서들은 티후아나에서 산 거다. 어때, 죽여 주지?'

그는 엽서 하나에 이런 내용을 조잡하게 박아 넣었다. 그리고 봉투의 수신자 이름에 주니어를 빼고 월터 모튼이라고만 적었다.

역시 우편물 발송함으로.

8월23일

"페럴 부인!"

그녀가 바의 긴 의자에 앉아 있다가 부르르 몸을 떨었다.

"맙소사, 당신은……."

"고든입니다. 이런 곳에서 뵙다니 반갑군요."

그가 미소를 지었다.

"예."

그녀는 떨리는 입술을 굳게 다물었다. 시어도어가 물었다.

"여긴 자주 오시나요?"

"오, 아니요, 전혀요. 사실은…… 오늘 밤 여기서 친구를 만나기로 했어요. 물론 여자 친구죠."

이네즈 페럴이 더듬거리며 대답했다.

"오, 그렇군요. 에, 혹시 그분이 올 때까지 고독한 홀아비의 벗이 되어 주실 수 있으시겠습니까?"

"어…… 어쩌면요."

결국 이네즈 페럴은 체념하고 어깻짓을 했다. 그녀의 입술은 붉은 립스틱으로 불타오를 듯한 데 반해 피부는 석고상처럼 창백했다. 착 달라붙은 스웨터 사이로 가슴이 광고하듯 드러나 있었다.

한참 뒤, 친구가 나타나지 않자 두 사람은 어두운 부스 안으로 자리를 옮겼다. 그곳에서 시어도어는 그녀가 화장실에 간 틈에 술잔 속에 하얀 가루를 털어 넣었다. 그녀는 돌아오자마자 잔을 들이켰고, 몇 분 뒤 멍청한 표정으로 바뀌기 시작했다. 그녀가 시어도어에게 미소 지었다.

"소쩍히 난 당신 고드 띠를 조아해여."

그녀가 고백했다. 그 말은 그녀의 꼬인 혀를 타고 끈적끈적한 암내를 풍기며 기어 나왔다.

그리고 얼마 뒤 그는 비틀거리고 키득거리는 여자를 차에 태워 모텔로 데려갔다. 방에 들어가자 그는 그녀의 옷부터 벗겼다. 스타킹, 가터벨트, 구두까지 모두 벗긴 다음 그녀가 약에 취해 해롱거리는 동안 플래시까지 터뜨리며 사진을 찍어 댔다.

새벽 2시, 그녀가 무너졌다. 시어도어는 그녀를 집에까지 태워다 주었다. 그는 그녀를 옷을 입은 채로 침대에 뉘어 주고 밖으로 나와, 앨스턴이 심어 놓은 넝쿨에 고농축 제초제를 쏟아 부었다.

그는 집으로 돌아와 제퍼슨에게 전화를 걸었다.

"예?"

아서 제퍼슨이 초조한 목소리로 전화를 받았다.

"더 이상 이웃을 괴롭히면 후회하게 만들어 주겠다."

시어도어는 이렇게 속삭이고 얼른 전화를 끊었다.

아침에 그는 이네즈 페럴의 집으로 가서 벨을 눌렀다.

"안녕하세요? 좀 괜찮은가 해서요."

어젯밤에 그녀가 갑자기 쓰러져서 집에까지 데리고 왔다는 등의 얘기를 들으면서 그녀는 멍하니 그를 바라보았다.

"아무튼 괜찮으신 걸 보니 맘이 놓이네요."

그는 이렇게 말을 맺었다.

"예, 괜, 괜찮아요."

그녀가 혼란스러운 표정으로 대답했다.

그 집을 떠나며 보니, 얼굴이 벌겋게 된 제임스 맥켄이 모튼의 집으로 가고 있었다. 손에 봉투가 들려 있었는데, 맥켄 부인이 당혹한 표정으로 따라가며 그를 말렸다.

"여보, 진정해요. 맘부터 가라앉히자고요."

그녀의 말소리가 들렸다.

8월 31일

새벽 2시 15분. 시어도어는 브러시와 페인트 통을 들고 밖으로 나갔다.

그는 제퍼슨의 집 앞에 깡통을 내려놓고는 대문에 삐뚤삐뚤하게 글씨를 써 내려갔다.

'깜둥이 새끼!'

그리고 맞은편으로 건너가면서 일부러 페인트를 조금씩 흘렸다.

그는 통을 헨리 퍼트넘 집의 뒷문 앞에 두었다. 빠져나오다가 실수로 개 밥그릇을 건드렸지만 다행히 개는 안에서 잠을 자는 중이었다.

얼마 뒤에는 조지프 앨스턴의 담쟁이덩굴에 제초제를 더 뿌렸다.

아침에 도널드 고스가 일하러 간 뒤, 그는 두툼한 봉투를 들고 엘리너 고스를 찾아갔다.

"이것 좀 보세요. 오늘 아침 우편으로 왔더군요."

그는 봉투에서 포르노 팸플릿을 꺼내 그녀의 손에 쥐어 주었다.

"끔찍하지 않습니까?"

"역겹네요."

그녀가 인상을 찡그렸다.

"경찰한테 전화하기 전에 확인부터 해야겠다고 생각했습니다. 혹시 이 추잡한 책을 받으셨는지 해서요."

엘리너 고스가 버럭 화를 냈다.

"내가 왜 그런 걸 받아요?"

시어도어는 길을 건너다가 노인이 넝쿨 옆에 웅크리고 앉아 있는 것을 보고 물었다.

"어떻게, 잘 자랍니까?"

"죽어가고 있어."

시어도어는 놀란 표정을 지었다.

"어떻게 그럴 수가 있죠?"

앨스턴이 고개를 저었다.

"오, 정말 지독하군요."

시어도어가 혀를 차며 돌아섰다. 집으로 돌아오는 길에 보니

아서 제퍼슨이 문을 닦고 있었고, 헨리 퍼트넘은 거리 맞은편에서 그를 지켜보고 있었다.

맥켄 부인이 그의 집 현관에서 기다리고 있었다. 시어도어가 놀라서 인사했다.

"맥켄 부인, 이렇게 찾아 주시다니 영광이네요."

"내 말을 들으면 그렇게 영광스럽지만은 않을 거예요."

그녀가 퉁명스럽게 말했다.

"오."

시어도어는 그녀를 집 안으로 안내했다.

"요즘 동네에 이것저것 이상한 일들이 일어나고 있어요. 모두 고든 씨가 이사 온 후부터죠."

거실에 앉자마자 맥켄 부인이 던진 말이었다.

"이상한 일들이라뇨?"

시어도어가 되물었다.

"무슨 말인지 아실 거예요. 하지만 이건, 그러니까 제퍼슨 씨의 문에 한 장난은 너무 심했어요. 심해도 너무 심했죠."

시어도어가 난감하다는 표정을 지어 보였다.

"도대체 무슨 말씀이신지?"

"서로 복잡하게 하지 말기로 하죠. 이런 일들이 계속된다면 난 당국에 신고할 거예요, 고든 씨. 그런 일을 하고 싶지는 않지만, 만일……."

"당국이라고요?"

시어도어는 겁먹은 듯 보였다.

"고든 씨, 당신이 이사 오기 전에는 한 번도 이런 일이 없었어요.

이런 말 하긴 싫지만 나도 어쩔 수 없네요. 게다가 당신한테만 아무 일도 일어나지 않았다는 사실은…….”

그녀는 놀라서 입을 다물고 그를 멍하니 바라보았다. 시어도어의 어깨가 들썩거렸기 때문이다.

“고든 씨.”

“부인께서 무슨 말씀 하시는지 모르겠습니다. 하지만 맥켄 부인, 전 누군가를 괴롭히느니 차라리 죽고 말 인간입니다.”

그리고 그는 둘밖에 없다는 것을 확인이라도 하듯 주위를 둘러보았다.

“아직 누구에게도 말한 적은 없지만 부인께는 솔직히 고백하겠습니다.”

그는 이렇게 말하며 눈물부터 훔쳤다.

“제 이름은 사실 고든이 아니라 고틀립이랍니다. 유태인이죠. 다하우(독일 남동쪽 바이에른 주의 도시. 수용소가 있었음 —— 옮긴이)에서 1년을 있기도 했습니다.”

맥켄 부인이 입술을 움찔했지만 아무 말도 하지 않았다. 그녀의 얼굴이 벌겋게 상기되어 갔다.

“그곳에서 나왔을 땐 이미 망가질 대로 망가진 뒤였죠. 이제 얼마 남지 않았답니다, 맥켄 부인. 아내도 죽고 아이 셋도 죽었습니다. 완전히 혼자인 셈이죠. 그저 이런 곳에서, 부인 같은 사람들을 만나, 편안하게 쉬고 싶을 뿐이랍니다. 이웃이 되고, 친구가 되어…….”

“고……틀립 씨.”

그녀가 말을 더듬거렸다.

그녀가 떠난 뒤, 시어도어는 주먹을 단단히 쥔 채 거실에 서 있었다. 그러고는 다시 부엌으로 건너가 마음을 진정시켰다.

한 시간 지나 그는 바커스의 집을 두드렸고 여자가 나왔다.

"안녕하세요, 바커스 부인. 교회에 대해 몇 마디 여쭙고 싶습니다만."

"오, 예, 물론이죠. 들어……오시겠어요?"

그녀가 조금 뒤로 물러섰다.

"남편 분이 깨지 않도록 조용하겠습니다."

시어도어가 속삭였다. 그녀는 그의 손에 붕대가 감겨 있는 것을 보았다.

"아, 조금 베었습니다. 아무튼 교회에 대해 알고 싶습니다. 아, 누가 뒷문을 노크하는데요?"

"그래요?"

그녀가 부엌으로 나간 뒤, 시어도어는 홀의 벽장을 열고 사진 몇 장을 덧신과 정원 도구들이 쌓여 있는 곳 뒤에 떨어뜨렸다. 그녀가 돌아와 말했다.

"아무도 없어요."

"이런, 분명히 들은 것 같았는데……."

그는 미안하다는 표정을 지었다. 그는 바닥에서 둥근 가방을 보았다.

"오, 바커스 씨께서 볼링을 하시나 보죠?"

"수요일, 금요일, 근무가 끝난 다음에요. 웨스턴 애버뉴에 야간 볼링장이 있어요."

"저도 볼링을 좋아한답니다."

그는 교회에 대해 몇 가지 물어보고는 집을 나섰다. 좁은 길을 따라오는데 모튼의 집에서 커다란 소리가 들렸다.

"좋아, 캐서린 맥켄과 그 빌어먹을 사진은 그렇다 치자. 그런데 이 추악한 엽서는……."

"하지만 엄마!"

월터 모튼 주니어가 비명을 질렀다.

9월 14일

시어도어는 일어나자마자 라디오부터 껐다. 그리고 침대에서 나와 회색 가루가 든 병을 주머니에 넣고 집에서 빠져나왔다. 목적지에 다다른 그는 물그릇에 가루를 타고는 녹을 때까지 손가락으로 저었다.

집으로 돌아와서는 네 통의 편지를 썼다.

'아서 제퍼슨은 인종의 벽을 넘으려 하고 있습니다. 제 조카이지만 그는 자신이 흑인임을 먼저 인정해야 할 것입니다. 이 편지는 그를 위해 쓴 것입니다.'

편지를 다 쓴 뒤, 그는 바커스 부인이 길을 걸어오는 것을 보고 쫓아갔다.

"같이 좀 걸어도 되겠습니까?"

"아, 예, 그러세요."

"어젯밤에 남편 분을 찾아갔습니다."

그가 말하자 그녀가 고개를 돌렸다.

"볼링 클럽에 가입할 생각이었는데, 어디 편찮으신 모양이죠?"

"아파요?"

"예, 카운터 남자한테 물었더니 바커스 씨가 아파서 오지 못했다고 하더군요."

"오."

바커스 부인의 목소리가 다소 흔들렸다.

"할 수 없죠. 다음 주 금요일을 기대할 수밖에."

집에 돌아왔을 때 보니 헨리 퍼트넘의 집 앞에 경찰의 라이트 밴이 서 있었다.

경찰이 담요에 싼 개 시체를 들고 나와 밴에 실었다. 퍼트넘의 아이들이 그 광경을 지켜보며 엉엉 울었다.

아서 제퍼슨이 문을 열었다. 시어도어는 제퍼슨과 그의 아내에게 편지를 보여 주며 말했다.

"오늘 아침에 왔더군요."

"도대체 누가 이런 미친 짓을!"

편지를 읽고 난 제퍼슨이 울분을 터뜨렸다.

"그러게 말입니다."

그와 얘기하는 동안 제퍼슨은 창문을 통해 길 건너의 퍼트넘 집을 보고 있었다.

9월 15일

창백한 아침 안개가 실마 스트리트를 삼켜 버렸다. 시어도어는 조심스럽게 안개를 뚫고 움직였다. 제퍼슨의 집 뒷문에 도착한 그는 젖은 종이를 담은 상자에 불을 붙였다. 연기가 피어오를 때쯤 그는 정원을 빠져나왔고, 도중에 날카로운 칼로 고무 풀장을 그어 버렸다. 물이 쿨럭거리며 정원으로 넘치기 시작했다. 복도에 들어서자 그는 '퍼트넘의 와인과 양주'라고 쓰인 종이 성냥을 떨어뜨렸다.

그날 아침 6시가 조금 지났을 때 사이렌 소리가 들렸고 그는 잠에서 깨어났다. 거대한 소방차들의 질주에 작은 집이 흔들렸다. 그는 하품을 하고 옆으로 돌아누우며 중얼거렸다.

"죽이는군."

9월 17일

시어도어의 노크에 답한 것은 도로시 바커스였다. 그녀는 석고를 뒤집어쓴 표정이었다.

"제 차로 교회까지 모실까 합니다만."

"에, 아무래도…… 전 어렵겠어요. 몸이…… 좋지 않아서……."

바커스 부인이 버벅거렸다.

"오, 죄송합니다."

시어도어가 얼른 말했다. 그녀의 앞치마 주머니 밖으로 사진 몇 장이 빼죽 고개를 내밀고 있었다.

그녀와 헤어지고 모든 가족이 차에 타는 것을 보았다. 비앙카도 아무 말이 없었고 월터 부자도 언짢은 표정이었다. 길 위쪽의 아서 제퍼슨 집 앞에는 경찰차가 서 있었다.

시어도어는 도널드 고스와 교회에 갔다. 그는 엘리너의 몸이 좋지 않다고 했다. 시어도어가 유감을 표했다.

"이런, 안됐군요."

그날 오후, 그는 제퍼슨을 도와 뒷문의 화재 흔적을 치웠다. 그러다가 찢어진 고무 풀장을 보았고 그 즉시 잡화점으로 달려가 새 풀장을 사 왔다.

"아이들이 풀장을 좋아한다고 하셨잖습니까?"

패티 제퍼슨이 사양했으나 시어도어는 한사코 고집을 부렸다.

그는 아서 제퍼슨에게 윙크를 했지만 그날 오후 제퍼슨은 별로 응대할 기분이 아니었다.

9월 23일

이른 저녁. 시어도어는 거리를 방황하는 앨스턴의 개를 보았다. 그는 침실 창에 몰래 숨어 비비총을 발사했다. 개는 옆구리를 물려고 몇 바퀴 돌더니 깽깽거리며 집으로 달아났다.

몇 분 뒤 시어도어는 밖으로 나가 차고 문을 들어 올리기 시작했다. 노인이 두 팔로 개를 안고 보도를 달려오고 있었다.

"무슨 일인지 모르겠네. 어디 아픈가 봐."

"어서, 제 차에 태우세요!"

시어도어가 외쳤다.

얼마 뒤 그는 앨스턴과 함께 가장 가까운 가축병원에 도착했다.

신호등을 세 번이나 무시해야 했는데, 노인이 손을 들어 보고는 비명을 질렀기 때문이었다.

"피야!"

그리고 세 시간 동안 시어도어는 가축병원 대기실에서 기다렸다. 마침내 노인이 비틀거리며 나왔다. 얼굴이 백지장 같았다.

"그럴 리가!"

시어도어가 벌떡 일어나며 외쳤다.

그는 흐느끼는 노인을 차로 부축해 집에 데려다 주었다. 노인은 혼자 있고 싶다고 했고, 시어도어는 집을 나왔다. 얼마 뒤 검은색과 흰색으로 칠해진 경찰차가 앨스턴의 집 앞에 멈췄고, 노인은 경찰을 데리고 시어도어의 집을 지나갔다.

얼마 뒤 거리에서 커다란 고함 소리가 들렸다. 그리고 그 소리는 꽤 오랫동안 지속되었다.

9월 27일

"안녕하세요."

시어도어가 고개를 숙여 인사를 건넸다. 엘리너 고스는 무뚝뚝하게 고개만 까딱였다.

"아버님께 드릴 찜 요리를 조금 가져왔습니다."

시어도어는 미소를 지으며 수건으로 감싼 접시를 들여다보았다. 그녀는 아버지가 어젯밤에 돌아오지 않았다고 말했다. 시어도어는 노인이 그날 오후 차를 타고 떠나는 것을 못 본 사람처럼 혀

416

를 차고 한숨까지 내쉬었다.

"아무튼, 부디 제 성의를 봐서라도 이건 받아 주시기 바랍니다."

그가 냄비를 내밀었다.

그는 현관을 나오다가 아서 제퍼슨과 헨리 퍼트넘이 블록 아래쪽 가로등 아래 서 있는 것을 보았다. 아서 제퍼슨이 이웃 남자를 때리자 두 사람은 이내 길바닥을 뒹굴며 주먹질을 해 댔다. 시어도어가 얼른 달려갔다.

"도대체 이게 무슨 짓들입니까?"

그가 두 사람을 떼어 놓으며 소리쳤다.

"참견하지 마!"

제퍼슨이 소리 지르며 퍼트넘에게 달려들었다.

"그 페인트 통이 네놈 현관 밑에 있는 이유를 말하는 게 좋을 게다. 골목에서 성냥을 찾아낸 게 경찰한테는 우연으로 보일 수 있겠지만 난 아냐!"

"깜둥이한테 할 말 없어!"

퍼트넘이 경멸스러운 표정으로 내뱉었다.

"깜둥이라고? 오, 그래, 이제 갈 데까지 가 보겠다, 이거지? 그래, 어디 한번 해 보자! 네놈 말고 누가 그 말을 믿는가!"

시어도어는 두 사람 사이에 다섯 번을 끼어들었다. 하지만 싸움이 끝난 것은 제퍼슨이 실수로 그의 코를 때리고 나서였다. 제퍼슨이 짧게 사과하고는 퍼트넘을 죽일 듯이 노려보다가 자리를 떴다. 퍼트넘이 투덜거렸다.

"괜히 욕보셨네요. 제가 대신 사과하죠. 빌어먹을 검둥이 놈 같으니."

"오, 설마 그렇겠어요? 그래도 저분, 이웃하고 사이좋게 지내려고 노력 많이 하시잖아요? 지금 갖고 있는 집 두 채 때문에라도 불화를 일으키고 싶지 않다고 하셨어요."

시어도어가 코를 눌러 대며 말했다.

"두 채?"

퍼트넘이 되물었다.

"예, 옆에 있는 빈집도 그분 거 아닌가요? 아시는 줄 알았는데."

"아뇨, 몰랐어요."

퍼트넘이 조심스럽게 대답했다.

"에, 아시겠지만, 혹시나 제퍼슨 씨가 흑인이라면 그분 집값은 정말로 곤두박질하고 말 거예요."

"곤두박질하는 게 어디 그뿐이겠습니까? 이런 더러운 개……."

퍼트넘이 길 건너편을 노려보며 이를 갈았다. 시어도어가 그의 어깨를 두드려 주었다. 그는 이제 주제를 바꿀 때가 되었다고 생각했다.

"장인, 장모님은 뉴욕에 잘 계신답니까?"

"이제 돌아오시는 중입니다."

퍼트넘이 말했다.

"그거 잘됐군요."

그는 집으로 가서 한 시간 동안 신문을 읽은 뒤 다시 밖으로 나섰다.

문을 열어 준 것은 벌겋게 얼굴이 상기된 엘리너 고스였다. 옷 매무새도 엉망이고 눈도 충혈된 채였다. 시어도어가 공손하게 말했다.

"접시를 가지러 왔습니다."

그녀가 끌끌거리며 뒷걸음쳤다. 그는 지나가면서 은밀히 그녀의 손을 스쳤다. 그녀가 마치 칼에라도 찔린 듯 펄쩍 뛰었다.

"아, 다 드셨네요?"

접시 밑바닥에 하얀 가루가 조금 남아 있었다.

"아버님은 언제쯤 돌아오시나요?"

"밤늦게요."

그녀는 여전히 긴장을 풀지 않았다. 시어도어는 벽에 붙은 스위치로 가서 불을 껐다. 어둠 속에서 그녀가 헉 하고 비명을 지르는 소리가 들렸다. 그녀가 중얼거렸다.

"안 돼."

"엘리너, 당신도 원하는 겁니다."

그가 그녀를 거칠게 끌어안았다. 그녀의 포옹은 격렬하고, 뜨거웠다. 그녀의 가운 속엔 이글거리는 육체만이 있었다.

얼마 뒤 그녀는 부엌 바닥에 누워 코를 골았다. 시어도어는 문밖에 둔 카메라를 가져온 다음, 차양을 내리고 엘리너의 팔다리를 멋대로 배열하기 시작했다. 그는 모두 열두 가지 포즈를 카메라에 담았다. 그는 집으로 돌아가 접시를 닦았다.

그는 잠자리에 들기 전에 전화부터 걸었다.

"웨스턴 유니언입니다. 실마 스트리트 12070의 어마 퍼트넘 부인께 메시지가 와 있습니다."

"제가 어마입니다만."

"부모님 두 분 모두 오늘 오후 자동차 사고로 돌아가셨습니다. 시신 수습과 관련하여 드릴 말씀이 있습니다. 오클라호마, 털사 경찰서…….”

수화기에서 숨이 끊어질 듯한 여자 목소리가 들렸고 곧이어 쿵 하는 소리도 들렸다. 시어도어는 “여보!” 하고 외치는 헨리 퍼트넘의 목소리를 들으며 전화를 끊었다.

앰뷸런스가 오고 간 다음 그는 밖으로 나가 앨스턴의 담쟁이덩굴 서른아홉 그루를 뜯어 냈다. 그리고 그 난장판 위에 ‘퍼트넘의 와인과 양주’ 성냥갑을 남겨 두었다.

9월 28일

아침. 도널드 고스가 일하러 나가는 것을 보고 시어도어가 건너갔다. 엘리너는 문을 닫으려고 했지만 그는 억지로 밀치고 들어갔다.

“돈이 필요해. 이건 내 담보다. 만일 200달러를 내지 않으면 오늘밤 이 사진 사본을 당신 아버지한테 보내겠어.”

그는 사진들을 내던졌고, 엘리너는 몸을 잔뜩 웅크린 채 숨을 몰아쉬었다.

“하지만 나한텐…….”

“오늘 밤이야!”

그는 다시 차를 몰고 다운타운의 제레미아 오스본 부동산 사무실로 가서 12069 실마 스트리트의 빈집을 조지 잭슨에게 팔아넘겼다. 그는 잭슨과 악수를 교환하며 안심을 시켜 주었다.

“걱정 안 하셔도 됩니다. 옆집 분도 흑인이시니까요.”

그가 집에 왔을 때 바커스의 집 앞에 경찰차가 와 있었다.

"무슨 일입니까?"

그가 조지프 앨스턴에게 물었다. 노인은 조용히 현관 앞에 앉아 있었다. 노인이 힘없이 중얼거렸다.

"바커스 부인이 페럴 부인을 죽이려 했다는군."

"그럴 리가!"

시어도어가 믿을 수 없다는 듯 내뱉었다.

그날 밤, 그는 사무실로 돌아가 책 700페이지에 다음과 같이 적어 놓았다.

페럴 부인은 칼에 의한 자상으로 지방병원에서 숨을 거두었다. 바커스 부인은 곧바로 수감되었다. 남편이 간통했다고 생각했기 때문에 일어난 비극이었다. J.K. 앨스턴은 개를 독살한 혐의로 체포되어 여죄를 추궁 중이다. 퍼트넘의 아이들도 앨스턴의 개를 사살하고 그의 잔디를 훼손한 죄로 기소되었으며, 퍼트넘 부인은 심장마비로 숨을 거두었다. 퍼트넘 씨는 사유재산 파괴로 고소된 상태이다. 캐서린 맥켄은 월터 모튼 주니어와 성관계를 맺은 것으로 믿고 있고, 주니어는 결국 워싱턴의 학교로 보내졌다. 엘리너 고스는 목을 매달아 자살했다. 임무 완수.

이사할 때가 되었군.

예약 손님

그날 오전 11시 14분. 팽본 씨가 이발소 안으로 들어왔다. 와일리는 경마 신문을 보다가 "안녕하세요." 하고 인사를 했다. 그는 시계를 확인하고 미소 지었다.

"정각이시네요."

팽본은 웃지 않았다. 그는 맥없이 정장 외투를 벗어 옷걸이에 걸고, 깨끗이 청소된 바닥을 지나 가운데 의자에 털썩 주저앉았다. 와일리는 신문을 내려놓고 일어서며 크게 기지개를 했다.

"왠지 기운이 없어 보이네요, 팽본 선생님."

"별로 기운 없어."

"이런, 안됐군요. 평소처럼 할까요?"

와일리는 이렇게 물으며 의자의 높낮이를 올렸다. 팽본이 고개를 끄덕였다.

"오키도키."

와일리는 이렇게 대답하곤 선반에서 깨끗한 천을 꺼내 힘 있게
털었다.

"그동안 어떻게 지냈습니까?"

"그럭저럭."

팽본이 한숨을 내쉬었다.

"지쳐 보이시는데요?"

와일리가 손님의 목을 수건으로 감싸며 물었다.

"사는 게 다 그렇지, 뭐. 그러는 자넨 어떤가?"

"재수 완전 꽝이었습죠. 지난주에 라스베이거스에 가서 홀라당
날리고 온걸요."

와일리가 헝겊을 핀으로 꽂으며 대답했다.

"안됐구먼."

"뭐, 별로요. 쉽게 번 돈은 쉽게 나가는 법이죠."

그는 전기 이발 도구의 스위치를 켠 다음 큰 소리로 외쳤다.

"마리아, 팽본 씨 오셨어."

뒷방에서 여자 목소리가 들렸다.

"금방 나가요."

와일리는 팽본의 뒤통수를 깎기 시작했다. 팽본이 눈을 감았다.

"예, 좋습니다. 긴장을 푸세요."

와일리가 말했다. 팽본이 다시 한숨을 내쉬었다.

"모르겠어. 정말 모를 일이야."

"무슨 문제라도 있습니까?"

"다리. 등. 오른쪽 팔. 모두 간당간당해. 배도 그렇고."

"맙소사. 의사 선생님껜 보였습니까?"

와일리는 진짜 걱정스러운 표정을 지었다.

"그 양반 아무것도 몰라. 하는 일이라곤 전문병원에 보내는 것뿐인걸, 뭐."

팽본이 기도 안 찬다는 듯 대답했다.

"그거 안됐군요, 팽본 씨."

그가 키득거렸다. 팽본이 크게 한숨을 내쉬었다.

"랜드 박사가 그나마 도움이 되긴 해."

"그래요? 이런, 그 소릴 들으니 다행이네요. 그 병원에 갈까 말까 망설이던 참이었거든요. 진짜 의사도 아니라는데, 형 말로도 뭔가 특별한 데가 있다더라고요."

"그래. 그가 아니라면……."

"오셨어요, 팽본 씨."

마리아였다. 팽본이 곁눈으로 보고는 겨우 미소를 지었다.

"마리아."

"오늘은 어떠세요?"

"그럭저럭."

마리아는 이발 의자 옆에 손톱 다듬는 식탁과 앉을 의자를 붙였다. 그녀가 자리에 앉자 안 그래도 달라붙는 스웨터 위로 가슴이 더욱 도드라져 보였다.

"피곤해 보이세요."

팽본이 고개를 끄덕였다.

"그래. 요즘 잠을 통 못 자거든."

"이런, 큰일이네요."

그녀가 동정을 표하고 손톱을 다듬기 시작했다.

"아무튼 랜드라는 사람이 잘한다니까 기쁘네요. 언젠가 나도 찾아가 봐야겠어요."

"진짜 잘해. 그나마 안심이 되는 유일한 친구니까."

"그럼 됐죠, 뭐."

와일리가 말했다.

그리고 한동안 조용했다. 와일리는 팽본의 머리를 깎았고, 마리아는 손톱을 다듬었다. 팽본이 물었다.

"오늘 장사가 안 되나 보지?"

"아뇨. 전 예약 손님만 받거든요. 아니면 안 받아요."

그가 미소 지었다.

팽본이 떠난 뒤, 마리아는 그의 머리카락과 손톱 부스러기들을 뒷방으로 쓸어 갔다. 그녀는 작은 벽장을 열어 "팽본"이라고 적힌 인형을 꺼냈다. 와일리는 전화 다이얼을 돌리며 마리아가 인형의 머리카락과 손톱을 교체하는 모습을 지켜보았다.

"랜드? 와일리야. 팽본이 막 다녀갔는데, 다음 예약이 언제지?"

그는 잠시 귀를 기울였다.

"오케이. 이번엔 그 친구 등을 봐 주라고. 그럼, 한 2주 동안 거기는 핀을 빼 놓을 테니까. 알았지?"

그가 다시 귀를 기울였다.

"그리고 랜드, 이번 달에 지불이 늦었어. 다음부턴 그런 일 없도록 해."

그는 전화를 끊고 마리아에게 갔다. 그는 일하는 그녀의 뒤로 돌아가 스웨터 속으로 두 손을 집어넣었다. 마리아가 그에게 등을 기대며 한숨을 쉬었다. 그녀의 얼굴이 딱딱하게 굳어 있었다.

"다음 손님은 언제래요?"

그녀가 물었다. 와일리가 씩 웃었다.

"1시 30분."

그가 문을 걸고, "점심시간" 푯말을 내걸고 뒷방으로 돌아왔을 때 마리아는 침대에 누워 기다리고 있었다. 와일리는 옷을 벗으며 침대 위에서 꿈틀거리는 그녀의 나신을 핥았다.

"이 빌어먹을 아이티 마녀(아이티 섬은 부두교로 유명하다. ── 옮긴이) 같으니."

그가 중얼거리며 씩 웃었다.

1시 20분. 월터스 씨가 이발소에 들어왔다. 그는 옷을 벗어 옷걸이에 걸고 팽본처럼 가운데 의자에 앉았다. 와일리는 경마 신문을 내려놓고 일어서며 끌끌 혀를 찼다.

"이런, 오늘따라 기운이 없어 보입니다, 월터스 씨."

"그래, 별로 힘이 없어."

월터스의 대답이었다.

버튼, 버튼

소포는 문 옆에 놓여 있었다. 테이프로 봉한 육면체의 마분지 상자였고 이름과 주소는 손 글씨로 적혀 있었다. 10016 뉴욕 주 뉴욕 시 이스트 37번가 217호. 아서 루이스 부부 앞. 노마는 소포를 들고 집 안으로 들어갔다. 밖은 벌써 어두워지고 있었다.

그녀는 브로일러에 양갈비를 넣은 뒤, 마실 것을 들고 자리에 앉아 소포를 풀었다.

상자 안에는 작은 나무 상자가 들어 있었다. 상자 위는 유리 돔으로 덮여 있고 그 안으로 작은 버튼이 보였다. 노마가 뚜껑을 들어 올리려 했지만 유리 뚜껑이 단단히 고정되어 있었다. 뒤집어 보니 상자 밑바닥에 셀로판테이프로 작은 종이가 붙어 있었다. 그녀는 쪽지를 펼쳐 보았다.

미스터 스튜어드가 오후 8시에 방문할 겁니다.

노마는 상자를 소파 옆자리에 내려놓았다. 그리고 음료를 조금 마시며, 쪽지의 활자들을 다시 확인했다.

얼마 뒤 부엌으로 돌아와 샐러드를 만들었다.

초인종이 울린 것은 8시 정각이었다.

"내가 나갈게요."

노마가 부엌에서 외쳤다. 아서는 거실에서 책을 읽는 중이었다.

문 앞에는 키 작은 남자가 서 있었다. 노마가 문을 열자 남자가 모자를 벗어 공손히 인사했다.

"루이스 부인?"

"네, 그런데요?"

"스튜어드입니다."

"아, 예."

노마는 웃지 않았다. 그 상자가 영업 전략이라고 생각하고 있던 참이었다.

"들어가도 되겠습니까?"

"지금 바빠서요. 아무튼 물건은 돌려드릴게요."

노마가 말하고는 돌아서려 했다.

"그게 뭔지 알고 싶지 않으십니까?"

노마가 돌아섰다. 스튜어드의 말투가 공격적이었던 것이다.

"아뇨, 별로요."

"무척 가치 있는 물건일 수도 있습니다."

"금전적으로요?"

스튜어드가 고개를 끄덕였다.

"금전적으로요."

노마가 눈살을 찌푸렸다. 남자의 태도가 맘에 들지 않았다.

"도대체 뭘 파시려는 거죠?"

"전 아무것도 팔지 않습니다."

아서가 거실에서 나왔다.

"무슨 일이야?"

스튜어드가 자신을 소개했다.

"오, 저거 말인가요? 무슨 장친가요, 저건?"

아서가 거실을 가리키며 씩 웃었다.

"설명은 간단합니다. 우선 들어가서 말씀드리고 싶습니다만."

"뭐, 영업사원만 아니시라면……."

스튜어드가 고개를 저었다.

"아닙니다."

아서가 노마를 돌아보았다.

"당신이 결정하지?"

그녀는 잠시 망설였지만 결국 허락하고 말았다.

"뭐, 안 될 건 없겠죠."•

세 사람은 거실로 들어갔고 스튜어드는 노마의 의자에 앉았다. 그가 안주머니에서 입을 봉한 봉투를 하나 꺼내 소파 앞 탁자에 올려놓았다.

"이 안에는 저 돔 열쇠가 들어 있습니다. 그리고 그 벨은 우리 사무실과 연결되어 있죠."

"용도가 뭐죠?"

아서가 물었다.

"그 버튼을 누르면 이 세상 어딘가에서 사람이 죽게 됩니다. 물론 선생님이 모르는 사람들이죠. 대신 선생님은 대가로 5000달러를 받게 될 겁니다."

스튜어드가 아무렇지도 않게 말했다. 노마가 남자를 바라보았지만 그는 그저 미소만 지을 뿐이었다.

"도대체 그게 무슨 뚱딴지같은 소리요?"

아서가 물었다. 스튜어드는 태연했다.

"지금 말씀드린 대로입니다."

"그걸 농담이라고 하는 겁니까?"

"전혀 아닙니다. 제안은 말씀드린 바와 같습니다."

"도대체 말이 안 되잖소. 지금 나한테……."

"어느 회사죠?"

노마가 갑자기 물었다. 스튜어드는 당혹스러운 표정을 지었다.

"죄송합니다. 그건 말씀드릴 수 없군요. 하지만 국제적 규모의 회사라는 것만은 장담하죠."

"그만 가 주시는 게 좋겠소."

아서가 일어나며 말했다. 스튜어드도 일어섰다.

"물론입니다."

"그리고 저 물건도 가져가시오."

"하루나 이틀 정도 생각해 보시고 결정하셔도 늦지 않으실 겁니다만……."

아서는 버튼과 봉투를 집어 스튜어드에게 억지로 안겼다. 그러고는 복도를 건너가 문을 열어 주었다.

"명함을 남겨 두죠."

스튜어드는 명함을 문 옆의 식탁에 올려놓았다. 그가 간 다음 아서는 명함을 반으로 찢어 탁자 위에 던지며 투덜거렸다.

"미친놈."

노마는 아직 소파에 앉아 있었다. 그녀가 물었다.

"그게 뭐 같아요?"

"뭐면 어쩌게?"

그녀는 웃어 보이려 했으나 잘 되지 않았다.

"궁금하지도 않아요?"

"아니."

그가 고개를 저었다. 아서는 다시 책을 읽기 시작했고 노마는 부엌으로 돌아가 설거지를 마쳤다.

"왜 아까 얘기를 더 안 하려 한 거예요?"

나중에 노마가 물었다. 아서는 칫솔질을 하며 곁눈으로 욕실 거울에 비친 아내를 보았다.

"궁금하지도 않아요?"

"뭔가 냄새가 나는 것 같아서 그래."

"그건 그래요, 하지만 호기심도 있잖아요."

노마는 머리에 인두를 말았다.

"위험한 호기심이야."

노마는 침대에 앉아 슬리퍼를 벗었다.

"일종의 심리학 실험 같은 것 아닐까요?"

아서가 어깻짓을 했다.

"그럴 수도 있겠지."

"어쩌면 사이코 백만장자가 장난하는 건지도 모르고."

"어쩌면."

"궁금하지 않아요?"

아서가 고개를 저었다.

"왜요?"

"그건 부도덕한 거야."

노마는 이불 아래로 기어들어갔다.

"에, 그래도 호기심이 나긴 해요."

아서는 불을 끄고 윗몸을 숙여 아내에게 키스를 했다.

"잘 자요."

"당신도요."

그녀가 남편의 등을 토닥여 주었다.

노마는 눈을 감았다. 5000달러랬어. 그녀는 그 생각을 했다.

아침에 집을 나설 때 반으로 찢긴 명함이 눈에 들어왔다. 그녀는 충동적으로 명함을 집어 지갑 안에 넣었다. 아서가 엘리베이터에서 기다리고 있었다.

커피 타임. 그녀는 두 쪽짜리 명함을 꺼내 양 끝을 맞춰 보았다. 명함에는 스튜어드의 이름과 전화번호만이 적혀 있었다.

점심시간이 지나고 그녀는 다시 지갑에서 명함을 꺼내 찢어진 곳을 셀로판테이프로 붙였다. 도대체 이게 뭐 하는 짓이람?

5시가 되기 직전, 그녀는 번호를 돌렸다.

"여보세요."

스튜어드의 목소리였다. 노마는 전화를 끊으려다가 말고 목부터 가다듬었다.

"노마 루이스예요."

"예, 루이스 부인."

스튜어드는 기쁜 목소리였다.

"호기심이 생겨서요."

"당연히 그러실 겁니다."

"그렇다고 당신 말을 믿는다는 건 아닙니다."

"오, 하지만 모두 사실이랍니다."

"아무튼요, 누군가 죽는다고 했는데 그게 무슨 뜻이죠?"

노마가 숨을 삼켰다.

"그 말 그대롭니다. 누구든 될 수 있죠. 확신할 수 있는 건 부인이 모르는 사람들이란 겁니다. 게다가 죽는 걸 지켜볼 필요도 없고요."

"5000달러라고 했죠?"

"예, 그렇죠."

그녀가 코웃음을 쳤다.

"말도 안 돼요."

"하지만 그게 계약 조건입니다. 상자를 돌려드릴까요?"

스튜어드가 물었다. 노마가 움찔했다.

"아니, 싫어요."

그녀는 화를 내며 전화를 끊었다.

소포는 문 앞에 놓여 있었다. 노마는 엘리베이터에서 나오면서 물건을 보았다.

'이런, 뻔뻔한 인간 같으니.'

그녀는 문을 열면서 상자를 노려보았다.

'안 가지고 들어갈 거야.'

그녀는 안으로 들어가 저녁 준비를 했다.

그리고 그녀는 마실 것을 들고 문으로 향했고 결국 소포를 부엌 식탁으로 가져갔다. 하지만 건드리지는 않았다.

그녀는 거실에 앉아 술을 홀짝이며 창밖을 내다보았다. 얼마 뒤 부엌으로 돌아가 브로일러에 커틀릿을 집어넣었다. 소포는 맨 아래 서랍에 집어넣었다. 아침에 내다 버리자.

"어쩌면 정신 나간 백만장자가 사람들하고 게임을 하려는 건지도 몰라요."

그녀가 말했다. 아서는 식사를 하다 말고 고개를 들었다.

"그게 웬 뚱딴지같은 말이야?"

"몰라서 물어요?"

"그만두자고."

그가 말했다. 노마는 아무 말 없다가 갑자기 포크를 내려놓고는 다시 물었다.

"만일 진짜라면요?"

아서가 아내를 바라보았다.

"좋아. 진짜라고 치자. 그래서 어쩌게? 버튼을 눌러서 사람을 살해하게?"

그는 말도 안 된다는 표정을 지었다. 노마가 얼굴을 찌푸렸다.

"살해?"

"그럼 그게 살해가 아니고 뭐야?"

"모르는 사람이라잖아요."

노마가 대들었다. 아서는 기가 막혔다.

"도대체 그걸 말이라고 하는 거야?"

"만일 수천 킬로미터 떨어진 중국 농부라면요? 콩고의 늙은 환자라면요?"

"펜실베이니아의 갓난아기면? 옆 동네 사는 예쁜 여학생이라면?"

아서가 반박했다.

"그건 억지예요."

"노마, 내 말은 누구를 죽이느냐가 문제가 아니라는 거야."

"평생 본 적도 없고, 평생 보지도 않을 사람이고, 그가 죽었는지 어쨌는지 모를 사람이라고 해도, 당신은 버튼을 누르지 않을 거라는 거죠?"

아서가 놀란 표정으로 그녀를 보았다.

"당신은 누를 거야?"

"5000달러예요, 아서."

"돈이 도대체 무슨……."

"5000달러라고요. 언제나 꿈만 꿔 오던 유럽 여행을 갈 수도 있잖아요."

노마가 남편의 말을 끊었다.

"노마, 안 돼."

"섬에 별장을 살 수도 있어요."

"노마, 안 돼. 세상에, 그건 안 돼!"

그의 얼굴이 창백해졌다. 그녀가 몸을 부르르 떨었다.

"이런, 진정해요. 왜 그렇게 질색을 하고 난리람? 그냥 얘기만 하는 건데."

저녁 식사 후, 아내는 거실로 들어갔다. 그는 식탁을 떠나기 전에 종지부를 찍어야겠다고 맘을 정했다.

"되도록이면 그 문제는 다시 꺼내지 말자고."

노마가 어깻짓을 했다.

"걱정 붙들어 매요."

그녀는 평소보다 일찍 일어나 팬케이크, 달걀, 베이컨 등을 만들었다. 아서에게는 특별 요리인 셈이다. 그가 미소를 지으며 물었다.

"오늘은 어쩐 일이야?"

"일은 무슨. 그냥 하고 싶어서 한 거지."

그녀가 토라진 표정을 지었다.

"좋아. 아무튼 고마워."

그녀는 그의 잔에 커피를 채우며 말했다.

"당신한테 보여 주고 싶었어요."

"뭘?"

"내가 이기적이 아니라고요."

"내가 언제 이기적이랬나?"

"어, 어젯밤에……."

그녀는 모호하게 말을 얼버무렸다. 아서는 대답하지 않았다.

"버튼 얘기 말이에요. 당신이 오해할지도 모른다는 생각이 들었어요."

노마가 말했다.

"어째서?"

그의 목소리에 긴장감이 배었다. 그녀가 다시 어깻짓을 했다.

"그냥 당신이, 내가 나만 생각한다고 여길 것 같아서요."

"오."

"난 이기적인 사람 아니에요."

"여보."

"진짜예요. 내가 유럽하고 별장 얘기를 한 것은……."

"노마, 왜 자꾸 그 일에 집착하는 거지?"

"집착하는 게 아니에요. 그냥 얘기나 하고 싶었을 뿐이라고요."

그녀의 호흡이 파르르 떨려 나왔다.

"무슨 얘기?"

"당신하고 유럽에 가고 싶다는 얘기요. 더 좋은 아파트로 이사도 가고 싶고, 좋은 가구, 좋은 옷…… 그리고 빨리 아기도 갖고 싶다는 그런 얘기들이죠."

"노마, 그렇게 될 거야."

"언제?"

그가 놀라서 그녀를 바라보았다.

"노마……."

"언제요?"

"당신 정말, 기어이 그걸……."

"정말로 연구 목적일 수도 있는 거잖아요! 보통 사람들이 그런 상황에서 어떻게 반응하는지 같은 것 말이에요! 그냥 반응을 연구하기 위해서, 그러니까 죄의식, 불안감 따위를 체크하기 위해 사람이 죽을 거라고 속일 수도 있는 거라고요!"

그녀의 목소리가 높아졌다. 아서는 대답하지 않았다. 그녀는 그의 손이 떨리는 것을 보았다. 그리고 얼마 뒤 그는 자리에서 일어나 다른 곳으로 가 버렸다.

그가 출근한 뒤, 노마는 식탁에 앉은 채 커피 잔만 들여다보았다. 이러다 늦겠어. 그녀가 어깨를 으쓱했다. 무슨 상관이람. 어차피 집에 있을 건데.

그녀는 접시를 쌓다가 말고 갑자기 손을 닦고 돌아서서 아래 서랍의 소포를 꺼냈다. 그리고 포장을 벗기고 장치를 식탁 위에 올려놓았다. 그녀는 한참 동안 바라보다가 봉투에서 열쇠를 꺼내 유리 돔까지 벗긴 후 다시 버튼을 노려보았다. 어리석은 짓이야. 이건 아무 의미도 없는 버튼일 뿐이라고.

그녀는 손을 뻗어 버튼을 눌렀다.

'이건 우릴 위한 거야.'

괜히 화가 치밀었다.

그리고 몸을 떨었다. 일이 일어난 건가? 야릇한 두려움이 온몸을 훑고 지나갔다.

얼마 뒤 두려움도 걷히자 그녀는 자신에게 마구 화가 났다. 병신 같은 년. 저런 쓸데없는 것 때문에 골머리를 썩다니.

그녀는 점심으로 쓸 스테이크를 뒤집고 마실 것을 만들었다. 그때 전화벨이 울렸다. 그녀가 전화를 받았다.

"여보세요?"

"루이스 부인이십니까?"

"그런데요?"

"여긴 레녹스 힐 병원입니다."

목소리는 지하철 사고에 대해 말하고 있었다. 아수라장의 군중. 기차 앞 플랫폼을 헤쳐 나가는 아서. 아냐, 그럴 리가 없어. 그녀는 자기도 모르게 고개를 흔들고 있었지만 멈출 수가 없었다.

그녀는 전화를 끊으면서 아서가 2만 5000달러의 생명보험에 들어 있다는 사실을 기억해 냈다. 보상금이 그 배에 달하는…….

"안 돼."

숨쉬기가 곤란했다. 그녀는 간신히 일어나 부엌으로 들어갔다. 쓰레기통에서 버튼 기구를 꺼내는데 뭔가 섬뜩한 기운이 머릿속을 스치고 지나갔다. 못도 드라이버도 보이지 않았다. 하지만 그녀는 기계가 어떻게 만들어졌는지 알고 싶었다.

갑자기 그녀가 싱크대 모서리에 기계를 내리치기 시작했다. 옆면을 제거하다가 손가락 몇 군데를 베이기도 했지만 그녀는 의식조차 못했다. 기구 안에는 트랜지스터도 전선도 튜브도 없었다. 텅 빈 상자인 것이다.

그리고 전화벨이 울렸다. 그녀는 헉 하고 숨을 삼키고는 비틀거리며 거실로 돌아가 수화기를 집어 들었다.

"루이스 부인?"

스튜어드의 목소리였다.

"모르는 사람이 죽는다고 했잖아!"

그녀의 목소리는 거의 찢어질 것만 같았다. 도무지 자기 목소리 같지가 않았다. 스튜어드는 대답했다.

"부인, 정말로 남편을 안다고 생각하십니까?"

결투

그 트럭을 지나친 건 오전 11시 32분이었다.

샌프란시스코가 있는 서쪽을 향하는 중이었다. 목요일이고 4월
치고는 기이할 정도로 더웠다. 만은 정장 코트를 벗고 타이를 푼
뒤 셔츠 칼라도 끄르고 소매 단까지 접고 있었다. 검은색 바지를
통해 도로의 열기가 느껴졌다. 2차선 국도였지만 지난 20분 동안
양방향으로 차 한 대 보이지 않았다.

그때 앞쪽에 트럭이 있었다. 트럭은 높은 언덕 사이의 경사를
오르고 있었다. 먼저 안간힘을 다해 비탈을 오르느라 거칠게 토
해내는 트럭 엔진의 숨소리가 들렸고, 제 몸보다 두 배는 더 긴 그
림자도 보였다. 트럭은 트레일러를 끌고 있었다.

사실 트럭에 별 관심은 없었다. 경사까지 따라붙은 그는 반대
편 차선을 향해 조금 핸들을 비틀었다. 하지만 오르막길이라 앞

을 볼 수가 없던 탓에 트럭이 정상을 넘어설 때까진 추월할 생각이 없었다. 그는 트럭이 내리막길의 왼쪽 커브 길에 다다를 때까지 기다렸다가, 앞쪽이 비어 있음을 확인하고는 핸들을 꺾고 액셀 페달을 밟았다. 그는 뒷거울을 통해 트럭의 앞면을 돌아보며 다시 제 차선으로 들어갔다.

만은 활짝 열린 시골길을 바라보았다. 아련한 산들이 사방을 병풍처럼 두르고 있고 신록의 언덕들이 여기저기서 굴러다녔다. 그는 가볍게 휘파람을 불면서 꾸불꾸불한 경사 길을 달려 내려갔다. 포장도로의 바스락거리는 소리가 듣기 좋았다.

언덕 끝으로 콘크리트 다리가 하나 나왔다. 마른 개울 바닥에는 바위와 자갈만 잔뜩 널브러져 있었다. 다리를 건너자 오른쪽 깊숙이 트레일러 공원(캠핑 카를 비롯한 숙소 시설이 되어 있는 공원—옮긴이)이 보였다. 이런 데서 도대체 누가 살기에? 이곳저곳을 둘러보다가 앞쪽에 애완동물 공동묘지가 눈에 띄었다. 그는 미소를 지었다. 사랑하는 개와 고양이 무덤에 가까이 살고 싶은 사람들인가?

국도는 다시 곧게 뻗어 있었다. 만은 팔과 무릎에 떨어지는 햇살을 즐기며 가벼운 상념에 빠져들었다. 루스는 뭘 하고 있을까? 아이들은 학교에서 몇 시간 뒤에나 돌아올 테니 어쩌면 지금쯤은 쇼핑 중이겠다. 목요일이면 늘 그러니까. 그는 슈퍼마켓에 있는 아내를 그려 보았다. 물건들을 이것저것 카트에 집어넣고 있을 아내. 그는 이런 식의 영업 여행이 아니라 사랑하는 아내와 함께 있고 싶었다. 샌프란시스코까지는 아직 몇 시간을 더 가야 했다. 그리고 3일 동안 이어지는 호텔 숙박, 식당 음식, 계약과 실망. 그는 한

숨을 쉬고는 충동적으로 라디오를 켰다. 주파수를 이리저리 뒤진 끝에 찾아낸 것은 부드럽고 편안한 음악 방송이었다. 그는 도로에 시선을 고정하고 콧노래로 노래를 따라 부르기 시작했다.

그때 갑자기 트럭이 으르렁거리며 왼쪽 차선을 지나갔다. 그 바람에 차가 조금 흔들렸다. 트럭은 다시 핸들을 꺾어 서쪽 차선으로 들어왔지만 너무나 급작스러운 탓에 만은 안전거리를 유지하기 위해 부랴부랴 브레이크를 밟아야 했다.

'도대체 너 뭐 하는 작자냐?'

그가 투덜거렸다.

그는 짜증 반 호기심 반으로 트럭을 보았다. 탱크 트레일러가 딸린 유조차였다. 그것도 양쪽 모두 바퀴가 여섯 개씩 달린 초대형이었다. 하지만 새 차는 아니고, 여기저기 움푹 파여 당장이라도 폐차장에 끌고 가야 할 것처럼 보였다. 탱크도 싸구려 은색으로 칠해져 있었는데, 운전자가 직접 칠했다 해도 믿을 정도로 조잡해 보였다. 트레일러 탱크 뒤쪽에는, 흰 바탕에 붉은 글씨로 "주의: 인화물질"이라고 적혀 있었다. 탱크 밑에도 붉은색 야광 선들이 길게 그려져 있고, 타이어에는 거대한 고무판이 매달려 앞뒤로 펄럭였다. 야광 선 역시 스텐실을 사용했는지 척 보기에도 조잡하기 그지없었다. 개인 영업자가 분명해 보였는데, 옷차림을 봐도 별로 부유해 보이지는 않았다. 번호판은 캘리포니아로 되어 있었다.

만은 계기반을 체크했다. 아무 생각 없이 텅 빈 대로를 달릴 때에는 늘 시속 90킬로미터 정도에 맞춰 놓고 있었는데, 쏜살같이 옆을 지나친 것으로 보아 적어도 시속 110킬로미터는 훌쩍 넘는 것 같았다. 흔한 일은 아니다. 트럭 운전사들은 대개 조심 운전을 하지 않던가?

트럭이 배출하는 가스 냄새는 인상을 찌푸려야 할 정도였다. 왼쪽에 달린 수직 파이프를 보았다. 그곳에서 검은 매연이 쏟아져 나와 구름처럼 떠다녔다. 맙소사, 공기 오염은 둘째 문제로 치고, 대로에 저런 차를 끌고 나오는 건 도대체 무슨 똥배짱일까?

그는 끊임없이 나오는 매연을 보고 인상을 찌푸렸다. 구토가 쏠릴 지경이었다. 이런 식으로 꽁무니만 쫓을 수는 없는 노릇이다. 속도를 늦추거나 아니면 다시 트럭을 추월해야 하는데, 문제는 시간이 없다는 것이다. 출발도 늦은 데다 시속 90킬로미터로 간다 해도 오후 약속에 간신히 맞출 판이었다. 결국 선택은 추월뿐이었다.

그는 가속 페달을 밟으며 차를 반대 차선으로 조금 옮겼다. 앞쪽엔 아무것도 없었다. 오늘 그쪽 차선은 차를 보기가 힘들었다. 그는 페달을 더 밟아 차를 완전히 반대 차선으로 빼냈다.

트럭을 지나치면서 고개를 돌렸지만 차가 너무 높아 운전사의 얼굴을 볼 수는 없었다. 보이는 것이라고는 운전대를 잡고 있는 왼쪽 팔뿐이었다. 검게 그을린 근육을 따라 굵은 혈관들이 잔뜩 불거져 있었다. 무척 건장해 보이는 팔이었다.

만은 뒷거울로 트럭을 체크하면서 원래 차선으로 들어왔고 그리고 다시 앞쪽만 바라보았다.

하지만 그때 트럭 운전사가 있는 대로 클랙슨을 눌러 댔다. 만은 깜짝 놀라 뒷거울을 보았다.

'도대체 뭐야?'

인사를 하는 건지 욕을 하는 건지 알 수가 없었다. 그는 뒷거

444

울을 보면서 씩 웃었다. 트럭 정면의 범퍼는 보라색이었지만, 여기 저기 페인트가 바래고 뜯겨 나가 지저분하기 짝이 없었다. 저것도 아마추어 솜씨겠군. 그에게는 트럭의 아래 면밖에 보이지 않았다. 위쪽은 자동차 지붕에 가려져 있었다.

오른쪽으로는 혈암 지대가 경사를 이루며 뻗어 있었고 드문드문 덤불이 엉켜 있는 것이 보였다. 경사 꼭대기에 금속판으로 지은 집이 하나 있었는데 그 집 지붕 위에 내건 텔레비전 안테나가 거의 40도가량이나 기울어져 있었다. 수신 상태 하난 기가 막히겠어. 그의 입가에 미소가 걸렸다.

그는 다시 앞쪽을 보았다. 길옆으로 베니어판에 삐뚤빼뚤한 고딕체로 글씨가 적힌 표지판이 있었다. 밤손님들의 휴식처. 이런, 밤손님이 뭐야? 도둑놈들의 아지트라도 된다는 말인가?

갑자기 트럭의 엔진 소리가 커지는 바람에 그는 얼른 뒷거울을 보고 다시 옆거울로 눈을 돌렸다. 맙소사, 저 친구 또 추월하겠다는 거야? 만은 어이없어서 옆을 스쳐 지나가는 거대한 괴물을 보았다. 운전사를 보려 했지만 역시 트럭이 너무 높았다. 도대체 뭐하는 놈이지? 나하고 지금 놀자는 거야? 누구 차가 더 빠르냐고?

그는 속도를 내어 다시 앞지를까 하다가 마음을 바꾸었다. 그리고 트럭과 트레일러가 제 차선으로 들어가기 시작했을 때에는 아예 속도까지 늦추었다. 속도라도 줄이지 않았다간 필경 젊은 나이에 객사하고 말 것 같았다. 세상에, 도대체 어떤 자식이기에!

트럭의 매연이 다시 코를 괴롭히면서 만의 불평도 커져 갔다. 그는 투덜거리며 운전석 창을 올렸다. 빌어먹을, 샌프란시스코까지 내내 이 냄새를 맡으면서 가라는 거야? 속도를 늦출 수는 없었다. 거래처 상대를 만나기로 한 건 3시 15분이었다.

그는 앞을 보았다. 최소한 차가 없어 문제가 커질 것 같지는 않았다. 만은 가속 페달을 밟아 트럭 가까이 따라붙었다. 그리고 도로가 왼쪽으로 꺾어져 앞쪽 상황이 훤히 드러날 때를 기다렸다가 페달을 밟고 운전대를 왼쪽으로 꺾었다.

트럭이 왼쪽으로 움직여 그의 추월을 막았다. 한참 동안 만은 멍한 시선으로 트럭을 바라보기만 했다. 어이가 없었다. 하지만 곧 그는 비명을 지르며 브레이크를 밟고 제 차선으로 돌아가야 했다. 트럭이 속도를 늦춘 것이다.

만은 눈앞에 벌어진 상황이 언뜻 이해가 되지 않았다. 우연의 일치겠지? 트럭 운전사도 일부러 길을 막은 건 아닐 거야. 그는 1분 정도 더 기다렸다가, 왼쪽 깜빡이를 켜 앞지르겠다는 의사를 밝힌 뒤 다시 가속페달을 밟고 반대쪽 차선으로 들어서려 했다.

그와 동시에 트럭이 움직이며 앞길을 막아섰다.

"맙소사!"

만은 얼이 빠지고 말았다. 운전을 시작한 지 26년이나 되었지만 이런 일은 처음이었다. 그는 제 차선으로 돌아와 트럭이 원래 차선으로 돌아가는 모습을 지켜보며 고개를 설레설레 저었다.

그는 페달을 풀어 트럭의 매연을 피할 만큼 뒤쪽으로 물러섰다. 이제 어쩐다? 물론 샌프란시스코에는 늦지 않게 도착해야 한다. 차라리 조금 돌아가더라도 고속도로를 탔어야 했다. 이 빌어먹을 국도는 내내 2차선뿐이니.

그는 충동적으로 반대 차선으로 들어가 속도를 높였다. 놀랍게도 트럭 운전사는 길을 막는 대신 왼손을 내밀어 추월 신호까지 보내 주었다. 만은 페달을 밟았다. 그리고 곧이어 비명을 지르며 핸들을 꺾어야 했다. 어찌나 황급했던지 차가 지그재그로 흔들렸다. 그가 균형을 잡기 위해 안간힘을 쓰고 있을 때 블루 컨버터블 한 대가 쏜살같이 반대 차선으로 지나갔고 차 안의 남자가 만을 향해 손가락으로 엿을 먹였다.

차는 겨우 균형을 잡았다. 만은 크게 심호흡을 했다. 심장이 쿵쾅거렸다. 세상에, 저자가 나를 그 차와 정면충돌시키려 했어. 끔찍한 노릇이 아닐 수 없었다. 차가 없다는 사실을 직접 확인해야 했지만, 설마, 저렇게 손을 흔들기까지…… 만은 소름이 끼치고 욕지기가 났다. 오, 맙소사, 오, 이런 세상에. 이런 건 소설에나 나올 법한 일이다. 저 개자식은 그뿐만 아니라, 아무 영문도 모르는 사람까지 죽일 생각이었던 것이다. 도무지 이해가 가지 않았다. 목요일 아침 캘리포니아 국도에서? 왜?

만은 마음을 가라앉히고 상황을 정리해 보았다. 아마도 더위 때문일 것이다. 어쩌면 스트레스성 두통이나 위장병이 있을 수도 있고, 어쩌면 둘 다일 수도 있겠다. 어쩌면 어젯밤 아내와 싸웠거나 침대에서 퇴짜를 맞았을지도 모를 일이다. 그는 웃으려 했지만 그럴 수가 없었다. 이유야 얼마든지 있을 수 있다. 그는 라디오를 껐다. 경쾌한 음악 소리 때문에 더 초조해지는 기분이었다.

그는 몇 분 동안 트럭의 꽁무니를 쫓았다. 울분 때문에 얼굴이 온통 일그러져 있었다. 매연 때문에 속이 뒤집어질 것만 같았다. 그는 불현듯 경적을 있는 대로 누르고 한참을 그대로 있었다. 그리고 반대 차선이 빈 것을 확인한 다음 가속 페달을 짓밟고 핸들을 꺾었다.

하지만 트럭도 즉시 그와 똑같은 궤적을 그렸다. 만은 그 자세를 유지한 채 오른손으로는 계속 경적을 눌러 댔다.

'꺼지란 말이야, 이 개자식아!'

그는 속으로 외쳤다. 턱 근육이 시큰거렸고 뱃속도 부글부글 끓었다.

"이런, 젠장! 개 같은 놈!"

그는 온몸을 떨며 제 차선으로 차를 돌려놓았다. 트럭도 제자리를 찾았다. 도대체 어쩌자는 거야? 그래, 네 트럭을 두 번 추월했다. 그렇다고 그렇게 기를 쓰고 덤비는 거냐? 미친놈 아냐? 만은 고개를 끄덕였다. 분명했다. 그러지 않고서야 이럴 리가 없지 않겠는가?

루스는 이 상황을 어떻게 생각하고 어떻게 대처할까? 아마 클랙슨을 누르고 또 누르겠지. 그러다가 경찰이 들을 수도 있다고 생각하고? 그는 인상을 쓰며 주변을 둘러보았다. 이런 곳에 경찰이 어디 있겠는가? 그는 코웃음을 쳤다. 경찰? 이런 산간벽지에? 맙소사, 말 탄 보안관이라면 또 모를까.

문득 놈을 속여 오른쪽으로 빠져나갈 수도 있겠다는 생각이 들었다. 그는 차를 갓길 쪽으로 흘리고 앞쪽을 보았다. 안 돼. 공간이 부족했다. 하려고 든다면 트럭 운전사가 그를 철망으로 밀어 버리고 말 것이다. 만은 몸을 부르르 떨었다. 하지만 시도해 보고 싶었다. 정말로.

어디를 가든, 도로 옆으로는 온통 쓰레기들이었다. 맥주 깡통, 사탕 봉지, 아이스크림 막대, 찌들고 바래고 찢어진 신문 쪼가리들, 반으로 갈라진 "세놓음" 표지판. 오, 내 조국, 아름다운 아메리카여! 그는 속으로 비아냥거렸다. 길가에 흰 페인트로 윌 제스퍼라는 이름이 적힌 조형석이 보였다. 윌 제스퍼라는 놈이 도대체 누구야? 그래, 윌, 네놈은 이 상황을 어떻게 생각하나?

갑자기 차가 뛰기 시작했다. 그는 잠시 타이어가 펑크 났을지 모른다고 생각했지만 그건 도로 때문이었다. 톨게이트처럼 도로에 규칙적인 간격으로 가로 홈이 패어 있었던 것이다. 그는 트럭과 트레일러가 들썩거리는 것을 보며 운전사의 머리가 저렇게 흔들리다가 터져 버렸으면 좋겠다는 생각을 했다. 그리고 트럭이 왼쪽으로 급회전을 하면서 그는 트럭의 옆거울을 통해 운전사의 얼굴을 언뜻 엿볼 수 있었다. 물론 전체적인 인상을 파악할 만큼 충분한 시간은 못 되었다.

"아."

그가 약한 감탄사를 터뜨렸다. 앞쪽으로 길고 가파른 언덕길이 까마득히 이어져 있었다. 잘 하면 어딘가에서 빠져나갈 틈을 찾을 수도 있을 것이다. 만은 가속 페달을 밟고 안전거리가 확보되는 정도까지 트럭에 바짝 따라붙었다.

경사를 반쯤 올라왔을 때 반대쪽 차선의 휴식 공간이 보였다. 맞은쪽에서 오는 차는 없었다. 그는 있는 힘껏 가속 페달을 밟고 반대 차선으로 뛰어들었다. 트럭이 느린 속도로 각도를 좁혀 왔다. 만은 이를 악물고 국도 끝까지 차를 밀어붙인 다음, 홈에서 오른쪽으로 급커브를 틀었다. 차 뒤로 먼지가 자욱하게 일어 순간적으로 눈앞에서 트럭을 놓치기도 했다. 타이어가 헛돌며 한참 먼지를 걷어차더니 차는 끝내 다시 포장도로 위로 올라설 수 있었다.

그는 뒷거울을 보며 호탕하게 웃어 젖혔다. 추월하는 게 목적이었는데 덤으로 먼지 구름까지 얻은 것이다. 개자식한테 먼지 세례를 퍼부어 줄 수 있었으니 어찌 통쾌하지 않으랴! 그는 신이 나서 클랙슨을 염소 울음처럼 두드려 댔다. 그대여, 엿이나 먹을지니!

언덕 정상을 넘어서자 놀라운 전경이 펼쳐졌다. 햇살 찬란한 언덕, 들판, 띠 모양의 짙은 숲, 연녹색의 넓디넓은 채소밭들과 과수원, 그리고 멀리 거대한 급수탑까지…… 만은 파노라마처럼 펼쳐진 장관에 완전히 매료되었다. 아름다워. 그는 다시 라디오를 틀고 기쁜 마음으로 콧노래를 따라 불렀다.

7분쯤 뒤, 그는 처크의 카페를 광고하는 광고판을 지나쳤다. 미쳤어, 처크가 다 뭐람. 그리고 빈 터에 깊숙이 세워진 회색 집도 보았다. 저 앞마당에 있는 게 무덤이야, 아니면 팔려고 내놓은 석고상이야?

그는 뒤에서 들리는 굉음에 얼른 뒷거울을 보았다. 심장이 멎을 것만 같았다. 트럭이 언덕 아래로 질주해 내려오고 있지 않은가!

그는 입을 벌린 채 얼른 계기반을 보았다. 지금도 100킬로에 육박하는 속도였다! 급경사의 내리막 굽잇길에서, 그것도 운전하기 쉽지 않은 속도였다. 하지만 트럭은 그것보다도 훨씬 빠른 속력이었고, 때문에 두 차의 간격도 빠른 속도로 좁혀지고 있었다. 만은 숨을 삼키고, 오른쪽으로 급커브를 틀었다. 저 미친놈!

앞쪽을 살펴보니 800미터쯤 앞에 지선 도로가 보였다. 그는 그곳으로 빠져나가기로 마음을 정했다. 뒷거울에는 이젠 트럭의 라디에이터 그릴밖에 보이지 않았다. 그는 있는 힘껏 가속 페달을 밟았다. 다시 커브 길을 돌자 타이어가 찢어지듯 비명을 질러 댔다. 이런 경사라면 트럭도 결국 속도를 줄일 수밖에 없을 것이다.

하지만 트럭은 믿을 수 없을 정도로 부드럽게 커브를 돌았다. 회전의 원심력 때문에 탱크가 조금 밖으로 기울어졌을 뿐이었다. 만은 신음을 내뱉고는 다시 커브를 돌면서 입술을 단단히 깨물었다. 입술이 파르르 떨렸다. 이제부터는 직진 경사길. 그는 페달을 더 세게 밟았다. 계기반을 보니 시속 110킬로미터를 넘고 있었다! 이렇게 빨리 달려 본 적은 한 번도 없었건만!

 할 수 없이 지선마저 그냥 지나쳐야 했다. 이런 속도로는 도저히 그 길로 꺾어 들어갈 수가 없었다. 그랬다간 곧바로 뒤집히고 말 것이다. 빌어먹을 저 개자식은 무슨 심보이기에! 만은 화가 머리끝까지 올라 클랙슨을 마구 두들겨 댔다. 차창을 내려 왼팔을 내밀고는 트럭에게 뒤로 물러나라고 손짓까지 해보였다.

 "물러나란 말이야! 이 미친 새끼야!"

 그는 고함을 지르며 다시 클랙슨을 때렸다. 트럭이 거의 다 따라왔다. 날 죽일 생각이야! 만은 무서워 미칠 것만 같았다. 그는 클랙슨을 반복적으로 때리다가 또 다른 커브 길이 나타나자 두 손으로 핸들을 잡고 비틀었다. 뒷거울을 훔쳐보니 이제는 라디에이터 그릴 아랫부분만 보였다. 차가 제멋대로 틀어지고 있었다! 그는 뒷바퀴가 미끄러지자 얼른 페달에서 발을 떼었다. 타이어가 안쪽으로 물리고 차가 펄쩍 뛰기는 했으나 다행히 겨우 추진력을 회복할 수 있었다.

 바로 앞은 경사로의 끝부분이었다. 멀리 처크의 카페 간판이 보였다. 트럭도 다시 속도를 내고 있었다. 이건 미친 짓이야! 그는 화도 났고 겁도 났다. 길은 직진으로 뻗어 있었다. 그는 페달을 짓밟았다. 120, 121…… 만은 각오를 단단히 다지고 가능한 한 오른쪽으로 차를 붙였다.

그는 급브레이크를 밟으며 오른쪽으로 힘껏 핸들을 꺾었다. 차를 카페 앞의 공터로 밀어 넣으려는 것이었다. 자동차 한쪽이 들리고 뒤축이 흔들리며 미끄러지기 시작했다. 그는 있는 대로 비명을 질러 댔다.

'중심 잡아!'

그가 머릿속으로 외쳤다. 자동차는 물고기 지느러미처럼 흔들리며 흙과 먼지를 닥치는 대로 토해 냈다. 다시 급브레이크 페달을 밟자 차가 미끄러지며 바퀴의 회전이 멈추기 시작했다. 자동차가 중심을 잡기 시작하자 브레이크를 더욱 세게 밟았다. 그리고 그 와중에도 트럭과 트레일러가 그대로 도로를 지나가고 있다는 사실을 인식했다. 하마터면 카페 앞에 세워 놓은 차 하나와 충돌할 뻔했지만, 다행히 중심을 잡을 수 있었다. 그는 있는 힘껏 페달을 밟았다. 자동차 브레이크가 오른쪽에 걸려 차가 반쯤 회전하더니, 옆으로 미끄러지며 마침내 급정거를 했다. 카페에서 25미터쯤 벗어난 곳이었다.

만은 두 눈을 감은 채 죽은 듯이 앉아 있었다. 심장이 스피드백처럼 뛰었다. 도저히 숨을 고를 수가 없었다. 만일 심장마비로 죽을 일이 있다면 지금이 딱 그때일 것이다. 그는 한참 뒤에야 눈을 뜨고 오른손으로 가슴을 눌렀다. 심장이 여전히 힘겹게 뛰고 있었다. 당연한 일이었다. 트럭에 살해당할 뻔한 일이 늘 있는 일은 아니지 않는가!

그는 차 문을 열고 나가려고 했으나 안전벨트가 그를 뒤로 낚아챘다. 그는 끙 하고 신음을 흘렸다. 떨리는 손으로 안전벨트를 푼 다음 먼저 카페를 올려다보았다. 이 곡예 같은 등장에 그곳 손님들은 무슨 생각을 했을까?

그는 카페를 향해 비틀거리며 걸었다. "트럭 운전사 환영." 창문의 광고 문구가 묘한 감정을 불러일으켰다. 그는 몸을 한번 부르르 떨고는 카페 안으로 들어갔다. 그는 사람들의 시선을 억지로 피했다. 모두가 그를 쳐다보고 있다는 것은 알았지만 그들의 시선에 맞설 힘이 남아 있지 않았다. 그는 앞만 바라보며 곧바로 카페 끝으로 걸어가 "신사용" 표지가 박힌 문을 열었다.

그는 곧바로 싱크대로 가서 수도꼭지를 틀고 두 손으로 차가운 물을 받아 얼굴에 끼얹었다. 배 근육도 파르르 떨렸지만 그로서는 어쩔 도리가 없었다.

그는 허리를 펴고는 종이 수건 몇 장을 뽑아 얼굴을 두드렸다. 종이에서 나는 악취에 저절로 인상이 찌푸려졌다. 그는 젖은 종이 수건을 싱크 옆 휴지통에 던져 넣고 거울을 보았다.

'아직 멀쩡한 거냐, 만?'

그는 고개를 끄덕이고 심호흡을 한 다음 철제 빗을 꺼내 머리를 빗어 넘겼다. 넌 몰라. 아무것도 모른단 말이야. 그저 아무 생각 없이 상식에만 의지해 살아온 놈이잖아. 그러니까 누군가에게 살해 위협을 받지 않고 공공 도로를 운전하는 것이 당연하다는 그런 가치들 말이야. 넌 그런 가치들만 믿으면서 살아온 거야. 그러다가 무슨 일이 터지면 그걸로 끝장인 거지. 충격적인 사건 하나면 논리와 상식과 지금까지 살아온 세월이 깡그리 부서지고 네 앞엔 어느새 정글이 막아서는 거라고. 인간이라. 반은 짐승이고 반은 천사인 존재? 그 말을 어디에서 봤더라? 그는 몸을 부르르 떨었다.

트럭에 탄 놈은 완전히 짐승이었어.

호흡이 어느 정도 회복되면서 그는 거울에 자기 모습을 비춰보며 미소까지 지었다. 좋아, 친구. 이제 끝났어. 끔찍한 악몽이긴 했지만 이제 끝났다고. 지금부터는 맘 편히 샌프란시스코로 가 멋진 호텔 방을 잡는 거야. 그리고 비싼 스카치를 주문하고, 뜨거운 물에 몸을 담근 다음 다 잊어버리라고. 죽이는군. 그는 그 생각을 마지막으로 화장실을 빠져나갔다.

그는 헉 하고 숨을 토하며 그 자리에 멈춰 섰다. 심장이 어찌나 뛰던지 서 있기조차 힘들었다. 그의 시선은 카페의 창밖을 향하고 있었다.

트럭과 트레일러가 밖에 주차되어 있었다!

말도 안 돼. 분명히 최고 속력으로 지나가는 것을 보았는데. 그 빌어먹을 운전사가 이긴 거잖아. 그가 이긴 거라고! 그래서 빌어먹을 도로를 혼자서 독차지했잖아! 그런데 왜 돌아온 거지?

만은 얼른 실내를 둘러보았다. 모두 다섯이었다. 셋은 카운터에, 둘은 부스에. 들어오면서 손님 얼굴을 확인하지 않았던 게 너무나 원망스러웠다. 이제 그자가 누구인지 알아낼 방법은 없다. 다리가 부들부들 떨렸다.

그는 얼른 가까운 부스로 들어가 앉았다. 진정하자. 그냥 진정하는 거야. 그래, 먼저 그놈이 누구인지부터 알아내야겠지? 그는 메뉴로 얼굴을 가리고 슬그머니 실내를 엿보았다. 카키색 작업복을 입은 놈인가? 남자의 손은 보이지 않았다. 당연히 저 정장 남자는 아니겠고. 이제 남은 건 셋. 앞쪽 부스에 있는 저 말상에 흑발? 제기랄, 손만 볼 수 있으면 좋으련만. 카운터에 앉아 있는 둘 중의 하나일까? 만은 초조한 마음으로 그들을 살펴보았다. 맙소사, 들어올 때 손님들 얼굴이라도 봐 둘걸!

자, 진정하자고. 빌어먹을, 진정하잔 말이야! 좋아, 트럭 운전사는 분명 이 안에 있다. 그렇다고 해서 그게 그 미친 결투를 계속할 거라는 뜻은 아니지 않은가? 처크의 카페를 지나면 앞으로 오랫동안 요기할 데가 없을지도 모른다. 그래서 트럭 운전사는 이곳에서 식사를 할 생각이었을 수도 있다. 처음엔 너무 빨리 지나치는 바람에 놓쳤지만, 유턴을 해서 다시 돌아온 것이다. 만은 메뉴를 훑었다. 좋아, 이렇게 안달복달할 필요는 없잖아. 그래, 맥주 한 잔 하면 마음이 진정될 거야.

카운터를 맡은 여자가 다가와서 그는 호밀 토스트로 만든 햄 샌드위치와 쿠어스 맥주 한 병을 주문했다. 여자가 사라지고 난 다음에야 그는 자신을 책망하기 시작했다. 그냥 카페를 빠져나가 차를 타고 죽어라고 달아나면 될 걸 도대체 지금 뭐 하는 짓거리람? 그랬다면 트럭 운전사가 그를 잡아 죽이려는 것인지 아닌지도 즉시 알 수 있었을 텐데 말이다. 그런데 멍청한 짓을 한 덕분에 내내 주변을 살피느라 생고생을 하게 된 것이다. 그는 자신의 어리석음을 저주했다.

하지만 그러다가 트럭 운전사가 다시 쫓아오면 어떡하지? 그렇다면 모든 게 원점으로 돌아가고 마는 것이다. 용케 거리를 벌려 놓는다 해도 트럭 운전사는 결국 따라잡고 말 것이다. 게다가 시속 130, 140을 밟을 자신은 솔직히 없다. 놈이 캘리포니아 순찰 요원에게 걸릴 수도 있지만, 행여 그렇게 되지 않는다면?

만은 쓸데없는 상념들을 억누르고 마음을 진정시키려 했다. 그는 조심스럽게 남자 네 명을 다시 훑어보았다. 그중 둘이 트럭 운전사일 가능성이 있어 보였다. 앞쪽 부스의 말상하고, 카운터에 앉아 있는 작업복 차림의 땅딸보. 만은 그들에게 다가가 추적자가 누구인지 묻고, 성가시게 해서 미안하다고 사과하고 싶었다. 그를 진정시킬 수만 있다면 무슨 짓이라도 할 수 있었다. 놈은 비정상이다. 어쩌면 정신병자일 수도 있다. 상황을 마무리 지을 수만 있다면 맥주든 뭐든 얼마든지 사 주고 심지어 토론이라도 할 수 있다.

하지만 그럴 수는 없었다. 결국 놈이 포기할 생각이 없다면? 게다가 섣부르게 다가갔다가 놈의 성질만 더 돋우게 될 수도 있다. 만은 이러지도 저러지도 못하는 자신이 죽이고 싶도록 미웠다. 그는 웨이트리스가 샌드위치와 맥주를 갖다 놓자 살짝 고개를 끄덕여 주었다. 그는 맥주부터 꿀꺽꿀꺽 들이켰고, 사레가 들려 심한 기침을 했다. 트럭 운전사가 이 소리를 듣고 즐거워하겠지? 문득 뱃속 깊숙한 곳에서 반감과 분노가 치솟기 시작했다. 도대체 멀쩡한 사람을 이런 식으로 괴롭힐 자격이 어디 있단 말이던가? 여긴 자유국가가 분명하다. 빌어먹을, 이 나라에선 누구든, 필요하다면, 얼마든지, 국도에서 앞차를 추월할 권리가 있단 말이다!

"오, 빌어먹을."

그는 편하게 생각하려고 애썼다. 이미 생각은 할 만큼 하지 않았던가. 그는 앞쪽 벽에 붙어 있는 공중전화를 보았다. 경찰에 전화해 현재의 상황을 설명할까? 하지만 그렇게 되면…… 안 돼. 이곳에 평생 머물 생각은 없다고. 거래처 상대를 열 받게 하면 그걸로 계약은 끝나고 만다. 게다가 트럭 운전사가 잡힌다 치자. 놈은 당연히 혐의를 부정할 게다. 경찰이 그의 말을 믿고 아무 조치도 취하지 않는다면? 경찰이 가 버리고 난 다음엔 놈은 분명 그 몫까지 앙갚음을 하려고 달려들 거다.

"오, 하느님."

만은 고통스러웠다. 샌드위치 맛은 밋밋했고 맥주는 신맛이 너무 강했다. 만은 식탁만 노려보며 식사를 했다. 세상에, 도대체 왜 이러고 앉아 있는데? 나는 어른이야. 그런데 왜 이따위 일 하나 당당하게 처리하지 못하고 있는 거지?

자신도 모르게 왼손이 꼬이더니 바지에 맥주를 쏟고 말았다. 그때 작업복이 자리에서 일어나 카페 문을 향해 걸어가고 있었다. 남자가 웨이트리스에게 돈을 건네는 걸 보며 만은 가슴이 쿵쾅거렸다. 남자는 거스름돈을 받고 그릇에서 이쑤시개를 꺼내 밖으로 나갔다. 만은 조마조마한 마음으로 그를 지켜보았다.

남자는 트럭에 오르지 않았다.

그렇다면 앞쪽 부스의 남자밖에 없다. 그는 머릿속으로 그 자의 인상을 그려 보았다. 말상, 검은 눈, 검은 머리. 바로 그를 죽이려 한 남자이다.

만은 벌떡 일어섰다. 충동이 두려움을 이긴 것이다. 그는 입구에 시선을 고정시키고 곧바로 계산대로 향했다. 부스에 틀어박혀 있어 봐야 아무 소용이 없다. 가슴이 쿵쾅쿵쾅 뛰었다. 놈이 보고 있을까? 그는 오른쪽 바지 주머니에서 달러 뭉치를 꺼내며 크게 심호흡을 했다. 그는 웨이트리스 쪽을 보았다. 오, 이런! 그는 계산서를 보고 잔돈을 찾기 위해 다시 바지 주머니를 뒤졌다. 동전 하나가 바닥에 떨어져 굴러가는 소리가 들렸다. 그는 그 동전은 무시하고 1달러와 1쿼터를 계산대에 내려놓은 다음 나머지는 바지 주머니에 쑤셔 넣었다.

그리고 부스의 말상이 일어나는 소리가 들렸다. 얼음보다 차가운 전율이 등줄기를 훑었다. 그는 재빨리 문을 밀고 나갔다. 얼핏 보니 말상이 계산대로 향하고 있었다. 그는 카페를 나서자마자 넓은 보폭으로 달아나기 시작했다. 입이 바짝바짝 타고 심장은 고통스러울 정도로 빨리 뛰었다.

그는 급기야 달리기까지 했다. 카페 문이 쾅 하고 닫히는 소리도 들렸지만 돌아보지는 않았다. 지금 이 발소리가 놈의 발소리가 맞는 건가? 만은 차에 다다르자마자 문을 열고 엉거주춤 운전석에 걸터앉았다. 그리고 얼른 바지 주머니를 뒤져 열쇠 꾸러미를 꺼냈다. 손이 어찌나 떨리는지 하마터면 열쇠를 떨어뜨릴 뻔했다. 더욱이 열쇠 구멍에 맞추는 것도 쉽지 않았다. 입에서는 저절로 흐느끼는 소리가 새어 나왔다.

'제발!'

그가 머릿속으로 외쳤다.

마침내 열쇠가 들어갔다. 그는 있는 힘껏 비틀었다. 시동이 걸리자마자 그는 재빨리 기어를 주행으로 놓고 가속 페달을 밟아 차가 도로 쪽으로 향하도록 돌려놓았다. 언뜻 트럭과 트레일러가 후진하고 있는 장면이 보였다.

심장이 펄떡 뛰었다. 그는 순간적으로 힘껏 급브레이크를 밟았다. 차가 옆으로 미끄러지다가 멈췄다.

"안 돼!"

이건 바보 같은 짓이야! 도대체 왜 내가 도망가야 하는데? 그는 어깨로 문을 밀치고 나가 트럭을 향해 성큼성큼 걸어갔다. 좋아, 해 보자고. 그는 이렇게 중얼거리며 트럭 안의 사내를 노려보았다. 내 코를 박살 내고 싶다고? 좋아, 맞아 주지. 하지만 그 빌어먹을 추격전은 그만두잔 말이야!

트럭이 속도를 내기 시작했다. 만은 오른손을 들었다.

"이봐요!"

그가 외쳤다. 운전사도 그를 보았다는 걸 알고 있었다.

"이봐!"

하지만 트럭은 계속 움직였고 그도 달리기 시작했다. 트럭은 굉음을 터뜨리며 도로 위로 올라섰다. 만은 있는 힘을 다해 달렸다. 걷잡을 수 없는 분노에 가슴이 터져 버릴 것만 같았다.

"거기 서! 야, 인마, 서란 말이야!"

그는 헐떡거리며 트럭이 도로 아래 언덕을 돌아 사라지는 것을 지켜보았다.

"이런 개자식. 빌어먹을, 이런 나쁜 놈!"

그는 천천히 자기 차로 돌아갔다. 트럭 운전사가 단순히 주먹다짐을 피해 달아난 거라고 믿고 싶었다. 물론 그럴 수도 있을 것이다. 하지만 여전히 믿기지는 않았다.

그는 차에 들어가 출발하려다가 문득 마음을 바꾸고 시동을 껐다. 그 미친 개자식은 필경 시속 25킬로미터로 서행하면서 그가 쫓아오기만 기다리고 있을 것이다. 내가 미쳤냐? 그는 오늘 일정을 날려 버리기로 했다. 될 대로 되라지. 거래처 상대라고 기다리지 말란 법이 없잖아? 그러면 되는 거다. 만일 기다려 주지 않는다면? 뭐, 상관없다. 일이야 어떻게 되든, 그는 이곳에 앉아 놈이 사정권에서 벗어날 때까지 기다리기로 했다. 그가 씩 웃었다. 그래, 네가 이겼다, 붉은 남작.(1차 대전 당시의 악명 높은 독일 전투기 조종사 — 옮긴이) 난 너한테 격추당했다. 그러니 그 빌어먹을 전리품을 들고 당장 꺼지란 말이야. 그는 고개를 저었다. 세상에 어떻게 이런 일이.

진작 그랬어야 했다. 브레이크를 걸고 기다렸어야 했다. 그러면 트럭 운전사도 그냥 넘어갔을 것이다. 아니, 적어도 다른 먹잇감을 찾아 나섰을 것이다. 문득 그 생각이 들자 소름이 끼쳤다. 맙소사, 저 인간은 일은 안 하고 저런 식으로 근무 시간을 탕진한단 말인가? 세상에, 그게 가능한 거야?

계기반의 시계를 보니 12시 30분이었다. 이런 맙소사, 그 모든 일이 한 시간도 안 되는 사이에 일어난 것이다. 그는 몸을 뒤척여 두 다리를 뻗고는, 문에 기댄 채 오늘 해야 하는 일들과 내일 해야 할 일들을 정리해보기 시작했다. 지금까지 대세로 보건데 오늘 일은 끝났다고 봐야 할 것이다.

그는 번쩍 눈을 떴다. 도대체 얼마 동안을 잔 거지? 시계를 보니 다행히 11분 정도였다. 그 개자식은 지금쯤 멀리 떨어져 있을 것이다. 적어도 20킬로미터 이상. 그 정도면 충분했다. 오늘 어차피 일정대로 샌프란시스코에 달려갈 생각은 없으니까 말이다. 편안하게 생각하자고.

만은 안전벨트를 매고 시동을 걸었다. 그리고 기어를 직진에 두고 뒤를 살피며 도로 위로 빠져나갔다. 보이는 차는 없었다. 운전하기 좋은 날이다. 다들 집에만 처박혀 있는 모양이었다. 어쩌면

이 근처에서 놈의 악명이 대단해서인지도 모르겠다. 미친 트레일러가 도로에 떴다. 꼭꼭 숨어라. 만은 앞쪽의 커브 길을 돌면서 씩 웃었다.

그는 아무 생각 없이 브레이크 페달에 오른발을 올려놓고 있다가 커브를 도는 순간 그대로 밟아 버렸다. 차가 옆으로 한참을 밀리다가 멈춰 섰다. 그러고는 도로 아래쪽을 멍하니 바라보았다. 이럴 수가! 트럭과 트레일러가 80미터쯤 앞에 서 있었다!

아무 생각도 할 수가 없었다. 놈의 차가 서쪽 길을 막아서고 있는 이상 유턴을 하거나 옆으로 대야겠지만, 그는 그저 넋을 잃고 트럭만 바라볼 뿐이었다.

그때 갑자기 뒤에서 경적 소리가 들렸다. 화들짝 놀라 뒷거울을 보니, 노란 스테이션 왜건이 최고 속도로 돌진해 오고 있었다. 차는 순식간에 반대 차선으로 뛰어들더니 거울에서 사라져 버렸다. 얼른 고개를 돌려 보니 왜건이 요동을 치며 차 옆을 바짝 지나고 있었다. 바퀴가 물고기 꼬리처럼 흔들리며 비명을 질러 댔다. 운전사의 일그러진 표정을 보았는데, 그는 욕설을 퍼붓느라 입술을 연방 움직이고 있었다.

스테이션 왜건은 비틀비틀 제 차선을 찾고는 빠른 속도로 달아나 버렸다. 차가 트럭을 지나는 걸 보고 있자니 기분이 묘했다. 차는 아무런 제지도 없이 트럭을 지나쳐 버렸다. 오직 자기만 찍힌 것이다. 기가 막힐 노릇이었지만 현실이 그랬다.

일단 차를 도로 갓길에 대기로 했다. 그는 차를 몰고 가 기어를 중립에 놓고 트럭을 바라보았다. 양쪽 관자놀이가 마치 수건으로 감싼 시계처럼 지끈거렸다.

도대체 어쩌자는 걸까? 가까이 다가가면 놈은 차를 몰고 달아나 더 먼 곳에 세워 놓을 것이다. 이렇게 된 이상 이젠 미친놈한테 걸렸다는 사실을 인정해야 했다. 갑자기 뱃속도 뒤틀렸고 심장도 묵직한 방망이로 두들기듯 아팠다. 이제 어쩌지?

만은 기어를 올리고 가속 페달을 있는 힘껏 밟았다. 순전히 분노에서 비롯된 충동에 따른 것이었다. 자동차 바퀴가 찢어질 듯 한참을 헛돌다가 도로 안으로 쏜살같이 달려 나갔다. 그 순간 트럭도 움직이기 시작했다. 세상에, 시동도 끄고 있지 않았잖아! 화가 나서 견딜 수가 없었다. 그는 다시 브레이크 페달에 발을 얹었다. 그건 불가능했다. 왜냐하면 트럭이 길을 막아설 것이고, 그렇게 되면 트레일러와 정면충돌을 피할 수 없기 때문이다. 머릿속으로 그 장면이 선하게 떠올랐다. 폭발, 화염, 그리고 지옥의 불꽃들. 그는 차가 뒤집히지 않도록 조심스럽게 브레이크를 밟으며 속도를 줄여 나갔다.

그는 차를 다시 갓길로 끌고 가 기어를 신경질적으로 중립으로 옮겼다.

70미터. 트럭도 다시 도로 밖으로 물러섰다.

만은 손가락으로 운전대를 톡톡 두드렸다. 어쩐다? 그냥 돌아가 다른 길을 찾아볼까? 그런다고 트럭이 쫓아오지 말라는 보장도 없지 않은가? 그는 입술을 굳게 다물었다. 두 뺨이 파르르 떨렸다.

'안 돼! 돌아갈 수는 없어!'

기가 막혔다. 그렇다고 여기 하루 종일 죽치고 있을 수만도 없다. 그건 분명했다. 그는 기어를 직진으로 돌리고 차를 다시 도로 위로 끌어냈다. 트럭과 트레일러도 움직이기 시작했지만 속도를 올리지는 않았다. 그는 브레이크를 조절해 가며 25미터의 간격으로 트레일러의 뒤를 쫓았다. 계기반을 보니 시속 65킬로미터 정도의 속도였다. 트럭 운전사가 운전석 창밖으로 손을 내밀고 지나가라는 신호를 보냈다. 도대체 무슨 속셈인 거야? 마음을 바꾸기라도 했다는 말인가? 지금까지 자기가 너무 심했다는 걸 인정하겠다는 거야? 물론 믿을 수는 없었다.

앞쪽을 보았다. 사방이 산으로 둘러싸여 있음에도 불구하고 도로는 끝까지 고르게 펼쳐져 있었다. 어쩌면 이 속도로 샌프란시스코까지 갈 수도 있겠다. 최악의 매연을 피할 수 있다면 그것도 못할 짓은 아니었다. 트럭 운전사도 당장 그의 앞길을 막을 것 같지는 않았다. 놈이 갓길로 빠져 지나가라고 하면 그도 따라서 멈춰 서면 되는 것이다. 따분한 운전이 되겠지만 적어도 위험해 보이지는 않았다.

더욱이 트럭을 쫓다 보면 다른 기회가 생길 수도 있다. 어쩌면 놈이 원하는 것도 그런 것이리라. 하지만 그 정도 크기의 짐차가 그의 차만큼 자유로울 수는 없다. 다른 문제는 차치하더라도 그건 자연법칙에도 어긋나는 일이다. 트럭은 덩치가 커서 유리할지는 몰라도 안정감에서는 훨씬 떨어진다. 특히 트레일러의 경우 위험은 더 클 수밖에 없다. 요컨대 만이 시속 130킬로미터로 달리고 가파른 언덕이 몇 개만 나타나 준다면 트럭을 따돌릴 수 있다는 것이다. 그건 충분히 승산이 있었다.

문제는 그런 속도로 장거리를 달릴 배짱이 그에게 있느냐는 것이다. 지금껏 한 번도 해 본 적은 없지만, 생각하면 생각할수록 구미가 당기기는 했다. 돌아가는 것보다 훨씬.

그는 결심을 했다.

'좋아!'

가속 페달을 단단히 밟고 반대 차선으로 들어섰다. 트럭에 다가가면서 잔뜩 긴장도 했지만 트럭은 차선을 바꿀 기색을 보이지 않았다. 만의 차가 그 거대한 차 옆을 지나가고 있었다. 운전석을 보니 문에 켈러라는 이름이 보였다. 그는 순간 그 이름을 킬러라고 착각하고 속도를 줄일 생각도 했다. 하지만 이름을 다시 확인하고는 더 세게 페달을 밟았다. 그는 뒷거울을 통해 트럭을 확인하면서 제 차선으로 접어들었다.

몸이 부르르 떨렸다. 요컨대 두려움과 안도감의 결합인 셈이다. 트럭이 속도를 올리기 시작했다. 놈의 의도를 확인하고 나니 묘하게 마음이 놓였다. 게다가 얼굴과 이름을 안다는 사실도, 그에 대한 두려움을 다소 줄여 준 듯했다. 얼굴도 없고 이름도 몰랐을 때에는, 그야말로 미지의 공포가 구현된 괴물로 여겨졌던 것이다. 지금은 그 역시 하나의 개체에 불과했다.

'좋아, 켈러, 네놈이 그 고물 덩어리로 날 이길 수 있는지 보자고.'

그는 페달을 밟으며, 자 간다 하고 마음속으로 외쳤다.

계기반을 보니 이제 겨우 시속 115킬로미터였다. 그는 인상을 쓰며 페달을 짓밟았다. 그의 눈이 연방 도로와 뒷거울의 트럭 사이를 왔다 갔다 했다. 그리고 계기반이 드디어 시속 130킬로미터를 가리켰다. 왠지 자신이 자랑스러웠다.

"좋아, 켈러, 이 개자식, 어디 따라와 보라고."

그가 중얼거렸다.

몇 분 뒤 다시 뒷거울을 보았다. 트럭이 더 가까워진 건가? 그는 당혹해하며 계기반을 확인해 보았다. 빌어먹을, 속도는 120까지 내려와 있었다. 그는 화가 나서 다시 페달을 밟았다. 130 이하는 안 돼! 심장이 펄떡펄떡 뛰었다.

갓길 나무 밑에 베이지 세단이 한 대 서 있었다. 차 안에서는 젊은 커플이 얘기를 나누고 있었다. 만의 차는 쏜살같이 그 차를 지나쳤고, 그 두 사람은 다시 그의 세계와 단절되어 버렸다. 그들도 그를 보았을까? 그럴 것 같지는 않았다.

머리 위로 갑자기 다리 그림자가 지나는 바람에 깜짝 놀랐다. 그는 숨을 몰아쉬며 속도계를 보았다. 시속 132킬로미터. 뒷거울을 보았다. 그래도 트럭이 더 가까워진 것처럼 보이는 건 단순한 착각인 걸까? 그는 흔들리는 시선으로 도로 양쪽을 살폈다. 마을이라도 나오면 좋으련만. 시간은 이제 아무래도 좋다. 경찰서로 달려가 상황 설명을 할 생각이다. 그들도 믿어 줄 것이다. 그가 할일 없이 마을까지 들어가 거짓 고발을 할 리가 없지 않은가? 분명히 켈러 놈한테는 전과도 있을 것이다.

'오, 물론입니다. 우리도 놈을 찾고 있습니다. 그 미친놈은 전에도 잡힌 적이 있었죠. 물론 이번에도 잡히고 말 겁니다.'

얼굴 없는 경찰의 목소리가 들리는 것 같았다.

만은 고개를 저으며 거울을 확인했다. 트럭이 더 가까워지고 있었다. 깜짝 놀라 속도계를 보니 겨우 시속 120킬로미터였다. 이런 젠장, 정신 차리지 못해? 그는 절박한 심정으로 페달을 밟았다. 130! 뒤에 살인자가 쫓아오고 있단 말이다! 그가 마음속으로 부르짖었다.

그의 차는 라일락꽃이 만개한 들판을 지나고 있었다. 흰색과 보라색 꽃들이 끝없이 펼쳐져 있었다. 도로 근처에 작은 판잣집도 보였다. 집 위에는 "꽃초롱 화원"이라는 간판이 걸려 있었는데, 벽에 기대 놓은 커다란 보드 판에는 "장례용"이라는 조잡한 페인트 글씨가 적혀 있었다. 문득 만은 온몸에 염을 하고 마네킹처럼 관 속에 들어 있는 자신의 모습을 상상했다. 풍성한 꽃 냄새가 코를 가득 채웠다. 루스와 아이들은 고개를 숙인 채 앞줄에 앉아 있었다. 그리고 친척들은 모두…….

갑자기 포장도로가 거칠어지며 차가 펄쩍펄쩍 뛰기 시작했다. 송곳 같은 통증이 머리와 전신을 후벼 팠다. 핸들이 제멋대로 돌아가 그는 두 손으로 단단히 붙들었다. 거울은 쳐다볼 엄두도 나지 않았다. 어떻게든 속도를 유지해야 했다. 켈러도 속도를 늦추지 않을 것이 분명했다. 하지만 그러다가 펑크라도 나면? 모든 노력은 한순간에 공염불이 되고 차는 공중제비를 돌고 말 것이다. 미끄러지고 뒤집어지고 폭발하고 기어이 그의 몸은 산산조각난 통구이가 되어…….

도로의 굴곡이 끝나자마자 얼른 뒷거울부터 확인했다. 트럭은 더 가까워지지는 않았지만 그렇다고 멀어진 것도 아니었다. 앞을 보니 언덕과 산들뿐이었다. 그는 이제 곧 오르막길이 나올 거라며 스스로를 다독였다. 지금의 속도 그대로 언덕을 오를 수 있다면 그것으로 끝이다. 하지만 머릿속은 온통 내리막길에서 일어날 참사에 대한 불안으로 들끓었다. 거대한 트럭이 그의 차를 들이받아 벼랑 아래로 날려 버리는 것이다. 그는 까마득한 절벽 밑으로 낙하하며 그 아래 버려져 있는 십여 대의 자동차를 보았다. 차마다 시체들이 들어 있었다. 모두 켈러에게 희생된 사람들이었다.

만의 차는 순간 숲길로 쏟아져 들어갔다. 도로 양쪽으로 유칼리 바람막이 숲이 서 있었는데 나무와 나무 사이는 1미터 정도를 유지하고 있었다. 그건 마치 깎아지른 계곡 사이를 질주하는 기분이었다. 잎사귀를 잔뜩 매단 가지들이 차창을 때릴 때마다 만은 펄쩍 뛰며 숨을 삼켰다.

'오, 하느님!'

그가 마음속으로 외쳤다. 점점 신경증이 악화되고 있는 것이다. 하지만 이 속도에서 이성을 잃는다면 그거야말로 끝장이다. 그건 켈러에게 날 잡아 잡수 하는 것과 다를 바 없었다. 문득 불에 휩싸인 자동차를 지나가며 말상의 트럭 운전사가 씩 쪼개는 모습이 보였다. 손도 안 대고 먹이를 해치웠다는 자부심이 놈의 얼굴에 가득했다.

그의 차는 다시 열린 공간으로 빠져나왔다. 길이 곧지는 않았지만 언덕을 휘감아 도는 것도 아니었다. 만은 좀 더 페달을 밟기로 했다. 134, 135……

왼쪽으로는 넓은 언덕 지대가 산맥과 이어져 있었다. 그는 검은 차 한 대가 진창길을 지나 국도로 향하는 것을 보았다. 아니, 원래 흰색이었나? 심장 박동이 빨라졌다. 그는 본능적으로 오른손바닥으로 클랙슨을 누르고 그대로 있었다. 굉음이 그의 귀를 찢을 것만 같았다. 심장이 더 빨리 뛰었다. 경찰차인가? 설마?

그는 클랙슨에서 얼른 손을 뗐다. 아니, 아니야. 빌어먹을! 순간 열에 받쳤다. 켈러는 그의 발악을 보며 즐거워하고 있을 것이다. 혼자서 키득거리고 있을 것이다. 머릿속으로 트럭 운전사의 목소리가 들리는 것 같았다. 거칠고 교활한 목소리.

'꼬마, 짭새가 나타나 널 구해 줄 거라고 생각하는 거냐? 천만에, 넌 내 손에 죽을 거다.'

걷잡을 수 없는 분노에 가슴이 터질 것만 같았다.

"이 개자식!"

그는 욕설을 중얼거리며 오른손을 쥐어 의자를 세게 내려쳤다. 빌어먹을, 켈러! 그렇게 원한다면 먼저 네놈부터 죽여 주마!

이제 언덕이 가까워지고 있었다. 오르막길도 있을 것이고, 곧이어 길고 가파른 내리막도 나올 것이다. 뭔가 희망이 보이는 것 같았다. 그렇게만 되면 트럭과 상당한 거리를 벌려 놓을 수 있으리라. 저 빌어먹을 켈러 놈이 언덕을 시속 130킬로미터로 오를 수는 없다. 하지만 난 할 수 있다고! 비록 피곤하긴 했지만 그는 환희에 들뜬 마음으로 그렇게 외치고 싶었다. 그는 입에 고인 침을 삼켰다. 셔츠 등이 땀으로 범벅이었다. 목욕과 술 한 잔. 샌프란시스코에 도착하자마자 할 일들이다. 길고 뜨거운 목욕과 길고 차가운 커티삭 한 잔. 그래, 얼마든지 마시자고! 맙소사, 그럴 자격이 있잖아?

처음에는 낮은 둔덕이었다.

'빌어먹을, 이걸론 안 돼!'

트럭의 추진력이라면 감속 없이 충분히 넘을 정도였다. 만은 언덕을 향해 저주를 퍼부었다. 그는 벌써 꼭대기에 올라 내리막을 준비하고 있었다. 뒷거울을 보았다. 사각의 저주로군. 그랬다. 트럭의 모든 것이 사각형이었다. 라디에이터 그릴, 바퀴 덮개, 범퍼, 운전석의 외형, 심지어 켈러의 손과 말상까지도 사각이었다. 그는 트

468

력 자체를 그를 쫓는 하나의 생명체로 인식했다. 비정하고, 야만적이며, 오로지 본능에 의해서만 움직이는 거대한 괴물체.

만은 비명을 질렀다. 세상에! 앞에 "도로 공사 중" 표지판이 서 있는 것이 아닌가! 그는 기겁하며 도로 아래를 내려다보았다. 양 차선이 모두 막혀 있고, 커다란 화살표로 우회로를 지정해 주고 있었다. 그는 우회로가 비포장인 것을 보며 이를 부드득 갈았다. 그는 거의 기계적으로 브레이크 페달을 밟고 조금씩 속도를 줄여 나갔다. 뒷거울로 보니 놈은 전혀 속도를 줄이지 않고 있었다! 세상에, 저럴 수가! 만은 사색이 된 채로 급히 오른쪽으로 핸들을 꺾었다.

앞바퀴가 비포장도로를 치는 그 순간부터 긴장의 연속이었다. 한순간 실수면 차의 뒤축이 돌아가 버릴 판이었다. 아니, 실제로 차가 왼쪽으로 쏠리는 것 같았다.

"아냐, 안 돼!"

차는 더러운 길 위로 쿵 하고 떨어졌다. 그는 두 팔을 양쪽 허리에 바짝 붙이고 중심을 잃지 않기 위해 안간힘을 썼다. 바퀴들이 기존의 바퀴 자국을 무너뜨리며 자꾸만 밖으로 밀려 나가려 했다. 창문도 깨져 나갈 듯 덜거덕거렸고 그의 몸도 펄쩍펄쩍 뛰었다. 몸이 허공으로 튀어 올랐다가 안전벨트에 걸려 다시 쿵 하고 떨어지기를 반복하는 것이다. 자동차의 충격이 척추를 흔들어 놓았고 앙다문 이가 비껴 나가는 바람에 입술을 깨물기도 했다. 그는 있는 대로 비명을 질러 댔다.

차 뒷부분이 오른쪽으로 쏠리기 시작해, 그는 운전대를 왼쪽으로 틀었다가 거의 동시에 반대 방향으로 비틀었다. 오른쪽 뒷바퀴 덮개가 울타리 기둥을 때리며 끔찍한 굉음을 만들어 냈다. 그는 차를 진정시키기 위해 브레이크 페달을 열심히 밟아 댔다. 차 뒤축이 왼쪽으로 기울며 진흙을 마구 토해 냈다. 만이 비명을 지르며 운전대를 비틀자 차는 다시 오른쪽으로 기울고 있었다. 그는 재빨리 운전대를 되감아 차를 코스에 올려놓았다. 이제 머리마저 쿵쿵 요동을 쳤다. 기침을 하자 피가 뚝뚝 떨어졌다.

비포장도로는 갑자기 끝났다. 차가 다시 포장도로에 오르자마자 그는 얼른 뒷거울을 보았다. 트럭은 속도를 늦추기는 했지만 여전히 바로 뒤를 쫓고 있었다. 놈의 트럭도 마찬가지로 태풍에 걸린 화물선처럼 흔들리고 있었고, 거대한 바퀴로는 열심히 각혈 같은 진흙을 토해 냈다. 만이 가속 페달을 짓밟자 차가 앞으로 쏟아져 나갔다. 바로 앞에는 가파르고 긴 언덕이었다. 거리가 점점 벌어지고 있었다. 그는 피를 삼키며 인상을 찌푸렸다. 역겨운 맛이었다. 그는 바지 주머니에서 손수건을 꺼내 피 흘리는 입술에 갖다 댔다. 오르막길을 향해 50미터쯤 가다가 그는 어깨를 씰룩였다. 땀에 흠뻑 젖은 셔츠가 등에 착 달라붙어 있었다. 뒷거울을 보니 트럭도 막 국도에 재진입하고 있었다. 빙고! 켈러, 네놈은 이제 끝이야, 안 그래?

오르막길을 오르려 할 때 갑자기 후드 밑에서 증기가 새어 나오기 시작했다. 만은 질겁했다. 증기는 점점 커져 이제는 거의 굴뚝 연기처럼 보였다. 아직 불꽃이 튀지는 않았지만 그것도 얼마 남지 않았을 것이다. 어떻게 이런 일이! 이제 막 달아나려는 참이었건만! 언덕은 완만하고 길었으며 커브 길도 많았다. 물론 멈출 수는 없었다. 이 시점에서 재빨리 유턴해 아래쪽으로 거꾸로 내려간다면? 갑자기 그런 생각이 떠올랐다. 앞을 보니 도로는 너무 좁고 양쪽은 언덕으로 막혀 있었다. 한 번에 유턴을 할 만한 공간도 부족했고, 돌아설 시간도 부족했다. 만일 그랬다가는 켈러 놈이 방향을 바꿔 그를 정면으로 받아 버릴 것이다.

"오, 맙소사!"

만의 입에서 저절로 비명이 흘러나왔다.

이러다 진짜 놈한테 죽고 말겠어.

그는 겁먹은 눈으로 앞을 보았지만 스팀 때문에 잘 보이지도 않았다. 문득 얼마 전 동네 세차장에서 엔진을 증기 세척했을 때의 기억이 떠올랐다. 세차를 담당한 친구가 호스를 교환해야 할 거라고 말했다. 증기 세척을 하면 종종 호스가 갈라진다는 것이다. 그는 시간이 있을 때 해야겠다는 생각을 하며 고개를 끄덕였다. 시간이 있을 때! 그 말이 마치 단검처럼 가슴을 찔렀다. 결국 호스를 안 갈았고 그 잘못으로 이렇게 죽게 되는 것이다.

그는 계기반 조명이 깜빡거리는 것을 보며 흐느껴 울었다. 붉은 바탕에 검은 글씨로 "과열"이라는 단어가 새겨져 나왔다. 그는 얼른 숨을 삼키곤 기어를 저단에 놓았다. 멍청이, 기어를 바꾼다는 생각도 안 하다니! 앞을 보니 언덕이 까마득하게만 보였다. 이미 라디에이터가 끓어오르는 소리가 들렸다. 냉각수가 얼마나 남아 있을까? 스팀은 더욱 짙어져 앞 유리를 타고 올라왔다. 그는 계기반의 손잡이를 돌렸다. 와이퍼가 부채 모양으로 움직이기 시작했다. 꼭대기에 오를 때까지는 라디에이터에 냉각수가 남아 있어야 한다. 그런 다음엔? 그가 마음속으로 울부짖었다. 아무리 내리막이라 해도 냉각수 없이 달리는 건 쉽지 않은 일이다. 만은 뒷거울을 보았다. 트럭은 상당히 뒤처져 있었다. 그는 부드득 이를 갈았다. 저 빌어먹을 호스만 아니라면 지금쯤 탈출하고도 남았으련만!

차가 갑자기 기울어지는 바람에 그는 깜짝 놀랐다. 밖으로 뛰어내려 경사를 기어올라서 달아나는 것이 가능할까? 나중에는 그 기회마저 없을 수도 있다. 하지만 그렇다고 차를 세울 수는 없었다. 차가 움직이는 한은 차에 의존해야 한다는 생각이 들어서였다. 차를 버린 뒤에 어떤 일이 일어날지는 아무도 모른다.

만은 겁먹은 얼굴로 경사를 올려다보았다. 언뜻언뜻 보이기 시작한 불꽃은 애써 모른 척했다. 차는 조금씩 느려지고 있었다. 조금만, 조금만 더 힘내! 마음속으로야 간절히 바랐지만 그런다고 수가 나리라고는 믿지 않았다. 차는 점점 불안하게 달렸고 라디에이터의 소음도 귀에 거슬릴 정도였다. 지금 당장이라도 엔진이 각혈을 하고, 차체가 몸서리를 치며 멈춰 서고 말 것 같았다. 그 순간 그는 먹잇감이 되고 마는 것이다. 안 돼! 그는 애써 그 생각을 떨쳐 냈다.

거의 꼭대기에 다다랐을 즈음에는 트럭 역시 상당히 가까이까지 따라온 뒤였다. 페달을 밟자 모터에서 금속이 갈리는 소리가 들렸다. 그는 끙 하고 신음 소리를 내뱉었다. 꼭대기까진 가야 해. 오, 신이여, 제발! 그가 마음속으로 비명을 질렀다. 정상이 바로 앞이었다. 조금만 더, 조금만 더. 어서! 차가 부르르 떨며 멈춰 서려 했다. 후드 밑에서는 스팀이 용솟음치고 있었고 와이퍼는 양쪽으로 바삐 오갔다. 머리가 쿡쿡 쑤셨고 두 손에도 아무 느낌이 없었다. 심장도 미친 듯이 쿵쾅거렸다. 제발, 조금만 더! 하느님, 제발, 조금만 더, 조금만······.

넘었다! 차가 내리막길을 타기 시작하자 만은 승리의 비명을 질렀다. 두 손이 걷잡을 수 없이 떨렸다. 그는 기어를 중립에 넣고 차가 경사를 미끄러지도록 했다. 하지만 승리의 기쁨은 언덕을 넘어오자마자 끝나 버렸다. 눈에 보이는 것이라고는 온통 언덕들뿐이었다. 언덕 너머 또 언덕. 그래도 다행인 것은 이제 내리막이라는 것이다. 그것도 길고도 긴 내리막.

"지금부터 20킬로미터까지 트럭은 저속 기어를 사용할 것."

방금 지나온 표지판의 문구였다. 앞으로 20킬로미터! 기적이 일어날 만한 거리였다. 아니, 일어나야 했다.

차가 속도를 내기 시작했다. 계기반을 보니 시속 75킬로미터였다. 아직 불꽃은 꺼지지 않았지만 그래도 한참 동안 모터를 아낄 수는 있을 것이다. 20킬로미터를 가는 동안 과열된 엔진을 식히는 것이다. 트럭한테 따라잡히지만 않는다면.

속도는 80, 81 이렇게 올라갔다. 만은 바늘이 조금씩 오른쪽으로 기우는 모습을 지켜보았다. 뒷거울을 확인했으나 아직 트럭은 보이지 않았다. 약간의 운만 따른다면 상당한 거리를 앞설 수도 있을 것 같았다. 물론 엔진이 과열되기 이전 상태로 회복되는 건 불가능하겠지만, 그래도 그 거리라면 무슨 일이 일어나도 일어나지 않겠는가? 어쩌면 몸을 피할 곳이라도 나타날지 모른다. 바늘은 90을 넘어 95에 육박하고 있었다.

다시 뒷거울을 보았을 때에는 트럭이 막 내리막길에 접어들고 있었다. 입술이 다시 떨리기 시작해 그는 이를 앙다물었다. 두 눈은 증기 때문에 잘 보이지 않는 도로와 뒷거울 사이를 연방 왔다 갔다 했다. 트럭도 빠르게 속도를 올리고 있었다. 켈러 놈이 가속 페달을 바닥까지 밟고 있는 게 분명했다. 이런 식이라면 금방 따라잡히고 말 것이다. 오른손이 자기도 모르게 자꾸만 기어 쪽으로 움직였다. 그는 놀라서 손을 거두며 속도계를 보았다. 바늘이 막 97을 넘고 있었다. 아직 부족해! 아무래도 모터를 돌려야겠어. 그는 절망적인 심정으로 팔을 뻗었다.

그가 미처 손을 다 뻗기도 전에 모터가 퍼져 버렸다. 그는 놀라서 얼른 시동 키를 비틀었다. 모터는 끔찍한 금속성을 토해 낼 뿐 시동은 걸리지 않았다. 그는 문득 차가 갓길로 들어가고 있음을 깨닫고 먼저 핸들부터 조정했다. 그리고 다시 키를 돌렸지만 아무 반응이 없었다. 뒷거울을 보았다. 트럭이 빠른 속도로 접근하고 있었다. 계기반의 바늘은 정확히 100에 고정되어 있었다. 만은 정말로 공황 상태로 폭발해 버리고 말 것 같았다. 그는 잔뜩 겁에 질린 눈으로 도로를 보았다.

그때 그의 눈에 들어온 것이 있었다. 몇 백 미터 앞에 브레이크가 파열된 트럭을 위한 대피 루트가 있었다. 어차피 대안은 없었다. 그곳으로 피하든가 뒤에서부터 들이받히든가 둘 중 하나였다. 트럭은 더욱더 가까워져 그 소름 끼치는 엔진 소리까지 들릴 정도였다. 그는 무의식적으로 핸들을 오른쪽으로 꺾으려다가 얼른 손을 거두었다. 아직은 안 된다! 마지막 순간까지 기다려야 했다. 그렇지 않으면 켈러도 그를 따라 들어올 것이다.

대피 루트에 다다르기 바로 직전에 들어서야, 만은 핸들을 있는 대로 꺾었다. 자동차 뒤쪽이 완전히 왼쪽으로 쏠리며 타이어가 비명을 질러 댔다. 만은 차가 뒤집히지 않을 정도로만 브레이크를 잡았다. 뒷바퀴들이 끼기긱 소리를 내며 연기와 먼지를 동시에 토해냈다. 만이 핸들을 왼쪽으로 꺾으며 조금씩 브레이크를 밟기 시작했다. 뒷바퀴가 옆으로 미끄러지더니 오른쪽 둔덕에 세게 부딪쳤다. 갑자기 차가 공중으로 튀며 격렬하게 흔들리는 바람에 만은 펄쩍 뛰었다. 차가 도로 끝의 벼랑을 향해 밀려가고 있었다! 만은 젖 먹던 힘까지 짜내 브레이크를 밟았다. 차 뒤축이 다시 오른쪽으로 미끄러지며 둔덕을 들이받았다. 금속이 갈리는 끔찍한 비명 소리. 마침내 차가 급정거를 했다. 만의 목이 한쪽으로 부러질 듯 젖혀졌다.

그는 트럭과 트레일러가 도로를 벗어나는 장면을 지켜보았다. 그건 악몽이었다. 거대한 트럭이 그를 향해 곧장 돌진해 들어오고 있지 않은가! 그는 온몸이 마비되어 꼼짝할 수가 없었다. 이제 죽을 것이라는 의식은 있었지만 거대한 트럭의 질주에 압도되어 도저히 아무것도 할 수가 없었다. 목구멍이 너무나 아팠다. 하지만 그 이유가 자기가 비명을 지르고 있기 때문이라는 생각은 들지 않았다.

그 순간 트럭이 기울어지기 시작했다. 만은 숨을 죽인 채 트럭이 뒤집히는 모습을 지켜보았다. 문득 슬로모션으로 넘어지는 공룡을 보고 있다는 생각이 들었다. 트럭은 그의 차를 들이받기도 전에 뒷거울에서 사라져 버렸다.

만은 떨리는 손으로 안전벨트를 풀고 문을 연 다음 비틀거리며 도로 끝으로 걸어가 아래를 내려다보았다. 그의 눈에 트럭이 침몰하는 대형 선박처럼 뒤집어지는 광경이 들어왔다. 트레일러도 뒤를 따라 넘어지며 육중한 바퀴들을 허우적거리고 있었다.

먼저 유조 탱크가 폭발했다. 격렬한 폭음에 만은 뒷걸음치려다가 그만 진창에 주저앉고 말았다. 곧이어 두 번째 폭음도 들렸고 그 충격파에 그는 뒤로 날아가 버렸다. 귀가 멍했다. 얼마 뒤 거대한 불기둥이 하늘로 치솟아 올랐다. 그리고 그 뒤를 이어 불기둥이 하나 더 솟았다.

만은 천천히 도로 끝으로 다가가 계곡을 내려다보았다. 거대한 불기둥들이 끝없이 솟아오르고 있었다. 불기둥의 꼭대기부터는 짙고 검은 기름 연기가 뭉게구름처럼 피어올랐다. 트럭도 트레일러도 보이지 않았다. 오직 불꽃뿐이었다. 그는 입을 쩍 벌린 채 하릴없이 그 광경만 바라보았다. 온몸에 감각이 하나도 없었다.

문득 어느 순간 감정이 돌아왔다. 그건 두려움도 후회도 아니었다. 역겨움도 아니었다. 그건 원초적인 혼돈이었다. 사라진 천적의 흔적을 아쉬워하는 어느 고대 짐승의 울부짖음과도 같은.

파리지옥

파리 한 마리가 호를 그리며 책상 위에 내려앉았다. 프레스맨의 오른손에서 몇 센티미터 떨어지지 않은 곳이었다.

그는 반사적으로 손을 내리쳤다. 파리는 폴짝 뛰어올라 허공으로 사라져 버렸다.

프레스맨은 계속해서 계약서를 읽어 내려갔다. 얼마 뒤, 계약서를 읽다 말고 왼손을 거칠게 흔들었다. 소매 밖으로 시계를 빼내기 위해서였다. 12시 13분. 전형적인 사장이로군. 힘 없으면 기다리라 이거지?

프레스맨은 펜을 옆으로 밀어 놓고 목덜미를 주물렀다. 통증이 예상 밖으로 심했다. 이제 슬슬 두통도 나타나겠군. 아무래도 아스피린을 한 알 더 먹어야 할 모양이다.

허탈한 웃음이 마치 기침 소리처럼 들렸다. 이젠 나도 한물갔어.

지난 2주 동안 털어 넣은 아스피린만으로도 혈액이 아마 물처럼 묽어졌을 것이다.

그는 두 눈을 감고 눈 주변을 꾹꾹 눌러 주었다. 입에서 저절로 신음 소리가 새어 나왔다. 빨리 와라, 이 꼰대 놈아.

무언가 오른손등을 건드려 펄쩍 눈을 떠 보니 파리가 날아가는 것이 보였다. 그가 투덜거렸다.

"이 더러운 자식."

그는 의자를 돌려 창문을 보았다. 파리는 창틀에 앉았다. 처음에는 꿈쩍도 안 하더니 갑자기 그의 시선을 의식한 듯 열심히 다리를 비비기 시작했다.

더러운 똥파리 새끼. 네놈의 발과 몸뚱이는 온통 똥으로 처발랐겠지? 그는 자기도 모르게 왼손가락으로 오른손등을 긁었다.

다시 시계를 보았다. 15분이 지났다.

'정오에 보자고.'

사장은 거만한 목소리로 그렇게 뇌까리고 떠났다. 좋아요, 에드. 이런, 제발 너나 잘하세요.

그는 파리를 바라보았다. 문득 놈이 그의 시선을 의식하고 있는지 궁금했다. 놈들은 사람들과 보는 방식이 다르다고 했다. 겹눈. 갑자기 그 단어가 떠올랐다. 프레스맨은 아무 의미 없는 미소를 지었다. 「생물1」 시간의 알토란 같은 기억이 신기해서였다. 6면 렌즈가 4000개씩이나 들어 있는 눈. 그러니 몰래 다가가기가 하늘의 별따기겠지.

그때 누군가 문을 두드리는 소리가 들렸다. 프레스맨은 다시 의자를 돌려 앉았다. 그때 얼핏 파리가 하늘로 뛰어오르는 것이 보

478

였다.

비서 도린이 들여다보았다.

"지금 점심 먹으러 갑니다, 프레스맨 씨."

그가 끄덕이자 그녀는 문을 닫으려다 말고 다시 얼굴을 들이밀었다. 프레스맨이 질문을 던졌기 때문이다.

"매스터스가 미팅에 대해 뭐 전화한 거 없나?"

"없습니다."

그가 한숨을 내쉬었다.

"아무래도 오늘 점심은 날 샌 모양이군."

도린이 공손히 미소 짓고는 문을 닫았다.

'걱정해줘서 고마워, 도린.'

프레스맨이 쓴웃음을 지었다. 위장이 쿡쿡 쑤시는 바람에 그는 인상을 찌푸렸다. 어떻게든 점심을 먹을 수만 있어도 좋으련만. 늘 그렇지만 그의 내장은 가스로 만든 거미집 같았다.

그는 펜을 집어 들고 계약서를 재점검하기 시작했다. 매스터스가 도착하기 전에 뭔가 유용한 일이라도 해야 할 것 같았다.

파리가 눈앞을 아른거리더니 다시 책상에 앉았다.

"꺼지지 못해?"

그가 투덜대며 손등을 휘저었다. 파리가 하늘로 날아올랐다.

"다시 오기만 해 봐라."

그가 파리에게 말했다. 어디 다른 데 가서 개똥이나 찾아보란 말이다.

계약서에 집중하려 했지만 뱃속이 니글거려 쉽지 않았다. 그는 인상을 쓰며 허리를 곧추세웠다. 그는 바 아래쪽의 작은 냉장고를 보았다. 우유 한 잔. 우선 그걸로라도 위장 벽을 발라 놓을까? 그가 속으로 중얼거렸다.

그는 의자를 뒤로 밀어내다가 파리가 계약서 위에 앉는 것을 보았다.

"좋아, 네놈이 대신 읽으라고."

그가 중얼거리며 일어나 냉장고로 가서 문을 열었다. 그리고 250밀리리터짜리 우유를 꺼내 간신히 주둥이를 열었다. 바에서 유리잔을 꺼내 싱크대에 놓은 다음 우유를 부었다. 입구가 찢어진 탓에 우유가 밖으로 흘러 버렸다. 그가 투덜댔다.

"빌어먹을."

데스크로 돌아온 그는 파리가 아직 계약서 위에 있는 것을 보았다. 놈은 열심히 앞발을 비비고 있었다. 원한다면 얼마든지 똥을 처발라도 좋다. 어차피 개똥 같은 계약서니까.

그가 의자에 앉자 파리는 가 버렸다. 세상에, 빠르기도 하군. 그는 우유를 한 모금 마시고 잔을 내려놓은 다음 다시 시계를 보았다.

'개자식, 내가 여기 붙들려 궤양으로 죽어가도 눈 하나 깜짝 않겠지?'

그가 머릿속으로 중얼거렸다.

그는 펜을 들어 계약서를 읽다가 펜을 던져 버렸다. 그리고 다시 우유 잔을 들고 창문 쪽으로 의자를 돌렸다. 두통은 더욱 심해졌다. 그는 우유를 한 모금 마시고 도시를 내다보았다. 잿빛이다. 무미건조한 세상.

"내 인생처럼."

그 말은 자신도 모르게 밖으로 새어 나왔다. 그는 이를 앙다물고 목덜미를 조금 더 문질렀다.

'당신 목 근육은 재활 훈련이 필요해요. 운동을 하지 않으면 정말로 응축해 버리고 말 겁니다.'

커비 박사가 그렇게 말했다.

"고맙소, 커비 박사."

그는 중얼거리다가 갑자기 왼발을 내리쳤다. 파리가 바지에 앉아 불현듯 울화가 치민 것이다. 갑자기 밀려드는 두통에 저절로 신음이 흘러나왔다.

그는 고통이 조금씩 줄어들기를 기다렸다가 의자를 책상 쪽으로 돌리고 잔을 내려놓았다. 아무래도 매스터스를 기다리는 건 포기해야 할 것 같다. 도대체 20만 달러짜리 계약을 누구 코에다 붙이겠어?

두통이 다시 심해졌다. 프레스맨은 두 눈을 감았다. 그냥……

그는 파리가 내려앉는 느낌에 오른손을 휙 하고 흔들었다. 눈을 떴을 때 이미 파리는 보이지 않았다.

"망할 놈."

그가 투덜댔다. 그는 파리를 싫어했다. 항상 그랬다. 더러운 벌레. 오물에 앉았던 발로 감히 우리의 시저 샐러드에 앉으려 하다니.

'이봐, 그냥 진정하라고, 응?'

그는 자신을 타이르며 우유 잔을 내려다보았다. 잔 속에 알카셀처 진통제를 두 알 정도 타 볼까? 최고급 콤비네이션 칵테일.

파리가 날아와 우유 잔 옆에 부드럽게 내려앉았다. 그는 시무룩한 얼굴로 바라보다가 드디어 결심했다.

네놈을 죽이고 말겠다.

프레스맨은 길고 느린 숨을 들이마셨다. 지금까지 호기심도 의지도 없이 놈을 바라보고 있었다는 사실이 믿기지 않았다. 좀 더 종합적인 문제 때문이었을 것이다. 그래, 매스터스의 모욕적인 지각, 바커의 개똥 같은 계약서, 그리고 지독한 두통과 위궤양 같은 그런 문제가 있기는 했다. 하지만 아무리 그렇다 해도 보다 근본적인 문제를 간과한 것만은 분명했다. 어떻게 그럴 수가 있었을까?

"헤이, 미스터 파리. 당신은 이제 죽어 줘야겠소."

그가 끝내 선고를 내렸다. 그는 주변을 둘러보았다. 무기는? 그의 얼굴에 징그러운 미소가 걸렸다. 그래, 바커의 계약서가 딱이겠어. 그는 3조 1항이 파리똥으로 문대어진 것을 본 바커의 짙은 눈썹이 일그러지는 모습을 상상했다. 아냐, 이건 이대로가 좋겠어.

그는 조심스럽게 오른팔을 뻗어 책상 가운데 서랍을 빼냈다. 매출 안내서. 완벽해. 접기 좋을 만큼 얇고 박살을 낼 만큼 두껍고. 단 한 번의 예리한 공격에 지옥으로 가시게 되겠습니다, 미스터 파리. 그래, 마지막 기도나 올리게나, 불쌍한 날짐승이여. 치명적 운명이 자네를 영접하니 그대의 목숨이 영전에 이르도다. 그가 씩 웃으며 중얼거렸다.

프레스맨은 느리고도 느린 속도로 안내서를 들어 올렸다. 천천히. 그는 마음을 다졌다. 인내가 지배하나니 희생자가 안도하여 더러운 털북숭이 다리를 신나게 비벼 대는도다. 그는 안내서를 길게 한 번 접었다. 파멸의 안내서. 그는 다시 씩 쪼갰다. 천국에서 종이의 심판이 임하였도다. 그리하여 미스터 파리가 곤죽이 되며, 천상에 올라 거대한 똥파리좌로 부활하시도다.

그는 시선을 파리에 고정시켰다. 파리들은 뒤쪽으로 날아오르는 습성이 있었지? 그러니 심판의 안내서는 놈의 뒤를 향해 내리쳐야겠군. 놈이 똥구멍을 쳐들고 날아오르는 그 순간 정신이 번쩍 나도록 볼기를 후려치는 거야.

프레스맨은 이를 앙다물며 비릿한 미소를 흘렸다. 안 되겠어. 놈이 우유 잔하고 너무 가까워. 그러다 깨지기라도 하면 우유가 사방으로 흩어지고 계약서도 물건도 온통 젖게 될 텐데 그럴 수는 없지.

그는 눈을 가늘게 뜨고 숙고에 들어갔다. 사냥꾼은 사냥감보다 머리가 좋고 인내도 있어야 한다. 그는 파리를 향해 오른손가락을 튕겼다. 파리가 날아오르더니 어디로 갔는지 보이지 않았다. 어찌나 아쉬운지 가슴까지 아플 정도였다. 아냐, 그럴 필요 없어. 놈은 돌아올 거야. 그는 마음을 다잡고 의자에 등을 기대고 기다렸다. 위대한 백인 사냥꾼이 키 큰 풀숲 뒤에 숨어 있다. 무릎에 놓인 공기총은 언제라도 발사할 수 있도록 만반의 준비를 갖추고, 가늘게 뜬 눈으로는 잔뜩 먹이를 노리고 있다. 프레스맨은 그 이미지를 그리며 키득거렸다.

파리는 돌아오지 않았다. 프레스맨은 인상을 찌푸리고는 시계를 확인했다. 이런 젠장, 벌써 12시 30분이군. 도린에게 미리 매스터스의 사무실에 전화해서 약속을 확인하게 해야 했어, 빌어먹을.

프레스맨은 자기도 모르게 책상 가장자리를 따라 세워 둔 액자들을 보고 있었다. 브렌다, 로리, 켄. 그는 주머니에 손을 넣어 담뱃갑을 꺼냈다. 한 개비 남아 있었다. 수명이 열아홉 번은 줄어든 셈이로군. 그는 불을 붙인 다음 빈 담뱃갑을 구겨 휴지통에 던져 넣고 연기를 내뿜으며 주변을 둘러보았다. 이런, 젠장, 도대체 어디로 간 거야? 숨어? 그 미물이? 잡목림에라도 웅크려 있는 건가?

놈이 암컷이면 어쩌지? 임신한 몸이면? 세상에, 찢어진 뱃속에서 알이 한 움큼 삐져나오면? 아냐, 그럴수록 더 죽여야겠어. 그 수십 마리의(어쩌면 수백 마리의) 파리 새끼가 사무실을 더럽히게 놔둘 수는 없잖아? 휘장과 카펫 속에서 꿈틀대는 구더기들. 그 모습에 욕지기가 나올 것만 같았다.

그는 다시 사진들을 보았다. 사진을 마지막으로 본 게 언제였더라? 몇 년 전? 사진들은 그저 배경이자 삶의 흔적이자 장식에 지나지 않았다. 하지만 지금 그 사진들을 보고 있다니.

브렌다. 41세. 붉은 머리(타고난 것이 아니라 염색한 것), 171센티미터. 68킬로그램. 거북살스러운 뚱땡이. 오래전부터 그렇게 말해주고 싶었다. 18년 전 그렇게 죽자 사자 매달렸던 그 환한 얼굴은 흔적도 없고, 허구한 날 "기분 개판이에요."라고 아예 간판을 매달고 다니는 여자다.

그는 초조해져서 다시 주변을 훑으며 중얼거렸다.

"도대체 어디로 간 거니, 이 똥파리 놈아. 나한테서 달아날 생각이 아니라면 귀찮게 하지 말고 그냥 이리 와 앉으려무나."

그는 움찔하고는 얼른 두 눈을 감았다. 두통.

"빌어먹을."

그는 제일 위 서랍에서 아스피린 병을 꺼내 마지막 남은 두 알을 털어 냈다. 새 병인데 벌써 동이 난 건가?

그는 우유 한 모금과 함께 아스피린을 넘기고 잔을 내려놓았다.

"그래, 맞아, 방법이 있어."

그는 오른손 검지로 우유를 찍어 책상 위에 문질렀다. 미끼를 쓰는 거야.

그는 다시 의자 뒤로 기댔다. 포기하고 항복하라, 야수여. 도망칠 구멍은 없다. 천운이 있다면 단 20초 이내라도 다른 생명으로 부활할 수 있으리니.

프레스맨은 담배를 들이마시다가 기침을 하기 시작했다. 도대체 입과 목구멍이 용광로처럼 뜨겁기만 하니. 그는 화가 나서 담배가 완전히 가루가 될 때까지 재떨이에 짓이겨 버렸다.

"네가 날 죽이기 전에 내가 먼저 죽여 주마."

그가 중얼거렸다. 파리를 찾아보았지만 흔적조차 없었다. 그래, 얼마든지 기다리마, 벌레 놈아. 내게는 머리가 있지만 네놈한테는 똥독 오른 다리밖에 없다는 것 다 알고 있다. 넌 적수가 못 돼. 이미 끝난 게임이란 말이다.

그는 다시 브렌다의 사진을 보았다. 맙소사, 저 여잔 왜 저러고 사는 거지?

"그래, 그래, 결국 당신 시대가 끝난 거야."

그가 그녀를 향해 비아냥거렸다. 그건 그녀가 직접 수백 수천 번을 뇌까린 타령이었다.

"로이, 내 시대는 끝났다고요."

마치 결혼과 육아가 그녀를 20년 동안이나 감옥에 가두어 버렸다는 투였다.

어쩌면 그녀에게 애인이 있을지 모른다는 의심도 했다. 불가능한 상상은 아니다. 도시에 있는 장신구들을 있는 대로 사들였으니 그중에 마법의 묘약이 없으란 법도 없었다.

그는 로리의 사진을 보았다. 옛날 사진이었다. 그를 노려보는 차가운 눈초리. 사진은 13살 때의 로리 앤이었다. 아빠의 공주이자 천사이자 기쁨이었던 아이. 조기 입학, 조기 성경험. 프레스맨의 인상이 찌그러졌다. 조기 낙태, 조기 우울증. 사진 속의 로리는 유령이 되어 조용히 집안을 떠돌 뿐이었다. 더 이상 예쁘지도 않은 얼굴에, 저 산전수전 공중전까지 다 치른 듯한 표정이라니.

그리고 켄이 있다. 그는 아들의 사진을 노려보았다. 마찬가지로 더 이상 초등학생이 아닌 아들이다. 차는 압수되고, 보험은 취소되고, 재판은 계류 중인 쓰레기. 마약? 아니면 뭐겠어? 언젠가 잠깐 마리화나 문제가 있기는 했다. 이젠 뭐지? 코카인? 놈의 폭발적인 에너지는 자연적인 것이 아니라 화학적인 것이었다. 한때는 둘의 사이가 좋았던 적도 있었다. 하지만 지금은 아니다. 좆같은 예수 그리스도여, 도대체 풀리는 인생이라는 것이 있긴 한 겁니까?

뭔가가 그의 시선을 가르고 지나갔다. 드디어 파리께서 책상으로 복귀한 것이다. 이번엔 프레스맨도 망설이지 않고 안내서를 내리쳤다. 하지만 휘두르는 순간에 그는 이미 놓쳤음을 직감했다. 종이 뭉치로 책상을 내리치기 1초 전 놈은 벌써 시야를 탈출하고 말았던 것이다.

"빌어먹을."

그는 이를 갈았다. 그리고 파리를 찾기 위해 사방으로 고개를 돌렸다. 놈은 데스크 뒤쪽에 붙어 있었다. 프레스맨은 천천히 자리에서 일어나 안내서를 들어 올렸다. 좋아, 이 똥파리 놈아. 미스터 파리, 자네의 생명은 이제 경각에 달했구려. 바로······.

"지금이야!"

그는 목표점을 향해 재빨리 안내서 뭉치를 휘둘렀다.

"잡았다."

그가 이를 부드득 갈며 환호를 터뜨렸다. 하지만 책상을 바라보는 순간 그의 입에서 미소가 걷히고 있었다. 잠깐, 이게 뭐야? 머릿속의 목소리에는 당혹감과 실망감이 가득했다. 안내서에는 아무 흔적도 없었다. 그가 중얼거렸다.

"어떻게 놓칠 수가 있지. 도대체 어떻게 허탕을 칠 수 있단 말이야."

그의 몸이 움찔했다. 또다시 복통. 난쟁이들이 면도날로 위벽을 난도질하고 있었다.

"맙소사."

그가 비명을 지르며 두 눈을 감았다. 그리고 머리도 쿡쿡 쑤시기 시작했다.

"빌어먹을, 한 번에 하나씩 하자고!"

그가 소리쳤다. 아무리 숨을 집어삼켜도 공기가 폐까지 다다르지 못하는 기분이었다.

프레스맨이 눈을 떴다. 파리가 다시 책상 위에 앉았다. 우유를 묻힌 곳이었다. 그는 찡그린 얼굴 그대로 안내서를 내리쳤다. 하지만 무기는 유리만 살짝 스쳤을 뿐 파리 근처에도 가지 못했다. 놈은 앞으로 뛰어오르더니 곧 다시 내려와 앉았다.

"이런 개자식을 봤나!"

프레스맨이 투덜거렸다. 지금 나를 갖고 놀자는 거냐? 네놈의 좆같은 세계에선 이런 걸 레크리에이션이라고 하나 보지? 파리채

피하기. 술래 엿 먹이기. 하, 파리들의 스포츠라니!

그는 안내서를 단단히 쥐었다. 이번에는 조급하게 덤벼들지 않을 생각이다. 좀 더 교활해지자. 그는 안내서를 천천히, 아주 천천히 들어 올렸다. 파리는 꼼짝도 않았다. 놈이 내 몸놀림을 눈치채고 있을까? 이 작은 개자식 파리가 씩 웃으면서 그래, 할 테면 해 봐라 하며 비웃고 있는 걸까?

프레스맨은 최대한 신속하게 내리쳤다. 바로 파리 뒤쪽이었다. 너무 늦었다. 놈은 다시 허공으로 솟구쳤다.

"이런 망할! 이 빌어먹을 잡종 똥파리 새끼 같으니!"

프레스맨이 바락바락 고함을 질러 댔다. 그는 고개를 젖히며 미친 듯이 파리의 위치를 찾았다.

놈은 창틀에 앉았다. 프레스맨은 달려가 그대로 휘갈겼다. 실패. 파리는 다시 책상으로 날아갔다. 프레스맨도 쫓아가 안내서를 휘둘렀다. 종이 뭉치는 유리잔을 때렸고 잔은 책상 위를 미끄러지며 우유를 쏟아 버린 뒤 바닥으로 떨어졌다. 프레스맨은 거의 미칠 지경이었다.

"이런, 제기랄!"

그는 잠시 진정하기로 했다. 윗몸을 기울여 두 손을 책상 위에 올려놓고 한참 심호흡을 했다. 머리가 쿡쿡 쑤셨다. 누군가 달군 부지깽이로 머릿속을 들쑤셔 놓는 것만 같았다. 프레스맨은 신음을 토했다. 사실 고통으로 말하자면 난도질당하는 배가 더 심했다. 그는 의자에 털썩 주저앉았다. 진정해야 해. 그는 두 눈을 감고 거칠게 숨을 몰아쉬었다. 그래, 이러다 그냥 심장마비로 죽어 버리자. 지금 필요한 건 바로 그거야. 빌어먹을 매스터스 개자식. 놈이 제 때에 나타나기만 했어도.

프레스맨이 숨을 삼켰다. 목구멍이 너무 뜨거워. 그는 눈을 뜨고 우유 잔을 찾았다. 네가 쏟았잖아, 멍청아. 멍청이. 우유 잔은 바닥에 누워 있었다. 잔을 집어 들고 카펫을 청소해야 하나? 개소리. 그런 건 도린한테 맡겨.

"오, 맙소사."

그가 중얼거렸다. 계약서 위로 우유가 쏟아진 것이다. 그는 손수건을 꺼내 그 위에 댔다. 서류를 펼쳐 보니 여기저기 얼룩이 배어났다. 그는 두 눈을 감고 눈 주위를 힘껏 눌렀다. 마침내 겨우 초점이 잡힌 눈에 처음 보인 것이 바로 파리였다. 놈은 손수건에 앉아 있었다. 저 더러운 주둥이로 우유를 빨아먹고 있어!

그는 파리를 노려보았다. 죽여야 한다. 지금 분명한 건 그뿐이었다. 완전히 부숴 버려야 해. 그렇게만 된다면 모든 게…….

프레스맨은 인상을 찌푸렸다. 파리만 죽이면 문제가 모두 해결된다고? 미친 개소리.

하지만 그럼에도 불구하고 그 일은 너무나 매력적이었다. 이 모든 문제들이 저 더러운 똥파리 속에 내재되어 있다면 얼마나 좋을까? 저 비단 같은 날개와 털북숭이로 만들어진 미물에게? 빌어먹고 저주받고 사람 환장하게 만드는 저!

이런, 겨우 파리 한 마리라고. 보복의 여신 네메시스가 아니라 파리란 말이야, 파리. 더럽고 사악한 미물. 프레스맨은 꿈짝도 않고 파리만 노려보았다. 대단한 존재가 아니잖아. 지저분하고, 어리석고, 겁 많은 벌레일 뿐이야. 그럼에도 놈은 그를 미치게 만들었다. 그는 괜히 즐겁다는 생각이 들었다. 파리가 어떤 존재지? 도대체 놈들은 왜 존재하는 거야? 신께서 우릴 엿 먹이려고 창조한 건가? 우리를 병들게 하려고? 놈들의 빌어먹을 레종 데트르(존재 이유 ─ 옮긴이)가 뭐냔 말이야!

프레스맨은 숨을 들이마시며 전신을 부르르 떨었다. 약한 전류에 감전되기라도 한 듯 살갗이 따끔거렸다. 기이한 느낌이군. 이런 걸 기대감이라고 하나? 미스터 파리를 파괴하게 될 거라는 사실이 빚은 흥분?

하지만 안내서로는 안 되겠다. 너무 두껍고 뻣뻣하다. 그는 고개를 저었다. 오, 나의 파리채 왕국이여! 그는 주변을 둘러보았다.

"아, 그래!"

그가 의자를 밀어내자 의자는 벽에 부딪쳤고, 파리는 책상에서 날아가 버렸다. 왜, 맛이 별로냐, 똥파리야?

그는 소파에서 신문을 집어 들고 손가락으로 각 섹션을 훑어 나갔다. 국내외 뉴스? 지역 뉴스? 연극 영화? 경제? 그의 웃음소리가 마치 물개 짖는 소리 같았다. 그래, 스포츠! 이게 좋겠어. 결국 귀족들의 스포츠는 승마가 아니라, 파리 사냥이었던 거야. 프레스맨은 손잡이에서부터 점점 부채꼴로 펼쳐지도록 스포츠 섹션을 조심스럽게 접어 나갔다. 그는 무기의 무게를 가늠해 보았다. 야호, 죽이는 무기야. 치명적인 타격이야말로 단순 그 자체일지니. 그는 있는 힘껏 내리쳐 파리 놈 털북숭이 엉덩이에 뉴스가 찍히도록 할 작정이었다.

"오케이, 미스터 파리. 죽을 각오야 되었겠지?"

그가 각운까지 맞추며 주절거렸다. 하지만 그 운율에 담긴 의지는 복수나 증오가 아니라 단지 냉정한 유흥일 뿐이라고 스스로를 다독였다. 손의 떨림은 자연스러운 것이고, 살갗이 따끔거리는 것도 짜릿한 기대감으로 인한 정상적인 반응이며, 떨리는 호흡 역시 일반적인 반응 이상은 아니라고 강변했다.

파리가 다시 손수건 위에 앉았다. 좋아. 네놈도 도저히 계약서에 묻은 우유의 맛을 거역할 수가 없는 모양이로구나. 이제 곧 소원대로 우유와 함께 곤죽으로 만들어 주마.

프레스맨은 말 그대로 1밀리미터씩 움직였다. 그는 눈 하나 깜짝 않고 파리만을 노려보았다.

'적은 시시각각 다가오는 죽음의 그림자를 전혀 의식하지 못한 채 열심히 일용할 식량을 먹고만 있습니다. 소젖을 빠느라 지금 머릿속에 아무것도……'

머릿속에서 PBS 방송국의 내레이터가 구성진 목소리를 뽑아댔다.

프레스맨은 잠시 호흡을 고르기로 했다. 바보처럼 실실 웃음이 나와서였다. 이런 젠장, 집어치우라고. 지금 장난하는 줄 알아? 그가 투덜거렸다. 전진하라. 그리하여 임박한 처형에 대비하라. 그는 천천히 책상 위로 기어오르다가 멈칫했다. 분명 놈은 그를 눈치챘을 것이다. 그 빌어먹을 4000개의 렌즈를 폼으로 달아 놓은 것은 아니지 않은가? 프레스맨은 이를 악다물고 호흡을 죽인 채 조금씩 다가갔다. 파리 군(양), 이제 자네 창조주를 만날 시간이라네.

프레스맨이 몸을 던지며 접힌 신문으로 손수건 위를 후려갈겼다. 잡았다! 파리가 달아난 기미는 보지 못했다. 똥파리는 결국 과거의 존재로 화한 것이다. 프레스맨이 노래를 불렀다.

"딩동, 파리를 잡았네!"

하지만 손수건 위에 시체는 보이지 않았다. 그는 움찔하면서 스포츠 섹션을 뒤집어 보았다. 오, 잠깐, 잠깐만 기다려.

"놈이 날아가는 건 맹세코 못 봤다고."

그는 이를 부드득 갈며 얼른 시선을 돌렸다. 얼굴엔 온통 믿을 수 없다는 표정이었다. 파리는 책상 뒤 왼쪽 모서리에 앉아 있었다. 다친 데도 없고 겁을 먹은 것 같지도 않았다. 지저스 크라이스트 하느님 맙소사! 하늘에 맹세코 놈이 빠져나가는 건…….

"아니, 아니, 잠깐만, 허튼 장담일랑 하지 말자."

그의 목소리가 크게 흔들렸다. 그는 다시 신문 뭉치를 들었다. 파리가 허공으로 솟구치더니 날아가 버렸다. 이번엔 프레스맨의 시선이 궤적을 좇아 놈이 휘장에 착륙하는 것까지 포착했다. 맙소사, 놈이 더 커진 것 같아. 프레스맨은 그게 맘에 들지 않았다. 아마도 흰색 휘장 때문에 착시를 일으킨 걸 거야. 그뿐이라고. 그는 책상을 돌아나갔다. 파리에게서 시선을 떼지는 않았다.

그는 오른발로 떨어진 유리를 밟고 놀라서 비명을 질렀다. 유리잔이 발밑에서 구르는 바람에 균형을 잃고 그대로 책상 쪽으로 쓰러진 것이다. 그는 오른쪽 팔꿈치를 세게 부딪고 카펫 위로 넘어지고 말았다. 눈이 왕방울만 해졌고, 얼굴은 충격으로 잔뜩 일그러졌다.

"세상에, 빌어먹을."

그는 팔꿈치를 움켜쥐며 저주를 내뱉었다. 목소리가 분노를 못 이겨 산산이 부서져 버렸다. 그는 신문 뭉치를 내버리고 카펫 위에 벌러덩 누워 아예 두 눈을 질끈 감아 버렸다. 세상에, 세상에, 세상에! 머리가 폭발할 것만 같았다.

통증이 가라앉은 건 그로부터도 몇 분이나 지나서였다. 자기도 모르게 두 뺨 위로 눈물이 흘러내렸다. 끔찍한 두통 때문이었다. 맙소사. 그는 끊임없이 그 소리만 반복했다.

그가 마침내 두 눈을 떴다. 그리고 아직 휘장에 매달려 있는 파리를 보았다. 뱃속 깊숙한 곳에서부터 증오심이 솟구치고 있었다. 이런 똥파리 놈! 더럽고 사악한 벌레 새끼!

몸을 일으키는데 오른손에 유리잔이 닿았다. 이런! 그는 마음 속으로 외치고는 유리잔을 집어 왼쪽으로 던져 버렸다. 다친 팔꿈치에 다시 격통이 일었다. 잔은 벽에 부딪쳐 산산이 부서졌다. 빙고! 저 똥파리 새끼도 저렇게 산산조각으로 만들어 주겠어!

그는 떨리는 무릎으로 간신히 중심을 잡았다. 그동안에도 눈은 내내 파리에 못 박혀 있었다. 감히 내 휘장에 더러운 발을 대다니! 그가 머릿속으로 외쳤다. 놈은 행복할까? 사냥꾼을 넘어뜨린 게 너무나 즐거워 지금 키득거리고 있는 걸까?

"개새끼, 네놈을 죽이겠어!"

프레스맨이 중얼거렸다. 목소리 톤이 이상했지만 그는 개의치 않았다. 그는 다시 신문을 집어 들었다. 팔꿈치가 미칠 듯이 쑤셨다. 망할, 부러진 건가? 문득 그의 입가에 기이한 미소가 걸렸다.

그래, 부러지면 어때, 젠장!

그는 천천히 일어섰다. 신경 끄라고! 상관없다. 팔꿈치가 부러지고, 해골이 박살 나고, 척추가 뽑혀 나가도 상관없다. 지금 당장 죽는다 해도 마지막 순간까지 저 빌어먹을 똥파리 새끼를 죽이고 말 테니까!

그는 창가로 다가갔다. 파리의 뒤쪽이었다. 그리고 시선을 고정시킨 채 신문 뭉치를 들어 올렸다가 힘껏 내리쳤다. 팔꿈치가 송곳으로 후벼 파는 듯 아팠지만 그럼에도 불구하고 파리는 날아올랐다가 금세 휘장에 달라붙었다. 프레스맨은 다시 휘둘렀으나 또 실패했다. 파리는 살짝 빠져나가 윙윙거리며 허공을 날아다녔다. 그는 허공에서라도 잡기 위해 무턱대고 신문을 휘둘렀지만, 놈은 하늘로 치솟았다가 곧바로 휘장 위쪽에 내려앉았다. 이번엔 팔이 닿지 않는 곳이었다.

"오, 이런!"

프레스맨의 인상이 분노로 일그러졌다. 그는 휘장을 붙잡고 힘껏 잡아챘다. 휘장이 뜯어지며 통째로 바닥으로 떨어져 내렸다.

"이 죽일 놈!"

그는 화가 나서 미칠 것만 같았다. 도무지 어찌할 바를 몰랐다. 그리고 파리가 다시 책상에 앉았다. 세상에, 놈이 더 커진 것 같아!

"그럴 리가 없어."

그는 이를 갈며 책상 위로 올라가 파리의 움직임을 따라서 닥치는 대로 신문을 휘둘러 댔다. 파리가 날면 허공을 때렸고, 파리가 앉으면 책상을 때렸다. 카펫 위로 떨어진 액자 따위는 전혀 개의치 않았다.

"망할 놈, 죽어!"

그는 광분한 사람처럼 닥치는 대로 팔을 휘둘러 댔다. 보온병이 떨어져 카펫 위를 굴렀고, 계약서와 손수건이 허공으로 날아갔다.

"씨발!"

파리가 사라졌다. 파리의 붕붕 소리에 귀를 기울여 보았지만,

그러기에는 그의 숨소리가 너무 컸다. 그가 허겁지겁 숨을 삼킬 때마다 가슴이 터질 듯이 부풀어 올랐다. 공기가 너무 건조했다.

"젠장! 제기랄!"

이건 장난이 아니다. 파리는 이제 그의 모든 문제를 대변했다. 그래, 난 마흔일곱의 나이에 꼭지가 완전히 돌아 버린 거야. 저 망할 벌레 때문에! 그는 고개를 돌려 정신없이 파리를 찾았다. 목구멍의 통증도, 뱃속의 불덩이도, 지끈거리는 머리도 팔꿈치도 상관없었다. 중요한 건 하나뿐이다. 하나뿐.

하지만 생각은 거기서 멈추었고, 그는 데스마스크처럼 씩 웃었다. 소파에 앉아 있는 파리를 찾아낸 것이다. 베이지 위의 검은 점. 그래, 그때 소파 디자이너가 다크브라운이 아니라 베이지를 권했지. 그가 앞으로 나가며 중얼거렸다.

그는 커피 테이블을 오른발로 밀어내고 천천히 소파로 다가갔다. 세상에, 이놈의 빌어먹을 아드레날린 때문에 미치겠군. 하지만 이제 잡았어. 이 벌레만도 못한 놈. 기어이 네놈을 죽이겠어. 죽인다고! 그의 입가에는 여전히 데스마스크의 미소가 걸려 있었다.

그는 소파 위로 몸을 날리며 신문지 파리채를 휘둘렀다. 파리는 왼쪽으로 날아갔다. 놈은 전등갓에 부딪쳤다가 곧바로 식탁 위로 추락했다. 그는 곧바로 달려들어 산산이 갈라진 신문지를 있는 힘껏 내리쳤다. 식탁에서 짝 하는 굉음이 들렸다. 프레스맨은 신이 나 환호까지 질러 댔다.

"예이!"

하지만 그것도 잠깐. 그는 아연하지 않을 수 없었다. 파리가 다시 허공을 날아 곧바로 전등갓에 내려앉는 것이 아닌가! 그는 지체 없이 달려들어 신문을 옆으로 휘둘렀다. 전등은 나가떨어지고 파리는 훌쩍 날아갔다.

"세상에, 이 망할!"

그가 어쩔 줄을 몰라 하며 비명을 질렀다. 그는 파리를 향해 신문지를 내던졌다. 산산이 풀어헤쳐진 신문지가 다친 새처럼 푸드덕거리다가 카펫에 내려앉았다. 프레스맨은 분에 못 이긴 채 그 자리에서 빙글빙글 돌았다. 놈이 어디 있지? 어디? 어디 있냐고?

"세상에, 이럴 수가."

이젠 말도 나오지 않았다. 그는 문득 턱에 침이 고인 것을 깨닫곤 바닥에 내뱉었다. 사방을 훑는 눈이 야수처럼 번들거렸다.

언뜻 바 위쪽의 거울에서 뭔가 움직이는 것이 보였다. 그는 얼른 고개를 돌렸다. 순간 파리가 두 마리라는 생각이 들어 온몸에 소름이 돋았다. 이런 멍청이 같으니! 그건 거울에 비친 녀석의 그림자였다. 놈은 바 위쪽에서 짧은 원을 그리면서 빙글빙글 돌고 있었다. 붕붕거리는 날갯짓 소리도 선명하게 들렸다. 프레스맨은 바를 향해 달려갔다.

'잠깐 기다려!'

마음속의 목소리가 외쳤다. 무기가 없었다. 그는 절박한 심정으로 주변을 훑었다. 시간이 없어! 신문? 아냐, 그건 너무 발전이 없어. 잡지를 뭉쳐서? 그건 안내서와 다를 게 없잖아.

"젠장! 뭐든 찾아내란 말이야."

그가 미친 듯이 투덜거렸다.

그래! 그는 곧장 소파 위로 날아가 왼쪽 무릎으로 착지한 다음 재빨리 베개를 집어 들었다. 좋아! 면적이 더 넓어 좋군! 그는 두 발로 일어섰다. 그는 바를 향해 돌아서다가 잠깐 중심을 잃었지만, 다시 중심을 잡고 걸어갔다. 눈은 선회 중인 파리에게서 떼지 않았다. 그래, 이 나쁜 놈, 조금만 기다려라. 그는 숨을 들이마시다가 떨리는 숨소리에 깜짝 놀랐다. 진정하자, 진정. 이런 식으로 모든 걸 날려 버릴 순 없잖아! 갑자기 파리 두 마리가 하나로 합쳐졌다. 파리가 거울에 앉은 것이다.

"그래, 지금이야!"

프레스맨은 베개 귀퉁이를 단단히 움켜쥐고는 거울을 향해 힘껏 휘둘렀다. 파리가 날아갔다. 그는 다시 베개를 휘둘렀다. 스카치 병이 베개에 맞고 날아가 유리잔 진열대를 박살내 버렸다.

"너!"

그는 다시 허공의 파리를 향해 베개를 휘둘렀고 병과 잔이 더 깨져 나갔다. 파리가 다시 거울에 앉았다. 프레스맨은 베개를 역방향으로 휘둘러 거울을 갈겼다. 거울이 비뚤어졌다. 하지만 파리는 재빨리 피해 프레스맨의 뺨 옆을 지나가 버렸고, 그는 늑대처럼 울부짖으며 아무렇게나 베개를 휘둘러 댔다. 얼굴엔 증오와 광기뿐이었다.

"망할 놈! 정정당당히 싸우잔 말이야!"

그때 파리가 나타났다. 놈은 책상 위에 앉아 있었다. 놈, 휴식 중인 거냐?

"아니, 휴식은 안 돼!"

프레스맨이 투덜거리며 앞으로 달려 나갔다. 그는 파리를 향해 베개를 휘갈기고 얼른 책상을 살폈다. 빌어먹을, 어떻게 이렇게 계속 실패할 수가 있는 거지? 그는 책상 여기저기에 베개를 휘둘러,

펜 꽂이와 문진과 라이터와 램프와 전화와 편지함을 날려 버렸다. 그는 복수와 증오의 비명을 지르며 닥치는 대로 베개를 휘둘러 댔다. 끝내 손에서 벗어난 베개가 허공을 날아가 문에 부딪쳤다.

프레스맨은 숨을 헐떡이며 꼼짝 않고 서 있었다. 도무지 믿을 수가 없었다. 어떻게 이럴 수가! 파리는 창문에 매달려 꿈쩍도 하지 않았다. 결국 사실이었던 거야. 놈은 더 커져 있었다. 세상에, 더 커졌어! 놈은 파리가 아니야. 저건, 뭐지? 저게 뭐지?

"오, 하느님 맙소사."

프레스맨은 새소리 같은 흐느낌을 토해 냈다. 세상에, 세상에, 저건 나야.

저건 나야!

그는 의자에 털썩 주저앉아 왼손으로 두 눈자위를 눌렀다. 손이 떨렸다. 아니, 온몸이 떨렸다. 사무실도 엉망이고 모든 것이 끝장이었다. 단지 저 불쌍하고 미력한……

프레스맨의 웃음은 자신이 듣기에도 소름 끼쳤다. 껄껄거리고 키득거리는 웃음소리. 미력하다고? 그는 손을 내리고 사무실을 둘러보았다. 그래, 미력하지. 적그리스도, 파리의 대왕이여. 그건 악마의 별명이 아니었던가?

"입 닥쳐."

프레스맨이 조용히 스스로에게 경고했다. 그는 약하게 신음을 뱉으며 두 눈을 감았다. 뱃속이 용광로처럼 뜨거웠다. 위산이 쏟아져 나오고 있는 거야. 머리는 터질 것만 같았고 목과 어깨의 근육들이 모두 욱신거리며 그를 몰아붙였다. 난 안 죽어. 난 파리가 아냐. 난 나라고.

그는 뚜뚜 하는 소음을 듣고 돌아보았다. 그건 파리가 아니라 전화였다. 그는 지친 손으로 전화선을 잡고 책상 위로 끌어올린 다음 수화기를 올려놓았다. 소음이 멈췄다. 그는 의자에 등을 기댔다. 파리가 나타나 그의 오른손등에 내려앉았다.

오, 맙소사! 그는 움직일 수가 없었다. 심장이 쾅쾅 뛰었다. 저 놈도 내 상황을 핏줄을 통해 느끼고 있을까? 그는 믿기지 않는다는 표정으로 놈을 보았다. 결국 이렇게 돌아온 거냐? 내 손등에?

그는 숨도 죽인 채 파리를 바라보았다. 놈은 더 커지지 않았다. 그대로였다. 결국 순간적인 착각에 불과했던 것이다. 하지만 그래서? 이제 어쩌지? 놈은 바로 앞 손등에 앉아 있어. 세상에! 놈은 알고 있는 거야! 둘 중 하나가 죽어야 이 싸움이 끝난다는 걸! 그러니까 지금 이 태도는 내 정신의 생존을 위해 스스로를 희생하겠다는 뜻인가?

하지만 어떻게? 놈은 그의 오른손에 앉아 열심히 손을 비비고 있었다. 마치 사형수가 머리를 단정하게 빗는 모습처럼 보였다. 아니면 자기가 정복한 거인의 시신을 내려다보는 승자의 위용일까? 생각이 거기에 미치자 프레스맨의 표정이 다시 구겨졌다. 이번엔 놓치지 말자. 이게 마지막 기회야. 놈을 놓치면 이번엔 정말로 끝장이야.

그래. 그는 파리를 노려보며 미소를 짓고, 천천히 왼손을 무릎에서 빼냈다. 오른손을 움직여서는 안 된다. 한 치도. 놈에게 오른손을 내어주자. 그건 놈의 플랫폼이고 놈의 연단이다. 놈으로 하여금 오병이어(五餠二魚)의 연설을 하도록 허용하자. 아니, 놈에게는 똥 두 덩이와 구더기 다섯 마리가 어울리겠군. 이 왼손은 권력이자 영광일지니. 그는 조금씩 왼팔을 의자 팔걸이에까지 들었다가 밖으로 빼낸 다음 조심스럽게 정장 코트 주머니에 집어넣었다. 아침에 벽장에 걸어 놓지 않은 것이 이렇게 다행일 줄이야.

프레스맨은 파리에게서 눈을 떼지 않은 채 돈지갑을 집어 천천히 주머니에서 끌어냈다. 천천히, 천천히, 위로, 위로, 팔걸이를 지나서…… 그는 정말로 어울린다는 생각을 했다. 지갑과 나. 그리고 가죽의자에 느긋하게 앉아 있는 중늙은이. 운전면허증, 사회보장. 건강보험과 자동차보험, 멤버십카드와 신용카드. 그는 심지어 이곳에서 자신의 출생증명서를 축소 복사하기도 했다. 가라사대, 그의 인생은 이 붉은 벽 안에 갇혀 있는 셈이었다. 때문에 그는 이곳에 어울리고 때문에 더욱 놈은…….

맙소사, 그만 하지. 그는 중얼거리며 지갑을 천천히, 매우 천천히 들어 올렸다. 놈이 보고 있는 걸까? 비웃으면서? 4000개의 렌즈 하나하나가 그의 어리석은 시도를 주시하고 있는 것일까? 그리고 이렇게 온갖 시행착오를 다한 다음에야, 비로소 그의 타격 속도가 믿을 수 없을 정도로 느렸다는 사실을 깨달았다. 지갑은 굼벵이처럼 느린 속도로 그의 손을 때렸다. 그리고 파리의 시체가 굴러 떨어졌다.

그 순간 무언가가 그의 내면에서 폭발했다. 비명? 분노? 환희? 그는 의자를 뒤로 밀친 다음 카펫 위에 무릎을 꿇고 엎드렸다. 파리는 다리를 허공으로 향한 채 꼼짝도 않고 누워 있었다. 그는 미친 듯이 으르렁거리며 엄지와 검지로 놈을 집어 올렸다. 그는 놈을 왼손바닥에 내려놓고는 괴성을 흘리며(그건 목에서부터 끓어오르는 광기의 웃음과도 같았다.) 오른손가락으로 놈의 몸을 내리눌렀다. 놈은 말 그대로 곤죽이 되어 털과 날개와 끊어진 다리와 노란 액체로만 남았다. 놈이 곤죽이 된 뒤에도 그는 소름 끼치는 미소를 입에 건 채 놈을 비벼 댔다. 목에서는 섬뜩한 웃음소리가 흘러나왔다. 그리고 그는 문득 깜짝 놀라 고개를 들었다. 심장이 미칠 듯이 뛰었다. 전화벨이 울리고 있었던 것이다. 프레스맨은 마치 전화벨 소리를 이해할 수 없다는 듯, 마치 그의 원시 세계에는 아직 알려지지 않은 기기라도 된다는 듯이, 멍하니 바라보기만 했다.

그는 마침내 눈을 깜빡이며 현실로 돌아왔다. 그리고 숨을 들이마시고 수화기를 들어 귀에 갖다 댔다.

"예?"

그가 대답했다. 이게 도대체 누구 목소리지?

"프레스맨, 자넨가?"

목소리가 물었다. 그가 몸을 부르르 떨었다.

"예."

"매스터스일세. 점심 식사하기 전에 자네한테 들르기로 한 걸 그만 깜빡하고 말았네. 달력에 표시까지 했는데도 말이야. 너무 늦었군. 회의가 생각보다 길어졌어. 아무래도 약속은 며칠 연기해야겠네."

프레스맨이 고개를 끄덕였다.

"예."

"어쩔 수가 없었어."

"물론이죠. 사소한 일 때문에 중요한 일을 방해받을 순 없는 노릇이니까요."

이제 그의 목소리가 돌아왔다. 부드러운 전문가의 목소리.

"그 말이 맞네. 하루나 이틀 후에 다시 연락함세."

프레스맨이 연방 고개를 조아렸다.

"예, 알겠습니다."

그의 마지막 말은 아무도 듣지 못했다. 매스터스는 이미 전화를 끊은 뒤였다. 그는 수화기를 내려놓으며 비로소 왼손이 끔찍할 정도로 떨리고 있음을 깨달았다.

그는 30여 분 동안을 조용히 앉아 있었다. 15분쯤 더 지났을 때 왼손에 묻은 오물을 발견하고는, 책상 서랍에서 휴지를 꺼내 오물을 닦아낸 다음 휴지통에 던져 넣었다.

1시 16분에 도린이 돌아왔다. 그녀가 노크했을 때 프레스맨은 들어오지 말라고 할 참이었지만 그녀는 언제나처럼 기계적으로 문을 열었다.

"저, 돌아왔……."

그녀가 놀라 사무실을 둘러보는 동안 프레스맨은 위장이 뒤집히는 격통에 시달려야 했다. 그가 간신히 숨을 들이마셨다.

"파리야. 파리 한 마리가 꼭지를 돌게 해서 결국 죽여 버렸지."

도린이 나갔다. 그는 그녀의 마지막 표정을 떠올리며 피가 차갑게 식어 가는 것을 느꼈다.

사무실을 임대한 뒤로 7년 동안 사무실 안에 파리가 들어온 적은 없었다.

"오."

그가 중얼거렸다. 머릿속이 순식간에 텅 비었다. 파리 한 마리가 멋진 활강을 연출하며 책상 위에 착지한 것이다. 프레스맨의 오른손에서 불과 몇 센티미터도 떨어지지 않은 곳이었다.

번역자 후기

옛날에 「환상특급(Twilight Zone)」이라는 TV시리즈가 있었다. 기묘한 음향과 음산한 분위기의 초현실적 화면이 나오면서 시작되는 외화 시리즈였는데 매주 두세 편의 초현실적인 얘기들을 옴니버스로 내보냈던 것으로 기억한다. 물론 나도 굉장한 팬이었기에 무수히 많은 에피소드를 보았다. 그리고 비행기 엔진을 망가뜨리려는 개구쟁이 그렘린을 다룬 「2만 피트 상공의 공포」는 특히 잊히지 않는 에피소드 중 하나였다.

『나는 전설이다』 선집을 작업할 때만 해도 잘 모르고 있었지만, 리처드 매드슨은 영상, 영화와 꽤 관계가 깊은 작가인 셈이다. 『나는 전설이다』에서도 「루피 댄스」를 비롯한 두어 편의 영상을 접할 수 있었는데, 두 번째 선집인 이 『줄어드는 남자』에서도 과거 재미

503

있게 보았던 영상들의 원작을 만날 수 있었다. 우선 「2만 피트 상공의 공포」가 있고, 타이틀 중편인 「줄어드는 남자」를 흑백영화로 만날 수 있다. 그리고 무엇보다 기분 좋은 일은, 스티븐 스필버그 감독의 초기작인 「결투」의 원작을 우연히 만날 수 있었던 일이다. 스릴러 영화를 좋아하는 독자라면, 살인 대형트럭에 쫓기는 한 샐러리맨의 사투를 지켜보며 함께 긴장하고 함께 박수를 쳤던 기억을 갖고 있으리라. 그래서일까. 이번 작품집은 전편 『나는 전설이다』에 비해 보다 구체적이고 현실적이며 또 선명해진 느낌이다. 「몽타주」, 「결투」, 「배달」, 「파리지옥」 등은 마치 스티븐 킹의 세련된 단편을 읽는 기분까지 들었다.

타이틀 중편인 「줄어드는 남자」는 「나는 전설이다」와 마찬가지로 이 세상에 홀로 남은 남자의 실존을 그린 대작이다. 하지만 전작과 달리, 매드슨은 주인공 스콧이 이 세상에서 떨어져나가는 과정을 집요하게 그려낸다. 끊임없이 줄어드는 신체의 크기에 정비례하여 그만큼씩 세상과 이별의 준비를 해야 하는 남자. 크기에 비례하여 점점 더 큰 위험에 빠져야 하는 남자, 자신이 언제 완전히 소멸하게 될지를 아는 남자……아마도 스콧의 불행은 무엇보다도, 자신의 비극적 운명을 "알고 있다"는 것이리라. 그는 자신이 맞닥뜨리게 될 위험의 크기를 계산할 수 있고 또 언제 완전히 소멸되리라는 것까지 알고 있었다. 그리고 리처드 매드슨은 전설의 남자 네빌과 마찬가지로 스콧에게도 그 비극을 감당해 낼 것을 주문한다.

그렇게 보면 리처드 매드슨이라는 거장은 참으로 가혹한 사람이라는 생각이 든다. 갓난아기를 아마존 정글에 몰아넣고 그곳에서 혼자 생존해 내야 한다고 닦달하는 그런 사람 말이다. 「나는 전설이다」의 로버트 네빌에게서도 그랬지만, 우린 또다시 스콧 캐리를 지켜보며, 이 세상에서 가장 외롭고, 가장 미력하고, 그러면서도 가장 의지가 강한 남자의 일상사를 만난다. 그리고 의지가 강한 만큼 우린 더 커다란 슬픔에 맞닥뜨리게 된다. 아니 그 이상이다. 리처드 매드슨은 주인공 스콧을, 마치 굶주린 호랑이가 가득한 원형경기장에 쥐새끼 한 마리를 집어넣듯, 갖가지 가혹한 에피소드 속에 밀어 넣는다. 병원 실험실의 모르모트로 만들고, 철없는 구경꾼들의 희생양으로 만들고, 소외되고 외면당하는 병신으로 만들고, 고양이와 새의 먹잇감으로 만들고, 또 거대한 거미의 철천지원수로 만들어 버리고는, 정말로 검투사의 경기를 지켜보는 네로 황제처럼, 비릿한 미소를 짓고 있는 매드슨의 모습이 선하게 떠오를 정도이다. 만일 내가 그 지경에 처해진다면 과연…… 이런.

이제 곧 『나는 전설이다』의 세 번째 영화(프란시스 로렌스 연출, 윌 스미스 주연)가 우리나라에서도 개봉된다고 한다. 나처럼 리처드 매드슨과 남다른 인연이 있는 사람에게는 당연히 기분 좋은 일이다. 영화의 개봉에 맞춰 그의 두 번째 선집까지 내 이름을 달고 출간되니 말이다. 혹시, 이참에 「줄어드는 남자」까지 두 번째 제작에 들어가는 불상사 같은 일이 생기지는 않겠지?(「줄어드는 남자」는 2008년 개봉 예정으로 현재 할리우드에서 영화화하고 있다.

──편집부) ……오늘 아침에는 나도 이런 말도 안 되는 생각이나 하며 리처드 매드슨처럼 비릿한 미소를 지어본다. 아무튼 번역자에게 좋은 작품과의 조우보다 더 행복한 선물은 없다는 생각을 다시 한 번 해본다.

2007년 11월 초

조영학

밀리언셀러 클럽을 펴내면서

지난 수백 년 동안 소설은 기묘하면서도 교양 넘치고, 자유로우면서도 현실에 뿌리 박고 있으며, 흥미진진하면서도 감동적인 이야기로 독자들의 사랑을 독차지해 왔다.

민담이나 전설 등에 비해 비교적 최근에 탄생한 이야기 형식인 소설이 순식간에 이야기 왕국의 제왕으로 올라선 것은 현대인들이 살아가면서 느끼는 희망과 절망, 불안과 평화 등 온갖 삶의 양상들을 허구 속에 온전히 녹여 내어 재창조함으로써 이야기를 읽는 기쁨과 더불어 삶을 재발견하는 즐거움을 주어 온 까닭이다.

사실 이야기를 읽음으로써 삶을 다시 생각하고, 삶을 생각함으로써 이야기를 다시 만들어 온 것은 인간이라면 피할 수 없는 숙명이다.

그런데도 최근 이야기의 제왕이라는 소설의 위기를 말하는 목소리가 점점 늘어나고 있다. 만약에 이 말이 사실이라면, 그리하여 사람들이 소설을 점차 외면하고 있다면, 핏속에 스며들어 있으며 뼛속에 틀어박힌 이야기 본능이 무언가 다른 것에 홀려 있음에 틀림없다.

사람들은 이제 이야기를 소설이 아니라 거리에서, 인터넷에서, 영화에서, 드라마에서, 광고에서, 대중가요에서 즐기고 있는 것이다.

'밀리언셀러 클럽'은 이러한 소설의 위기를 넘어서려는 마음에서 기획되었다. 국내뿐만 아니라 전 세계 각국에서 독자들의 사랑을 한껏 받은 작품들을 가려 뽑아 사람들 마음을 다시 소설로 되돌리고 이야기를 한껏 즐길 수 있도록 배려하였다.

'밀리언셀러'라는 이름을 단 것은 소설이 다시 사람들의 마음을 끌어 널리 읽히기를 바라기 때문이고, '클럽'이라는 이름을 단 것은 소설을 사랑하는 독자들이 이 작품들을 가운데 놓고 오랫동안 이야기를 나누기를 바라기 때문이다.

앞으로 '밀리언셀러 클럽'에는 예로부터 오늘날까지, 동양에서 서양까지 시대와 장소를 가리지 않고 널리 독자들의 사랑을 받아 온 작품들 중에서 이야기로서 재미에 충실할 뿐만 아니라 인간 본연의 모습을 확인시켜 줄 수 있는 소설들이 엄선되어 수록될 것이다.

이 작품들이 부디 독자들을 소설의 바다로 끌어들여 읽기의 즐거움을 극대화함으로써 이야기 본능을 되살려 주어 새로운 독서 세대를 창출하기를 바라는 마음 간절하다.

옮긴이 | 조영학

한양대 영문학 박사를 수료하였다. 역서로는 『나는 전설이다』, 『운명의 날』,
『켄지&제나로 시리즈』, 『스티븐 킹 단편집』 외 다수가 있다.

줄어드는 남자

1판 1쇄 펴냄 2007년 11월 29일
1판 2쇄 펴냄 2012년 3월 5일

지은이 | 리처드 매드슨
옮긴이 | 조영학
발행인 | 김세희
편집인 | 김준혁
펴낸곳 | 황금가지

출판등록 | 2009. 10. 8 (제2009-000273호)
주소 | 135-887 서울 강남구 신사동 506 강남출판문화센터 5층
전화 | 영업부 515-2000 **편집부** 3446-8774 **팩시밀리** 515-2007
홈페이지 | www.goldenbough.co.kr

한국어판 ⓒ ㈜민음인, 2012. Printed in Seoul, Korea

ISBN 978-89-6017-114-5 03840